# La sombra del impostor

# La sombra del impostor

*Alberto Caliani*

Papel certificado por el Forest Stewardship Council®

Primera edición: febrero de 2023



*Printed in Spain* – Impreso en España

ISBN: 978-84-666-7374-7
Depósito legal: B-21.560-2022

Compuesto en Llibresimes

Impreso en Rotoprint By Domingo, S. L.
Castellar del Vallès (Barcelona)

BS 7 3 7 4 7

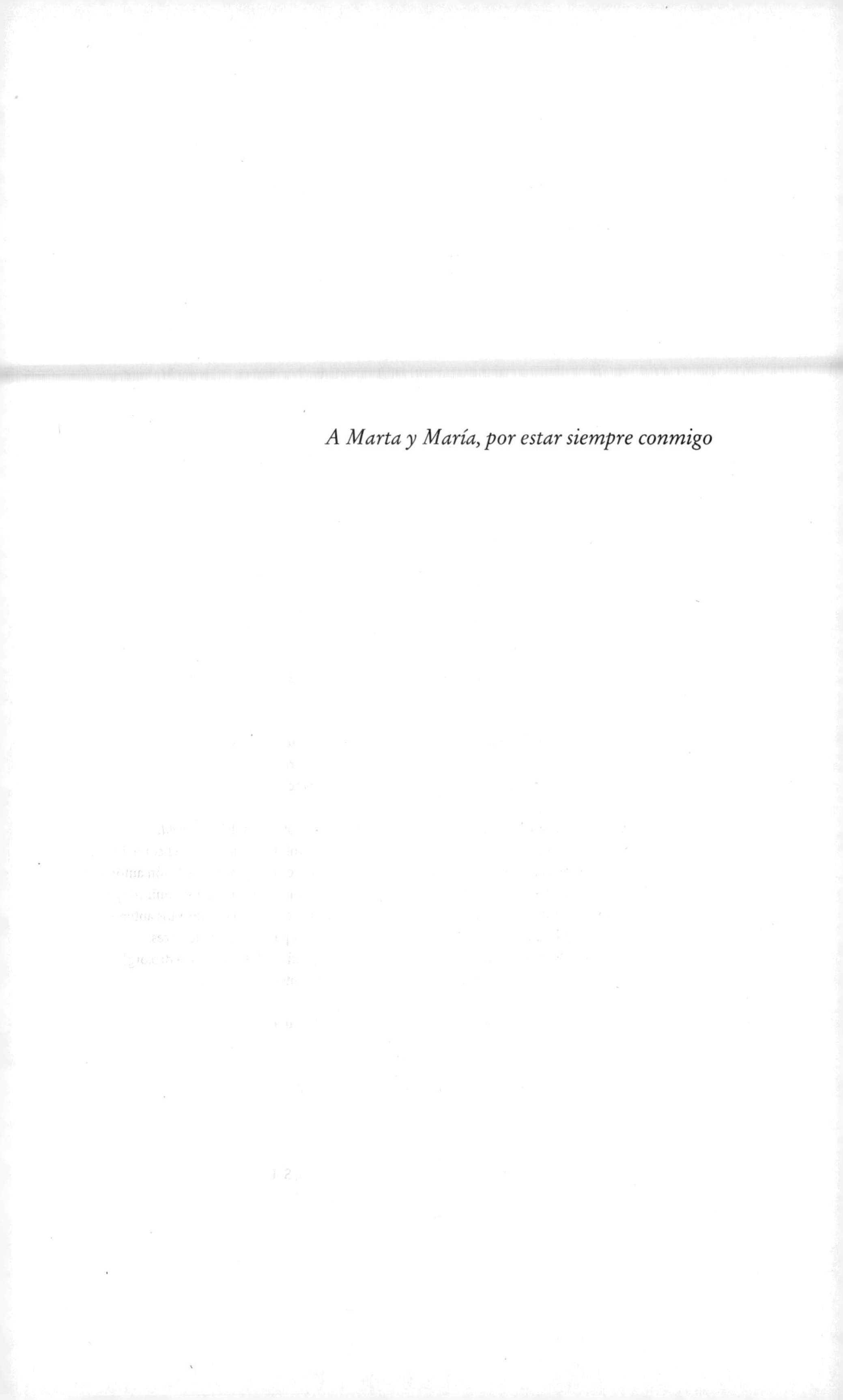

*A Marta y María, por estar siempre conmigo*

## Personajes principales

Adrián Orante Rodríguez: español, carpintero.
Alfonso Masso: español, judío perseguido por el Santo Oficio.
Alonso Manrique de Lara: español, inquisidor general del Santo Oficio.
Antonio de Andújar García: español, fraile secretario del inquisidor general.
Arthur Andreoli: italiano-suizo, teniente de los apóstoles.
Baldo González: español, familiar del Santo Oficio al servicio de Zephir.
Camillo Villa: italiano, secretario de Gaudenzio Ferrari.
Cándida Di Amato: italiana, mercader.
Carlo Sartoris: italiano, condotiero.
Celso Batavia: español-italiano, carcelero y torturador de la familia Sorrento.
Charlène Dubois: piamontesa, doce años, fugitiva de su padre.
Cirilo Marchese: italiano, antiguo gran maestre de los gremios, hombre muy respetado en Turín.
Clemente VII: italiano, papa de Roma.
Damiano Pacella: italiano, sacerdote, secretario del arzobispo Michele Sorrento.
Daniel Zarza: español, familiar del Santo Oficio al servicio de Zephir.
Dante Sorrento: italiano, el hombre más poderoso de Turín.
Dino d'Angelis: italiano, actor fracasado, amigo y espía del arzobispo Michele Sorrento.
Donia Pavesi: italiana, esposa de Paolo Ferrari.
Eliah Muller: suizo, teniente de la Guardia Suiza.
Elisa Domínguez: española, esposa de Jeremías.

Emérito García: español, secretario de Esteban de la Serna.
Esteban de la Serna: español, administrador y banquero.
Felipe Orante y Núñez: español, terrateniente, tío de Adrián.
Francesco Donato: italiano, mercader.
Franco Bertucci: italiano, cardenal secretario del papa Clemente VII.
Gaudenzio Ferrari: italiano, artista.
Gerasimo Mantovani: italiano, espía y consejero de la familia Sorrento.
Gianmarco Spada: italiano, estudiante avanzado de medicina, alumno de Piero Belardi.
Guillem Albiñana: español, antiguo instructor de Zephir.
Hamsa: nacionalidad desconocida, *hashashin*, asesino silencioso y letal guerrero. También se lo conoce como Susurro.
Isidoro Sánchez: español, familiar del Santo Oficio al servicio de Zephir.
Jeremías Bárcenas: español, capataz de la hacienda de Leonor Ferrari.
Jonás Gor: español, antiguo militar, maestro de esgrima y espadachín a sueldo. También se le conoce como la Muerte Española.
Laín Jiménez: español, familiar del Santo Oficio al servicio de Zephir.
Leonor Ferrari: italiana, posee conocimientos de ingeniería.
Levin Bogel: suizo, teniente de la Guardia Suiza.
Lissànder Fasano: italiano-alemán, capitán preboste de Turín.
Louis Borgiano: italiano, secretario y segundo alcalde de Turín.
Luis Vidal: español, mozo en una posada.
Mael Rohrer: suizo, exmercenario, apóstol.
Margherita Macchiavello: italiana, hermana de Niccolò y esposa de Dante Sorrento.
Martino Giraudo: italiano, mercader de caballos.
Massimo Ferrari: italiano, ingeniero, padre de Leonor y Paolo.
Michele Sorrento: italiano, arzobispo de Turín.
Niccolò Macchiavello: italiano, funcionario y político.
Olethea Di Caprese: italiana, superiora del convento de Santa Eufemia, en Turín.
Oliver Zurcher: suizo, exmercenario, antiguo sargento de la Guardia Suiza, instructor de combate de los apóstoles.
Paolo Ferrari: italiano, profesor, hermano de Leonor Ferrari.

Piero Belardi: italiano, médico, profesor de medicina en la universidad de Turín y propietario del hospital de Santa Eufemia.
Pièrre Savonni: italiano, suboficial de la prisión del cuartel de la guardia de la ciudad.
Ribaldino Beccuti: italiano, alcalde y juez de Turín.
Ruy Valencia: español, familiar del Santo Oficio al servicio de Zephir.
Samuel Masso: español, hermano de Alfonso Masso.
Sanda Dragan: moldava, viuda de un mercader de antigüedades.
Sara: española, esposa de Alfonso Masso, judía conversa.
Teresita: española, amiga de Leonor Ferrari.
Tomás Bárcenas: español, hijo de Jeremías, capataz de Leonor Ferrari.
Vidal Firenzze: italiano, espía al servicio de Zephir.
Vinicius Negrini: italiano, capitán de la guardia de la familia Sorrento.
Yani Frei: suizo, antiguo sargento de la Guardia Suiza, sargento de los apóstoles.
Yannick Brunner: suizo, antiguo capitán de la Guardia Suiza, capitán de los apóstoles.
Zephir de Monfort: español, inquisidor del Santo Oficio.

## Nota del autor

La historia es un cuadro pintado por muchos pinceles distintos sobre un lienzo inabarcable.

Hay escenas de ese lienzo más detalladas que otras. Algunas, recreadas con un mimo exquisito; otras, en cambio, fueron reflejadas con trazos gruesos, de esos que dejan vacíos entre brochazos.

Imposible plasmarlo todo en un lienzo tan inmenso.

Es por ello por lo que la mayor parte de ese cuadro quedó en blanco. Lo que nunca se contó, aquello que nunca quedó plasmado en él, lo arrastró el vendaval del olvido.

Como si nunca hubiera existido.

La historia que estás a punto de leer es fruto de la imaginación del autor. Nunca sucedió. O tal vez sí y nunca llegó a pintarse.

No te preocupes demasiado por eso.

Simplemente, disfrútala.

# PRIMERA PARTE

# La masacre

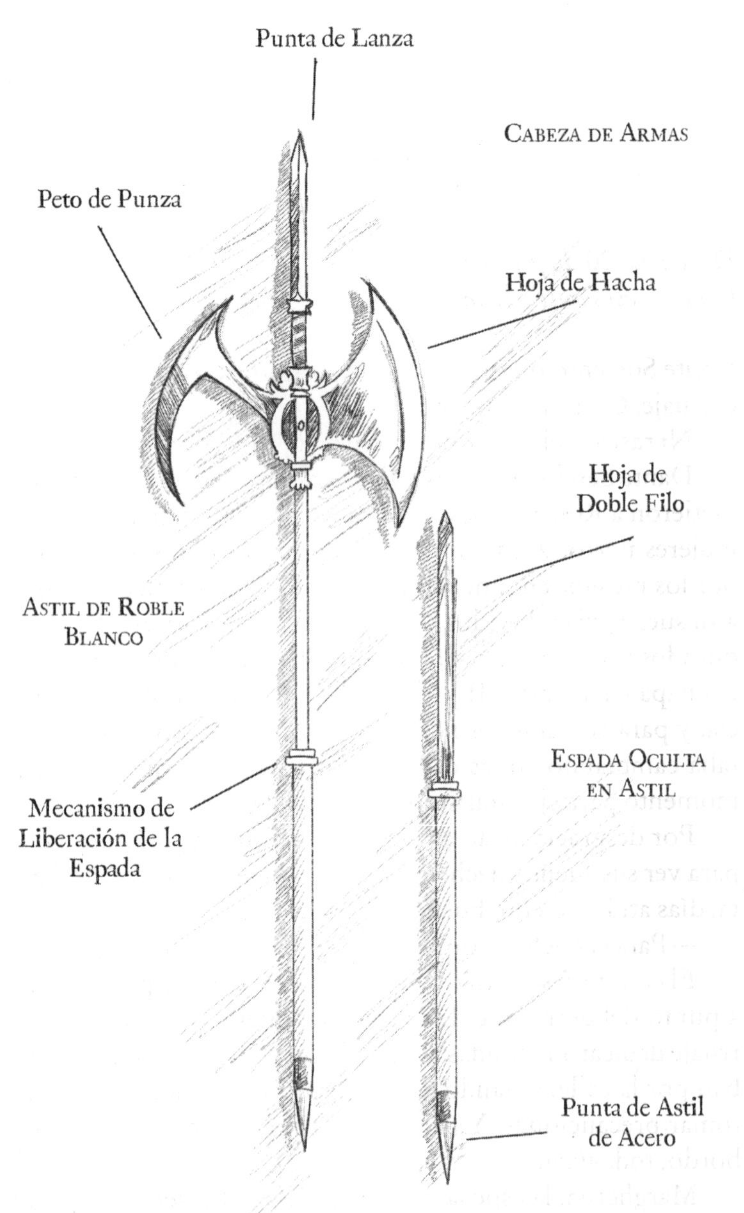
Reinigung
(Purificadora)
Punta de Lanza
Cabeza de Armas
Peto de Punza
Hoja de Hacha
Hoja de
Doble Filo
Astil de Roble
Blanco
Espada Oculta
en Astil
Mecanismo de
Liberación de la
Espada
Punta de Astil
de Acero

# Introducción

*Florencia, 20 de junio de 1527*
*Cinco meses antes de la masacre*

Dante Sorrento olfateó el aire florentino a través de la ventana del carruaje. Cerró los ojos y sonrió.

Ni rastro del hedor de los Médici.

Dante bendijo el saqueo al que tropas alemanas y españolas sometieron a Roma el mes anterior. No pensó en civiles muertos, en mujeres aterrorizadas con la ropa hecha jirones y sangre resbalando por los muslos, en niños llorando solos en las plazas abandonados a su suerte, ni en heridos arrastrándose por el barrio de Ripa, flanqueados por comercios saqueados que ardían como teas. La huida del papa Clemente VII precipitó la caída de los Médici en Florencia, y para Sorrento, eso compensaba cualquier desdicha. Algo estaba cambiando en las calles de Italia, y había que aprovechar el momento para ejecutar su plan maestro.

Por desgracia, todo apuntaba a que su amigo Nicco no viviría para ver sus sueños hechos realidad. Las noticias recibidas por carta, días atrás, no eran buenas.

—Para el coche —ordenó Dante al conductor.

El carretero se detuvo frente a una casa de dos pisos que parecía a punto del derrumbe. La decena de jinetes que escoltaban el carruaje dedicaron miradas amenazadoras a los curiosos que transitaban por la calle. Cuando eres el hombre más rico de Turín, debes tomar precauciones. Y cuando transportas una reliquia sagrada a bordo, todavía más.

Margherita, la esposa de Dante, descendió del carruaje con una elegancia etérea. Había superado con holgura los cincuenta, pero conservaba una belleza entre diabólica y angelical que perturbaba hasta a hombres que podrían ser sus hijos. Sus ojos siempre entrecerrados y su perenne media sonrisa sometían al universo a un juicio eterno en el que siempre resultaba condenado. Procedente de una buena familia venida a menos, su matrimonio con Dante Sorrento fue su tabla de salvación. Desde muy joven, Margherita supo que el amigo de su hermano Nicco estaba enamorado perdidamente de ella. El sentimiento no era mutuo, pero cuando Dante y ella enviudaron casi a la vez, Margherita se aferró a su instinto de supervivencia. Ella lo consideró un buen trato: belleza e inteligencia a cambio de una vida confortable y un estatus que consideraba perdido.

Dante estaba de acuerdo con los términos de ese pacto.

El matrimonio caminó hacia la casa de Nicco, muy distinta de las villas lujosas que otrora había disfrutado. La escolta, detrás de ellos, desmontó. Uno de los jinetes destacaba a simple vista por vestir de forma muy diferente a la de los soldados: una figura oscura, enmascarada y encapuchada, ataviada con ropajes negros cruzados por correajes plagados de bolsillos y faltriqueras, dagas en las botas y pantalones de piel. Los ojos, perfilados con kohl, apenas eran visibles a través de una rendija de tela. De la espalda colgaba una cimitarra y del cinto, un puñal. La túnica, de color noche, estaba reforzada de cuero en la zona de los órganos vitales. A pesar de que no era alto ni corpulento, la presencia de aquel fantasma arrancaba miradas de temor a los viandantes. Dante lo llamó desde la puerta.

—Hamsa, trae la reliquia.

El enmascarado sacó un bulto rectangular del carruaje y lo cargó bajo el brazo. Dante dio un par de aldabonazos. Sorrento rondaba los sesenta, pero conservaba el brío con el que había luchado en más de una guerra. Su rostro, cuadrado y arrogante, cobijaba unos ojos verdes como el ácido, techados por unas cejas frondosas y un entrecejo amenazante. Sus facciones habían sido esculpidas por décadas de afrentas, luchas, revanchas y rencores, y las manos eran más propias de alguien que rompe narices que de contar dinero.

La puerta se abrió y un rostro adolescente asomó por la hoja entornada. Al reconocer al visitante, se lanzó hacia él y lo abrazó con cariño.

—¡Tío Dante! ¡Tía Margherita! —El chico abrió mucho los ojos al descubrir la figura silenciosa de Hamsa—. ¿Quién es ese?

Dante esbozó algo parecido a una sonrisa.

—Es Hamsa, el Susurro. Tranquilo, Piero, no te hará daño... siempre que no quieras matarme, claro.

—¿Me la enseñas? —pidió Piero con la mirada fija en la cimitarra que sobresalía por encima del hombro del Susurro.

Hamsa no movió un músculo. Solo sus ojos perfilados de sombra negra examinaron al hijo de Nicco.

—Mejor que no —le advirtió Dante—. Hamsa no desenfunda la espada sin mancharla de sangre. ¿Entramos?

Piero los invitó a pasar al escueto zaguán. El polvo matizaba el brillo ausente de los muebles rayados. Las velas, apagadas, estaban a medio consumir, y la plata de los candelabros echaba de menos al trapo. La casa no solo era vieja y humilde, sino que también parecía contagiada de la enfermedad de su dueño. Cuando los Médici te daban la espalda, el infortunio se burlaba de ti. Margherita era incapaz de disimular la contrariedad que sentía al ver el estado en el que se encontraba la residencia de su hermano.

—¿Y los criados, Piero? —preguntó.

Una pátina de vergüenza tiñó la respuesta de su sobrino.

—No queda ninguno. Madre dice que no podemos permitírnoslos, así que nos las apañamos solos.

Una nube de desencanto ensombreció el rostro de Dante.

—¿Por qué no nos avisasteis?

—Madre moriría de hambre antes que pedir ayuda a alguien —dijo una joven de unos veinticinco años que descendió por la escalera con una elegancia innata—. El orgullo es lo último que pierde quien una vez lo tuvo todo.

Margherita sonrió. Sus ojos, como de costumbre, no.

—Me alegro de verte, Primerana. ¿Y Marietta? ¿No está en casa?

—Madre está en el mercado, con Guido y Bartolomea —explicó sin poder apartar la mirada de la inquietante presencia de Hamsa; había oído hablar del guardaespaldas de su tío, pero era la primera vez que lo tenía delante—; se los ha llevado para que les dé un poco el aire. El de aquí no es bueno.

—¿Y Ludovico y Bernardo? —se interesó Dante refiriéndose a sus otros dos hermanos.

—Padre los envió a San Casciano, a talar los pocos árboles que quedan en la finca. Será un milagro que podamos venderla por un precio justo ahora que es un cementerio de tocones.

—¿Y Nicco? —preguntó Margherita.

—En sus aposentos, con el médico —respondió Primerana—. Mejor esperar a que salga: a don Flavio no le gusta que haya nadie en la habitación cuando examina a un paciente.

—Matasanos —refunfuñó Dante—, aliados de la muerte.

Justo en ese momento, un hombre de unos cincuenta años, algo barrigón y encorvado, bajó por la escalera con gesto taciturno y una bolsa de instrumental tan vieja como la casa. Hizo un saludo general con la cabeza y se dirigió a Primerana.

—¿Podemos hablar en privado?

—Son mis tíos. Hablad sin reparos, don Flavio.

—La fiebre no baja, vomita todo lo que come, tiene el abdomen hinchado y dice que los dolores son cada vez más fuertes. —La expresión del galeno se ensombreció—. Me temo que se trata de un *dolor lateralis* en estado avanzado.

Dante apretó la mano de Margherita al escuchar el diagnóstico.

—¿Existe remedio? —se interesó Primerana con un nudo en la garganta, sabedora de que la respuesta no sería de su agrado.

—Me temo que solo nos queda rezar para que Dios obre un milagro.

—Decid eso delante de mi cuñado y lo mataréis de risa —espetó Dante, irónico—. ¿No conocéis a algún otro médico que pueda hacer algo más por él que dejarlo a su suerte?

Don Flavio se enfrentó al rostro iracundo de Dante con la templanza de quien está acostumbrado a lidiar con la desdicha ajena.

—Sois libre de pedir opinión a cualquiera de mis colegas de Florencia, señor mío, pero no encontraréis a ninguno que pueda hacer más de lo que yo ya he hecho por don Niccolò.

Primerana se adelantó con el monedero abierto, dispuesta a zanjar el asunto despachando al galeno. Conocía los arranques de cólera del esposo de su tía y no estaba de humor para presenciar una escena; menos aún si existía la posibilidad de que el enmascarado siniestro interviniera para empeorar el conflicto. Primerana le tendió una moneda al médico.

—Tomad, don Flavio, y que Dios os guarde.

Dante la detuvo con dulce firmeza.

—Permíteme.

Sorrento puso un florín de plata en la mano del médico y lo despidió con todo el desprecio que el silencio puede vocear. Don Flavio, humillado y bien pagado, se fue renegando por lo bajo. Primerana agradeció con aflicción el gesto de su tío. No era tan orgullosa como su madre y sabía mejor que nadie los apuros que estaban pasando y los que quedaban por pasar.

—Subamos, padre se alegrará de veros.

El crujido de los peldaños auguraba lo que sucedería, más pronto que tarde, en aquella casa que olía a muerte. Piero se quedó abajo, junto al Susurro, fascinado. El crío se fijó en el paquete que sostenía debajo del brazo.

—¿Qué llevas ahí? —le preguntó para romper el silencio.

Hamsa no contestó.

—¿Puedes enseñarme la espada? —insistió Piero.

Una voz rasgada y débil, parecida a un estertor, brotó de la garganta de Hamsa.

—No me pagan por hablar, déjame.

Piero tragó saliva y se quitó de en medio. Aquella voz no parecía de este mundo. En la planta superior, Primerana abrió la puerta de la alcoba de su padre, haciendo un esfuerzo por sonar festiva.

—Mira quién ha venido, padre: tu hermana y su esposo.

Niccolò se incorporó un poco en la cama. Dante logró dibujar a duras penas una sonrisa rota. Su amigo siempre había sido de rostro enjuto, pero el hombre que estaba en la cama era un despojo. La diarrea y los vómitos le habían impedido nutrirse, y lo habían transformado en un esqueleto envuelto en piel amarillenta. Un barreño próximo a la cama contenía los aromas del averno. El embozo le cubría el vientre, hinchado por la infección. Así y todo, el enfermo sonrió con sus labios finos, casi inexistentes.

—Dante, hermana. —Parecía feliz, a pesar de todo—. Recibisteis mi carta.

—No tienes mal aspecto —mintió Margherita.

—Tengo un aspecto horrible —repuso él, que se dirigió de inmediato a su cuñado—. ¿Trajiste lo que te pedí?

Sorrento palmeó una bolsa de cuero cruzada al pecho.

—Sí, y algo más. Tenemos mucho de que hablar, querido amigo.

—Por fin ha llegado el momento que esperábamos —celebró

Nicco con un brillo pícaro en sus ojillos redondos—. Los Médici atraviesan sus horas más bajas.

Margherita se dio cuenta de que ella y su sobrina sobraban en la habitación. Dante y Nicco llevaban años forjando un plan que podría cambiar el futuro de Italia y el tiempo de su hermano se agotaba. Una brisa cálida de pena hizo gotear la capa de hielo que envolvía el corazón de Margherita. Nicco no viviría lo bastante para ver cumplido ese sueño, en caso de que Dante fuera capaz de llevarlo a cabo con éxito.

—¿Me invitas a una copa de vino, Primerana? —propuso a su sobrina con impostada complicidad—. Creo que estos señores desean hablar de sus cosas.

Las mujeres los dejaron solos. Nicco apretó los dientes cuando una punzada le atravesó el vientre como una lanza al rojo vivo. Cada vez eran más intensas y frecuentes. Así y todo, se incorporó hasta quedar sentado con la espalda en el cabecero. Sus ojos volvieron a brillar en cuanto el dolor pasó.

—¿Cómo va tu plan? —preguntó a Dante.

—Nuestro plan —lo corrigió Sorrento; sacó unos documentos de la bolsa de cuero y se los tendió—. Hice una lista detallando cada etapa y he marcado las que ya he conseguido, como me pediste.

—Todo paso a paso, como debe ser.

Niccolò leyó con atención, asintiendo a cada poco. Un nuevo pinchazo en el abdomen transformó su rostro en una máscara durante unos segundos. Dante se acercó a él sin saber muy bien qué hacer, pero su amigo lo detuvo con un gesto tranquilizador.

—Estoy bien —mintió para luego referirse a los documentos—. Si ya has conseguido cumplir con éxito todos estos puntos, lo que queda no tendría por qué ir mal.

—A fuerza de años, insistencia y donaciones, he logrado que mi hijo Michele se gane la confianza del papa Clemente hasta el punto de nombrarlo arzobispo de Turín —recordó Dante—. Ese Médici adora al idiota de mi hijo... ¡Para algo tenía que valer ese inútil! ¿Oíste que el papa estuvo a punto de morir durante el saqueo de Roma?

—Oí que la Guardia Suiza lo salvó de milagro.

—Mi hijo me contó que Clemente está organizando un pequeño escuadrón de élite, encabezado por oficiales y suboficiales suizos; una especie de guardia pretoriana, por llamarla de algún modo. Por lo visto, anda negociando su libertad con el emperador Carlos. Ya sabes cómo va eso: en cuanto el papa le proponga una cifra que le arranque una sonrisa, adiós problemas.

Niccolò regresó a los papeles de Sorrento.

—Pues ya has cumplido con uno de los puntos cruciales del plan: conseguir la confianza del más importante de los Médici. Lo siguiente sería crear una amenaza ficticia de la Iglesia a la burguesía turinesa para implantar el malestar en la ciudad.

—Ya estoy trabajando en ello —informó Dante—. Hace tres semanas que insté a mi hijo a ordenar registros en domicilios en busca de libros prohibidos o cultos heréticos. Tenemos que conseguir incomodar a la gente con el clero.

—Recuerda que nunca hay que llegar a la violencia extrema —apuntó Niccolò—. ¿Tu hijo sabrá hacerlo sin pasarse de la raya? Lo último que nos interesa es que nuestros futuros aliados se alcen en una revuelta armada.

—No te preocupes —lo tranquilizó—, Michele se limitará a molestar a algunos comerciantes y funcionarios turineses, nada más.

Nicco siguió leyendo.

—Aquí mencionas algo que defines como «el mejor truco de magia de la historia», pero no explicas lo que es.

—No querrás que lo ponga por escrito —rezongó Dante.

—¿Se puede saber de qué se trata?

—Te lo mostraré. De paso, también conocerás a mi guardaespaldas.

—¿El *hashashin* del que me hablaste hace un par de años?

—Ese mismo. —Dante lo llamó desde lo alto de la escalera—. ¡Hamsa!

El enmascarado le entregó el bulto envuelto en terciopelo rojo. Su mirada se cruzó con la de Nicco, que le dedicó una sonrisa cadavérica. Dante despidió al Susurro y regresó junto a su cuñado.

—Impresiona —reconoció Niccolò en cuanto Hamsa se marchó—. Me dijiste que entró a tu servicio recomendado por Riccardo Agosti, el saqueador de tumbas...

—El buscador de tesoros —lo corrigió Dante—. Es árabe, no sé muy bien de dónde. Agosti se lo encontró en mitad del desierto mientras buscaba reliquias para el duque de Saboya en Tierra Santa.

Según me contó, cinco jinetes turcos perseguían a Hamsa a caballo; él iba a pie. Lo rodearon y él acabó con los cinco en lo que dura un padrenuestro.

—Asombroso —musitó Niccolò.

—Hamsa formaba parte de un antiguo culto de asesinos —prosiguió Dante—. Un nizarí, un *hashashin*, como también se les llama; el último de un grupo que luchó contra la ocupación otomana de Jerusalén hasta que Solimán los fue cazando uno a uno. Hamsa no podía quedarse en Tierra Santa. Viajó a Europa con la última expedición de Agosti y este le buscó un patrón a quien servir cuando decidió retirarse a su hacienda de Lombardía.

—Y ahora trabaja para ti —adivinó Nicco.

—Últimamente se encarga de la seguridad de mi hijo Michele en Turín —explicó Dante—. Hamsa me acompaña en este viaje porque transporto una carga muy valiosa, y él vale por diez hombres. —Acarició el terciopelo con la punta de los dedos—. Lo que hay dentro de este relicario nos ayudará a cumplir nuestro sueño.

—¿Tu hijo está al corriente de todo el plan?

Dante soltó un bufido.

—Conoces a Michele. Siempre ha sido bebedor, putero y medio imbécil, y ahora que es arzobispo, más. No quiero que se lo largue todo a la primera ramera que le chupe la polla. Él es una pieza más de este juego, y cuanto menos sepa, mejor para él y para todos. Déjame que te enseñe esto —propuso cambiando de tema.

Dante desenvolvió el paquete y reveló un relicario de madera revestido de plata que abrió con un llavín que llevaba colgado al cuello. El escepticismo brilló en los ojos de Nicco al ver lo que contenía el estuche.

—Es el auténtico —aseguró Dante, algo dolido por la expresión de desdén de su amigo—. Se lo acabo de comprar al duque de Saboya. Me ha costado una fortuna.

—No te ofendas, pero no parece gran cosa.

—Tal y como está ahora mismo, no; pero lo parecerá después de usar mi magia —afirmó—. Un truco que convertirá a mi hijo en el prelado más famoso y envidiado de la cristiandad. Y cuando eso suceda, nos desharemos del papa Médici y la Iglesia rezará para que el arzobispo más admirado de Italia ocupe su lugar. Una vez que controlemos a la Iglesia, tendremos poder suficiente para llevar a cabo la última fase de nuestro plan.

El rostro de Nicco pareció rejuvenecer treinta años.
—Será el fin de los Médici, de los Borgia, de los Sforza y de todas esas familias que tanto daño nos han hecho a nosotros y a toda Italia.
Dante cerró el relicario y agarró la mano de su amigo.
—Y después, la unificación —deseó en voz alta—. Una sola Italia, poderosa y grande.
—Una sola Italia —repitió Nicco con una mirada evocadora—. Me apena no vivir para verlo.
—No digas eso —lo reprendió Dante—, por supuesto que lo verás.
Nicco se agarró el vientre con fuerza. La punzada, más fuerte que las anteriores, le arrancó un gemido.
—Esta vez, amigo mío, te equivocas.
La siguiente oleada de dolor lo dobló, como si hubiera recibido un puñetazo en el estómago. Dante, impotente, solo pudo sentarse a su lado y acariciarle el hombro.
—Antes de que el dolor me impida hablar —siseó Niccolò—, abre el segundo cajón de ese secreter y tráeme lo que hay dentro.
Dante encontró un paquete envuelto en tela. Pesaba poco.
—¿Qué quieres que haga con esto?
—Te lo explicaré...
Nicco aún pudo hablar con su amigo de la infancia durante unas horas más antes de que el dolor lo dejara sin conocimiento, al filo de la medianoche. Dante escuchó con atención sus últimas instrucciones y consejos que juró seguir al pie de la letra.
Al día siguiente, el 21 de junio de 1527, Niccolò Macchiavello dejaba de respirar.
Pero su plan, urdido junto a Dante Sorrento, seguiría su curso.
Y aquí comienza nuestra historia.

# 1

*Turín, otoño de 1527*
*Cuatro días antes de la masacre*

Michele Sorrento no era un hombre religioso, pero sí un hombre de excesos. Y cuando un hombre de excesos se vuelve religioso, tiembla hasta Dios.

La vocación de Michele fue forzada: clero o desheredación. Por suerte para él, su afición a la bebida y al fornicio nunca formaron parte de las condiciones del acuerdo con su padre. A Dante Sorrento le daba igual que su hijo se follara a un cerdo en cuaresma siempre que cumpliera sus órdenes a rajatabla y no diera un escándalo. Fue así como Michele vistió los hábitos, con la misma facilidad con la que se desprendía de ellos delante de un par de tetas.

Dante consideró el sacerdocio de su hijo como una inversión a medio plazo y un paso vital en su plan maestro. Un goteo constante de oro y de regalos para el papa Médici —como llamaba Dante a Clemente VII— abrieron las puertas del palacio del Vaticano a Michele, que acabó convirtiéndose en uno de los mejores amigos del santo padre. Como compañero de juerga, Michele no tenía parangón, y hasta un papa, por muy santo que sea, necesita diversión.

En dos años Michele Sorrento fue nombrado arzobispo de Turín cuando apenas sabía celebrar una misa de memoria.

Con lo que no contaba Dante, humanista convencido, era con que su hijo asumiera su prelado con el fervor religioso de un zelote. Demasiados vinos y confidencias con el papa, jornadas interminables de estudios teológicos y una guerra reciente con los protestantes crearon una horda de monstruos —algunos reales, la mayoría imaginarios— alrededor de Michele Sorrento, que veía enemigos de la Iglesia en cada rincón de Turín. Para bien o para mal, se autonombró paladín de la cristiandad y, como tal, decidió defenderla con la fuerza de Dios y del acero.

En su última visita al castillo de Sant'Angelo, donde se refugiaba el papa mientras negociaba las condiciones de su libertad con el emperador del Sacro Imperio Romano Germánico, Carlos I de España, Michele convenció al santo padre de que la herejía corría libremente por las calles de Turín y la ciudad estaba a punto de estallar. El arzobispo pintó un cuadro tan desolador que el papa decidió prestarle la unidad de élite que él había creado después del saqueo de Roma.

Los apóstoles.

Clemente consideró Turín un escenario inmejorable para ponerlos a prueba, lejos de la mirada inquisidora del emperador y de una Roma convaleciente del saqueo. Por otra parte, no era del todo incierto que en las calles de Turín se respirara la amenaza de unos cambios radicales. La guerra contra los protestantes había dejado unas brasas de herejía que aún crepitaban en el alma de los menos píos, hartos de religiones que solo traían dolor, sangre y miseria a cambio de un falso consuelo. Mientras unos renegaban de Dios, otros abrazaban las ideas luteranas en busca de una roca de salvación en un mar de tempestad ideológica.

Luego estaban los humanistas, como su padre, que no creían ni en Dios ni en el diablo, ni en el papa ni en Lutero. Pensadores que centraban su universo en el hombre y posponían el entendimiento al futuro cuando no comprendían algo, relegando la voluntad del Creador a un mero chiste. Para Michele, eran adoradores de Lucifer y enemigos de Dios. Incluso su padre lo era, pero contra su padre no podía alzar la mano. No le convenía, era su monedero. Dante siempre le hablaba de unos planes más allá de su imaginación y nunca terminaba de explicárselos del todo, como si Michele fuera incapaz de entenderlos. En el fondo, estaba convencido de que lo tenía por tonto, y eso le dolía y lo llenaba de rencor.

Pero ahora era arzobispo de Turín y contaba con el ejército de su padre, con un *hashashin* y con los apóstoles. Unas buenas herramientas para provocar terror.

Dejad una ballesta a un niño y acabará disparándola.

El arzobispo, impaciente por estrenar a los apóstoles, encontró una ocasión inmejorable esa misma noche. Según su espía de confianza, se celebraría una reunión clandestina de herejes en las antiguas bodegas Moncalieri. Ignoraba si eran luteranos, humanistas, satanistas o hechiceros. Lo que sí sabía era que los había convocado un agitador que ya había organizado, con anterioridad, encuentros con miembros de la burguesía para conspirar en contra de la Iglesia. Un tipo enmascarado del que se hablaba en los corrillos de las calles y en las mesas más recónditas de las tabernas.

La gente lo llamaba el Mattaccino.

Para Michele, el tablero de Turín estaba dividido en dos bandos: los católicos y el resto. Poco a poco, ese resto arrastraba a los primeros, apartándolos de Dios. Estaba harto de registrar viviendas, quemar libros y confiscar obras de arte que consideraba inmorales, pero eso no asustaba a las ovejas lo suficiente para devolverlas al redil. ¿Cómo pensaba su padre que habría que luchar contra ellos? ¿Con ayuno y oración? ¿Con palabras?

No. Con palabras desde luego que no. La primera regla era no hablar con el demonio. Lo haría con las armas y sin informar ni al papa ni a su padre.

Y la cabeza de ese Mattaccino sería la primera que colgaría encima de la chimenea.

Michele Sorrento dejó de lado sus reflexiones a la vez que corría la cortina de la ventana de su alcoba. Estaba completamente desnudo, lo que convertía al ministro de Dios en un mero mortal, un hombre medio calvo de poco más de treinta años. Las carnes fláccidas, faltas de ejercicio, se veían macilentas a la luz de las velas. La noche turinesa era lluviosa y oscura. A lo lejos, el reflejo de una antorcha bailó sobre un tejado.

Era la señal. La maquinaria de Sorrento se había puesto en marcha. Si todo iba según lo previsto, los herejes se llevarían una sorpresa muy desagradable.

—¿Os atribula algo, reverendísima excelencia? —preguntó una voz femenina a espaldas del arzobispo. La voz atiplada de alguien muy joven.

—Vístete —ordenó Michele sin dejar de mirar por la ventana—. Continuaremos con tu purificación en otro momento.

—¿Aún habitan demonios en mi interior? —preguntó, asustada, mientras se vestía; sus pechos aún no se habían desarrollado del todo—. ¿Tan poderosos son?

—Nada que mi fe no pueda derrotar —aseguró Michele con desdén—. Ahora, vete. Dile al padre Pacella que te abra el pasadizo.

La joven miró a ambos lados antes de abandonar la estancia, cerró la puerta sin hacer ruido y bajó los peldaños con cautela. Damiano Pacella, el secretario de Sorrento, la esperaba al pie de la escalera para conducirla al sótano por donde abandonaría el arzobispado sin ser vista.

Sorrento vio desaparecer la luz de la antorcha. Aún a media erección, juntó las manos y rezó por la victoria.

Su guerra secreta acababa de empezar.

Una guerra que, sin saberlo, trastocaría el plan de su padre.

# 2

El edificio de las bodegas Moncalieri se alzaba a orillas del río Po, muy por encima de un embarcadero compuesto por varios muelles de madera construidos por sus antiguos propietarios, la familia Ruggeri.

La bodega había sido clausurada por las autoridades dos años atrás. La versión oficial afirmaba que el cierre fue el castigo por ventas irregulares a importadores protestantes franceses; sin embargo, lo que corría de boca en boca era que el verdadero motivo había sido la excelente calidad del vino que elaboraba la familia Ruggeri, que hacía la competencia directa a las bodegas de los Saboya.

Muerto el perro, se acabó la rabia. Pero lo cierto era que nadie conocía con certeza las razones del cierre.

Las zonas principales del complejo eran tres, todas plagadas de pasillos y estancias. La primera era el patio de coches, rodeado por muros de piedra a modo de fortaleza medieval. A ambos lados había almacenes donde, en tiempos de actividad, se guardaban las uvas que recibían de todo el Piamonte. Al fondo, una puerta grande, de doble hoja, conducía al lagar, que olía a vino a pesar de llevar dos años cerrado. Desde allí, un ancho corredor en cuesta descendía a la bodega, un subterráneo amplio con varios pisos de estantes cargados de toneles vacíos. Unas escaleras de madera ascendían hasta las oficinas de los contadores, provistas de ventanas desde las que se podía supervisar el trabajo de los bodegueros.

Era justo en la bodega donde tenía lugar aquella extraña reunión. De pie, subido en un tonel para que todos pudieran verlo y oírlo con claridad, había un hombre delgado, ataviado con lujosos ropajes y tocado con una máscara veneciana que representaba al personaje del Mattaccino. Pintada de rojo, con una nariz desproporcionada, orejas grandes y el ceño fruncido, ocultaba completamente la cara del portador. Junto a él se erguía una figura enjuta, tocada con un sombrero que oscurecía su rostro afilado. Vestía de cuero negro y una capa del mismo color. Una nariz ganchuda y torcida sobresalía de un rostro cuyos ojos no eran más que dos candelas siniestras. La boca, cruzada por una antigua cicatriz, apenas tenía labios. El bigote y la perilla eran tan finos que parecían pintados con pincel. Del cinto colgaba una espada con demasiadas muertes para que su dueño pudiera recordarlas todas.

Jonás Gor, también conocido como la Muerte Española. Gran maestro esgrimista, había vendido su talento al mejor postor durante los últimos diez años, lo que le había llevado a viajar por media Europa. Antes de abrazar la vida de mercenario, había formado parte de las tropas de Diego Fernández de Córdoba. Bajo su mando, con veinte años recién cumplidos, participó en la toma del castillo de Mazalquivir en 1505, donde demostró que la pericia no está reñida con la crueldad. Años después, abandonó el ejército y España. Al parecer, el asesinato de un capitán de infantería y de dos suboficiales a su cargo tuvieron algo que ver.

—Todos los convocados aquí tenéis algo en común —dijo en alto el Mattaccino; la acústica de la bodega jugaba a su favor—. Todos sois turineses influyentes. —Una pausa—. Además, me consta que algunos de vosotros, en mayor o menor medida, habéis sufrido el abuso de la Iglesia.

Un murmullo general se alzó entre los asistentes, y varias voces se pronunciaron en voz alta.

—Es cierto —dijo un hombre mayor—. Hace dos meses, los hombres del arzobispo entraron en mi casa y arrasaron con mi biblioteca. No se limitaron a los libros que consideran prohibidos por no tener el imprimátur, también quemaron la colección que heredé de mi padre delante de nuestra propia casa.

—Un ultraje —apuntó su esposa con la voz quebrada al recordar el triste episodio—. Todos los vecinos nos señalaban con el dedo, ¡qué vergüenza!

—Irrumpieron en mi casa en plena noche y arrancaron de la pared una pintura muy valiosa de Hans Memling en la que aparecía una mujer con los pechos desnudos —se lamentó otra voz—. Rajaron el lienzo y golpearon a mi hijo cuando les hizo frente.

El Mattaccino no necesitaba oír las quejas de los presentes. Ya las conocía. El público, congregado en secreto mediante misteriosas cartas, pertenecía en su mayor parte a los sectores más acomodados de la ciudad. Una audiencia compuesta por hombres y mujeres ilustres, de mente abierta y monedero abultado. El enmascarado pidió silencio con un gesto.

—Desconozco si el arzobispo obedece órdenes del papa o ha montado él mismo su propia inquisición —dijo—. Lo que sé es que tenemos que parar esto si queremos que la ciudad prospere y no se convierta en un reino de terror. Y tenemos que hacerlo unidos.

—¿Y qué propones? —preguntó otro asistente, escéptico—. ¿Contratamos condotieros y asaltamos el palacio episcopal?

De nuevo se alzaron murmullos que el Mattaccino acalló a base de gestos.

—Hay métodos más efectivos que la violencia. Si atentáramos contra el arzobispo o contra otros miembros del clero, perderíamos la razón y los convertiríamos en mártires. El duque enviaría a sus tropas y lo último que nos interesa es ponerlo en contra nuestra. —Los ojos apenas visibles del Mattaccino buscaron complicidad en los de los asistentes—. Lo que propongo es unir nuestros recursos para descubrir al responsable de estos atropellos, y que sea la propia Iglesia, o el duque de Saboya, quienes lo defenestren. Os he convocado para que nos agrupemos en una misma causa, y no solo los aquí presentes; también necesitamos a vuestras familias, a vuestros amigos, incluso a vuestros sirvientes. Si logramos que todo Turín se una, haremos de esta ciudad un lugar mejor.

—Y luego, ¿qué?

—Imaginad que obtenemos el favor de las autoridades civiles. Trabajando con ellos, podríamos conseguir un gobierno mucho más justo, apoyado por ciudadanos y súbditos. Un gobierno que no me obligue a ocultar mi rostro bajo esta máscara y que no se inmiscuya en las creencias de nadie. Un gobierno que traiga paz y unidad.

Una mujer levantó la mano para pedir la palabra.

—Soy católica —manifestó—. ¿Qué pasa si me niego a actuar en contra de la Iglesia?

—Nunca he dicho que haya que destruir a la Iglesia —puntualizó el Mattaccino—. Nuestro objetivo debe enfocarse en acabar con la mala influencia política que practican sus miembros más fanáticos. Considero la fe como algo íntimo, personal. Si rezar os sirve de consuelo, rezad; que nadie os diga lo contrario. Lo que no concibo es condenar a quien no lo haga.

—Y vos, ¿creéis en Dios? —preguntó el hombre al que le habían destruido el cuadro de Memling.

El Mattaccino sonrió detrás de la máscara. Esperaba la pregunta.

—Personalmente dudo de la existencia de Dios, como ya hizo Epicuro hace siglos. Si la maldad existe y Dios no puede evitarla, no podemos decir que Dios sea omnipotente. Si es todopoderoso, como afirman sus ministros, pero no es su deseo poner fin a los males del mundo, ¿no será que es malvado? ¿Cuál es el origen de la maldad? —El Mattaccino escrutó a la audiencia, sin esperar respuesta—. ¿Acaso ese Dios no puede ni quiere ponerle fin? ¿Merece entonces ser llamado Dios? —Esta pregunta arrancó murmullos entre el público—. Yo sé cuál es el origen de la maldad, que es el mismo que el de la bondad: el libre albedrío del ser humano. Solo nosotros podremos erradicar esa maldad que Dios nunca erradicará por nosotros.

Las palabras del Mattaccino fueron recibidas con aplausos y ovaciones. Era la noche en la que más público se había congregado. Hasta entonces, sus reuniones secretas no habían logrado reunir a más de cuatro o cinco asistentes, pero el hecho de que Jonás Gor consiguiera las llaves de la bodega Moncalieri había permitido un aforo más numeroso.

La audiencia escuchaba al enmascarado con atención, interviniendo de vez en cuando. Cada vez eran menos voces las que cuestionaban al anfitrión y más las que manifestaban estar de acuerdo con su propuesta.

Al fondo de la sala, detrás de la última fila de oyentes, medio oculto entre una hilera de toneles vacíos, un hombre vestido de negro de la cabeza a los pies atendía a la reunión. Había conseguido la invitación robándosela a uno de los asistentes después de noquearlo por la espalda en un callejón. Así eran los métodos de Dino D'Angelis. Conseguir las cosas rápido, de forma directa, sin dejar rastro. Cuanto antes finalizaba un trabajo, antes cobraba y antes podía regresar a la taberna a gastarse lo ganado.

D'Angelis echó un vistazo a su reloj de bolsillo, una pieza cilíndrica de metal dorado adquirida en París en uno de sus viajes. Era casi medianoche. La verdadera fiesta estaba a punto de comenzar. Lamentó abandonar la reunión: en cierto modo, el discurso del Mattaccino empezaba a interesarle.

Todos estaban tan absortos escuchando al enmascarado que nadie lo vio escabullirse por el corredor que ascendía a los lagares.

En el tejado de las bodegas Moncalieri, una antorcha bailó en la oscuridad. A Dino D'Angelis le quedaba la última parte de la misión antes de cobrar sus honorarios, la más peligrosa.

La torre de la catedral dio la primera de las doce campanadas.

Hora de actuar.

# 3

Los seis carruajes se detuvieron en las puertas de las bodegas Moncalieri, envueltos en un silencio lúgubre. Iban tirados por un par de caballos cada uno y conducidos por soldados sin uniforme que ocultaban sus rostros con pañuelos oscuros, como vulgares bandidos.

Las órdenes de Michele Sorrento eran claras: no había que dejar pistas de la autoría de lo que sucediera esa noche.

Los transportes semejaban cajones enormes pintados de negro, sin adornos ni ventanas, con unos respiraderos diminutos en la parte superior que apenas dejaban entrar la luz procedente de los faroles de las casas vecinas, cuyas contraventanas se cerraban al paso de la siniestra comitiva. Los pocos viandantes que se toparon con ella decidieron cambiar de rumbo para no cruzarse en su camino.

Los guardias de Sorrento llamaban a esos carruajes «ataúdes rodantes».

La puerta trasera del carro que iba en cabeza se abrió, y una figura ataviada con uniforme militar salió de él y se plantó junto a la entrada de la bodega. El morrión y la coraza del capitán Yannick Brunner, pulidos a espejo, reflejaban el mundo a su paso. Tenía cuarenta y cinco años, ojos de acero, cejas rubias y espesas, una nariz gruesa desviada por la guerra y unos labios carnosos con expresión de haber metido la cara en un orinal usado. Levantó la vista al tejado y vio una sombra haciéndole señales con una antorcha.

Todo iba como estaba previsto.

Brunner golpeó dos veces el lateral de un ataúd rodante.

Los apóstoles desembarcaron como un pequeño ejército de fantasmas. Vestían corazas de acero y capas negras con capucha sobre máscaras chapadas en oro que ocultaban los rostros bajo facciones imaginarias, talladas por el mejor orfebre de Roma. Cada una de ellas representaba a un discípulo de Cristo. Portaban una alabarda de aspecto extravagante, diseñada por el propio Brunner, y de las que solo se habían forjado doce: una para cada apóstol.

Su creador las llamaba «purificadoras».

Brunner dio una orden y los doce apóstoles formaron detrás de él. Uno de ellos, oculto tras una máscara que representaba a san Juan con una expresión tan dulce como inquietante, se colocó a su lado después de cerciorarse de que la formación era impecable. El antiguo teniente de la Guardia Suiza, Arthur Andreoli, se dirigió a su superior.

—¿El moro ya ha dado la señal?

Brunner asintió.

—Ahora solo queda esperar a que D'Angelis cumpla con su parte —gruñó el capitán.

—Cumplirá —apostó Andreoli.

Dino D'Angelis aborrecía matar.

A veces su trabajo le obligaba a hacerlo. En esas ocasiones cobraba el doble.

Por las pesadillas.

Dejó atrás el lagar en la décima campanada para la medianoche. Las dos últimas las oyó escondido detrás de una columna del patio de coches. Distinguió a dos hombres junto al portalón de doble hoja que daba a la calle. Eran corpulentos y llevaban espadas al cinto.

Como era habitual en él, decidió dar una oportunidad a las palabras.

D'Angelis tomó aliento, se recompuso el sombrero y caminó con paso decidido hacia los vigilantes. Estos se volvieron hacia él. Uno era gordo y viejo, probable desecho de la compañía de algún condotiero retirado o muerto. Presumió que sería lento de reflejos. El otro, más joven, le preocupaba más.

—Buenas noches, señores, disculpad que os moleste —saludó con la versión más señorial de su voz, una de las muchas que había aprendido a adoptar en sus años de actor—. Las campanas de la catedral me han recordado que tenía un compromiso previo a la reunión de hoy, por lo que os agradecería que me permitierais salir.

—Imposible, señor —respondió el más joven—, tenemos órdenes de mantenerlas cerradas. Está previsto abandonar la bodega por los túneles que dan a los muelles.

La bota de D'Angelis taconeó de forma involuntaria contra el adoquinado. Era un tic inevitable cuando los nervios le rascaban la barriga. Decidió agotar la vía diplomática.

—¿No podéis hacer una excepción? Tendría que esperar a que acabara la reunión, y parece que va para largo. —Metió la mano en el bolsillo—. Puedo invitaros a unos vinos...

La manaza del gordo lo interrumpió.

—Gracias, pero no nos arriesgaremos a desobedecer una orden de nuestro patrón. Saldréis por los muelles cuando la reunión termine, como todo el mundo.

El espía asintió, se encogió de hombros y dio media vuelta. El vuelo de la capa ocultó el movimiento de la mano.

Dino D'Angelis aborrecía matar.

Pero cuando tenía que hacerlo, no lo hacía mal del todo.

Giró sobre sí mismo tan deprisa que los centinelas no tuvieron tiempo de reaccionar. La daga atravesó la garganta del más joven hasta la empuñadura. El gordo, con los ojos desorbitados por la sorpresa, retrocedió para esquivar el surtidor de sangre que brotó del cuello de su compañero cuando el espía terminó de rebanárselo, segando venas y arterias. Para sorpresa de D'Angelis, el viejo desenfundó la espada con mucho más brío del que esperaba. Puede que se hubiera equivocado en su apreciación. Si aquel hombretón tenía ciertos conocimientos de esgrima, su daga poco podría hacer contra una espada.

Sin embargo, la reacción del gordo fue distinta a la que Dino temía, a pesar de ser igual de desastrosa: salió disparado en dirección al lagar, gritando a pleno pulmón.

—¡Socorro! ¡Nos atacan! ¡Corred! ¡Corred!

D'Angelis soltó una maldición y fue detrás de él. El tipo no paraba de vociferar. ¿Lo habrían oído en la bodega? Pensó en lanzarle la daga a la espalda, pero si fallaba y el otro se daba la vuelta, podía darse por muerto, y muerto no cobraría sus honorarios.

La suerte le fue propicia, porque el gordo resbaló en el suelo húmedo de la rampa y cayó de espaldas. D'Angelis se lanzó sobre él y le aplastó el brazo armado con la rodilla. La daga descendió muy rápido varias veces sin tiempo para apuntar a zonas vitales, lo que provocó berridos dignos de una matanza. Para colmo de males, el gordo no paraba de manotear, lo que dificultaba mucho la tarea de asesinarlo. Por fin, la punta de la daga consiguió entrar por el ojo hasta el cerebro, silenciándolo en el acto. D'Angelis estuvo a punto de vomitar. El globo ocular partido en dos, manando sangre, no era una visión agradable.

Y de una cosa estaba seguro: Los gritos se habrían oído en la bodega y en todo el ducado de Saboya. Si la multitud del subterráneo subía en tropel, estaba muerto.

D'Angelis corrió hacia la entrada. El cadáver degollado del centinela parecía que lo mirara con ojos espantados. Le costó varios intentos levantar el gigantesco travesaño de madera que trababa las puertas por dentro. Oyó un grito procedente del lagar. Alguien había descubierto al guardia muerto. Una vez que se deshizo del tablón, descorrió los cerrojos. Aún no se había apartado del todo cuando las puertas se abrieron con tal fuerza que casi lo hicieron caer al suelo.

Los doce apóstoles irrumpieron en el patio formados en filas de a cuatro, con las purificadoras enarboladas. Pasaron sin compasión por encima del cadáver del guardia. D'Angelis se apartó de su camino y los siguió con la mirada mientras desaparecían rampa abajo, en dirección a la bodega, con las capas negras ondeando como banderas de muerte. La presencia de esa compañía aterrorizaría al mismo demonio. Infundían terror. Volvió la cabeza hacia la entrada y se topó con la cara de eterno asco de Yannick Brunner.

—Desde luego, el sigilo no es lo tuyo —lo reprendió este con expresión de desprecio absoluto—. Como los herejes se escapen por tu culpa, le diré a su ilustrísima que no te pague.

—El arzobispo me contrató para espiar —protestó—. No contaba con tener que deshacerme de dos matones, para eso está el moro.

—El Susurro tiene otro papel en esta misión.

Dino volvió la cabeza hacia la rampa por la que habían desaparecido los apóstoles.

—Ni habéis preguntado cuántos eran —pensó en voz alta—. ¿Qué pasa, Brunner, que os sobran huevos y os faltan sesos?

Brunner levantó el labio superior en una mueca condescendiente.

—Aunque fueran doscientos, no serían problema para mis doce.

El hombre que descubrió al gordo en el suelo no se arriesgó a comprobar si estaba vivo o muerto. Giró sobre sus pasos y dio la alarma a voces mientras D'Angelis luchaba con el travesaño de las puertas.

—¡Han asesinado a los guardias! —informó en cuanto llegó a la bodega—. ¡Tenemos que irnos!

El pánico se apoderó de los ciudadanos. Jonás Gor sujetó al Mattaccino por el brazo.

—Confiad en mí.

Gor agarró del hombro a uno de los asistentes y le puso en la mano una llave grande. El hombre se la quedó mirando, como si acabara de pasarle por encima una araña peluda.

—Esta llave abre la verja que da al embarcadero —dijo en voz alta, de forma que todos pudieran oírlo—. En cuanto estéis fuera, dispersaos por el río, que no os atrapen. ¡Corred, rápido!

El Mattaccino hizo amago de avanzar con el resto del grupo, pero Gor volvió a sujetarlo y señaló con disimulo la escalera de madera que ascendía a las oficinas.

—Seguidme.

Guiado por Gor, atravesaron tres estancias polvorientas hasta llegar a un despacho abandonado. El español abrió un armario ropero vacío y trasteó en su interior hasta que sonó un clic.

Una puerta se abrió a la oscuridad.

—¿Por qué no me habías hablado de este pasadizo? —le recriminó el Mattaccino entre agradecido y enojado.

—La sorpresa es mejor en el momento justo. Detrás de vos.

El Mattaccino se adentró en la negrura, tanteando la pared con la mano. Gor cerró el armario desde dentro y recolocó la puerta secreta en su lugar.

Abajo, la formación de los apóstoles atravesaba la bodega a buen paso, pero sin correr.

No les hacía falta.

Tenían a sus presas atrapadas.

La pequeña multitud, encabezada por el portador de la llave, se atropellaba por el corredor iluminado por antorchas. Algunos tropezaban con los raíles por donde otrora circularan vagonetas cargadas de toneles. Las paredes apestaban a moho y humedad. Por fin, vislumbraron la reja del embarcadero.

—¡No me atosiguéis! —rogó el de la llave mientras se peleaba con la cerradura.

Los hombres y mujeres que se apelotonaban en el corredor aplastaban al único que podía abrir la verja. El chasquido del mecanismo de apertura al ceder provocó cierto alivio general. La multitud avanzó por el tramo de corredor que quedaba antes de llegar a la plataforma del embarcadero, que hacía tiempo que no alojaba embarcación alguna. Cuando faltaban pocos pasos para llegar al muelle, una figura tenebrosa con las manos en llamas cayó del cielo interponiéndose entre ellos y la libertad.

Hamsa levantó la cabeza encapuchada con suma lentitud. Nadie pudo distinguir rasgo alguno, aparte de unos ojos carentes de emoción. Las manos ardientes trazaron arcos en el aire.

Las jarras de aceite y pólvora volaron hasta la desembocadura del pasillo, elevando un muro de llamas delante de los fugitivos que los obligó a pararse en seco y retroceder. Entonces descubrieron a los apóstoles, que les cerraban el paso por detrás. La primera fila apuntaba las purificadoras hacia el frente; la segunda, en un ángulo de cuarenta y cinco grados, y la tercera, las enarbolaba como estandartes de guerra.

La imagen de los enmascarados desató el terror. Los ciudadanos se vieron atrapados entre el fuego y las alabardas más extrañas que habían visto jamás. El mango era de roble blanco, lo que las hacía ligeras y facilitaba el manejo. La punta de la cabeza de armas era fina y afilada, como un estilete largo. La zona del hacha era más grande que las de las alabardas normales, capaz de partir en dos a un hombre empuñada por los brazos adecuados. Pero lo que más diferenciaba a la purificadora de una alabarda clásica era el peto de punza; el espolón destinado a descabalgar jinetes de sus monturas. El diseño de Brunner era más largo, en forma de guadaña de doble filo.

Y las purificadoras aún guardaban una última sorpresa.

Al dar un cuarto de vuelta de rosca al astil, el arma se dividía en dos piezas letales: una espada corta de doble filo que surgía de una acanaladura lateral, y un hacha de guerra perfecta para combatir en espacios cerrados.

Los fugitivos cometieron el error de no rendirse de inmediato. Algunas espadas y dagas abandonaron las fundas, y los más osados —o puede que los más asustados— se lanzaron a la desesperada contra los alabarderos.

El movimiento de los apóstoles fue ejecutado con precisión milimétrica, fruto de mucho ensayo. Los cuatro de la primera fila barrieron a los asaltantes con el peto de punza, enganchándoles los pies y tirando hacia atrás, cortando botas y tendones de Aquiles como espigas de trigo. Ni uno quedó de pie. Dos que cayeron hacia delante se ensartaron en las purificadoras de la segunda fila; los dos restantes fueron abatidos a hachazos.

El teniente Andreoli, que supervisaba la formación desde la última fila, maldijo detrás de la máscara de san Juan. Estaban autorizados a utilizar la fuerza, pero la forma en la que lo habían hecho le pareció desproporcionada.

«Son civiles aterrorizados, por el amor de Dios», pensó.

Los que estaban detrás de los caídos retrocedieron intimidados por el feroz contraataque de los apóstoles, que pasaban por encima de los muertos como quien esquiva bostas de caballo. Andreoli golpeó el suelo dos veces con el astil en cuanto comprobó que los herejes estaban acorralados. Los apóstoles se pararon en seco: si hubieran seguido avanzando, habrían empujado a los civiles a las llamas. Cuando el teniente pensaba que iban a rendirse, oyó a alguien gritar junto al muro de fuego.

—¡Solo hay uno en el muelle! ¡A por él!

Dos hombres jóvenes, armados con espadas, atravesaron la hoguera, ignorando el calor y el aceite ardiendo que se les pegaba al calzado e incendiaba sus bombachos. Embriagados por la furia, cargaron contra la silueta vestida de negro que les cerraba el paso.

El Susurro ejecutó lo que bien podrían haber sido pasos de danza, esquivando a los atacantes a la vez que describía sendos arcos con el arma. Ambos cayeron sobre el empedrado, con cortes en el pecho que atravesaron carne y partieron huesos. Todo en un parpadeo.

Aquello bastó para que los hombres y mujeres atrapados en el corredor se rindieran, con el alma derramándose en lágrimas de rabia. Los apóstoles abrieron la formación para dejar paso a Yannick Brunner. El capitán se plantó frente a los herejes.

—Estáis detenidos, en nombre de la Santa Madre Iglesia. —Su voz retumbó en el túnel—. Rendíos, y nadie resultará herido.

—¿Detenidos? —gritó una voz—. ¿Por qué? ¿Qué vais a hacer con nosotros?

—Solo tendréis que responder a unas preguntas —prometió el capitán—. Si nos decís lo que queremos saber, mañana estaréis en vuestra casa y todo esto quedará en una anécdota. —Un murmullo de creciente indignación se elevó entre los civiles; Brunner lo sofocó de un bramido—. ¡Silencio! Tirad al suelo cualquier arma que llevéis e id a la superficie. ¡Ahora!

En cuanto el más bragado rindió su arma, el resto lo imitó. Una procesión cabizbaja recorrió el camino de vuelta a la bodega donde los recibieron hombres armados con el rostro oculto por pañuelos.

—¿Adónde nos lleváis? —se atrevió a preguntar alguien.

Nadie respondió.

A uno tras otro los introdujeron en los ataúdes rodantes. Dentro, un banco corrido hacía las veces de asiento. Imposible ver el exterior. La lluvia entraba por las rendijas de ventilación, próximas al techo, empapando a los prisioneros.

Cuando el túnel del embarcadero quedó despejado, Andreoli hizo una seña a Brunner para hablar con él en privado. Este captó el gesto y se alejó de los apóstoles, que formaban a ambos lados del pasillo a la espera de órdenes. El teniente habló detrás de la máscara de san Juan.

—Cuatro muertos por aquí —comentó señalando los cadáveres apoyados en las paredes cubiertas de humedad—. También me ha parecido oír gritos en la zona del muelle.

—Creo que hay dos más —contabilizó Brunner—. Hay que ser muy idiota para enfrentarse a alabarderos entrenados.

—O sentirse acorralado —opinó Andreoli—. Ya sabes lo que pasa cuando acorralas a una rata.

Brunner guardó silencio hasta que el teniente volvió a hablar.

—¿Qué hacemos con los cuerpos?

—Enviaré una barcaza para que los recoja —decidió Brunner—. Espéralos aquí y ordena que los sepulten tierra adentro, todo lo lejos que puedan navegar sin encallar. No hay que dejar rastro de esto. Los demás, que registren el edificio, por si hubiera alguien escondido por ahí.

Andreoli repitió la orden a los apóstoles, que ascendieron por el túnel para hacer una última batida. Cuando se quedaron a solas, el teniente preguntó a su superior:

—Yannick, ¿crees que está bien lo que acabamos de hacer?

Brunner tenía la mirada perdida en las llamas que se extinguían en la zona del muelle. Vislumbró al Susurro detrás del fuego, en silencio, como un espectro amenazador.

—No lo sé, Arthur —respondió—. Solo sé que el santo padre nos puso a las órdenes del arzobispo Sorrento y somos soldados.

—Cumplimos órdenes —recitó Andreoli.

—Cumplimos órdenes —repitió Brunner.

Dino D'Angelis examinó a los detenidos, uno por uno, conforme entraban en los carros. Ni el de la máscara del Mattaccino ni el espadachín con cara de calavera estaban entre ellos. Los apóstoles habían concluido el registro y no habían encontrado a nadie más en la bodega. El espía informó a Brunner.

—El líder no está. Es un hombre con una máscara de carnaval; tiene un pico de oro y aspecto refinado. Todo lo contrario que tú.

—Qué gran cómico ha perdido el teatro —ironizó Brunner, forzando una sonrisa de hiena—. Lástima que olvidaras las frases por culpa del vino.

El espía se permitió un instante para disfrutar de la bilis que tragaba el capitán. A Yannick Brunner le habría encantado asesinar a D'Angelis, pero dos cosas se lo impedían.

La primera, Michele Sorrento y Dino eran amigos desde hacía años, mucho antes de que lo nombraran arzobispo.

La segunda, por mucho que le pesara al capitán, era que aquel actor fracasado tenía un talento especial para cualquier labor que requiriera investigación o espionaje. Puede que D'Angelis fuera uno de los individuos más inteligentes que Brunner hubiera conocido, pero eso no era óbice para que le pareciera un grano en el culo.

—Ese tipo, el Mattaccino —siguió informando Dino—, va con un guardaespaldas, un tipo flaco, con pintas de desayunar recién nacidos y cagarlos en el lecho de sus padres. Seguro que puedo averiguar algo sobre él, tiene un aspecto muy peculiar, no pasa desapercibido. Puede que alguno de los detenidos sepa algo, preguntadles por él —sugirió.

—El arzobispo quiere interrogarlos personalmente. ¿Vas a ir a informarlo ahora?

—Iré mañana. A estas horas los locales decentes están cerrados y, si voy a uno indecente, las putas se quedarán con mi paga.

—Entonces nos vemos mañana. ¿Aún conservas el reloj o lo has malvendido?

Dino le enseñó el cilindro dorado.

—Le diré al arzobispo que irás a las nueve. Algún día me compraré uno de esos.

—¿Sabrás entender la hora?

—Que te zurzan, D'Angelis.

Los apóstoles formaron. Brunner se sintió orgulloso de su escuadrón, pero no de la misión que acababan de cumplir. Se consideraban militares, entrenados para combatir soldados, no para cazar paisanos como ratas asustadas, por mucha bula papal que los amparara.

Una bula de la que Michele Sorrento no paraba de hablar y que Brunner no había visto jamás.

Los apóstoles ocuparon dos de los seis ataúdes. Los prisioneros que viajaban en los otros cuatro guardaban silencio, bajo amenaza.

La caravana rodó por las calles mojadas en silencio.

Dino D'Angelis se esfumó por una callejuela, sin dejar de darle vueltas al discurso del Mattaccino.

En el fondo, no le parecía mal lo que había oído.

## 4

*Afueras de Carmona, Sevilla, primavera de 1526*
*Dieciocho meses antes de la masacre*

Conrado corría por la arboleda como si le fuera la vida en ello. Tropezaba cada dos por tres para volver a levantarse con desesperación agónica. Las rodillas, teñidas de sangre y tierra, asomaban por el calzón desgarrado. Nadie lo perseguía en realidad, pero en cuanto reconoció al jinete en la plaza de San Fernando, las piernas tomaron el control del cuerpo.

No fue el único que evitó a la escuadra que comandaba el gigante acorazado. Los dueños de los tenderetes bajaron la vista a su paso, las señoras se desviaron para no cruzarse con él y algunos, a sus espaldas, hicieron gestos para ahuyentar el mal de ojo.

Zephir de Monfort parecía un fantasma de otros tiempos. Llevaba una armadura completa que había sobrevivido a cuatro siglos de batallas sin apenas rasguños. El acero, pintado de negro, cubría a su portador de pies a cabeza, a excepción de una cruz de lis de bronce claveteada en la coraza. El yelmo, cilíndrico, tenía el borde del visor en forma de cruz y pintado de rojo. No con líneas rectas, sino a pinceladas que simulaban sangre goteando. Un dragón rojo remataba el casco, y púas amenazadoras surgían de hombros, codos, rodillas, pies y nudillos.

Muerte, su caballo, también era negro. Estaba igual de acorazado que su dueño e inspiraba el mismo horror. Su arnés estaba equipado con alforjas de hebillas doradas, faltriqueras y bolsas por doquier. Una biblia grande, encuadernada en cuero, colgaba del pectoral de la bestia, sujeta por una estola púrpura.

Pero lo más intimidante era la maza que colgaba del cinturón del inquisidor. Un arma pesada, diseñada para que solo un gigante como Zephir pudiera manejarla, con una cabeza de metal dotada de puntas cortas y ya algo romas de tantos cráneos acorazados que había hendido desde que el diablo —o alguien peor— la forjara, trescientos años atrás. Cualquiera necesitaría ambas manos para alzarla. En las de Zephir, parecía pesar menos que el martillo de un carpintero.

Conrado dejaba el bosque atrás. Por el camino quedaron la carne de ternera y el pescado que su ama le había encargado comprar en el mercado. Esperaba que no le regañaran demasiado si todo resultaba ser una falsa alarma. El sol se ocultó tras unas nubes negras, como si no quisiera presenciar lo que estaba a punto de suceder en los campos de Carmona. Se avecinaba lluvia.

El criado cayó de bruces en el sembrado y quedó a cuatro patas, con las manos enterradas en la tierra abonada. Se sentía atrapado en un dilema: si descansaba, los jinetes aparecerían antes de que pudiera advertir a su amo; si seguía corriendo, se arriesgaba a caer rendido o muerto, por lo que el resultado sería idéntico. Miró atrás y no vio a nadie. Resopló, se levantó y siguió corriendo. El dolor del costado le robaba aliento y vida, pero la hacienda de don Alfonso Masso estaba cada vez más cerca.

Agustina, la esposa de Jerónimo —el sirviente de más edad de don Alfonso y encargado de los campos—, fue la primera que lo vio. En ese momento arreglaba los arriates que adornaban el exterior del muro que rodeaba la villa. En cuanto le vio la cara, supo que algo andaba mal.

—Conrado, ¿qué pasa? ¿Y el pescado y la carne?

El joven cruzó la verja de la villa sin detenerse.

—¡El Santo Oficio! —gritó—. ¡Viene el Santo Oficio!

Agustina dejó caer las herramientas de jardinería, entró en el recinto y echó la llave de la cancela. Jerónimo salió del granero con los ojos espantados y la horca en las manos. Había superado de largo los cincuenta y había vivido la anterior detención de su amo, una experiencia que no tenía ganas de repetir. Recordó los interrogatorios a los que los sometieron a su mujer y a él. No es que los torturaran, no llegaron a eso. Pero habían pasado dos años y las preguntas insistentes, los insultos y las humillaciones aún se repetían en sus pesadillas.

Sara, la esposa de Alfonso Masso, cerró el libro que estaba leyendo y se levantó del poyo de la fachada principal de la casa. Era una villa no muy grande, de reciente construcción; confortable, pero sin excesivos lujos, lejos del pueblo y sus habitantes. A pesar del griterío de Conrado, Lucas, el hijo de ocho meses del matrimonio, dormía en un capazo, al lado de su madre. Sara lo cogió en brazos cuando el criado se detuvo frente a ella, con las manos apoyadas en las rodillas. Le faltaba el aire.

—¿Qué es eso de que viene el Santo Oficio? —preguntó alarmada.

—Zephir de Monfort —logró articular—, con tres hombres más.

—¿El inquisidor? —Sara jamás lo había visto, pero había oído historias terribles sobre él—. ¿Cómo sabes que vienen hacia aquí?

—Los he visto en la plaza de San Fernando.

Sara observó que Jerónimo y Agustina oteaban a través de los barrotes de la cancela. El pequeño Lucas se despertó, se frotó los ojos y miró a Conrado, que seguía jadeando, a punto de echarse a llorar.

—Conrado, tranquilízate —rogó Sara, que esquivó un manotazo de Lucas; al diablillo le gustaba la fiesta nada más abrir los ojos—. ¿Qué te hace pensar que vienen a por nosotros?

—No lo sé, ama... cuando me di cuenta estaba corriendo. He perdido la carne y el pescado que me encargó —confesó compungido.

—No te preocupes por eso. No creo que el Santo Oficio envíe a su peor inquisidor a por nosotros, pero, de todas formas, avisaré a mi esposo. Tú ve arriba, trae a Luis y a Julia y mete ropa en una alforja, por si acaso.

Conrado entró en la villa y subió la escalera en dirección al dormitorio de los niños. Luis, el mayor, tenía ocho años, cuatro más que Julia. Sara cruzó el zaguán, entró en el salón y tomó el breve corredor de la derecha que conectaba con la biblioteca.

Encontró a Alfonso junto a la ventana que daba al patio trasero, enfrascado en la lectura de un tomo del grosor de un adoquín. Las estanterías estaban a rebosar, y eso que gran parte de la colección que atesoraba en el antiguo domicilio de la familia, en el centro de Carmona, había acabado en una pira. Alfonso interrogó a su esposa por encima de los anteojos. Tenía treinta y seis años y más canas de las que se merecía.

—¿No has oído gritar a Conrado? —Sara no daba crédito.
—No, estaba entretenido. ¿Pasa algo?
—El Santo Oficio. Zephir de Monfort para ser exactos.
—¿Está aquí? —Alfonso se levantó y dejó los anteojos sobre la mesa redonda que presidía la estancia, en la que descansaban varios libros.
—Conrado afirma haberlo visto en la plaza de San Fernando.
Alfonso Masso meneó la cabeza y elevó la vista al techo.
—¿Y por eso tanto jaleo? Según tengo entendido, el Santo Oficio envía a Zephir de Monfort para asuntos que merecen intervención militar, no para detener a un converso como yo. Un marrano, como nos llaman. Como si no hubiera otros herejes, blasfemos, sodomitas y luteranos que detener... Seguro que han venido a Carmona a por algún otro y Conrado se ha cagado en los calzones al verlo. A mí ya me tocó pagar por mis pecados con escarnio y dinero.
—Y sigues practicando el culto en secreto —le recordó Sara, a quien el pequeño Lucas retorcía la oreja en ese instante, tratando de llamar su atención—. ¿Y si alguien te ha denunciado?
Alfonso espantó la idea con la mano.
—¿Quién, mujer? Apenas salgo de casa, cerré mi negocio, no presto dinero... Vivimos de nuestros ahorros y no hacemos mal a nadie. No tenemos enemigos.
—Que tú sepas. —Un tirón de pelo a traición robó una sonrisa a Sara—. ¿Quieres estarte quieto, Lucas? Eres un demonio, un pequeño *dybbuk*.*
Sara pellizcó el moflete de Lucas, fingiendo enfado, y este contraatacó con una sonrisa. La encía inferior se aclaraba donde empezaban a asomar un par de dientes diminutos. Alfonso los contempló encandilado. Jamás le reprochó a Sara que hubiera abandonado el judaísmo años atrás, cuando se mudaron a Sevilla desde Segovia. Incluso admitía que asistiera a misa los domingos en la iglesia de San Pedro. Alfonso, en cambio, había aceptado la conversión al catolicismo por pura supervivencia, aunque su fe, la de los hijos de Israel, había permanecido inamovible a lo largo de su vida.
—Amor mío, tranquila. —Alfonso colocó las manos sobre los hombros vestidos de terciopelo verde—. Seguro que Conrado se ha

* *Dybbuk*: en la tradición judía, espíritu maligno que posee y atormenta a los vivos.

asustado al ver a los inquisidores. Lo pasó mal hace dos años. Apenas era un mozalbete y vivió cosas que no tenía que haber vivido. Ahora, en serio, mírame. —Retrocedió unos pasos y abrió los brazos en una pose de bufón; a pesar de no estar gordo, la barriguita que lucía era el anticipo de una futura panza—. ¿Crees que el Santo Oficio va a enviar a su agente más poderoso para detener a... esto?

Sara no pudo evitar sonreír. Miró a Alfonso con ternura. Lo amaba. Era un buen hombre. Tozudo, pero buen hombre, amante esposo y padre adorable. Se acercó para besarlo en los labios.

Justo en ese momento, Jerónimo irrumpió en la biblioteca.

—¡Se acercan cuatro jinetes!

El hechizo se rompió. Se hizo un silencio extraño y el tiempo se ralentizó y se aceleró a la vez.

Ese milagro solo lo consigue el terror.

El grito de Conrado, desde el piso superior, confirmó el peor augurio.

—¡Zephir de Monfort!

El color abandonó las mejillas de Alfonso como si se desangrara. Sara apretó un poco más fuerte a Lucas, que era el único feliz en ese momento. Conrado atravesó el zaguán en dirección a la biblioteca, con Luis y Julia de la mano y con una alforja a medio llenar al hombro. La muñeca de trapo de Julia cayó en el pasillo, junto a un aparador de madera y mármol. Ella extendió la manita para cogerla, pero la fuerza con la que Conrado tiraba de ella se lo impidió. La madre rodeó a sus hijos con los brazos mientras el criado y su marido arrastraban la mesa redonda. Julia insistía en regresar al corredor a por la muñeca, pero no había tiempo para eso. La alfombra sobre la que descansaba la mesa ayudó a moverla. Estaba dispuesta así a propósito. En caso de emergencia, Alfonso, su familia y los criados sabían qué tenían que decir y qué hacer.

Lo habían ensayado muchas veces.

Jerónimo salió de la casa y dejó la horca a mano, cerca de la verja de entrada. Un placebo de seguridad. Cuatro púas de madera contra la coraza de Zephir de Monfort tendrían la misma efectividad que un mondadientes. El criado rezó para interpretar bien la mentira que tenía preparada por si volvía el Santo Oficio. Agustina fingió tender unas sábanas. Temblaba de arriba abajo y eso no ayudaba.

En la biblioteca, Alfonso abrió la trampilla que conducía al pequeño sótano que él mismo había excavado en secreto, junto a sus criados, en cuanto el último albañil que trabajó en la construcción de la casa se marchó. En el subterráneo había improvisado un pequeño altar para sus rezos clandestinos, con una menorá y los ejemplares del Sidur, el Talmud y la Torá. Instó a su familia a esconderse en el zulo. También a Conrado, que se resistía a entrar. Alfonso lo empujó escaleras abajo y detuvo su intento de subir con un índice amenazador que frenó al muchacho en seco. Julia seguía llorando por su muñeca, y Sara le rogaba sin parar que se callara. Alfonso fue el último en bajar, pero no cerró la trampilla al hacerlo. Sin pronunciar palabra, recogió sus objetos de culto y volvió a subir las escaleras.

Sara lo agarró del calzón.

—¿Adónde vas? —musitó con los ojos desorbitados.

Alfonso se deshizo de su esposa, subió los últimos peldaños y negó con la cabeza desde lo alto de la escalera. Sara ahogó un grito y extendió una mano suplicante hacia él. Este le dedicó una última sonrisa y le pidió silencio con un dedo en los labios; cerró la trampilla y arrastró la mesa y la alfombra a su posición original.

Había tomado una decisión para salvar a su familia y a los criados. Salió de la casa con la menorá y los libros sagrados entre los brazos. No se molestó en quitar la mezuzá del marco de la puerta principal. *«Shemá Israel, Vehayá im shamoa»*. «Escucha, oh, Israel, en caso de que me oyereis». Asustado, pero convencido de que era lo mejor, Alfonso atravesó el patio y caminó hacia la entrada de la finca cargado con las pruebas de su reincidencia. Se aferró a la posibilidad de que, si se mostraba dócil con Zephir de Monfort, el inquisidor general tendría piedad y se limitaría a condenarlo en efigie por relapso. A veces la sentencia consistía en quemar un muñeco que representaba al reo, a modo de escarnio, y se dictaba una pena distinta a la de muerte. Puede que solo le costara dinero, pero todo lo que se puede comprar con dinero es barato.

Estaba en manos de Dios.

El ruido de los cascos se oía cada vez más cerca. Jerónimo, que esperaba a los jinetes al otro lado de la cancela, contempló, aterrado, cómo su amo avanzaba con la parafernalia hebrea. La mentira preparada para los inquisidores se le olvidó de golpe.

Como si anunciara la llegada de los jinetes, el cielo se derramó sobre ellos.

—Abre, Jerónimo —ordenó Alfonso con una voz tan calmada que daba escalofríos.

—Amo, si os ven con eso, os matarán —argumentó el criado, en tono suplicante—. Escondedlo, os lo ruego.

Alfonso Masso fingió no oírlo. Un trueno rubricó el silencio que el judío quebrantó al dirigirse a sus sirvientes.

—Recordad lo que hemos ensayado muchas veces: mi familia está de viaje en Segovia. —Agustina asintió con un cabeceo único, con el gorro de tela empapado por la lluvia—. Tranquilos, no creo que esta vez os interroguen. Vienen a por mí y voy a confesar de plano para que no os molesten. Jerónimo, abre la verja.

El siervo se mordió los carrillos de impotencia, pero obedeció. Al abrir la cancela mojada vio a los jinetes de cerca por primera vez. Miró de reojo la horca apoyada en el muro y se sintió ridículo. Cuando el cuarteto a caballo entró en el patio, Agustina no pudo hacer otra cosa que orinarse encima. Por suerte, la lluvia disimuló la vergüenza.

Alfonso se quedó paralizado ante la terrorífica estampa del inquisidor Zephir de Monfort. Este detuvo la pesadilla blindada que montaba a pocos pasos del hereje, que lo miraba boquiabierto, sujetando la menorá y los libros.

El judío recordó su anterior arresto en Carmona. Allí se personaron dos sacerdotes enviados por el obispo y seis «familiares», como llamaban a los seglares que se vinculaban al Santo Oficio para ayudarlo en sus funciones. La mayor parte de las veces, los familiares se limitaban a delatar a herejes; otras, como en el caso de Alfonso, participaron en la detención, pero de forma más disuasoria que activa. Solo le cayó algún insulto, un par de escupitajos y unas cuantas amenazas que no llegaron a cumplirse.

Pero ahora tenía delante a un demonio que eclipsaba con su presencia la de los tres jinetes que Alfonso supuso que serían los familiares. Estos vestían algo parecido a un uniforme militar, con calzones de montar, lorigas de cuero cubiertas por antiguas sobrevestas con cruces bordadas y boinas rojas. Parecían soldados y actuaban como tal, pero estaba seguro de que no lo eran.

Los familiares descabalgaron. Uno de ellos destacaba por su estatura, a pesar de no ser tan alto ni voluminoso como el inquisidor. Era rubio, llevaba el cabello más largo de la cuenta y el rostro rasurado; una barbilla partida lo dotaba de un singular atractivo.

Sus compañeros parecían mayores que él. Uno era de estatura media, moreno, barbudo y con la cara picada de viruela. El segundo, más bajo, era un aspirante a fraile que jamás logró que lo admitieran en el convento, con dientes de conejo, cejas pobladas y las entendederas justas para acatar la orden más salvaje sin pensarlo ni un instante. Todos portaban espadas, tan pasadas de moda como el resto de su atuendo.

El inquisidor habló sin bajarse de Muerte, su montura. Su voz era el siseo que emitiría una serpiente si fuera capaz de articular palabras.

—Alfonso Masso, quedáis detenido por herejía judaizante, con agravante de relapso. Seréis conducido a Sevilla para ser interrogado por fray Antonio de Andújar, secretario del inquisidor general.

Alfonso depositó las pruebas sobre el empedrado mojado y tendió las manos hacia delante para facilitar su arresto. Las gotas de lluvia se deslizaron por el cabello canoso. La kipá resbaló y cayó al suelo, pero él ni se dio cuenta. Nadie se acercó para maniatarlo. Era evidente que los soldados esperaban órdenes del inquisidor.

—¿Y vuestra familia?

Alfonso rezó para que no le temblara la voz al responder a la pregunta más temida.

—Están en Segovia, en casa de un familiar.

—Mientes, marrano —le interrumpió el inquisidor, rebajando el trato al tuteo.

—Habéis venido a por mí, aquí me tenéis.

—No te atrevas a decirme a por quién he venido ni por qué estoy aquí —silabeó Zephir. A Jerónimo, que estaba a su izquierda, el inquisidor le parecía una estatua poseída por un espíritu parlante. Agustina, bajo la lluvia, abrazaba con fuerza una sábana cada vez más empapada—. Yo soy un soldado de Dios, y tú, marrano, la basura que me veo obligado a limpiar.

Alfonso se dio cuenta de que su situación era mucho más grave de lo que en un principio había supuesto. No era una detención al uso. Había algo más que no llegaba a intuir. El judío tenía una cosa cada vez más clara: no habría quema de efigie. Nadie envía a un monstruo como Zephir de Monfort desde Sevilla para luego prender fuego a un monigote de madera y trapo.

Le esperaba tormento y fuego.

—¡Mátame entonces, malnacido! —bramó buscando una

muerte rápida—. ¡A mal dios sirves, cuando haces lo que haces! ¡Yo te maldigo, a ti y a tu estirpe!

Zephir no reaccionó a los insultos.

—Morirás, por supuesto —siseó—, pero no hoy ni aquí. Vas a tener mucho tiempo para sufrir y tu sufrimiento empieza ahora.

El inquisidor soltó las riendas de Muerte y sacó un par de ballestas de mano de unas fundas fijadas a la armadura del caballo. Las armas estaban cargadas con virotes de palmo y medio de longitud. Alfonso cerró los ojos esperando el dolor. Se preguntó adónde apuntaría. Ojalá fuera a las piernas, a los hombros o a los brazos. Mejor eso que los genitales o el rostro.

Oyó el sonido de las cuerdas al disparar. Luego un grito de Jerónimo, que se interrumpió de pronto. Para su sorpresa, Alfonso no sintió dolor alguno. Abrió los ojos y lo que vio hizo que los latidos de su corazón se detuvieran durante un terrible instante.

Jerónimo y Agustina yacían en el suelo. La mujer, panza arriba, seguía viva, pero no por mucho más tiempo. Cada intento de respirar era interrumpido por el virote que sobresalía de su garganta y por la sangre que le inundaba la boca. El criado, más afortunado, había muerto en el acto. A Alfonso le fallaron las piernas.

—¡Hijo de perra! —lloró—. ¡Has asesinado a dos buenas personas, Dios te maldiga!

Zephir hizo una señal. El fraile frustrado se adelantó para golpear al judío con el pomo de la espada. Alfonso se desplomó sobre el empedrado, inconsciente, con una brecha en la cabeza. La lluvia arrastró la sangre diluida.

—Registrad la casa —ordenó Zephir—. Si encontráis a alguien, traedlo. Vivo. —A continuación, se dirigió al de la barbilla partida—. Zarza, ya sabes lo que tienes que buscar.

Daniel Zarza asintió y se dirigió con sus compañeros a la entrada de la vivienda, donde se repartieron las zonas que iban a inspeccionar. El rubio se dirigió al barbudo con marcas de viruela.

—Laín, ocúpate de la cabaña de los sirvientes, del granero y del establo. Cuando termines, saca a los caballos, nos los llevamos. —Luego se volvió hacia el otro familiar, que esperaba instrucciones con los incisivos posados sobre el labio inferior, dibujando con su expresión la viva estampa de la inteligencia—. Isidoro, tú registra el piso de arriba, ¿de acuerdo?

—Porque lo ha dicho Zephir, no porque lo digas tú —puntualizó, desenfundando la espada. Daniel le sujetó la muñeca, e Isidoro clavó en él una mirada torva.

—Vivos —le recordó Daniel.

Isidoro se soltó con violencia y subió las escaleras. Daniel registró la cocina, la despensa, el salón y la biblioteca. Abrió armarios y alacenas. En su búsqueda, se tropezó con una muñeca tirada en el suelo del pequeño corredor. La recogió y se enfrentó al rostro pintado sobre el trapo unos instantes. Le asaltaron malos recuerdos. Remembranzas de tristeza y llanto, imágenes funestas que trataba de olvidar y no podía. Dejó la muñeca sobre el aparador y se dirigió hacia la puerta de la cocina que daba al patio trasero.

Revisó los alrededores de la casa, setos incluidos. Saludó con la mano a Laín, que salía del granero negando con la cabeza, rumbo a un cobertizo cercano. Tal vez fuera cierto que la familia estaba de viaje. Una vez seguro de que no había nadie en la villa, Daniel regresó a la biblioteca. Se detuvo en la primera estantería y buscó un libro en particular. Lo localizó en la segunda balda: *El Corbacho*, del Arcipreste de Talavera, un volumen encuadernado con gruesas tapas de madera forrada de cuero con grabados polícromos en relieve. Una edición cara. Le costó encontrar el pestillo disimulado en la guarda anterior de la contracubierta.

Una llave cayó al suelo.

El delator se había ganado su parte del botín. Al agacharse a recoger la llave, Daniel creyó oír algo. Una especie de lamento lejano y un chistido. Frunció el ceño y aguzó el oído.

Silencio.

Lo achacó a los nervios. Regresó al salón y contempló las dos chimeneas, una a cada lado de la estancia. Fue directo a la de la derecha, la más tiznada y la que —según el denunciante— jamás se encendía. Prendió una lámpara de aceite que encontró sobre un estante, se arrodilló en el hogar e inspeccionó el interior de la chimenea. Había hollín para asfixiar a un mulo. Se tiznó las mangas y las rodillas, pero enseguida descubrió lo que buscaba a la luz de la pequeña llama. Su anchura de hombros y su metro ochenta no lo ayudaron a maniobrar en un espacio tan estrecho. Una vez bien colocado, introdujo la llave en una cerradura disimulada dentro de un orificio que parecía propio de la misma piedra. La alacena secreta se abrió con un chasquido. En ella, encontró un paquete envuelto en tela.

Salir de la chimenea le costó tanto como entrar. Una vez fuera, depositó el paquete sobre la mesa y lo desenvolvió. El tejido polvoriento reveló un cofre pequeño, sin adornos, también cerrado con llave. Ni se molestó en buscarla. Podría forzar la caja con la punta de un cuchillo. Era evidente que Alfonso Masso había confiado más en el escondite que en blindar el recipiente donde guardaba las joyas de la familia.

Daniel se dijo que el judío no había estado demasiado acertado en lo que a confianza se refiere. No hay mejor caja fuerte que no revelar nunca el tesoro. Justo cuando acababa de envolver el cofre, escuchó la voz de Isidoro detrás de él. Estaba en el quicio de la puerta que conectaba la cocina con el zaguán.

—Ni un alma arriba —informó—. Voy a echarle una mano a Laín con las bestias.

—De acuerdo, ahora voy.

Daniel decidió echar un último vistazo antes de irse. Su mirada volvió a posarse en la muñeca olvidada en el aparador del pasillo. La cogió de nuevo y sus ojos estuvieron a punto de empañarse.

Justo entonces, volvió a oír algo parecido a un lamento.

Dejó el cofre sobre el aparador y avanzó con sigilo hacia la biblioteca. Ladeó la cabeza. No eran imaginaciones suyas: oía algo.

Se dirigió a la mesa que presidía la sala y observó la alfombra sobre la que descansaba. Reparó en que aún tenía la muñeca en la mano. La dejó junto a los libros y arrastró todo el conjunto. Era fuerte, no le costó hacerlo, y la alfombra le facilitó la tarea.

Descubrió la trampilla. El sonido de un hipido sofocado de mujer se solapó con un llanto infantil. Daniel tiró de la anilla embutida en la madera, sin éxito. Lo intentó de nuevo, pero estaba cerrada por dentro. Se agachó y habló a través de los listones claveteados.

—Sé que estáis ahí —advirtió—. Abrid si no queréis que sea peor.

El gimoteo se transformó en un llanto quedo. Daniel oyó cierto trasiego en el subterráneo, seguido del sonido de un cerrojo.

La trampilla se abrió.

Daniel se enfrentó al rostro de un muchacho aterrado, a una mujer que abrazaba a un bebé, a un niño que se escondía tras la falda de su madre y a una niña que sollozaba, desconsolada.

—Mi muñeca... mi muñeca...

Sin ser demasiado consciente de lo que hacía ni de por qué lo hacía, Daniel cogió la muñeca y se la ofreció a quienes se ocultaban en el agujero. Fue el muchacho el que la cogió y la entregó a su propietaria, que se abrazó a ella igual que su madre a su pequeño. El bebé clavó la mirada en Daniel y le dedicó una sonrisa feliz que mostraba un hermoso par de dientes incipientes.

Algo se rompió dentro de Zarza. Se puso el índice en los labios y mostró las palmas de las manos a la familia. Incrédulos, contemplaron cómo volvía a cerrar la trampilla, dejándolos de nuevo sumidos en la oscuridad más absoluta. Oyeron que arrastraba la mesa hasta dejarla en su lugar, ocultando de nuevo el escondite.

Daniel se secó los ojos con el dorso de la mano e inspiró y exhaló varias veces. Recogió el cofre del aparador y se tropezó con Isidoro y Laín justo cuando entraban en el zaguán. Portaban tres antorchas apagadas y una tinaja de aceite.

—Llévale eso al inquisidor y ayúdanos —masculló Isidoro, señalando el cofre con la barbilla.

—¿Ayudaros? ¿A qué?

—El inquisidor quiere que incendiemos la hacienda.

Un sudor frío empapó la nuca de Daniel.

—¿Incendiar la hacienda? —La pregunta sonó demasiado atropellada para su gusto—. ¿Por qué?

—Ve y pregúntale al inquisidor —lo retó Laín.

—Eso voy a hacer.

—Date prisa —gruñó Isidoro. Sus cejas ocultaron los ojos malévolos con los que Dios lo maldijo al nacer—. Acaba de escampar, pero se acercan nubes aún más negras. No quiero que me pille aquí el diluvio universal.

Daniel se acercó a Zephir, que no había descabalgado en ningún momento. Los dos caballos y la mula rescatadas del establo estaban amarradas a la montura de Laín. Alfonso Masso, maniatado e inconsciente, descansaba sobre el lomo de la acémila empapada. En el patio, la lluvia había aguado la sangre alrededor de los cuerpos sin vida de los criados.

—Inquisidor, aquí tenéis el cofre. Don Samuel dijo la ver...

Zephir lo interrumpió.

—No se pronuncia el nombre del delator —le recordó, con su voz de cobra—. Nunca. —El gigante recogió el cofre y lo guardó en una de las alforjas de Muerte—. Mírame. —Daniel levantó la vista para enfrentarse al visor en forma de cruz sangrante. Imposible ver lo que se ocultaba detrás—. Tienes los ojos rojos. ¿Has llorado?

Daniel mostró las manos y las mangas negras.

—El cofre estaba dentro de una chimenea llena de hollín.

Zephir lo observó unos segundos.

—Ve con tus compañeros —dijo al fin.

—Si me permitís —tartamudeó Daniel—. ¿No teníamos que expropiar la hacienda en lugar de quemarla? Es nueva, podría venderse y destinar los fondos al Santo Oficio.

—Será un mensaje para la familia del marrano. Cuando regresen, los niños se encontrarán sin padre y la mujer sin esposo; sin casa que habitar ni joyas que vender ni dinero en el banco que reclamar. Que Dios los condene a vagar como mendigos por el mundo.

Daniel luchó por disimular la angustia. La sonrisa de aquel pequeño, los pucheros de la niña, el crío asomando un ojo asustado detrás de la falda de la madre...

—Zarza.

La voz del inquisidor trajo la mente de Daniel de vuelta del sótano.

—¿Sí, inquisidor?

—Está bien que te preocupes por las finanzas del Santo Oficio. —Las palabras de Monfort estaban vestidas de ironía—, pero ahora ve con tus compañeros y pégale fuego a la casa.

Daniel no se atrevió a decir nada más. Sin dejar de notar la mirada de Zephir en la nuca, dio media vuelta y se dirigió al zaguán, donde Isidoro lo esperaba con las antorchas encendidas.

—¿Y Laín? —preguntó Daniel.

—Regando aceite por toda la planta baja. Vamos, acabemos con esto y larguémonos de una vez. —Entraron en el salón. El ruido sordo de una deflagración reveló que Laín ya había empezado la fiesta por su cuenta—. Oye, Zarza, tienes los ojos raros, ¿has llorado?

Daniel arrimó la antorcha a las estanterías empapadas de aceite. Prendieron rápido.

—Es por la puta chimenea —respondió sin dejar de incendiar los demás muebles—. Estaba llena de hollín. Y ahora toca el humo, así que me temo que seguiré llorando.

Minutos después, Zephir de Monfort encabezaba el desfile de hombres y bestias de vuelta a Carmona. Daniel lanzó una última mirada a la villa en llamas. El fuego y el humo ascendían hacia un cielo cada vez más gris oscuro.

Se preguntó si ese humo también haría llorar a Dios.

# 5

*Chambéry, Saboya*
*Septiembre de 1527, dos meses antes de la masacre*

La madre de Charlène Dubois había muerto hacía tres años.

De haber sabido lo que se le venía encima, Charlène se habría ido con ella y lo habría hecho con gusto.

La muerte era mejor que vivir lo que estaba viviendo.

Marcel Dubois, el alfarero, era un buen hombre. Al menos, eso se decía en Chambéry. Un buen artesano, amable, educado, que rebajaba sus precios a los más necesitados y siempre tenía una palabra agradable para su clientela. Era el encanto hecho sonrisa.

Nadie era consciente de lo que sucedía entre las paredes de la humilde casa de los Dubois desde que Marcel enviudó.

Una hija no debe sustituir a una esposa muerta. No en todos sus deberes. Y cuando Marcel Dubois regresaba de la taberna dando tumbos, poseído por el demonio del vino, malentendía las obligaciones de su hija para con él.

Esa noche, fue una de esas noches.

Charlène estaba sentada sobre la cama, abrazada a las rodillas, desnuda debajo de las sábanas, y dos lágrimas solitarias le surcaban las mejillas. Los ojos color miel se perdían en el horizonte moteado de luces, más allá de la ventana. Fuera, un borracho bramaba reproches y una ramera exigía más dinero a voces.

La joven se tapó los oídos. Lo que daría por estar lejos de allí. Si cerraba los ojos con fuerza, con mucha fuerza, puede que apareciera en otro lugar. Uno distinto, muy lejano. Lo intentó, pero la magia falló.

Se tocó la entrepierna. Aún tenía restos de semen.

Un padre no hace eso.

Se deslizó de la cama y cubrió su desnudez con un camisón heredado de su madre, como casi todo lo que tenía. Aún olía a ella. Bajó a oscuras la escalera que conducía a la planta baja de una casa en la que la felicidad había durado diez años. Mientras descendía los peldaños, se preguntó si sería ella la culpable de despertar esos recuerdos en su padre.

Esos recuerdos. Esos deseos.

Encendió una vela, se sentó en una silla vacía junto a la mesa de la cocina y se sirvió agua de una jarra de barro. Una jarra preciosa, moldeada y decorada por su padre. El trabajo lleno de color de unas manos prodigiosas y repugnantes a la vez.

Padre no siempre era malo. Cuando no bebía era atento, protector. Un buen padre. Charlène rezaba para que no pasara por la taberna después de cerrar la alfarería. De allí volvía transformado en un ser incongruente, insistente, confuso, babeante, pegajoso...

Charlène evitó la arcada. No vomitó de milagro. Marcel nunca le había pegado, no le hizo falta. Ni siquiera la amenazó. El miedo, la asfixia y la parálisis que ella sentía cuando él se deslizaba entre sus sábanas eran más efectivos que cualquier golpe o correazo.

«Despierta, mi amor. Sabes que debes satisfacer mis necesidades ahora que tu madre no está para hacerlo. No querrás que manche su recuerdo yéndome con furcias, ¿verdad? No se lo digas a nadie, será nuestro secreto. Me recuerdas tanto a ella... Abre las piernas, mi amor. ¿Lo harás por mí? ¿Lo harás? Te daré todo lo que le daba a ella... lo que a ella tanto le gustaba. A ti también te gusta, ¿verdad?».

La niña se levantó y fue hasta el espejo oxidado que colgaba junto a la entrada. Se enfrentó a una mirada triste, empañada por el llanto, medio escondida por una melena castaña despeinada; contempló la nariz, pequeña, y sus labios finos, tan parecidos a los de su madre. Unos labios que tantas mentiras y dolor tuvieron que ocultar desde su muerte.

Y el cuchillo.

Ni siquiera recordaba cuándo lo había cogido.

La imagen del espejo se tornó siniestra. Muy despacio, los dientes asomaron entre los labios. Un amago de sonrisa. ¿De verdad sonreía?

El rictus se le antojó diabólico.

Subió la escalera muy despacio, envuelta en la penumbra de la casa. Avanzaba sin saber que lo hacía, como gobernada por un ente invisible. Sus pies descalzos no producían ruido alguno. Los peldaños, cómplices, ni siquiera crujieron.

La tenue luz de los faroles del vecindario iluminaba la alcoba de Marcel. Dormía de costado y un hililllo de baba conectaba el labio inferior con la almohada. Apestaba a sudor y alcohol.

El cuchillo trazó un arco ascendente. Charlène contempló el rostro de su padre desde una posición de poder. Imaginó la hoja de acero atravesando la piel del cuello y la vida de aquel malnacido escapando a chorros de color carmesí.

La mano en alto tembló.

La bajó poco a poco hasta que quedó a la altura del muslo.

Regresó a su cuarto y cogió algunos pliegos de papel. No escribía demasiado bien, pero sí lo suficiente para dejar a su padre unas palabras de despedida, trazadas con caligrafía deficiente y dolor. Los dejó sobre la cama deshecha y se vistió con ropa de calle. Metió prendas en una bolsa de tela, se arrebujó en un chal de lana y regresó a la planta baja.

Se echó un último vistazo en el espejo oxidado. El mango del cuchillo encajado en el cinturón le infundió un mínimo de confianza.

Una cría en mitad de la noche era una presa fácil. El reflejo de Charlène Dubois se encogió de hombros. Había sido una presa fácil durante los últimos tres años. ¿Qué podían hacerle en la calle? ¿Violarla? Ya lo habían hecho. ¿Herirla? Se había autolesionado muchas veces. ¿Matarla? Ojalá. Así se reuniría con su madre en la otra vida. Seguro que sería mejor que esta.

Cualquier vida o cualquier muerte tenía que ser mejor.

Se enjugó las lágrimas, sorbió por la nariz y abrió la puerta de la calle. Dio un paso al exterior. El primer paso. El más difícil y el más importante. Respiró el aire nocturno. Olía a nuevo.

El borracho había dejado de bramar y la fulana se había callado. Reinaba el silencio. Ni un ladrido en la lejanía. Los ojos refulgentes de un gato aprobaron su huida desde lo alto de una tapia. Las ratas que plagaban la calle se ocultaron a su paso, dejando a Charlène vía libre hacia una nueva vida. Fuera cual fuera.

Alumbrada por los faroles de las fachadas, se escurrió por las callejuelas de Chambéry como una lagartija entre las patas de los muebles.

Sin saber adónde ir.

Adonde sus pies la llevaran.

Charlène Dubois tenía doce años.

# 6

*Gotarrendura, Ávila*
*Verano de 1526, año y medio antes de la masacre*

Teresita no había cumplido los trece años, pero en el pueblo decían que hablaba como una vieja.

Era habitual verla en la plaza, leyendo durante horas mientras su hermano Rodrigo jugaba a la guerra con sus primos. La biblioteca de Alonso, el padre de Teresita, estaba repleta de libros, muchos de ellos destinados a fomentar el hábito de la lectura en sus hijos. «Algunos no son para niños», argumentaba la madre, Beatriz. Él fingía darle la razón para luego prestarles a sus vástagos cualquier tomo que le pidieran. Solo tenía una norma: nada de libros sin el imprimátur, la licencia eclesiástica necesaria para imprimir. Los demás títulos los daba por buenos para sus hijos, aunque el propio Alonso no los hubiera leído antes.

—Si entendéis un libro, es que está escrito para vosotros —solía decir, cuando comentaban entre ellos el recelo de la madre hacia ciertas lecturas—. Si la Iglesia los acepta, son buenos para Dios y para nosotros.

Esa mañana de junio Teresita se dirigía a la villa de su amiga Leonor para enseñarle su nuevo tesoro, un ejemplar que le había traído su padre de Segovia el día anterior: *Los cuatro libros del virtuoso caballero Amadís de Gaula*. La jovencita había pasado la noche oliendo las páginas, ya que sus padres le habían prohibido leer a la luz de las velas. Apenas había dormido esa noche pensando en compartir la nueva adquisición con su amiga.

Atravesó el camino de tierra que cruzaba el olivar hasta la casa solariega de los Ferrari. Las ramas estaban aún llenas de flores, cuyas corolas caerían pronto para convertirse en frutos. En otoño comenzaría la cosecha y los campos se llenarían de jornaleros vareando aceitunas.

Massimo Ferrari había construido la casa doce años atrás, cuando Paolo, el hermano mayor, tenía catorce años y Leonor, siete. Decidieron mudarse de Milán a Gotarrendura por deseo de Juliana, la esposa de Ferrari. A pesar de no haber cumplido los cuarenta, Juliana llevaba años afectada por una enfermedad que hacía que sus músculos se atrofiaran poco a poco. Adelgazó a velocidad preocupante, sus extremidades se retorcieron y el don del habla se apagó. La pobre no tuvo demasiado tiempo para disfrutar de su nueva casa. Abandonó este mundo una noche de invierno de 1519, sumiendo a la familia en una amarga mezcla de tristeza y descanso. Massimo la siguió seis años después, dejando solos a Paolo, que acababa de cumplir los veinticuatro, y a Leonor, con diecisiete.

La villa no era muy grande, pero era llamativa. Massimo Ferrari había vuelto loco al arquitecto al proponerle un edificio de dos plantas, patio interior y una torre que imitara, en proporción, a la de la fachada del castillo de los Sforza. Las dos pinturas y los tres dibujos que trajo de Milán inspiraron al constructor. Este acabó dando con la tecla después de muchas discusiones con Ferrari, quien, para colmo, era ingeniero y gozaba del suficiente criterio para calentar la cabeza del arquitecto hasta límites exasperantes.

El resultado fue un edificio que combinaba piedra y ladrillo rojo, con arcos en puertas y ventanas y una torre casi idéntica —pero de mucho menor tamaño y sin la estatua de san Ambrosio presidiéndola— que la del castillo original. Una construcción cuadrada que rodeaba un hermoso patio interior alrededor de una fuente redonda en el centro.

Teresita se cruzó con Jeremías, el capataz del olivar. El hombre rondaba la cincuentena y cuidaba los olivos como si fueran suyos. Llevaba con los Ferrari desde la construcción de la villa, y se había quedado con su mujer y su hijo Tomás cuidando de Leonor desde que esta rehusó regresar a Milán con su hermano Paolo, obsesionado con volver al palacete familiar donde habían pasado su niñez. Para Leonor, Jeremías y Elisa eran como sus segundos padres. También sentía aprecio por Tomás, pero su carácter huraño y taciturno no era del todo compatible con el suyo.

—Dios os bendiga, doña Teresita —saludó Jeremías, levantando la mano agrietada y llena de callos—. ¿Viene a ver a doña Leonor?

—Vengo a enseñarle mi libro nuevo. ¿Está dentro?

—En el patio, enredando con sus inventos como de costumbre.

Justo cuando cruzaba la puerta principal, bajo la torre que culminaba la fachada, se topó con Tomás, el hijo de Jeremías. El joven, de veintiún años, tuvo que esquivarla.

—¿Tienes prisa, Teresita? —le preguntó.

Ella le enseñó el ejemplar de *Amadís*.

—Vengo a enseñarle esto a Leonor.

Tomás se inclinó un poco hacia la niña cuando comprobó que no había nadie en el zaguán que daba al patio.

—Escúchame, Teresita. Eres muy lista, eso lo sabe todo el pueblo, pero no te dejes influenciar por las cosas de Leonor, ¿de acuerdo?

Teresita frunció la nariz.

—¿Qué intentas decirme, Tomás?

—Ella tiene diecinueve años; tú, doce. Es mucho mayor que tú. A las dos os gusta leer... Hasta aquí lo entiendo. Pero, doña Leonor. —Meneó la cabeza—. A veces hace cosas y lee cosas que... no sé.

—¿Cómo sabes lo que lee si tú no sabes leer? —le atizó Teresita en la cara, sin compasión.

Tomás se tragó la pulla, aunque no se reprimió al fulminar a la joven con una mirada corrosiva.

—Lo sé y es suficiente. Estos últimos días anda liada con ese carpintero de Las Berlanas, construyendo un chisme del demonio. —Se santiguó al mentar al diablo—. Seguro que a tu padre no le gustaría saber que te mezclas en estas cosas raras.

Ella lo miró, desafiante. Si no fuera por el tamaño, cualquiera habría dicho que era una madre a punto de reprender a su hijo.

—¿Se lo vas a decir tú? Ve, ve —lo retó—, a ver qué te dice, chivato.

Tomás hizo un gesto de hastío.

—Haz lo que te dé la gana; pero cualquier día esta casa recibirá una visita no deseada y te pillará aquí, así que cuidado.

El joven desapareció por una puerta lateral. Teresita se olvidó de él en un segundo. Cruzó el amplio zaguán, adornado con réplicas de bustos de romanos famosos instalados en hornacinas. Reconoció a Julio César y a Marco Aurelio entre los seis que vigilaban con celo pétreo el paso al patio. Ya le preguntaría algún día a Leonor por los otros cuatro.

Abrió la puerta y encontró a su amiga acompañada por el hombre más guapo que había visto en su vida. Aparentaba ser varios años mayor que Leonor, alto, rubio y con el cabello largo y algo despeinado. Tenía los ojos claros y un hoyo en la barbilla que a Teresita le pareció maravilloso.

Seguro que los ángeles eran así.

Ambos se inclinaban sobre un cajón de madera colocado entre dos caballetes en la zona más soleada del patio. Teresita calculó que en él podría caber un perro mediano. Leonor levantó un pequeño cristal, comprobó que los rayos del sol lo atravesaban y lo encajó en el lado opuesto del artefacto.

Leonor Ferrari era delgada y menuda, apenas unos dedos más alta que Teresita. A pesar de ello, tenía algo que le hacía parecer más espigada, un aura que llenaba el espacio que la rodeaba. No gozaba de facciones demasiado hermosas: una nariz grande y recta, heredada de su padre, y unos labios finos, con el inferior algo adelantado en un mentón afilado, casi masculino. Pero esas imperfecciones se convertían en puro atractivo al combinarlas con unos ojos grandes, oscuros, con estrellas en las pupilas. Ojos hambrientos de saber, decididos, valientes. Para coronar el conjunto, el rostro de Leonor estaba rodeado de una abundante melena castaño oscuro que su dueña se resistía a recoger.

Tan ensimismados estaban los dos en aquella misteriosa caja que Teresita tuvo que fingir tos para que advirtieran su presencia.

—Teresita —saludó Leonor, que aún conservaba un poco de acento italiano al hablar—. Llegas a tiempo de ver un prodigio.

A la niña le fastidió un poco que su amiga ignorara el libro que sostenía con orgullo delante del pecho. Leonor apenas había levantado la vista del cajón y cuando lo hizo se percató de que los ojos de Teresita se habían desviado a su acompañante.

—Oh, este es Adrián, es carpintero —explicó Leonor; él la saludó con la cabeza—. Ha seguido al pie de la letra los planos que me dejó mi padre y ha construido... esto.

—Entre los dos —apuntó él.

Teresita se acercó a la caja. Estaba barnizada y rematada por cantoneras de metal. De un lateral colgaba un trozo de tela, gruesa y negra. En otro de los lados, descubrió el cristalito que había visto antes encajado en un orificio practicado en la madera.

—¿Qué es? —preguntó decepcionada porque su libro no había despertado interés alguno.

—Una caja mágica —se entremetió Adrián moviendo los dedos con aire misterioso.

Leonor se rio en su cara.

—No trates a Teresita como la niña que aparenta ser. Es mucho más lista que nosotros y más culta que la mayoría de los gotarrendurenses, así que no hagas el ridículo.

Adrián se ruborizó y decidió no volver a hablar. Estaba acostumbrado a que lo dejaran en evidencia. Siempre fue el menos listo de la familia, el que de ser tan bueno, era tonto. Lo único que se le daba bien era la carpintería. En eso sí que era bueno.

—¿Me queréis explicar qué es? —insistió Teresita, deseosa de ver qué era aquel cajón cerrado para pasar a hablar de su *Amadís*.

Leonor giró la caja en el caballete hasta que el sol dio de plano en el cristal. Luego condujo a Teresita hasta la tela negra.

—Es una capucha —explicó—. Póntela y ciérrala bien, que no entre nada de luz, ¿de acuerdo?

—¿Qué hay dentro? —preguntó la niña, desconfiada.

Adrián estuvo tentado de decir que una araña peluda enorme, pero prefirió callarse para no meter la pata de nuevo.

—No tengas miedo, te encantará —la tranquilizó Leonor—. Eso sí, hazme un favor: no abras los ojos hasta que te lo diga.

—Muy bien —aceptó Teresita, que metió la cabeza en la capucha.

La tela negra rodeaba una abertura en forma de visor, con los bordes cubiertos de cuero para encajar bien los ojos. Aunque tenía unas ganas locas de abrirlos y comprobar qué había dentro, siguió las instrucciones de su amiga y los mantuvo cerrados.

Leonor apartó a Adrián y se colocó a unos pasos del lado de la caja que tenía el cristal encajado. Cuando se cercioró de que el sol daba de pleno en el cajón, habló a Teresita.

—Abre los ojos. ¿Qué ves?

La niña obedeció y lo que vio la maravilló.

En el fondo de la caja podía ver a Leonor con claridad. No solo a Leonor, también las paredes, la fuente y las ventanas del patio. Pero lo que más le llamó la atención era que todo estaba al revés.

—¡Te veo!

—Ven, Adrián.

Un momento después, Teresita los vio boca abajo. No pudo contener la risa. Pensó que podía ser un truco de magia y sacó la cabeza de la capucha, pero no los vio colgando de los pies, como esperaba.

—¡Adrián tenía razón —exclamó Teresita—, es magia!

—¿Magia? Sabéis que la magia está prohibida por la Santa Madre Iglesia, ¿verdad?

La voz que acababa de interrumpirles rompió el encanto del momento. La ira afloró en el rostro de Leonor al reconocer al hombre de barriga redonda, bigote espeso e ínfulas de noble.

—Don Felipe, ¿puedo saber quién os ha dejado pasar?

—La puerta estaba abierta —respondió él, con calma; por supuesto, omitió que había esperado a escondidas a que Jeremías y Elisa entraran en su casa, una pequeña construcción cerca del edificio principal de la hacienda—. Me preguntaba si habíais considerado mi última oferta. Creo que es generosa...

—Ya os dije que no venderé las tierras de mis padres ni por todo el oro del mundo —afirmó, con una mirada furiosa—. La próxima vez que lo vea por aquí, llamaré al alguacil.

Leonor se dio cuenta, en ese momento, de que el intruso tenía los ojos fijos en Adrián. Felipe señaló al carpintero con un índice a punto de reventar por la presión del anillo de rubí que llevaba encajado desde hacía años. La única forma de quitárselo sería la amputación.

—Tú...

Adrián se señaló a sí mismo con el dedo. No tenía ni idea de quién era aquel hombre mayor tan prepotente. Este volvió a dirigirse al carpintero.

—¿Adrián?

—Soy Adrián, sí. ¿Quién sois?

—Se llama Felipe Orante y Núñez —informó Leonor— y va a irse de aquí de inmediato.

—¿Felipe Orante? ¿El hermano de mi padre?

Leonor no daba crédito a lo que acababa de oír. Teresita retrocedió un par de pasos; había visto a su amiga enfadada un par de veces y era peor que los dragones que aparecían en los libros de caballerías que tanto le gustaban.

—¿Que este hombre es tu tío? —Leonor estaba indignada—.

No me lo puedo creer. ¡Así que has trabajado para mí, para espiarme!

No era una pregunta, sino una afirmación. Adrián intentó aclarar el malentendido a toda velocidad.

—No, no, en absoluto, lo juro. —Miró de nuevo a Felipe, que parecía perplejo—. Es la primera vez que veo a este hombre.

—Dice la verdad —corroboró Felipe sin salir de su asombro—. Tranquila, doña Leonor, ya me marcho. De todos modos, os agradecería que reflexionarais sobre mi oferta.

—Está todo reflexionado. Largo.

Don Felipe Orante y Núñez soltó una risa cínica y se dirigió al carpintero.

—Adrián, ¿podrías venir un momento? Me gustaría hablar contigo.

El joven buscó el permiso de Leonor con la mirada, azorado.

—Ve, y mientras decido si te echo a patadas cuando vuelvas.

Adrián se sonrojó, agachó la cabeza y siguió a don Felipe al exterior. Teresita se acercó a Leonor.

—No seas dura con él, dice la verdad.

—Y tú ¿cómo lo sabes?

Teresita sonrió enigmática.

—Ya sabes que lo sé.

Tío y sobrino caminaron hasta el camino de tierra que atravesaba el olivar. Estaban solos. Felipe estudió a Adrián con atención. Había crecido mucho, pero su rostro no había cambiado demasiado con el tiempo.

—Adrián, Adrián... Menuda sorpresa.

—Había oído hablar de vos. No mucho, la verdad, pero recuerdo haber oído mencionar vuestro nombre.

—¿Vives en Gotarrendura?

—En Las Berlanas.

—No me puedo creer que no nos hayamos encontrado antes, viviendo tan cerca.

—No vengo mucho por Gotarrendura. —Adrián compuso un gesto triste—. Este pueblo me trae malos recuerdos.

—Lo entiendo. Pensé que te habías ido a Sevilla, con tu hermano. ¿Cómo le va?

—Mi hermano murió.

Las cejas de Felipe se alzaron, incrédulo.

—¿Tu hermano?
—Un accidente; se rompió el cuello al caer de un caballo.
—¿Cuándo sucedió eso?
—Poco antes de fallecer padre.
Felipe Orante meneó la cabeza con tristeza.
—Tu madre, tu hermano, tu padre... una tragedia.
—Murieron todos en muy poco tiempo.
—Así que estás solo.
—Sí. Vivo solo desde que abrí la carpintería en Las Berlanas.
—Lo de tu madre... sabes cómo sucedió, ¿verdad?
Adrián bajó la vista y asintió dos veces.
—Lo de tu madre fue una desgracia que podría haberse evitado. —Felipe Orante señaló la fachada de la villa—. No caigas en el mismo error que tu padre. Cuidado con esa.
—Solo es una clienta —aseguró hablando muy deprisa.
—Sí, una clienta —repitió Felipe, sarcástico—. Te lo repito, ten cuidado.
—Lo tendré.
—Puedes llamarme tío.
—Tendré cuidado. Gracias, tío.
—Pásate algún día a verme, soy la única familia que te queda. Mi hacienda está al sur de Gotarrendura, el olivar más grande de la comarca. Pregunta en el pueblo, no tiene pérdida.
Adrián asintió una sola vez. Felipe le dedicó una última mirada y se dirigió al carruaje que le esperaba al final del camino de tierra. El carpintero se volvió hacia la réplica de la torre Sforza y dudó si cruzar la puerta. Leonor parecía muy enfadada.
Y enfadar a esa maravillosa mujer era lo último que Adrián quería.
Después de dudar un rato, se armó de valor y regresó el patio. Encontró a Leonor y Teresita sentadas en uno de los bancos que rodeaban la fuente, hablando del libro. Adrián se quedó a unos pasos, callado. Leonor presintió su presencia y volvió la cabeza hacia él. Su expresión era indescifrable.
—Lo siento —balbuceó Adrián.
Ella lo examinó como si fuera capaz de leer en su interior.
—No pasa nada —dijo Leonor al fin—. La caja obscura funciona muy bien, lo has hecho de maravilla.
Adrián respiró aliviado.

—Gracias. ¿Seguís interesada en construir la grande?

Leonor no pudo evitar que se le escapara una sonrisa.

—Claro que sí. Mañana te pagaré lo que te debo por esta.

—Podéis hacerlo cuando terminemos la otra.

—Mañana te pagaré esta —insistió—, y estudiaremos los planos de la grande.

—Como ordenéis. —Adrián se quedó parado, sin saber bien qué hacer, alternando su mirada del suelo a los ojos de Leonor. Después de un rato haciendo el ridículo, señaló la salida con el pulgar—. Me marcho, hasta mañana. Y... perdón otra vez, doña Leonor.

—Solo Leonor —corrigió ella—. Hasta mañana.

Las jóvenes lo vieron salir del patio y cerrar la puerta tras de sí. En cuanto lo hizo, Teresita sacudió el brazo a su amiga, como si pretendiera arrancárselo.

—Le gustas —afirmó vehemente.

—Lo sé.

—Qué suerte, ¡es guapísimo! Parece un ángel.

—Lo es. Guapísimo, quiero decir —aclaró—. También es un excelente artesano y muy buena persona, pero...

—Pero ¿qué?

—No es para mí —afirmó Leonor—. Necesito otro tipo de hombre. —Reflexionó unos instantes—. No es para mí —repitió, y cambió de tema—. Hace tiempo que no te lo pregunto: ¿sigues con esas... visiones?

Teresita se mordió el labio.

—Preferiría no hablar de eso.

—Perdona, no quería incomodarte.

Un silencio molesto se instaló unos segundos entre las dos. Finalmente fue Teresita quien lo rompió.

—Leonor, ¿crees en Dios? Dime la verdad.

—¿Por qué me preguntas eso?

—Nunca te he visto en la iglesia.

Leonor alzó la mirada al cielo por un instante.

—Puede que haya algo —matizó—, no lo sé. Pero en la Iglesia, definitivamente, no creo. —Frunció la nariz—. No creo que los curas transmitan de forma correcta el mensaje del Señor, si es que existe.

—Pero la Iglesia es necesaria para intermediar entre Dios y los hombres.

—Eso dicen ellos —rezongó Leonor, para a continuación guardar unos segundos de silencio, como si dudara en verbalizar lo que le rondaba la mente—. ¿Has oído hablar de los alumbrados?

—¿Los alumbrados?

—Los curas los llaman los «dejados».

Teresita negó con la cabeza.

—¿Me guardas un secreto?

—Claro.

—Estoy leyendo un libro escrito por una beata llamada Isabel de la Cruz, un libro prohibido, copiado a mano, no impreso. —Leonor puso los ojos en blanco—. Si Felipe Orante se enterara de que lo tengo, mañana mismo tendría a la Inquisición llamando a mi puerta.

—¿Y de qué trata? —preguntó Teresita, curiosa.

—Describe cosas como las que te pasan a ti.

Teresita se revolvió un poco en el banco de piedra, como si acabaran de meterle ortigas por el cuello del vestido.

—No quiero hablar de eso, me asusta.

—El libro menciona que es posible abandonarse al amor de Dios y dejar que entre en contacto con nosotros, sin intermediarios; una conexión total, sin que sus palabras broten de los labios de un sacerdote que puede retorcerlas con mentiras. Una comunión directa entre nosotros y él. —Hizo una pausa—. Entre tú y él.

Teresita perdió la mirada en los zapatos y abrazó con fuerza su *Amadís de Gaula*, como si eso le proporcionara seguridad. Lo que a veces le ocurría le daba miedo. Nunca se atrevió a decírselo a nadie, ni siquiera a su hermano Rodrigo. A la única a quien se lo había contado era a Leonor, que siempre la había escuchado y jamás la tildó de loca.

—¿Me lo dejarás leer? —le preguntó.

—No quiero tener problemas con tu padre.

—Mi padre no pondrá trabas a un libro, nunca lo hace.

—Sí, si es un libro prohibido por la Iglesia.

—Eso sí —reconoció Teresita—. Me gustaría leerlo, de todas formas.

Leonor suspiró: culpa suya. Debería de haberse callado.

—Hagamos una cosa —propuso—. Te lo dejaré leer aquí, en casa. Pero que no se entere tu padre.

—Me parece bien —aceptó Teresita.

—No se lo puedes decir a nadie, ¿eh? Podría ser peligroso.

—Tranquila. —Teresita volvió a abrir su libro—. ¿Has visto esta ilustración del caballero? Mira la lanza.

Las dos siguieron charlando hasta la hora de comer, ajenas a que alguien más había oído su conversación.

Tomás, el hijo de Jeremías, se apartó de la ventana desde la que había estado espiando a las jóvenes y se marchó a los establos. Empezó a cepillar a los caballos de tiro. Primero despacio, luego con más fuerza.

Cómo le habría gustado nacer en otra familia. Tener dinero, hidalguía, una posición para poder dirigirse de igual a igual a aquella mujer que le había robado el corazón desde que la conoció, doce años atrás.

Y nunca se lo había dicho. No se atrevía. No podía. No debía.

El caballo protestó, Tomás le pegó con el cepillo.

Y ahora, aquel carpintero medio idiota... y tan guapo.

Si no era ese patán quien conquistara a Leonor, ya llegaría otro que lo hiciera. Y él tendría que presenciarlo, seguir sufriendo hasta que la muerte se lo llevara, a él, o a ella.

Dejó de cepillar al animal y perdió la mirada en el infinito.

Justo en ese momento decidió que si Leonor no era suya, no sería de nadie más.

# 7

*Turín, otoño de 1527*
*Tres días antes de la masacre. Madrugada*

Las obras de las mazmorras del arzobispado se ejecutaron, en su día, en absoluto secreto.

Antes de dividir una zona del sótano en una decena de celdas —cinco a cada lado del corredor—, el subterráneo había cumplido la función de almacén y bodega. Ahora, los vinos y las provisiones se apilaban en una habitación aparte. El resto se había dedicado a prisión.

Una figura siniestra, vestida con una túnica gris y el rostro cubierto con una máscara de gorgona furiosa con serpientes en la cabeza, bajó las escaleras con pasos lentos.

En ese subterráneo abyecto no existía más juicio que el suyo.

Allí abajo Michele Sorrento se creía Dios.

En unas horas recibiría el informe de Dino D'Angelis, pero la impaciencia roía las tripas del arzobispo. El capitán Brunner le adelantó que el organizador de la reunión de herejes era un individuo oculto tras una máscara veneciana de Mattaccino. También mencionó al espadachín, pero ese le importaba menos.

Un escorpión decapitado no te muerde con las pinzas ni te clava el aguijón.

De las celdas surgían ecos de terror y angustia. Detrás de la máscara, Sorrento sonreía, satisfecho. Los soldados de paisano, sin uniforme que los identificara como guardias de Sorrento, lo saludaron a su paso. Michele entró en una oficina austera que apenas contenía un escritorio, sillas, un secreter y estantes vacíos. Ya habría tiempo de llenarlos de informes de enemigos de la Iglesia.

Sentado en el despacho encontró a Celso Batavia, un experto interrogador y verdugo florentino, que había trabajado durante doce años con el Santo Oficio español y al que Sorrento había nombrado responsable principal de las mazmorras arzobispales. Unas mazmorras que de puertas para fuera no existían, como tampoco existían los apóstoles, ni el Susurro, ni el pasaje oculto por tapices y una colección de escudos que conectaba con un edificio —también propiedad de los Sorrento— al que llamaban el cuartel, y por el que habían entrado los carruajes procedentes de las bodegas Moncalieri, tres horas atrás. Aquel antiguo almacén de tres pisos, que se alzaba alrededor de un patio de planta rectangular, había sido habilitado para alojar tanto a la guardia personal de los Sorrento como a los apóstoles, además de servir de cocheras para guardar los ataúdes rodantes que usaban para moverse sin ser vistos. Los vecinos sospechaban que aquello era una suerte de hospedaje para condotieros, por lo que lo más inteligente era no husmear demasiado por sus alrededores.

Batavia le entregó una lista de nombres precedidos de un número. El arzobispo comprobó el total de prisioneros: cuarenta y tres. Detrás de cada nombre figuraba la profesión, si guardaba relación familiar con otro preso, además de notas sueltas del verdugo. Sorrento señaló algunos espacios donde no había ningún nombre después del número.

—Esos se han negado a decirnos quiénes son, patrón —explicó Celso Batavia, usando el título acordado para dirigirse al arzobispo en los calabozos; nadie tenía que saber quién se ocultaba tras la máscara, y mucho menos que lo que había encima de sus cabezas era el arzobispado—. No les he presionado, por ahora; espero vuestras instrucciones.

—¿Les has preguntado por el enmascarado?

—Hasta al último de los prisioneros, bajo promesa de liberación inmediata —confirmó—. Todos juran no saber nada, incluso ha habido quien ha rogado a sus compañeros que revelasen su identidad, si la conocían. Nada. También niegan ser protestantes o adoradores del diablo.

—Eso es que todavía no están lo bastante asustados.

—Se encuentran desorientados, confusos. Lo único que saben es que pesa sobre ellos una acusación de delitos contra la Santa Madre Iglesia. Alguno de los hombres que participó en la redada fue lo bastante estúpido para soltar esa información.

Michele quitó importancia al asunto.

—Mientras crean que la orden viene de más arriba, todo bien —rezongó—. Veamos qué nos cuentan.

Batavia se puso una capucha de verdugo negra como la noche. Los soldados hicieron lo mismo y escoltaron al arzobispo y al torturador hasta las celdas.

El corredor era lo bastante amplio para poder mantenerse en el centro, fuera del alcance de los brazos de los prisioneros, en caso de revuelta. Sorrento apreció que les habían pintado en las ropas el mismo número que ocupaban en el listado. Estudió los rostros a través de las aberturas de la máscara de gorgona. Los herejes guardaban silencio, expectantes y atemorizados ante aquella nueva presencia de mal agüero. El arzobispo distinguió a una mujer sentada en el suelo, al fondo de una de las celdas, que lloraba sin parar mientras otra, mucho más joven, trataba de consolarla.

La llorona era la número veintitrés de la lista. Laura Di Stefano, esposa de Martino Giraudo, mercader de caballos, abatido durante la redada. Si no se hubiera resistido, seguiría vivo, junto a su mujer. Una panda de necios, eso es lo que eran. Ciudadanos con negocios prósperos, influencia en Turín y vida cómoda, reducidos a ganado por abrazar ideas inspiradas por el mismísimo Lucifer. ¿Qué necesidad tenían de complicarse la vida? ¿Por qué no se conformaban con los privilegios que disfrutaban?

El arzobispo observó que la joven que consolaba a Laura Di Stefano lo fulminaba con la mirada. Número dieciséis. Juraría que la conocía. Comprobó su identidad y sí, la conocía, tanto a ella como a su marido: Antonia de Lasso, esposa de Valerio Varga. Había hablado con el matrimonio en más de una ocasión en el almacén de mercancías importadas que regentaban cerca de la plaza Mayor. Revisó la lista, pero no encontró el nombre de Valerio. Lo buscó entre los detenidos, por si fuera uno de los que se había negado a identificarse. Tampoco. Sorrento impostó la voz al hablar para mantener el anonimato.

—Trataré de ser breve. Anoche asististeis a una reunión clandestina convocada por un enemigo de la Santa Madre Iglesia. —La máscara rodeada de serpientes clavó los ojos en los de un hombre fuerte, de mediana edad. Era de los pocos que se asomaba a los barrotes y mantenía una expresión serena en el rostro, con un cuatro pintado a brochazos en su jubón de terciopelo—. ¿No habéis pensado que detrás de sus ideas está el demonio? Queremos saber quién se esconde tras el personaje del Mattaccino. —Se dirigió en especial al hombre fuerte—. Vos, por ejemplo, ¿tenéis algo que decir?

—¿Y vos? —contestó el preso, retador—. ¿Por qué no os quitáis la máscara si tanto os molesta la del Mattaccino?

Sorrento trató de impostar la voz, aún más grave.

—Yo soy quien hace las preguntas y vos quien está detrás de los barrotes.

El hombre le devolvió una mirada furiosa.

—Nos habéis preguntado por la identidad del hombre de la máscara, y os juro que ninguno de nosotros sabe quién es. Todos recibimos invitaciones anónimas. Si lo supiéramos, os lo diríamos, sin dudarlo; creo que a ninguno de nosotros nos importa ese individuo.

—Digamos lo que digamos, ninguno de nosotros saldrá vivo de aquí —vaticinó el preso número veintidós—. Ya estamos condenados.

—Trabajo para la Santa Madre Iglesia —respondió Sorrento—, y deberíais saber que la Iglesia es piadosa. Os prometo que si reveláis la identidad de ese enemigo de Dios, y comprobamos que los datos son ciertos, seréis liberados sin amonestación alguna. Con que hable uno solo de vosotros, el resto será puesto en libertad.

Antonia de Lasso, la joven que consolaba a la viuda, se acercó a los barrotes en actitud desafiante y se dirigió a la gorgona sin temblarle la voz.

—Quiero saber dónde está mi esposo, Valerio Varga —exigió, ajena a que había muerto en la redada—. Estuvimos juntos en la bodega, pero lo perdí de vista en el túnel.

—Os diré dónde está vuestro esposo si me decís quién es el Mattaccino. Es un trato justo, ¿no?

Antonia de Lasso le obsequió con una mueca de desprecio.

—Sois muy valientes detrás de vuestras capuchas y de esa estúpida máscara. —La joven paseó la vista por el hombre disfrazado de gorgona, por el verdugo y los encapuchados—. Habéis asesinado a personas buenas por el mero hecho de asistir a una reunión donde se expusieron ideas distintas a las vuestras, sin hacer daño a nadie ni incitar a la violencia. Sois criminales —sentenció.

Sorrento empezaba a ponerse nervioso.

—Señora, os recuerdo que no estáis en posición de...

—¿Acaso pensáis que nuestras familias no investigarán nuestra desaparición? —interrumpió Antonia—. Antes de que la catedral toque las doce del mediodía, la ciudad estará patas arriba.

Las palabras de la viuda inquietaron a Sorrento, y la inseguridad es una grieta en la muralla. Antonia de Lasso no había terminado. Hablaba con el rostro encajado entre los barrotes, como si quisiera atravesarlos a la fuerza.

—Decís que trabajáis para la Iglesia. Apuesto a que detrás de esa máscara infame se esconde un clérigo perturbado, ofuscado por las atrocidades que se cometen en Francia o España en nombre de Dios. —La joven tocaba nervio. Michele se sintió desnudo detrás de su disfraz; ojalá pudiera convertirla en piedra, como el monstruo que representaba—. Nuestras familias acudirán en tropel al juez Beccuti, incluso al duque, y pronto estaréis a este lado de los barrotes, si no es que acabáis colgando de una soga.

Michele Sorrento no aguantó más. Las amenazas de aquella mujer le hicieron hervir la sangre y el burbujeo de la ira nubló su cerebro.

—Traedla aquí —exigió, sin apenas darse cuenta de que estaba a punto de dar una orden que no tendría vuelta atrás.

Los encapuchados desenvainaron las espadas y se aproximaron a la celda que Antonia compartía con Laura Di Stefano y cinco hombres más, que retrocedieron ante las armas. El miedo flotó en el aire, como el olor de un guiso infecto. A pesar de estar asustada, la joven se plantó frente a ellos, desafiante. La situación pintaba cada vez peor, pero la habían educado para ser una mujer fuerte y no se doblegaría.

No delante de aquel cobarde.

Nadie en la celda de Antonia hizo amago de defenderla cuando los guardias la sacaron por las malas. La arrojaron al suelo con tal violencia que cayó de rodillas delante de la falsa gorgona. Los ojos de los prisioneros convergían en ella, expectantes, pero nadie se atrevía a abrir la boca, amedrentados por el cariz que tomaban los acontecimientos. El miedo es la mejor de las mordazas. El arzobispo sintió el poder fluir por sus venas; tenía a aquella zorra bocazas a sus pies. Le habría gustado llevársela a sus aposentos y follársela hasta hacerla sangrar, pero le pareció poco castigo.

—Última oportunidad —advirtió—. ¿Quién se oculta tras la máscara del Mattaccino?

Antonia apretó los dientes y se enfrentó a la máscara.

—No lo sé —silabeó.

Sorrento se dirigió a Batavia con una orden concisa.

—El ojo.

Se oyó un aterrado «no», procedente de las celdas. La joven trató de zafarse de la presa de los encapuchados con todo el coraje que fue capaz de reunir. Celso Batavia sacó un cuchillo pequeño y curvo y batalló con los manoteos de la mujer, hasta clavarlo en el globo ocular y sacarlo con un movimiento de la muñeca. El ojo quedó colgando por unos hilos sanguinolentos que brotaban de la cuenca. El verdugo terminó de arrancarlo de un tirón y lo hizo rodar por el pasillo. Antonia no pudo evitar gritar.

Gritos espantosos.

Los prisioneros se apartaron de los barrotes y se apiñaron en el fondo de las celdas, como animales acorralados. Cualquiera podría ser el próximo.

Antonia de Lasso estaba a cuatro patas, con una mano sobre la cuenca sangrante y a punto de perder el conocimiento. Con su único ojo vio la máscara descender hasta quedar muy cerca de ella.

—Si no queréis perder el que os queda, señora, responded a mis preguntas con educación y humildad, ¿entendido?

—Os juro... os juro que no sé nada —logró articular ella, entre hipidos—. Nadie conoce a ese hombre. Recibimos una carta invitándonos a asistir a esa reunión.

—Una reunión a la que ningún buen católico habría ido —replicó Sorrento—. Una reunión que cualquier buen católico habría denunciado al capitán preboste, al juez o al vicario. Sin embargo, vos y vuestro marido aceptasteis ir. Antes me dijisteis que queríais saber dónde está vuestro esposo, ¿verdad? Pues yo os lo diré: muerto.

Antonia de Lasso hincó la frente en el suelo encharcado de sangre y lloró lágrimas y sangre. El arzobispo se incorporó.

—Cualquiera de vosotros puede salvar a esta mujer de la ceguera —afirmó—. Por última vez, ¿quién es el Mattaccino?

Un hombre de unos cuarenta años se abalanzó contra los barrotes de la celda que ocupaba. Iba marcado con el número treinta.

—¡Soy yo! ¡Yo soy el Mattaccino! ¡Dejad en paz a la mujer!

Todos se lo quedaron mirando: soldados, presos, Batavia. Los prisioneros, sabedores de que mentía. La única que no se atrevía a levantar la vista del suelo era Antonia de Lasso. Ella ya había sido derrotada.

—Buen intento —respondió Sorrento al espontáneo—, pero nos consta que ese malnacido huyó de la bodega y os abandonó a vuestra suerte. Sabemos que no es ninguno de vosotros.

—Eres muy valiente para torturar a una mujer indefensa, cabeza de culebra —lo desafió el número treinta—. Yo sí que asistí a esa reunión porque estaba convencido de lo que allí se iba a decir; otros lo hicieron por simple curiosidad. Por mucho que te esfuerces por impedirlo, no conseguirás acabar con la reforma que estos tiempos necesitan. Me atrevo a afirmar que ninguno de nosotros estamos en contra de Dios, sino del poder que algunos se atribuyen en su nombre. Sacerdotes, obispos, el papa... tú mismo. Matáis lo que no entendéis, cualquier cosa que no encaje con vuestro pensamiento y no os convenga. Hipócritas —escupió.

—Palabras envenenadas —exclamó Sorrento—. Los ministros de Dios son gente santa.

—Tu caída es cuestión de tiempo, seas quien seas detrás de esa máscara. Y no te equivoques: el pueblo no está cansado de Dios, sino de quienes dicen ser sus siervos. El mensaje de Jesús es muy distinto al que vosotros transmitís; amar al prójimo, no perseguirlo y castigarlo. Solo queremos libertad: que quien quiera creer, crea, y quien no, que sea libre de no hacerlo. ¿Tan difícil es de entender y de aceptar?

Sorrento sonó apenado.

—Las palabras de ese blasfemo os han podrido la mente. A todos.

—¿Acaso crees que solo piensan así quienes asistimos a la reunión de anoche? —El preso se echó a reír—. Seguid reprimiendo a todo aquel que no comulgue con vuestras ideas y el movimiento en vuestra contra será cada vez peor. Nos quisisteis defender de los luteranos y nos metisteis en una guerra que hemos sufrido todos. Ancianos, mujeres, niños...

—¡Silencio! ¡Ya he oído bastante! En nombre de Dios, os hago responsable de lo que está a punto de pasar.

Sorrento hizo una seña a Celso Batavia.

—¡Hijo de puta! —bramó el número treinta al ver cómo el verdugo agarraba del pelo a Antonia de Lasso y le acercaba de nuevo el cuchillo al rostro.

Pero esta vez no le fue tan fácil.

Desesperada, Antonia se revolvió con tal violencia que logró zafarse de la presa de uno de los soldados y saltar hacia delante. El cuchillo le hizo un corte en la mejilla, sin acertar en el ojo. Los soldados encapuchados se desequilibraron unos a otros y ella logró avanzar a trompicones por el corredor, empujando a su paso al arzobispo, que hizo malabares para no caerse. Antes del cuarto traspiés, varias manos lo aferraron por detrás, lo aplastaron contra los barrotes y buscaron su garganta.

El pánico poseyó a Michele Sorrento.

Tres soldados pincharon las manos y los brazos a quienes inmovilizaban al arzobispo, con cuidado de no herirlo. Algunos prisioneros se apartaban para evitar las espadas, pero otros, más osados, trataban de agarrar a los encapuchados. Los más tenaces aguantaban el dolor de las heridas sin aflojar la presa alrededor del cuello de Sorrento. La galería entera gritaba. Aullaba.

Los corderos se habían vuelto lobos. Lobos enjaulados.

Y un lobo enjaulado también es capaz de morder.

El suelo de piedra debajo del arzobispo se teñía con la sangre de los prisioneros. No podía respirar, se moría. Al principio del corredor un guardia frustró la fuga de Antonia de Lasso apuñalándola en el vientre.

Celso Batavia fue al rescate de Sorrento. Justo cuando procedía a cortar los tendones de una de las manos que lo estrangulaban, vio cómo otra le arrancaba la máscara de la cara y la lanzaba lejos, dejando el rostro aterrorizado de su portador al descubierto.

—¡Es Michele Sorrento, el arzobispo! —gritó alguien.

—¡Sorrento!

Batavia apuñaló brazos y manos hasta liberar al arzobispo, que cayó de rodillas en mitad del corredor, agarrándose el cuello como si intentara estrangularse a sí mismo. No paraba de toser, con los ojos muy abiertos y la lengua fuera, como un perro ahorcado. Oía insultos a su alrededor. Maldiciones. Reproches. Amenazas.

Pero lo peor fue saber que había sido descubierto.

Los soldados se lo llevaron del corredor en volandas, medio asfixiado, con la lengua fuera y el mentón lleno de babas. Batavia caminó hacia atrás sin dejar de apuntar a unos y otros con el cuchillo curvo. Sorteó el cadáver de Antonia de Lasso y cerró la puerta de la mazmorra en cuanto salió. Los prisioneros gritaban, alborotados, felices por haber descubierto la identidad de su captor.

El preso número treinta apoyó la espalda contra la pared de la celda y resbaló por ella hasta quedar sentado en un rincón. Sus compañeros eran unos insensatos, no había nada que celebrar. Al quedar expuesta la identidad del arzobispo, todos se habían convertido en testigos incómodos que habría que eliminar.

# 8

Dino D'Angelis vivía en una función de teatro eterna.

Al menos así se tomaba la vida.

Tenía treinta y un años, pero aparentaba diez más. De estatura media, fibroso, de ojos tristes y facciones marcadas por pliegues tensos como tendones. Cuando la bebida no ocupaba su tiempo, lucía un afeitado impoluto para que barbas, cejas y bigotes postizos fijaran bien. La socarronería de la que hacía gala frente a pobres y ricos, curas y laicos, duques y reyes, había moldeado sus labios en una curva invertida que a simple vista podría parecer de desprecio.

Pero lo cierto era que Dino D'Angelis no despreciaba a nadie. No le gustaba juzgar, eso se lo dejaba a otros. Se consideraba un mero actor en la mastodóntica obra coral de la vida, que a veces tenía que interpretar papeles a disgusto. Nada personal, cuestión de dinero. Quién le iba a decir a aquel comediante mediocre que dejaría de ganarse la vida fuera del escenario para jugársela en los intrincados guiones de la conspiración.

Como todo buen artista, precisó de mecenas en sus comienzos. Y quién mejor que su amigo de juventud, un crápula hijo único de familia noble, amante del buen vino y de cualquier mujer, sin excepción. Compañero incansable de noches largas y mano que sujeta la cabeza en vomitonas mañaneras.

Un fornicario en toda regla, como a él mismo le gustaba definirse.

Michele Sorrento.

Cuánto habían cambiado los tiempos. Cuánto había cambiado su amigo. Cuánto había cambiado el mundo.

D'Angelis entró en el palacio episcopal, un edificio de tamaño medio, propiedad de la familia Sorrento, en la plaza de Saboya.

Justo cuando remontaba el último tramo de escalera del primer piso, se cruzó con un joven de veintipocos años, moreno, con el cabello peinado de forma pulcra y una tez tan pálida que parecía un adelanto de su velatorio.

—Buenos días —saludó el desconocido—. ¿Subís a ver al arzobispo?

D'Angelis se detuvo cuatro peldaños por debajo de él y asintió. Era la primera vez que veía a aquel individuo en el palacio.

—¿Quién sois? —preguntó.

—Disculpad mis modales —se excusó el joven—. Gianmarco Spada, estudiante de medicina. Bueno, en realidad, ya casi soy médico. Ayudo a don Piero Belardi en el hospital de Santa Eufemia, junto al convento de las Hermanas. Monseñor se encuentra indispuesto, afectado por una irritación de garganta, no está para recibir visitas.

El rostro enjuto de D'Angelis no se inmutó.

—Disculpad mis modales, pero me importa una mierda.

El joven no supo qué decir. Iba a contestar al hombre del sombrero emplumado, pero este pasó por su lado como un fantasma atraviesa una pared. Spada agachó la cabeza y bajó la escalera rumiando la humillación. D'Angelis golpeó dos veces la puerta antes de entrar en el despacho sin esperar permiso.

Encontró a Michele despatarrado en un sillón, en la esquina más alejada de la entrada. La oficina donde despachaba sus asuntos era un alarde de lujo, una exhibición del poder combinado de la Iglesia con el de los Sorrento. El arzobispo desvió una mirada de becerro hacia D'Angelis. Estaba aún más pálido que el matasanos que acababa de atenderle. El saludo del espía derrochó sinceridad.

—Estás hecho una puta mierda —dijo mientras cerraba la puerta.

—Han intentado matarme —lloriqueó Sorrento. La ronquera convertía cada palabra en un quejido.

—Coño... ¿Quién?

—Los prisioneros.

—Normal, es su obligación. ¿Y no tenías al moro para protegerte?

D'Angelis pegó un respingo cuando un dedo enguantado le acarició la garganta por detrás. La fantasmagórica figura de Hamsa estaba justo detrás de él, siniestra y silenciosa. Michele no pudo evitar echarse a reír al ver la cara de susto de su amigo, pero pagó la burla con una punzada de dolor.

—¿Por qué no te vas a rezar con el culo en pompa a alguna parte y nos dejas hablar en privado? —le propuso D'Angelis al Susurro.

—Hamsa —carraspeó el arzobispo—, déjanos, por favor.

El Susurro abandonó el despacho por la ventana, dejando como único recuerdo de su presencia un leve movimiento de cortinas. D'Angelis se preguntó si habría saltado a la calle o escalado la pared como una lagartija. Le daba igual mientras se largara. No es que odiara a Hamsa, pero le inquietaba que estuviera en la misma habitación que él y no saberlo.

La horma del zapato del espía.

—Cuéntame eso de que te han zurrado los prisioneros.

—Un descuido. —Sorrento tosió dos veces y se palpó la nuez con la yema de los dedos—. Me atraparon desde detrás de los barrotes.

—Si todo ha quedado en un susto...

—Me vieron la cara.

D'Angelis se quedó parado. Dio cuatro pasos erráticos por la estancia, como si se sintiera desubicado. Al final, optó por señalar una botella de borgoña que había sobre una mesa, rodeada de copas de cristal tallado.

—¿Puedo?

Michele lo invitó a servirse. Dino dio un trago y meneó la cabeza hacia su amigo, como una madre que reprende a un hijo sin hablar. El silencio no duró demasiado.

—¿Qué vas a hacer ahora? —preguntó D'Angelis.

—Solo tengo una opción.

El espía apuró la copa en un suspiro y la rellenó en un santiamén. Caminó hasta la mesa que presidía el despacho y se sentó en una esquina. D'Angelis le prometió a Michele con la mirada que contaba con su lealtad absoluta a pesar de estar en desacuerdo con sus actos. Dio otro sorbo al borgoña. Como todo lo que había en la sala, era de calidad.

—Michele, ¿tanta necesidad había de esto?

—¿De qué?

—De excederse.

—Acabamos de salir de una guerra —expuso hablando muy

despacio para no dañarse la garganta—, y está visto que la paz solo ha traído libertinaje a la ciudad. Turín le da la espalda a Dios y no solo de forma pasiva. Los enemigos de Dios se organizan. Si no abortamos sus planes, será demasiado tarde para nosotros.

D'Angelis bajó de la mesa.

—¿Quieres saber lo que oí anoche en las bodegas Moncalieri?

—Ya me avanzó algo Yannick Brunner.

—Ese es un santurrón, Michele, ni caso —rezongó—. Escuché casi entero el discurso de ese Mattaccino, y aciertas al sospechar que su intención es debilitar el poder de la Iglesia en Turín. No creo que formen un grupo organizado a lo grande: no veo a los luteranos detrás ni nada por el estilo. Me dio la impresión de que en esa reunión solo había ciudadanos descontentos, que se sienten amenazados por esa inquisición que has empezado, pero no son un ejército, ni siquiera una banda. En ningún momento hablaron de utilizar la violencia para conseguir su objetivo. Lo único que quieren es que los dejen vivir en paz.

—¿Puedes ir al grano? Estoy cansado, ha sido una noche muy larga.

—En conclusión: tu preocupación está justificada, pero no hasta el punto de matar gente.

El arzobispo dio una palmada en el reposabrazos del sillón.

—¡Por supuesto que esas muertes están justificadas! —protestó con tanta vehemencia que sintió una daga invisible en las cuerdas vocales.

—Si están justificadas, ¿por qué no las asumes? ¿Por qué actúas desde las sombras? Reúnete con las autoridades municipales y explícales que has decidido utilizar la bula que te otorgó Clemente VII para reprimir cualquier conspiración contra la Iglesia con toda la dureza que consideres necesaria.

—Sabes que no puedo hacer eso.

—¿Por qué? ¿Qué dice exactamente la bula? ¿Hasta qué punto te autoriza a ser juez y verdugo contra quienes consideras herejes?

Sorrento eludió la pregunta. Se acurrucó en el sillón y su mirada se perdió en uno de los tapices que adornaban la pared.

—Si hago pública esta guerra, las familias de los herejes tratarán de poner al juez Beccuti en mi contra. Y cuando Beccuti no pueda con la presión, acudirá al duque de Saboya, y ya sabes cómo es el duque. Esas familias le pagan muchos tributos, a él no le interesará tenerlas en su contra. Al final, la pelota rebotará en el muro y me dará en la cara.

—¿Y cómo vas a evitar que esto salga a la luz? Te han visto la cara, saben quién eres.

Sorrento se frotó la garganta con dos dedos. Había pasado mucho miedo ahí abajo.

—Lo solucionaré —dijo, sin entrar en más detalles.

A D'Angelis no le hizo falta más respuesta.

—Piénsatelo —le advirtió—. Gozas del respaldo del papa y de tu padre. Convence a las autoridades civiles, conviértelos en cómplices de esto.

—Es demasiado tarde, lo he empezado sin consultarlo con nadie, ni siquiera con mi padre. Solo me he encomendado a Dios —dijo, como si eso lo arreglara todo.

—Invéntate algo —propuso D'Angelis—. Puedes decir que estabais inspeccionando las bodegas, siguiendo las indicaciones de un confidente, y os disteis de bruces con esa reunión clandestina. Que algunos de los asistentes atacaron a los apóstoles y que estos se defendieron.

—Te recuerdo que nadie conoce la existencia de los apóstoles, a excepción de las autoridades.

—¿Cómo sabes que nadie los vio anoche? Esos tipos llaman la atención como un circo ambulante.

—Viajaron en los ataúdes rodantes desde el cuartel a la bodega, imposible que alguien los viera.

—¿También puedes controlar a los que espían desde las ventanas de su casa? Es cuestión de tiempo que todo Turín se entere de la existencia de los apóstoles, Michele. Deberías informar a las autoridades de lo que pasó anoche antes de que sea demasiado tarde. Y deja en paz a la gente, tú nunca has sido un puto santo ni lo serás nunca.

Sorrento enterró la mirada en la alfombra. Su amigo le abría una puerta, pero esa puerta llevaba a reuniones, charlas, opiniones, debates, discusiones, reproches, responsabilidades... Si las autoridades civiles se oponían a aceptar aquella guerra contra el hereje, el asunto podría costarle el cargo. Era un secreto a voces que Clemente VII lo había nombrado arzobispo de Turín a cambio de favores de su padre.

—No puedo arriesgarme, Dino —dijo, al fin—. Para mi padre es vital que conserve este puesto. Y para mí. Si lo pierdo, también perderé su apoyo y su dinero. Me desheredaría.

—¿Y qué? Volveríamos al pasado: el actor y el fornicario. Una vida más divertida de la que llevas ahora.

—Sigo siendo un fornicario —gruñó el arzobispo—, y lo hago con mujeres puras, no como tú, que follas meretrices.

D'Angelis fingió sentirse escandalizado y se echó a reír. Le dedicó una mirada dulce a Sorrento. La alfombra bajo sus pies estaba encharcada de tristeza.

—Michele, sabes que soy tu amigo.

—A ver qué vas a decir —lo interrumpió Michele—. Después de esas palabras, nunca viene nada bueno.

—¿Puedo darte un consejo?

—Esas cuatro palabras auguran algo peor que las de antes.

—Detén esta guerra antes de que empiece.

—Ya ha empezado —declaró el arzobispo.

—¿Podré convencerte de algo?

—No.

—Entonces que te den por culo, págame y me marcho.

Michele señaló el escritorio de madera noble.

—La bolsa está en el primer cajón.

—¿En el mismo en el que guardas la cobra?

—Muy gracioso, deberías haber seguido en el teatro. A veces me pregunto por qué sigo siendo tu amigo.

D'Angelis recogió la paga y cerró el cajón.

—Porque soy el único que has tenido y el único que te queda.

Se echaron a reír y a Michele volvió a costarle una mueca de dolor.

—Se me olvidaba —dijo Michele—, Brunner me habló de un espadachín.

—Sí, Caracalavera. No creo que sea difícil de encontrar, a mediodía empezaré por las tabernas.

—No bebas demasiado. Recuerda que trabajas para mí.

—Hay trabajos que se hacen mejor si estás borracho y este es uno de ellos. Cuídate, Michele —se despidió D'Angelis mientras abría la puerta para irse—, y piensa en lo que te he dicho.

—Me has dicho muchas cosas.

—Las que menos te interesan son las que más te convienen.

El arzobispo se quedó a solas. Había pasado la noche en vela, pero era incapaz de dormir. La congoja que sentía era tan asfixiante como los brazos de los prisioneros alrededor de su cuello.

La guerra había empezado.

## 9

*Ávila, verano de 1526*
*Año y medio antes de la masacre*

Una vuelta.

Dos.

Quince.

Veintitrés.

Felipe Orante estaba harto de recorrer en círculos el interior del diminuto claustro del monasterio de Santo Tomás, con el agravante de arrastrar colgado del brazo a monseñor Regino Caamaño y Aparicio mientras lo hacía. No podía parar de contar una y otra vez los veinte arcos y las veinte columnas que conformaban el maldito claustro.

«Hace un día espléndido, aprovechémoslo».

Había tragado polvo durante varias horas de viaje con la idea de que el obispo, amigo de la familia de su esposa, atendiese a su petición.

Pero la cosa no iba bien.

Felipe solo había obtenido negativas e impedimentos. Estaba cansado de desfilar bajo el sol del mediodía, integrado en una comitiva de frailes cabizbajos que parecían empujar una rueda de molino invisible, inmersos en sus rezos. Había uno, en especial, que le ponía muy nervioso: un anciano encapuchado que caminaba dos pasos por detrás de ellos. Monseñor Caamaño no soltaba a Felipe del brazo mientras le repetía el funcionamiento del Santo Oficio.

—Por tercera vez, amigo Felipe. —El tono del prelado, a pesar de ser paciente, dejaba entrever trazas de hartazgo—. Si lo que pretendes es que esa hereje... ¿cómo dices que se llama?

—Leonor.

—Si lo que pretendes es que esa Leonor sea encarcelada, o arda en la hoguera, por construir un aparato que ni siquiera sabes para qué sirve, aquí no lo vas a conseguir.

—¿Habéis olvidado que mencioné que posee libros prohibidos? Me lo ha jurado uno de sus sirvientes. ¡Y pretende dárselo a leer a una niña!

—Ya te he dicho que puedes denunciarla. Se la someterá a un tribunal, pero bastará con que se arrepienta y entregue el material prohibido para que la envíen de vuelta a casa. ¿Quieres que emprendamos esa acción? Podemos ir a mi despacho ahora mismo.

—Creo que ese delito merece un castigo mayor —opinó Felipe.

—Pero no eres tú quien tiene que juzgar eso. —El obispo le soltó el brazo y se detuvo un momento—. Felipe, dime la verdad: tienes un motivo personal para esta denuncia, ¿verdad?

Felipe se debatió entre la ofensa y el sonrojo.

—Por supuesto que no, ¿cómo podéis pensar eso?

—Porque lo parece —respondió monseñor Caamaño sin dudarlo ni un instante—. Felipe, nuestra labor consiste en controlar que los judíos no practiquen sus ritos en secreto e impedir la proliferación del luteranismo, que por ahora no nos está dando demasiados problemas en España; pero eso no significa que tengamos que encarcelar, torturar o ejecutar a todos los denunciados. ¿Sabías que muchos presos comunes blasfeman a gritos en las cárceles para que los juzgue el Santo Oficio? —Felipe no respondió; se limitó a seguir caminando junto al obispo, que había reanudado la marcha; miró por encima del hombro y comprobó que tenía al viejo dominico justo detrás—. El tribunal de la Inquisición suele ser más indulgente que los tribunales civiles. Formamos una institución misericordiosa, que devuelve al camino a las ovejas descarriadas.

—Ovejas descarriadas —repitió Felipe, sin dejar de acompañar a monseñor Caamaño en su trigésimo segunda vuelta a aquel claustro del demonio, así ardiera hasta sus cimientos—. En fin, he de irme, monseñor. Agradezco mucho que me hayáis atendido.

—Aún estás a tiempo de formular la denuncia.

—Lo he pensado mejor —respondió y a continuación le besó el anillo—. Que Dios os guarde.

—A ti también, Felipe. Recuerdos a Marita —añadió, refiriéndose a la esposa del hacendado—. Hace años que no veo a su padre.

—Sigue igual —dijo Felipe, aunque lo que en realidad pensaba era que seguía igual de cabrón y sin morirse. A este paso, Marita, su única hija, tardaría años en heredar las tierras que su padre poseía en Arévalo.

Después de un intercambio de agradecimientos, despedidas y buenos deseos, Felipe cruzó el arco que llevaba a la galería que conducía a la salida. Justo giraba la última esquina cuando notó una presencia a su espalda. No le extrañó ver al dominico viejo que los había estado siguiendo por el claustro.

—¿Puedo ayudaros? —preguntó Felipe, irritado.

El fraile le instó a salir del convento, a base de gestos bruscos y vehementes. El hacendado cruzó la puerta que daba a la plaza y se alejó del edificio. La explanada estaba bastante concurrida, con tenderetes de mercaderes comerciando, paseantes, sirvientes ajetreados cargados con bultos y niños jugando a ver quién gritaba más. Eligió un espacio diáfano para hablar, se dio la vuelta y descubrió al anciano detrás de él. Se había echado atrás la capucha y mostraba un rostro cadavérico cubierto de pellejo arrugado y un ojo en blanco, perdido sabe Dios por qué razón.

«En pago por regresar de entre los muertos», pensó Felipe.

—Las cosas no son como deberían ser —comenzó a decir el dominico, antes de que Felipe tuviera ocasión de preguntar por qué diablos los andaba siguiendo tan de cerca en el claustro—. Atendí a don Tomás de Torquemada durante los últimos años de su vida en este mismo monasterio. Fueron muchas las horas que hablé con él, meses, años... Ni siquiera el inquisidor general tuvo la firmeza necesaria para castigar a los herejes, por mucho que se le recuerde mal en conversaciones de mentideros y corrillos de viejas. Fue demasiado indulgente —sentenció.

—Monseñor ha dicho algo parecido, pero con menos palabras.

—No tengo por qué estar de acuerdo con él.

Felipe frunció el ceño y ladeó la cabeza.

—¿Qué queréis decir?

El anciano agarró la muñeca de Felipe Orante y fijó su único ojo en él. El contacto helado de aquella garra huesuda le provocó una oleada de frío que recorrió su brazo y congeló su columna vertebral.

—¿Podéis soltarme? —preguntó incómodo—. Os lo ruego.

—¿Queréis que esa hereje reciba un castigo ejemplar?

El dominico podría ser un carcamal, pero el oído le funcionaba de maravilla. A pesar de que aquel fraile tuerto le producía repelús y ganas de salir corriendo, Felipe asintió. El anciano lo soltó. Orante expelió un suspiro de alivio más sonoro de lo que a él le habría gustado.

—Entonces, prestad atención. —El anciano miró alrededor, a la caza de oídos indiscretos; aunque había gente en la plaza, todo el mundo parecía ir a lo suyo—. Viajad a Sevilla y preguntad por el secretario del gran inquisidor, fray Antonio de Andújar, en el castillo de San Jorge, en Triana. Contadle lo que le habéis contado a monseñor Caamaño, y que no os pese exagerar si lo veis conveniente: los enemigos de Dios se merecen el peor de los castigos. No acudáis al inquisidor general —advirtió el dominico, abriendo mucho el ojo que le quedaba—, sino a fray Antonio de Andújar.

—Fray Antonio de Andújar —repitió Felipe Orante grabando el nombre a fuego en su memoria.

—Decidle que vais de parte de fray Bartolomé Figuera y Galán. ¿Os acordaréis?

—Lo recordaré —respondió el hacendado como en trance.

—Es importante que seáis sincero conmigo: esa hereje ¿posee tierras o algo de valor?

A Felipe Orante le escamó la pregunta.

—¿Es relevante?

—Si deseáis que fray Antonio envíe a su mejor inquisidor, lo es.

El terrateniente aceptó jugar al juego del dominico.

—Tiene un olivar, una villa y riqueza en el banco. Al menos eso he oído en el pueblo.

—Esos bienes se confiscarán y pasarán a ser propiedad de la Iglesia después del juicio... siempre y cuando la bruja sea hallada culpable —especificó.

—¿Todos sus bienes?

El viejo fraile se echó a reír mostrando unos dientes amarillos e irregulares. Su aliento apestaba a tumba.

—Discutidlo con fray Antonio. Es un hombre razonable, amigo de llegar a acuerdos.

Así que era un asunto de dinero. A pesar de agradecer las indicaciones del anciano, deseaba marcharse de allí cuanto antes. Aquel cíclope momificado le estaba robando el alma.

—Iré de vuestra parte a fray Antonio de Andújar.

—Una última cosa.

—¿Sí?

—Sugeridle que este es un caso para Zephir de Monfort.

A Felipe el nombre le sonó extraño.

—¿Zephir de Monfort?

Fray Bartolomé tocó un anillo inexistente en su dedo huesudo.

—Acordaos de la piedra preciosa. Fray Antonio lo entenderá, y vos también entenderéis a fray Antonio. Estoy seguro de que llegaréis a un... acuerdo.

Felipe retrocedió un par de pasos para despedirse del dominico. Este no se movió. Mantenía la mirada fija en él.

—Muy agradecido. Que Dios os bendiga.

Bartolomé Figuera sonrió por última vez, se cubrió la cabeza con la capucha y dio media vuelta. Felipe lo vio entrar en el monasterio. Cruzó la plaza hasta su carruaje con pasos rápidos deseoso de irse de allí. Encontró a José, el cochero, en el pescante; Álvaro, un criado joven, alto y fuerte, le esperaba al lado de la portezuela, presto a abrírsela. De su cinturón colgaba una cachiporra con la que mantenía alejados a pordioseros y maleantes. Además de criado, hacía las labores de guardaespaldas de su señor. Le sobraban espaldas para eso y para más.

—Volvemos a Gotarrendura —anunció Felipe a sus sirvientes antes de entrar en el carruaje—. Gratificad esta noche a vuestras esposas y que os preparen equipaje para un viaje de semanas. Mañana partimos hacia Sevilla.

Álvaro cerró la portezuela y trepó al pescante. Se sentó junto a José y cruzó una mirada elocuente con él justo antes de que arreara a los caballos.

La mirada contenía una blasfemia muda.

Una de las gordas.

## 10

*Turín, otoño de 1527*
*Tres días antes de la masacre*

Ama y haz lo que quieras.

Para Arthur Andreoli, la frase de san Agustín era su modo de vida. Había portado con orgullo el morrión de la Guardia Suiza desde muy joven y lo había sustituido por la máscara de san Juan para seguir combatiendo por la cristiandad.

Pero la cosa cambiaba cuando no estaba al servicio de Dios ni de Brunner, su profeta.

El sol de la mañana lo despertó de malos modos, como si el Señor le enfocara con un espejo en plena cara. Se incorporó un poco en el lecho y trató de reconocer la habitación en la que se encontraba. Enseguida se dio cuenta de dos cosas: no tenía ni idea de dónde demonios estaba y tenía ambas manos ocupadas.

La izquierda con un pecho femenino.

La derecha con una verga inmensa.

En cuanto se dio cuenta de que no era la suya, la soltó y se irguió del todo quedando sentado en la cama. Estaba desnudo. Miró de reojo a la izquierda para descubrir a una joven durmiente que no le sonaba de nada. Desvió la vista a la derecha, muy despacio. Junto a él yacía un muchacho boca arriba, con una erección matutina imponente y la boca abierta en una expresión ridícula, con un hilillo de baba que le resbalaba por la comisura de los labios. Andreoli se tapó la cara con las manos.

—Mierda, otra vez...

La habitación olía a vino más que el lagar de la bodega Moncalieri. El teniente tenía la boca como un trillo y la cabeza en marejada. No sabía si seguía ebrio o estaba entrando en el reino de la resaca por la puerta principal. Se bajó de la cama por los pies para no despertar a sus compañeros de juerga. Se palpó el ano con la punta de los dedos. Contrajo el rostro justo antes de hacerlo, como quien está a punto de meter la mano en una hoguera; para su regocijo, no le dolió al tacto. Se sintió algo mejor. Si le habían dado por el culo en el fragor de la batalla, no contaba a ojos de Dios: estaba demasiado borracho, había sido sin querer.

Trató de reconstruir la madrugada anterior paso a paso mientras se ponía sus ropas de paisano. Recordó que lo primero que hizo, en cuanto se llevaron a los muertos de la bodega en la barcaza, fue envolver la máscara y la purificadora con la capa para no llamar la atención si se tropezaba con alguien.

Había regresado al cuartel —como llamaban al edificio conectado por un túnel al palacio episcopal— por la ribera del Po; se cambió de ropa y salió en busca de una copa para mitigar la mala conciencia. A pesar de que su purificadora no se manchó de sangre, la muerte de los seis civiles le había dejado un pésimo sabor de boca.

Así era la vida del soldado: acatar órdenes sin pensar en las consecuencias. Algo más fácil de decir que de hacer. El remordimiento es un pájaro carpintero que no para de picotearte la conciencia hasta convertirla en serrín de culpa.

Su paseo nocturno lo llevó a uno de los pocos establecimientos abiertos a las cuatro de la madrugada. Por supuesto, era un burdel. En cuanto llegó, se puso a beber a galope. Poco después, el olvido puso un antifaz a su memoria.

Andreoli miró al muchacho de la polla tiesa y a la joven acostada.

No hacía falta ser un genio para reconstruir los hechos.

La torre de la catedral le arrancó una maldición cuando tocó dos únicas campanadas: había quedado a mediodía en casa de Yannick Brunner y ya iba dos horas tarde. El capitán lo había invitado a comer junto a sus dos excompañeros de la Guardia Suiza, los sargentos Yani Frei, segundo de Andreoli y portador de la máscara de san Pedro, y Oliver Zurcher, san Judas Tadeo.

—Phillip... —pronunció una voz masculina y somnolienta a su espalda.

El teniente dio gracias a Dios por haber sido lo bastante prudente como para dar un nombre falso. Se volvió hacia el joven mientras se ajustaba el chaleco y forzó una sonrisa de lo más falsa. El tipo se desperezó y señaló el pene erecto. Andreoli pensó que esa polla no tenía venas, sino arterias. La joven protestó entre sueños y se tapó hasta el cuello sin despertarse, lo que expuso al hombre en cueros a su plena desnudez.

—¿Me harías un favor? —pidió el joven mientras empezaba a acariciarse el miembro—. ¿Podrías ocuparte de esto antes de irte?

Las caricias aumentaron aún más el tamaño de aquella cosa. A Andreoli le asaltó la visión de la polla estallando, y ríos de sangre arrastrando a humanos y bestias por las calles de Turín, como en las plagas bíblicas del antiguo testamento.

—Lo siento, amigo —se disculpó Andreoli—, pero olvidé que tengo un compromiso y ya voy tarde. Que te lo alivie ella —propuso señalando a la durmiente con la barbilla.

—Una pena —se lamentó el joven—. Lo de anoche fue increíble.

«Mierda, mierda, mierda».

—El vino, que nubló mis sentidos. —La frase de Andreoli sonó a excusa barata—. Esto... ¿puedo hacerte una pregunta? —No esperó a que el hombre erecto contestara—. ¿Anoche me metiste eso por...?

—No pude, no tienes el culo preparado para esto. Pero la boca, oh, la boca... Con la boca eres un artista, Phillip.

Andreoli esbozó una sonrisa de querer morirse y dejó al joven meneándosela en la cama. Bajó las escaleras de tres en tres, no fuera a correrse el fulano y se lo llevara el torrente por delante. Respiró aliviado al salir al aire libre. Justo enfrente de la casa, vio a un grupo de niños que jugaban con palos a descalabrarse. El más pequeño, de unos tres años, iba desnudo de medio cuerpo para abajo.

—En este barrio no lleva calzones ni el Cristo del crucifijo.

El teniente se santiguó tras murmurar su reflexión. Brunner le habría soltado un pescozón por la blasfemia —con razón— y lo habría obligado a confesarse.

Mientras recorría las calles con rumbo a casa de su capitán no podía dejar de darle vueltas a un hecho.

La bebida lo volvía maricón.

Yannick Brunner y Yani Frei dieron cuenta de la parte del guiso de Oliver Zurcher y Arthur Andreoli. Lo hicieron más por aburrimiento que por hambre. El plantón había decepcionado al capitán.

—La próxima vez no os invitaré a comer como amigos, os ordenaré venir como soldados —mascullló Brunner llenando la jarra de vino del sargento; a pesar de que Frei había sido puntual a la cita, también le salpicó la bronca—. Es la única forma de que me hagáis caso.

—Andreoli andará de jarana —adivinó Frei, un hombre de rasgos rudos y cabello rojo y grueso como cerdas de jabalí—, ya aparecerá. Me extraña más lo de Oliver, suele ser puntual.

—Estará con el arzobispo —supuso el capitán—. Parece que se han cogido cierto afecto. De hecho, Oliver me comentó que Sorrento le pidió que entrenara a sus tropas. Por eso hay días en los que no le vemos el pelo.

—¿Y te parece bien que adiestre soldados fuera de la unidad?

—Si un día tenemos que pelear de verdad, prefiero tener soldados preparados a mi lado antes que una panda de inútiles.

Tres golpes anunciaron la llegada de un nuevo invitado. Brunner fue a abrir. Su casa no era grande, mucho menos lujosa. Tenía un único piso y una sola estancia que hacía las veces de todo. A pesar de ser el mejor pagado, alquiló algo muy básico para él solo y así enviar dinero a su familia regularmente. Su residencia estaba en Roma, una casa de dos plantas donde vivía con su mujer y sus tres hijos, a los que hacía meses que no veía. Su destino en Turín, a las órdenes del arzobispo, lo había alejado de su casa, y eso agriaba aún más el carácter de por sí arisco del capitán.

Andreoli entró sin pedir permiso en cuanto Brunner abrió la puerta. Saludó con la cabeza a Frei y se disculpó.

—No tengo excusa. Anoche bebí y acabé seducido por una dama que manejaba artes de súcubo. Ya me conocéis: cuando bebo demasiado, pierdo la cabeza, bajo las defensas y las malas artes femeninas me hacen sucumbir a los placeres de la carne. —Por supuesto, obvió lo del muchacho de verga equina—. ¿Me invitas a una jarra de vino a pesar de tu visible enfado, capitán?

—Mientras nuestros encantos no te seduzcan —bromeó Frei, sirviéndole una jarra.

—Te he dicho muchas veces que la bebida te trastoca el juicio —le recordó Brunner. A pesar de sus defectos, no podía impedir querer a Andreoli como si fuera un hermano menor—. Te transforma en alguien proclive al pecado. ¿Por qué sigues bebiendo?

—Para acallar mi conciencia —respondió, sin pensárselo dos veces. Olfateó el vino y notó una amenaza de arcada, pero el primer trago la redujo a una mínima náusea. El segundo lo curaría del todo—. ¿Y Oliver? ¿No ha venido?

—No —contestó Brunner—, pero seguro que tendrá una buena razón. No como tú, que eres un perdido a ojos de Dios y de los hombres. Te soporto porque te conviertes en un magnífico soldado en cuanto vistes el uniforme; sin él, serías un perfecto objetivo para el arzobispo.

—Ponlo en una balanza, capitán —dijo Andreoli, sabedor de que el resultado le sería favorable—. ¿Un brindis?

—Por los supervivientes de la batalla de san Pedro —dijo Frei alzando su jarra y poniéndose de pie.

—Y por los que murieron allí —remató Brunner, solemne.

El barro cocido entrechocó. Bebieron a la vez y cada uno ocupó una silla.

—Seis meses ya —comentó Andreoli.

—A mí me han parecido una eternidad —dijo Brunner, con los ojos perdidos en la ventana.

—Demasiados cambios para tan poco tiempo —pensó Frei en voz alta—. Han pasado meses y todavía no me acostumbro a formar parte de esta unidad tan... extraña.

—Extraña de cojones —corroboró Andreoli. La resaca le decía adiós con la mano y daba la bienvenida a la nueva cogorza que venía de camino con paso alegre—. Eso de andar disfrazado, con esas capas y esas máscaras, viajando dentro de los ataúdes... A veces dudo de que seamos soldados de verdad.

—Lo somos —le recordó Brunner, tajante—. Los mejores entre los mejores. Si ya éramos formidables en la Guardia Suiza, ahora, con las tácticas de Zurcher y mis purificadoras, somos la élite de la élite.

—He de reconocer que la esgrima con alabarda de Oliver funciona —dijo Andreoli—. Aunque solo la hayamos probado con civiles...

—Con herejes —lo corrigió Brunner, a pesar de que a él también le pareció excesiva la contundencia empleada por los apóstoles la noche anterior—, y los herejes son como la gangrena: hay que erradicarla antes de que se extienda.

Yani Frei dejó la jarra sobre la mesa y echó el cuerpo un poco hacia delante.

—¿Puedo hablar con franqueza, Yannick?

—Como compañero, sí —respondió Brunner, con cara de a ver qué vas a decir—. Como soldado, no.

—Voy a hablar como amigo —aclaró—. No te tomes esto como algo más que un comentario: a Arthur, a Oliver y a ti os considero más que compañeros, me interpondría entre una espada y vuestro pecho, pero... si te soy sincero, no me siento demasiado cómodo formando parte de los apóstoles.

—Explícate.

—Cuando el papa Clemente empezó a hablar de formar una guardia personal, pensé que la sacaría, íntegra, de miembros de la Guardia Suiza. —Frei miró primero a Andreoli y luego a Brunner—. De esa vieja guardia solo quedamos cuatro; el resto son extraños, soldados procedentes de otras unidades y mercenarios de los que apenas sabemos nada.

—Eso sí, luchan bien —apuntó Andreoli.

Frei le dedicó una mueca escéptica.

—Tráeme al tío más inútil de Turín, dale una purificadora de Yannick y que Oliver lo entrene durante dos meses: ahí tienes a un apóstol.

—Y la formación a la romana, golpeando todos a la vez, como un solo hombre, funciona —añadió Andreoli, al que se le agotaba el vino de la jarra—. Nuestros entrenamientos me recuerdan a una clase de baile.

—Todos estamos de acuerdo en que el concepto de los apóstoles, como unidad militar, es válido —reconoció Frei—, pero no me siento como en la Guardia Suiza. Allí éramos soldados al servicio del papa, lucíamos el uniforme con orgullo. Y en cuanto nos convertimos en los apóstoles, el papa nos prestó a Sorrento, como si le sobráramos.

Andreoli rellenó su jarra.

—Yannick, ¿no se te ha pasado por la cabeza que el propósito de ponernos a las órdenes del arzobispo sea probar nuestra eficacia en combate?

—Clemente sabe de sobra cómo funcionamos —replicó Brunner, reacio a creer en la hipótesis del teniente—, al menos quienes fuimos parte de la Guardia Suiza; lo comprobó de primera mano durante el saqueo de Roma. Si no llega a ser por nosotros, los rufianes del duque de Borbón lo habrían linchado en el altar mayor de la basílica de San Pedro. —Reflexionó unos segundos, con su expresión de eterno disgusto ensombreciéndole el rostro—. Pero no sé, Arthur, quizá tengas razón.

Frei retomó el tema que él mismo había iniciado.

—¿Alguno de vosotros sabe de dónde han salido los apóstoles que apenas conocemos? ¿Quiénes son?

—Los seleccionó Oliver —dijo Brunner—, y me fío de su criterio.

—Son raros —insistió Frei—. Casi no hablan, no comparten sus pensamientos con nadie; a veces me da la sensación de que ocultan algo.

—Cierto —corroboró Andreoli a la vez que reprimía un eructo—. Seguro que ni beben ni yacen con mujeres.

El sargento se recostó en el respaldo de la silla, apuró el vino de la jarra y dio el asunto por zanjado. Había manifestado su inquietud en voz alta, pero no quería darle más vueltas. Incluso se arrepintió un poco de haber sacado el tema. Puede que a Brunner le hubiera sentado mal o, peor aún, tal vez Frei había plantado en su mente la semilla de la desconfianza.

—Pues yo también tengo algo que decir —anunció Andreoli.

—¿También vas a hablar con franqueza? —le preguntó Brunner con ironía; empezaba a estar harto de los arranques de sinceridad de sus subordinados.

—Como siempre —respondió Andreoli—. Sinceramente, ¿no os parece que el arzobispo exagera con esa cruzada que ha emprendido contra la herejía? —El capitán lo observó con el mismo ceño fruncido con el que había recibido las palabras de Frei; Brunner era un soldado, y un soldado cumple órdenes sin cuestionarlas—. No creo que ninguno de los que arrestamos anoche sea un peligro serio para la Iglesia. Comerciantes, en su mayoría, muchos acompañados de su esposa.

—Estaban reunidos para conspirar —le recordó Brunner—, y no olvides que fueron ellos quienes atacaron primero.

—En cierto modo fue culpa mía —reconoció Andreoli—. No di instrucciones claras a los apóstoles antes de entrar en la bodega.

—Yo estaba en la segunda fila —recordó Frei—. El ataque de la primera fue tan rápido que nos pusimos en guardia después del primer golpe. ¿Tú estabas detrás del todo, Arthur?

—Sí, todo sucedió demasiado rápido para pararlo. ¿Y Oliver? A veces no recuerdo las máscaras y me hago un lío.

—Estaba en la primera fila, al lado de Judas y Bartolomé. —Frei hizo memoria—. No estoy seguro de quién era el cuarto.

—¿Y qué más da? —Brunner se cansaba de la conversación—. Somos una unidad, respondemos como un solo hombre y, si hay alguien responsable de algo, soy yo, vuestro capitán. Se nos encomendó una misión y la cumplimos. —Brunner golpeó la mesa con la jarra de vino y la alzó—. Os reuní aquí para conmemorar la salvación del papa, no para reflexionar sobre las órdenes que cumplimos. Dios nos guía, Dios nos perdona. Amén.

—Amén —replicaron a la vez Andreoli y Frei.

Brunner dio un trago y sus amigos lo secundaron. Justo en ese momento sonaron golpes rápidos en la puerta.

Oliver Zurcher irrumpió en casa de Brunner en cuanto este le abrió. Su rostro adusto, caracterizado por un labio inferior prominente, facciones angulosas y cabello cortado al ras, vaticinaba tormenta. Era más o menos de la edad de Andreoli, pero aún era mejor que él con las armas. En realidad era el mejor de todos. En su tiempo libre, Zurcher devoraba viejos libros sobre tácticas militares de la antigua Grecia y Roma, para luego aplicarlas a los apóstoles, al igual que lo hacía mientras sirvió en la Guardia Suiza. De hecho, fue gracias a esas tácticas que pudieron rechazar a fuerzas superiores en número durante el ataque de los saqueadores en la escalinata de San Pedro. Andreoli tuvo la desvergüenza de ser el primero en recriminarle la tardanza.

—¿De dónde coño sales, Oliver? Papá Yannick estaba preocupado.

Zurcher ignoró la broma. No estaba de humor.

—He pasado el día entero en el río Po —informó—. Anoche me quedé en el cuartel a la espera de novedades de la cuadrilla de la barcaza. —Alternó la mirada entre sus compañeros, deteniéndose un instante en cada uno de ellos—. Decidme que no estoy loco o que estoy equivocado: ¿cuántos cadáveres dejamos anoche en la bodega para su entierro?

Andreoli no lo dudó ni un momento.

—Seis. Los conté antes de que llegara la barcaza.

—Mierda —maldijo Oliver Zurcher.

—¿Qué pasa? —preguntó Brunner, alarmado.

—La cuadrilla informó que habían enterrado cinco cuerpos. Les dije que era un error, que eran seis. Me lo discutieron y les ordené que me llevaran al lugar donde los habían sepultado, en el interior de un bosque, a unos doce kilómetros río abajo...

—Ahórrate los detalles —lo cortó Brunner, impaciente por conocer el resultado de la investigación.

—Les hice exhumar los cuerpos. Había cinco.

—¿Cinco? —repitieron a la vez Brunner y Andreoli.

Zurcher asintió.

—Han perdido a uno de los muertos —comentó Frei.

Oliver Zurcher negó con la cabeza.

—O peor aún: uno de los seis estaba vivo.

# 11

*Turín, otoño de 1527*
*Dos días antes de la masacre*

Aquella mañana encapotada, sor Benedetta decidió portarse mal.

O bien, dependiendo de quién juzgara sus actos: si la superiora o su conciencia.

Asomó media cara regordeta por la puerta de la cocina para asegurarse de que nadie la viera cometer la infamia. Había envuelto en tela el pequeño cesto con un cuenco de sopa, una jarra con agua, una hogaza de pan y salami curado. Si la priora la descubría, no la libraría de la reprimenda ni santa Eufemia, la patrona del convento donde había pasado los últimos treinta años.

El hábito le impedía correr por el pasillo tanto como los kilos de más. Como la excelente cocinera que era, a sor Benedetta le gustaba probar —las veces que hicieran falta— los platos que elaboraba, sobre todo la repostería con la que las religiosas ayudaban a financiar el pequeño monasterio de las Hermanas Mendicantes de Santa Eufemia de Alejandría. Manjares que solo los más pudientes podían permitirse, procedentes de sus siervas más humildes.

Sor Benedetta de detuvo con el corazón al redoble. Le quedaba la parte más peligrosa de su aventura: cruzar por delante del despacho de sor Olethea Di Caprese, la superiora.

La guarida del dragón.

Llenó los pulmones de valor y avanzó con el miedo reflejado en sus ojos negros y redondos; los vació con un suspiro de alivio al ver cerrada la puerta del juicio final. Su alma entonó oraciones de agradecimiento mientras dejaba atrás la estancia donde sor Olethea recibía al arzobispo, despachaba asuntos y castigaba a aspirantes y novicias. Solo le quedaba cruzar el zaguán y llegar a su objetivo, la puerta del convento. Una puerta que en los últimos días había permanecido cerrada a cal y canto.

Cuando la buena de sor Benedetta descubrió que la llave se encontraba en la cerradura, sintió una ola de felicidad que la empujó a cometer un error crítico.

No mirar a su espalda mientras la giraba.

—¿Se puede saber qué haces, hermana?

Sor Benedetta apretó los dientes y un juramento poco pío atravesó su mente durante una milésima de segundo.

El dragón la había cazado.

Sor Olethea la contemplaba desde aquella altura tan impropia de una mujer como de un hombre. El hábito negro y la toca la hacían parecer aún más alta frente a la cocinera, que apenas llegaba a metro y medio de monja. La severidad de la priora hacía juego con su figura estilizada y sus facciones hermosas pero aterradoras a la vez. Sor Benedetta se rindió.

—Hermana Olethea, ¿no os da pena esa niña?

La barbilla de la superiora se elevó un poco más, como una ballesta cargada de soberbia a punto de disparar.

—¿Has olvidado las órdenes del arzobispo? Fueron tajantes: los hijos de Satanás están ahí fuera, al acecho. Estamos en peligro. Hasta que él no lo autorice no abriremos a nadie ni saldremos del convento bajo ningún concepto.

—Solo le llevo algo de comida —rogó la cocinera—. Es nuestra obligación, hermana superiora.

—Nuestra obligación es servir al arzobispo, don Michele Sorrento. Y antes de que me repliques, Dios habla a través de él.

—Esa pobre lleva ahí dos días, amodorrada bajo una manta raída —insistió sor Benedetta—. Desde ayer ni siquiera llama a la puerta, se está muriendo de hambre. Dejadme abrir solo un momento para darle este cesto...

El ademán de sor Olethea cortó el aire del vestíbulo y el de la cocinera.

—No desobedeceré al arzobispo ni por todos los mendigos del mundo. —A la priora no le hacía falta elevar la voz para sonar como las trompetas del apocalipsis—. ¿Quién nos asegura que no es una espía al servicio de los herejes?

Sor Benedetta iba a decir algo cuando tres aldabonazos le hicieron pegar un respingo. La estirada silueta de la superiora se deslizó rápida hasta la puerta, dejando tras de sí una estela de furia. Al abrir el ventanillo, no encontró el rostro churretoso de la joven, sino el de un hombre ataviado con una boina horrorosa y con pinta de pasarse muchas horas al sol; a su espalda, vio un carro tirado por un caballo sucio y destartalado, con un joven y una señora en el pescante.

—Dios os guarde, hermana —saludó el desconocido, con una mezcla de timidez y prisa—. Traemos un herido. Lo hemos encontrado medio muerto arrastrándose cerca del camino del río.

Sor Olethea estuvo tentada de cerrarle el ventano en las narices, pero fue lo bastante caritativa para concederle tres segundos de su tiempo.

—Aquí al lado está el hospital. Preguntad por don Piero Belardi, es médico, él lo atenderá.

—Hemos llamado, pero no hay nadie. Las calles están desiertas, no pasa ni un alma.

—Recurrid a la guardia o haced lo que veáis oportuno —zanjó la priora, harta de hablar—. Que Dios os bendiga.

La hoja del ventanillo entonó un hasta nunca al cerrarse. El hombre miró a un lado y a otro de la calle: no había ni Dios, solo una niña que parecía dormir con la cabeza apoyada en la fachada del convento.

—Putas monjas, putos curas y puta madre que los parió —renegó mientras avanzaba hacia el carro donde esperaba su familia—. ¿Adónde llevamos a este desgraciado? Se nos va a morir.

—Déjalo aquí mismo, Fulgenzio —rogó su esposa—. ¿Y si es un ladrón o un asesino? ¿Y si te culpan a ti de sus heridas? Lo más sensato habría sido dejarlo donde lo encontramos, ya lo habría recogido algún lugareño.

Fulgenzio dudó. Solo estaba de paso en Turín. Lo más prudente era no mezclarse en asuntos de puñaladas, por mucho que su caridad le dictara lo contrario. Si las autoridades intervenían, lo mínimo que le pasaría sería sufrir un retraso en su viaje; de ahí en adelante, todo sería peor. El hijo, de unos diecisiete años, refrendó la postura de la madre.

—Esto puede traernos consecuencias, padre. ¿Por qué no se lo dejamos a esa mendiga para que lo cuide hasta que venga el médico?

Fulgenzio se rascó la barba dubitativo. Bastante tenía la pobre con mantenerse viva para endosarle un moribundo de propina. Después de sopesar varias opciones, decidió que cumpliría como buen samaritano si solventaba el problema más inmediato de aquella desdichada.

—Mujer, dame una hogaza de pan.

La mujer eligió el más duro de la talega y se lo tendió a su esposo, que se acuclilló junto a la pordiosera.

—¡Eh! ¡Despierta!

La muchacha abrió los ojos como si los párpados le pesaran un quintal. Fulgenzio le mostró el pan, lo que provocó que despertara de golpe con los iris brillando de hambre. Cuando la chiquilla fue a cogerlo, él retiró el brazo y lo puso fuera de su alcance.

—Te lo daré a cambio de un favor —prometió. Ella recibió la oferta con una mirada de desconfianza—. Hemos encontrado un herido cerca del río, pero no podemos llevarlo con nosotros. Busca ayuda. —Ella asintió sin apartar la vista de la hogaza, como un perro extasiado ante una longaniza—. ¿Lo harás?

La niña aceptó el acuerdo abalanzándose sobre el pan. Mientras lo devoraba a velocidad endiablada, vio a Fulgenzio y su hijo descargar al herido del carro y acostarlo junto a ella. La esposa le echó por encima la misma manta ensangrentada en la que lo habían traído. Los tres subieron al pescante a toda prisa, con la conciencia no tan tranquila como les hubiera gustado.

El carro traqueteó por la calle desierta hasta desaparecer. La joven guardó media hogaza en el hatillo y se arrodilló junto al hombre inconsciente. Se maldijo por lo barata que se había vendido. Aplicó el oído a la boca. Respiraba. Lo destapó un poco para ver su estado.

Pintaba mal.

La chiquilla apartó la manta y examinó al desconocido de arriba abajo. A través del cuero cortado de la bota, descubrió que bastaría un tirón para que el pie se desprendiera de la pierna. Al abrirle el chaleco y la camisa, se enfrentó a un tajo que cruzaba el tórax en diagonal y un orificio pequeño, dos dedos por encima del corazón. El primero parecía más preocupante, no paraba de sangrar. Volvió a taparlo con la manta y corrió a la puerta del convento.

—¡Socorro! Hay un herido, ¿pueden ayudarme? ¡Por favor!

Con las manos doloridas de tanto aporrear, buscó a alguien a quien pedir auxilio. Había pocas viviendas por los alrededores, solo el pequeño hospital que compartía nombre con el convento y algunas casuchas habitadas por ancianas malencaradas que no se dignaron ni darle agua. Encontró el rostro apergaminado de una de ellas en una ventana, que presenciaba la escena con cruel indiferencia. La bruja cerró el postigo de golpe en cuanto los ojos de la joven se encontraron con los suyos.

Estaba sola con un moribundo. Sola, con media hogaza de pan y muerta de sed. Si nada lo impedía, pronto habría dos cadáveres bajo el manto de nubes negras que cubría Turín.

La tos del hombre la arrancó de su autocompasión.

—Ayuda —balbució entre unos dientes teñidos de rojo.

La muchacha sacó de la bolsa de tela en la que almacenaba sus pocas pertenencias un pequeño saco donde guardaba algunos aparejos de costura. Recordó la vez que un ternero se había rajado una pata con un clavo que sobresalía de un poste del corral. Su madre cosió la herida como si fuera una prenda desgarrada.

«La carne puede remendarse, como un vestido roto».

El animal sobrevivió.

Intentarlo era la única oportunidad de ayudar a aquel hombre.

Enhebró una aguja, se protegió los dedos con un pañuelo y la acercó a la llama de uno de los faroles que colgaban del muro del convento. Su madre le había dicho que había que quemar la aguja para no infectar la herida. Magia de curanderos. Si aquello funcionó con el ternero, tal vez funcionaría con aquel desdichado.

Se agachó de nuevo junto a él. Iba a decirle que aquello le dolería, pero no hizo falta: había vuelto a desmayarse. Retiró la manta e inspiró hondo. Se enfrentó a la carne abierta y apartó sus reparos. Pellizcó los bordes rojos, los unió y dio la primera puntada. El desgraciado gruñó, pero no se movió.

La segunda fue más decidida. Y la tercera.

Antes de darse cuenta de lo que acababa de hacer, había cerrado la herida. Y lo más importante, había dejado de sangrar.

Acometió la herida del pecho. Esta era muy pequeña. Por suerte, no parecía haber tocado ningún órgano vital. Cuando terminó de coserla, abrochó la camisa al hombre, lo cubrió con la manta ensangrentada y le destapó las piernas.

El corte que se veía a través de la bota era terrible y complicado.

—Lo siento —se disculpó ella, a pesar de que el pobre desgraciado no podía oírla—. No sé qué hacer con vuestro pie...

—Yo sí —dijo una voz dulce, y a la vez firme, detrás de ella.

Al volver la cabeza se encontró con un hombre joven y delgado, de tez pálida, mortecina. Este se agachó junto al herido, le colocó dos dedos en el cuello y enseguida lo agarró por debajo de las axilas. Su decisión contrastaba con su aspecto casi enfermizo.

—Sujétale el pie, que no le cuelgue. Así, con cuidado. Despacio.

Entre los dos trasladaron al herido hasta la puerta de la clínica, que el hombre pálido abrió con cierta dificultad. Cruzaron un par de estancias hasta llegar a una sala presidida por una camilla provista de agujeros para que se vertiera la sangre, con cubos debajo. A la niña aquel lugar le pareció intimidante y tétrico.

—Ayúdame a tumbarlo aquí —le pidió él—. Muy bien.

El hombre descubrió las heridas del pecho. Al verlas, las cejas se le enarcaron.

—¿Esto lo has hecho tú? —preguntó señalando las heridas suturadas.

Ella asintió asustada.

—¿He hecho mal?

—Me llamo Gianmarco Spada —se presentó—, soy médico. Bueno, pronto lo seré —precisó—. Y no, jovencita, no lo has hecho mal. Un poco bastos los puntos, pero han detenido la hemorragia. Don Piero está enfermo, así que tendremos que ocuparnos de este hombre. ¿Me ayudarás?

Ella volvió a asentir. Gianmarco observó la herida del pie. Tenía el tendón de Aquiles seccionado. Por muy bien que lo cosiera, aquel tipo cojearía de por vida.

—Si vas a ser mi enfermera, me gustaría saber tu nombre.

—Charlène —susurró ella—. Charlène Dubois.

—Pues bien, Charlène Dubois, manos a la obra.

Gianmarco Spada tardó más de una hora en recomponer lo mejor que pudo el pie del desconocido, limpiar las heridas y revisar y retocar los puntos que había hecho Charlène. El pulso del paciente se había estabilizado. Con suerte, viviría para contarlo. La mendiga lo había ayudado con sorprendente eficiencia. Cuando dio la operación por finalizada, el joven galeno la condujo a la cocina y la invitó a sentarse a la mesa.

—Tienes hambre. —No fue una pregunta.

—Sobre todo sed —añadió ella con la mirada baja.

Gianmarco adivinó que aquella niña no siempre había sido una indigente. Había modales y clase ocultos tras capas de suciedad y ropas rotas.

—Solucionemos eso —decidió Gianmarco dándose brío a sí mismo con un par de palmadas.

Al poco rato, Charlène daba cuenta de un trozo de queso enorme, una torta de pan y unas gachas que el médico preparó en el fogón. Gianmarco no pudo reprimir una sonrisa al verla comer. Cuando terminó, la muchacha esbozó una sonrisa que duró medio segundo para luego volver a hundir la mirada en su calzado agujereado.

—Es evidente que has pasado por mucho —dijo él.

No obtuvo respuesta.

—Tienes un don —continuó Spada—. No todo el mundo tiene el valor suficiente para coser una herida tan grande y menos aún para hacer un trabajo decente.

Más silencio.

—¿De dónde vienes?

—Chambéry.

—Ajá... ¿No tienes dónde quedarte en Turín?

—Llevo días pidiendo asilo en el convento, pero nada.

Gianmarco echó una ojeada alrededor. El hospital no era suyo, pero decidió arriesgarse. Ya capearía el temporal en caso de mal tiempo.

—Puedo ponerte un jergón ahí, en ese rincón, junto a los estantes de las conservas. No será cómodo, pero al menos tendrás un techo y comida hasta que don Piero regrese.

—¿Don Piero?

—El dueño de este lugar, mi mentor —explicó—. No sé si te permitirá quedarte, pero no perdemos nada por intentarlo. Trataré de convencerle de que puedes ser útil. En serio, tienes aptitudes.

Ella le respondió con una mirada incrédula. Le costaba confiar en la gente, sobre todo si eran hombres. El arma de muchos hombres es disfrazar la violencia de buenas palabras. Aunque las mujeres también le habían fallado, incluso las siervas de Dios. El mundo entero le había fallado. Sintió el frío del cuchillo que escondía en la parte trasera de la falda y que la había sacado de más de un aprieto desde que decidió fugarse de casa.

—¿Y si no me deja quedarme?

—Ya se nos ocurrirá algo. ¿Te gustaría aprender a curar a la gente?

Charlène pareció pensarlo unos segundos.

—Creo que sí. Claro que sí —se corrigió.

—Estupendo —celebró él.

Justo en ese momento, un gemido les llegó desde la sala donde estaba el herido. Gianmarco le indicó a Charlène que lo acompañara. El hombre estaba despierto, con el rostro torcido en una expresión dolorida. Trató de incorporarse un poco, pero el médico se lo impidió.

—Tranquilo, os pondréis bien —aventuró Gianmarco no demasiado seguro de su afirmación. Las próximas horas serían decisivas. Si las heridas se infectaban, adiós—. Necesitáis descansar.

—Beccuti —pronunció el herido a duras penas—. Llamad al juez Beccuti...

—Conozco al juez Beccuti, el alcalde —dijo Gianmarco, sorprendido por la petición—. ¿Qué os ha sucedido?

El hombre agarró al médico de la manga y tiró de ella a la vez que se incorporaba un poco en la camilla.

—Traed... traed al juez Beccuti. Tiene que saber algo.

Tres minutos después, Charlène Dubois corría por las calles de Turín con una nota de Gianmarco Spada. Las indicaciones fueron precisas y la torre municipal no tenía pérdida.

Una hora más tarde, Ribaldino Beccuti se personaba en el hospital de Santa Eufemia acompañado de su secretario, del capitán preboste y de un pelotón de guardias de la ciudad.

A las doce del mediodía, tras oír el testimonio del herido, la misma comitiva se dirigía con pasos decididos al arzobispado, a pedir explicaciones a Michele Sorrento.

Muchas.

# 12

*Sevilla, otoño de 1526*
*Trece meses antes de la masacre*

Aquel no era el primer auto de fe de Daniel Zarza.

Pero sí fue el último.

Desde la captura de Alfonso Masso, las pesadillas lo atormentaron cada noche. La imagen de la familia en el zulo, con el hijo semiescondido detrás de la madre, la niña que lloraba por la muñeca y el pequeñajo sonriéndole feliz ajeno a la tragedia, le asaltaba cada vez que soplaba la vela del dormitorio.

«Remordimiento», se dijo. «Se llama remordimiento».

Las llamas que acariciaban el cielo cargado de nubes. La familia indefensa devorada por el fuego. Los gritos que no llegó a oír y que resonaban en su cabeza como tambores de procesión. Y hoy, después de una gran pantomima, el padre de esa prole ardería como todos ellos.

El auto de fe era una fiesta por todo lo alto: puestos de comida en la calle, despacho de vino, titiriteros, gradas, cómicos y todo tipo de atracciones y mercaderías. Hombres, mujeres y niños cruzaron el Guadalquivir sobre el mismo puente de barcas que recorrerían los reos de vuelta de la plaza de San Francisco, donde se celebraba el juicio. Allí, el inquisidor general, don Alonso Manrique de Lara, presidía el acto secundado por su secretario, el hombre que llevaba la voz cantante, la vara verde del Santo Oficio: fray Antonio de Andújar. Su dedo acusador, un índice regordete en apariencia inofensivo, era más letal que un arcabuz cargado. Con una señal, eras apresado. Y su perro de presa era el más aterrador de la jauría.

Zephir de Monfort.

Los más pudientes y los más madrugadores ya estarían disfrutando del auto de fe en las gradas de la plaza de San Francisco. La multitud que se apiñaba en la calle para ver pasar al condenado de camino al quemadero dificultaba el tránsito, así que había que abrirse paso a codazos y empujones. Los niños más pequeños estorbaban más que sus padres. Los perros callejeros culebreaban entre las piernas en busca de sobras. Hasta los pájaros que sobrevolaban Sevilla parecían entusiasmados con la fiesta. Daniel se apoyó en un poste de señalización, justo al principio del puente, en la orilla derecha del río. Un buen sitio para ver pasar a Alfonso Masso. No sabía por qué, pero se sentía en deuda con él. Le debía una despedida y una oración. Era lo menos que podía hacer por el hombre que él mismo había ayudado a condenar.

La mala conciencia es un demonio con tridente puntiagudo.

—Eh, Daniel.

Zarza volvió la cabeza al oír la voz de Laín, su compañero. Tanto él como Isidoro iban de paisano, elegantes para la fiesta. El perfume con el que se habían embadurnado apenas enmascaraba su característico olor a rancio. Venían con una alegría recién comprada en alguna taberna al otro lado del Guadalquivir. Isidoro empujó sin miramientos a un matrimonio para abrirse paso, y la pareja se alejó refunfuñando, reacia a meterse en problemas con un tipo de tez colorada con más dientes que una liebre adulta.

—¿Qué haces solo? —preguntó Laín exhibiendo su sonrisa sarrosa y rodeada de barba espesa; era de los típicos serios que se vuelven simpáticos a la segunda jarra de vino. A la quinta, daban ganas de matarlo—. ¿Vienes con nosotros? Vamos a tomar algo antes de que termine el auto. Ruy y Baldo están en la plaza.

Lo último que le apetecía a Daniel en ese momento era compañía, y menos la de sus camaradas. A excepción de Ruy, ninguno de ellos le caía demasiado bien. Tampoco es que mantuviera una amistad íntima con Ruy Valencia, pero eran de la misma edad y este, al menos, tenía ciertos rasgos de humanidad de la que carecían los demás.

—Luego os veo —se excusó—, ahora mismo no me apetece beber. Me quedaré aquí, a ver pasar al reo.

—A los reos —lo corrigió Isidoro, a la vez que se rascaba el labio teñido de vino con sus incisivos roedores.

—¿A los reos? —Daniel se sintió confuso—. ¿Hay más, aparte de Alfonso Masso?

—Es verdad —cayó Laín—, que no estuviste en la última reunión con fray Antonio. Cuando te pusiste enfermo, ¿te acuerdas?

Por supuesto que se acordaba. Noches y noches sin pegar ojo enferman a cualquiera.

—¿Quién es el otro condenado?

Isidoro sonrió. Ni siquiera cuando lo hacía era agradable. Daniel estaba seguro de que no lo admitieron en el convento porque aquella cara solo podía haberla moldeado el demonio, en un momento de insana inspiración, con mierda de macho cabrío.

—El otro es Samuel Masso —reveló—. Menuda jugada, la de fray Antonio.

Y soltó una carcajada secundada por Laín, con ecos de borrachera y efluvios de alcohol barato.

—¿Ahora condenamos a los delatores? —Daniel no entendía nada. Él mismo fue quien recibió la denuncia de boca de Samuel Masso a su hermano, por seguir practicando el judaísmo a escondidas—. Según tengo entendido, Samuel es converso, católico y practicante, ¿cómo ha acabado sometido a un auto de fe?

Isidoro trató de explicarlo como si Daniel tuviera dos años.

—Un marrano se come a otro marrano, cosa propia de marranos. Lo hacen hasta los de verdad. Samuel delató a su hermano pensando que lo sentenciarían en efigie: un paseo con el sambenito hasta el quemadero, se le pega fuego a un muñeco y se confiscan sus propiedades. Samuel había negociado con fray Antonio de Andújar quedarse con la mitad de las joyas de Alfonso, además de con la finca, a cambio de un diezmo. Chanchullos de judíos cabrones —apuntilló.

—Pues la hacienda la quemamos —recordó Daniel—, mal negocio ha hecho, pues.

Laín intervino.

—Por eso. Samuel Masso protestó y ya sabes...

—Nadie protesta a fray Antonio de Andújar —concluyó Isidoro.

—Unas cuantas pruebas falsas —prosiguió Laín—, unos testigos comprados y listo: los dos hermanos a la hoguera.

—Y listo —repitió Isidoro, soltando una carcajada que hizo volver la cabeza a la gente que los rodeaba—. Ahora esas tierras están inscritas a nombre de un testaferro del secretario, y las joyas de los marranos en sus arcas después de pagar el diezmo al Santo Oficio. Fray Antonio nos gratificará, algo de eso he oído, así que todos contentos.

—Menos los judíos —rio Laín.

—Bajad la voz —les advirtió Daniel, que aún trataba de digerir lo que sus compañeros celebraban como una jugada maestra y a él le parecía un pecado infame—. Si nos oyen hablar de esto...

Isidoro le dio un empujón, mostrando los incisivos como una rata furiosa.

—¿Qué nos va a pasar? ¿Eh? Somos el Santo Oficio, la gente se caga encima a nuestro paso y nosotros nos meamos en sus pies. Si tenemos que robar a un hereje, le robamos, ¿entendido? —Se volvió hacia las gentes cercanas—. ¿Entendido?

Las miradas se apartaron ante la fanfarronada de Isidoro. Poco a poco se abrió un claro de incomodidad alrededor de los tres. Daniel se sintió perturbado por la situación creada por el imbécil de Isidoro. Le gustaría estar lejos de allí.

—De acuerdo —cedió, sin ganas de entrar en una discusión de borrachos; si lo hacía, Laín apoyaría a su amigo y acabarían mal, como había sucedido más de una vez—. Id en busca de Ruy y Baldo, os alcanzaré luego.

—¿Esperas a alguien? —se interesó Laín, con una sonrisa pícara.

—No, solo quiero ver pasar al reo. A los reos —se corrigió—, desde aquí.

—Igual te has citado con una moza y no quieres que la veamos...

Daniel fingió reírse, aunque de lo que tenía ganas era de estrangular a aquel par de idiotas.

—No.

—A Daniel no le gustan las mujeres —sentenció Isidoro, haciendo una mueca de burla a su compañero—. No podría ni con media.

Daniel aparentó no dar importancia a la pulla y volvió la vista al puente de barcas. Isidoro, lejos de conformarse con su indiferencia, lo agarró de la hombrera.

—Eh, Laín, ¿sabes que a este tío no se le levanta?

Laín se puso serio al ver que los orificios de la nariz de Daniel se agrandaban y que el labio inferior temblaba. Aquello no auguraba nada bueno.

—Vámonos, Isidoro —propuso Laín, que no quería jaleo, y menos en mitad del gentío—. Luego nos vemos, Daniel...

—A este ni se le pone tiesa —afirmó Isidoro, lejos de rendirse—. Jamás sería capaz de preñar a una hembra, ni empachado de cojones de toro.

La mano de Daniel voló hasta la garganta de Isidoro. El aspirante a fraile era fuerte, pero no pudo deshacerse de los dedos que se cerraban alrededor de su cuello. Los brazos de Zarza eran mucho más largos que los suyos, e Isidoro no podía hacer más que agarrarle las muñecas y patear el aire. La estampa era patética. Daniel habló muy despacio.

—No tienes ni idea de si tengo o he tenido hijos. —La mirada de aquellos ojos azules daba ahora más miedo que los dientes de Isidoro; Laín, a su lado, no se atrevía a intervenir. A su alrededor, la gente fingía no ver nada y se apartaba de la riña con discreción, dejando un hueco cada vez más grande—. No tienes ni idea de si tengo o he tenido mujer. No tienes ni idea de nada, porque no eres más que un imbécil que no sirvió ni para monaguillo y que apenas es capaz de limpiarse el culo por sí mismo.

—Suelta... suéltame —logró articular Isidoro, mucho más rojo que de costumbre.

Daniel dio un último apretón y lo liberó de golpe, a la vez que lo empujaba. Isidoro retrocedió dos pasos, dio una arcada y vomitó el vino y el potaje que había desayunado, para repulsión de los viandantes cercanos. El hueco alrededor de los tres se amplió aún más.

—Algún día te mataré —juró Isidoro con voz ronca, sin dejar de agarrarse la garganta.

—El día que te encuentres los huevos —respondió Daniel, algo más calmado—. Lárgate.

—Venga, vámonos —insistió Laín.

Isidoro no despegó su mirada ponzoñosa de Daniel mientras se alejaba del puente de barcas, arrastrado por Laín. Zarza maldijo en voz baja. Odiaba perder los estribos, pero había ciertos temas y comentarios que lo sacaban de quicio.

Daniel no dejaba de pensar en la trampa que fray Antonio de Andújar le había tendido a Samuel Masso. Si bien los motivos del judío también eran egoístas y arteros, uno de los principios del Santo Oficio era proteger al denunciante. Se preguntó si don Alonso Manrique de Lara estaría al tanto de los tejemanejes de su segundo al mando. Zarza recordó las razones por las que se alistó como familiar del Santo Oficio. Tenía fe. Odiaba a los herejes. Temía al infierno. Quería salvar a la gente, a los ignorantes incautos que jugaban con fuerzas desconocidas y ofendían a Dios.

Tuvo tan cerca a uno de esos...

—¡Vienen los marranos! ¡Vienen los marranos!

—¡Van al quemadero! ¡Los han condenado!

El vocerío arrancó a Daniel de sus pensamientos. El auto de fe había concluido. No había habido suerte ni perdón para los reos. Ahora solo quedaba verlos desfilar rumbo al suplicio, fuera de los muros de la ciudad para no apestarla con el hedor a carne y huesos calcinados. Daniel había presenciado algunas ejecuciones en el quemadero. Era algo horrible.

No pudo evitar acordarse de la familia de Alfonso Masso y de la casa ardiendo.

Los niños.

—¡Ya llegan!

—¡Marranos, hijos de puta!

—¡Que ardan!

La estatura de Daniel le permitió no perder detalle de la infame procesión. Pronto distinguió a los reos, montados del revés en sendos burros, con la cabeza mirando a la cola del animal. Una escolta formada por religiosos rezando, familiares del Santo Oficio y guardias los acompañaba a cierta distancia para mantenerse fuera del alcance de la fruta y verdura podrida, de las piedras, escupitajos, bostas o cualquier otra cosa que el público improvisara a modo de proyectil. Todo estaba permitido en la verbena de la muerte. Los judíos lucían un caperuzón puntiagudo, pintado con las llamas de la hoguera a la que se dirigían. O tal vez de las del infierno, al que serían desterrados por los siglos de los siglos.

Amén.

Alfonso Masso iba delante. A Daniel se le erizó el vello de la nuca. Aparentaba treinta años más viejo. Le habían afeitado la barba con un cuchillo mellado y tenía las mejillas y el mentón en carne viva. El ojo izquierdo, cerrado por los golpes, estaba sepultado bajo un montículo azul de carne abultada; el labio, partido. El respetable no paraba de insultar y escupir con una puntería digna de encomio. Alfonso estaba derrotado sobre la acémila, con expresión ausente. Daniel se preguntó si le quedarían fuerzas para gritar cuando las lenguas de fuego lamieran su piel hasta arrancársela a jirones. Se santiguó y rezó en silencio. Alfonso Masso pasó de largo y Samuel llegó a su altura. Al contrario que su hermano, este vociferaba y maldecía como un loco, gritando a los cuatro vientos que fray Antonio de Andújar lo había engañado. La verdad, en labios de un convicto, siempre suena a mentira.

—Está poseído por el demonio —murmuraba la gente a la vez que se persignaba o le apuntaba (con disimulo, ya que estaba mal visto por la Inquisición) con el signo de protección contra el mal de ojo.

Justo cuando pasaba por delante de Daniel, Samuel Masso volvió la cabeza y sus miradas se cruzaron. El judío lo reconoció. Gritó con tal furia que gotas de saliva espumosa llegaron a salpicar al público.

—¡Tú, Daniel Zarza! ¡Tú y tus amos me engañasteis! ¡Te maldigo! ¡Que el Dios que abrió en dos el mar, abra en dos también tu cabeza! ¡Que tu familia y tú sufráis lo mismo que mi hermano y yo! ¡Que los tuyos te persigan y no encuentres nunca la paz!

Cada palabra pronunciada por Samuel Masso se grabó a hierro candente en el alma y la memoria de Daniel. Notó la mirada de la gente clavada en él. Algunas eran compasivas, pero también descubrió ojos que parecían susurrar: «Te lo mereces».

Mientras el judío se alejaba a lomos del burro, sin apartar su mirada ígnea de él, Daniel Zarza tuvo una certeza.

Estaba maldito.

Puede que siempre lo hubiera estado.

Una mano huesuda y fría se posó en su cadera. Al volverse descubrió a una anciana medio desdentada y vestida de luto.

—Tranquilo, hijo. Es un judío, hijo del demonio. Dios Nuestro Señor te protegerá del mal bajío. Esa maldición no vale nada.

Daniel no supo qué decir ni qué hacer. Quería marcharse a casa, irse de Sevilla. Tal vez de España.

Puede que de este mundo.

—¡Daniel!

Zarza volvió la cabeza y descubrió la figura nervuda de su compañero Ruy Valencia. Parecía tener prisa.

—¿Sucede algo? —preguntó, extrañado al ver el semblante serio de su compañero—. ¿Isidoro y Laín se han metido en algún embrollo?

—No es eso, es el secretario. Nos ha convocado en el castillo de San Jorge y quiere que vayamos ya.

A Daniel le pareció extraño.

—¿Justo después de celebrar un auto? ¿Es para un nuevo caso?

—Sí, y al parecer importante —dedujo Ruy—. El denunciante es castellano, alguien influyente. Me da en la nariz que nos toca viajar.

—Mejor. Me apetece perder de vista Sevilla durante una temporada.

Apenas les costó avanzar hacia la sede del Santo Oficio ahora que el espectáculo se había trasladado al otro lado del Guadalquivir, arrastrando a las masas a la fiesta del fuego. Daniel bendijo el ruido del gentío al tiempo que se alejaba del puente. Mientras el barullo no cesara, no oiría los gritos de los reos.

Daniel Zarza aún no lo sabía, pero la maldición de Samuel Masso estaba a punto de comenzar.

Una maldición mucho más poderosa que lo que la anciana medio desdentada habría podido imaginar.

# 13

El despacho de fray Antonio de Andújar se dividía en dos zonas: la primera, donde leía los informes y recibía a las visitas, y la segunda, un espacio que giraba alrededor de una mesa centenaria, grande, astillada y sin barnizar, rodeada de banquetas tan incómodas que eran dignas de las salas de tortura del subterráneo del castillo.

Los candelabros eran de hierro oxidado, con velas moribundas que derramaban cera solidificada por todas partes, como lágrimas congeladas en el tiempo; las estanterías, torcidas y alabeadas, parecían a punto de ceder bajo el peso del dolor que contenían los expedientes que soportaban. Hasta las cortinas de las ventanas semejaban mortajas recién exhumadas de una tumba.

La pobreza que inspiraba aquella estancia discordaba con el boato que rodeaba la figura menuda de fray Antonio de Andújar; don Antonio para los amigos, aunque no tuviera ni uno de verdad. Aún no había cumplido los cincuenta, pero parecía más viejo que el inquisidor general, que tenía cincuenta y cinco. Era bajo, calvo y gordo, con papada de perro pachón y una sonrisa eterna y falsa que le otorgaba un paradójico aire bondadoso. En la pechera de su hábito negro lucía bordado el emblema del Santo Oficio en hilo de oro, como de oro eran la cadena y la cruz enjoyada que llevaba colgadas al cuello. Sus dedos de lechón estaban rodeados de anillos con esmeraldas y rubíes engarzados que los hacían parecer aún más cortos.

Sin embargo, lo más siniestro de todo lo que rodeaba a don Antonio era su aparente amabilidad. Siempre de buen humor, sonriente, campechano y bromista. Un dulce impregnado en veneno mortal.

—Bienvenidos, sentaos, por favor.

Daniel y Ruy ocuparon sendas banquetas torturadoras de nalgas. Laín e Isidoro estaban en el lado opuesto de la mesa de reuniones, haciendo filigranas para disimular —sin demasiado éxito— la borrachera ganada a pulso durante el auto de fe. Baldomero González, Baldo, algo menos ebrio que sus compañeros, observaba a los recién llegados con su mirada de perturbado. Era el más joven: diecinueve años, aspecto de quince y un sadismo bien trabajado desde que se graduó como asesino de perros y gatos antes de cumplir ocho. Daniel estaba convencido de que las creencias religiosas de Baldo no tenían nada que ver con su decisión de alistarse al Santo Oficio: formar parte de la Inquisición implicaba un salvoconducto sagrado para ejercer la violencia.

Al otro lado de la sala, sentado en uno de los sillones más cómodos de la estancia, estaba Zephir de Monfort, embutido, como siempre, en su armadura negra. El yelmo impedía saber hacia dónde miraba. No se movía en absoluto, como una estatua de acero. El único que no estaba sentado y paseaba sin parar era fray Antonio de Andújar.

—Ya estamos todos —celebró, a modo de introducción—. Tenemos un nuevo caso y esta vez nos llevará a tierras castellanas.

Daniel escuchaba con atención. Nada nuevo, por ahora.

—Nos enfrentamos a una bruja, una de las más peligrosas: joven, atractiva, astuta, constructora de artefactos mágicos y poseedora de libros prohibidos. Una embaucadora procedente de esa tierra de pecado que es Italia. De Milán —especificó—. Para colmo de la abyección, el denunciante afirma que trata de pervertir a una niña de buena familia cristiana con sus textos impíos. —Tomó aire antes de recitar—. «Pero al que escandalice a uno de estos pequeños que creen en mí, más le vale que le cuelguen al cuello una de esas piedras de molino que mueven los asnos, y le hundan en lo profundo del mar», Mateo, 18:6. —Hizo una pausa dramática y volvió la cabeza para mirar a Zephir—. Y será el inquisidor de Monfort, con vuestra ayuda, quien la ate a ese cuello de arpía.

Los familiares no abrieron la boca. Eran todo oídos. Solo Baldo esbozó una de sus sonrisas desquiciadas. Fray Antonio recogió el pliego donde había anotado los detalles de la denuncia. Extendió el brazo todo lo que pudo para alejar su cansada vista de las palabras escritas con tinta aún fresca.

—Esa bruja posee una hacienda en un pueblo de Ávila —leyó—. Menudo nombrecito —rio—, Gotarrendura.

La columna vertebral de Daniel se irguió de manera involuntaria al oír el nombre del pueblo. El secretario siguió hablando.

—Según el denunciante, los criados de la hechicera son ajenos a sus artes oscuras. En cambio, durante la conversación ha dejado caer que la bruja tiene contratado a un carpintero para construir sus artefactos malévolos. Ha insistido mucho en que no se castigue a ese hombre —comentó, al tiempo que volvía la mirada a Zephir—, aunque, por supuesto, vos tendréis la última palabra al respecto, inquisidor. Es posible que ese joven sea víctima de los encantamientos de la súcubo. —Volvió a revisar el documento—. Adrián Orante Rodríguez, se llama.

El corazón de Daniel se paró un segundo para luego desbocarse. El rubor encendió sus mejillas, pero nadie lo notó, atentos como estaban a las palabras del secretario.

—El denunciante ha emprendido el viaje de vuelta a su pueblo y, por supuesto, nos ruega la máxima discreción. ¿Alguna pregunta?

Daniel respiró más fuerte de lo que hubiera querido y el secretario volvió su sonrisa de pega hacia él.

—¿Sí, Zarza? ¿Tienes algo que decir?

El familiar tardó un par de segundos en reaccionar.

—No, nada... solo quería saber cuándo partimos para Ávila.

—Mañana, al alba —respondió Zephir.

Fray Antonio dio la reunión por finalizada.

—Me quedaré con el inquisidor para ultimar los detalles. Vosotros id a descansar con mi bendición. Os espera un largo viaje.

Trazó la señal de la cruz en el aire y los asistentes le besaron el cordón del hábito, uno por uno, antes de irse. De camino a la puerta, Isidoro tropezó con Daniel a propósito, pero este ni siquiera notó el golpe. Los dedos le temblaron un poco al tomar el extremo del cordón del secretario. Al otro lado de la sala, el yelmo de Zephir se orientó en su dirección en un movimiento tan sutil que nadie percibió.

Daniel Zarza argumentó que debía solucionar unos asuntos en Sevilla antes de hacer el equipaje. Sin más explicaciones, se alejó de sus compañeros hasta que sus pasos erráticos lo llevaron a un callejón solitario que apestaba como un estanque de orines.

En la soledad de aquel estercolero, vomitó.

La habitación en la que se alojaba Zephir de Monfort en el castillo de San Jorge era una celda sin más mobiliario que un camastro de madera, una mesa, una silla, un bacín, un arcón, un crucifijo en la pared...

Y un espejo.

El mayor enemigo de Zephir.

El inquisidor cerró por dentro. Un rayo de sol entraba por una ventana tan alta que al gigante le quedaba por encima de la cabeza. Las motas de polvo danzaban en el aire mientras Zephir se quitaba el yelmo y se enfrentaba a su imagen.

Había pagado caro su afán por estrenar el arma y la armadura de sus antepasados, un legado de generaciones que arrastraba consigo cuatrocientos años de victorias. El deseo de combatir en una guerra, aunque fuera ajena, le había impulsado a enrolarse de mercenario en el ejército de Ludovico Sforza, al mando de un grupo armado que lideró ataques en Chiavenna, Lombardía, luchando codo a codo con soldados lombardos y mercenarios suizos. Era joven. Puede que demasiado para escuchar las súplicas de su esposa a punto de parir. El llanto de despedida de su mujer, cargado de reproches, aún le acompañaba por las noches más de dos décadas después.

¿Mereció la pena embarcarse en aquella cruzada ajena?

Fue una gloria corta, pero gloria, al fin y al cabo. La mera presencia del caballero surgido de otra época provocaba desbandadas en las filas enemigas. Cada golpe de su maza enviaba al infierno a un siervo de Luis XII de Francia. Las hachas y espadas rebotaban en la coraza y no había flecha capaz de atravesarla. Incluso desviaba disparos de arcabuz.

Aquella armadura era un prodigio.

Pero contra el fuego no había nada que hacer.

La jarra de aceite en llamas impactó en el yelmo, derramando líquido ardiente por el visor en forma de cruz, a través de la cota de malla interior, por cada rendija abierta. En pocos segundos Zephir se convirtió en una antorcha humana que acabó derrumbándose en mitad del campo de batalla después de correr varios pasos, manoteando como un poseso. Los franceses aprovecharon la caída para golpearle las piernas con mazas, hachas, culatas... con cualquier cosa que pudiera destruir huesos a través del acero. Por suerte para Zephir, sus hombres despacharon a los atacantes antes de que pudieran rematarlo. Unas cuantas mantas arrancadas a los caballos muertos sofocaron el fuego.

La batalla acabó en victoria para el ejército de Sforza y Chiavenna se recuperó. Zephir terminó en un hospital de campaña, con el rostro y el cuerpo quemados y las piernas destrozadas. El médico afirmó que, en el improbable caso de que sobreviviera, jamás volvería a caminar.

Fue un sacerdote, impresionado por las hazañas de Zephir, quien le asistió durante las agónicas semanas en las que se debatió entre la vida y la muerte. También custodió la maza y la armadura chamuscada.

Fueron meses de rezos, salmos y lecturas sagradas que Zephir respondía con un hilo de voz, debatiéndose entre la vida y la muerte, acompañado de un sufrimiento inhumano. El dolor de las quemaduras, combinado con el de las fracturas en las piernas, era de paroxismo.

Pero un día, sin previo aviso, Zephir de Monfort se encomendó al Padre, al Hijo y al Espíritu Santo y se reincorporó en su camastro con un aullido de dolor. Bajó un pie del lecho, luego el otro, y cayó al suelo.

Se arrastró como un reptil por la tienda de campaña, rechazando cualquier intento de ayuda con bramidos cargados de furia. Unos bramidos que no pasaban de ser un siseo espeluznante. Intentaba ponerse de pie una y otra vez mientras rezaba en voz alta, sin descanso. Al final del día consiguió levantarse. A pesar de sentir un dolor atroz en las piernas, dio gracias a Dios.

Necesitaba su fuerza.

Puede que no fuera Dios quien lo escuchara, pero el caso es que, días después, Zephir daba pasos tambaleantes, acuciado por unas punzadas terribles debido al peso de su cuerpo sobre sus piernas machacadas. Al igual que Lázaro, volvió a caminar. Con muchas limitaciones, pero lo consiguió. El sacerdote que lo había acompañado desde que fue herido llamó a aquello milagro. Si Dios había rescatado a Zephir de Monfort de entre los muertos, era porque tenía una misión divina para él.

Zephir inició una nueva vida dedicada a Dios. Regresó a España, pero ni siquiera pasó por su casa de Paterna, en Valencia. Sentía una profunda vergüenza por haber abandonado a su esposa e hija y su aspecto actual lo acomplejaba, pero juró que jamás las desatendería aunque no volviera a verlas. Falsificó un testamento en el que cedía a su viuda su hacienda y sus posesiones, pero no se limitó a eso: desde que fue nombrado inquisidor por el tribunal de Sevilla, el caballero les hacía llegar dinero de forma regular a través de Esteban de la Serna, el empleado de confianza de un banco afín al Santo Oficio.

Según Esteban de la Serna, la mujer de Zephir recibía esas importantes cantidades sin preguntar su procedencia. Puede que sospechara quién estaba detrás de esas donaciones, pero nunca comentó nada al mensajero. Lo único que obtenía el inquisidor a cambio era una pizca de información sobre su familia y paz para su conciencia. De la Serna le contó que su esposa y su hija seguían vivas y habitaban el castillo de Monfort. Su pequeña, Giner (¿qué edad tendría ahora? Veinticinco o veintiséis, no estaba seguro), estaba prometida con el primogénito de un noble de Paterna, y su esposa, Nela, se había casado después de cinco años desde que dieron a Zephir por muerto. Para el inquisidor, ambas cosas estaban bien. Que siguieran con sus vidas y siguieran creyéndole muerto.

Por su parte, Zephir no dejó de entrenar ni un solo día. Pintó la armadura requemada y reaprendió a montar con sus piernas tullidas como lo haría el mejor jinete. A pie era distinto: era incapaz de correr, pero no se cansaba jamás. Cuando perseguía a algún hereje, acababa atrapándolo por pura tenacidad. El perseguido terminaba derrengado y acorralado en alguna esquina, suplicando una clemencia que nunca encontraría.

El caminar lento e inexorable de aquella bestia acorazada lo hacía aún más aterrador.

Un arma perfecta para el Santo Oficio.

Zephir se enfrentó a la imagen del espejo, la de un rostro que un día fue hermoso antes de que el fuego lo transformara en un horror; un rostro que nadie había visto en décadas y que nadie debería ver jamás.

Unos golpes en la puerta le hicieron volver la cabeza. Se puso el yelmo de inmediato. Al abrir, se enfrentó al rostro ebrio de Isidoro.

—Inquisidor, disculpad mi estado, pero necesitaba beber antes de venir a veros. Es importante: se trata de Daniel Zarza.

Los ojos de Zephir de Monfort centellearon bajo la abertura cruciforme del casco, aunque desde fuera solo se veía oscuridad.

—Espero que lo que tengas que contarme no sea un delirio de borracho —siseó, amenazador.

La sonrisa torcida de Isidoro mostró sus incisivos.

—No lo es, inquisidor. No lo es.

# 14

*Turín, otoño de 1527*
*Dos días antes de la masacre*

Brunner y Andreoli se encontraban en la puerta del arzobispado cuando divisaron a la máxima autoridad civil de Turín a la cabeza de una escuadra de guardias liderada por Fasano, el capitán preboste. La gente se apartaba al paso de la comitiva y la seguía con la mirada, entre murmullos. Caminaban con tal brío que la pareja de centinelas que custodiaba la escalinata del palacio episcopal adoptó una posición defensiva cuando todavía se encontraban a treinta pasos.

—¿Sois idiotas? —los reprendió el capitán Brunner—. Bajad esas alabardas ahora mismo.

Obedecieron, pero no fueron capaces de cambiar la expresión de alarma de sus caras por otra más neutra.

—Esto no pinta bien —susurró Andreoli entre dientes.

—Lo sé —gruñó Brunner—. Nos toca sonreír.

—Es difícil cuando me estoy cagando encima.

—Ya tendrás tiempo de limpiarte luego.

Lo que más preocupaba a Brunner y Andreoli no era la visita del juez Beccuti y de su secretario y segundo alcalde, el notario Louis Borgiano. Según se decía en Turín, cuando Lissànder Fasano entraba en escena, era porque la obra de teatro iba a ser un drama. El capitán preboste, nombrado a dedo por el duque de Saboya, era el único que no tenía que rendir cuentas al arzobispo. Aquella figura militar había sido creada para controlar los asuntos internos del municipio y de la Iglesia en casos excepcionales.

Y estaba claro que este lo era.

—Echémosle valor —rezongó Brunner, caminando al encuentro de Beccuti y su tropa—. Señor alcalde, qué honor, y qué placer verlos por aquí. Soy Yannick Brunner, capitán accidental de la guardia del arzobispado...

El juez lo interrumpió sin mostrar un ápice de delicadeza. Ni su cara ni la de sus acompañantes auguraban nada bueno.

—No es momento de presentaciones ni de cumplidos, capitán —lo cortó—. No es una visita de cortesía: vengo a hablar con el arzobispo de un asunto muy grave.

Brunner fingió sorpresa.

—Si me lo permitís, iré a ver si está en su despacho.

Lissànder Fasano se plantó frente al capitán de los apóstoles y le habló muy cerca de la cara, en un tono de voz tan bajo como provocador.

—No es necesario que lo aviséis, capitán Brunner. —El labio superior se elevaba a cada sílaba, mostrando unos dientes partidos por la guerra y gastados por la ira—. Tengo autoridad para dar una patada en la puerta y sacar al arzobispo del retrete si las circunstancias así lo exigen y, creedme, esta es una de esas ocasiones.

Andreoli, dos pasos por detrás, rezó para que Brunner no picara en la bravata de Fasano. No podía ver el rostro de su amigo, pero ni falta que hacía. En ese momento, ambos militares eran dos mastines enseñándose los dientes a medio palmo del hocico. Por suerte, Louis Borgiano —como buen político— intervino para calmar los ánimos.

—Manejemos este asunto con educación, Lissànder, os lo ruego. Mis disculpas, capitán Brunner. Con vuestro permiso, nos entrevistaremos con el arzobispo sin más dilación.

—El preboste ha dejado claro que no lo necesitáis —rezongó Brunner, que cedió paso a la comitiva sin escatimar una mirada ácida para Fasano; le habría partido la cara con gusto delante de sus hombres—. Adelante.

El alcalde fue el primero en cruzar la puerta del arzobispado, seguido por su escolta. Casi se tropiezan con un par de apóstoles enmascarados en el zaguán. A una señal de Andreoli, se esfumaron por corredores distintos. Lissànder Fasano soltó una risa cascada y se dirigió al magistrado, sin importarle que lo oyeran.

—¿Estos son los fantoches del arzobispo? Patéticos.

Beccuti lo reprendió con una mirada severa. No quería adelantar ninguna información antes de ver a Sorrento ni provocar un altercado que pudiera enturbiar la entrevista. Brunner y Andreoli esperaron a que los visitantes desaparecieran escaleras arriba.

—Uno solo de esos fantoches podría darle por el culo a él y a sus seis maricas —musitó Andreoli cuando estaban lo bastante lejos para que no lo oyeran—. ¿Qué hacemos, Yannick?

—Esperar fuera, como ordenó el arzobispo.

—Los apóstoles están preparados, por si la cosa se tuerce.

—No se torcerá —apostó Brunner—. O eso espero.

Ribaldino Beccuti tocó dos veces en la puerta y la abrió sin esperar permiso. El arzobispo levantó la vista de los documentos que reposaban sobre su escritorio y fingió sorprenderse por la visita. Los seis guardias de Fasano se quedaron en el rellano, y el alcalde, el secretario y el preboste entraron en el despacho. Beccuti cerró la puerta a sus espaldas. Antes de que alguno de los recién llegados pudiera hablar, Michele Sorrento se levantó exhibiendo la más encantadora de sus sonrisas, mil veces ensayadas frente al espejo.

—Amigo Ribaldino —saludó eufórico—. Qué honor, recibir en mi casa al señor de Lucento. —Sorrento entornó los ojos hacia los acompañantes del juez, ampliando así su mueca de hiena—. Louis, capitán Fasano... cuánto placer. ¿En qué puedo serviros?

Beccuti se adelantó, antes de que Fasano tomara la iniciativa por las bravas. El capitán preboste se tomaba muy en serio su papel como voz del duque en Turín, y su formación militar, esculpida por años de guerra, era la antítesis de la diplomacia.

—Michele, esto no es una visita de cortesía. Hemos recibido denuncias de desapariciones y tenemos indicios de que la guardia personal que te prestó su santidad está detrás de ellas.

Sorrento alzó las cejas y formó una o con la boca, como si no supiera de qué hablaba el juez.

—¿Desapariciones? ¿Los apóstoles? No entiendo nada...

—Contamos con el testimonio de un testigo... mejor dicho, de una víctima, de una redada efectuada por esos enmascarados en tu nombre en las antiguas bodegas Moncalieri.

El arzobispo se apoyó en la mesa.

—Te juro que no sé de qué me hablas, Ribaldino.

—Michele, seamos francos. Tú mismo me pusiste al día de las obras de las mazmorras que construiste en el sótano, me hablaste de la bula papal que habías obtenido para perseguir y detener herejes, y pude ver con mis propios ojos a esos soldados que parecen salidos del carnaval y que tú llamas apóstoles...

—Me los cedió su santidad, el papa Clemente, para luchar contra los enemigos de Dios —aclaró Sorrento—, y aún no he hecho uso de ellos. Están aquí para proteger los intereses de la Iglesia y de Turín. Los protestantes y los adoradores del diablo están por todas partes, Ribaldino, tú lo sabes mejor que nadie.

Lissànder Fasano intervino, harto de tanta palabrería.

—Nuestro testigo afirma que vuestros apóstoles acorralaron a los asistentes a esa reunión en el túnel que conecta la bodega con los muelles; que asesinaron a quienes se resistieron y a los demás los arrestaron. A ese hombre lo dieron por muerto y lo trasladaron en barco por el río, junto con otros cadáveres, para su enterramiento. Reunió las fuerzas suficientes para lanzarse al agua, no sin antes oír conversaciones de los barqueros que os comprometen de forma directa.

—¿Quién es ese embustero? —preguntó Sorrento, furioso—. ¿Y de qué reunión habla?

—De una que se celebró hace dos noches en la bodega Moncalieri —le informó Fasano—. Y ese embustero, como vos lo calificáis, asegura que oyó que los demás prisioneros fueron trasladados a este edificio en unos carruajes.

—¿En carruajes? —Sorrento abrió los brazos en un gesto histriónico—. Supongo que habrá testigos que vieron desembarcar a los prisioneros en la plaza. Este edificio carece de cocheras y ningún carro podría subir por la escalinata de la entrada.

Fasano y Beccuti intercambiaron una mirada fugaz. El arzobispado estaba ubicado en la plaza de Saboya, transitada incluso de madrugada, y nadie, al menos por ahora, había mencionado un tráfico inusual de carruajes. Michele compuso una expresión ofendida.

—En resumen, Ribaldino, que has venido a mi residencia acompañado de tu segundo, y con tu perro de presa Fasano, porque un tipo me acusa de ordenar la captura de un grupo de ciudadanos reunidos sabe Dios por qué razón en unas bodegas abandonadas.

—Es una denuncia en firme, Michele. Además, los desaparecidos no son vagabundos o maleantes a los que nadie reclama, sino mercaderes y funcionarios reputados. Las familias exigen respuestas y los ánimos están que arden.

—Imagina, por un momento, que lo que cuenta ese individuo fuera cierto, que no lo es —recalcó el arzobispo—. Tengo permiso de Clemente VII para actuar contra cualquier grupo de herejes que se reúna para alterar el orden de la ciudad. Turín ha pasado mucho en los últimos años, sobre todo por culpa de los protestantes y demás enemigos del catolicismo.

—No estaría aquí si hubieras llevado a cabo una detención formal y nos hubieras puesto al corriente de ella. Pero de ahí a que te tomes la justicia por tu mano y haya muertos sin juicio previo, Michele... Ni siquiera el papa apoyaría tal cosa.

El puñetazo que Sorrento pegó en la mesa sonó como un martillazo. A pesar de que le dolió para justificar cinco blasfemias, lo disimuló de maravilla para no estropear su actuación.

—¡Os repito que es una acusación falsa! —gritó, a punto de la combustión espontánea—. ¡No he ordenado ninguna detención!

—Esto tiene fácil solución —concluyó el capitán preboste—. Comprobemos las mazmorras.

Michele Sorrento dedicó una mirada de reproche al juez Beccuti.

—¿En serio, Ribaldino? ¿Hasta este punto hemos llegado?

Beccuti no respondió. Retrocedió hasta la puerta del despacho y la abrió. La guardia del preboste esperaba en el rellano. Apoyados en la barandilla, Brunner y Andreoli parecían aguardar el santo advenimiento. El juez instó al arzobispo a salir.

—Vamos al sótano, Michele.

Sorrento bajó las escaleras como una exhalación, seguido por Beccuti, Borgiano y el capitán preboste con su sexteto de guardias. Los apóstoles que había en los pasillos se refugiaron en distintas habitaciones para mantenerse fuera de la vista de los visitantes. La comitiva, encabezada por el arzobispo, se sumergió en las entrañas más oscuras del arzobispado hasta las mazmorras.

—Sentíos como en casa —silabeó Sorrento.

Lissànder Fasano fue el primero en avanzar por el subterráneo. Echó un vistazo al despacho desangelado de Batavia y a los barracones.

Vacíos. Ni un alma. Como el decorado de un teatro fuera del horario de función.

Beccuti y Fasano entraron en las celdas. El preboste se agachó y palpó las piedras del suelo en busca de restos de sangre, orines, excrementos, algún indicio de una reciente ocupación.

Nada.

Sorrento los observaba desde el principio del corredor junto a Louis Borgiano y los guardias. Cuando el alcalde y el capitán preboste entraron en la sala de torturas, oyeron la voz cargada de ironía del arzobispo.

—Aún resuenan los gritos de los herejes, ¿verdad? ¡Está sin estrenar, Ribaldino!

En efecto, nada apuntaba a que esa sala se hubiera utilizado alguna vez. Sorrento fue hasta donde se encontraban el juez y Fasano.

—¿Y bien? —preguntó.

Silencio.

Sorrento meneó la cabeza y apoyó la mano en el hombro del alcalde en un gesto condescendiente. Este se enfrentó a él con una mirada que mezclaba desconcierto con vergüenza. La actitud del prelado se suavizó.

—Ribaldino, no digo que no sea verdad que alguien haya capturado a esos ciudadanos, pero yo no tengo nada que ver en ese asunto. Ese hombre debe de tener algún motivo que desconocemos para acusarme. Soy el arzobispo de Turín, represento a la Iglesia en esta ciudad, y la Iglesia tiene enemigos, no sé de qué te extrañas.

El juez guardó silencio, incómodo. Fasano, lejos de disimular su antipatía por Sorrento, planteó otra posibilidad.

—Pudisteis sacarlos de aquí antes de que llegáramos.

Michele respondió sin ira, con la seguridad de ser el ganador de la partida.

—Preguntad a los vecinos, a los mercaderes, a quien queráis. Es imposible atravesar la plaza con un grupo de prisioneros, ya sea a pie o en carruajes, y que no lo vea nadie. Os lo repito una vez más, apuntáis en la dirección equivocada.

Beccuti salió de la sala de torturas.

—Vámonos —ordenó al capitán mientras se dirigía a la salida.

—Pero, excelencia...

—He dicho que nos vamos —insistió, sin siquiera volver la cabeza.

Sin despedirse ni pedir disculpas, Beccuti, Borgiano y el capitán preboste abandonaron el arzobispado, dejando solo a Sorrento en la mazmorra. Cuando se cercioró de que se habían ido, el arzobispo se sentó en el suelo, al borde del desmayo.

Miró de reojo la pared de piedra, al final del pasillo.

Era difícil de detectar, oculta tras los tapices y la colección de viejos escudos; pero si el juez o el capitán preboste hubieran examinado ese muro con detenimiento, habrían descubierto la puerta secreta que daba al túnel que conectaba el palacio con el cuartel. Por esa ruta evacuaron a los prisioneros. Sorrento dio gracias a Dios y a sus hombres por el excelente trabajo de limpieza que hicieron en el subterráneo en cuanto Oliver Zurcher informó de que uno de los herejes había escapado.

La próxima vez debería tener más cuidado.

Y esta vez tendría que tomar medidas.

# 15

La Prímula era una taberna peculiar en Turín.

Situada a pie de la antigua vía decumana, recreaba una vetusta villa de campo romana, con ciertas licencias arquitectónicas que no hacían sino enaltecer la belleza del edificio de dos plantas que abría sus puertas tanto a la calle como a un hermoso patio interior. Cuando la primavera desterraba al frío invernal, las flores inundaban un jardín repleto de azaleas, campanillas, gardenias, claveles, jazmines... Especies europeas e importadas del Nuevo Mundo que eran mimadas por jardineros que trataban los arriates como si fueran sangre de su sangre.

En otoño eran los árboles y sus hojas marrones, además de las prímulas que prestaban su nombre al negocio, los que convertían el patio en un paraíso. Los propietarios, un matrimonio ligur de apellido Parodi, eran quienes atendían, junto con sus hijas, a la selecta clientela que frecuentaba el local. La oferta culinaria y de bebidas era poco habitual en Turín, mucho más refinada y exclusiva. Un pequeño ejército de criados, tan amables como fornidos, se encargaban de poner de patitas en la calle a cualquier borracho que decidiera que era buen momento para empezar una trifulca o cantar más alto de la cuenta.

En La Prímula se podía beber, pero había que saber hacerlo. De hecho, era de los pocos locales turineses donde se podían ver pequeños grupos de damas tomando infusiones de manzanilla, tilo o valeriana mientras sus esposos vaciaban jarra tras jarra en la mesa de al lado, intercambiando anécdotas de guerra, criticando a los vecinos franceses o debatiendo sobre los tiempos extraños que corrían en Turín.

Una de las escasas tabernas en la ciudad sin fulanas, pendencieros ni agitadores. El lugar donde Dino D'Angelis escapaba de sí mismo cuando no podía soportar más su trabajo ni su vida.

El espía se encontraba sentado a una mesa del patio interior, aprovechando que la lluvia matutina había dado paso a una tarde otoñal fresca, pero soleada. A cada poco rellenaba de vino su copa de cristal. Bebía al mismo ritmo que en el resto de los antros que frecuentaba, pero sabía que en La Prímula no acabaría liándose con ninguna mujer que le sacara los cuartos ni se enzarzaría en una bronca sin sentido por un codazo desafortunado.

En ese momento, la mayor parte de la clientela estaba formada por familias que degustaban dulces del obrador de los Parodi, algún que otro grupo de mercaderes ociosos con ganas de entonarse y un puñado de funcionarios bien vestidos que echaban el rato entre chascarrillos, risas y rumores. Tres mesas más allá, una mujer morena de rasgos exóticos tomaba una copa de vino mientras leía un libro. A Dino le extrañó ver a una dama sola, concentrada en la lectura. Por un instante, se le pasó por la cabeza acercarse y tratar de entablar conversación con ella, pero desistió antes de despegar el trasero de la silla. Era demasiado para él: vestido de terciopelo, con un chal de piel de zorro sobre los hombros, un recogido intrincado en el pelo y joyas en orejas, cuello y muñecas. Sus miradas se cruzaron un instante y fue él quien la apartó primero, hundiéndola en su copa. Aquellos ojos negros estaban fuera de su alcance. Mejor seguir sentado antes que meter la pata y hacer el ridículo.

Para qué engañarse: con la vida que llevaba, lo suyo eran las putas, no podía aspirar a más. Una vida de mentiras, sangre y alcohol.

Aún faltaba una hora para el atardecer cuando D'Angelis vio aparecer en el patio interior a Arthur Andreoli. Iba de paisano, elegante, como siempre que no vestía el uniforme de los apóstoles. El teniente escudriñó el patio y detuvo su búsqueda en cuanto localizó al espía. Dino maldijo para sus adentros: la presencia del apóstol no auguraba nada bueno. Aun así, levantó la copa hacia él. Andreoli atravesó el patio, a la vez que repartía saludos corteses a la clientela de La Prímula, hasta pararse junto a la mesa de D'Angelis.

—¿Puedo sentarme? —preguntó con una sonrisa.

—¿Qué harías si te dijera que no?

—Me sentaría igualmente. Sé que en el fondo me adoras. Y beber solo es una mierda —añadió.

Dino hizo una seña a una de las hijas del dueño, una joven regordeta y con cara de ángel que no habría cumplido los dieciséis, para que trajera otra jarra de vino y una copa más. Andreoli se sentó frente a él y se inclinó un poco al hablar.

—Lo cierto es que he venido a buscarte —confesó el teniente en voz muy baja—. El arzobispo me dijo que podría encontrarte aquí. La verdad es que este sitio no te pega.

D'Angelis decidió no andarse por las ramas.

—¿Qué coño quieres?

—Sorrento quiere que te ponga al día de los últimos acontecimientos, si es que todavía no te has enterado. —Por la expresión que puso, era evidente que Dino no sabía de qué le hablaba Andreoli—. ¿De verdad no sabes nada?

—Llevo dos días recorriendo Turín de punta a punta, preguntando por el Mattaccino y por el espadachín que lo acompaña. De ese me han chivado el nombre: Jonás Gor, pero no he podido averiguar nada más. Me he disfrazado de cura, de gordo, de viejo, de mendigo... Ya no sé ni cómo me llamo. Por eso he venido aquí, para buscar un poco de tranquilidad que tú me acabas de robar.

Andreoli le mostró las palmas en señal de paz.

—Dino, te propongo una tregua —dijo, en tono amistoso—. Ya sé que Brunner y tú os lleváis... regular.

—Yannick Brunner —recitó Dino—. El gran capitán Brunner, héroe del saqueo de Roma, sucesor del gran Caspar Röist, salvador de Clemente VII, defensor de la cristiandad y líder de los apóstoles. Un tipo que no reconocería a su mujer en una manada de pavos.

—Se dice pavada... o bandada —lo corrigió Andreoli.

—¿Eres igual de idiota que tu capitán?

—Por ahora soy teniente, pero seguro que cuando ascienda lo conseguiré.

D'Angelis sostuvo la mirada de falsa inocencia de Andreoli unos segundos antes de sufrir una estrepitosa derrota que se tradujo en risa. Ninguno de los dos apreció que la mujer sentada a tres mesas de donde estaban ocultó una sonrisa detrás de su lectura. La joven Parodi llegó con el vino y la copa. El espía le dio unos florines y sirvió un trago al teniente.

—¿Qué es eso que me tienes que contar?

—La cosa se complica.

Andreoli puso al corriente a D'Angelis de la fuga de una de las víctimas de la redada, de su llegada al hospital, de la posterior denuncia y la consiguiente visita de las autoridades al arzobispado.

—Por suerte, dio tiempo a trasladar a los prisioneros y limpiar las mazmorras antes de que llegaran —comentó Andreoli—. Menos el arzobispo todos le dimos al agua y al trapo. Se podrían comer gachas en el suelo.

—¿Adónde llevasteis a los prisioneros?

—No lo sé —confesó el teniente—. Fueron hombres de Sorrento quienes se encargaron del traslado.

D'Angelis se rascó el mentón.

—Me extraña que os hayan dejado al margen de algo tan gordo.

—Yannick y Frei se han quedado en el arzobispado con la mitad de los apóstoles, por si acaso —explicó Andreoli—. Las familias de muchos de esos presos tienen recursos de sobra para contratar condotieros y asaltar el palacio, por mucho que Beccuti les explique que Sorrento no ordenó esa redada.

—Mucha gente odia a Sorrento —aseguró Dino—. Demasiada. La única idea que se me ocurre para reconducir este asunto es hacer pasar las muertes de la bodega por un acto de defensa, devolver a los presos a sus familias y callar a las de los muertos con dinero.

Andreoli jugueteó con la copa con la mirada fija en ella.

—La primera vez que actuamos como los apóstoles y todo se nos va de las manos en un momento.

—Yo también tuve que cargarme a dos —se lamentó Dino—. Seguro que también tenían familia, pero mejor no pensar en eso.

—Cuando trabajas en la mierda, es imposible salir limpio —sentenció Andreoli.

—Espero dar pronto con Gor y el Mattaccino —deseó el espía en voz alta—. Si descabezamos a la serpiente, el ambiente se relajará.

—O no. Cabe la posibilidad de que ese Mattaccino solo sea la punta de una espada que apenas vemos y que esta sea larga, de doble filo y que corte de cojones.

—Lo descubriremos sobre la marcha. Yo me limito a cumplir órdenes y a cobrar por ello.

Andreoli elevó su copa.

—Ya somos dos. A ver cómo termina esto.

Justo iba a brindar cuando descubrió a la mujer que lo miraba con disimulo por encima del libro que fingía leer. Una sonrisa de depredador con encanto se dibujó en el rostro de Andreoli. Ella regresó a sus páginas y D'Angelis levantó una ceja. El teniente tenía los ojos clavados en la dama como un mastín delante de una perra en celo.

—Ni lo intentes —le aconsejó el espía—. Seguro que está casada.

—Quien desatiende al caballo merece que se lo monten —dijo Andreoli sin dejar de sonreír; miraba a la mujer con tal descaro que Dino comenzó a sentir cierto alipori—. Además, la he pillado mirándome.

—Mirándonos —puntualizó el espía—. Con asco —añadió.

—Eres único para amargar vidas. ¿Desde cuándo no follas?

—Déjame pensar... ¿Cuánto hace que murió tu madre?

—Mi madre vive, y todavía sería capaz de descoyuntarte ese cuerpo sarmentoso a embestidas. Calla, que se pone de pie...

La dama cerró el libro y dedicó una mirada a la mesa donde D'Angelis hundía su vergüenza en el tinto y Andreoli se levantaba rezumando optimismo por los poros. Una sonrisa enigmática iluminó un instante el rostro femenino. Tenía los ojos un poco rasgados sobre unas cejas que dibujaban una expresión algo burlona en la cara. El teniente se quitó la boina y se le acercó sin dejar de exhibir hasta la más recóndita de sus piezas dentales. Justo cuando iba a presentarse, ella habló, tajante.

—En otra ocasión —pronunció con un acento que Arthur Andreoli fue incapaz de identificar.

Y sucedió algo excepcional.

El teniente se quedó sin palabras.

La mujer se dirigió a la salida con pasos majestuosos dejando a Andreoli y su sonrisa congelados para regocijo de Dino, quien decidió rellenar su copa para celebrar el fiasco del apóstol.

—Esa señora sabe distinguir un asno de un corcel —dijo mientras servía otra copa al suizo a modo de premio de consolación—. Anda, siéntate y dale al vino, que es a lo único que le vas a dar hoy, aparte de a la mano cuando llegues a casa.

—Espera. —Andreoli entrecerró los ojos—. Ha dejado caer algo.

Dino arrugó la nariz extrañado. La desconocida había desaparecido por la puerta de la calle. El suizo atravesó el patio, recogió algo del suelo y abandonó el establecimiento como si acabaran de robarle el monedero. El espía se encogió de hombros; si no volvía, mejor: doble ración de vino. La mala fortuna quiso que el teniente reapareciera con cara de apuesta perdida. Desde su asiento Dino lo vio llamar a una de las hijas de Parodi. Intercambió unas frases con ella, le mostró algo que tenía en la mano, la joven hizo amago de quedárselo y él negó con la cabeza. Zanjó la conversación con una propina, regresó a la mesa y se sentó frente a D'Angelis.

—Se me ha escapado —se lamentó—, pero he averiguado cosas.

—Ya no soy el único que averigua cosas. ¿Quieres que te preste un disfraz de cortesana? Podrías seducir a Gor o al Mattaccino; te daría la mitad de mis honorarios. Dos tercios si te acuestas con ellos y me das detalles.

Andreoli se inclinó sobre la mesa e informó a Dino de sus pesquisas como quien revela un secreto de estado.

—Me ha dicho la tabernera que es extranjera, se llama Sanda Dragan. Es viuda —apuntó con un guiño—. Algunas tardes viene a leer y a beber un par de vinos. Por cómo viste y por las joyas que lleva tiene que haber heredado una fortuna. Mira.

Andreoli mostró a Dino una pulsera de oro con unas piedras brillantes que ninguno de los dos supo identificar.

—No se le cayó —afirmó el teniente, convencido—, lo dejó caer para que yo lo recogiera y poder devolvérselo.

—Deberías escribir teatro. Tienes una imaginación prodigiosa.

—Ya oíste lo que dijo —le recordó—: en otra ocasión.

D'Angelis enterró la cabeza entre las manos en un gesto teatral.

—La moral de la Guardia Suiza es digna de admiración —rezongó.

—Mañana por la tarde vendré a devolvérsela. Será una ocasión idónea para entablar conversación. —Se tomó la copa de vino de un trago y se puso de pie—. Tú no vengas, ¿de acuerdo? Me traes mala suerte. Ya te he puesto al día, como ordenó el arzobispo; ahora, me marcho.

—¿No quieres otra copa? Ahora que empiezo a disfrutar de tu compañía...

El teniente la rechazó con un gesto educado.

—No, creo que iré al burdel de Giovenzana. El encuentro con Sanda me ha puesto nervioso. —Andreoli levantó la vista al cielo, más allá de las copas cargadas de hojas marrón rojizo—. Sanda. Qué hermoso nombre. Y qué ojos...

—Suerte con las putas.

—Suerte con la resaca.

Andreoli se ajustó la boina. Cuando se dio la vuelta para irse, Dino lo llamó por su nombre.

—Arthur.

—¿Sí?

—Lo de que eras tan idiota como Brunner...

—¿Qué?

—Pronto lo superarás. Pero eres mucho más simpático que él.

Andreoli le hizo un guiño cómplice.

—Tú también, a pesar de ser un actorzuelo fracasado con pinta de mandrágora seca.

—Mandrágora seca —repitió Dino, evocador—. Primera vez que me lo dicen. Ojalá no se te levante en lo de Giovenzana.

Andreoli se despidió con una reverencia sobreactuada y abandonó La Prímula. D'Angelis miró el contenido de la jarra. Estaba casi entera y aún quedaba luz solar.

Tenía tiempo de sobra para emborracharse a gusto antes de seguir con la búsqueda del Mattaccino y Jonás Gor.

Esa noche, a la una de la madrugada, solo había tres pacientes ingresados en el pequeño hospital de Santa Eufemia. Uno era Francesco Donato, el tintorero malherido durante la redada de los apóstoles. Su esposa, Cándida Di Amato, había pasado la tarde y parte de la noche con él antes de que Gianmarco Spada la enviara a casa a descansar.

El otro era Damaso Celli, un viticultor al que el joven médico había recomendado quedarse en observación después de que una víbora lo mordiera aquella misma tarde en su viñedo. El tercero era una viuda llamada Mónica Vallana, que había llegado al anochecer aquejada de unas fiebres. Spada la mantenía aislada en una sala adyacente hasta cerciorarse de que no tenía nada contagioso.

Mientras Piero Belardi siguiera enfermo en su casa, Spada dio permiso a Charlène Dubois para ocupar una cama —mucho más cómoda que el jergón de la cocina—, a cambio de estar atenta a los pacientes. Él se fue a su habitación, al final del pasillo, después de proporcionar generosas dosis de bálsamo de limón a Damaso Celli y a Mónica Vallana para facilitarles el sueño; el pobre Francesco Donato estaba tan débil que no necesitó ayuda para dormir.

A esas horas de la madrugada no había nadie despierto en el hospital. Habría sido una velada tranquila de no ser por la sombra que acechaba fuera, ataviada de negro de pies a cabeza.

Hamsa, el Susurro, estudió la clínica por los tres lados no adosados al convento de la santa con la que compartía nombre. No era una construcción demasiado grande: tenía dos pisos, y el superior, según le había informado el arzobispo, apenas se usaba. Las ventanas de la planta baja tenían rejas. El asesino alzó la vista y buscó un hueco por donde entrar.

Una pareja tambaleante apareció al final de la calle, pregonando su borrachera a voces. Hamsa se ocultó y esperó a que pasaran. Una vez que la vía quedó despejada, el Susurro abordó la clínica por la parte trasera. Eligió escalar la pared del monasterio, de piedras más antiguas e irregulares que las del hospital y con más puntos de apoyo. No le costó demasiado llegar al segundo piso. Extendió la mano hacia un resquicio entre dos bloques del muro del hospital y quedó colgando de él por las falangetas de los dedos. Hamsa parecía una araña en la fachada. Poco a poco se desplazó hasta agarrarse al alféizar de una ventana.

Colgado de la mano izquierda, sacó una daga de la bota y la introdujo entre los postigos. Elevó la hoja en la ranura y tocó el cierre interior; si era de cerrojo, su esfuerzo habría sido en vano. Por suerte no era más que un gancho que cedió sin problema. El hospital no necesitaba más seguridad: nadie entra a robar donde solo hay moribundos y apestados.

Pero Hamsa no iba para robar.

El Susurro se coló en la planta superior sin hacer ruido y volvió a poner el gancho en su sitio. La luz procedente de la calle era insuficiente para orientarse, así que esperó a que sus ojos se acostumbraran a la oscuridad antes de seguir con su incursión. La suela de las botas, de cuero, no producía el menor ruido al andar.

Era un espectro.

Cuando por fin pudo ver algo, descubrió que estaba en un cuarto lleno de estanterías repletas de frascos, jarras, cajas y toda suerte de chismes propensos a romperse. Tendría que andar con sumo cuidado para no montar un estropicio que lo echara todo a perder.

Abrió la puerta con precaución y fue a parar a un rellano que daba a un corredor con más estancias. Para su alivio, había algunas lámparas y cirios que alumbraban el entorno. Por temor a que algún peldaño crujiera, se deslizó por el pasamanos de la escalera hasta la planta baja. Aterrizó en cuclillas, como un gato. Todo parecía tranquilo.

En el zaguán se abrían varias puertas distintas a la principal. Según el arzobispo, las salas de los pacientes estaban frente a la entrada. Su información resultó ser correcta: detrás de la primera puerta que abrió, el Susurro encontró una estancia, iluminada por velas, en la que contó alrededor de diez camas. Vio que tres de ellas estaban ocupadas, dos por hombres y una tercera por un bulto menudo que dormía de cara a la pared. Por su morfología y tamaño debía de ser una mujer.

El objetivo de Hamsa era un varón, pero no sabía cuál de los dos podía ser. En el testero del fondo, otra puerta abierta daba a una sala parecida a la que se encontraba. En ella descubrió a una mujer que sudaba, destapada, sobre un lecho. Descartada.

Regresó a la sala donde dormían los dos hombres. Para saber cuál de los dos era su blanco, necesitaría destaparlos y examinarlos con detenimiento en busca de heridas. Decidió no arriesgarse a despertarlos; si lo hacía, tendría que matarlos con la daga y no quería dejar pistas. Sacó una ampolla de una de las bolsas del cinturón, se acercó al que dormía panza arriba, vertió la mitad en la boca abierta y se la tapó con mano férrea.

Damaso Celli apenas pudo toser un par de veces y manotear un poco antes de que el veneno lo matara. La mujer acostada mirando a la pared ni siquiera se movió. Mejor para ella. Hamsa limpió la espuma blanca que brotó de la boca del cadáver con la misma manta que lo cubría.

Ahora le tocaba al otro.

Este yacía de medio lado y respiraba con dificultad. Hamsa pensó que su visita era innecesaria: parecía medio muerto. Decidió ahorrarse el veneno. Tomó prestada la almohada del jergón de al lado y apretó con ella la cara de Francesco Donato. El desgraciado casi no opuso resistencia. Todo acabó en menos de un minuto.

El Susurro palmeó la almohada hasta devolverla a su forma original. A continuación se acercó al pequeño bulto durmiente, el único ser vivo que quedaba en la sala. Por el cabello y el contorno de la cara, dedujo que era una niña. Se dijo que una tercera muerte levantaría aún más sospechas, así que le perdonó la vida.

Hamsa descorrió el cerrojo de la puerta principal y se asomó a la calle. Ni un alma. Segundos después la noche turinesa se lo tragó.

En su cama, aterrorizada, Charlène Dubois se permitió temblar por primera vez desde que detectó la presencia del intruso. Los años temiendo las noches de borrachera de su padre la habían enseñado a hacerse la dormida de forma magistral.

Esa noche Charlène dio gracias a Dios por haber sobrevivido a su primer encuentro con un fantasma.

# 16

*En algún lugar entre Cardeñosa y Gotarrendura, Ávila*
*Otoño de 1526, un año antes de la masacre*

Alguien sacudió a Daniel Zarza hasta que lo despertó.

—Señor, señor.

Daniel descubrió que se trataba de una niña de corta edad que le tendía la mano como si le pidiera algo. Se incorporó un poco sobre la hojarasca y miró alrededor. Árboles, matorrales y yerbajos, lo mismo que había visto cada amanecer durante las últimas semanas. Se encontraba en mitad de un bosque, pero algunas cosas no le cuadraban.

Echó en falta la tienda que compartía con Ruy Valencia; estaba a la intemperie. Ni rastro de sus compañeros de viaje ni de los caballos. ¿Qué hacía solo en el campo, con una pequeña mendiga y en mitad de la nada?

—Hola —saludó Daniel aún somnoliento—. ¿Qué quieres? ¿Una moneda?

La niña señaló detrás de Zarza con su índice diminuto. Este giró el torso y encontró algo que sobresalía entre tierra húmeda y hojas muertas.

Era una muñeca.

Una muñeca chamuscada y manchada de barro.

Su corazón casi explota cuando se volvió para devolvérsela a la niña.

La cría no tenía ojos.

Las cuencas vacías resaltaban sobre una piel descarnada que alternaba fibras rojas con jirones de piel carbonizada. La sonrisa de la pequeña dejó ver unos dientecitos requemados, como el interior de una chimenea usada desde tiempo inmemorial. El poco cabello que le quedaba caía a mechones a ambos lados de su rostro de muerta. Humeaba.

Daniel trató de alejarse a toda costa de la aparición, arrastrándose de espaldas ayudado de pies y manos. Apenas había retrocedido unos metros cuando chocó con algo.

Echó la cabeza hacia atrás y descubrió una mujer con un vestido desgarrado que chisporroteaba como si acabaran de arrojarlo a una hoguera. Su rostro estaba tan devorado por el fuego como el de la niña, que sostenía la muñeca por una pierna sin dejar de esbozar su sonrisa cadavérica. La dama arropaba el esqueleto calcinado de un bebé; los huesos estaban pelados, como si los hubieran escaldado en agua hirviendo durante horas. Para horror de Daniel, los ojitos de la pequeña calavera estaban cerrados, como si durmiera. Por detrás de la falda ardiente de la mujer asomó el rostro abrasado de un crío que, al igual que la pequeña de la muñeca, sonreía. Aún conservaba un ojo sin iris, tostado como una castaña.

Daniel trató de huir, pero la mujer que acunaba al esqueleto lo detuvo con una mano implacable sobre el pecho. A continuación se llevó el índice descarnado a una boca carente de labios y chistó. Ladeó la cabeza. Daniel pensó, horrorizado, que se le iba a caer al suelo.

—¿Lo oyes? Ya viene.

El bosque se oscureció de repente. Unas nubes procedentes de sabe Dios qué infierno flotaron rojas y negras a su alrededor, devorándolo todo en una tormenta de furia a ras del suelo. Una explosión de fuego y cenizas abrió paso a una abominación aún mayor.

Un asno flamígero cargaba hacia él a la misma velocidad que un caballo de guerra, a pesar de que lo hacía de espaldas. Los ojos del jinete encapirotado que lo montaba, también envuelto en llamas, brillaban más que el fuego que lo rodeaba.

La mano de Daniel fue directa a la espada, pero en lugar de aferrar la empuñadura del arma, sus dedos se cerraron alrededor de la muñeca calcinada que la pequeña le acababa de tender.

Quemaba.

—Ya viene —susurró la pequeña con su sonrisa de muerte.

Paralizado e indefenso, Daniel Zarza se enfrentó cara a cara con el jinete ardiente. Su expresión de odio, que mostraba unos dientes más largos de lo normal expuestos por unas encías arrasadas por el fuego, era monstruosa. Así y todo, lo reconoció.

—¡Perdón! —gritó Daniel, pero su voz apenas resonó entre las nubes.

—Ya viene —canturreaba la niña—. Y viene a por ti.

El espectro de Samuel Masso abrió una boca enorme para lanzar al viento un aullido que sonó en los oídos de Daniel como las trompetas del apocalipsis.

—¡PERDÓN!

—¡Zarza, despierta, coño! ¡Despierta!

Daniel dio un respingo con los ojos muy abiertos. Enseguida se dio cuenta de que se encontraba en el interior de la pequeña tienda que compartía con Ruy Valencia. Sintió ganas de llorar de alegría al ver el rostro de su compañero.

—Ya está —logró decir, sentándose sobre la manta de pelo que le servía de colchón—, ya ha pasado. Gracias, Ruy.

—Cualquier día me mandas al cementerio de un susto, cabrón. ¿A quién suplicabas que te perdonara?

—No me acuerdo —mintió Daniel, frotándose los ojos con la yema de los dedos—. Seguro que el día que vuelva a dormir sobre algo blando se me pasa.

La tela de entrada de la tienda se abrió para mostrar el rostro aniñado de Baldomero González.

—Menudos gritos, Zarza. ¿Con qué cojones soñabas?

—Ni me acuerdo —volvió a mentir Daniel—. ¿Qué horas son?

—Aún queda para el amanecer —respondió Baldo, que sacó la cabeza un instante de la tienda para echar una ojeada fuera—. Has tenido suerte de no despertar al inquisidor; de un puñetazo te pone a dormir toda la noche. No os toquéis por debajo de las mantas —se despidió Baldo dedicándoles un guiño burlón.

El joven con cara de loco se marchó y la noche siguió su curso, tranquila. Al menos para Ruy, que no tardó ni diez minutos en retomar el sueño. Daniel, en cambio, no pudo volver a conciliarlo.

No fue el único en el campamento.

En la soledad de su tienda, la mirada de Zephir de Monfort se perdía en el infinito. Baldo se había equivocado.

Los gritos sí que habían despertado al inquisidor.

Había oído perfectamente a Zarza pidiendo perdón, y solo

aquel que se arrepiente de algo lo suplica. Puede que las sospechas de Isidoro estuvieran bien fundadas.

Que Daniel Zarza se arrepintiera de algo le preocupaba.

Cada vez más.

El destino de Daniel cambió para siempre a finales de noviembre.

Tomó una decisión de esas de último segundo, una que le haría pasar de perseguidor a perseguido. Prendió fuego a la mecha de la santabárbara de su vida y se sentó encima para ver hasta dónde lo mandaba la explosión.

Tenía que hacerlo.

Tenía una deuda que pagar.

El viaje de Sevilla a Ávila había durado tres semanas en las que no tuvieron contacto con nadie. Ni Dios se atrevió a saludarlos, intimidados por la imponente presencia de Zephir, que encabezaba la cabalgada como un jinete apocalíptico, seguido por su cohorte de soldados en uniformes inventados procedentes de otra era.

Para Daniel las noches no solo fueron complicadas por las pesadillas. La muda amenaza de Isidoro, con quien no había cruzado una palabra desde que partieron de Sevilla, lo atormentaba a cada puesta de sol. Miradas sí que habían intercambiado. Muchas. De odio por parte de Isidoro; las de Zarza, de desconfianza.

Fueron tres semanas agotadoras, en las que no habían disfrutado de más lecho que gualdrapas de piel sobre mantos de hojas caídas, abrigados por cobertores de pelo y sin otro techo distinto al de una tela. Fogatas insuficientes, lluvia, brisa gélida y provisiones que acabaron agotándose.

Esa fue la razón por la que Zephir accedió a parar, por primera vez en todo el periplo, en una posada que encontraron a la orilla del camino, unas millas más allá de Cardeñosa.

En el cartel de madera que colgaba de cadenas junto a la puerta ponía EL PICO DE LA AVUTARDA con letras escritas a fuego. El artista que había pirograbado la avutarda que ilustraba el letrero parecía no haber visto una en su vida. El edificio, antiguo y construido de cualquier manera, contaba con dos pisos que parecían a punto de derrumbarse sobre la escandalosa clientela que se oía desde fuera. Un granero y unos establos se alzaban en una explanada aneja a la posada.

—Tendríamos que haber parado en Cardeñosa —gruñó Laín,

que había mirado con deseo cada albergue o figón que dejaron atrás en el pueblo—. Este sitio apesta.

—Cuanta menos gente nos vea, mejor —dijo Zephir, con su voz de víbora—. No quiero que la bruja se entere de nuestra llegada antes de tiempo.

Daniel y Ruy disimularon una mirada elocuente entre ellos. No llamarían la atención en absoluto si no fueran de uniforme ni Zephir portara una armadura monstruosa sobre una pesadilla acorazada.

—¿Pasaremos la noche aquí? —preguntó Baldo, que soñaba con acostarse en un colchón aunque estuviera relleno de garbanzos.

Zephir dejó la respuesta en el aire. Un chaval de apenas doce años salió a recibirles en cuanto vio al sexteto frente al establecimiento. Se paró en seco al ver a Monfort, pero enseguida controló su miedo. Incluso acarició el morro de Muerte a través de la testera metálica. Si no atendía bien a los viajeros, su patrón le echaría de la posada, y no tenía padre, ni madre ni otro sitio donde ir.

—Que Dios os bendiga, buenos señores —los saludó el muchacho, que no podía apartar la mirada del caballero a lomos de su caballo de guerra—. En nuestra humilde casa podemos ofreceros comida caliente, alojamiento limpio y cuidar vuestras monturas.

—Somos el Santo Oficio —anunció Zephir, que giró un poco el yelmo coronado por el dragón en dirección a la algarabía que brotaba del figón—. ¿Qué se celebra ahí dentro?

—Zalacaín, el montero, y su partida de cazadores —informó el zagal—. Están festejando desde esta mañana una jornada especialmente propicia. Están un poco... ya me entendéis, señor.

—¿Tenéis algún lugar tranquilo para mí? Exijo soledad.

—Hay una mesa al fondo, separada por una cortina, donde podréis estar solo.

—Descabalgad —ordenó el inquisidor a sus hombres.

El chico se puso dos dedos en los labios y emitió un silbido ensordecedor. Un par de muchachos algo mayores que él salieron de El Pico de la Avutarda para hacerse cargo de las monturas. El pequeño se armó de valor y agarró las riendas de Muerte en cuanto el dueño desmontó. Zephir se echó al hombro una de las alforjas y recogió la biblia que colgaba de la pechera del caballo. Se plantó frente al niño en silencio. A su lado, parecía aún más gigantesco.

—Cuídalo bien.

El chiquillo recogió con un nudo en la garganta la moneda que le lanzó Zephir. Detrás del inquisidor, los familiares estiraban y encogían las piernas y se masajeaban los muslos. Faltaba poco para llegar al destino, pero cada vez estaban más cansados.

El único que no mostraba signos de fatiga era Zephir.

Los muchachos condujeron a las bestias al establo y el grupo entró en El Pico de la Avutarda. El interior no desentonaba con el exterior. Las paredes, de piedra, estaban decoradas con trofeos de caza y algunos tapices de pésima calidad. Antorchas apagadas en la pared, además de unos candelabros herrumbrosos, iluminaban el antro por las noches. Una chimenea grande, hambrienta de troncos, caldeaba el ambiente con pobreza, próxima a una escalera de peldaños irregulares que llevaba a la planta superior, donde estaban las habitaciones de alquiler. Un mostrador de madera basta y montones de barriles flanqueaban media docena de tableros grandes recorridos por bancos sin barnizar. En dos de ellos una decena de hombres en evidente estado de embriaguez entonaban canciones obscenas que hicieron torcer el gesto a Zephir debajo del yelmo. El posadero y su esposa observaron a los recién llegados con expresión preocupada. Los borrachos aún no se habían percatado de la presencia del inquisidor y su extraña compañía. De hecho, tardaron en darse cuenta de la entrada del caballero, que fue directo a la barra, seguido por Zarza y sus compañeros.

—Somos el Santo Oficio —se presentó al matrimonio, que no podía apartar la vista de su peculiar atuendo—. El niño me ha dicho que tienen un lugar donde puedo estar solo. Mis hombres son menos exigentes que yo en ese sentido —añadió.

En ese momento los cazadores descubrieron que había nuevos clientes en El Pico de la Avutarda. Los cánticos cesaron de golpe. Daniel y los demás fueron asaeteados por las miradas ebrias de los monteros.

—Podéis sentaros a la mesa del fondo, tras esa cortina —informó la posadera, señalando el rincón más alejado de la sala, del que colgaba una tela marrón que parecía llevar allí desde los tiempos de la reconquista—. Nadie os molestará ahí —apuntó, no demasiado segura de que se cumpliera su promesa.

—¿Os quedaréis a dormir? —quiso saber el posadero—. Hay tres habitaciones libres, con tres camas cada una.

—Una para mí solo —exigió Zephir—. Mis hombres se apañarán entre ellos como les plazca.

El inquisidor se encaminó al reservado, descorrió la cortina y se encontró con una pequeña sala con capacidad para seis comensales. Serviría. Dejó la alforja a un lado, la biblia sobre la mesa y volvió a correr la cortina.

Los familiares se acomodaron a la mesa más alejada de los cazadores. Estos cuchicheaban entre sí y lanzaban miradas furtivas a los recién llegados, acompañadas de alguna que otra risa por lo bajo.

—Como no se callen, tiraré de espada y que salga el sol por Antequera —gruñó Isidoro devolviendo una mirada desafiante a los monteros.

Ruy intentó calmarlo. Lo último que necesitaban era pelearse con una decena de borrachos.

—Olvídate de ellos, Isidoro, solo se divierten.

Este apartó el brazo de la mano de Ruy.

—No a mi costa. Si siguen con las risas, no respondo de mí.

—Dejémoslos estar mientras no vengan a tocar los huevos —decidió Laín, que esbozó su sonrisa barbuda a la posadera, que acababa de acercarse a la mesa—. Que la paz sea con vos, buena señora. ¿Podríais traer unas jarras de vino si sois tan amable?

—El mejor de nuestras barricas para el Santo Oficio —respondió ella, con una amabilidad igual de impostada que la de Laín. Habría dado dinero para que el quinteto liderado por la armadura andante se marchara de su local con viento fresco. Conocía a Zalacaín desde niño. No era un mal hombre, pero cuando bebía de más era propenso a meter la pata, y ese era uno de esos días. Y si encima lo jaleaban los amigos, la cosa solo podía ir a peor.

Y la señora tenía claro que los nuevos huéspedes no eran de los que aguantaban bien las chanzas.

—¿Qué hay de comer? —preguntó Baldo, coreado por el rugir de sus tripas—. Nos morimos de hambre.

La doña señaló el caldero que colgaba sobre las brasas agonizantes de la chimenea.

—Guiso de ciervo, cortesía de esos señores —dijo, señalando con discreción las dos mesas vecinas, donde los chismes y miradas seguían corriendo como rumores en mentideros—. También nos queda algo de pata asada y cecina, por si vuestras mercedes quieren entretenerse mientras beben.

—Traed de todo —zanjó Isidoro, que cuando estaba hambriento se sentía capaz de zamparse un cochino rebozado en mierda.

La posadera hizo un gesto a su marido para que fuera marchando el vino y se acercó a la cortina tras la que se encontraba Zephir de Monfort. Se paró un segundo delante de ella sin saber qué hacer. De haber sido de una puerta, habría llamado, pero no se atrevía a descorrer el lienzo, así que preguntó desde fuera.

—¿Os apetece un poco de guiso y...?

—Lo que sea —la cortó en seco el inquisidor.

La mujer, incómoda, dio media vuelta y se dirigió al perol de la chimenea. Mientras tanto, su esposo se encargaba del vino y la cecina, con una expresión neutra que era fácil de traducir en nerviosismo. Los tres jovenzuelos, que ya habían instalado los caballos en la cuadra, regresaron a la posada. La dueña llamó al más joven, el que había recibido a la compañía a pie de calle.

—Luisito, coge esta cazuela y una jarra de vino del mostrador y llévaselas al caballero que está tras las cortinas. No la abras —le advirtió—, tú dile solo que tienes la comida y no entres si no te da permiso, ¿entendido?

El crío la miró con ojos de quien se dirige al cadalso.

—Doña Fernanda, me da miedo —reconoció.

Ella se echó a reír para disimular que no descorrería esa cortina ni aunque le pagaran cien ducados por hacerlo.

—Anda, anda, que no te va a comer. —Le palmeó el trasero para darle ánimos—. Corre, ve.

Luisito cogió una bandeja de madera de un aparador cercano y depositó sobre ella un recipiente de cerámica a rebosar de guiso de ciervo, un trozo de pan y una jarra de vino. Con mucho cuidado para no derramar nada, se acercó a la cortina.

Se paró frente a ella. Temblaba.

—Señor caballero... —consiguió decir.

Una mano enguantada en acero negro y púas apareció de detrás de la cortina, como la de un fantasma mendicante. Luisito acercó muy despacio la bandeja, y la mano de metal la cogió como si no pesara en absoluto. El muchacho se quedó un par de segundos contemplando el balanceo del lienzo marrón. Se preguntó cómo sería aquel gigante sin el casco: puede que fuera uno de esos caballeros heroicos que rescatan princesas en apuros; o también podría ser uno de esos demonios malvados que extienden el mal y la plaga por las tierras por las que cabalgan.

Inmerso en esos pensamientos, Luisito se alejó del reservado y se dirigió a la despensa, pasando junto a la mesa donde los soldados que acompañaban al misterioso guerrero de la maza enorme bebían y comían en silencio. En la mesa de los cazadores el vino seguía corriendo como las aguas de un río embravecido. Uno de los monteros se había quedado dormido sobre el tablero empapado de tinto. Zalacaín, un hombre de unos treinta años casi tan alto como Daniel Zarza, se levantó y alzó la jarra hacia la mesa de los familiares.

—A la salud de los viajeros y del misterioso caballero grandullón al que acompañan.

—Salud —corearon los demás cazadores. El que estaba dormido levantó un poco la cabeza, pronunció un ininteligible «salud», eructó, reprimió un vómito y volvió a sumirse en su sueño etílico.

—Gracias, señores —agradeció Daniel, que fue el único en levantar su jarra—. Felicidades por la buena caza.

—¿Os gusta el venado? —preguntó Zalacaín—. El que está dentro del guiso que vais a comer pacía esta mañana junto a su madre, antes de que le disparara con mi ballesta.

—Exquisito —respondió Zarza, educado—. Gracias de nuevo.

—No le des cháchara a esos idiotas —le reprochó Isidoro, con un trozo de algo marrón colgando de la comisura de los labios—. Come y calla.

Zalacaín se volvió a sus amigos al oír el comentario. Fingió sentirse desolado y los cazadores prorrumpieron en carcajadas. La posadera cruzó una mirada de preocupación con su esposo. Se acercaba tormenta.

—Perdonad, ilustres caballeros —se disculpó el montero sin esforzarse en disimular la ironía—. Solo somos unos pobres villanos incapaces de llegar a la altura de vuestras botas. ¿A qué institución dijo el grandullón ese, que se mueve como si se hubiera cagado encima, que pertenecíais? ¿A la Santa Compaña o algo así?

—Al Santo Oficio, botarate —voceó Baldo, desafiante—. Seguid molestándonos y acabaréis colgando de una soga.

Los cazadores se echaron a reír. Uno de ellos le dio un codazo al que dormía y este acabó en el suelo, donde siguió roncando como si estuviera en el mejor lecho. Zalacaín sonreía, jarra en alto.

—Así que tenemos el honor de compartir taberna con la Inquisición. —Se dirigió a sus compañeros—. Muchachos, ¿no os dan ganas de rezar un padrenuestro a la salud de nuestros invitados?

Más risas.

—No les hagáis caso —gruñó Laín dirigiéndose sobre todo a Baldo. Agarró a Isidoro por la manga—. Y tú, deja de mirarlos así.

—¿Acaso tienes miedo a pelearte con una panda de mierdas hartos de vino? —lo retó Isidoro.

—A eso no —afirmó Laín—, pero sí a lo que puede hacernos el inquisidor si nos metemos en una trifulca por un quítame allá esas pajas.

Uno de los cazadores de más edad se levantó de la mesa y caminó con paso tambaleante hasta la de los familiares. Daniel rogó a Dios para que el borracho se lo pensara dos veces, diera media vuelta y regresara a su sitio. Para colmo de males, tenía la vista fija en Isidoro. Los ojos de este parecían a punto de salir disparados como balas, impulsados por la furia.

—Decidme, buen señor —comenzó el cazador—, vosotros que sois conocedores de estos temas... ¿Duele cuando una bruja os lanza una maldición?

—Ninguna bruja ha tenido tiempo para maldecirnos —aseguró Ruy, tratando de contestar con educación y firmeza a la vez—, las quemamos antes.

El borracho señaló a Isidoro con la jarra.

—Decís la verdad, buen señor —dijo—, ya que no le disteis tiempo a la bruja a convertir del todo a vuestro amigo en conejo. Lástima que aún pudiera calzarle ese par de dientes, aunque espero que la hechicera se llevara su merecido.

Isidoro se levantó de golpe y se lanzó a por el borracho, que retrocedió lo justo para ponerse fuera del alcance de su zarpa. Baldo sacó la espada, apuntando por turnos al que acababa de insultar a su compañero y a Zalacaín.

Los borrachos comenzaron a rebuscar algo a sus pies y varios arcos y ballestas salieron de debajo del banco corrido. La cosa iba a mayores.

—Os molestáis muy rápido por una broma inocente —reprochó Zalacaín, que recibió una ballesta cargada que alguien le pasó desde atrás—. ¿Sabéis? Nos hemos cansado de vuestras malas pulgas, así que os daremos la oportunidad de marcharos, no sin antes dejar pagadas unas rondas para mí y mis amigos, por la afrenta.

—Sois vosotros quienes se van a ir de aquí ahora mismo. —La voz siseante hizo que todo el mundo volviera la cabeza hacia el fondo de la taberna. Allí estaba Zephir de Monfort, de pie, con la maza de guerra en la mano—. Ya me habéis molestado bastante con vuestras voces y vuestros modales.

Zalacaín miró a sus amigos y se echó a reír de nuevo. Señaló con una mano a Zephir, con gesto teatral.

—San Jorge, o su primo hermano, nos ordena que nos vayamos de nuestra taberna. —Se volvió al posadero—. Juan, ¿quién prefieres que se marche, esta gentuza o nosotros?

—Lo que no quiero son problemas en mi casa, Zalacaín —rogó el posadero, suplicando con los ojos a uno y otro bando—. ¿No podemos tener la fiesta en paz?

—Eso es lo que yo quería —mintió el montero—, pero estos bastardos que mean agua bendita y cagan hostias pretenden aguármela.

—Bonita blasfemia —dijo Zephir, dando un paso hacia él—. En nombre de la Santa Madre Iglesia, quedáis detenido por burlas al cuerpo y la sangre de Nuestro Señor Jesucristo.

—Acércate si tienes huevos, cabeza de cubo —lo retó Zalacaín, que alzó la ballesta hasta apuntarla al pecho del inquisidor.

Los demás cazadores lo imitaron.

Zephir siguió caminando hacia el montero.

La armadura desvió flechas y virotes, ante la mirada atónita de los tiradores. Los familiares se agacharon para evitar los rebotes. Zalacaín retrocedió a la vez que trataba de recargar la ballesta, pero no le dio tiempo a hacerlo. La garra enguantada de Zephir se cerró sobre su puño. Los huesos de la mano izquierda del montero crujieron al romperse, todos a la vez. Un alarido de dolor brotó de lo más profundo de su pecho.

Los demás cazadores sacaron los cuchillos y se lanzaron en tromba contra Zephir, como avispas furiosas. Este balanceó la maza y alguien gritó, con una pierna doblada en posición antinatural a la altura de la rodilla. Los familiares hicieron amago de unirse a la lucha, pero Zephir se lo impidió.

—Os prohíbo intervenir —dijo, con dos cazadores encaramados a su espalda y dos más apuñalando sin éxito el pectoral de la coraza—. Os necesito enteros para la misión. Yo solo me basto.

De un codazo, Zephir claveteó el rostro de uno de los que lo sujetaban por detrás. La sangre salpicó las mesas cercanas y el hombre se desplomó con la cara desfigurada. Las puñaladas iban y venían, sin encontrar resquicios por donde entrar. Los cazadores que se encontraban más alejados no se atrevían a usar los arcos y ballestas por miedo a acertar a los suyos. Un movimiento lateral del brazo izquierdo del gigante estrelló a otro de los borrachos contra el mostrador, rompiendo varias piezas de vajilla. El posadero se había agachado detrás de los barriles, rezando para que no le rompieran demasiadas cosas; su esposa, aterrorizada, corrió escaleras arriba, chillando, y los dos chavales mayores no sabían qué hacer ni a qué bando apoyar.

Por su parte, los familiares mantenían las espadas en ristre por lo que pudiera pasar y contemplaban, admirados, la pelea de uno contra nueve en la que los lugareños beodos tenían todas las de perder.

Daniel llevaba esperando una oportunidad como aquella desde que salieron de Sevilla. Vio a Luisito, el crío de doce años, observando la pelea desde la despensa. Sin que sus compañeros se dieran cuenta de que se alejaba de ellos, Daniel se le acercó.

—¿Cómo te llamas?

El niño tardó en reaccionar.

—Luisito.

—¿Quieres ganar dinero? No hablo de unas monedas, hablo de muchas monedas.

El niño alternaba la vista entre él y la batalla que tenía lugar en la sala, reacio a perder detalle. Parpadeó dos veces cuando Zephir aplastó el rostro de uno de los monteros de un puñetazo. En ese momento, nadie se dio cuenta de que el hombre murió en el acto por el golpe.

—Dime —apremió Daniel—, quieres ganar dinero ¿sí o no?

—Sí, sí, ¿cuánto?

Daniel le mostró la bolsa donde llevaba los ahorros de años.

—La mitad de esto.

Los ojos de Luisito se desorbitaron.

—¿Qué tengo que hacer?

—¿Este sitio tiene puerta trasera?

Luisito hizo una seña a Daniel para que lo siguiera. Este echó una última ojeada a sus compañeros y fue detrás del chaval. Cruzaron la despensa y un almacén y salieron a la explanada que daba al establo.

—Llévame hasta mi caballo.

El chico obedeció. Por suerte, aún no lo habían desensillado ni quitado las alforjas. En menos de treinta segundos estaba listo para el viaje. La pelea, cada vez más salvaje, continuaba dentro de El Pico de la Avutarda.

—¿Sabes ir a Gotarrendura?

—Nací allí, y conozco un atajo.

Daniel se sintió afortunado.

—Sube.

El chaval no lo dudó. Daniel lo aupó y lo acomodó justo en su regazo. Luisito señaló un punto en el horizonte, más allá de la arboleda que flanqueaba el camino.

Daniel Zarza dejó atrás El Pico de la Avutarda al galope, mientras Zephir de Monfort impartía justicia a golpe de puño y maza.

Sus compañeros aún tardarían un rato en notar su ausencia.

# 17

Zephir aún veía el mundo a través de un velo rojo cuando le rompió el cuello al último montero que quedaba en pie. Los familiares, apiñados junto al reservado, habían asistido a la batalla con una mezcla de admiración y miedo.

La compañía del Santo Oficio estaba convencida de que Zephir de Monfort no era humano, sino un ángel vengador enviado por Dios a la Tierra para impartir la versión más severa de su justicia. Alguien con poderes sobrenaturales. ¿Quién, si no, puede derrotar a una decena de hombres armados tras sobrevivir a una lluvia de flechas?

Nueve, para ser exactos. El borracho durmiente seguía en el mismo lugar donde había caído. La única novedad era que se había meado encima, pero sobreviviría para contar que un día el vino lo salvó de una muerte cierta a manos de un demonio.

Zephir no acabó con todos adrede. Arrastraba esa costumbre desde sus tiempos de militar en Lombardía. Convenía dejar testigos que contaran el error tan grande que suponía enfrentarse a él.

El posadero había abandonado su escondite detrás del mostrador, confiando en que aquella bestia le perdonara la vida. Al fin y al cabo él no había tenido nada que ver con la trifulca. Evaluó los daños materiales. Por suerte para su bolsillo, los personales superaban con creces la rotura de vajilla y mobiliario. La parte mala era que había perdido unos buenos clientes para siempre. Su esposa aún no había bajado del piso de arriba —no bajaría hasta el día siguiente y no dejaría de llorar hasta tres días después—, y sus aprendices se habían ocultado como ratones en la despensa. No podía reprochárselo, cualquiera en su sano juicio habría hecho lo mismo.

Zalacaín estaba sentado en el suelo, con la espalda apoyada en uno de los bancos corridos y la mano izquierda tan hecha polvo que cualquier intento de mover un dedo era un suplicio. Pelearse contra aquel monstruo había obrado en él el milagro de la sobriedad. Uno de sus amigos yacía muerto junto a él, panza arriba, con el rostro convertido en un cráter sanguinolento. Zalacaín era incapaz de apartar la vista, horrorizado. Un poco más allá, el cazador con la pierna rota escapaba reptando como una culebra asustada en dirección a los almacenes de la posada. Allí encontraría un hueco debajo de una estantería en el que se encovaría durante horas.

Esa tarde Zephir dejó cinco muertos en El Pico de la Avutarda, pero había que castigar de manera ejemplar al incitador blasfemo. Con su habitual paso lento, se plantó delante de Zalacaín.

—En pie.

—Por favor, señor, piedad —suplicó el montero—. En ningún momento pretendimos...

Zephir lo agarró por la cabeza, lo levantó sin miramientos y lo sentó en el mismo banco donde un segundo antes tenía apoyada la espalda. El montero apenas se atrevió a emitir un quejido sordo. El inquisidor señaló el tablero de la mesa con la maza. Zalacaín no entendió lo que le pedía.

—La mano —silabeó Zephir—. Sobre la mesa.

El cazador rompió a llorar. Tembloroso, colocó la mano hecha un guiñapo donde apuntaba la maza.

—Ya la tengo destrozada, no me debe de quedar ni un hueso sano, no me hagáis más daño, os lo suplico.

—Esa no, la otra.

El poco color que quedaba en el rostro del montero lo abandonó de golpe. Incluso los familiares intercambiaron codazos y miradas asustadas. El posadero se tapó los oídos y fijó la mirada en los charcos de vino y guiso que inundaban el suelo. No quería que lo que estaba a punto de suceder se grabara en su memoria.

—Os lo ruego, señor, no podré usar la mano izquierda jamás, dejadme la derecha para que pueda ganarme la vida.

Zephir apuntó la maza al rostro de Zalacaín.

—Habéis blasfemado en presencia del Santo Oficio. —El tono de voz, más que agresivo, era paternal—. Debéis asumir un castigo. Elegid: vuestra diestra o vuestra vida.

Zalacaín, llorando ríos de lágrimas, colocó la mano abierta sobre la mesa. El tiempo se ralentizó mientras esperaba el golpe.

—Así no —siseó Zephir—, cerrad un poco el puño, pero no del todo.

En esa posición, la maza pulverizaría todas las articulaciones de la mano dejándola inútil de por vida. La memoria de Zalacaín lo transportó años atrás, cuando su padre lo instruía en el uso de la ballesta, a rastrear presas, a desplazarse en contra del viento para no alertarlas...

Allí estaba su mente cuando la maza cayó con la fuerza de un meteoro. La mesa se partió debajo de la mano. Astillas de madera y de hueso perforaron la carne de los dedos de Zalacaín. Los nudillos quedaron pulverizados; los tendones, separados de los músculos; las falanges, hechas añicos, como si fueran de porcelana; varias uñas saltaron por los aires.

La ola de dolor que arrasó el sistema nervioso de Zalacaín salpicó a los familiares. Solo Baldo e Isidoro tuvieron estómago suficiente para no apartar la vista de la escena. Zalacaín estuvo a un tris de desmayarse, pero la mano de acero negro lo sacudió para impedírselo.

—La penitencia que os impongo es vivir una vida humilde de mendicidad y pobreza —susurró Zephir, asegurándose en todo momento de que el montero no perdiera el conocimiento—. Vuestra soberbia ya no os corromperá y Dios Nuestro Señor os recompensará por este sufrimiento en su reino. Estáis perdonado, hermano. Podéis ir en paz.

Zalacaín se desmayó, finalmente, con ambas manos en estado desastroso. La diestra se la amputarían dos días después. Zephir devolvió la maza ensangrentada al cinturón y se dirigió a los familiares.

—¿Habéis comido y bebido? —Asintieron; habrían comido y bebido más, pero después de aquel festival, no tenían estómago para aceptar otra cosa que no fuera su propia saliva—. Posadero, decidme cuánto os debo.

—Nada, no me debéis nada —exclamó el pobre hombre, deseoso de que aquella compañía se marchara de su establecimiento para nunca más volver—. Todo corre a cuenta de la casa.

—¿Y Daniel? —preguntó Baldo, que acababa de echarlo en falta—. ¿Lo habéis visto?

—Se habrá escondido, el muy cobarde —apostó Isidoro.

—No te lo crees ni tú —lo defendió Ruy—. ¡Daniel!

Uno de los criados que acababa de salir de la despensa preguntó.

—¿Daniel es uno alto, rubio?

—Ese —dijo Laín.

—Lo vi hablar con Luisito en medio de la pelea —informó—. Se marcharon por la puerta de atrás.

Los ojos de Zephir centellearon detrás del visor cruciforme.

—¿Por dónde?

—Seguidme.

El muchacho los condujo a la explanada donde se alzaban el granero y los establos. El caballo de Daniel no estaba. Los familiares llamaron a su compañero a gritos mientras el posadero y el otro muchacho hacían lo propio con Luisito. Nadie obtuvo respuesta.

—Se ha largado —concluyó Laín.

El posadero daba vueltas sin parar con las manos en la cabeza.

—¿Por qué se ha llevado a Luisito? No será uno de esos...

—No —respondió Ruy, tajante y con mirada flamígera—. Debe de haber otra razón.

Zephir no pronunció palabra. Regresó a la posada a recoger la alforja y la biblia. Justo después de anudarla con la estola en la pechera de Muerte, se dirigió a sus hombres.

—En este momento declaro a Daniel Zarza desertor y traidor al Santo Oficio. Os juro ante Dios que tendrá su merecido, pero ahora tenemos una misión más importante.

Lo primero era la bruja.

La noche caía sobre Daniel y Luisito cuando divisaron las pocas luces que alumbraban Gotarrendura. Cabalgaron por veredas infestadas de matojos y a través de pedregales y sembrados sin dejar de mirar atrás. En la mente de Daniel, la sombra de Zephir ocultaba el horizonte a su espalda como una nube oscura cargada de venganza y furia. Un gigante con poder para devorar el mundo.

Sabía que Zephir no pararía hasta encontrarlo.

«¡Que los tuyos te persigan y no encuentres nunca la paz!».

La maldición de Samuel Masso seguía su curso.

Daniel preguntó a Luisito si conocía a un carpintero llamado Adrián Orante, pero al chaval no le sonaba. Tampoco le dijo nada el nombre de Leonor Ferrari. El chico llevaba cuatro años en El

Pico de la Avutarda, desde que la enfermedad le había arrebatado a su madre dejándolo huérfano del todo. Su hermano mayor se había ahogado en el río Alberche con dieciséis años, cuando viajó con unos amigos al carnaval de Navalosa, donde vivía la moza a la que pretendía. Demasiado vino y poca prudencia, dijeron cuando trajeron a Gotarrendura el cadáver medio descompuesto por las aguas a lomos de una mula, como un fardo. De su padre ni siquiera se acordaba. Las únicas referencias que guardaba de él eran los malos recuerdos que le dejó a su madre en vida.

Sin familia, pobre como una rata, Luisito Vidal tuvo que mendigar por los pueblos y aldeas de alrededor de Gotarrendura, hasta que Fernanda, la posadera de El Pico de la Avutarda, le dio la oportunidad de trabajar en el establecimiento como un esclavo, mal comido, mal vestido, no pagado y bien pegado.

—No quiero volver allí nunca —manifestó—. ¿Puedo quedarme con vos, maese Daniel? Me gustaría ser soldado, como vuesa merced.

—Llámame simplemente Daniel. Y no, no puedes quedarte conmigo. Sería peligroso. Si quieres ser soldado, sé soldado, pero no como yo. Un soldado tiene honor, y yo carezco de tal virtud.

—Qué miedo da vuestro señor. —Zephir había fascinado y aterrado a Luisito a partes iguales—. Me gustaría ser tan fuerte como él.

Daniel se sintió triste. Si Zephir era ejemplo para un niño, el diablo había ganado la partida.

—Zephir es un monstruo, Luisito —dijo Daniel—. He vivido equivocado mucho tiempo, haciendo el mal en nombre de Dios, por culpa de gente a la que solo importan los dineros. Tienes edad para elegir quién quieres ser, y te aconsejo que elijas ser un hombre libre y actuar de manera que tus actos no te castiguen cada noche.

—No entiendo lo que me quieres decir, Daniel —reconoció Luisito tuteando por primera vez a su nuevo amigo.

—Algún día lo entenderás. —Zarza agachó la cabeza para esquivar una rama demasiado baja—. No podemos seguir a este ritmo o reventaremos al caballo.

—¿Cómo se llama?

—¿El caballo?

—Sí, ¿cuál es su nombre?

Daniel tiró de las riendas para pasar a trote corto.

—Nunca me preocupé de ponerle nombre —cayó, en voz alta.

—¿Le puedo poner uno?

Zarza se echó a reír.

—Si te hace ilusión, claro.

—Avutardo —propuso—. Así te recordará al lugar donde me conociste.

—Avutardo me parece un gran nombre. Y divertido —añadió.

Luisito se sintió muy feliz. Las primeras casas de Gotarrendura se dibujaron en la oscuridad de la noche. Daniel pasó del trote corto al paso. El recién bautizado Avutardo agradeció el cambio de ritmo. Ahora que tenía nombre, el sentimiento de Zarza hacia su montura se reforzó de alguna manera que ni él mismo fue capaz de entender.

—¿Conoces a alguien a quien preguntar por la gente que busco?

—Hace tiempo que no vengo por aquí, pero mi padre solía ir a la taberna de la plaza mayor. A mi madre no le gustaba que fuera; cuando venía borracho nos pegaba. Cierra tarde y siempre hay gente. Por ahí.

La callejuela era digna de emboscada. Por fortuna, Daniel conservaba el arcabuz, la espada y un puñal que usaba más para cortar pan y chorizo que para el combate. Era raro que los familiares tuvieran que pelear. La mayoría de las detenciones eran como la de Alfonso Masso: llegar, intimidar, maltratar y detener. En cuanto veían a Zephir, los herejes se rendían sin luchar.

Un mendigo zarrapastroso se cruzó con ellos. Su aspecto era de estar más muerto que vivo. Luisito le dio dos toques a Daniel.

—Dale una moneda a ese pobre hombre —susurró—. Tiene pinta de estar muy mal.

—Si tiene la peste u otra infección, podría contagiarnos —objetó Daniel, prudente.

—Dale una de mis monedas —insistió Luisito—. La mitad de la bolsa es mía, ¿no? Me la descuentas cuando me des mi parte.

Daniel detuvo a Avutardo y volvió la cabeza para encararse con el crío. El blanco de sus ojos brillaba en la oscuridad. El familiar del Santo Oficio reconoció en ellos algo que hacía mucho que no veía: la auténtica bondad cristiana. Esa que tanto predicaban los clérigos y que tan poco practicaban.

—Hagamos una cosa —propuso Daniel—. Dale dos monedas, una de tu parte y otra de la mía.

—¡Se va a poner muy contento! —exclamó Luisito, entusiasmado—. He sido como él mucho tiempo. ¡Verás qué feliz se pone!

Daniel le dio las monedas.

—No lo toques, ¿vale? —advirtió—. De paso pregúntale si conoce a Adrián Orante y a Leonor Ferrari.

Luisito saltó del caballo con agilidad gatuna. Llamó a voces al mendigo, que volvió la cabeza de inmediato. Daniel vio sus sombras hablar unos segundos y también apreció que el hombre movía los brazos en un gesto exagerado de agradecimiento. La sonrisa se le escapó. En cuanto Luisito regresó, lo aupó de nuevo a la cruz del caballo.

—Conoce a los dos —informó el crío, satisfecho de su gestión—. Leonor, la italiana, tiene una finca a las afueras, pero él no sabe bien por dónde queda; Adrián es carpintero y tiene un taller en Las Berlanas.

Daniel maldijo para sus adentros. Las Berlanas quedaba al suroeste de Gotarrendura. Palmeó el cuello de Avutardo. Estaba cansado. Pensó en pararse en el pueblo a descansar, pero eso daría ventaja a Zephir. No tenía más remedio que cabalgar a Las Berlanas, pero tendría que hacerlo al paso para no reventar al caballo.

Descolgó la bolsa de dinero del cinturón.

—Aquí se separan nuestros caminos, Luis —dijo Daniel—. Y te llamo Luis porque, aunque no lo sepas, hoy me has demostrado que eres más hombre que todos los que estuvimos esta tarde bajo el techo de esa posada que ha sido tu hogar durante estos últimos años. —Se guardó unas pocas monedas para él y le dio la bolsa casi entera al niño—. Usa este dinero sabiamente y empieza una nueva vida.

—Esto es más de lo que me prometiste, Daniel —dijo Luis.

—Quédatelo, te lo mereces.

Estuvo a punto de añadir «... y es probable que yo no viva para poder gastarlo».

—No me quedaré en Gotarrendura —protestó Luis—. Me trae recuerdos horribles.

Daniel lo entendió, a él le pasaba lo mismo.

—Déjame ir contigo a Las Berlanas —rogó Luis—. Allí te dejaré en paz, te lo juro. Además, así no viajarás solo —añadió.

Daniel se rindió. Aquel crío era adorable.

—Tú ganas.

Avutardo giró sobre sí mismo y avanzó por la misma callejuela por la que entraron en Gotarrendura. Rebasaron al mendigo antes de salir y este los despidió con un grito.

—¡Que Dios os bendiga y os proteja de todo mal!

Daniel se acordó de las palabras de la anciana de Sevilla, que afirmó que Dios lo protegería del *mal bajío*. Las palabras del pordiosero le parecieron tan vacías como las de la vieja.

Por ahora la maldición iba ganando. Ni Dios podría protegerlo. De hecho, Daniel ya no se contaba a sí mismo entre los vivos.

Cumpliría su promesa y esperaría a que Zephir lo cazara y lo enviara directo al infierno, donde merecía estar, por sus pecados.

En ese momento no lo supo, pero la partida de caza del inquisidor y él se cruzaron en un punto del camino, a menos de una milla de distancia. Cabalgaban en dirección opuesta. Zephir a Gotarrendura, a por la bruja.

Y Daniel, a un encuentro que sería doloroso para él, tanto si salía bien como si no.

## 18

Tomás Domínguez cargaba con un peso que se había convertido en un calvario.

La cruz del remordimiento.

El hijo de Jeremías, criado en la hacienda Ferrari, había cambiado de casa y amo el mismo día que tomó la decisión de traicionar a Leonor e ir con sus acusaciones a Felipe Orante. Como pago a su deslealtad, este lo acogió como ayudante del mozo de cuadras.

Lo compró a precio de ganga.

Jeremías no entendía por qué su hijo se había puesto al servicio del único enemigo conocido de Leonor. Se había encontrado dos veces con Tomás por casualidad en Gotarrendura, y la única razón que este le dio para justificar su marcha fue que Felipe Orante le pagaba el doble que su antigua ama. Jeremías sabía que mentía.

En ambos encuentros, Tomás esquivó siempre la mirada de su padre, como si estuviera impaciente por marcharse. Jeremías sospechaba que existía alguna razón oculta para aquel comportamiento, así que, en contra de su propia sangre, decidió advertir a su señora.

—Tomás actúa de manera muy extraña —le había dicho a Leonor tras el segundo encuentro con su hijo—. Mi chaval es lo bastante ingenuo para dejarse embaucar por ese Felipe Orante, que ojalá pille la peste y le salgan más bollos en el pescuezo de los que caben en el cesto del panadero, pero andaos con cuidado: ese hombre no es bueno, y mi hijo lo sabe todo de esta casa que don Felipe tanto ansía.

—Gracias por tu lealtad, Jeremías —le agradeció Leonor—. Sé que lo que acabas de hacer es difícil para ti. Y ¿sabes qué te digo? Que Felipe Orante intente lo que quiera. Ahora que sé que trama algo, no me pillará desprevenida.

Zephir de Monfort viajó solo hacia el sur, al alba, a lomos de Muerte. Una de las reglas de fray Antonio de Andújar era no comprometer el anonimato del delator, ni siquiera ante sus hombres. A veces, como en el caso de Samuel Masso, se saltaba esa norma, pero no siempre era así. Fue el propio fray Antonio quien le facilitó a Zephir un pliego con un pequeño mapa e indicaciones de cómo llegar a la hacienda de Felipe Orante.

Julián Verdasco, uno de los criados de confianza de Felipe Orante, recibió a Zephir en los lindes de sus tierras esa mañana. Hacía días que los empleados del hacendado se turnaban en el camino para recibir al Santo Oficio, ya que desconocían con exactitud el día y hora en que llegarían. Julián sintió un nudo en la garganta al ver al inquisidor montado sobre Muerte, y eso que su señor ya le había adelantado que la compañía vendría al mando de un «poderoso caballero, que hace temblar al miedo con su mera presencia». La descripción, casi idéntica de la que le hizo fray Antonio de Andújar a Orante, se había quedado corta.

—Busco a don Felipe —siseó Zephir desde detrás del yelmo.

Julián montó en su yegua y abrió la marcha.

—Seguidme.

Poco después, Zephir y Felipe Orante se encontraban cara a cara por primera vez en el amplio jardín que se extendía frente a la residencia del hacendado. Este no pudo disimular su admiración al ver al caballero con la armadura pintada de negro y rojo. Zephir ni siquiera desmontó. Cuando Felipe trató de pronunciar unas palabras de bienvenida, el inquisidor lo cortó.

—No hay tiempo. Necesito que alguien nos conduzca a mí y a mis hombres a la finca de la bruja, ya. Hemos sufrido un pequeño... —buscó la palabra adecuada— contratiempo, y quiero cazarla cuanto antes.

Felipe Orante encajó mal los modales de Zephir. Su boca se curvó en un gesto huraño debajo del bigote. No estaba habituado a que alguien llegara a su casa con esos humos, por mucho que fuera la reencarnación de Goliat.

—Os recuerdo que fray Antonio de Andújar y yo llegamos a un acuerdo. Si os encontráis en esa finca con un hombre joven, alto...

—Adrián Orante, vuestro sobrino —lo interrumpió de nuevo

Zephir—. Estoy al tanto. No sufrirá daño, siempre y cuando colabore.

Felipe Orante soltó aire por la nariz.

—No creo que se enfrente a vos —auguró—, tampoco es el hombre más listo del mundo, ni el más valiente. Puede que ni siquiera esté en la finca, pero, en caso de que estuviera, os ruego que no lo maltratéis.

Zephir respondió con un silencio desafiante que hizo dudar a Orante de que el inquisidor cumpliera esa parte del acuerdo. De todos modos, la denuncia estaba hecha, el Santo Oficio había viajado desde Sevilla y ya era tarde para renegociar los términos.

—¿Quién va a guiarnos? —preguntó Zephir, impaciente—. El tiempo corre en nuestra contra.

A Felipe Orante le entraron ganas de poner al inquisidor en su sitio, pero decidió que no sería sabio hacerlo. Llamó a Julián Verdasco, que se había mantenido apartado sin descabalgar de la yegua. El criado, que rondaría la treintena, era uno de los mejores jinetes de la finca, además de uno de los hombres más fuertes y bragados.

—Julián, conduce al inquisidor a la hacienda Ferrari. —De repente el ruido de un caballo al galope interrumpió a Felipe, que volvió la cabeza hacia una polvareda que se alejaba por un sendero que atravesaba el olivar—. Por todos los santos, ¿quién tiene tanta prisa?

Julián entrecerró los ojos, pero no reconoció ni al jinete ni al caballo. Zephir enfocó la cabeza hacia la nube de polvo. Aquello se le antojó sospechoso.

—¿Quién es? —preguntó.

El criado negó con la cabeza.

—Ni idea —reconoció Felipe.

Atormentado por los remordimientos, Tomás Bárcenas, el hijo de Jeremías, galopaba hacia la finca en la que se había criado. Le iba a resultar difícil y vergonzoso enfrentarse a doña Leonor y a su padre, pero estaba dispuesto a sufrir el mal trago con tal de redimirse de su mezquindad. No esperaba perdón de ninguno de ellos. Tampoco se lo merecía. Lo único que merecía era desprecio.

Pero todavía estaba a tiempo de avisar a Leonor de que un monstruo iba a por ella.

El amanecer sorprendió a Daniel y a Luis en Las Berlanas. Al poco de salir de Gotarrendura habían optado por descabalgar para no extenuar a Avutardo más de lo que estaba. En cuanto llegaron al pueblo, Daniel comenzó a caminar con la mirada gacha, evitando cruzarse con los pocos transeúntes que andaban por la calle.

—¿Por qué haces eso? —le preguntó Luis, extrañado ante aquel comportamiento—. Actúas como un bandido. ¿Eres un bandido?

Daniel estuvo a punto de echarse a reír.

—¿Acaso has olvidado que estoy huyendo de los tipos de la posada? —le recordó—. No quiero que nadie se quede con mi cara y se lo chive a Zephir —explicó, aunque la razón de su sigilo era otra en realidad.

Las calles del pueblo comenzaron a cobrar vida. Daniel descubrió un abrevadero junto a las ruinas de una antigua muralla en una zona poco transitada.

—Avutardo necesita beber —dijo—. ¿Por qué no aprovechas y preguntas por la carpintería de Adrián Orante?

Luis corrió hacia la primera persona que vio, una señora cargada con un cántaro de camino a una fuente próxima. Daniel espió la escena de lejos mientras el caballo abrevaba. Vio a la doña señalar hacia una calleja perpendicular a la que se encontraban, sin parar de gesticular mientras hablaba. Luisito regresó junto a su amigo.

—Está a dos calles de aquí —informó ufano—. Me ha dicho que el carpintero vive en una casa adosada al taller. Es temprano, seguro que lo encontramos allí.

—Muy bien —lo felicitó Daniel, poniéndose en camino—. Cuando lleguemos, quiero que seas tú quien llame a la puerta, ¿vale?

—Vale.

—Una cosa importante: cuando salga a abrir, no te sorprendas.

El pequeño lo miró con extrañeza, sin saber a lo que se refería.

—¿Que no me sorprenda? ¿Que no me sorprenda de qué?

—Ya lo verás —respondió Daniel, enigmático—. Quiero que le des el siguiente mensaje, y no preguntes...

—¿Que no pregunte?

—¡Que no preguntes! —insistió Daniel—. Le dices: «Alguien que conoces y te quiere bien tiene algo muy importante que decirte, y te ruego que lo escuches, porque es cuestión de vida o muerte».

—¿Y por qué no se lo dices tú?

Zarza elevó la vista al cielo.

—Tengo que explicártelo todo... ¡porque es muy probable que en cuanto me vea me dé con la puerta en las narices!

—¿Por qué?

—¿Me harás el favor, sí o no?

—¡De acuerdo! —cedió Luis—. Pero luego me lo explicas.

—Repíteme el mensaje.

Luis lo repitió palabra por palabra, enfurruñado.

Llegaron a la plazoleta en la que se alzaba la carpintería. Había algunos trabajos en madera expuestos en la puerta, debajo de un pequeño soportal: sillas, estantes, alguna que otra herramienta de labranza, cubos, un aparador... Al lado del taller, una pequeña vivienda con todas las ventanas cerradas. Daniel se quedó a unos veinte pasos, junto al caballo, observando cómo el zagal tocaba ambas puertas, sin éxito. Como si respondiera a la llamada, una puerta distinta se abrió a la derecha de la plaza. Una anciana salió de una casucha cercana y se acercó a Luis.

—¿Buscas al carpintero? —Luis asintió—. No acepta encargos desde hace meses. —La anciana hablaba a voces, por lo que Daniel se enteraba de la conversación como si estuviera con ellos. La señora ni se fijó en él—. Se marchó hace semanas a Gotarrendura, a la villa de Leonor Ferrari, la italiana, y casi no viene por aquí.

Daniel maldijo en voz alta. Habían hecho el viaje en vano. Luisito le dio las gracias a la anciana y regresó con él. Enseguida se dio cuenta de que su amigo estaba aún más nervioso que antes.

—Lo he oído —dijo Daniel antes de que el chico tuviera ocasión de abrir la boca—. He llegado tarde.

—¿Tarde? ¿Tarde para qué?

Daniel sintió la tentación de montar en Avutardo y galopar hacia el pueblo, pero el caballo estaba agotado. Si lo intentaba, mataría al animal. Sin pensárselo dos veces, se echó el arcabuz al hombro.

—Escúchame —le dijo a Luis—. Cuida de Avutardo, dale de comer y que descanse.

—¿Y tú? ¿Adónde vas tú?

—A buscar al carpintero.

—¿A Gotarrendura? ¿A pie?

—No me queda más remedio.

—Déjame acompañarte.

Daniel se cerró en banda.

—De ninguna manera, es peligroso. Cuida del caballo, nadie mejor que quien lo ha bautizado para hacerlo. Volveré cuando termine lo que tengo que hacer.

—¿Seguro?

—Te lo prometo.

Daniel supo que esa promesa sería difícil de cumplir.

—Buscaré una cuadra para Avutardo —resolvió Luis.

Zarza dedicó una última mirada a Luis y al caballo, respiró hondo y corrió hacia Gotarrendura.

Lo tenía todo en contra.

Y la posibilidad de encontrarse con Zephir era alta.

Daniel se encomendó a Dios y se concentró en lo único que podía hacer, por ahora.

Correr o reventar.

## 19

La cámara obscura ocultaba la fuente que dominaba el patio de la residencia de Leonor Ferrari. Aquel ingenio era casi idéntico al primer prototipo pero a escala superior. Incluso tenía una puerta por la que podía accederse al interior. Adrián había trabajado en ella de sol a sol y alguna que otra noche durante las últimas dos semanas.

Todavía faltaban por llegar las lentes a medida, además de unos productos misteriosos que Leonor había encargado por carta a un alquimista granadino, por lo que Adrián solo podía trabajar en los detalles estéticos de la caja mágica, como él la llamaba. No es que le gustara demasiado la relación de Leonor con esos mercaderes que él consideraba sospechosos de ser medio hechiceros, pero había tantas cosas que no entendía que prefería no pensar en ello.

La cuestión era que Leonor se portaba bien con él y eso le bastaba.

Antes de enfrascarse en el proyecto de la cámara obscura, Adrián trabajó a destajo en otros encargos de Leonor que debía terminar cuanto antes. Proyectos que un artesano como él, dedicado a fabricar muebles, enseres y herramientas, jamás habría soñado construir.

Adrián tuvo que interpretar varios planos de Massimo Ferrari, el padre de Leonor, algunos basados en los de un ingeniero florentino muy famoso del que no había oído hablar. Entre él, Jeremías y la propia Leonor, que arrimaba el hombro como uno más, consiguieron hacer realidad las ideas de la que fue, sin duda, una mente privilegiada.

A pesar de no entender del todo los encargos de Leonor, el carpintero era feliz trabajando para ella. No solo lo alojó en una habitación del piso superior, mucho más lujosa que cualquiera de las estancias de su casa de Las Berlanas; también le pagaba con generosidad y, lo mejor de todo, lo trataba como a un amigo. Aprendía cosas nuevas cada día y, por las noches, después de la cena, se quedaba embobado escuchándola hablar de algunos temas que, en más de una ocasión, ni alcanzaba a comprender. A él le daba igual. Lo más duro fue que la admiración que sentía por la joven fue creciendo hasta el tormento cuando se convirtió en amor.

Un amor que llevó en secreto.

Un amor no correspondido.

Adrián aprendió a disimular sus sentimientos con la maestría de un actor consagrado. No se sentía digno de aquella mujer, ni por posición ni por entendederas. A veces, cuando tomaban algún que otro vino de más durante la cena, se le había pasado por la cabeza exponerle su afecto especial. Por suerte, jamás se atrevió. Habría estropeado las cosas, porque estaba convencido de que ella no sentía lo mismo por él. Leonor lo había pillado más de una vez —y más de cien— dedicándole miradas furtivas que distraía en cuanto Leonor las captaba; él agachaba la vista. En esas ocasiones, ella optaba por desaparecer durante un rato, dejando claro, sin pronunciar palabra ni amagar ofensa, que no quería dar pie a otra cosa que no fuera una relación profesional, aderezada con un toque de inocente amistad.

Luego estaba Teresita, que aprovechaba la más mínima ocasión para preguntarles, por separado y sin reparos, si se gustaban. Por lo visto, a la niña le divertía incomodar a los jóvenes con ese tema, como si no hubiera otra cosa más interesante en la que entretenerse.

La pequeña visitaba a Leonor casi a diario. A veces, Adrián la veía leer en un rincón del jardín, con aire misterioso, como quien hace algo malo. Después de cada sesión de lectura, ambas entablaban una conversación junto a la fuente, acompañadas por el ruido del martillo o de la sierra. Hablaban de temas que escapaban a los conocimientos del carpintero, que lo único que dominaba en este mundo eran sus manos, la madera y poco más.

Hubo días enteros en los que Adrián apenas vio la luz del sol. Las obras que Leonor acometió en un pasadizo secreto, construido por su padre al mismo tiempo que la casa, fueron las más complicadas de ejecutar. Allí no solo trabajó Adrián: Jeremías, Leonor e incluso Teresita ayudaron más de una vez. Los mecanismos que instalaron en el túnel eran extraños, pero también muy divertidos de construir, aunque Adrián no estaba demasiado seguro de su utilidad.

El túnel partía de una trampilla secreta en la despensa, y recorría más de trescientos metros hasta una salida oculta al otro lado del olivar. Según Leonor, su padre lo mandó construir como una vía de escape en caso de necesidad.

Y desde que Leonor se enteró de la traición de Tomás, había decidido implementar ciertas mejoras. «Por lo que pudiera pasar», solía decir.

Adrián se desperezó en el balcón gemelo al de la torre de los Sforza. Leonor no quería que regresara a Las Berlanas, temerosa de que aceptara algún encargo de algún lugareño que pudiera retrasar los suyos. Para mantenerlo ocupado, la joven le encomendaba pequeñas labores de mantenimiento en la finca, además de sugerirle adornos innecesarios en la cámara obscura.

El carpintero contempló los olivares que se extendían varias aranzadas frente a la residencia Ferrari. Vio a Elisa en el patio exterior, tendiendo una colada; al otro lado del jardín, el mozo que había sustituido a Tomás daba de comer a las gallinas. No encontró a Jeremías, que a esas horas ya andaría controlando el vareo de las aceitunas. Ese año, la cosecha prometía ser rentable. Si bien las tierras de Leonor no eran, ni por asomo, tan extensas como las de Felipe Orante, sí que daban unos frutos de mejor calidad, y eso era sabido en la comarca. De ahí la ambición de su tío en adquirirlas.

Adrián se disponía a bajar en busca de algo para desayunar cuando vio una figura menuda por el camino de tierra. Caminaba deprisa, casi al trote. Teresita. Le extrañó verla tan temprano por allí. Al acercarse más, Adrián detectó en su cara un rictus de preocupación que lo alarmó. Contagiado por el mismo sentimiento, bajó la escalera para ir a su encuentro. Algo parecía no ir bien.

—Buenos días, Teresita —la saludó en cuanto irrumpió en el zaguán—. Es muy temprano, ¿tus padres saben que estás aquí?

—Tengo que ver a Leonor, es importante.

—¿Pasa algo? —preguntó Adrián, preocupado.

—No estoy segura —respondió.

Elisa entró en el zaguán. La conversación que acababa de oír no le gustaba en absoluto.

—¿Despierto a la señora?

—Sí, por favor, Elisa —rogó la niña.

—No hace falta —dijo una voz desde lo alto de la escalera—. Llevo un buen rato levantada.

Leonor bajó ataviada con un vestido amplio con mangas, sobre una blusa blanca y un delantal que cubría la parte delantera de la falda larga. Un cinturón que discordaba con el resto de su atuendo ceñía la cintura.

—¿Ha pasado algo, Teresita?

—Me desperté de madrugada —reveló, sin importarle la presencia de Adrián y Elisa en el zaguán—. Tuve uno de esos sueños... más bien una visión —rectificó—. Vi al demonio, y venía a por ti.

Elisa y Adrián se santiguaron. Leonor alzó las cejas, esbozó una sonrisa tranquilizadora y le acarició la cabeza.

—Ya hemos hablado de esto —le recordó—. Las visiones son eso, visiones. No tienen por qué ser verdad...

—Esta ha sido distinta, más intensa, más real. Tengo miedo. Debes irte...

Justo en ese momento, oyeron golpes e insultos en el patio delantero. Para desconcierto general, Tomás irrumpió en el zaguán dando traspiés, como si alguien lo hubiera empujado desde atrás, sin miramientos. Lloraba como un crío, desconsolado. Aparte de las lágrimas, lucía rojeces recientes en el pómulo y al lado del ojo; alguien le había pegado, y fuerte. Aún no se habían recuperado de la sorpresa cuando apareció Jeremías, hecho una furia. Un nuevo empujón hizo que su hijo cayera de rodillas, delante de Leonor, que no daba crédito a lo que veía. Elisa trató de interponerse entre su esposo y su hijo, pero no pudo evitar que este le propinara un tremendo pescozón en la cabeza.

—¡Jeremías, por el amor de Dios, que me lo matas!

—¡Es lo que se merece! —bramó el capataz—. ¡Este malnacido nos ha traído la ruina! ¡Cuéntale a la señora lo que acabas de contarme a mí, sé un hombre por primera vez en tu vida!

Nadie, aparte del padre y del hijo, entendía nada. Tomás, arrodillado y hecho un ovillo, acataba insultos y golpes con los dedos entrecruzados, en actitud de súplica. Ni siquiera fue capaz de mirar a la cara a Leonor cuando empezó a hablar, entre balbuceos y sollozos.

—El inquisidor más feroz del Santo Oficio se dirige hacia aquí con una cuadrilla de soldados —confesó—. Lo envía Felipe Orante, pero yo tengo la culpa de todo: yo os delaté, por bruja.

Leonor lo miró, incrédula. Elisa se tapó la boca con la mano, pálida como una difunta. Jeremías se esforzaba para no desnucar a su hijo allí mismo. Adrián miró a Teresita con una mezcla de miedo y respeto cuando ella musitó, con un hilo de voz:

—El demonio de mi visión.

—¿Dónde están? —preguntó Leonor.

—Perdón, mi señora, os lo ruego...

—¿Dónde están? —insistió, impaciente.

—La última vez que lo vi, en la hacienda de don Felipe.

Leonor inspiró hondo para aplacar su furia. Aún no entendía el motivo por el que Tomás había obrado de ese modo tan rastrero. Podía sospechar cuál era, pero en ese momento lo único que sentía por aquel chico al que había visto crecer a su lado era rencor y repugnancia.

—Vete de mis tierras —le ordenó— y no vuelvas nunca.

Jeremías agarró a su hijo por los hombros, lo levantó de la peor manera posible y lo sacó a patadas, sin contemplaciones; Elisa fue detrás, rota por dentro, lanzando reproches al viento, pero Leonor detuvo al matrimonio en un tono tan firme que ambos se pararon en seco, como si les hubieran tirado de unas riendas invisibles.

—Jeremías, Elisa, venid aquí ahora mismo.

—Mi hijo —lloró la criada, desolada—, qué desgraciado, doña Leonor, después de todo lo que vos y vuestro padre hicisteis por nosotros...

—Eso no importa ahora —zanjó—. Escuchadme todos. Teresita, tú márchate a casa ahora mismo y evita los caminos. Aléjate de ellos.

La pequeña retrocedió unos pasos.

—Tú también —murmuró; tenía tanto miedo por el destino de Leonor como por el acierto de su profecía—. Tú también tienes que irte y esconderte.

—Lo haré —prometió Leonor—. Y gracias por tu advertencia, Teresita. Tienes un don.

La niña iba a corregirla, a decirle que era una maldición, pero sabía que no había tiempo para discutir. Se abrazó a Leonor, y esta aprovechó el instante para susurrarle algo al oído; algo que alegró a Teresita y que la hizo sonreír antes de marcharse a toda prisa.

Si todo iba bien, volverían a verse.

Al menos una última vez.

Leonor se dirigió a los que quedaban en el zaguán.

—Jeremías, tú y Elisa avisad a los demás criados y a los jornaleros, que se alejen de aquí lo que puedan, cuanto antes. Y vosotros —se le entrecortó la voz durante un breve instante—, vosotros haced lo mismo. Marchaos.

El capataz se resistió a obedecer aquella última orden.

—De ninguna manera, mi señora, me quedaré con vos...

—Sabes que me he preparado para esto —le recordó, a la vez que su voz recuperaba la templanza habitual—. Ahora marchaos, aquí correis peligro.

Jeremías y Elisa se fueron llorando. Leonor se volvió hacia Adrián, que no había tenido valor de abrir la boca en ningún momento.

—Sube a mis aposentos, será solo un momento.

Adrián asintió como hipnotizado y la siguió escaleras arriba. Ella ascendía con una facilidad pasmosa, recogiéndose la falda en cada peldaño. Entraron en las dependencias de Leonor; era la primera vez que el carpintero cruzaba el umbral de aquella puerta prohibida. Ella rebuscó algo en una cómoda, sacó una faltriquera de cuero y depositó un buen puñado de monedas en la mano del carpintero.

—Toma —dijo Leonor, al tiempo que enganchaba la bolsa detrás del cinturón de cuero y encajaba en él un puñal enfundado—. Creo que esto cubre de sobra lo que te debo. Ahora vete, date prisa.

Adrián se quedó mirando el dinero con cara de incredulidad.

—Pero, Leonor, ¿creéis que en estos momentos me importan los dineros?

La joven se echó al hombro el morral que tenía preparado desde que Jeremías le había informado de la actitud sospechosa de Tomás y de su lealtad hacia Felipe Orante. En cierto modo, Leonor sabía que lo que estaba a punto de ocurrir pasaría tarde o temprano. Agarró otro zurrón, este más estrecho, donde guardaba los planos de su padre y los de la cámara obscura. Su mayor tesoro. Estuvo tentada de recoger algunos libros de la estantería, pero ni tenía tiempo ni el peso extra la ayudaría en la fuga.

Era hora de dejar su vida atrás. De morir o empezar de nuevo, ligera de equipaje. Casi tropezó con Adrián cuando se disponía a salir de la alcoba.

—¿Aún sigues aquí? Lárgate.

—No quiero abandonaros —manifestó él, compungido.
—No digas tonterías. Venga, márchate.
—Huyamos juntos —propuso.
Ella lo miró como si se le acabaran de caer los calzones de repente, tratando de no sacar de contexto la proposición del carpintero. Sacudió la cabeza y lo empujó fuera de la habitación.
—Venga, márchate de una vez —insistió.
—¿Y la caja mágica?
—¡No querrás que me la lleve! —exclamó—. Y no se te ocurra contar por ahí que la has fabricado tú, o también te meterás en un lío. —Adrián seguía sin reaccionar—. Mira, quiero salir de aquí y tú me estás retrasando —le reprochó sin piedad.
Adrián bajó los escalones de dos en dos, derrotado. Justo cuando iba a abandonar la casa, descubrió al grupo de jinetes que se aproximaba por el camino de tierra.
—¡Están ahí!
—¡Mierda!
Era la primera vez que Adrián la oía soltar una palabra malsonante; la verdad fue que en sus labios no le sonó tan mal.
Pero ahora tenían un problema.
Estaban atrapados.
Leonor acerrojó la puerta.
—¡Cierra las ventanas!
Por suerte, a esas horas solo encontraron dos abiertas. Entre Leonor y él aseguraron la primera planta en un santiamén. Una voz amenazadora los instó al otro lado de la puerta.
—Abrid al Santo Oficio. Abrid, o será peor.
Leonor descolgó una ballesta y un carcaj de virotes de una panoplia de la pared. Se volvió al carpintero.
—Adrián, felicidades —dijo, al tiempo que cargaba la ballesta—. Has conseguido lo que querías: al final vamos a huir juntos.
El carpintero parecía superado por los acontecimientos.
—¿Adónde podemos ir? ¿Cómo lo hacemos?
—Por el túnel —respondió Leonor—. Ahora comprobaremos si los artefactos de mi padre funcionan.
—¿Les vamos a hacer daño? —preguntó Adrián, espantado.
—Que no te remuerda la conciencia: si no nos persiguieran, no les pasaría nada.

Adrián cogió el mazo más pesado de su caja de herramientas. Le dio cierta seguridad, aunque estaba muerto de miedo.

—Ve abriendo la trampilla de la despensa mientras yo preparo los mecanismos —le ordenó Leonor.

Adrián corrió a cumplir la orden de su amada.

Leonor respiró hondo.

Sabía que era muy probable que murieran ese mismo día. Le dio más pena por el pobre de Adrián que por ella misma.

Pero estaba convencida de una cosa.

A su padre le habría gustado saber que, si moría esa mañana, lo había hecho luchando.

Los primeros golpes se oyeron en la puerta principal. Cada vez más fuertes. Intentaban derribarla.

Leonor no pudo evitar una sonrisa en cuanto tensó la primera palanca.

Se lo dedicó a su padre.

# 20

Las hachas de Laín e Isidoro caían una y otra vez sobre la puerta. Ruy esperaba detrás, espada en mano, presto a entrar en cuanto cayera. Baldo cabalgó hasta el patio trasero para vigilar que nadie escapara por allí. Las puertas y ventanas estaban cerradas, y el barro que se extendía frente a la puerta trasera no mostraba huellas frescas. Tres construcciones de madera, próximas a unas cuadras vacías, llamaron su atención. Le parecieron demasiado pequeñas para ser almacenes y demasiado grandes para ser corrales. Carecían de ventanas y respiraderos, y las puertas estaban claveteadas desde fuera. Por muchas vueltas que le dio, fue incapaz de adivinar para qué servían. Baldo desmontó y hundió la espada en los pajares cercanos a las estructuras misteriosas. El heno parecía intacto, sin indicios de que alguien lo hubiera usado para esconderse.

Llegó a la conclusión de que allí no había nadie; tampoco encontró vestigios de que alguien hubiera abandonado la casa por detrás. El silbido de Baldo indicó a sus compañeros que la casa estaba rodeada. Como de costumbre, Zephir esperaba frente a la fachada principal, a lomos de Muerte.

—¿Puedo ir con ellos? —preguntó Julián Verdasco, que estaba sobre su yegua al lado del inquisidor; este le lanzó una mirada de reojo que Verdasco no pudo ver—. Podría ser de ayuda: un sirviente de don Felipe se crio en esta casa y me habló de una trampilla secreta en la despensa.

El inquisidor adivinó que Julián se refería al traidor. Tal vez aquel individuo sí que podría ser de ayuda.

—Ve —concedió.

Julián descabalgó, sacó una porra de una alforja y fue adonde estaba Ruy. Laín e Isidoro seguían atacando la puerta. El sirviente de don Felipe les explicó lo de la trampilla.

—¿Qué hay debajo? —se interesó Ruy.

—No lo sé, me dijo que siempre estaba cerrada, pero lo lógico es que haya un sótano, un laboratorio o algo parecido.

—Dejaremos esas cosas de brujas para el final —decidió Laín, sin dejar de dar hachazos.

Isidoro descerrajó la puerta, la abrió de una patada e irrumpieron en el zaguán. El silencio era de misa de difuntos. Laín abrió la puerta doble del patio interior y se topó con la estructura cúbica frente a él. Isidoro y Julián rodearon la cámara obscura, escamados.

—Tomás me habló de esta caja —recordó Julián—, pero no la imaginaba tan grande.

—Podría ser para invocar demonios —aventuró Isidoro, que la rodeaba sin parar de santiguarse a la par que la golpeaba con la parte roma del hacha. Sonaba a hueco—. Mirad, aquí hay una puerta.

—Ábrela —lo retó Laín.

—Ni por todo el oro del mundo.

—¿Y si la bruja se ha escondido dentro?

Isidoro le dedicó una mirada asesina mientras agarraba el pomo.

—Como haya un demonio, me cago en tu puta madre.

Lo giró. Nada. Solo un rayo de sol que se filtraba por un agujero de la madera.

—Este casetón es una mierda —declaró Isidoro, pegándole una patada a la cámara obscura.

Abrieron las puertas y revisaron estancia por estancia. Julián los seguía con la excitación propia de quien hace algo así por primera vez. La casa parecía desierta. Los familiares dieron la vuelta entera a la planta baja hasta encontrarse de nuevo unos con otros en el zaguán. Solo quedaba la cocina por registrar, además de la planta superior.

—¿Subimos al piso de arriba? —propuso Isidoro.

—Seguro que la bruja se ha escondido en la trampilla —apostó Ruy—. Id a buscarla, yo me quedaré en el zaguán. Mientras esté aquí, no bajará ni Dios por la escalera.

Isidoro se dirigió a Julián.

—Tú sabes dónde está, ¿no?

—Nunca he estado aquí —objetó el criado—, solo sé que está en la despensa.

—Ve delante, anda —lo retó Isidoro, esbozando su sonrisa de liebre—. Si vienes con nosotros, has de demostrar que tienes pelotas.

—Buenas espaldas sí que tiene —rio Laín.

Julián se sintió objetivo de una mezcla de prueba y burla. Apretó los dedos alrededor de la porra y se adelantó. Isidoro y Laín lo siguieron con una sonrisa irónica y las hachas listas. El criado de Felipe Orante llegó a la cocina. Parecía vacía. Caminó muy despacio hacia la puerta abierta al fondo, cerca de los fogones, dispuesto a cruzarla y demostrar a los soldados del Santo Oficio que tenía los mismos cojones que ellos.

Ni siquiera oyó el chasquido de la plancha de madera que había detrás de la puerta al pisarla.

Un sistema de resortes liberó un par de tablones de gran tamaño que parecieron surgir de la nada. El que estaba más alto le acertó en plena boca a Julián, y el más bajo lo dobló por la mitad al golpearle el estómago con la fuerza de un ariete. Isidoro y Laín se sobresaltaron al verlo retroceder y caer de culo, con una mano en la barriga y otra en la cara, ensangrentada. A Isidoro se le escapó la risa, y Laín le propinó un codazo en las costillas.

—No te rías, idiota. Como esto esté sembrado de trampas, los siguientes en perder los dientes seremos nosotros.

—¿Qué pasa? —gritó Ruy desde el zaguán, alertado por el ruido.

—Una trampa —respondió Isidoro, también a voces—. Al espontáneo le han *apañao* la dentadura. Tú quédate donde estás.

Julián se retorcía en el suelo, llorando de dolor. Los familiares no le dedicaron ni un segundo; pasaron a su lado y cruzaron la puerta de la despensa con pies de plomo. En un rincón, bajo una alfombra a medio retirar y rodeada de estantes, sacos y toneles, encontraron la trampilla. Todo indicaba que hacía poco que la habían usado.

—Ahí está —dijo Isidoro.

Se agachó, dejó el hacha en el suelo y aferró con ambas manos el aro que servía para tirar del portillo. El alarido que profirió casi mata a Laín del susto. Isidoro empezó a mover las manos como si quisiera sacudirse una plasta de melaza de ellas. Maldecía y resoplaba, en una especie de baile ridículo.

—¿Qué coño te pasa? —preguntó Laín.

—¡Quema! ¡Esta mierda quema!

—Apártate —ordenó Laín, levantando el hacha.

El barbudo atacó la trampilla con todas sus fuerzas, haciendo saltar astillas de madera a cada golpe. A su lado, Isidoro se miraba las manos con una mezcla de autocompasión y rabia. Intentó coger el hacha para ayudar a su amigo, pero el dolor que sintió al contacto con el mango fue insoportable.

Aquellas quemaduras tardarían tiempo en curar.

Era, exactamente, lo que Leonor quería.

Tiempo.

En el túnel alumbrado por antorchas, Leonor se apostaba tras un parapeto que Adrián había construido solo unas semanas antes. Con una mano agarraba una palanca adosada a la pared; con la otra, la ballesta cargada. El carpintero, a su espalda, estaba nervioso y asustado.

Leonor, en cambio, se sentía fuerte y segura. Jamás habría imaginado que una situación tan peligrosa como aquella la excitara de tal modo.

Herencia de su padre.

—¿Por qué no nos vamos ya? —rogó Adrián, que no paraba de moverse—. Por los gritos, ya han caído en dos trampas. Si entran aquí tendremos que pelear, y yo no valgo para eso.

—Lo que quiero es que entren. Si nos vamos ahora, nos cazarán antes del mediodía. Sin embargo, si conseguimos que caigan en todas las trampas, ganaremos horas, puede que días de ventaja.

—No sabía que las piezas que me encargasteis eran para esto —confesó Adrián, que en ningún momento sospechó que lo que habían construido en el sótano era una concatenación de trampas—. Ya puestos, podríamos haber fabricado algo más... contundente. No sé, con estacas, cuchillas o algo así...

Ella lo miró con las cejas alzadas.

—Nunca habría imaginado que eras un asesino —se burló.

—Lo que estoy es muy asustado —confesó Adrián.

—Y yo, pero el miedo es un caballo que hay que aprender a montar. —Los hachazos se oían cada vez más fuertes. Un sonido chisporroteante indicó que la antorcha colocada para calentar el aro de la trampilla acababa de caer. Leonor agarró la palanca con más fuerza—. Escóndete, ya vienen.

Laín e Isidoro bajaron con sumo cuidado los peldaños que conducían al túnel. El antiguo aspirante a fraile le arreó una patada a la antorcha en un estúpido acto de venganza.

—Esto no es un sótano —murmuró Laín, que se fijó en el entramado de vigas y puntales que recorría la galería—, es un túnel. Seguro que hay una salida al final.

—Baldo cubre esa zona —recordó Isidoro.

—Eso si no termina en mitad del bosque —argumentó Laín—. Da igual, si ya se ha escapado seguiremos su rastro. —El familiar se fijó en las manos de Isidoro; las quemaduras tenían cada vez peor aspecto—. No estás para empuñar un hacha. Dile a Ruy que venga e informa al inquisidor de lo que ha pasado aquí.

Isidoro le hizo caso. Laín no se atrevió a adentrarse en el corredor hasta que no llegó Ruy.

—He visto al criado en la cocina —dijo Valencia—. Está hecho un eccehomo. Y las manos de Isidoro... joder con la bruja.

—No recuerdo una detención así en mi vida —reconoció Laín—. A ver qué nos encontramos más adelante.

Leonor se asomó al parapeto. Tenía que ver venir a los inquisidores para activar la trampa en el momento preciso.

El primero que apareció fue un barbudo con un hacha. Otro hombre, más joven, lo seguía de cerca, pero no tanto como a ella le hubiera gustado. Ninguno de los dos tenía aspecto de ser el inquisidor más feroz del Santo Oficio, por lo que Leonor dedujo que serían simples esbirros. Torció la nariz disgustada: de haber caminado más cerca el uno del otro, habría cazado dos ratones con el mismo cepo.

Tendría que conformarse con uno.

Accionó la palanca.

Del techo cayó una jaula de madera que encerró a Laín en el acto. Las púas de acero se clavaron cinco dedos en el suelo terroso del pasadizo. Los familiares intentaron levantarla, pero la estructura no se movió ni un milímetro. La jaula, además, bloqueaba el camino, por lo que Ruy quedó al otro lado sin poder avanzar y sin saber muy bien qué hacer. Laín empezó a dar hachazos desesperados a los barrotes.

—No puedo más, avisa a Zephir —rogó Laín, cuyos golpes ya

no eran tan potentes como antes; había pasado los últimos veinte minutos sin parar de darle al hacha, y el cansancio no perdonaba.

Leonor tomó nota del nombre: Zephir.

La ingeniera retrocedió hasta llegar adonde estaba Adrián. La luz anaranjada de las antorchas disimulaba la lividez del carpintero, que en lo único que podía pensar era en largarse de aquel túnel.

—¿No podemos irnos ya? —rogó.

—Todavía nos queda la última trampa, la mejor. ¿Recuerdas todas esas piezas de madera y metal que te encargué? Las que venían descritas en varios planos distintos.

—¿Las que instalasteis entre Jeremías y vos? —Leonor asintió—. Jeremías cavó durante días. Me dijisteis que era para un sistema de regadío.

—Te engañé —reconoció ella con una sonrisa pícara.

—¿Qué hace esa trampa?

—Varias cosas. —Leonor posó una mano tranquilizadora en el brazo del carpintero—. Escúchame, Adrián. Tengo un escondite secreto donde podremos ocultarnos durante unos días, pero necesitamos tiempo para llegar hasta él; si una partida de caza nos pisa los talones, nos atraparán, ¿entiendes? —Adrián no respondió—. ¿Confías en mí? —Esta vez asintió—. Pues céntrate, necesito tu ayuda para tirar de esa palanca: está demasiado dura y yo sola no podré hacerlo.

—¿Es la grande, la de hierro?

—Esa misma. Vamos al final del túnel, verás qué risa.

Sin dejar de mirar atrás, Leonor y Adrián recorrieron el último tramo del corredor mientras Laín se sentaba, derrotado, en el suelo de tierra del pasadizo.

Estaba rendido.

Zephir descabalgó de Muerte en cuanto escuchó el informe de Isidoro.

Odiaba recibir malas noticias.

—Sube al caballo y busca con Baldo la salida de ese túnel. —El inquisidor agarró la maza y caminó hacia la entrada de la casa—. Tenéis permiso para lisiar a cualquiera que veáis, y eso incluye a la bruja... pero no los matéis. Los quiero vivos.

Montar fue un calvario para Isidoro, que se consoló pensando que aquel dolor sería parecido al de los clavos de Jesús. Las quemaduras de las palmas de las manos parecían palpitar con vida propia.

Zephir atravesó la cocina y la despensa. Verdasco, a cuatro patas, recogía piezas dentales como si algún milagro pudiera devolverlas a su sitio. Al inquisidor le entraron ganas de aplastarle la cabeza con la maza, solo para desfogarse.

Los peldaños que descendían al túnel se lamentaron bajo el peso del coloso. Las antorchas iluminaron el camino hasta Ruy, que seguía intentando desclavar la jaula del suelo, con las venas del cuello a punto de estallar. El familiar se apartó al verlo. Laín miró a su amo desde dentro con una expresión de lamentable impotencia en los ojos.

—Aparta —ordenó Zephir a Ruy.

El golpe que descargó contra la jaula casi tira al suelo a Laín, que no pudo hacer más que retirarse todo lo posible y esquivar las astillas que saltaban cada vez que el inquisidor dejaba caer el arma. En el fondo del túnel, Adrián y Leonor intercambiaron una mirada de preocupación.

—Ahí está nuestro demonio —apostó Leonor.

—Esa bestia romperá la jaula —auguró Adrián, que no podía evitar pegar un respingo cada vez que Zephir golpeaba—. ¿Y si tu última trampa no funciona?

—Diles que te obligué a bajar a punta de ballesta —resolvió Leonor—. Puedo dispararte en una pierna para hacerlo más creíble —bromeó.

—No tiene gracia.

Los mazazos se detuvieron un instante para reanudarse enseguida. Zephir había destrozado un lateral de la jaula y empezaba a pulverizar el otro desde dentro. Lejos de estar cansado, los golpes se sucedían cada vez más rápido. Volvía a ver el mundo a través de un velo de sangre. Estaba fuera de sí. Agarró la maza con las dos manos y descargó un golpe que descuajaringó del todo la estructura de la jaula. Apartó las piezas sueltas a patadas y continuó pasillo adelante, seguido muy de cerca por un agotado Laín y un Ruy que no terminaba de creerse lo que acababa de presenciar.

—Ya vienen —advirtió Leonor con un hilo de voz.

Adrián agarró la palanca con ambas manos sin tener ni idea de para qué servía. Se lo iban a jugar todo a un solo naipe: si fallaba, estaban perdidos. Prefirió no pensar en eso ni mirar hacia el corredor, temeroso de lo que pudiera aparecer por el túnel. En su mente, dibujó al monstruo rompedor de jaulas como un ogro de piel verde ciénaga, con dientes afilados y zarpas enormes.

Pero al miedo le encanta obligarnos a mirar lo que no queremos ver.

El rostro de Adrián se desencajó al descubrir la silueta acorazada que apareció por el recodo del pasadizo. Incluso Leonor se quedó helada un segundo. Al siguiente, se concentró en calcular el momento justo para que Adrián tirara de la palanca.

Zephir se detuvo al ver a Leonor. Levantó la mirada al techo y recorrió con ella las paredes. Estaba convencido de que la bruja era el cebo para la siguiente trampa. Le ofendió que lo creyera tan estúpido. El inquisidor descubrió que no estaba sola. Había alguien detrás de ella, pero Zephir no alcanzaba a verlo bien.

—Leonor Ferrari. —El eco del túnel permitió que la voz de serpiente sonara a sentencia de muerte—. Quedáis detenida por los delitos de brujería e incitación a la herejía a una inocente, así como por haber atentado contra la vida de miembros del Santo Oficio. Entregaos y seréis juzgada por un tribunal.

A pesar de estar muerta de miedo, Leonor se armó de valor y apuntó a Zephir con la ballesta. Si era capaz de conseguir que aquel bastardo caminara unos pasos en su dirección, lo tendría donde ella quería.

—¿Por qué no venís a por mí? —lo retó.

Ruy y Laín se escondieron detrás de Zephir en cuanto vieron el arma. Parecían dos chiquillos que interponían a un adulto entre ellos y el peligro. El inquisidor volvió a hablar. El velo rojo había desaparecido; tenía la impresión de haber ganado.

—No caeré en vuestra trampa —contestó—. Poseo la virtud de la paciencia y mucho tiempo por delante. Rendíos.

Leonor se dio cuenta de que a Zephir no parecía preocuparle la ballesta en absoluto. Estudió la armadura, y vio que la curvatura de las piezas desviaría cualquier proyectil. Aquella coraza de aspecto vetusto era una obra de arte de ingeniería militar.

—No van a moverse de ahí —susurró Adrián, cada vez más asustado—. Hacedme caso y salgamos corriendo, os lo ruego.

Leonor se sentía demasiado cansada para repetirle el mismo argumento a Adrián, y tampoco tenía derecho a retener al pobre carpintero en contra de su voluntad. Él no era culpable de nada, estaba ahí por accidente.

—Vete tú, a ti no te buscan. Yo ya estoy muerta.

—¡No digáis eso, Leonor!

La exclamación de Adrián sonó lo bastante fuerte para que Zephir y los familiares la oyeran. El inquisidor dio un paso al frente, sin darse cuenta siquiera de que lo hacía. Ruy y Laín intercambiaron una mirada incrédula.

—Esa voz... —susurró el barbudo.

—No puede ser —dijo Ruy.

Zephir señaló a Leonor con la maza.

—¿Quién os acompaña, bruja?

—Márchate —insistió Leonor a Adrián, entre dientes.

El carpintero conjuró todo su valor. Soltó la palanca y sacó el martillo del cinturón.

—No me iré de aquí sin vos —exclamó—. Si hemos de morir juntos, que así sea.

Adrián se colocó junto a Leonor y entonces Zephir lo pudo ver con claridad. Los ojos del inquisidor centellearon bajo el yelmo. Detrás de él, las bocas de Ruy y Laín se abrieron a la par.

—¡¡¡Tú!!! —La voz siseante de Zephir al gritar fue como un chirrido escalofriante—. ¡¡¡TE MATARÉ!!!

El inquisidor avanzó y Adrián sintió que su valor se evaporaba. Leonor, en cambio, vio una oportunidad en ese ataque.

—¡AHORA! —gritó la ingeniera.

Por una vez, Adrián lo entendió a la primera. Corrió hacia la palanca y tiró.

Pero la palanca no se movió.

Y el gigante se acercaba, seguido por sus soldados.

Otro tirón.

Nada.

Leonor volvió la cabeza y vio a Adrián luchar con la palanca. Zephir estaba en el lugar exacto: si seguía avanzando, estaban perdidos. La ingeniera apuntó al visor del yelmo. El inquisidor bajó la cabeza y el virote rebotó en el dragón que lo coronaba. Ella aprovechó ese segundo para correr hacia Adrián y empujar la palanca con todo el cuerpo.

Funcionó.

Cuatro arietes de metal surgieron de los muros, desapuntalando las vigas que soportaban el techo que se extendía por delante y por detrás de los inquisidores.

El estruendo del derrumbamiento fue ensordecedor.

Zephir y sus familiares quedaron emparedados entre dos gigantescas montañas de escombros, sumidos en la más absoluta y asfixiante oscuridad.

Pero aquella trampa, creada a partir de los planos de un dispositivo de defensa ideado por el padre de Leonor, no se limitó a sepultar a los intrusos. En la superficie un sistema de engranajes y poleas actuaron hasta soltar unas antorchas que pendían sobre una cuerda empapada de líquido inflamable. Esta reposaba en una canaleta de cobre que recorría un conducto, que partía desde el granero hasta unos barriles de pólvora enterrados en estiércol, dentro de los tres almacenes condenados que había justo detrás de la casa, rodeados de pajares.

El fuego se propagó por el conducto a velocidad vertiginosa, y la explosión de la pólvora al mezclarse con los gases del estiércol fue apocalíptica. Las construcciones estallaron a la vez, lanzando astillas de madera ardiente en todas direcciones. Los caballos de Baldo e Isidoro se encabritaron y los familiares cayeron al suelo de espaldas mientras todo estallaba a su alrededor. Las bestias salieron despavoridas.

El fuego alcanzó los pajares creando una nube de humo que acabó por cegar a Isidoro y Baldo, que corrieron hacia el patio delantero con los ojos llenos de un irritante limo compuesto de una mezcla de cenizas y lágrimas. El incendio se propagó a los rastrojos cercanos y el festival de llamas fue a más.

Leonor y Adrián escaparon por el extremo opuesto del túnel y huyeron al bosque, amparados por la cortina de humo.

Dentro del túnel, Zephir retiraba las piedras del derrumbe y las lanzaba hacia atrás, poseído por una ira sin precedentes. Le daba igual que algún cascote golpeara a Ruy o Laín, que se acurrucaban lejos de él, aterrados.

El velo estaba más rojo que nunca.

Zephir de Monfort juró que no descansaría hasta destripar a Daniel Zarza con sus propias manos.

# 21

*Turín, otoño de 1527*
*Un día antes de la masacre*

Esa tarde de noviembre, nadie olía mejor en Turín que Arthur Andreoli.

Se había bañado el cuerpo con agua y jabón, la autoestima con perfume y el valor con vino. Dios aceptó sus oraciones con un guiño y lo recompensó con un sol vespertino que transformó el patio de La Prímula en el paraíso. El teniente llegó temprano para tomar al asalto la mesa que Sanda Dragan había ocupado el día anterior. Sin quitar ojo de la puerta, jugueteaba con la pulsera de la dama que le había robado el sueño. Se tocó el corazón. Galopaba. Y Arthur Andreoli no era de los que temblaban delante de una mujer ni de una espada.

Sin embargo, estuvo a punto de sufrir un síncope al ver a Sanda Dragan en el patio de La Prímula. Optó por contrarrestar el miedo con acción, como cuando entraba en combate, así que se puso de pie y clavó la mirada en ella; inclinó la cabeza en gesto gentil y agitó la pulsera con picardía.

Los andares de Sanda pusieron al teniente al borde del atragantamiento. Los pies de la mujer parecían flotar sobre el suelo, y el movimiento de los hombros envueltos en la piel de zorro eran una oda a la sensualidad. Ella agachó un poco la mirada al llegar a la altura del teniente. Sonrió al ver la pulsera, extendió la mano y él la depositó con delicadeza en la palma. La invitó a sentarse, y ella aceptó.

Aún no habían cruzado una sola palabra.

—¿Vino? —preguntó él.

—San Gimignano, por favor —pidió ella, con su peculiar acento.

Andreoli fue incapaz de disimular la consternación al oírla nombrar el vino más caro de la Toscana, uno que solo nobles y príncipes podían permitirse. Con cara de sufrir una obstrucción intestinal, alzó la mano para llamar a una de las hijas de Parodi. Sanda se la bajó, en un ademán tan delicado como firme.

—Permitidme que os invite. —Sanda hizo una breve seña con la mano que la hija de Parodi entendió a la primera, como si entre ellas existiese un lenguaje secreto—. Es lo menos que puedo hacer para compensaros por el detalle de la pulsera. No esperaba recuperarla.

—Acepto —balbuceó Andreoli, con una mezcla de alivio y apuro—, aunque no es necesario, señora. Lo haría cien veces sin esperar nada a cambio.

Ella clavó sus ojos en él.

—Nadie hace nada sin esperar algo a cambio, aunque sea una sonrisa. ¿Cuál es vuestro nombre?

—Arthur Andreoli, a vuestro servicio.

—Sanda Dragan —se presentó ella, ofreciéndole la mano.

Este la besó sin despegar los ojos de los de ella.

—Un nombre peculiar.

—Moldavo.

Andreoli hizo un gesto de aprobación, aunque sería incapaz de precisar si Moldavia estaba en Europa o África. La tabernera apareció con la botella de San Gimignano y dos copas. Andreoli se bebió lo que quedaba en la suya —un vino más corriente que las aguas del río Po— y permitió que la hija de Parodi la retirara. Fue la propia Sanda quien se encargó de servirle.

—Decidme, señor Andreoli...

—Arthur, por favor.

—Decidme, Arthur, ¿a qué os dedicáis?

—Negocios.

—¿Negocios? ¿De qué tipo?

—De los que cubren necesidades de gente importante —improvisó Andreoli, tratando de hacerse el interesante.

Sanda lo taladró con una mirada hipnótica. Andreoli tuvo la sensación de que aquella enigmática mujer no se había tragado la mentira. Se sintió intimidado bajo el examen de aquellos ojos que parecían ver a través de los suyos. Jugueteó un par de segundos con la copa, antes de confesar.

—Lo cierto es que soy militar.

—Lo habría adivinado.

—Soy militar, pero no uno de esos esbirros de condotieros, ni un lansquenete ni gentuza de ese estilo... lamento no poder ser más explícito.

Ella volvió a posar su mano en la del teniente.

—Tranquilo, Arthur. No hay que contarlo todo en un primer encuentro.

Dio un sorbo al vino, y Andreoli la acompañó. Se entabló un silencio entre ellos en el que los misterios batallaron bajo la tarde soleada, hasta que él se atrevió a preguntar:

—¿Por qué decía que habríais adivinado que soy militar?

—¿Acaso hace falta un porqué? —respondió ella—. Podría haber adivinado eso, como sería capaz de adivinar muchas otras cosas más.

Él entornó los ojos, incrédulo. Ella le guiñó el ojo. No fue un gesto sexual, más bien burlón.

—No me iréis a decir que...

—Tengo un don —se anticipó ella.

Andreoli apoyó los codos en la mesa. Su sonrisa se tornó en gesto de preocupación.

—Es arriesgado confesar que se es bruja, más en estos tiempos.

Sanda se echó a reír.

—No he dicho que lo sea. Simplemente puedo ver cosas que los demás no ven.

—Un don del diablo.

—¿Leéis la Biblia, Arthur?

—Sí. Bueno, a veces —puntualizó, no fuera que aquella hechicera lo pillara en otra mentira.

—Entonces conocéis a los profetas.

—Por supuesto —afirmó, aunque no habría sido capaz de citar a tres por su nombre.

—Ellos tenían el don de ver más allá de lo que ve el resto de los mortales. ¿Acaso estaba el diablo detrás de sus visiones?

A pesar de que el argumento era aplastante, si llegaba a oídos de Michele Sorrento que aquella mujer alardeaba de poseer el arte de la adivinación, podría acabar en los sótanos del arzobispado o algo peor.

—Sanda, puede que tengáis razón, pero no habléis de esto con nadie. Últimamente las cosas están difíciles entre protestantes, herejes y adoradores del diablo. Es peligroso.

Ella echó la cabeza hacia atrás y dejó escapar una breve carcajada.

—Os agradezco vuestra preocupación, Arthur. Quisiera premiaros con algo más que con compartir una botella de San Gimignano.

El teniente se inclinó sobre la mesa en una pose que se le antojó sugerente. El vino comenzaba a obrar magia en su valor.

—Cualquier premio que venga de vos será bienvenido.

La mujer bebió con lentitud. Andreoli la imitó, sin dejar de admirar sus ojos.

—Espero que no os dé reparo entrar en casa de una viuda.

Los latidos de Andreoli volvieron a recibir el fustazo de la lujuria.

—No hay nada que desee más en este momento que eso, mi señora. Sois la criatura más hermosa que mis ojos han contemplado jamás.

Ella alzó las cejas y lo obsequió con una mirada divertida.

—Me parece que me habéis malinterpretado, Arthur.

Andreoli se quedó petrificado, con la copa en la mano y una sonrisa absurda. Estudió el rostro de Sanda, confiando en que fuera una broma. Ella mantenía sus ojos clavados en los suyos, como si lo juzgara.

—Disculpad —se excusó Andreoli, sin apenas mover los labios—, pero puede que no haya entendido vuestra invitación.

—Si la aceptáis, os obsequiaré con una muestra de mi don —reveló ella para chasco del teniente—. Si os parece correcto, claro. A veces, las predicciones pueden ser útiles.

—Claro —aceptó él, con la vergüenza reflejada en el arrebol de sus mejillas—. Será divertido... supongo.

—Pero antes, demos buena cuenta de este vino.

Andreoli divisó una luz al final del túnel. Con más vino de por medio, aún cabía la posibilidad de que su propia profecía, la que había urdido en su imaginación, se hiciera realidad.

La casa de Sanda Dragan era peculiar.

Al menos, eso le pareció a Andreoli.

Era un edificio de dos plantas que, sin ser lujoso, tenía un encanto especial. Se encontraba a dos calles por detrás del palacio Madama, en la vía de los Cuchilleros, donde algunas herrerías y tiendas de diversa índole se alternaban con residencias de reciente construcción.

El interior parecía a medio decorar, con espacios vacíos que contrastaban con otros ocupados por vitrinas con extrañas piezas de arte que Andreoli intuyó que eran tan antiguas como valiosas. Algo que llamó la atención al teniente fue que todas las ventanas estaban cegadas por gruesas cortinas rojas. Sanda se dio cuenta de que su invitado se había fijado en ese detalle mientras encendía los candelabros de la planta baja.

—Soy muy celosa de mi privacidad —comentó—. Acompañadme a mi estudio.

Andreoli la siguió escaleras arriba. Estaba tan nervioso que ni la media botella de San Gimignano parecía haberle hecho efecto, y eso que no era el primer alcohol que ingería aquella tarde. Sanda siguió encendiendo lámparas y velas hasta llegar a una estancia pequeña, amueblada con una mesita redonda, cubierta por un mantel, y un par de sillas, además de estantes con libros que se entremezclaban con algunas estatuillas, brazaletes, jarras de alabastro y demás objetos de aspecto antiguo.

—Tenéis una buena colección —dijo Andreoli, sin saber cómo referirse a ella; pensó en añadir «de quincallas», pero le pareció un término ofensivo—. ¿Recuerdos de familia?

—Mi esposo y yo nos dedicábamos al comercio de objetos antiguos y raros. Nos pasábamos la vida viajando por el mundo, comprando y vendiendo, hasta que murió.

—Lamento vuestra pérdida.

—Fue hace tres años —dijo ella encogiéndose de hombros.

—¿Y vos seguís con el negocio?

—Conservo algunos clientes, pero ya no es como antes, cuando tenía una tienda en Roma. La vendí poco antes del saqueo, aunque conservé una buena parte de mis existencias, como podéis comprobar.

—Fuisteis afortunada, lo del saqueo fue horrible. ¿Desde cuándo vivís en Turín?

—Me mudé después de vender la tienda. Por suerte, aún me quedan fondos suficientes para permitirme libros y algunas copas de San Gimignano en La Prímula.

Andreoli se echó a reír.

—Hablando de vino, ¿me esperáis un momento? —rogó Sanda.

—Por supuesto.

La viuda abandonó la habitación y el teniente aprovechó para curiosear entre lo que consideraba baratijas. No entendía que alguien pagara fuertes sumas por cosas que solo servían para contemplarlas. Sanda apareció con una frasca de vino y un par de copas. Una vez más, la imaginación de Andreoli se disparó una hora y una cama por delante. Brindaron una vez más.

—Para que las cartas os sean propicias.

—¿Las cartas? —preguntó él, sorprendido—. No suelo jugar mucho...

Sanda no pudo evitar reírse. Sacó una baraja de cartas del regazo y se la ofreció a Andreoli. Este apreció que eran muy diferentes a las que usaba Yani Frei en los barracones para desplumar a los novatos.

—Barajad y cortad a vuestro antojo.

Andreoli mostró una torpeza extraordinaria al hacerlo; el teniente no era nada ducho en los naipes. Es más, consideraba el juego una pérdida de tiempo y un vicio de desgraciados. Él se consideraba afortunado en amores, aunque no fueran verdaderos, y por ello vivía convencido de que estaba destinado a perder en el azar. Que su futuro dependiera de unas cartas siniestras le incomodaba. Devolvió la baraja a Sanda. Esta la tocó con los ojos cerrados y puso la primera carta sobre la mesa.

—El papa —leyó en voz alta—. Vuestro trabajo está relacionado con el santo padre de forma directa.

Andreoli no consiguió disimular el pasmo. Sanda colocó la segunda carta sobre la mesa. El loco. Cerró los ojos, como si pudiera leer más allá de la figura pintada en el naipe.

—Debéis tener cuidado, alguien intenta hacer daño al papa.

—Eso no es nuevo —rezongó Andreoli—, preguntad a los protestantes, por ejemplo. Hay mucha gente a la que le gustaría ver muerto a Clemente VII. Es un Médici, y los Médici tienen muchos enemigos.

Sanda sacó la tercera carta, que puso junto a las otras.

—La torre. Tenéis buenos amigos. Dos. Hay más en la torre, pero confiad solo en los más cercanos. No todos son leales.

Andreoli dio un trago largo al vino. Comenzaba a asustarse. Una nueva carta en la mesa lo apartó de sus pensamientos.

—El ahorcado. Alguien a quien odiáis os cuida en secreto.

—¿Quién?

—Eso no lo puedo saber, los mensajes de las cartas son crípticos.

—Que yo recuerde, no odio a nadie. Bueno, el moro me cae mal...

—¿Qué moro?

—No tiene importancia. ¿Quedan más cartas?

Los enamorados.

—Esta me gusta —se anticipó Andreoli con un guiño.

Sanda lo miró fijamente. La sonrisa de Andreoli se fue esfumando poco a poco conforme la mirada de la moldava se endurecía. Pensó que había metido la pata y preparaba una disculpa barata cuando la pitonisa barrió las cartas de la mesa, desperdigando la baraja por la alfombra. El teniente se aplastó contra el respaldo de la silla cuando ella se abalanzó hacia él, volcando la frasca de vino y su copa.

—Deberíais tener miedo, Arthur —dijo, agarrándolo por la pechera del chaleco—. Vuestro futuro es incierto y peligroso.

Dicho esto, atrajo a Andreoli hacia ella y lo besó con una furia tal que a él se le resbaló la copa de entre los dedos. Por suerte, la superficie mullida de la alfombra impidió que se rompiera. La mano de Sanda bajó directa a la entrepierna del teniente. Para sorpresa de ambos estaba más flácida que un ratón muerto.

—¿No os gusto, Arthur?

—Al contrario... es que me intimidáis.

Ella lo cogió de la mano y lo arrastró hasta su alcoba.

—Entonces tendré que quitaros el miedo.

Andreoli se dejó llevar, incrédulo.

Mientras Sanda Dragan le arrancaba la ropa como un lansquenete a una campesina, no podía dejar de pensar en algo.

Su profecía, la que él había dibujado en su mente, se iba a cumplir.

Si se le levantaba.

Y sí.

Al final, se le levantó.

## 22

*Gotarrendura, otoño de 1526*
*Un año antes de la masacre*

Teresita se cruzó con la cuadrilla del Santo Oficio cuando esta se dirigía a casa de Leonor. Por suerte, pasaron de largo sin ni siquiera mirarla. A pesar de la distancia, apreció con cierto detalle el aspecto del gigante que lideraba la compañía. Su estampa a caballo era imponente, como uno de esos caballeros de los libros que tanto le gustaban.

Pero este no era como ellos. No era un héroe. Este era oscuro.

El demonio de su visión.

La pequeña debería haber seguido su camino hacia Gotarrendura, pero la curiosidad le pudo. Sabía que, en caso de necesidad, Leonor tenía un plan de fuga a través del túnel. Recordó las últimas palabras susurradas al oído, hacía apenas unos minutos.

«Si ves una cinta roja atada en el olmo roto, lo habré logrado. Ya sabes dónde encontrarme: en el escondite secreto».

Teresita se armó de valor y decidió regresar a la finca. Avanzó por el olivar medio agachada, como una ladrona. Escogió un lugar desde el que vigilar la casa sin ser vista, en lo alto de un cerro, entre los matorrales. Allí permaneció agazapada hasta que una explosión devastadora atronó la campiña. Un muro de llamas se alzó detrás de la casa, sobrepasando incluso la réplica de la torre Sforza.

Segundos después el humo lo cubría todo con un manto gris oscuro. Vio correr caballos aterrados por el olivar, pero entre ellos no estaba la bestia acorazada del demonio. Una sonrisa espontánea le iluminó el rostro. Algo en su interior le susurró que aquello era obra de Leonor. Siempre había admirado a su amiga, pero en ese momento no podía sentirse más orgullosa de ella.

Una parte recóndita de Teresita deseó que los soldados malvados y el caballero negro se asaran en las llamas de ese infierno. Si el plan de Leonor había funcionado, ahora estaría de camino al refugio secreto. Justo cuando iba a decidir si regresar a casa o ir al olmo roto, descubrió una figura escondida detrás de un olivo, a unos cincuenta pasos de ella. Era uno de los soldados del demonio, y parecía al borde de la extenuación. Jadeaba y se apoyaba en las rodillas, como si hubiera corrido una gran distancia. Era uno de ellos, pero ¿qué hacía allí, que no estaba en la hacienda?

Algo en el aspecto del soldado le resultó familiar. La niña avanzó de árbol en árbol para verlo más de cerca. Él la oyó y volvió la cabeza en su dirección.

Teresita se quedó pasmada unos instantes. En cuanto se recuperó de la sorpresa, abandonó su escondite y se enfrentó a él, sin miedo, a pesar de que iba armado.

—¿Quién eres? —preguntó.

—Me llamo Daniel. ¿Conoces a Adrián Orante?

La pequeña dudó antes de asentir.

—¿Está ahí dentro? —preguntó él, señalando el incendio—. Puedes confiar en mí, no soy su enemigo.

Ella le mantuvo una mirada glacial. Daniel pensó que aquellos ojos podían ver a través de la gente, ver lo que nadie más podía ver.

—He llegado tarde —se lamentó él, dándolo por hecho.

Una voz interior le dijo a Teresita que aquel soldado, aunque vestía como uno de los esbirros del demonio, no era uno de ellos. Al menos, ya no.

—Puede que no hayas llegado tan tarde como crees —dijo ella, en un tono misterioso y demasiado adulto para alguien de su edad—. Hablemos, pero no aquí.

Daniel tomó aire y siguió a la pequeña a través del olivar. Estaba al límite de sus fuerzas. De vez en cuando echaba una ojeada a la finca de los Ferrari, temiendo ver aparecer a Zephir o a alguno de sus antiguos compañeros. No tenía ni idea de qué había pasado en la hacienda, pero el escenario era digno de la peor de las batallas.

No pudo evitar acordarse de la casa de Alfonso Masso.

La mujer. Los niños.

—Por aquí —indicó Teresita, sorteando unos troncos caídos en la entrada del bosque.

A Teresita le esperaba una buena en casa si no llegaba a tiempo a comer. Sus padres se preocuparían, y de una buena tunda no la libraría nadie.

Pero la aventura iba a merecer la pena.

Sobre todo si el lazo rojo estaba en el olmo roto.

Teresita y Daniel hablaron durante más de una hora en su periplo por el bosque. A lo lejos, el humo seguía oscureciendo el cielo, como si se cerniera sobre la región una tormenta mágica. Solo cuando la pequeña estuvo segura de poder confiar en Daniel, aceptó que la acompañara al olmo roto.

El lazo colgaba de una rama.

—¡Están vivos! —celebró Teresita—. ¡Vamos!

Caminaron durante dos horas entre árboles, matorrales, arroyos y recovecos apenas transitables. La chica se movía por aquellos parajes recónditos como si estuviera en el jardín de su casa.

—Más despacio, por favor —rogó Daniel, medio asfixiado.

Por fin llegaron a una especie de fosa seca que asemejaba una enorme boca abierta salpicada de raíces terrosas, malas hierbas y espinos.

—Bajar es fácil si sabes dónde poner los pies. Fíjate en mí.

La chiquilla se agarró a una de las raíces y comenzó a descender por la pared del hoyo. El fondo estaba encharcado, como un cenagal, pero ella no llegó a tocarlo.

De repente, el muro se la tragó.

Daniel se echó el arcabuz a la espalda e inició el descenso, usando los mismos asideros y apoyos que había empleado Teresita. Descubrió una especie de cueva algo más abajo. Se detuvo al oír a la chica soltar un grito de alegría.

—¡Leonor! —la oyó exclamar—. ¡Adrián! ¡Lo conseguisteis!

Adrián. Ahí estaba.

Los nervios le apretaron las tripas.

—Teresita, tus padres te van a matar —la riñó una voz femenina con leve acento italiano—. Podrías haber venido más tarde, o mañana.

—Espera, Leonor —la interrumpió la niña—. No me vayas a matar tú, pero no he venido sola...

—¿Qué? ¿Estás loca? ¿Con quién...?

La chica volvió a interrumpirla.

—Confía en mí, es de fiar.

—¿De fiar? —Leonor sonaba cada vez más enfadada.

Daniel decidió dejarse ver. Se descolgó por raíces y ramas hasta la entrada de la cueva que se abría en la pared. Más allá de un pequeño corredor natural de solo unos pasos, el refugio se ampliaba hasta alcanzar el tamaño de una estancia mediana, dotada de un par de lámparas de aceite apagadas y alfombrada de mantas, con un espacio para una pequeña hoguera en un rincón. Incluso había un banco y una caja de madera, además de algunos cacharros de cocina, provisiones y varios cachivaches más. También vio una ballesta. Aquel escondite no se había improvisado de un día para otro. Detrás de Teresita y de una joven bajita, de nariz prominente y ceño furioso, Daniel vio a Adrián, silencioso, con cara de susto.

Leonor se quedó boquiabierta al ver a Daniel.

—Que me lleven los demonios...

Y a Adrián casi se le desencajaron los ojos... El recién llegado se mantuvo en la entrada de la cueva como si existiera una barrera invisible que le impidiera entrar. El carpintero pasó junto a las jóvenes como un sonámbulo hasta detenerse a dos palmos de Daniel Zarza.

—Tú... —tartamudeó Adrián—. Tú estás muerto.

—No soy un fantasma, te lo juro. Soy tu hermano y estoy vivo.

Por la cabeza de Daniel pasaron muchas escenas distintas en un segundo: Adrián abofeteándolo, estrangulándolo con sus manos callosas de carpintero, insultándolo, empujándolo fuera de la cueva para arrojarlo al fondo cenagoso de la poza...

No sucedió ni una.

Lo que hizo Adrián fue romper a llorar y abrazarse a su cuello.

Daniel no aguantó más.

Las lágrimas de los gemelos se mezclaron en un abrazo que llevaban doce años sin darse.

Leonor y Teresita escalaron hasta la superficie para dejar a los hermanos a solas. La italiana exigió a su amiga que se fuera a casa antes del atardecer.

Había llegado el momento de la despedida definitiva.

—No me esperaba esta aparición —confesó Leonor, todavía impactada—. Aún no sé si fiarme de él.

—Es tan guapo como Adrián —comentó Teresita, con un guiño pícaro—. Ahora tienes dos, no te puedo envidiar más.

Leonor puso los ojos en blanco en un gesto teatral.

—¡Te regalo a ambos! —exclamó—. Aún no sé qué hacer con Adrián, cuando se presenta su gemelo del Santo Oficio, que acaba de echarme de mi casa.

—El Santo Oficio lo persigue ahora a él con más saña que a ti —aseguró Teresita—. Es un buen hombre, lo descubrirás cuando escuches su historia. No lo habría traído si no fuera de fiar.

Leonor sonrió por primera vez desde que llegó Teresita.

—De tu intuición me fío. —La joven comenzó a hacer gestos divertidos con los dedos, junto a la frente, con los ojos en blanco—. Ya sabes...

Teresita se echó a reír, sin importarle que su amiga se burlara de su don.

—¿Adónde irás? —preguntó la niña.

—Es mejor que no lo sepas, pero te juro que esta no será la última vez que nos veamos.

—Sé que nos veremos —aseguró Teresita.

—Te escribiré en cuanto pueda —prometió Leonor.

La ingeniera metió la mano en el zurrón en el que guardaba los planos y sacó algo que hizo que a Teresita se le abrieran los ojos como platos.

—Escóndelo en un lugar seguro. —Leonor le dio el manuscrito de Isabel de la Cruz—. Puede que sea el único que existe.

Teresita lo agarró con fuerza. Aún no había terminado de leerlo. Se abrazó por última vez a Leonor.

Esta vez no hubo mensaje al oído.

Se despidió con un beso y desapareció en el bosque.

Leonor se secó las lágrimas y volvió a bajar a la cueva.

Estaba deseando oír la historia de esos hermanos.

A pesar del cansancio que arrastraban, la noche los sorprendió a los tres despiertos.

Había mucho de que hablar.

El reencuentro entre Daniel y Adrián había ido mucho mejor

de lo que el primero habría soñado jamás. Leonor asistió, casi siempre en silencio, a la conversación que los gemelos tenían pendiente desde hacía más de una década. Eran idénticos en todo, pero muy diferentes.

Mientras que Adrián era ingenuo como un crío y no demasiado listo, Daniel era alguien con más matices. Un hombre que arrastraba una tristeza de la que carecía el carpintero, acostumbrado a una vida simple. Zarza era un alma atormentada por unos sucesos que narró tras escuchar los últimos años de Adrián, que se resumían en sus inicios como aprendiz en la carpintería más importante de Las Berlanas, la muerte de su padre —de la que Daniel se enteró por casualidad, por un viajero, años atrás—, su continuación con el negocio de su maestro al morir este y trabajo, trabajo y más trabajo.

Daniel se veía más inteligente que su hermano. Y mucho más complicado.

La versión que Adrián conocía de la historia de Daniel era muy distinta a la que se narró esa noche. Su padre le había contado que su hermano se había marchado a Andalucía el mismo día de la muerte de su madre para hacerse soldado.

—¿Cómo murió vuestra madre? —se interesó Leonor.

Daniel desvió la mirada a un rincón de la cueva.

—Que te lo cuente Adrián —dijo.

—Alguien delató a mi madre al Santo Oficio —narró el carpintero—. Según mi padre, no fue por algo demasiado grave. Mi madre curaba con hierbas, algo de eso oí en el pueblo. Pero tuvo la mala suerte de contraer unas fiebres mientras estuvo detenida. Mi padre no me permitió verla desde que regresó a casa, tenía miedo de que tuviera algo contagioso. El caso es que murió dos días después de llegar. Y esa misma tarde Daniel se fue. Teníamos catorce años —recordó.

Daniel asintió en silencio.

—Nunca dejé de preguntar por él —prosiguió Adrián—, hasta que una mañana, unos años después de que se fuera, mi padre me dijo que mi hermano se había roto el cuello al caer de un caballo. Un accidente.

El relato de Daniel era otro.

Según contó en la cueva, el día que murió su madre se marchó del pueblo a buscar fortuna a tierras andaluzas. Su peregrinaje lo llevó hasta Jaén, donde se empleó como hortelano en las tierras de un noble que se portó con él como un padre. A los quince conoció a Isabel, la hija de otro de los trabajadores, con la que se casó a los dieciséis. Del matrimonio nació una niña, Manuela, cuando Daniel aún no había cumplido diecisiete.

Prosperó en el trabajo hasta que su señor le arrendó unas tierras para que ellos mismos las cultivaran, muy cerca de Martos, donde acudían dos veces por semana a vender huevos, conejos, gallinas y las hortalizas de temporada.

Daniel fue feliz durante tres años, hasta que la tragedia los sorprendió en un día de mercado.

Dos carruajes conducidos por un par judíos, que huían del Santo Oficio con sus familias, surgieron de la nada con el ímpetu de una carga de caballería. Las bestias, al borde del desboque, arrollaron a Isabel mientras cruzaba la calle con la niña en brazos. El primer carro las dejó medio muertas.

El segundo las remató.

Las imágenes de aquel día quedaron grabadas a fuego en la memoria de Daniel.

Los judíos gritando como posesos en el pescante.

Los caballos pisoteando a Isabel y Manuela.

Los saltos de los carros cada vez que una rueda les pasaba por encima, rompiendo costillas, abriendo carne y aplastando órganos.

El rostro sorprendido de su hija al notar cómo se le escapaba la vida.

La muñeca de trapo dando vueltas por el aire hasta caer al suelo, como si contuviera el alma de Manuela.

Daniel se quedó paralizado mientras los carros de los judíos, medio desvencijados por los choques, desaparecían calle abajo, rumbo al sur.

Lo único que pudo hacer en ese momento fue abrazarse a los cuerpos sin vida y llorar sin consuelo hasta que los mismos familiares del Santo Oficio que perseguían a los judíos lo ayudaron a levantarse.

—Vengaremos a tu familia —lo consoló uno de ellos mientras Daniel sollozaba sin despegarse de los cadáveres—. Nos han dado el soplo de que tienen familia en Antequera. Nuestro señor, el inquisidor Zephir de Monfort, está al llegar y les dará caza... y a él no se le escapa una presa. Por cierto, me llamo Laín.

Daniel levantó la vista hacia el hombre de uniforme.

—Dejadme enterrar a mi familia e iré con vosotros.
—¿Cómo dices?
—Quiero matar a esos marranos con mis propias manos.
—Espera aquí, le preguntaré a los veteranos.
Laín regresó diciendo que lo consultarían con Zephir de Monfort.
Daniel cedió su pedazo de tierra a su suegro al día siguiente, después del entierro. Un día después, los familiares lo llevaron al edificio del Tribunal del Santo Oficio de Martos. A Zephir le gustó nada más verlo: un joven alto, fuerte y lleno de odio.
Perfecto para su compañía.
—¿Cómo te llamas?
—Daniel.
—¿Daniel qué más?
Daniel no quiso darle su apellido real. Detrás del inquisidor, vio un cuadro que representaba a Moisés frente a la zarza ardiente.
—Daniel Zarza, mi señor.
Tardaron cuatro semanas en capturar a los judíos. Fue durante esa cacería cuando conoció también a Isidoro, además de otros familiares más veteranos que se fueron muriendo o retirando con el paso de los años. Pero ese detalle no era importante en esa historia.
Lo importante fue que, cuando detuvieron a las dos familias, Zephir permitió a Daniel que decidiera el destino de sus vidas. En ese momento, en ese lugar. Sin juicio. Sin pensarlo.
Una prueba para ver hasta dónde era capaz de llegar.
Para motivarlo un poco más, le hizo un regalo.
La espada que desde entonces colgaba de su cinto.
El odio abrió las puertas del alma de Daniel con un ariete.
Daniel asesinó a los dos judíos —que eran primos— delante de sus esposas y sus hijos. No estaba acostumbrado a usar la espada, por lo que lo hizo sin precisión, a base de cortes superficiales y dolorosos y de estocadas feroces y poco certeras. Aquellos desgraciados sufrieron una agonía inenarrable. Sus compañeros del Santo Oficio tuvieron que sujetarlo para que no continuara la matanza con las mujeres y los niños.
Ardía de furia.
Ese día se convirtió en el favorito de Zephir, hasta que esa sed de venganza se vio saciada con sangre, tiempo y pesadillas.

Y Zephir empezó a decepcionarse al ver cómo esa llama se extinguía.

El relato de Daniel culminó con su decisión de traicionar a Zephir y al Santo Oficio en cuanto el nombre de Adrián se mencionó en el caso de Leonor.

—No podía permitir que te hicieran daño, así que me escapé para avisarte. —Hizo una pausa y dejó escapar una risita—. Aunque ya veo que os apañáis bien solos.

Adrián solo formuló una pregunta incómoda a lo largo de toda la narración.

—¿Por qué me mintió padre sobre tu muerte?

Daniel tardó unos instantes en contestar.

—Después de lo de Isabel y Manuela, le envié una carta contándole las malas noticias y mi nueva vida en el Santo Oficio. Una carta en la que no tuve reparo en narrar la ejecución de los primos judíos y mi compromiso para castigar a cualquier enemigo de la Iglesia con la máxima crueldad. Estaba borracho de venganza y cometí el error de alardear de ello en esa carta. Él me respondió con otra en la que me calificaba de asesino, me repudiaba de la familia y me exigía mantenerme alejado de ti. En el fondo yo mismo sabía que me había convertido en un mal hombre, aunque actuara en el nombre de Dios; por eso nunca desobedecí su orden, incluso después de enterarme de que había muerto. Padre solo quiso protegerte, Adrián —concluyó.

—Ahora lo entiendo —respondió este, comprensivo—. Pero ahora que has vuelto y esa gente te persigue, no existe razón alguna para separarnos. Saldremos de esto juntos.

Daniel esbozó una sonrisa triste. Su hermano se había tragado la respuesta falsa con la que acababa de responder a su pregunta sin cuestionarle ni una palabra.

Mentiras piadosas, bálsamo para la conciencia.

Adrián se quedó dormido en un rincón, arropado por unas mantas, feliz de haberse reencontrado con su gemelo al que creía muerto. A pesar del agotamiento, Daniel y Leonor eran incapaces de conciliar el sueño. Demasiadas emociones para un solo día.

—Vuestra historia es triste —dijo ella para romper el hielo.

Daniel comprobó que su hermano dormía. Roncaba.

—Creedme, aún lo es más.

—¿Más todavía?

—Mi hermano desconoce la verdadera razón por la que tuve que irme del pueblo para siempre. He vivido años creyendo que la sabía, pero no: mi padre se la ocultó desde el principio, y yo no he tenido valor para contarle la verdad. —Daniel guardó silencio unos segundos—. Sois una mujer sabia, contestadme a esta pregunta: ¿desmontaríais una mentira si supierais que la verdad le haría daño a un ser querido?

Leonor lo miró de soslayo en la penumbra de la cueva.

—La verdad que esconde esa mentira ¿beneficiaría en algo al ser querido?

—Al contrario —respondió Daniel.

—Entonces que esa verdad muera con vos.

El gemelo se quedó con la mirada fija en el techo de la cueva. A Leonor le picaba la curiosidad como una falda hecha de ortigas.

—¿Tan horrible fue lo que hicisteis? —se atrevió a preguntar.

Daniel reflexionó antes de contestar.

—¿Queréis oír la verdad?

—Sí, pero hablad bajo, que no se despierte Adrián.

Daniel le contó a Leonor la verdadera razón por la que tuvo que abandonar el pueblo y alejarse de su hermano para siempre. Ella lo escuchó sin pronunciar palabra. Le costaba imaginar el dolor tan inmenso que arrastraba. Leonor se dijo que no era nadie para juzgarlo, pero de algo estaba segura: el alma de Daniel era un barco a la deriva, cargado de malas memorias, en mitad de una tempestad.

Y lo mejor para Adrián, sin duda, sería no conocer nunca el motivo por el que su hermano abandonó el hogar con solo catorce años.

# 23

*Turín, otoño de 1527*
*Un día antes de la masacre*

Piero Belardi no pudo elegir peor día para reincorporarse al hospital tras su indisposición. Gianmarco Spada lo puso al día del ingreso y posterior muerte de Francesco Donato nada más llegar, además de su testimonio delante de Beccuti, el secretario y el capitán preboste. De la muerte por picadura de serpiente de Celli apenas hablaron; en cuanto Belardi oyó el nombre del juez, empezó a jurar como un energúmeno.

—Ese idiota metomentodo y sus secuaces me la tienen jurada desde que traté de destapar sus tejemanejes en 1518 —aseguró paseando por la sala de espera como si el suelo quemara—. Ya solo me faltaba que se atreviese a meter su nariz de cerdo trufero en mi hospital. Y, encima, al tintorero le da por morirse para empeorar las cosas.

—Calma, don Piero —lo tranquilizó Spada—, todas las acusaciones apuntaban al arzobispo, el juez no tiene nada contra vos.

—No conoces a Beccuti. Dale un hilo al que agarrarse y no parará hasta dejarme en cueros.

Belardi dejó caer sus orondas posaderas sobre un banco de madera y siguió cocinando pensamientos lúgubres a fuego lento. Spada decidió revelar la siguiente sorpresa cuando vio más sosegado a su maestro, no fuera a tropezársela de improviso y aumentara las posibilidades de elevar el drama a la enésima potencia.

—Tengo que hablaros de otro asunto. Puede que me haya extralimitado en mis funciones, pero quiero que conozcáis a alguien a quien me he permitido alojar en vuestra clínica.

La mirada de Belardi se clavó en la del joven. La lividez de su rostro competía con la de los dos cadáveres que descansaban en la sala contigua.

—Por el amor de Dios, Gianmarco. ¿Ahora somos una hospedería?

—Es una joven muy capaz, ya os contaré... pero os ruego que no toméis una decisión precipitada ni me ajusticiéis.

—Me estoy planteando ajusticiarte ya, luego ajusticiarme yo y acabar con todo esto de una maldita vez.

Spada condujo a Piero Belardi a la cocina, donde Charlène fregaba la vajilla de la cena de la noche anterior y del desayuno de Mónica Vallana. La paciente se había despertado sin fiebre y bastante recuperada. Ella fue la única que permaneció ajena a los acontecimientos nocturnos, lo que la convertía en el único ser feliz bajo el techo del hospital.

Gianmarco Spada atribuyó el cuento de terror de Charlène a una pesadilla. La muchacha lo había despertado de madrugada; juraba que un fantasma había asesinado a los dos pacientes de la sala. El médico revisó puertas y ventanas, recorrió el hospital de cabo a rabo y no encontró el menor indicio de asalto.

—Aquí no ha entrado nadie —le aseguró a Charlène—. Has tenido un mal sueño, nada más.

—Salió por la puerta —afirmó ella, casi enfadada—. Tuve que echar el cerrojo cuando me levanté de la cama.

—Charlène, ambos pacientes estaban graves. Fue un milagro que Donato durara hasta anoche después de sus heridas, de caer al río y arrastrarse por los campos. Lo de Damaso Celli me ha sorprendido más, pero no cabe duda de que ha muerto envenenado; su organismo no ha podido con la ponzoña de la víbora, esas cosas pasan. Además, Charlène, antes me dijiste que no pudiste ver bien a ese fantasma.

—Me puse de cara a la pared en cuanto lo vi entrar —gimoteó la joven, a punto de llorar—. Estaba muy asustada, pero no dormida.

Spada decidió zanjar el tema.

—Anoche no entró nadie, ¿de acuerdo? Y no menciones nada de esto delante de don Piero o te echará a la calle a patadas, por loca.

Ella asintió. Se jugaba demasiado para arriesgarse a abrir la boca.

Y ahora estaba delante del amo y señor del hospital. El médico era un hombre mayor, más bien bajo y bastante gordo. Su entrecejo estaba fruncido, pero sus ojos, aunque enfadados, eran honestos. Charlène lo recibió con una media reverencia educada. Él la estudió durante unos instantes que a ella le parecieron horas y le dijo al joven médico:

—Vamos a mi consulta.

Belardi entró en la estancia con el joven y cerró la puerta. Se quitó la boina y la arrojó sobre una silla, con desdén.

—Ya me explicarás qué te pasó por la cabeza para meter a una jovencita en el hospital...

—Don Piero, esa chica tiene muchísimo potencial —se defendió Spada—. Si la instruimos, se convertirá en una gran enfermera. De no ser por ella, el tintorero habría muerto antes de que yo llegara.

—¡Para lo que ha servido! —exclamó Belardi airado.

—Yo solo tuve que retocar la sutura que practicó a sus heridas, don Piero, podéis ir a verlas. —Spada rebajó su tono apasionado por otro más suave para apelar a la caridad de su mentor—. Charlène ha pasado semanas en la calle, don Piero, no tiene adónde ir, pero le sobran aptitudes. Os ruego que le deis una oportunidad. Dejad que se quede, por favor.

Belardi torció el gesto y cambió de tema, dejando su respuesta en el aire.

—¿Has avisado a la familia de los fallecidos?

—La esposa de Donato quedó en venir a visitar a su marido hoy por la mañana —informó Spada—, tiene que estar al llegar. Aún no he avisado a la familia Celli. ¿Queréis que envíe a Charlène con una nota?

El médico rechazó la idea.

—Dame tiempo para tomar una decisión sobre esa chiquilla. Yo mismo iré a casa de los Celli, después de pasar el mal trago de decirle a la mujer de Donato que su esposo ha muerto.

—Es una mujer con muy mal carácter —comentó Spada, que la había conocido el día anterior—. Es pequeñita, pero con muchos arrestos.

Belardi levantó la vista al cielo.

—Dios nos asista.

No pasó ni una hora cuando Cándida Di Amato, la esposa del

tintorero, se personó en el hospital. La mujer, que había oído el relato de su esposo junto a las autoridades, ya había demostrado delante de Spada que era feroz como una vikinga, a pesar de su aspecto rechoncho y —en apariencia— bonachón.

Fue Piero Belardi quien le dio la mala nueva. Cándida apenas se permitió un par de minutos para abrazarse al cadáver de su esposo y verter unas lágrimas sobre él. A continuación se dirigió a los médicos con una furia que la hizo parecer dos palmos más alta.

—¡Maldigo a Sorrento y a la Iglesia que representa! —bramó, encendida como una antorcha—. Ese bastardo lo va a pagar con creces. Reclutaré un ejército e iré contra esa familia de cabrones. No pararé hasta ver su palacio en ruinas, a sus fantoches muertos y su cabeza en una bandeja... y si tiene que arder Turín, que arda.

Los juramentos de la viuda llegaron altos y claros hasta la cocina. Las amenazas de Cándida Di Amato asustaron a Charlène. Si aquella señora hablaba en serio, el asunto podría desembocar en una tragedia de proporciones descomunales. No había estado presente durante la visita de Cándida Di Amato el día anterior, por lo que no entendió a qué se refería cuando mencionó a «los desaparecidos», pero aquello la intranquilizó. ¿Quiénes y cuántos habían desaparecido? Si estallaba una guerra en Turín, acabaría como suelen acabar todas.

Robos, asesinatos, saqueos, violaciones...

Se estremeció solo de pensarlo.

Cándida dejó detrás de ella una nube de malos presagios que sumió a los médicos en un chaparrón de desánimo.

—Se avecinan tiempos aciagos —vaticinó Belardi, agorero.

A Spada le habría gustado tener alguna palabra de consuelo para su mentor.

No encontró ninguna.

La mano que arrancó a Andreoli de su sueño no le pareció la misma que lo había acariciado durante horas la noche anterior.

Cuando abrió los ojos, descubrió que sí lo era.

—Tienes que irte —lo apremió Sanda—, tengo que salir.

El teniente se desperezó en la cama y contempló el cuerpo desnudo de Sanda Dragan, iluminado por la poca luz del día que se filtraba entre las cortinas rojas. Había estado con mujeres más voluptuosas, pero jamás con una tan exótica y misteriosa como ella. Era delgada y fuerte a la vez, con pechos pequeños y un cuello demasiado fibroso para el gusto del teniente. Distaba mucho de ser perfecta, pero hubo dos cosas de ella que le encantaron.

La primera, que se movía en la cama como una gacela.

La segunda, los tatuajes que cubrían varias zonas de su cuerpo como enredaderas. Dibujos que él no entendía y cuyo significado ella no quiso explicar. Le parecían fascinantes.

—Mi abuela era gitana —explicó—, pero no lo vayas diciendo por ahí: la gente no mira con buenos ojos a los míos.

—Entonces te viene de ahí lo de la brujería...

—La adivinación —lo corrigió ella, agarrándolo del pelo y bajándole la cabeza a la altura del pubis—. Y ahora cállate y haz lo que mejor sabes hacer o te echaré una maldición.

Andreoli le lamió un poco la vulva sin estar demasiado seguro de si Sanda hablaba en serio o en broma. Aquella mujer le daba un poco de miedo. El teniente puso cara de compromiso, le dio un beso casto en pleno sexo —si es que eso existe— y se preparó para marcharse.

—¿Volveré a verte? —preguntó él, sentado en el borde de la cama.

Sanda le arrojó los calzones a la cara, como si aquel rechazo final la hubiera ofendido.

—Sí, con dos condiciones —concedió—. La primera: si quieres verme, tienes que venir a casa. No me busques en La Prímula, ni en ningún otro lugar; si me entero de que me sigues por la calle o andas preguntando por mí por ahí, se acabó.

—¿La segunda?

—Si llamas a mi puerta y no contesto, te irás de inmediato. No te quedes fuera esperando mi regreso.

—No son instrucciones difíciles. Volveré pronto, dejas huella.

—Una tercera cosa.

—Si es tan fácil como las otras dos...

—Si te hago una advertencia, si te doy un aviso, por muy extraño que te parezca... no lo dejes caer en saco roto. Me harás caso: podría significar la diferencia entre la vida y la muerte.

Aceptó las tres, bajo juramento. En cuanto lo hizo, Sanda lo obligó a vestirse a toda prisa y lo echó a la calle sin contemplaciones. Andreoli decidió ir al arzobispado sin pasar por el cuartel. Aún olía bien del día anterior.

Qué demonios, olía mejor que nunca.

Se sentía tan feliz que regalaba sonrisas a los viandantes que se cruzaba por la calle.

# 24

*Gotarrendura, otoño de 1526*
*Un año antes de la masacre*

Zephir pateó los últimos cascotes del derrumbe con la furia acumulada de un día entero; un día que fue una noche perpetua en la que le faltó comida, agua y aire. La última patada la pagó con dolor. Los voluntarios que habían trabajado durante más de veinticuatro horas para despejar el túnel y rescatar al inquisidor y a sus familiares no recibieron agradecimiento alguno. El caballero se abrió paso a empujones, inflamado por la humillación y el odio.

No solo había sido traicionado por quien un día fuera su favorito, un Judas Iscariote al que se juró dar caza, aunque cruzara el mar y se escondiera en la selva más recóndita del Nuevo Mundo. También tuvo que hacer sus necesidades junto a sus hombres, a oscuras, acto que Zephir llevaba con estricta intimidad. Había fracasado en su intento por despejar el corredor de escombros hasta ponerse al borde del desvanecimiento y tener que despojarse de la parte inferior de la armadura para masajearse las piernas, como hacía a diario, para aliviar el dolor desesperante que sentía.

En definitiva, se había visto obligado a mostrar su lado más vulnerable delante de Laín y Ruy, además de perder la batalla contra una hereje sabionda y un traidor.

Eso lo llenaba de frustración y cólera.

Felipe Orante y su esposa esperaban en el patio delantero de la residencia Ferrari rodeados por una cohorte de criados, como reyes a punto de reclamar un territorio recién conquistado. Marita contemplaba la réplica de la torre Sforza con ojos centelleantes; ardía en deseos de asomarse a ese balcón y admirar sus nuevos predios.

A pesar de que los hombres que Orante trajo de Gotarrendura habían sofocado el incendio del patio trasero, la columna de humo que se elevaba al cielo aún tardaría en desaparecer.

Zephir salió por la puerta principal seguido por Laín y Ruy, que parecían recién resucitados. Isidoro y Baldo, que habían comido y descansado en el exterior, tenían mucho mejor aspecto que ellos. El médico de confianza de Felipe Orante le había curado las manos a Isidoro, pero las quemaduras seguían latiendo bajo las vendas. A Baldo todavía le dolía la cabeza de la caída del caballo, pero se sentía en forma, listo para cumplir las órdenes del inquisidor. Entre Isidoro y él consiguieron recuperar las bestias que huyeron despavoridas por la explosión, tarea que les ocupó casi toda la tarde del día anterior. Muerte, mejor entrenado para la guerra que las monturas de los familiares, apenas retrocedió unos pasos cuando todo voló por los aires; en ese momento, mordisqueaba con despreocupación equina las flores de un arriate del patio delantero. Felipe Orante y su esposa exhibieron su mejor sonrisa y fueron al encuentro de Zephir. Este fingió no verlos mientras comprobaba que las ballestas, la biblia y las alforjas seguían colgadas de la armadura de su corcel.

—Lo habéis conseguido, señor de Monfort —lo felicitó Felipe, ufano, como quien declama una oda al triunfo; Marita secundó sus palabras con un destello de dientes. La presencia del caballero, a pesar de que parecía que hubiera cruzado Egipto a pie, la fascinaba—. Leonor Ferrari se ha marchado: ya solo queda redactar el documento de expropiación y formalizar el pago acordado con fray Antonio de Andújar.

Zephir ni siquiera se dignó mirarlo.

—Dirigíos a él por carta o enviad un emisario —dijo, sin dejar de revisar los arreos de Muerte; la bestia protestaba con cada tirón—. Esto no se ha terminado.

La cara de Felipe Orante fue la de alguien al que acaban de arrojar una copa de vino en plena cara delante de familiares y amigos.

—Pero eso retrasará todo semanas —tartamudeó—, puede que meses. ¿No podríais hacerlo vos?

El visor en forma de cruz se volvió hacia el olivarero con una lentitud aterradora. La sonrisa de Marita se congeló. La fascinación dio paso al temor.

—Hablaré claro para que lo entendáis —siseó el caballero en un tono que no admitía réplica—. O resolvéis este asunto directamente con el Santo Oficio u ordenaré a mis hombres que prendan fuego a esta villa que tanto ansiáis y a los campos que la rodean. Vuestra codicia puede esperar; los fugitivos, no.

Felipe quiso decir algo, pero le falló el valor y le tembló el labio inferior. Marita lo retó con un codazo, pero él fue lo bastante inteligente para ignorarlo. Los familiares subieron a los caballos a una seña de su amo. La compañía atravesó el olivar en una procesión de silencio.

Zephir y sus soldados necesitaban lamerse las heridas de la derrota.

Leonor propuso a los gemelos huir con ella a Milán y refugiarse en casa de su hermano Paolo, aunque fuera temporal. Lo primero sería llegar a Valencia. Una vez allí, pagaría tres pasajes para el primer barco que zarpara a Génova y pondría mar entre Zephir y ellos.

Aquel plan no convenció a Daniel. Conocía bien a Zephir y sabía cómo funcionaba su cabeza. Puesto que Leonor era italiana, deduciría que huiría hacia su tierra, y el puerto más cercano era Valencia. En cuanto el inquisidor escapara del túnel —si es que no había muerto, lo que sería un alivio y una gran suerte—, enviaría órdenes de detención con sus descripciones a todos los tribunales del Santo Oficio de la península y se desplegarían familiares en todos los puertos del Mediterráneo.

Sería un milagro que lograran embarcar.

Tenían que forzar a Zephir a cometer un error, y había algo en el relato de Leonor dentro del túnel que encendió una luz en la mente de Daniel. Según le había contado, Zephir se lanzó hacia Adrián nada más verlo, gritando de furia, aún a sabiendas de que había una trampa justo delante de sus narices. No había que ser muy listo para entender que el inquisidor lo había confundido con su gemelo.

Daniel estaba convencido de que la caza de Leonor había pasado a un segundo plano. La prioridad de Zephir ahora era él, el traidor, el único que había tenido valor para desafiarlo.

Y eso lo convertía en el cebo perfecto.

Con la dirección de los Ferrari en la memoria y las llaves de las propiedades de su hermano en el bolsillo, Daniel viajó a pie, de arboleda en arboleda, a Las Berlanas. Podía perder la vida en el intento, pero tenía que cumplir la promesa que le hizo a su madre en el lecho de muerte, con catorce años. Aquella última conversación resonaba en su memoria como si la hubiera tenido la noche anterior. El recuerdo lo atormentaba a menudo, y volvió a hacerlo mientras hundía las botas en un sembrado, camino al siguiente bosquecillo.

—Daniel, te perdono lo que has hecho; te perdono de corazón, pero júrame una cosa...

—Lo que queráis, madre —aceptó él entre lágrimas.

—Pase lo que pase, cuida siempre de Adrián; él es un ángel.

—Y yo un demonio, madre.

—Los demonios son ángeles caídos, Daniel. Tú solo tienes que levantarte. ¿Me lo juras?

—Os lo juro.

Lo último que hizo su madre fue acariciarle la mejilla y morir con una sonrisa en los labios. Esa misma tarde, su padre lo echó del pueblo. Lo enterró en vida y Daniel jamás lo culpó por ello.

Ojalá Zephir se conformara con su cabeza y se olvidara de su hermano y de Leonor. Firmaría esa sentencia sin dudarlo.

De ese modo, cumpliría su juramento y recibiría a la muerte como su madre, con una sonrisa en los labios.

Mientras tanto, Leonor y Adrián cruzaban campos de cultivo rumbo al este, a Guadarrama. Pretendían atravesar la sierra por la antigua ruta árabe, el llamado camino Balat Humayd, mucho menos transitado que otros pasos. Cargaban con mantas y provisiones para dormir a la intemperie. Ella llevaba la ballesta preparada, atenta a los peligros del camino. Volvían la vista atrás cada dos por tres, temerosos de descubrir un grupo de jinetes persiguiéndolos.

El miedo se supera, no se destierra.

Adrián dejaba un rastro de tristeza a cada paso. Al carpintero le había costado volver a separarse de su hermano y dejar su vida atrás. Lo único que lo motivaba fue la promesa de Daniel de reunirse con él de nuevo en Milán.

«Cuando las aguas estén menos revueltas», le había dicho.

—Hay algo que me preocupa, Leonor —manifestó Adrián, rompiendo de forma súbita el silencio mantenido a lo largo de toda la mañana—. Algo que me preocupa y mucho.

—Huimos de la Inquisición, es normal que te preocupes.

—¿Cómo voy a entenderme con la gente en Milán? No tengo ni idea de italiano.

De haberla pillado bebiendo, Leonor habría espurreado a veinte pasos de distancia. Por encima de lo que estaban pasando, de todos los problemas que gravitaban sobre sus cabezas, el más importante para Adrián era ese. El carpintero se contagió de la risa, a pesar de que la cuestión seguía pareciéndole muy seria y no entendía aquella hilaridad desmesurada.

—El italiano es muy parecido al español —explicó ella entre lágrimas, cuando fue capaz de articular más de tres palabras seguidas sin que la risa la interrumpiera—. No sufras por eso, yo te enseñaré.

—¿Y tendremos tiempo para las clases?

Leonor soltó otra carcajada.

—Haremos una cosa —propuso—. A partir de ahora solo te hablaré en italiano. Aprenderás sin darte cuenta. Te prometo que lo hablarás decentemente antes de llegar a Génova. Empecemos ahora mismo, así que: *andiamo!*

—¡Lo he entendido! —celebró el carpintero—. ¡Andamos!

A Leonor le dolían las costillas, pero se rio durante una milla más.

—Lo conseguirás, Adrián. Seguro que lo conseguirás.

Daniel caminó entre las sombras hasta la plazoleta de Las Berlanas. A simple vista, la carpintería y la casa de Adrián parecían intactas. Sabía que Zephir iría a por Adrián en cuanto tuviera ocasión. El inquisidor habría deducido que el carpintero que trabajaba para la bruja no estaba en el túnel con ella, así que lo buscaría para interrogarlo.

Solo los exiguos faroles de las fachadas colindantes alumbraban los alrededores, que aparentaban estar vacíos. Daniel estaba a punto de introducir la llave en la cerradura cuando una voz cascada y algo gritona pronunció el nombre de su hermano en la oscuridad.

—¿Adrián?

De entre las tinieblas surgió una figura pequeña y enjuta que Daniel reconoció enseguida. Su rostro, formado por pellejos, rezumaba edad, sabiduría y bondad. Aquella mujer era la misma anciana que informó a Luisito de que su hermano trabajaba para Leonor Ferrari. La doña entrecerró los ojos cuando estuvo a dos pasos de él.

—No eres Adrián —afirmó.

—No, no lo soy.

—Vas vestido de soldado, eres Daniel. —Oír su nombre de labios de la anciana lo dejó de piedra—. Tu hermano me dijo que estabas muerto.

—Él me creía muerto —puntualizó—, es una larga historia.

—Hace nada vino un zagal preguntando por él. Volvió al rato, por si conocía algún sitio de confianza donde guardar un caballo.

—Conozco a ese muchacho y el caballo es mío. ¿Sabéis dónde puedo encontrarlo?

—Lo envié a cuatro calles de aquí, a casa de doña Herminia, que tiene el establo vacío desde que Dios se llevó a su marido. —Las dos rendijas de piel que ocultaban los ojos de la anciana se estrecharon un poco más, como si pudieran leer la mente—. ¿Le ha sucedido algo a tu hermano? —Daniel no contestó de primeras—. No me digas que le ha pasado algo. Quiero mucho a Adrián. Todos en el pueblo lo quieren.

Daniel sintió admiración por la intuición de la anciana. El poco brillo de sus ojos era de sabiduría. En ese momento a Daniel se le ocurrió que podría convertir a aquella anciana en una aliada.

—¿Cómo os llamáis, señora?

—Pura. Con ocho hijos que parí, me debería haber cambiado el nombre, pero así me puso el cura.

—Tengo que recoger algo de casa de mi hermano, doña Pura —dijo Daniel, abriendo la puerta—, y tengo prisa. Venid conmigo y os contaré algo que podría ayudar a Adrián.

—Venga, vamos —lo apremió Pura—. No sabes cuánta ilusión le hace a una pobre vieja a la que le queda poco de vida serle útil a alguien.

Daniel no se cruzó con un alma de camino a la casa de Herminia. Su alma abrigaba ahora una pequeña esperanza. Si doña Pura bordaba el papel y Zephir mordía el anzuelo, Adrián y Leonor ganarían mucho tiempo. Incluso cabía la posibilidad de que el inquisidor les perdiera la pista, pero eso era pedir demasiado y Daniel estaba convencido de que hacía mucho que Dios no atendía a sus plegarias.

Se cubrió la nariz y la boca con el pañuelo antes de llegar a casa de doña Herminia. La puerta del establo estaba cerrada, pero la tanteó y sería fácil de forzar. Avutardo relinchó al reconocer el olor de su dueño. Sabía, por doña Pura, que Luis se alojaba en casa de la viuda. A esas horas, lo más probable es que siguiera despierto.

Lo que estaba a punto de hacer iba a ser doloroso para Daniel, pero también lo mejor para Luis. Había promesas que había que cumplir y otras que era mejor romper. Esa noche rompió una, a la vez que hacía lo mismo con la puerta del establo.

Encontró la silla de montar junto a Avutardo. El ruido alertó a Herminia y a Luisito, que se presentaron en la cuadra cuando aún no había terminado de ensillar al caballo. La viuda fue a agarrar una horca para amenazar a Daniel, pero Luis la detuvo antes de que la cogiera.

—Lo conozco, es el dueño de Avutardo y es mi amigo —explicó el chaval, feliz de reencontrarse con Daniel; le extrañó verlo, una vez más, con la cara tapada como un bandido—. ¿Has venido a por mí?

Daniel intentó que no le temblara la voz.

—Me marcho al sur —dijo—, y no, no puedes venir conmigo.

Luis se quedó boquiabierto, sin saber qué decir o qué hacer. El chiquillo abrió las manos en un gesto de desolación.

—Pero... pero Daniel. Me prometiste...

—Olvídate de lo que te prometí —lo interrumpió mientras subía a lomos de Avutardo—. Y ahora, apartaos.

Daniel espoleó al caballo y abandonó el establo. Luis lo perdió de vista en la siguiente esquina. El gemelo de Adrián recorrió las calles de Las Berlanas al galope, llamando la atención de sus habitantes, que se asomaban a puertas y ventanas alarmados. Atravesó la plaza del pueblo a tal velocidad que a punto estuvo de arrollar a los pocos transeúntes que paseaban a aquellas horas de la noche.

Mientras se alejaba del pueblo, Daniel se dijo que le quedaba la parte más peligrosa del plan.

La más dolorosa acababa de pasar.

El rostro de Luisito en la cuadra, con el corazón roto, terminó de hacer añicos el suyo. Trató de convencerse, una y mil veces, de que hizo lo correcto. Que lo hizo por su bien.

Pero una y mil veces el recuerdo le dolió.

# 25

La noche anterior, en Gotarrendura, Ruy tardó menos de quince minutos en averiguar la dirección de Adrián Orante en Las Berlanas. Antes de abandonar el pueblo, Zephir envió una orden de detención al monasterio de Santo Tomás para que desde allí remitieran copias a todos los puertos de mar y pasos fronterizos.

Había que blindar la península.

El documento mencionaba a Daniel Zarza y a Leonor Ferrari; el nombre de Adrián Orante Rodríguez no aparecía por ninguna parte, pero eso no significaba que Zephir se hubiera olvidado de él. Necesitaba interrogarlo, por si pudiera tener alguna pista del paradero de la bruja, aunque la lógica había trazado en la mente del inquisidor la ruta idónea para escapar de España. Y esa ruta culminaba en una ciudad portuaria que Zephir llevaba décadas sin pisar; un destino que había evitado a toda costa, a pesar de ser su ciudad natal.

Valencia.

Pensar en volver le provocaba náuseas. Estar tan cerca de su familia y no atreverse a visitarla lo frustraba. Ojalá la información que le sacara al carpintero lo condujera por rutas distintas.

Zephir y los suyos llegaron a Las Berlanas a primera hora de la mañana. Encontraron la explanada de la carpintería casi desierta: solo un chaval jugando con un cachorro y una anciana sentada en un poyo, en la puerta de su chabola. El perro ladró a los recién llegados y el niño se lo llevó de allí, temeroso de que aquellos hombres tan extraños la tomaran con él. Los familiares descabalgaron. Laín tanteó la puerta de la casa de Adrián. Cerrada, al igual que la del taller. Lo siguiente fue golpear la hoja de madera como si pretendiera despertar a las ánimas del purgatorio. La vieja abandonó su asiento.

—Si buscáis al carpintero, no está.

Laín le dedicó una mirada torva; doña Pura le respondió achinando todavía más las rendijas de su rostro arrugado.

—¿Sabéis dónde está?

—Se marchó de viaje a Málaga hará cosa de una semana. —La mujer examinó al familiar de pies a cabeza, con esa impertinencia que solo se permite a personas de cierta edad—. ¿Quiénes sois? Uno de los vuestros estuvo aquí anoche. Me hizo preguntas extrañas y luego entró en casa de Adrián, todo muy raro.

Los familiares intercambiaron miradas de extrañeza al oír las palabras de la anciana. Zephir se acercó a ella sin descabalgar de Muerte.

—¿Cómo era ese hombre?

Señaló a los familiares con un dedo deformado por la artritis.

—Vestía igual que ellos, pero era más alto y más guapo. Fue amable, pero os repito que todo fue muy extraño.

—Somos el Santo Oficio —se presentó el inquisidor—. Necesito saber todo lo que dijo e hizo nuestro hombre.

Doña Pura se santiguó.

—Pero ¿qué ha hecho el pobre de Adrián para que lo busque el Santo Oficio? Jesús, María y José, pero si ese muchacho es medio tonto. ¿En qué lío se ha metido?

—Adrián no me interesa. ¿Qué hizo el hombre de anoche?

—Entró en la casa con las llaves. Cuando le pregunté cómo las había conseguido, me dijo que se las había dado una amiga. La única que se me ocurre que pudiera tener las llaves es la italiana esa para la que Adrián trabajaba las últimas semanas, pero no sé... Estuvo poco tiempo dentro. Salió con algo en las manos —añadió como si acabara de recordar ese detalle—. Luego me preguntó por el camino más corto para llegar a Ávila, y también si conocía algún sitio discreto donde acampar.

Justo en ese momento, un grupo formado por cuatro vecinos se personó en la explanada. Uno de ellos, un hombre de unos cuarenta años, se plantó junto a Muerte y se dirigió a Zephir con cara de pocos amigos.

—Soy Álvaro de Olmedo, alguacil de Las Berlanas —se presentó—. ¿Se puede saber quiénes sois y por qué alteráis el orden en mi pueblo?

Zephir giró el yelmo hacia él.

—Somos el Santo Oficio y estamos en Las Berlanas en asunto oficial.

—Pues uno de vuestros hombres le dio un susto de muerte a una pobre viuda —acusó Olmedo—. Al parecer, engañó a un chico hace un par de días para que le cuidara el caballo con la promesa de que lo llevaría de aventuras, o Dios sabe qué le dijo ese desaprensivo. Anoche forzó la puerta del establo donde había guardado al caballo, se lo llevó y atravesó el pueblo al galope, como un bárbaro.

—A mí casi me arrolla —manifestó uno de los acompañantes del alguacil—. Iba con la cara tapada, como un criminal.

—Ese hombre es un traidor a la Iglesia —dijo Zephir—. Cualquier información que nos conduzca a su paradero será recompensada.

—La viuda dijo que se dirigía al sur —recordó Olmedo.

—Puede que yo sepa algo más —intervino doña Pura, que captó con sus palabras la atención de los presentes—. Cuando me preguntó por un escondite, le hablé de la ermita en ruinas que hay antes de llegar a Mingorría, a orillas del río Adaja.

—Conozco el camino —dijo el más joven de los cuatro—, si me dejáis ir a por mi yegua, os llevaré hasta allí.

Zephir ordenó montar a los familiares con un gesto. Isidoro se quejó al subir al caballo. Aquellas quemaduras tardarían en sanar.

—Os seguimos —dijo el inquisidor.

El alguacil también se apuntó a la cacería. Doña Pura se quedó sola en la plazoleta, libre de visitas indeseadas y de vuelta a la tranquilidad. El crío del perrito se asomó por la esquina por la que se había quitado de en medio.

—Anda, sal, los soldados se han marchado.

El niño y el cachorro volvieron a alegrar la plazoleta con sus brincos y persecuciones. La anciana sonrió orgullosa de sí misma. Su actuación bien merecía un aplauso. Desconocía cuál era el plan de Daniel, pero rezó para que le saliera bien. Por mucho del Santo Oficio que fueran, aquella armadura parlante y su banda de rufianes no le parecieron trigo limpio. Lo más probable era que Daniel tampoco lo fuera, pero le daba igual. Era hermano de Adrián y por ese bendito haría cualquier cosa.

Desvió una mirada triste al taller. Tanteó las llaves que le dejó el hermano del carpintero para que se las devolviera a su dueño en caso de que volviera algún día. Aunque de alguna manera doña Pura sabía que no volvería a ver a Adrián Orante.

Al menos, en esta vida.

Daniel temía que el corazón le estallara en el pecho.

Más que miedo, sufría incertidumbre. No tenía forma de saber si Zephir había ido en busca de su hermano a Las Berlanas, o si este y Leonor habían dejado un rastro de su huida fácil de seguir. Si bien no había ningún buen rastreador entre sus antiguos compañeros, Zephir podría haber contratado a un montero capaz de olfatear su huida como un sabueso. ¿Y si el inquisidor había ido a la carpintería y no se había tragado la mentira que doña Pura y él urdieron la noche anterior? ¿Y si Zephir pagaba su frustración con la anciana?

Daniel tuvo ganas de abofetearse. Caer en las trampas de su imaginación era de idiotas. Necesitaba mantener la calma.

La ermita en ruinas era un refugio precario. Del viejo edificio solo quedaban dos muros medio derruidos sobre escombros añejos. Lo único agradable que lo rodeaba era el entorno de sauces y álamos y el murmullo del Adaja; que la ermita se encontrara en la ribera de un río era una ventaja táctica: Zephir y Muerte cargaban con demasiado metal para cruzarlo. Daniel tampoco se había internado nunca en aguas profundas con un caballo y tenía serias dudas de si sería capaz de hacerlo con Avutardo; pero si lo conseguía, el inquisidor tendría que conformarse con enviar detrás de él a los familiares, y ese era un problema menor que Zarza era capaz de manejar.

Daniel vigilaba los alrededores desde lo alto de un viejo sauce, oculto entre su copa de hojas marrones. Avutardo descansaba cerca, amarrado a un tronco caído. Comprobó por enésima vez que el arcabuz estaba cargado. Los nervios lo estaban matando.

El sol estaba alto cuando descubrió un grupo de jinetes que enfilaba la misma pendiente por la que bajó a la ermita la noche anterior. Contó siete: Zephir, los cuatro familiares y dos desconocidos.

Daniel tomó aire muy despacio y apuntó el arcabuz.

Tenía que elegir el objetivo adecuado.

—Allí hay un caballo —señaló el alguacil.

Baldo, que era el que gozaba de mejor vista entre sus compañeros, fue el primero en reconocer al animal.

—Es el de Zarza —afirmó.

—¿Puedes verlo? —preguntó Laín—. A Zarza, digo...

—Solo al caballo —informó Baldo—. No veo a nadie más.

Los ojos de Zephir se movían detrás del visor cruciforme en busca de algún signo de amenaza. Había que ser muy estúpido para acampar tan cerca del pueblo y Daniel Zarza no lo era. Recordó lo certera que estuvo la bruja al dispararle a la cabeza.

Aquello olía a emboscada.

—Rodead las ruinas —ordenó Zephir—. Manteneos a cubierto y andad con mucho cuidado, podría haber trampas.

El inquisidor avanzó a lomos de Muerte, muy despacio y al descubierto. No temía a los virotes ni a las balas. Ojalá dispararan y así revelaran su posición. Zephir sacó una de sus ballestas de mano y la cargó.

Acababa de designar un objetivo.

Daniel se dio cuenta de que el grupo se separaba.

Pretendían rodearlo.

Al único que podía ver con claridad era a Zephir.

E iba directo hacia Avutardo.

Si mataban al caballo, estaba perdido. Miró a su alrededor y vio a uno de los jinetes descabalgar y protegerse detrás de un árbol. Un poco más allá, vio a otro agacharse tras unos matorrales. Aún estaban lejos. Al único que tenía a tiro era a Zephir, pero la armadura desviaría la bala sin problema.

A Daniel se le ocurrió una idea. Una que enloquecería a Zephir de rabia y le impediría seguir persiguiéndolo durante días, puede que semanas. Con cuidado para que no le vieran, Daniel se descolgó del sauce por el lado opuesto al que se acercaba Zephir y corrió al abrigo del muro derruido de la ermita. Revisó el mecanismo del arcabuz. Si fallaba no tendría una segunda oportunidad. Avutardo, a su izquierda, levantó la cabeza en dirección al inquisidor. Si Zephir descubría a Daniel, estaría bajo los cascos de Muerte en lo que dura un espoleo.

Daniel hincó la rodilla en tierra.

Zephir apareció detrás del muro a lomos de Muerte, con una ballesta en la mano con la que apuntaba a Avutardo. Daniel respiró hondo, apretó muy despacio el disparador y soltó el aire con lentitud.

El ruido del tiro lo sorprendió. A él y al inquisidor.

Muerte emitió un relincho espeluznante, para luego derrumbarse de lado y arrastrar a Zephir con él. El caballo acorazado cayó sobre la pierna izquierda del inquisidor, que apretó los dientes debajo del yelmo. A través del visor vio a Daniel recorrer la distancia que lo separaba de su caballo, desliar las riendas y montar a toda prisa.

Daniel vio como Zephir trataba de salir de debajo de Muerte, que cabeceaba, loco de dolor. Por mucho que se esforzaba por quitárselo de encima, el inquisidor estaba atrapado bajo el peso de la bestia acorazada. Daniel estuvo tentado de desmontar, acercarse a él, quitarle el casco y reventarle la cabeza a culatazos. Sería un placer mirar al monstruo cara a cara antes de matarlo. El estampido de un disparo lo devolvió a la realidad.

Espoleó a Avutardo y trotó hacia el río. Otro disparo lejano resonó en la campiña. De repente, dos jinetes desconocidos aparecieron a unos cien pasos por la derecha, cabalgando por la orilla del Adaja. Daniel se agachó un poco en su montura con la vista al frente. El río estaba justo delante de él.

«No me falles, Avutardo, sé valiente».

El caballo entró en el agua con los ojos espantados. Daniel llevaba el arcabuz levantado con un brazo, por encima de la cabeza, rezando para que no se mojara. Con el otro, se agarraba a la montura con todas sus fuerzas. Avutardo, con el agua a la altura de la cruz, mostraba su descontento con resuellos. Pero avanzaba. Daniel oteó a su derecha, pero no vio a los jinetes. Ya se preocuparía por ellos cuando llegara a la orilla.

El caballo siguió avanzando, cada vez más tranquilo conforme el río perdía profundidad. Daniel oyó a lo lejos la voz de Isidoro, que gritaba a pleno pulmón que el inquisidor estaba herido. Bien. Si aquella panda de lameculos acudía en tropel a atenderlo, ganaría un tiempo precioso.

Jinete y caballo alcanzaron la orilla por una zona mucho más abrupta que la opuesta, plagada de espinos, matorrales y zanjas horadadas por la lluvia. Daniel se tomó un momento para dar un breve respiro al animal y echar una ojeada al otro lado del río.

Y allí descubrió a un hombre que le apuntaba con un arcabuz.

Durante un momento sus miradas se cruzaron.

El tirador desvió el arma descaradamente a la izquierda y disparó. La bala se perdió entre las copas de los árboles. Ruy Valencia se llevó dos dedos a la boina, a modo de saludo. Daniel estaba demasiado lejos para apreciarlo, pero Ruy le guiñó un ojo antes de empezar a recargar el arma con toda la lentitud del mundo.

Daniel buscó la forma de escapar de la ribera cenagosa. No le resultó fácil. Avutardo escaló a trancas y barrancas una pendiente embarrada, con las patas medio hundidas en lodo seco. El terreno se desmoronaba bajo su peso, por lo que Daniel decidió ayudarlo tirando de las riendas. Poco a poco, sorteando espinares y matorrales impenetrables, alcanzaron tierra firme. Ambos resoplaban como si estuvieran a punto de desfallecer. Cuando Daniel se disponía a montar, descubrió que no estaba solo. Dos desconocidos armados lo esperaban. El más joven esgrimía un palo con varios clavos oxidados atravesados en él, y el mayor sostenía un hacha de leñador con ambas manos.

Daniel les apuntó con el arcabuz.

—Soy Álvaro de Olmedo —se presentó el mayor—, alguacil de Las Berlanas. Entregaos, en nombre de la justicia.

—Soy Daniel Zarza, el hombre que os apunta a la cabeza. Si me entrego estaré muerto antes del ángelus, así que lo lamento, no hay trato.

—Somos dos contra uno —repuso Olmedo, desafiante—, y en caso de que eso esté cargado, solo podrás disparar una vez.

El joven del palo claveteado se lo pensó mejor.

—Una mierda, Olmedo —dijo—, yo solo vine para guiar al fulano de la armadura por lo de la recompensa, pero a ver si me va a tocar el tiro a mí. Yo me largo, tú haz lo que te dé la gana.

Dicho esto apoyó el palo en el hombro y se encaminó hacia los caballos. El alguacil miró a Daniel de arriba abajo, soltó una blasfemia digna de dos meses de prisión y corrió detrás del joven.

—¡Peña, cobarde, me cago en tu puta madre! ¡Espérame!

Daniel se colgó el arcabuz, montó en Avutardo y cabalgó hacia el sur. Su plan había salido mejor de lo que esperaba.

En ese momento, una única idea rondaría la cabeza de Zephir.

Asesinarlo lentamente.

Con suerte, lo perseguiría a él y no a Adrián y Leonor.

Daniel se equivocaba.

Zephir no sentía rabia, al menos en ese momento.

Sentía pena y dolor.

Entre Laín y Baldo consiguieron sacar al inquisidor de debajo de Muerte. El animal era incapaz de levantarse. La bola de plomo le había destrozado la pata, una de las pocas partes del cuerpo sin acorazar. Ruy apareció entre los sauces. Se quedó helado al ver a Zephir arrodillado junto a su montura malherida, rodeado de sus compañeros en una suerte de funeral.

—Zarza ha cruzado el río y ha escapado —informó Ruy, temeroso de la reacción del inquisidor—. Le disparé, pero erré el tiro.

Zephir no parecía interesado en el parte de guerra. Solo siseó una pregunta, en un tono más débil que el habitual.

—¿Tu arcabuz está cargado?

Un guante erizado de púas se abrió delante de Ruy y este le pasó el arma. Con la mano libre, Zephir soltó las correas de la pieza que cubría la testa del animal, que cabeceaba sin apenas fuerza.

Acarició la frente del corcel con la palma enguantada de cuero negro. Los ojos del caballo dedicaron una última mirada a su dueño.

Zephir se puso de pie. El disparo que acabó con el sufrimiento de Muerte sonó a punto final. El alguacil y Peña aparecieron justo después, a caballo.

—Se ha escapado —gruñó Olmedo, a la vez que saltaba a tierra—, y eso que cruzamos el río por un paso. Una pregunta: ese Daniel Zarza, ¿es hermano del carpintero?

Zephir volvió la cabeza hacia él.

—¿Qué decís?

—Conozco a Adrián Orante —manifestó el alguacil—. Un buen hombre, aunque un poco corto de entendederas. Si no fuera porque ese Zarza es un venado, habría jurado que era él. Es su viva estampa.

En ese instante, Zephir de Monfort lo entendió todo. ¿Cómo no había caído antes?

Se maldijo a sí mismo, por estúpido.

La comitiva regresó a Gotarrendura envuelta en una niebla invisible de derrota. Los caballos de Isidoro y Baldo cargaban con las piezas de la armadura de Muerte envueltas en mantas, como restos de una mortaja metálica. Zephir montaba el de Baldo, y este compartía montura con Ruy. Sin Muerte, el inquisidor no parecía el mismo; sin Muerte, se sentía incompleto. Aquella bestia lo había acompañado en los últimos diez años. Sería reemplazable, por supuesto, pero tendría que dedicar mucho tiempo a entrenar a su próximo caballo si quería convertirlo en una máquina de guerra como la que el traidor de Zarza acababa de arrebatarle.

Zephir consultó los libros parroquiales de la familia Orante en la sacristía de la iglesia de Gotarrendura. Mientras lo hacía, el viejo sacerdote se sintió obligado a compartir cierta información confidencial con él. Al fin y al cabo, era un inquisidor del Santo Oficio.

—Aconteció un infausto incidente con esta familia, hace mucho tiempo —le confesó el sacerdote mientras Zephir releía por tercera vez la partida de bautismo de Daniel Orante Rodríguez—. El padre de los gemelos, Juan Orante, me rogó que no lo contara nunca, y la verdad es que he guardado el secreto hasta hoy. Ni siquiera su hermano conoce lo que sucedió en realidad, pero creo que debéis saber lo que pasó hace doce años.

Zephir esperó a que el hombre siguiera hablando.

—La madre de Daniel sabía de hierbas. Ejercía de curandera en Gotarrendura. A escondidas —añadió—, pero lo sabía toda la comarca. La gente acudía a su casa a buscar remedio para sus males y alivio a sus dolencias. Al parecer, había quien le calentaba la cabeza a Daniel diciéndole que su madre era una bruja, que estaba poseída por el demonio y que tenía que denunciarla por su bien, para salvar su alma. Al final, fue el mismo Daniel quien acudió al Santo Oficio de Ávila... y la arrestaron.

Zephir seguía la historia con suma atención. Las piezas sueltas empezaban a encajar.

—El tribunal se excedió con las torturas —prosiguió el cura—, y a pesar de que ella se declaró culpable y fue liberada, no lo resistió. Murió en su propia cama pocos días después. Juan obligó a su hijo a marcharse del pueblo ese mismo día. Una historia muy triste.

—¿Y el carpintero?

—Siempre creyó que la madre murió enferma. Adrián es bastante simple y su padre decidió ocultarle la verdad para ahorrarle sufrimiento. En fin, eso es todo lo que sé —concluyó—, pero pensé que deberíais saberlo.

Zephir abandonó la sacristía satisfecho. Ya sabía qué hacer a continuación. Encargó a sus familiares la compra de un caballo para proseguir viaje; ya tendría tiempo de elegir un digno sucesor de Muerte en Ávila. A la mañana siguiente, la compañía abandonó el pueblo.

Fue a la salida de Gotarrendura cuando se encontraron con una jovencita menuda plantada en mitad de la calle. La vía era tan estrecha que no había más opción que detenerse o arrollarla. Isidoro se dirigió a ella de malos modos.

—¿Qué quieres, niña? Apártate o te pasaremos por encima.

La cría caminó hasta ponerse justo delante del caballo de Zephir.

—He soñado contigo, demonio —dijo sin que la voz le temblara lo más mínimo; parecía sumida en una especie de trance—, y en mis sueños, te he visto morir.

—Lárgate —gritó Laín.

Zephir lo mandó callar con una seña, intrigado.

—Muchos desean mi muerte —siseó—. ¿Cómo muero en tus sueños?

Ella tardó unos segundos en responder.

—Lo contrario de lo que más temes es lo que te matará.

Los familiares se echaron a reír. Un hombre bien vestido apareció corriendo y agarró a la pequeña del brazo para dejar vía libre a la comitiva.

—Teresita, ¿qué haces? —El hombre se disculpó—. Perdonadla, señor, a veces dice cosas... raras.

Zephir no abrió la boca. Se limitó a continuar su camino.

—Prestad más atención a la bocaza de vuestra hija —graznó Baldo al pasar a su lado—. Somos el Santo Oficio, hemos quemado brujas por menos de esto.

El padre de Teresita le dio un pellizco en el brazo que la hizo despertar.

—A casa —mascculló, irritado—, ya hablaremos allí.

El inquisidor y su séquito abandonaron Gotarrendura. Zephir había llegado a una conclusión: si quería hacer daño de verdad a Zarza, no tenía que ir a por él.

Tenía que ir a por su hermano.

Adrián Orante, el carpintero medio idiota que, casi con toda seguridad, acompañaba a la bruja en su huida. El inquisidor estaba convencido de que su destino sería algún puerto del Mediterráneo que mantuviera tráfico marítimo con Italia. Valencia era la opción más lógica.

Zephir se encargaría personalmente de que la orden de busca y captura llegara antes que ellos.

# 26

En los cincuenta días siguientes sucedieron muchas cosas.

Las órdenes de detención llegaron a todos los puertos de mar que mantenían tráfico con Italia y también a los pasos fronterizos con Francia. Unos días después, la orden original fue actualizada con una segunda carta que incorporaba el nombre de Adrián Orante Rodríguez como acompañante de Leonor Ferrari, especificando que este era gemelo idéntico de Daniel Zarza. La recompensa que se ofrecía por la captura de los fugitivos motivó que quienes controlaban las rutas se fijaran, más que nunca, en las caras de los viajeros.

El inquisidor pagó una pequeña fortuna por un zaíno procedente de las caballerizas de los señores de Dávila, un ejemplar joven y medio entrenado que prometía llegar a ser tan poderoso como Muerte. Zephir trabajó en él a diario, durante horas, mientras duró el viaje. En una semana se acostumbró a la armadura equina; a los quince días, los disparos de arcabuz no lo asustaban.

La primera vez que los familiares lo vieron con la armadura completa, las alforjas y la biblia colgada en la pechera, se santiguaron.

Era Muerte regresado del más allá.

Zephir lo llamó Resurrecto.

El viaje a Valencia duró algo más de un mes.

Y algo sucedió en Paterna que cambió para siempre la vida de Zephir de Monfort.

Las noches fueron un tormento durante el periplo hacia costas levantinas. Saber que estaría cerca de su esposa e hija desestabilizó a Zephir de una forma que ni él mismo se sentía capaz de controlar. El inquisidor se debatía entre el deseo de verlas y su reticencia a que ellas lo vieran.

Una mañana nubosa, después de atravesar Requena, decidió armarse de valor y visitarlas. Estaba preparado para que su esposa lo bombardeara con reproches y lo expulsara de sus propias tierras. No la culparía por ello. También estaba seguro de que su hija ni siquiera lo reconocería, pero, al menos, no moriría sin ver —aunque fuera por última vez— a la única familia que le quedaba.

El inquisidor pagó habitaciones en una hospedería en Paterna. Los familiares descansarían, después de muchos días de viaje, sobre algo más blando que el suelo húmedo del camino. Zephir les dio el día libre y cabalgó, en soledad, hacia el castillo de su familia. Según Esteban de la Serna, su esposa y su hija seguían allí. Tal vez Giner ya se habría casado con su prometido. Quizá era abuelo y no lo sabía.

Demasiadas emociones para un monstruo.

Zephir pasó de largo varios talleres de cerámica que le trajeron recuerdos de su niñez y adolescencia. Como era habitual, la gente con la que se cruzaba se apartaba de su camino, impactada por su aspecto. Apenas reconoció sus antiguos predios. El valle estaba salpicado de barracas y los campos de hortalizas se extendían en todas direcciones. Dedujo que su esposa había arrendado las tierras a labradores para que las explotaran. Una decisión que él mismo habría tomado si su vida hubiera transcurrido por derroteros más pacíficos.

Por fin distinguió el castillo en lo más alto de la loma que coronaba. El sol brillaba detrás, dibujando su silueta a contraluz, una sombra dominante sobre el valle.

Era un castillo mediano, construido por su familia un par de siglos atrás. Dos plantas, un pequeño patio de armas con un establo con capacidad para media docena de animales y un único torreón desde el que se divisaba todo el valle. No vio pendón alguno ondeando en él. Tampoco había necesidad, hacía más de cien años que aquella construcción no tenía uso militar.

El pecho se le hinchó de alegría al ver su casa después de tanto tiempo; sin embargo, cuando comenzó a rodear el edificio y la luz solar reveló el estado de los muros, sintió esa felicidad escapar de su corazón igual que un puñado de arena se escurre entre los dedos. El aire se le espesó en la garganta al descubrir las marcas del fuego en los dinteles de las ventanas. Ni una sola se había librado.

Aquella fortaleza había ardido y no en un incendio reciente.

Zephir se dirigió a la puerta y su alma rodó colina abajo. Las dos formidables hojas de madera de roble estaban quemadas y rotas, parcheadas con tablas y pedazos de troncos claveteados de mala manera. El musgo y la hiedra se habían adueñado de los muros y las malas hierbas devoraban los alrededores como una infección. Hombre y bestia se plantaron frente a la entrada de aquella ruina, como si un artista los hubiera pintado a base de carbón, fuego y sombras.

El inquisidor aún trataba de asimilar la visión decadente de su antiguo hogar cuando una voz cascada, pero llena de furia, la voz de alguien que había sido algo pero que apenas era ya nada, rugió detrás de la puerta hecha de retales.

—¿Quién anda ahí? Tengo perros cabrones, los soltaré si no os vais.

Zephir tardó unos segundos en responder.

—¿Guillem?

El silencio al otro lado de la puerta se prolongó hasta el infinito.

—¿Quién sois?

—Soy Jaume. —Hacía tanto que Zephir no pronunciaba su nombre que le sorprendió recordarlo—. Jaume Fabré. Y tú eres Guillem Albiñana, el hombre que me enseñó a empuñar un arma.

Un sonido herrumbroso precedió a la apertura de una hoja fabricada con tablones mal claveteados. El hombre detrás de la puerta era un anciano, que otrora fuera gallardo y corpulento, consumido por la decadencia del castillo. Le faltaba el brazo izquierdo y la manga colgaba como la bandera de un ejército derrotado en un día sin viento. En la diestra portaba una espada y en la mirada, la dudosa convicción de que todavía sabía usarla.

En cuanto reconoció la armadura, la boca de labios gastados y dientes perdidos se abrió en una mueca. Tres mastines aparecieron detrás, gruñendo y enseñando los dientes, a la espera de una orden de ataque. Resurrecto piafó, nervioso.

—Jaume murió hace mucho tiempo —dijo el viejo.

—Tienes razón, Guillem —reconoció Zephir—. Jaume murió para convertirse en lo que ves.

—Quítate el casco, que te vea la cara.

Zephir agarró el yelmo con ambas manos y le mostró el rostro. Guillem Albiñana se acercó hasta reconocer los ojos del hijo de su señor refulgiendo sobre un horror de carne.

—Quietos. —Los mastines se sentaron, relamiéndose el hocico, nerviosos—. Por todos los santos, Jaume, ¿qué te ha pasado? Tantos años...

—Es una larga historia. ¿Y Nela? ¿Y Giner?

La mirada de Guillem fue más elocuente que sus palabras.

—No lo sabes...

El silencio de Zephir fue igual de elocuente.

—Pasa —lo invitó el anciano, abriendo otro trozo de puerta medio hecha trizas para que entrara el caballo.

Zephir apenas reconoció el patio de armas. Todas las construcciones de madera habían sido devoradas por el fuego y reparadas con materiales de desecho. Las piedras estaban ennegrecidas y la vegetación lo dominaba todo. Guillem caminó hacia la entrada, ahora sin puerta, del salón principal del edificio. Zephir desmontó y dejó a Resurrecto junto a un abrevadero lleno de agua de lluvia, hojarasca e insectos muertos. Los perros olisqueaban al caballo, curiosos. El inquisidor siguió a su viejo instructor hasta la estancia.

Guillem había improvisado una vivienda ruinosa en el salón. Una pila de troncos ardiendo en una esquina mantenía el espacio caliente. El humo se acumulaba en el techo, inundándolo todo con su olor. Había pilas de cajas, barriles, sacos y estantes repletos de viejos enseres desperdigados por la sala. Zephir recorrió el salón con el yelmo bajo el brazo. Hacía mucho que no veía algo distinto a las habitaciones en las que pernoctaba sin tener que hacerlo a través de la cruz del visor. Sus recuerdos parecían haberse desintegrado con el resto del castillo.

Guillem lo invitó a sentarse.

—No tengo vino que ofrecerte.

Zephir no tenía paciencia para aguantar cortesías.

—Mi familia...

El viejo hundió la mirada entre sus botas agujereadas.

—Sucedió hace cuatro años —rememoró Guillem—. Una compañía de agermanados de Vicente Peris pasó por aquí de camino a Valencia. Según supe después, se habían separado del ejército principal y camparon a sus anchas, sembrando el terror en la comarca. Iban borrachos y armados hasta los dientes. Hasta llevaban un cañón. Con él volaron la puerta principal. Traté de detenerlos, pero no pude hacer nada: me agarraron entre varios y me cortaron el brazo con un hacha sobre el tocón de la leña; me dejaron tirado en el patio, para que me desangrara. —Los ojos del anciano brillaron—. Imposible hacerles frente, Jaume... Estaba solo en el castillo, con Nela y Giner.

Zephir apenas era capaz de respirar lo justo para no morirse.

—¿Y el resto de los sirvientes? ¿No hicieron nada?

Guillem lo miró fijamente.

—¿Qué sirvientes, Jaume? No había dinero para pagar ni a una mísera criada. El único que quedó en el castillo fui yo, y lo hice por lealtad a tu padre. No podía dejar solas a esas dos criaturas.

—No lo entiendo. —Zephir se sentía desconcertado—. Yo envié dinero con regularidad durante veinticinco años, no fallé ni uno solo.

El anciano alzó las cejas.

—El único dinero que se recibió en esta casa lo trajo el mismo sevillano que comunicó tu muerte a Nela. ¿Cómo se llamaba? —Guillem trató de hacer memoria—. Ernesto Sierra...

Un caldero de furia comenzó a hervir en el estómago del inquisidor.

—Esteban de la Serna.

—Ese. Fue la primera y última vez que lo vimos.

Zephir notó una presión dolorosa en el pecho.

—¿Y cómo sobrevivió mi familia durante esos años?

—Nela se deshizo de las tierras por cuatro maravedís para poder alimentar a Giner. No le alcanzaba ni para mantener el castillo ni para pagar al servicio. Le propuse mil veces que lo vendiera, que ofertas no faltaron, pero ella no quería ni oír hablar de eso. Decía que era lo único que le quedaba de ti.

—Esteban de la Serna me dijo que se había casado.

—Mentira. En estos muros no volvió a entrar un hombre que no fuera yo.

—Y mi hija, prometida con el hijo de un noble...

—Pero ¿qué sarta de mentiras te contó ese De la Serna? Jaume, el castillo no estaba en un estado muy diferente del que ves ahora cuando tu esposa y tu hija vivían. A excepción del incendio, que eso fue cosa de los agermanados. La pobreza y el abandono nos comió lentamente.

Zephir inspiró hondo antes de hacer la pregunta que más temía.
—¿Cómo murieron?
Guillem se esforzó en suavizar el relato.
—Si te sirve de consuelo, aquellos malnacidos no consiguieron disfrutar de ellas. Se degollaron antes de que pudieran echar abajo la puerta de la alcoba en la que se encerraron. Lo sé porque se lo oí comentar a un soldado mientras yo me desangraba en un rincón del patio. Después de saquear lo poco que quedaba en el castillo, lo incendiaron con nosotros dentro y se marcharon. Yo me hice un torniquete y traté de ir a por ellas, pero las llamas me lo impidieron. Hasta que se extinguió el incendio no pude recuperar los cuerpos.
—Mi mujer y mi hija se suicidaron —siseó Zephir como en trance.
—Murieron con dignidad.
—Y en pecado mortal —añadió Zephir.
—Dios no debería castigar un acto así. —Guillem cayó en la cruz de lis de la coraza—. Perteneces al Santo Oficio... Jaume, ¿cómo has acabado ahí?
—Dios me salvó de la muerte, estoy en deuda con él.
—Más te hubiera valido cuidar de tu esposa y tu hija para agradecérselo. A él le habría parecido mejor.
Zephir dio un golpe en la mesa. Guillem ni parpadeó.
—¡Mírame! ¿Cómo iba a presentarme así delante de ellas? Soy un monstruo, solo valgo para lo que hago.
—Ella te habría aceptado de cualquier modo, Jaume. Te adoraba, no dejó de llorar ni un solo día desde que te embarcaste en esa estúpida guerra. Y jamás se recuperó de la noticia de tu muerte.
—Pensé que me había ocupado de ellas durante todo este tiempo —se defendió Zephir, impotente e indignado.
—No, Jaume. Se han aprovechado de ti durante todo este tiempo. Te han robado año tras año, desde hace veinticinco.
Zephir agachó la cabeza y se cubrió la cara con las manos.
Guillem se retiró para que se desahogara en paz. Lo necesitaba.
Fue la primera vez que Zephir de Monfort lloró desde la guerra.
Y la última que lloró en su vida.

Jaume invirtió el resto de la mañana en relatar a Guillem cómo fue su vida tras ser herido y cómo se entrenó a diario hasta convertirse en

Zephir de Monfort. El viejo no se atrevió a juzgarlo. Tras varias horas de charla, el anciano lo invitó a dar un paseo hasta un bosquecillo cercano, un lugar hermoso que el inquisidor recordaba muy bien.

Aquella pequeña arboleda había sobrevivido al paso del tiempo, como si este hubiera pasado de largo. Lo único que la diferenciaba de sus recuerdos eran las dos lápidas que se alzaban en el claro, bien cuidadas y con flores frescas sobre ellas.

—Tuve que vender lo poco de valor que dejaron los saqueadores para pagarle al cantero —explicó Guillem—. Vengo aquí todos los días.

—Este era el lugar favorito de Nela.

Los ojos del viejo naufragaron entre los árboles.

—Lo sé. Por eso lo elegí.

Se hizo un silencio que se prolongó lo que se prolongaron los rezos y los remordimientos. El atardecer enrojeció los campos de Paterna. Regresaron al castillo caminando muy despacio: Guillem, por el peso de los años; Zephir, por el perpetuo dolor de sus piernas.

—¿Qué harás ahora? —preguntó el anciano.

—Me quedaré esta noche aquí, contigo. Necesito que me cuentes los mejores años de Nela y Giner. Todo lo que alguna vez fue bueno. Cómo era la risa de mi hija. Qué le gustaba hacer. Necesito llevarme un recuerdo distinto al de su muerte.

Guillem lo entendió.

Tendría que inventarse algunos buenos recuerdos.

Porque lo cierto es que le costaba acordarse de algo que no hubieran sido penurias en los últimos veinticinco años.

Al día siguiente, Zephir se reunió con sus hombres en una habitación de la hospedería. Los familiares se sentían inquietos y extrañados. Era la primera vez que el inquisidor los llamaba a cónclave.

—Los planes han cambiado —anunció—. Todo ha cambiado, en realidad —puntualizó—. A partir de este momento quedáis libres de vuestra servidumbre, sois libres de marchar.

Los familiares intercambiaron miradas de incredulidad. Zephir jamás abandonaba un caso.

—¿Y los fugitivos? —se atrevió a preguntar Baldo, que apenas podía disimular su decepción.

—Tendrán que esperar —dijo Zephir—. Mi prioridad, ahora, es vengar una afrenta personal que no permitiré que quede impune. Puede que tenga que enfrentarme al mismísimo Santo Oficio y, si es necesario, lo haré.

—¿Y no podemos luchar a vuestro lado? —preguntó Isidoro, que al igual que sus compañeros, no entendía a qué se refería su señor.

Zephir giró el yelmo hacia él.

—Si queréis acompañarme a partir de ahora, lo haréis como familiares de Zephir de Monfort, no del Santo Oficio. En cuanto recupere lo que se me ha robado, y espero hacerlo pronto, os pagaré el doble de vuestra soldada.

Eso bastó para convencerlos. Nadie comprendió nada de lo que había medio explicado Zephir, pero lo de la paga doble lo entendió hasta Isidoro.

Ninguno de ellos abandonó la compañía.

—Preparad los caballos. Regresamos a Sevilla.

Fabrizio Di Angio dirigía la carga de su urca en el puerto de Valencia a gritos. Mezclaba insultos en español con juramentos en italiano.

—*Stronzo,* ¡cuidado con esos barriles! Putos *scemi di merda*, manejáis la grúa con el mismo arte con el que meáis borrachos.

Los operarios de la grúa de rueda seguían a lo suyo sin hacer caso a la retahíla de insultos. Se decía de Di Angio que había sido pirata y que había rebajado su actividad delictiva al contrabando bajo el disfraz de un honesto mercader napolitano. Su rostro, de facciones atractivas, estaba siempre empañado por una expresión hosca y modales extremos. Era un adulador exagerado cuando se comportaba con educación, y un salvaje intratable cuando se irritaba, estado en el que se encontraba veintidós de las veinticuatro horas del día. A veces renegaba hasta en sueños.

—*Andiamo, non abbiamo tutto il giorno!* —vociferó, a la vez que daba una patada en el trasero a un estibador cargado con un saco que caminaba demasiado lento para su gusto; su atención pasó de nuevo a los de la grúa, que acomodaban unos toneles sobre las maromas que formaban la braga—. ¡Cuidado con esos barriles!

Un sacerdote de aspecto refinado se acercó al muelle donde Di

Angio se peleaba con el universo. Llevaba unos pliegos en la mano e iba acompañado por dos hombres de aspecto adusto. El marino les dedicó una mirada de reojo y siguió con su tarea. El clérigo se quedó mirando al navío mercante, de cuarenta metros de eslora y tres mástiles. Caminó por el muelle hasta ponerse a la altura del italiano y carraspeó para llamar su atención. Fabrizio se persignó a modo de saludo y continuó bregando con su tripulación y los portuarios.

—*Muoverci in fretta. Dobbiamo partire immediatamente!*

—Dios sea con vos —lo saludó el sacerdote—. ¿Sois, por ventura, el capitán del Signora dei Mari?

Di Angio abrió mucho las manos y luego juntó las puntas de los dedos en gesto dramático.

—Por supuesto, padre —reconoció—. De otro modo, no estaría peleándome con esta panda de *barboni*.

—¿Tenéis la lista de pasaje?

Di Angio puso cara de no saber de qué le hablaba el cura.

—No llevo pasaje. Solo mercancía.

El sacerdote repasó la orden de detención y su anexo.

—Buscamos a Leonor Ferrari, una mujer milanesa de diecinueve años, morena, de pequeña estatura y nariz prominente. Podría ir acompañada de uno o dos castellanos, altos, rubios, con un hoyuelo en la barbilla. Adrián y Daniel Orante Rodríguez, son gemelos. El segundo también utiliza el apellido Zarza, aunque todos podrían viajar con nombre falso.

—Ya os he dicho que no llevo pasajeros —insistió Di Angio.

El sacerdote observó cómo la grúa cargaba varios toneles en el Signora dei Mari. La expresión de su rostro era de desconfianza.

—Estos señores pertenecen a la autoridad portuaria —anunció el clérigo, refiriéndose a sus acompañantes—. El Santo Oficio busca a esos fugitivos. Sospechamos que intentan viajar a Italia, probablemente a Génova. Ningún barco puede zarpar sin ser registrado.

—*Per la terza volta*, no llevo pasajeros.

—¿Y si han subido sin que vos lo advirtáis?

Fabrizio Di Angio tamborileó el suelo con el pie. Necesitaba aprovechar la brisa para alejarse lo antes posible de Valencia.

—*Ma* la aduana ya ha *registrato* mi mercancía. Solo vino.

—Tenemos que registrar el barco, de todos modos.

—*Porca miseria, venire, prego.* —Mientras subía, el capitán volvió a imprecar a los de la grúa, a pesar de que los últimos barriles habían aterrizado en la cubierta de la urca sin problema—. Vosotros, *più attento, cazzo!*

Los funcionarios registraron el navío de arriba abajo, siempre bajo la mirada enfurruñada de Fabrizio Di Angio, que los observaba sin dejar de renegar en italiano. No dejaron un hueco sin revisar, ni en cubierta ni en la bodega. La carga se componía solo de barriles.

—Aquí dentro cabe una persona —observó el cura, golpeando un tonel.

*—E come respirano? Non sono pesci!*

Los dos funcionarios trataron de mover un par de barriles. Pesaban mucho y era evidente que estaban llenos de líquido. El cura acabó dándose por vencido.

—Disculpad las molestias, capitán. Os deseo un buen viaje. Zarpad con las bendiciones de Dios todopoderoso.

—Amén —respondió Fabrizio, santiguándose de nuevo y despidiendo al trío con una reverencia.

Cuando el cura y los funcionarios se alejaron del muelle, Di Angio llamó a los operarios de la grúa con un gesto. Ambos se apartaron de la máquina y subieron por la pasarela después de recoger unos bultos disimulados entre los muchos que se apilaban en el muelle. Los dos llevaban la cabeza cubierta con sombreros de tela con alas enormes.

—¡Zarpamos! —voceó el capitán al contramaestre—. ¡Rápido, hay que aprovechar esta brisa!

La tripulación desató las maromas y el Signora dei Mari comenzó a alejarse del muelle, entre crujidos. Di Angio respiró más tranquilo cuando estuvieron lejos del puerto. La noche empezó a caer. Pronto serían solo una sombra en el mar.

Los operarios de la grúa estaban sentados en la cubierta.

—El mejor escondite es el más obvio —les dijo el capitán en italiano—. Estáis a salvo.

Leonor se levantó, se abrió la camisa de hombre que llevaba y empezó a quitarse el vendaje que había usado para disimular el pecho.

—Menos mal, esto me estaba matando.

Adrián se retiró el sombrero y respiró el aire cargado de salitre. Las luces del puerto de Valencia aún se distinguían a lo lejos.

—¿Esto es el mar? —preguntó, asombrado—. ¿Toda esta agua es el mar?

Adrián se asomó por la borda y su mirada se perdió en la costa. Leonor se colocó a su lado.

—¿Sabes qué significa esto, verdad, Adrián?

—¿Que estamos navegando?

—Sí. Y también que lo hemos conseguido.

Adrián elevó al vista al cielo y luego miró a Leonor.

—¿Y mi hermano? No hemos sabido nada de él desde que nos separamos.

—Tu hermano también lo conseguirá —afirmó ella, a pesar de que llevaban semanas sin saber nada de Daniel.

Leonor le acarició el brazo y Adrián se sintió feliz.

Así fue como los fugitivos escaparon de España.

Solo para verse atrapados en otra aventura.

Una aún más peligrosa.

# 27

*Turín, otoño de 1527*
*El día de la masacre*

El fuerte estaba emplazado en un claro abierto a base de hacha y sierra en el monte Aman, rodeado por una monumental muralla de piedra y al abrigo de los árboles que formaban el bosque. Se encontraba a menos de tres horas a pie de Turín y a la vez en mitad de ninguna parte. Los pocos cazadores que se atrevían a husmear por la zona preferían no saber lo que aquellos muros escondían; era el típico sitio que era mejor evitar. El aspecto de los carruajes que a veces transitaban por el camino abierto entre cedros y castaños era siniestro, como lo era el de la docena de jinetes que protegía a un hombre que mantenía el rostro oculto bajo una capa con capucha.

El fuerte, como lo llamaban sus dueños, no era un fuerte en el concepto literal de la palabra. Detrás de la muralla, separados por patios cubiertos de hierba verde, se elevaban varios edificios. El más llamativo era un recinto circular de madera y ladrillo, con una arena central amplia de albero y unas gradas presididas por una tribuna.

Al lado, junto a un pozo, se erguía un barracón con capacidad para doscientos hombres. Aneja a este, se encontraba una construcción de madera con bancos y mesas corridos que aunaba cocina, comedor y cantina. A la izquierda del foso de combate había un almacén, dos graneros y unas cuadras capaces de albergar un centenar de bestias, junto a una explanada con marquesinas para proteger los carros del sol y la lluvia. En el centro, una pequeña fortaleza de piedra que recordaba un castillo medieval en miniatura, con su torre del homenaje que lo dominaba todo.

Pero el fuerte albergaba secretos bajo tierra. Una red de túneles conectaba varias estancias subterráneas de diverso uso, aunque dos de ellas eran las más peculiares.

La primera, una herrería donde el mismo armero que juró ante Yannick Brunner y su santidad el papa que jamás volvería a forjar una purificadora, las fabricaba a un ritmo de ocho por semana, con la ayuda de dos artesanos tan cualificados como él.

La segunda era una estancia amplia, iluminada por una claraboya, que hacía las veces de prisión.

Oliver Zurcher se encontraba en el exterior, en la tribuna que presidía el foso de combate. La figura encapuchada que acababa de llegar al fuerte subió hasta donde estaba el oficial y se descubrió.

—Dios os guarde, monseñor Sorrento.

—Dios os guarde, comandante Zurcher.

Al suizo le gustaba oír el grado con el que Michele Sorrento lo trataba: comandante.

—¿Está todo listo para la exhibición? —preguntó el arzobispo.

En lugar de responder, Zurcher tocó el silbato que llevaba colgado al cuello. Una puerta se abrió debajo de la tribuna, y una formación de sesenta hombres entró en la arena. Todos llevaban capas y portaban una purificadora idéntica a la de los apóstoles de Brunner.

La sonrisa de Sorrento se amplió cuando todos dieron media vuelta a la vez, como un solo hombre. Oliver Zurcher no podía sentirse más orgulloso de su nueva tropa. Los alabarderos vestían una coraza de cuero del estilo de las lorigas romanas bajo una camisa negra. Pantalones cómodos, botas altas y máscaras de metal, sin facciones talladas en ella.

Una nueva versión de los apóstoles, hecha a medida para los Sorrento.

—Impresionante —murmuró el arzobispo.

Zurcher tocó de nuevo el silbato.

Los sesenta hombres adelantaron las alabardas a la vez, ejecutando una serie estudiada de movimientos de combate. Golpes descendentes, laterales, barridos, paradas, todo contra un enemigo imaginario y a una velocidad endiablada. Al siguiente toque de silbato desmontaron las purificadoras, convirtiéndolas en hacha y espada. Sorrento no podía apartar la vista de su nuevo ejército mientras ejecutaban otra coreografía distinta, esta vez utilizando las armas con ambas manos.

—Formidable —lo felicitó el arzobispo, embobado—. ¿De dónde habéis sacado estos guerreros?

—Reclutados por emisarios de confianza en Italia y el sur de Francia —reveló el comandante—. Todos católicos creyentes, enemigos de los protestantes y sin un lugar mejor al que ir.

—¿Podremos conseguir más? —preguntó Michele.

—Continuamos alistando tropas —informó Zurcher—, pero adiestrar cada compañía lleva su tiempo.

Sorrento volvió la vista a la arena en el momento en que su legión volvía a unir las dos piezas de las armas para formar una sola y continuar con los giros acrobáticos sin moverse del sitio.

—Las purificadoras funcionan a la perfección —observó—. ¿Solucionasteis lo del herrero?

—En Roma lo dan por muerto. Si Yannick supiera que fabricamos sus armas sin su permiso, le daría un ataque.

—No tiene por qué enterarse.

—Yannick es un buen soldado —comentó Zurcher—, pero demasiado leal al papa: jamás aprobaría el plan de vuestro padre.

El arzobispo disfrutó la exhibición hasta el final. Los enmascarados, que no habían perdido la formación en ningún momento, se quedaron en posición de descanso, con los astiles de las purificadoras apoyados en el albero. Sorrento se acercó un poco más a Zurcher, en tono confidente.

—¿Saben algo de su bautismo de sangre?

El comandante le dedicó una mirada preocupada.

—¿Lo habéis pensado bien? No sé si vuestro padre estaría de acuerdo...

—Yo asumo toda la responsabilidad —afirmó el arzobispo, dando el asunto por zanjado—. Quiero ver hasta dónde es capaz de llegar mi ejército. Necesito uno que no cuestione ninguna orden, sea cual sea.

Zurcher pareció dudar un segundo antes de dirigirse a la compañía con la energía habitual.

—Soldados, me siento orgulloso de vosotros. Jurasteis defender la cristiandad contra sus enemigos y hoy demostraréis que sois capaces de hacerlo. Hoy demostraréis lo que habéis aprendido —añadió.

El comandante hizo una señal al suboficial de las tropas regulares de los Sorrento, que se encontraba al otro lado del foso de combate. Este ordenó abrir el rastrillo que daba a una escalinata que se hundía en la tierra. Cuando subió del todo, el suboficial y una veintena de hombres bajaron por ellas hacia las entrañas del fuerte.

La cárcel apestaba.

Cuarenta y dos almas en un puño. A un lado de los barrotes, Celso Batavia. Los ojos crueles del torturador mantenían a los prisioneros callados. La escasa luz de la claraboya hacía que sus pupilas brillaran en la oscuridad, como las de un demonio. Los cautivos que trataron de estrangular al arzobispo en las mazmorras del palacio sufrían heridas profundas e infectadas por la falta de tratamiento e higiene. Mujeres y hombres hambrientos, asustados y desorientados. Gente acomodada que de la noche a la mañana se había visto reducida a escoria. Una élite que olía a excrementos, orines, vómitos y miedo, con un número pintado en la ropa con brochazos de desprecio.

Batavia volvió la cabeza hacia unos pasos que se aproximaban. El suboficial apareció con expresión lúgubre.

—Al final se va a hacer —dijo sin un rastro de emoción en su voz.

El torturador sacó la llave de la celda y se dirigió a los presos.

—Id saliendo —ordenó mientras la abría—. Despacio y sin tonterías.

La incertidumbre reinó entre los cautivos. Batavia los apremió dando unos golpes en los barrotes. Los más jóvenes fueron los primeros en salir, dedicándole miradas de soslayo que este fingió no ver. Algunos abandonaron la celda abrazados a sus esposas; los heridos daban traspiés, mareados por la fiebre. El preso número treinta, el que intentó hacerse pasar por el Mattaccino para salvar la vida de Antonia de Lasso, tenía varios moratones en la cara. Aquel mercader se había mostrado desafiante durante todo su cautiverio, y los soldados habían tenido que ponerlo en su lugar a palos. Sabía defenderse bien; si no fuera porque el arzobispo había insistido en que ningún preso debía morir antes de tiempo, los hombres de Sorrento lo habrían matado sin contemplaciones. El rebelde se detuvo un momento al lado de Batavia. Su mirada era la de alguien a quien ya no le importa su destino.

—Esto no es un nuevo traslado, ¿verdad?

Batavia le obsequió una sonrisa cínica.

—Es un juego. Seguid caminando y lo descubriréis, os va a gustar.

El hombre le lanzó una mirada de odio y siguió caminando. El corredor desembocó en una sala amplia, con una puerta de barrotes al fondo y dos mesas grandes repletas de armas: espadas, cuchillos, manguales, hachas, mazas... Una veintena de soldados armados con arcabuces apuntaban a los presos en todo momento. El número treinta observó cómo una de las mujeres le mostraba una hoz a su esposo, que sostenía una espada con la maestría de quien solo las ha visto expuestas en vitrinas. Uno de los heridos, alguien que ya había demostrado su valentía, eligió una esclavona que temblaba en su mano al compás de la calentura. Los jóvenes armados miraban a los soldados de Sorrento de reojo, pero la negrura de la boca de los arcabuces los disuadía de cualquier heroicidad. Todo el que había pasado por las mesas empuñaba un arma. La mayoría por primera vez en su vida.

—No pretenderéis que mi esposa coja una espada —protestó un funcionario grueso delante de una de las mesas—. Somos gente de paz, nunca hemos usado nada de esto.

—Nadie os obliga —resolvió el encargado del reparto—. Si no queréis armaros, dejad paso al siguiente.

La mujer se secó las lágrimas con el dorso de la mano, sorbió los mocos y escogió una espada corta de la mesa. La expresión de su rostro cambió, como si el arma le infundiera seguridad. Su esposo agarró un hacha de leñador y empujó con suavidad a su mujer para que siguiera avanzando.

Dotaban de garras al rebaño de corderos para que se los comiera una manada de leones.

El número treinta agarró un martillo de guerra que parecía tener cien años y siguió caminando con sus compañeros. Los soldados los condujeron a través de la puerta de barrotes y volvieron a cerrarla cuando el último de ellos la cruzó. Ahora se encontraban en una sala grande y diáfana con unas escaleras que ascendían hacia la luz del día.

La voz de Batavia sonó a sus espaldas.

—Subid por las escaleras. —Los cañones de los arcabuces asomaban a través de las rejas—. Si alguno se da la vuelta, le dispararemos a las piernas y volverá conmigo dentro. Si es una hembra, mejor —añadió, relamiéndose los labios con lascivia—, aunque tampoco haré ascos a un buen culo. Me esperan semanas muy aburridas aquí abajo, en soledad.

El número treinta subió cuatro peldaños y se dirigió a sus compañeros.

—Escuchadme —dijo en voz alta para que hasta el último de ellos pudiera oírlo—. No sé lo que nos espera ahí arriba: pueden ser fieras, hombres armados, no lo sé... pero no actuemos como ganado. Tenemos armas —exclamó, mostrando su martillo—. No se lo pongamos fácil. Si vamos a morir, que sea matando.

Dicho esto, dio media vuelta y ascendió por la escalera. Los demás lo siguieron en silencio. El número treinta palideció al descubrir la siniestra formación de alabarderos enmascarados y encapuchados. Los jóvenes que subieron detrás de él intercambiaron miradas elocuentes. Cuando el último prisionero pisó la arena, el rastrillo cayó a plomo a sus espaldas, encerrándolos.

La expresión de los rostros de los cautivos era de terror, pero la mayoría apuntaba las armas al frente de manera instintiva. Sorrento sonrió. Aquel iba a ser un espectáculo digno del coliseo. Se agarró con fuerza a la barandilla de la tribuna, rebosante de excitación. Al otro lado del albero, los herejes temblaban; frente a ellos, su legión divina, con sus capas y alabardas, emanaba terror.

Sus discípulos, se le ocurrió. Así los llamaría.

Los discípulos de Sorrento.

Llevado por la euforia del momento, abrió los brazos y los arengó. En ese momento los presos lo reconocieron.

—Hubo un tiempo en que los paganos arrojaban a los cristianos a la arena del circo para que las bestias los devoraran —pregonó, exaltado—. Hoy, las tornas han cambiado y son los paganos quienes ocupan su lugar. Dios le dijo a Moisés en el libro del Éxodo, capítulo 21, versículo 24: «Ojo por ojo, diente por diente, mano por mano, pie por pie». Nuestros hermanos estaban indefensos, pero nosotros somos más generosos y hemos armado al enemigo para que luche en igualdad de condiciones.

A Zurcher casi se le escapa la risa. Igualdad de condiciones. Aquellos herejes no tendrían ninguna oportunidad contra sus hombres.

—¡Sin compasión! —los alentó Sorrento, poniendo fin a su discurso.

El silbato sonó. Los enmascarados, formados en seis líneas de diez, apuntaron las purificadoras hacia los presos y avanzaron. Estos retrocedieron hasta que el rastrillo les cerró el paso. Dos de ellos arrojaron las armas al suelo y suplicaron piedad a gritos.

El número treinta se volvió a sus compañeros más próximos. Los más jóvenes lo premiaron con una mirada de determinación. Uno de ellos hizo girar un hacha en un movimiento amenazador.

—Ataquemos a la vez —propuso el número treinta, agarrando el martillo con ambas manos—. Cuidado con los pies: en el túnel de la bodega atacaron a las piernas con el peto de punza.

—¡A por ellos! —gruñó uno de ellos.

Los seis más bragados se abalanzaron contra la primera línea sin pensárselo dos veces. Las alabardas barrieron el suelo a la vez, como esperaba el número treinta. Por mucho que los advirtiera, cuatro de ellos no fueron lo bastante rápidos y cayeron al suelo, con los pies medio cercenados. El número treinta y los dos restantes evitaron el barrido de un salto y se lanzaron contra los que fallaron el golpe.

Dos alabardas pararon el ataque del joven del hacha. Uno de ellos lo empujó con el asta lo bastante para que su compañero lo apuñalara con la cabeza de armas. El mismo que lo había empujado trazó un arco oblicuo que le rajó el pecho en diagonal.

El número treinta tuvo más suerte en su acometida: el martillazo acertó en la cabeza del discípulo que había fallado el barrido, que se derrumbó sobre el alabardero de la derecha; el que iba detrás ocupó su lugar, a la vez que el de la izquierda lanzaba un golpe al hereje que no llegó a dar en el blanco. Este retrocedió hasta quedar fuera del alcance de la formación.

Michele reconoció al hombre del martillo: el bocazas que en la mazmorra había afirmado ser el Mattaccino. Por fijar su vista en él se perdió cómo los discípulos remataban en el suelo a los jóvenes heridos. El número treinta clavó su mirada en el arzobispo y lo desafió desde el fondo de la arena.

—¡Sorrento! ¿Disfrutas meneándotela en ese palco mientras estos chupapollas asesinan a inocentes para que se te ponga dura? Cuando estuvieron a punto de estrangularte en tu mazmorra no sonreías tanto. ¡Te measte encima, cobarde, y tus esclavos tuvieron que sacarte de allí a rastras!

La sonrisa de Michele se desvaneció tras el insulto. La formación cambió de objetivo y se dirigió al número treinta, que se había quedado sin espacio para retroceder.

Los prisioneros aprovecharon la distracción y se lanzaron en tropel contra el ala derecha de la compañía. Tres mujeres iban en vanguardia, entre ellas la que había elegido la espada corta. Esta hundió la hoja a fondo en el costado del discípulo más cercano. En su rostro crispado de furia no se apreció el menor atisbo de miedo. El ataque conjunto se había ejecutado con mucha más furia que pericia, pero a pesar de la torpeza, dos alabarderos cayeron al suelo, muertos.

Los discípulos reaccionaron y esta vez no hubo fallos.

Desde el fondo del foso, el número treinta vio cómo las alabardas golpeaban a los atacantes en una especie de danza de cortes y estocadas. La cabeza de la mujer de la espada corta conservó su mueca rabiosa al rodar por el albero. Los civiles caían a un ritmo alarmante mientras el número treinta presenciaba la masacre con una mezcla de rabia e impotencia.

—¡Cobardes! —gritó—. ¿No hay ninguno entre vosotros lo bastante hombre para enfrentarse a mí, solo?

Un discípulo de la segunda fila abandonó la formación y marchó directo hacia él. Zurcher iba a llamarle la atención, pero Sorrento le agarró la muñeca antes de que pudiera usar el silbato.

—Dejadlo, quiero ver qué hace.

El discípulo se colocó en posición defensiva, con la purificadora apuntada hacia delante y la pierna ligeramente flexionada. El número treinta dio dos pasos hacia él mientras lo estudiaba. El otro permaneció imperturbable. El marro osciló en el aire y descargó un martillazo a la cabeza de armas de la purificadora, con intención de desviarla y atacar a su dueño con un golpe de revés. Pero el mazazo no alcanzó su objetivo.

La rapidez del discípulo fue prodigiosa. Tras esquivar el ataque, lo golpeó dos veces con el asta de la purificadora, acertándole en la rodilla y en el hombro. El número treinta aguantó y retrocedió dos pasos; blandió el martillo con la diestra y agarró la alabarda con la izquierda cuando esta descendía sobre su cabeza.

Error.

El discípulo efectuó medio giro de muñeca y liberó la espada de doble filo del astil, justo cuando la mano se cerraba sobre él. Cuatro dedos cayeron al suelo, amputados limpiamente. Todo sucedió tan rápido que el número treinta ni siquiera sintió dolor. Descargó un martillazo con todas sus fuerzas, pero su oponente lo desvió con la parte del hacha a la vez que trazaba un movimiento en arco y le clavaba la espada en el muslo.

Lo siguiente fue un hachazo diagonal que enterró la hoja de acero entre el hombro y el cuello de su adversario.

El marro cayó al suelo.

El hacha de la purificadora había cortado carne, huesos y tendones. La cabeza de número treinta estaba inclinada a la derecha en un ángulo extraño. Con la poca vida que le quedaba, gorjeó sus últimas palabras.

—Dios te maldiga.

—Ya estoy maldito.

El discípulo extrajo la hoja del hombro de un tirón, lo que provocó una hemorragia descontrolada. Antes de que se desplomara, el encapuchado ejecutó un movimiento de tijera con el hacha y la espada. El metal chirrió contra el metal, y la cabeza del número treinta cayó a la arena con un ruido sordo. El discípulo agitó las hojas para limpiar la sangre y volvió a armar la purificadora en menos de un segundo.

—¿Habéis visto? —Sorrento estaba entusiasmado—. No solo mata bien, lo hace con elegancia.

—Es uno de los mejores —corroboró Zurcher sin quitar ojo del resto de los discípulos, que acababan con los últimos supervivientes de la arena con una facilidad pasmosa—. De todas formas, lo castigaré por actuar por su cuenta.

—¿Es listo?

—Lo es.

—Quiero a ese hombre en palacio —manifestó Sorrento.

—¿En palacio?

—Sería perfecto para infiltrarlo entre los apóstoles. Es bueno, le gustará al capitán Brunner. Si consigue ganarse la confianza de los oficiales, podría convertirse en nuestros ojos y oídos cuando vos no estéis con ellos. Pensadlo bien.

Zurcher se lo pensó.

—Podría servir —dijo, después de reflexionarlo—. Esto se ha acabado —añadió, señalando la arena con el mentón.

El albero estaba encharcado de sangre y vísceras. Los soldados de Sorrento se llevaron a los tres discípulos muertos en volandas;

los sesos del que recibió el martillazo resbalaban por debajo de la máscara. Había muchos civiles destripados y el hedor a sangre mezclada con heces era vomitivo. Michele aplaudió con fruición, como si acabara de asistir a la mejor comedia de su vida. A continuación los felicitó con las manos en alto, como si predicara.

—No solo habéis demostrado ser magníficos guerreros —proclamó—, también que no os tiembla el pulso a la hora de impartir justicia contra los enemigos de Dios. —Michele se volvió a Zurcher y le dijo en voz baja—. Traed aquí a vuestro guerrero solitario.

Zurcher lo señaló con el dedo. El discípulo abandonó la formación y dio un rodeo para subir a la tribuna. Una vez en el palco se plantó en posición de firmes delante de su comandante.

—Quítate la máscara —ordenó Zurcher.

El discípulo obedeció.

El oficial le dio tal bofetón que la cara del hombre giró hacia la derecha, con los ojos cerrados. No hizo mueca alguna, solo apretó los dientes.

—Esto es por abandonar la formación sin mi permiso —dijo—. Por otro lado, enhorabuena por tu valor. El arzobispo Michele Sorrento quiere proponerte algo.

—Lo que ordenéis.

—Me has impresionado —reconoció el prelado—. Te quiero en mi guardia personal.

—Será un honor, ilustrísima.

—Pero aparte de formar parte de mi guardia, necesitaría que desempeñaras otro trabajo para mí —añadió.

—Será un honor, ilustrísima.

Sorrento se dirigió a Zurcher.

—Que mis soldados limpien el matadero. —El arzobispo palmeó el hombro de quien acababa de convertirse en su discípulo favorito—. Vayamos a mi despacho, hay mucho de que hablar. A propósito —dijo, enfocando su sonrisa al alabardero—, ese acento... ¿eres extranjero?

—Soy castellano, ilustrísima.

—¿Y cuál es tu nombre?

—Mi nombre es Daniel Zarza, ilustrísima.

# 28

Había porquerizas más limpias que la Taberna del Veneciano.

Hacía falta estar muy desesperado por beber —o tener los bolsillos muy pelados— para sentarse a una de sus mesas. El serrín que cubría el suelo no evitaba que las suelas se pegaran a unas losas de piedra que veían el agua de semana en semana. El olor que intoxicaba el ambiente era una mezcla de vino, vómitos y pedos oxidados. El local, pequeño y poco iluminado, se nutría de la clientela más miserable y alcoholizada de Turín. Por fortuna, se trataba de gente tan destruida que ni siquiera eran capaces de iniciar una pelea.

Dino D'Angelis iba por su cuarto vaso del día, disfrazado de mercader adinerado, con una peluca rubia, enorme bigote a juego y un almohadón para simular una barriga de rico que desentonaba con el local. Sus pesquisas sobre el Mattaccino y Jonás Gor no lo habían llevado a ninguna parte. O era verdad que nadie sabía nada o existía un pacto de silencio que escapaba a su control. Incluso indagó en algunos establecimientos de los comerciantes arrestados en las bodegas Moncalieri, pero ningún familiar parecía tener conocimiento de esa especie de sociedad secreta que se reunía de forma clandestina.

Estaba igual que cuando empezó.

A las siete de la tarde decidió que la Taberna del Veneciano era un sitio tan fétido como cualquier otro para dar por finalizada la jornada y entregarse al alcohol como un lansquenete en día de paga. No bebería tan feliz si supiera que esa misma mañana su amigo Michele había organizado un espectáculo al más puro estilo Nerón.

Miró a su alrededor con una mano en la jarra de vino y otra alrededor del vaso descascarillado que amenazaba de muerte sus labios en cada sorbo. La clientela era patética: un rebaño de viejos bebedores con más batallas perdidas que ganadas, de hígados descompuestos y bolsillos agujereados. Un anciano con una mancha añeja de orines en el calzón pasó a su lado, abrazado a la frasca como el que se aferra a una tabla en un naufragio.

Eso eran: náufragos de una vida en perpetuo temporal. Dino siguió al viejo borracho con la vista hasta que este se dejó caer sobre uno de los bancos del fondo. Sus ojos enrojecidos se perdieron en la bebida hasta que sus manos temblorosas llevaron la botella a unos labios sedientos de olvido.

D'Angelis se preguntó si su final sería así, ahogado en el alcohol barato de una taberna paupérrima, asaeteado por miradas de compasión y asco. Se encogió de hombros. Lo más probable era que muriera antes. Observó al resto de los parroquianos concentrados en sus copas; los más locuaces se embriagaban en grupo, relatando batallas y anécdotas que podrían ser verdad y no haber pasado. Al menos no se peleaban entre ellos ni molestaban a los ebrios solitarios, como él.

Le pareció un buen naufragio; al menos, tranquilo.

Pero como en todo buen naufragio que se precie, siempre asoma el hocico el tiburón.

Dino se quedó sin aliento al detectarlo.

Puede que durara menos en este mundo que el viejo del pantalón meado.

—Señores, lo que bebéis y la siguiente ronda corren de mi cuenta —anunció el recién llegado con una voz demasiado potente para su figura enjuta; la espada ropera al cinto hacía que sus palabras sonaran aún más convincentes—. Ahora, esperad fuera hasta que yo me haya marchado, no será demasiado tiempo, os doy mi palabra. —Señaló a un par de clientes dormidos sobre las mesas—. Ah, y llevaos a esos dos, quiero la taberna vacía.

D'Angelis dejó la jarra sobre la mesa y se apoyó en el tablero para levantarse, fingiendo un esfuerzo extra por el sobrepeso. Siempre se consideró un buen actor y daría lo mejor de sí mismo hasta la última función. La voz del visitante lo paralizó en mitad del movimiento.

—Vos no —dijo señalándolo con el índice—, vos quedaos.

La clientela del Veneciano desfiló a trompicones hacia la salida, llevándose a cuestas a los más ebrios y ayudando al viejo de los calzones meados, que abandonó el local con una mano en el gollete de la frasca y otra en la boca de esta para que no se derramara ni una gota. No hubo ni una protesta, ni siquiera la mínima objeción. Hasta el más borracho del lugar sabía que contradecir a aquel desconocido sería una mala idea. Este lanzó unas monedas sobre el mostrador sin dignarse mirar al tabernero.

—Cerrad la puerta por fuera y esperad a que me marche —ordenó mientras se dirigía a la mesa de D'Angelis—. No os preocupéis, no me quedaré mucho tiempo.

El dueño de la taberna cogió el dinero, salió a la calle y se reunió con su clientela. El Veneciano, como todos lo conocían, pidió paciencia mientras rezaba a todos los santos para no encontrar un cadáver a su vuelta.

D'Angelis vio cómo el espadachín recogía una jarra de una de las mesas y ocupaba la banqueta frente a él. Su pie empezó a taconear contra el suelo de la taberna. El espía observó su bebida con tristeza. Al final iba a morir en un cuchitril de mierda, con un vaso roto lleno de vino de mierda, y vestido de comerciante gordo de mierda.

—¿A qué viene esa cara, D'Angelis? —preguntó Jonás Gor, dando un trago a su jarra para escupirlo de inmediato en el suelo, sin importarle salpicar a su compañero de mesa—. ¿Tan mal te paga tu patrón que no puedes permitirte más que esto? —Se limpió los labios cruzados por la cicatriz con el dorso del guante de cuero—. He venido a hacerte un favor: me buscabas, pues aquí estoy.

—Me parece que os equivocáis de...

Su propia interjección de dolor lo interrumpió cuando Gor le arrancó el bigote postizo de un tirón. El espadachín lo tiró hacia atrás por encima del hombro y le dedicó una mirada de reproche.

—No me jodas, D'Angelis, no creerás que soy tan tonto.

El actor se frotó la zona superior del labio, que aún conservaba restos de la cola animal que usaba para pegar los postizos. Ardía al tacto.

—Lo cierto es que no os buscaba a vos...

—No uses ese tratamiento señorial conmigo —lo interrumpió Gor—. De gitano a gitano no vale la buenaventura. Mírame y mírate: somos más parecidos de lo que crees. —Pareció pensárselo mejor—. Bueno, no tanto, yo no suelo disfrazarme de mamarracho para trabajar.

—¿Por qué no me matas de una vez y te ahorras este jueguecito?

Jonás Gor frunció el ceño y entrecerró sus ojos malévolos en una expresión de irónico y falso desconcierto.

—¿Quién ha dicho que vaya a matarte? Si quisiera hacerlo ya estarías muerto. Solo quiero hablar, como dos buenos amigos.

D'Angelis estudió la mirada de Gor. Era insondable, pero no tuvo más remedio que darle un voto de confianza. Se agarró la pierna en un intento fallido de parar el involuntario taconeo.

—Tú dirás.

—Sé que has estado preguntando por mi patrón y por mí por tabernas, burdeles y demás, como si nosotros tuviéramos necesidad de frecuentar esos sitios infectos a los que eres tan aficionado. —Hizo una pausa—. Disculpa, ¿me permites?

Jonás Gor le arrancó la boina y la peluca rubia a D'Angelis con un gesto brusco que fue una demostración de rapidez y fuerza. La Muerte Española fingió sorpresa.

—¡Pero si te vi en la bodega Moncalieri! —afirmó Gor, después de estudiar el rostro del espía durante unos instantes—. Estabas al fondo, junto a la puerta, y te largaste justo antes de que llegaran los aguafiestas.

A Dino se le estaba atragantando la conversación. Lo habían pillado, pero bien.

—Celebrabais una reunión clandestina —le recordó—, ¿qué queríais que hiciera el arzobispo?

Gor le guiñó el ojo.

—¿Qué opinas de lo que se habló en esa reunión? Te la tragaste entera.

—Te repito que solo hacía mi trabajo. Lo que yo piense no le importa una mierda a nadie.

—¿Ves? En eso tienes razón —admitió sarcástico—. ¿Dónde están los prisioneros? —preguntó de sopetón.

—No lo sé. Nadie lo sabe.

La Muerte Española lo estudió durante un rato que a D'Angelis se le antojó demasiado largo. Finalmente la expresión de Gor se suavizó de nuevo, si es que había forma de suavizar aquellas facciones angulosas y siniestras.

—Fíjate, te creo —dijo, y sonó sincero—. En el fondo eres un simple peón, y Michele Sorrento no tiene por qué contártelo todo. Pero quiero que le entregues un mensaje: ya hay una familia que habla de resolver este asunto por la fuerza, y ya sabes lo que sucede cuando los condotieros obtienen licencia para actuar a su antojo. Coincidirás conmigo en que eso no le conviene a nadie.

—Coincido —reconoció D'Angelis.

—Díselo al arzobispo. Que libere a los prisioneros y mi patrón se encargará de negociar con las familias de los muertos una indemnización apropiada. A él no le costará un florín.

—Se lo diré, pero no garantizo que me haga caso.

—Tú limítate a ser el mensajero, pero hazle ver que la cosa va en serio.

—Supón que me hace caso y los libera —planteó D'Angelis—. ¿Qué hará el Mattaccino? Si sigue convocando reuniones clandestinas contra la Iglesia, el arzobispo volverá a actuar.

Jonás Gor le dedicó una mirada condescendiente.

—¿Acaso no notas el mar de fondo que remueve los cimientos de la ciudad, Dino? Te aseguro que la intención del Mattaccino no es regar las calles de sangre. —A pesar de estar los dos solos en la taberna, se inclinó hacia delante, como si alguien más pudiera oírlos—. Lo creas o no, el Mattaccino es solo otro peón de esta partida de ajedrez. El alcance de lo que se está fraguando escapa a tu entendimiento, al del arzobispo y al mío, y tenemos que remar a favor de la corriente para que la barca no vuelque y nos ahoguemos. Al fin y al cabo, te repito que somos muy parecidos: estamos en esto por dinero, y esta guerra no es la nuestra. Oíste lo que se habló en la bodega —insistió Gor—. ¿De verdad crees que estás en el bando correcto? Incluso podríamos estar en el mismo...

D'Angelis guardó silencio. No estaba seguro de nada. Para su alivio, Gor se levantó para marcharse.

—Transmite mi mensaje al arzobispo. Por el bien de todos.

Dicho esto, se encaminó a la salida. D'Angelis lo llamó cuando estaba a punto de irse.

—¿Dónde puedo encontrarte? Lo digo para darte la respuesta del arzobispo...

Gor volvió la cabeza hacia él.

—Si te necesito te encontraré. Ah, y deja de hacer preguntas sobre mí o mi patrón. Meter las narices en esto podría salirte caro.

D'Angelis recogió el bigote, la peluca y la boina del suelo. Temblaba de la cabeza a los pies. Se bebió la jarra de vino de un trago; se tocó el calzón y se alegró de que no estuviera meado como el del viejo que regresaba de la calle, abrazado a otros dos clientes. Sus dedos artríticos se cerraban sobre el cuello de la frasca. Podría perder la vida, pero jamás la botella. El espía nadó a contracorriente en la riada de borrachos que volvía a inundar la taberna.

Dino decidió pasar por su casa, deshacerse del disfraz e ir a ver a Sorrento a toda prisa. Había que detener aquello antes de que fuera demasiado tarde.

D'Angelis ignoraba que ya lo era.

# 29

El despacho subterráneo de Michele Sorrento era una mezcla sórdida de capilla y cubil. El exiguo mobiliario y el polvo que lo cubría evidenciaba que aquella estancia se usaba poco o nada. La luz tenue de cirios y candelabros proporcionaba una atmósfera de recogimiento que contrastaba con el alborozo del arzobispo, muy poco acorde con lo que acababa de suceder en el foso.

Sorrento sacó una frasca de vino y tres copas de cristal tallado de una alacena.

—Deja por ahí la purificadora y ponte cómodo. Estás entre amigos, Daniel.

Para Daniel la situación podía ser cualquier cosa menos cómoda, a pesar de la cercanía que el arzobispo trataba de transmitirle de forma que a él le pareció exagerada. Sentía la mirada de Zurcher en la nuca, lo que tampoco facilitaba las cosas. Dejó el arma y la máscara sobre una mesa cercana. La mejilla abofeteada aún le ardía. Sorrento le tendió una copa y lo invitó a sentarse en una silla próxima.

—Bebamos —propuso.

Daniel calculó que aquella copa tallada costaría tres soldadas. No le sorprendió que el vino estuviera a la altura del recipiente.

—Tu demostración ha sido impresionante —comentó el arzobispo, sin disimular su admiración—. ¿Has recibido entrenamiento militar con anterioridad?

—No, ilustrísima.

Michele enarcó las cejas.

—Es sorprendente que hayas aprendido a manejar una alabarda con esa soltura en tan poco tiempo.

—Trabajé en el campo durante años, ilustrísima, y me divertía hacer malabares con la guadaña. Pesa mucho más que una purificadora —explicó—, puede que eso me haya ayudado a manejarla. También aprendí a usar el arcabuz y la espada en el Santo Oficio —añadió—, pero por mi cuenta.

Michele Sorrento ocupó la silla más próxima a Daniel y echó el cuerpo hacia delante, con los ojos muy abiertos. Zurcher, mientras tanto, jugueteaba con su copa sin tocarla.

—¿Estuviste en el Santo Oficio? —Su voz sonó entusiasmada e incrédula a la vez—. Cuéntame cómo es la caza de herejes en España. ¿Es cierto que se les tortura de forma implacable? ¿Has estado en las mazmorras de los inquisidores? ¿Has visto arder protestantes?

Daniel se sintió abrumado por la batería de preguntas, pero decidió ser franco con el arzobispo. Según se decía en el fuerte, Michele Sorrento era un hombre honesto, pío, decidido y valiente. Alguien muy distinto a la facción corrupta de la Inquisición española que él tuvo la desgracia de conocer.

—No fui afortunado en mi destino dentro del Santo Oficio, ilustrísima —narró Daniel—. Por lo general es una institución santa, que aplica castigos justos y acordes con el grado de herejía o blasfemia de los acusados. Una institución que muestra piedad con la oveja descarriada y firmeza con los enemigos acérrimos de Nuestro Señor. Sin embargo, también hay inquisidores corrompidos por la avaricia, que utilizan los mecanismos de la orden para enriquecer sus propias arcas. Desaprensivos que envían a inocentes a la hoguera para robarles sus bienes.

Sorrento fingió escandalizarse. Hasta se permitió dar una histriónica palmada de indignación sobre la mesa y elevar la vista a la bóveda de piedra, en un gesto teatral que le habría valido el aplauso de Dino D'Angelis en caso de haber estado presente.

—¿Cómo puede haber alguien capaz de enriquecerse en nombre de Dios? —se preguntó en voz alta—. Así que te viste obligado a huir de España para escapar de esos desalmados... —adivinó el arzobispo.

Zurcher se adelantó a contestar.

—Uno de mis hombres lo reclutó en Cúneo —precisó—. Ilustrísima, Daniel Zarza es el ejemplo de lo que necesitamos en los alabarderos de Dios...

—Los discípulos —puntualizó Sorrento con una sonrisa de autosuficiencia—. Los discípulos de Sorrento. Es un nombre... épico.

Zurcher se mordió la lengua. Tragar imbecilidades presuntuosas del hijo del amo entraba dentro de su salario.

—Los discípulos —repitió el comandante, dedicando una mirada de falsa admiración al arzobispo a pesar de que el nombre le parecía una bazofia—, un gran nombre para una gran unidad. Como decía, ilustrísima, Zarza es el perfecto discípulo: buen católico, honesto, fuerte, decidido e implacable, como ya ha demostrado hoy en la arena.

Daniel encontró tan excesivos los elogios que incluso llegó a pensar que se trataba de una broma pesada. Aquellas lisonjas provenientes de su comandante y el arzobispo le parecían fuera de lugar.

—Gracias, comandante —balbució, por compromiso.

Sorrento se levantó, posó una mano amistosa en el hombro de Daniel y se dirigió a Zurcher.

—Oliver, quiero a este hombre en los apóstoles.

Por la cara de extrañeza que puso, Zurcher adivinó que Zarza no tenía ni idea de a qué se refería el arzobispo.

—Existe una unidad secreta en Turín, formada por una docena de alabarderos de élite: los apóstoles —reveló—. Los discípulos están hechos a su imagen y semejanza, pero nuestro objetivo es superar a los originales en número y efectividad. Queremos hacer algo más grande, más fuerte, para luchar por la auténtica cristiandad.

Daniel escuchaba sin enterarse demasiado bien de lo que hablaba el comandante.

—¿Puedo confiar en que lo que hablemos en esta sala no saldrá de aquí? —inquirió Zurcher.

—Tenéis mi palabra, comandante —aseguró Daniel.

—Yo soy uno de esos apóstoles —confesó Zurcher—, y me preocupa el hecho de que algunos de nuestros miembros estén empezando a actuar de forma, digamos, sospechosa. Puede que solo sean impresiones mías, pero también podrían haberse apartado de nuestra misión inicial: combatir la herejía.

—Entiendo —dijo Daniel, a pesar de que no estaba seguro de entender demasiado.

—Por ahora no han hecho nada que nos obligue a tomar medidas contra ellos —puntualizó—, pero tanto el arzobispo como yo creemos que es cuestión de tiempo que se salgan del camino marcado.

Sorrento tomó la palabra.

—Zurcher pasa mucho tiempo entrenando a los discípulos. Necesitamos a alguien de confianza que nos mantenga informados de los movimientos de los apóstoles.

—Entiendo, ilustrísima —repitió Daniel.

—A veces temo por mi seguridad —mintió el arzobispo—. Tengo un guardaespaldas en palacio, alguien muy peculiar, ya lo conocerás... pero no puede estar en todas partes, y los apóstoles desconfían de él. Si te conviertes en uno de los doce y te ganas la confianza de sus miembros más... díscolos, llamémosles así, me prestarías un gran servicio que será, por supuesto, recompensado.

Daniel se sintió un poco apabullado. Espiar era algo que no se le había pasado por la imaginación e ignoraba si sería capaz de hacerlo. De todos modos, interpretó la oferta del arzobispo como una muestra de confianza, además de una oportunidad de servir a la máxima autoridad eclesiástica turinesa y obtener el beneplácito de su comandante.

—¿Qué tendría que hacer, exactamente?

La sonrisa de Sorrento se amplió.

—Termínate tu copa —ordenó. Daniel obedeció y se la acabó de un trago. Aún tenía los labios teñidos de púrpura cuando el arzobispo se la rellenó—. Hay que beber, Zarza, hoy es un día de celebración. Oliver, por favor, explicadle los detalles a nuestro hombre.

La reunión se prolongó durante varias horas en las que el arzobispo cada vez se mostró más ebrio y entusiasta. Daniel trató de ser comedido en la ingesta de vino, pero era imposible resistirse a los apremios de Sorrento. A la cuarta copa, ya era él quien la tendía para que se la rellenasen. De trago en trago, Zurcher le explicaba los pormenores de su futura labor de espía, infundiéndole unas reconfortantes dosis de motivación y autoconfianza. Daniel jamás se había sentido tan valorado. Poco a poco se fue contagiando de la pasión de sus superiores.

El alcohol ayudó mucho.

Cuando salió dando tumbos del despacho, lo hizo convencido de que desempeñaría un papel relevante en la lucha contra la herejía en Turín. Y según dejaron entrever el arzobispo y el comandante, tal vez en el resto de Italia.

Sus compañeros discípulos lo interrogaron nada más llegar al barracón, deseosos de saber qué había sucedido en el subterráneo. Todos habían presenciado la bofetada de Zurcher, y temieron que hubieran llevado a Daniel a las mazmorras para aplicarle algún castigo más severo de lo normal. Este los mandó callar con condescendencia etílica. En ese momento eufórico, se sentía por encima de ellos.

Ahora formaba parte del círculo interior del arzobispo.

# 30

Zurcher partió a caballo hacia Turín media hora después de que Daniel Zarza se fuera, borracho, al barracón.

Esperó a la madrugada para entrar en el cuartel por la puerta principal. No quería llamar la atención más que lo indispensable. Saludó al centinela y fue directo a la estancia de los apóstoles, en el ala opuesta a la que ocupaban los soldados de la guardia de Sorrento. Despertó a Mael Rohrer con una leve sacudida y le pidió silencio con el índice en los labios. Rohrer se levantó con cuidado para no desvelar a los cinco apóstoles que dormían allí en ese momento; los demás se encontraban de retén en el arzobispado, como refuerzo de la guardia personal del prelado.

Mael Rohrer, portador de la máscara de santo Tomás, era uno de los tres apóstoles de máxima confianza de Zurcher, junto a Milo Schweitzer y Nevin Portmann. Zurcher los conoció con dieciséis años, cuando lucharon en la misma compañía de mercenarios en las batallas de Novara, Marignano y en alguna que otra más, a cuál más feroz y cruenta. Alabardas, picas y sangre a cambio de florines. Un oficio en el que cada amanecer era un milagro.

Zurcher, Rohrer, Portmann y Schweitzer tuvieron la suerte de sobrevivir a sus hazañas en la llamada Liga de Cambrai, donde se formaron como soldados y crecieron hasta convertirse en hombres. Zurcher siempre sobresalió como guerrero. Era de todos conocida su pasión desmedida por todo lo que tuviera que ver con la esgrima y las tácticas clásicas. Saber leer y escribir con fluidez desde pequeño lo ayudó a formarse a través de libros y tratados. Su cultura militar y habilidad con las armas suscitaron que su antiguo comandante lo recomendara para formar parte de una unidad de élite recién creada.

La Guardia Suiza.

Rohrer, Portmann y Schweitzer no superaron el proceso de selección. En un principio, Zurcher se negó a separarse de sus amigos, pero estos lo obligaron a alistarse a la fuerza; a todos les pareció injusto que alguien tan preparado como él renunciara a una oportunidad como aquella. Cualquier destino era mejor que jugarse el pellejo por un puñado de monedas.

Zurcher se despidió de ellos con la promesa de ayudarlos en cuanto tuviera ocasión, y esa oportunidad llegó después del saqueo de Roma, cuando el gremio de joyeros contrató a la compañía de mercenarios de Rohrer, Portmann y Schweitzer para proteger lo que quedaba de sus negocios. Zurcher se reencontró con sus viejos amigos en una taberna y les propuso formar parte de un proyecto que rondaba la cabeza del papa desde hacía un par de años: una escolta personal, distinta a la Guardia Suiza.

Los apóstoles.

Esta vez no hubo proceso de selección. Bastó la recomendación de Zurcher para que Clemente VII y Yannick Brunner los aceptaran en sus filas para portar las máscaras de Judas Iscariote, Simón y Tomás. Juraron servir al papa, a la Iglesia católica y a sus mandos. Una lealtad que duraría hasta que su amigo Oliver chasqueara los dedos y les propusiera algo distinto.

Como ahora.

Mael Rohrer entendió a la primera el plan que Zurcher le susurró en el túnel que comunicaba el almacén con el arzobispado. Rohrer partió a pie hacia el fuerte en plena madrugada. Oliver abandonó el cuartel minutos después para informar de algo importante a su capitán.

La pantomima había comenzado.

Yannick Brunner saltó de la cama al oír los golpes en la puerta. Miró a través de la ventana y descubrió que aún era de noche.

Abrió con la *katzbalger** en la mano y legañas en los ojos. Zurcher se coló con tal ímpetu en la casa que casi lo arrolla al entrar.

—Cierra la puerta, capitán —lo apremió; su cara era la viva estampa de la preocupación—. Mira esto.

* Espada corta renacentista, con guarda en forma de ocho, usada sobre todo por los lansquenetes. También se la conoce como «destripagatos».

Zurcher le tendió una carta lacrada de cualquier manera con la cera de una vela. Brunner leyó su nombre escrito en trazos infantiles.

—¿Qué es esto?

—Acabo de encontrarla encima del jergón de Mael Rohrer.

—¿De santo Tomás? —Brunner la miró, extrañado—. ¿Qué dice?

—No la he leído, va dirigida a ti, pero me temo lo peor: Rohrer no estaba en el barracón. Lo he buscado por todo el cuartel: ni rastro.

Brunner quebró el lacre y leyó la carta. Lo hizo dos veces y se la devolvió a Zurcher de malas maneras.

—¡Ha desertado!

Zurcher fingió sorpresa, a pesar de que había sido él mismo quien se la había dictado a Mael.

—¿Qué dices? —preguntó, incrédulo.

—Que se ha largado. —Brunner tiró la espada encima de la mesa, sin importarle hacer añicos el plato de loza con las sobras de la cena—. Dice que no se alistó en los apóstoles para matar civiles, por muy herejes que sean; que nos desea suerte, que no nos preocupemos, que jura que no hablará jamás de los apóstoles, pero que se marcha lejos y para siempre. —Agarró a Zurcher por la manga—. ¡La purificadora y la máscara!

—Tranquilo, estaban en su sitio, junto al uniforme. Solo se ha llevado sus cosas.

Brunner empezó a pasear por la habitación de forma errática, con una mano en la boca y la cabeza negando en un movimiento mecánico.

—Tenemos que encontrarlo —decidió—. Nadie deserta de la Guardia Suiza sin consecuencias.

Zurcher le pidió calma con un gesto.

—Ya no estamos en la Guardia Suiza, Yannick —le recordó—, y el arzobispo no nos permitirá abandonar el palacio para perseguir a un desertor. —Zurcher fingió reflexionar—. Además, no creo que sea prudente que los demás apóstoles se enteren de que Rohrer ha desertado. Eres soldado como yo, Yannick, y sabes que cuando uno se marcha, siempre hay otro que lo sigue.

—¿Qué hacemos, entonces? —La habitual expresión agria de Brunner había degenerado en otra de máximo desprecio—. ¿Lo dejamos que se largue por las buenas? Los demás preguntarán por él, no te quepa la menor duda.

—Diles que lo has enviado a una misión en solitario a Roma o cualquier otra excusa que se te ocurra.

—Los apóstoles son doce, Oliver. Doce. La unidad pierde un hombre.

—Podemos sustituirlo —propuso Zurcher; a partir de ahora tendría que manejar la conversación con sumo cuidado para no disparar las alarmas del capitán—. Yannick, ya sabes que estoy formando entrenadores en la guardia de Sorrento... creo que tengo un candidato idóneo, pero me gustaría que tú lo aprobaras.

—Siempre he confiado en tu criterio —le recordó Brunner—. ¿Quién es ese hombre?

El suizo decidió jugar sus cartas con destreza.

—Un español joven, fuerte y rápido. Muy creyente, además —añadió, sabedor de que ese detalle agradaría al capitán—. Su técnica con la alabarda es, simplemente, impecable. Presencié cinco combates contra cinco compañeros, y ninguno tuvo la más mínima oportunidad. Me asusta imaginármelo con una purificadora en las manos —añadió.

Brunner se sentó frente a la mesa salpicada de fragmentos de cerámica. Como era habitual en él, siempre tenía un problema para cada solución.

—¿Crees que Sorrento nos cederá a ese hombre así, sin más? —planteó, rascándose el mentón—. ¿Qué pasará con él cuando tengamos que regresar a Roma? Recuerda que esto de Turín es temporal, y si alguien entra en los apóstoles es para quedarse.

Zurcher le guiñó un ojo.

—Deja eso de mi cuenta. Sorrento me está agradecido por las lecciones de esgrima que regalo a sus guardias. Además, no creo que se atreva a devolverle al papa una unidad prestada con un soldado menos.

Brunner se sumió en un silencio reflexivo. Puede que la solución que planteaba Zurcher fuera la mejor. Este decidió rematar el asunto.

—Te propongo algo, Yannick: ponlo cerca de ti, conócelo bien y decide por ti mismo si puede encajar con nosotros. Si en dos semanas no te convence, buscaré otro candidato para cubrir la baja de Rohrer.

Jaque mate.

—De acuerdo —aceptó Brunner, resignado—. ¿Cuándo podré conocerlo?

Zurcher le echó teatro para no levantar sospechas.

—Primero se lo propondré a Sorrento y luego a él. Dame un día.

El capitán se puso de pie y recogió la espada de la mesa.

—Convocaré a los apóstoles —decidió—. Les diré que he enviado a Mael Rohrer a cumplir un encargo personal del papa Clemente y que recibirán a un nuevo compañero muy pronto. Me visto y nos vamos. Espero que Rohrer no haya hablado de su deserción con ningún compañero, eso nos dejaría en evidencia.

Zurcher rechazó la idea con un gesto.

—No creo que se haya arriesgado a hacerlo —dijo—. Yannick, de verdad, lo lamento. En el fondo me siento responsable de lo que ha pasado con Rohrer. Fui yo quien lo reclutó.

—No, Oliver. El único responsable de cualquier cosa que pase en esta unidad soy yo. No te mortifiques por eso.

Brunner terminó de vestirse y se dirigió al arzobispado con Zurcher, que no podía sentir mayor orgullo de sí mismo.

Le había ganado la partida a su capitán, y este ni siquiera se había dado cuenta de que la había jugado.

Dicen que a quien madruga, Dios le ayuda.

A D'Angelis, el madrugón no le sirvió de mucho.

Nada más cruzar las puertas del arzobispado, se dio de bruces con la repelente cara de ratón del padre Damiano Pacella. El secretario del arzobispo rondaría los veinticinco años, pero aparentaba cuarenta. Metro y medio de prepotencia malencarada que uno se tropezaba en el rincón más impensable cuando menos lo esperaba. Un espectro que en vez de miedo daba grima.

—El arzobispo no está —anunció con cara de asco.

—¿Dónde está?

—No lo sé, es el arzobispo, puede ir adonde quiera.

D'Angelis se imaginó a sí mismo atizándole un revés a aquel imbécil. Luchó por no hacer realidad sus pensamientos.

—¿Sabéis cuándo regresará?

—No lo sé, es el arzobispo, puede regresar cuando quiera.

—¿Y el capitán Brunner? ¿Anda por aquí?

—No lo sé, buscadlo.

Pacella le dio la espalda y desapareció por un corredor con la seguridad altiva de quien se cree intocable.

—Eso, ve a meneártela a tu ratonera —masculló D'Angelis cuando estuvo seguro de que el secretario no podría oírlo—. Espero que si asaltan el palacio te pillen con la túnica remangada y la almendra que tienes por polla en la mano.

—¿Tan temprano y ya jurando?

D'Angelis encontró a Andreoli apoyado en el quicio de la puerta del cuerpo de guardia, a la izquierda de la principal. Llevaba puesto el uniforme de los apóstoles, sin la máscara. Había que reconocer que era elegante, sin importar el atuendo que vistiera.

—Tengo que hablar con el arzobispo —dijo—, traigo noticias frescas y malas. ¿Anda el capitán meapilas por aquí?

—No lo has pillado de milagro. Se acaba de marchar al cuartel con los demás apóstoles. ¿Para qué querías verlo?

D'Angelis miró a ambos lados, como si temiera que alguien pudiera oírlos.

—¿Estás solo?

—Sí.

—¿Puedo entrar? —preguntó.

—Pasa, pero te advierto que no eres mi tipo.

—Antes me dejaría dar por culo por un cerdo. —D'Angelis cerró la puerta del cuerpo de guardia nada más entrar—. ¿Te acuerdas del espadachín que vi en la bodega Moncalieri? Jonás Gor...

—Claro. ¿Lo has encontrado?

—Me ha encontrado él a mí.

Andreoli puso una cara cómica de sorpresa.

—¿Y sigues vivo?

—Casi me cago encima —reconoció—. Ese tipo da escalofríos. Me pilló desprevenido en la Taberna del Veneciano.

—¿En el Veneciano? Tienes que subir tus honorarios.

—Algo parecido me dijo él. Sois los dos igual de ocurrentes. Puede que seáis hijos de la misma puta.

—¿Y qué te dijo?

D'Angelis se agachó para echar una ojeada debajo de los jergones. Andreoli se echó a reír.

—¿Se puede saber qué coño haces?

—Buscar al moro.

—Ah, cierto. No tiene nada mejor que hacer que pasar el día debajo de la cama para oír los santos pedos de los apóstoles. No me jodas, D'Angelis.

—Está bien, está bien, te contaré lo que me dijo.

El espía narró con pelos y señales su conversación con Jonás Gor. Andreoli no hizo ni un chiste mientras lo escuchaba.

—Así que algo grande va a suceder en Turín —repitió el teniente—. Algo que escapa a nuestro entendimiento...

—Una partida de ajedrez en la que el Mattaccino no es más que un peón —recitó D'Angelis—. Y que la única posibilidad de evitar un baño de sangre sería liberar a los prisioneros y negociar indemnizaciones. ¿Dónde diablos se llevaron a esa gente?

—Te juro que no tengo ni idea.

—¿Y no se lo habéis preguntado al arzobispo?

—Nosotros cumplimos órdenes —rezongó el teniente—. Si nos dicen saltad, saltamos. Pregunta a su guardia personal o a los cocheros —sugirió—. Sé que se los llevaron en los ataúdes rodantes.

—Da igual, se lo preguntaré a Michele cuando lo vea.

—Suerte con eso, no vemos al arzobispo desde hace dos días. ¿Le puedo contar a Brunner lo que te dijo Gor?

—Por favor, así me ahorro ver su cara de estreñido. Me pasaré por la catedral, a ver si han visto al arzobispo por allí. —Dino se volvió a Andreoli justo cuando abría la puerta para irse—. Por cierto, ¿volviste a ver a la viuda de La Prímula?

El teniente se señaló a sí mismo en gesto condescendiente.

—¿Tú qué crees?

—Que te has matado a pajas a su costa. Si me entero de alguna novedad, te lo diré —prometió—. Tú haz lo mismo en caso inverso. Avisadme si aparece el arzobispo. Tiene que saber lo que se cuece antes de que la olla rebose.

—A la orden, comediante —se despidió Andreoli, con un guiño.

El rostro tristón de D'Angelis compuso una mueca divertida antes de irse. Andreoli se quedó en el cuerpo de guardia hasta que calculó que el espía había abandonado el edificio; recogió la purificadora, se puso la máscara de san Juan y bajó a la mazmorra.

—Ábreme el pasadizo —le dijo al guardia encargado del sótano en ausencia de Batavia.

El muro se abrió y Andreoli desapareció por el túnel.

Ni el teniente, ni D'Angelis, sospecharon que alguien más había escuchado la conversación que acababan de mantener. Hamsa volvió a poner la tapa en el pequeño agujero que Michele Sorrento ordenó abrir en el suelo de la habitación, justo en el piso de arriba, para espiar el cuerpo de guardia.

El Susurro sí que conocía el lugar al que habían trasladado a los prisioneros. De hecho, sabía muchas cosas que los apóstoles y D'Angelis ignoraban. Algunas incluso escapaban del control del arzobispo.

Y algo le decía que ya era tarde para liberar a los prisioneros.

# SEGUNDA PARTE

# La revuelta

# 31

*Sevilla, otoño de 1526*
*Un año antes de la revuelta*

A pesar del frío que hacía fuera, fray Antonio de Andújar sudaba en su despacho del castillo de San Jorge.

La papada de perro pachón tembló al oír la cantidad que Zephir de Monfort acababa de pronunciar.

—¿Cuánto habéis dicho?

—Siete mil ducados de oro —repitió el inquisidor.

Fray Antonio tragó saliva.

—Imposible —tartamudeó—. Esteban de la Serna no tiene esa cantidad. Aunque le expropiásemos todas sus tierras y propiedades...

La palma de Zephir golpeó con tal fuerza el escritorio que todo lo que había encima brincó. Las gotas procedentes de un tintero salpicaron varios documentos. Puede que fueran importantes, pero el secretario del gran inquisidor tenía otras cosas por las que preocuparse. El poco color que quedaba en la cara de fray Antonio desapareció.

—Siete mil ducados de oro —silabeó Zephir por tercera vez—. Es lo que he calculado que me robó. Esa cifra incluye los intereses de todos estos años y la indemnización por haber sumido a mi familia en la pobreza hasta matarla.

Se estableció un silencio cenagoso en el despacho. El visor cruciforme taladraba el rostro de fray Antonio con su mirada invisible. Al fraile le pareció ver dos ascuas donde deberían estar los ojos.

—Zephir, sed razonable —rogó—, seguro que podemos llegar a un acuerdo.

—El acuerdo es sencillo: o me pagáis lo que exijo, me da igual de qué arcas salga, o aquí se acaba vuestra historia. Y os juro por las almas de mi esposa y de mi hija que no será una muerte rápida.

Fray Antonio estaba al borde del desmayo.

—Pero... pero yo no os robé nada —protestó—, fue De la Serna. Ni siquiera estoy al tanto de las cantidades que le confiasteis.

—Fuisteis vos quien me lo recomendó para entregar los pagos a mi familia —le reprochó Zephir—. Conociéndoos, seguro que sacasteis tajada.

El secretario apoyó la chepa en el respaldo de cuero repujado de la silla. Su carácter amable y efusivo estaba sepultado bajo los escombros de su dignidad.

—Zephir, si me matáis no solo cometeréis un pecado que os enviará de cabeza al infierno para la eternidad; tampoco saldréis vivo de este castillo.

El caballero se inclinó hacia delante y apoyó los puños sobre el escritorio. Las púas de los guanteletes arañaron el barniz. A pesar de que no podía ver su rostro, fray Antonio adivinó una sonrisa siniestra debajo del yelmo.

—¿Queréis apostar?

El silencio regresó al despacho.

—Esperad un momento —dijo fray Antonio al fin.

El secretario caminó hasta un armario, rebuscó entre sus ropas, sacó una llave y lo abrió. Escogió un par de libros y los desplegó sobre la mesa de reuniones. El clérigo los consultó durante un buen rato para luego regresar a su asiento.

—Dadme una semana y os conseguiré el dinero —claudicó derrotado—. Sigo pensando que cometéis una injusticia al dirigir vuestras iras hacia mí, pero también me siento en la obligación moral de resarciros.

Zephir casi se echó a reír ante su alarde de cinismo, pero eligió ser pragmático. Había conseguido lo que había ido a buscar.

—Tenéis esa semana —concedió—. Si veo que alguien me sigue o me entero de que intentáis algo contra mí...

—No, no, no —negó fray Antonio de forma atropellada—. Tened la seguridad de que cumpliré a rajatabla nuestro acuerdo. Al fin y al cabo el Santo Oficio os debe mucho.

—Una cosa más.

El poco color que había regresado al rostro regordete de fray Antonio volvió a desaparecer.

—Vos diréis... —resopló, agotado.
—Tranquilo, no os costará ni un maravedí.
Zephir se marchó del castillo de San Jorge con una sonrisa de triunfo debajo del yelmo de acero.
Fray Antonio de Andújar le había concedido su última petición.
Una que le hacía la misma ilusión que los siete mil ducados que acababa de estafarle al Santo Oficio.

# 32

*Turín, otoño de 1527*
*Tres días antes de la revuelta*

Aquella mañana, la cólera reinaba en el salón de audiencias de la torre del municipio de Turín.

El alcalde y juez Ribaldino Beccuti; su secretario, Louis Borgiano, y el capitán preboste, Lissànder Fasano, presidían la sesión extraordinaria junto a seis de los ocho maestres de los gremios que formaban el consejo municipal; los dos que faltaban se encontraban entre los desaparecidos.

El sentimiento de inseguridad en la ciudad era máximo.

El protocolo exigía la presencia de un par de alguaciles armados durante los plenos: una especie de ornamentos de carne y hueso, de mirada fija y alabarda en mano, que asistían a la asamblea con semblante imperturbable. Aquel día Beccuti recurrió a una docena de guardias que durarían un suspiro si el gallinero en el que se había convertido el salón acababa revolucionándose del todo. Ni siquiera los alguaciles eran capaces de disimular su miedo.

La atmósfera era pesada como el plomo y caliente como el fuego. Un volcán a punto de vomitar lava y rocas al rojo vivo.

El centenar de parientes de los desaparecidos en la bodega Moncalieri exigía la cabeza de Michele Sorrento. Gentes ataviadas con vestidos y jubones caros, adornados con joyas valiosas y poseedores de fortunas capaces de desencadenar una guerra. Beccuti explicó, por segunda vez, que no se había encontrado prueba alguna contra el arzobispo, y que no habían hallado nada durante el registro de su palacio.

Pero la gente no estaba con ánimos de escuchar argumentos.

Un anciano subió al estrado y pidió calma con las manos a los que más gritaban. Incluso se dirigió a algunos por su nombre, rogándoles silencio. Los gritos menguaron en cuanto la multitud lo reconoció.

Cirilo Marchese poseía la serrería más importante de Turín y había ocupado el cargo de gran maestre del gremio de madereros durante más de treinta años. Había cumplido los ochenta, pero conservaba una cabellera espesa y una figura erguida que le hacía parecer más joven. Lo más acorde a su edad eran las arrugas de su rostro, la sabiduría que transmitía y la tranquilidad de quien es consciente de estar en la última etapa de la vida.

—Mi hijo está entre los desaparecidos —manifestó, con voz pausada—. Conociéndolo como lo conozco, dudo que siga con vida, porque Luca no es de los que se deja doblegar. Ha convertido bosques en planicies a golpe de hacha y siempre le ha gustado más trabajar con nuestros leñadores que afrontar labores administrativas y comerciales en la serrería. —Marchese señaló a Cándida Di Amato, que estaba en primera fila con el rostro hinchado por las lágrimas y encendido por el rencor—. Si esos enmascarados que mencionó Francesco Donato antes de morir son quienes tienen a los nuestros, estoy seguro de que Luca habrá muerto luchando contra ellos.

Una nueva ola de susurros se elevó en la sala, pero Marchese la sofocó antes de que rompiera contra el estrado. Beccuti, Borgiano y Fasano se removían incómodos en sus asientos. La descripción que había dado Donato de los atacantes coincidía con la de aquella extraña guardia del papa que el arzobispo llamaba apóstoles. A pesar de no haber encontrado nada en el arzobispado que lo implicara, Sorrento no había dejado de ser el sospechoso principal. Aunque, por otro lado, si alguien conocía la existencia de esos apóstoles y quería incriminar al prelado, nada mejor que ataviarse con máscaras y capas para conseguirlo.

—Entiendo que estéis indignados y furiosos —prosiguió el anciano—, yo también lo estoy; pero no podemos desencadenar una guerra contra la Iglesia sin más pruebas que el testimonio de un solo hombre.

Cándida saltó como un resorte. Su figura pequeña y rechoncha parecía agrandarse después de cada frase.

—¿Acaso ponéis en duda las palabras de mi difunto esposo, señor Marchese? Esos enmascarados arrestaron a nuestra familia en nombre de la Iglesia, y mi marido oyó mencionar al arzobispo en la barcaza. Yo sí creo en el relato de Francesco.

Cirilo Marchese se dirigió a la viuda con una suavidad exquisita.

—Cándida, muchos de los aquí reunidos desconocen el motivo por el que sus familiares acudieron esa noche a la bodega. Yo sí sé a lo que fue mi hijo, entre nosotros no había secretos. —El bisbiseo que se alzó en el salón no impidió al anciano seguir hablando—. Allí se habló de mejorar las cosas, entre otras de acabar con las intrusiones de la Iglesia a nuestra privacidad. No sabemos si estos amagos de inquisición que sufrimos son iniciativa del arzobispo Sorrento o del papa Clemente. —Marchese se volvió al estrado y se dirigió, en especial, al alcalde—. Incluso el consejo municipal podría mejorar si se escuchara más a los ciudadanos. Todos juntos podemos hacer de Turín una ciudad mejor.

Beccuti no respondió. Lissànder Fasano le lanzó una mirada de reojo que el alcalde fingió no ver. Borgiano se aplastó contra el respaldo del sillón y cruzó los brazos, como si aquello no fuera con él. Los maestres de los gremios guardaron el mismo silencio que el juez sin atreverse a comentar nada entre ellos.

—Cándida —apeló Marchese—, no dudo de tu difunto esposo, pero ¿no has pensado en la posibilidad de que esos enmascarados actúen por su cuenta y quieran echarle la culpa a Michele Sorrento? —La viuda se mostró escéptica, pero siguió escuchando al anciano—. Si nos empeñamos en dirigir nuestras iras contra él y resulta ser inocente, le estaremos siguiendo el juego a los verdaderos culpables y haciendo un flaco favor a la justicia.

—¿Qué proponéis entonces? —preguntó Cándida.

—Por nuestra parte, dejar los prejuicios a un lado y permitir que las autoridades investiguen las desapariciones, sin entrometernos. —Marchese se volvió hacia Beccuti—. Y si se me permite, me gustaría hacer unas gestiones privadas que podrían arrojar luz sobre el infausto suceso de la bodega.

Beccuti frunció el ceño y llamó al anciano con un gesto. Este se acercó al estrado. El alcalde le habló en voz muy baja.

—¿Qué gestiones y con quién?

—No puedo decíroslo, pero os aseguro que resultarán beneficiosas para todos.

Lissànder Fasano se dirigió al viejo de los dientes apretados en una mueca amenazadora.

—¿No os dais cuenta de que podría arrestaros por ocultar información a la autoridad?

Los familiares de los desaparecidos comenzaron a hablar entre ellos hasta que el muro de sonido volvió a elevarse. Marchese aprovechó la barahúnda para hablar con las autoridades en voz baja.

—Jugáis con una antorcha en la santabárbara del barco —les advirtió el anciano—. Si queréis apagar el incendio usad agua, no pólvora. Los ánimos de esta gente están a punto de estallar, y a ninguno de nosotros le interesa una guerra abierta contra la familia Sorrento.

—Pero ¿con quién haréis las gestiones? —insistió Beccuti.

—Si os lo digo, intervendréis y todo se irá al traste.

Fasano se inclinó hacia delante.

—Habláis de mejorar la ciudad, pero el único método que conozco para renovar las cosas empieza por tirar las viejas. Esa reunión no solo era una amenaza para la Iglesia, también para nosotros.

—La prioridad es recuperar a nuestros familiares y castigar a los verdaderos culpables —concluyó Marchese—. Ya tendréis tiempo de preocuparos de otros asuntos. —Volvió a dirigirse a Beccuti—. Don Ribaldino, confiad en mí. Conocí a vuestro abuelo y fui amigo de vuestro padre. No quiero nada malo para vos ni para ninguno de esta mesa. —Se volvió a los grandes maestres—. Vosotros... vosotros sois como mis hermanos, concededme un voto de confianza —insistió.

Dicho esto volvió a pedir calma a la multitud. Una vez que obtuvo algo de orden, retomó su discurso.

—El consejo municipal va a permitir que haga unas indagaciones por mi cuenta, sin que esto sea óbice para que ellos prosigan con sus investigaciones. —Los miembros del estrado entrecruzaron miradas sorprendidas. El acuerdo había sido unilateral, pero Beccuti hizo una seña a sus compañeros para que no contradijeran a Marchese—. Creedme, si descubro que Sorrento está detrás de esta felonía, seré el primero que se gaste hasta el último florín de su fortuna para pagar un ejército que convierta su palacio en un solar. Pero, mientras tanto, dejémosle en paz.

Los asistentes volvieron a elevar un murmullo, pero esta vez de aprobación. Las palabras de Marchese habían insuflado un aliento de esperanza en los ánimos cansados de los familiares. Louis Borgiano, el secretario, decidió que era un momento propicio para quitarse de en medio.

—Ribaldino —le susurró a Beccuti—, levanta la sesión antes de que el ambiente se caldee de nuevo.

El alcalde dio el pleno por concluido y los asistentes abandonaron la torre del municipio de forma más o menos ordenada. Los guardias y alguaciles respiraron aliviados cuando la asamblea terminó sin percances. Los maestres de los gremios, asustados por la desaparición de sus compañeros, salieron del edificio sin tener claro con quién posicionarse.

Beccuti, Borgiano y Fasano permanecieron en el salón del trono, ahora vacío y abatido en un silencio mortuorio. El preboste lo rompió.

—Tendríamos que informar al duque de Saboya.

El alcalde rechazó la idea.

—No metamos a otro actor en la función, Lissànder, te lo ruego. Esperemos a ver cómo se desarrollan los acontecimientos.

—¿No tenéis una sensación... rara? —preguntó Borgiano, con la mirada perdida hacia la puerta por la que habían salido los asistentes.

—Sí —coincidió Beccuti—. Que estamos en medio de una guerra entre dos bandos que todavía no conocemos.

Cirilo Marchese siguió al pie de la letra las instrucciones de su hijo Luca.

Se plantó frente a la fachada del palacio Madama, localizó la primera ventana de la planta baja en el ala oeste y caminó hacia ella. Comprobó que nadie miraba y sacó el papel doblado del bolsillo.

Marchese sintió el peso de los años al ponerse en cuclillas. Por fuera parecía más joven; por dentro, era otro cantar.

Buscó la grieta en la mocheta de la ventana e introdujo la nota. Si todo iba como estaba previsto, alguien la recogería a lo largo del día.

Ojalá no fuera demasiado tarde y su hijo siguiera vivo.

Por desgracia, su intuición había acertado. Puede que al anciano le consolara saber que convertir bosques en planicies a golpe de hacha le sirvió a Luca para arrastrar, en su viaje al más allá, a uno de sus verdugos.

# 33

Once de la noche.

Diez dedos como tenazas de herrero se cerraron alrededor del cuello del camisón de Michele Sorrento y tiraron de él como si quisieran chocarle la cabeza contra el techo de su dormitorio en el fuerte. El arzobispo se despertó de golpe, aterrado, con una laxitud en brazos y piernas digna de un muñeco de trapo.

El rostro que distinguió a dos dedos de su nariz lo aterrorizó todavía más. Esperaba su visita, pero no tan pronto.

—¿Padre? —logró articular antes de que la primera bofetada lo terminara de espabilar.

—¿Qué has hecho, imbécil?

La segunda casi lo envía de vuelta a los brazos de Morfeo.

—¡Padre, os lo ruego! —suplicó, tratando de que los brazos le respondieran.

Una mano femenina sujetó la muñeca de Sorrento antes de que descabezara a su hijo de un tercer bofetón.

—Cálmate, Dante —le pidió Margherita—. No querrás matar a tu hijo.

Dante soltó a Michele, que se desplomó panza arriba sobre la almohada con los ojos anegados y las mejillas hirviendo. El padre del arzobispo dedicó a Margherita una mirada que podría ser de agradecimiento. Ella le soltó la mano antes de dirigirse al escabel dispuesto al otro lado de la habitación. Su caminar era el de alguien que cree suya cada baldosa que pisa.

El padre de Michele retrocedió unos pasos para que su hijo tuviera una vista privilegiada de su desprecio. A pesar de su edad, podría partirlo en dos con sus propias manos si se lo proponía. Su rostro, cuadrado y arrogante, era muy diferente al de Michele; de hecho, siempre había sospechado que no era fruto de su simiente. Después de que él naciera, no tuvo más descendencia ni con Verónica, la madre de Michele, ni con otras con las que intentó engendrar un mísero bastardo del que avergonzarse más de lo que se avergonzaba de su propia sangre, si es que en realidad lo era. Con Margherita se casó en segundas nupcias después de que ella enviudara con cuarenta y dos años. Puede que fuera culpa de Dante o de que ella fuera demasiado mayor para concebir, pero la cuestión era que su único retoño era aquel hombrecillo encogido y tembloroso que no era nadie sin sus ropas clericales.

—Recibí una carta de un confidente hace dos días informándome de que habías ordenado a los apóstoles una redada en las antiguas bodegas Moncalieri —manifestó Dante, que hacía malabares con las tripas para no perder los nervios—. Una redada en la que hubo varios muertos —añadió—. ¿Cómo se te ocurrió algo así?

Michele apoyó la espalda en el cabecero y se tapó hasta el pecho con el cobertor, como si aquello pudiera contener la ira de su padre.

—Ingresé en el clero por vuestra voluntad, padre —se defendió Michele, que se atrancaba al hablar—. Vos me obligasteis a dedicar mi vida a Dios y fuisteis vos quien me incitasteis a ordenar el registro de domicilios en busca de libros prohibidos y prácticas heréticas. Me informaron de la reunión en la bodega y envié a los apóstoles... Tengo una bula papal —añadió.

Dante dio dos pasos hacia su hijo, pero refrenó su intención inicial de abofetearlo de nuevo.

—Has hablado tanto de esa bula que has olvidado que no existe —le recordó—. Una cosa es molestar a la burguesía turinesa y otra detener y asesinar civiles. Te dije que usaras a nuestros guardias sin uniformar, no a los apóstoles. Tenía grandes planes para ti y nuestra familia, para toda Italia... y los has arruinado.

—Encontraremos una solución —lo tranquilizó Margherita; su tono era de absoluta seguridad—. Si hubieras mantenido a Michele informado y al corriente de tus planes, esto no habría sucedido.

Dante soltó una maldición.

—Por Dios, siempre ha sido un pervertido y un borracho —se indignó—. ¿Qué quieres? ¿Que lo vaya largando por ahí al tercer vino?

Ella clavó su mirada enigmática en Michele. La imagen del arzobispo era patética; un guiñapo en camisón que apenas logró dedicarle un gesto de mudo agradecimiento. Su madrastra le parecía una mujer atractiva, a pesar de ser la esposa de su padre y de la diferencia de edad que los separaba. A menudo fantaseaba con yacer con ella, aunque esos pensamientos le acarrearan horribles remordimientos después de cada sesión de onanismo.

—No puedo entender cómo has tenido entrañas de hacer lo que has hecho —gruñó Dante.

Michele se tapó la cara con las manos y rompió a llorar. Dante buscó apoyo en la mirada de Margherita, y esta le pidió con un gesto que lo dejara desahogarse.

—Hice lo que creí correcto —hipó el arzobispo cuando se quedó sin lágrimas—. Entendí que querías que limpiara la ciudad de herejes. No sabía nada de ese plan del que hablas. Y ellos me vieron la cara en el arzobispado.

Dante se dejó caer en una silla próxima al escabel que ocupaba su esposa. Se sentía como el alfiletero de la preocupación.

—No sé cómo solucionar esto —reconoció—. Como se relacione este holocausto con nosotros, estamos acabados.

—Ya se nos ocurrirá algo —lo calmó Margherita—. No recuerdo ningún problema que no hayamos podido resolver.

—Este es el más grave hasta la fecha —sentenció Dante.

—¿Me dejas hablar con tu hijo? —pidió—. No hace falta que salgas de la habitación, pero creo que estoy más calmada que tú para explicarle algunas cosas.

Dante hizo un ademán de hartazgo y aceptó. En esos momentos, le daba todo igual. Margherita se sentó en el borde de la cama de su hijastro.

—Michele, la intención de tu padre al hacerte prosperar dentro de la Iglesia no fue solo para apartarte de la vida licenciosa a la que estabas acostumbrado. Seguro que desde que eres arzobispo lo tienes aún más fácil para gozar de los encantos de la doncella que se te antoje. Es tu naturaleza: no puedes impedir que un jabalí se revuelque en el barro.

Michele le dedicó una mirada dolida, pero no se atrevió a rebatirla.

—¿Y si te dijera que tu padre podría hacer que, en unos meses, toda Italia te aclamara como el próximo papa?

El arzobispo se quedó como si acabaran de arrancarle los testículos de un tirón y no hubiera notado nada. Desvió un segundo la vista a su progenitor y luego clavó unos ojos espantados en aquellas lagunas verdosas que parecían no tener fondo.

—Yo, ¿papa de Roma? ¿Y Clemente?

—Clemente es el segundo papa de los Médici en lo que llevamos de siglo —enumeró Margherita—. El primero fue León X. Su sucesor, Adriano VI, que no era Médici, no llegó a los dos años de papado. Muchos sospechamos que los Médici tuvieron algo que ver con su muerte, pero, como sucede con esa familia, siempre se las ingenian para quedar impunes. Fuerza, inteligencia, astucia, maldad y una fortuna incalculable; esa es la fórmula que te hace invulnerable. Los Médici hicieron mucho daño a tu familia y a la mía. ¿Sabes lo que les sucedió a los hermanos de tu abuelo?

—Mi padre me contó que uno de ellos murió junto con su esposa e hijos en un incendio y el otro en un ataque pirata cerca de las costas de Sicilia —recordó Michele, que de repente sumó dos y dos—. También con su mujer y sus hijos —murmuró—. ¿Fue culpa de los Médici?

Dante contestó por ella.

—Dos familias enteras que se negaron a venderles sus palacios y sus tierras en Florencia. Demasiadas coincidencias. Mi padre quedó como único heredero, pero aprendió la lección: les vendió todas sus propiedades con una reverencia y se mudó a Milán con tu abuela y mi hermana, para no acabar como tus tíos. Allí naciste y de allí nos tuvimos que marchar por culpa de los Sforza. Italia está dividida a causa de los Médici, los Sforza, los Strozzi, los Farnesio, los Borgia... Por eso nos mudamos al Piamonte: aquí somos los más poderosos, después de Carlos de Saboya. En estas tierras nadie nos puede pisar.

—No lo entiendo —murmuró Michele, algo más calmado al ver que su padre ya no intentaba matarlo—. Entonces ¿por qué ese afán por estrechar relaciones con Clemente VII, que es un Médici? Ahora es mi amigo, y lo considero como tal.

—Eso fue idea de mi hermano Nicco, que en esa época mantenía una buena relación con el papa, pero no con el resto de los Médici —aclaró Margherita.

—Nicco —repitió Michele—. Coincidí con él en un par de ocasiones y me cayó muy bien. ¿Cómo está?

—Murió en junio —reveló ella.

—Lo lamento. ¿También tuvieron algo que ver los Médici?

—Se lo hicieron pasar muy mal a lo largo de su vida, y eso hace que la muerte cabalgue más rápido.

—Decidimos intimar con el papa Clemente por dos razones —explicó Dante, retomando el tema principal—. La primera, porque así pudimos pagarle con afecto y dinero tu formación religiosa y tu entrada en el alto clero; sin él, nunca habrías llegado a arzobispo. La segunda, para que se confiara y no viera lo que se le viene encima.

Michele le dedicó una mirada de reproche.

—¿Me estás diciendo que no soy más que un instrumento para ti?

—Para nosotros —le corrigió—. No te engañes, de no ser por mí habrías acabado muerto en un callejón, de una puñalada o de una mala borrachera. Si consigo convertirte en el próximo papa, no solo perdurará el apellido Sorrento en la historia: tengo planes aún más ambiciosos, que podrían culminar con la erradicación de las familias más poderosas de la península y en la unificación de toda Italia.

—No entiendo nada —reconoció Michele.

—Por ahora, mejor que entiendas solo lo justo —zanjó Dante, irónico—. Te iré poniendo al corriente paso a paso, si es que logramos superar el inconveniente que has provocado. ¿Y Zurcher?

—En Turín.

—Según el oficial de guardia, el entrenamiento de las tropas es excelente —dijo—. Algo es algo.

—Se me ha ocurrido un nombre para ellos: los discípulos.

Dante compuso una mueca indescifrable.

—Es un nombre tan bueno como cualquier otro. —Ahora que estaba más tranquilo, no quería disgustar más a su hijo—. A propósito, también me he gastado una fortuna en adquirir algo que nos hará famosos no solo en Italia, sino en toda Europa y en toda la cristiandad.

—¿Puedo saber qué es? —preguntó Michele, intrigado.

—A su debido tiempo —prometió Dante, poniéndose de pie—. ¿Alguien en Turín sabe que estás aquí?

—Solo Zurcher y la escolta que me acompañó.

—Por ahora no regreses a la ciudad, aquí estarás seguro. Intentaré sacarte del embrollo en el que te has metido. Aún no sé cómo, pero ya se me ocurrirá algo. Las familias de los ciudadanos a los que has ejecutado no se quedarán de brazos cruzados cuando se den cuenta de que no volverán a verlos.

Margherita posó una mano tranquilizadora en el brazo de Michele antes de levantarse de la cama. A pesar de la situación y de tener la mejilla aún caliente, el arzobispo notó una ola de excitación recorriéndole las ingles.

—Todo se resolverá —aseguró Margherita—. Como dice tu padre, ya se nos ocurrirá algo.

—¿Y si no se os ocurre nada? —preguntó Michele, apocado.

Dante encogió los hombros y abrió las manos hasta convertirse en la metáfora de un «lo siento».

—Con todo el dolor de mi corazón, no te quedará otra que rendir cuentas ante la justicia.

Dicho esto, Dante y Margherita abandonaron las dependencias de su hijo en el fuerte. Tendrían que madrugar si querían partir al alba hacia Turín.

Michele Sorrento se quedó solo.

A solas con la humillación y el miedo.

# 34

*En algún lugar al norte de Sevilla, otoño de 1526*
*Cuatro días después de la entrevista de Zephir*
*con fray Antonio de Andújar*
*y un año antes de la revuelta*

La puerta de la cocina que daba al patio trasero de la hacienda era del roble más sólido de la comarca y el alamud que la acerrojaba por dentro, obra de la mejor forja de Triana. El artesano que la instaló le aseguró a Esteban de la Serna que no habría nada en este mundo capaz de romper aquella puerta.

Era evidente que el artesano no conocía a Zephir de Monfort.

La barra que la atravesaba de lado a lado se combaba a cada embestida y las bisagras se quejaban. Lola, la cocinera, dejó de contemplar cómo la puerta temblaba cada vez que lo que fuera que había en el exterior descargaba un golpe. Tenía que darse prisa si quería cerrar todos los postigos de la casa.

Lola se cruzó con los criados que erraban por la planta baja de la hacienda armados con lo primero que pillaron, sin saber muy bien qué hacer o adónde dirigirse. Recorrió habitación tras habitación, cerrando las contraventanas, acompañada por el estruendo de los mazazos procedentes de la cocina y de una algarabía de órdenes sin sentido.

Después de asegurar los ventanales de la sala más próxima a la entrada principal, salió al zaguán con las llaves en la mano. Dos criados de don Esteban cargaban los arcabuces de caza a toda prisa; otro, armado con un hacha de leñador, espiaba a través del ventanuco de la puerta.

—Quita —ordenó Lola—, voy a echar la llave.

—Hay hombres armados ahí fuera —informó el del hacha sin dejar de fisgar—, pero están parados, sin hacer nada.

—Pero ¿es que no oyes los golpes? —preguntó ella mientras apartaba al hombre de un empujón—. Id a la cocina, van a entrar por ahí.

Tres sirvientes bajaron las escaleras con hoces y martillos. Herramientas para segar trigo y clavar clavos, convertidas en armas a la fuerza por la magia del asalto.

—¿Y la señora? —les preguntó Lola, al pasar.

—En su alcoba, con las mujeres. Sube con ellas y cierra por dentro.

Al otro lado del patio interior, en la biblioteca, Esteban de la Serna se había atrincherado con su secretario, Emérito García, en cuanto el criado que divisó la compañía a lo lejos dio la alarma. Se sumieron en una penumbra tétrica tras cerrar puertas y ventanas, que aliviaron a duras penas encendiendo un candelabro. Esteban y Emérito formaron una barricada delante de la puerta con la mesa más grande de la estancia, un par de estanterías y una vitrina que perdió los cristales en el proceso. El contenido de los muebles alfombraba el suelo, hecho trizas. El secretario cargaba los arcabuces recién descolgados de la chimenea mientras repetía que aquello debía de tratarse de un error y sugería a su patrón que parlamentara con los asaltantes.

Si aquel no hubiera sido el momento más trágico de su vida, Esteban se habría echado a reír. Estaba claro que Emérito García no conocía a Zephir de Monfort.

La cocinera corrió escaleras arriba para reunirse con su señora y las otras tres doncellas. Cerró la alcoba por dentro y espió por la ventana. Uno de los soldados la vio, pero ni se molestó en apuntarla con el arcabuz para asustarla. Estaban allí para impedir que alguien huyera, pero no para asaltar la casa.

La verdadera amenaza estaba detrás.

Los seis criados de Esteban de la Serna tomaron la cocina. Los que iban armados con arcabuces apuntaron a la puerta. Los cañones temblaban. El alamud también, a cada golpe.

Se produjo un silencio. Un silencio siniestro.

—¿Se ha ido? —preguntó alguien.

De repente, el cuarterón superior de la puerta estalló hacia dentro, convertido en un erizo de astillas. Una mano envuelta en acero negro y púas plateadas pasó a través del agujero y levantó el alamud. La puerta se abrió y el terror irrumpió en la cocina.

Los dos arcabuceros apostados detrás de la mesa abrieron ambos ojos durante un segundo para asimilar la visión de la mole acorazada que los observaba desde la puerta. Zephir jadeaba debajo del casco. Los que empuñaban herramientas confiaron su vida a la pólvora y retrocedieron.

Las dos armas rugieron a la vez.

Una de las balas pasó cerca del yelmo del inquisidor y sobrevolo los sembrados de la finca, con un silbido de muerte fracasada. La otra se encajó en la cruz de lis de bronce de la armadura. Zephir se detuvo solo un segundo para comprobar que el blindaje había resistido y siguió caminando hacia ellos.

El hombre del hacha de leñador se abalanzó contra el inquisidor y descargó un golpe descendente que acertó en la hombrera rematada de pinchos. La hoja de acero arañó la pintura negra, y el visor en forma de cruz se volvió hacia el atacante.

La izquierda enguantada sujetó el mango del arma cuando esta golpeó por segunda vez. Zephir le arrebató el hacha al hombre de un tirón, la hizo girar en el aire y se la hundió en la cabeza. Los criados recularon hasta dar con los fogones; la visión de su compañero con el cráneo hendido les robó la respiración. Los arcabuceros, sin tiempo para recargar, huyeron despavoridos por el corredor.

Zephir pasó por encima del cadáver y caminó hacia los tres que se habían acorralado en el hogar. El mayor y el del martillo se apartaron; el otro dejó caer la hoz al suelo, juntó las manos y se arrodilló para pedir clemencia.

No la encontró.

La maza claveteada trazó un arco de abajo arriba que se llevó por delante el esternón y el corazón que protegía. Un chorro de vómito de sangre salpicó de rojo los brazales de la armadura. Zephir agarró al muerto del cuello y lo hizo volar hasta derribar unos canastos repletos de verduras, cerca de donde yacía el del hacha. Los dos supervivientes tomaron la misma ruta que los arcabuceros. El más veterano, que solía quejarse de dolores en las articulaciones, demostró que el terror obra milagros al dejar atrás a su compañero, veinte años menor que él.

Zephir enfiló el pasillo con su caminar lento e implacable. Los arcabuceros trataban de recargar las armas junto a la puerta principal, pero el temblor les dificultaba la tarea. Los arcos que daban al patio central iluminaron de forma siniestra la silueta del inquisidor mientras atravesaba el corredor. Uno de los arcabuceros atacó la bala de plomo con la baqueta cuando el coloso estaba a menos de diez pasos. El criado veterano y el del martillo se despojaron de vergüenza y valor y huyeron escaleras arriba, rezando para que Lola les abriera la puerta. El segundo arcabucero temblaba tanto que desistió de cargar su arma y siguió a sus compañeros al piso superior.

El sirviente apuntó a Zephir con el arma. El inquisidor agachó la cabeza y se protegió con el hombro y el brazo izquierdo sin parar de caminar. Oyó la detonación y notó un golpe en la pieza de metal del codo. Estiró la mano, le arrebató el arcabuz al siervo de un tirón y lo agarró del cuello. Los pies del desgraciado abandonaron el suelo cuando Zephir lo levantó con una sola mano. El hombre se aferró a las pocas zonas de los brazales sin púas y boqueó como un pez fuera del agua.

—¿Dónde está Esteban de la Serna?

El sirviente no dudó en cooperar.

—En la biblioteca... al otro lado del patio —logró articular con una voz que apenas era un susurro estertóreo.

Zephir cruzó el patio interior con el arcabucero aún sujeto por el cuello, dejando la fuente cantarina que lo presidía detrás de él. Una parra enorme reptaba por columnas y paredes, como un ser multiforme que reclama para sí la propiedad del edificio; el inquisidor no podía dejar de pensar que muchos de aquellos lujos y caprichos habían salido de las arcas de su esposa y de su hija. Se detuvo delante de una puerta.

—¿Es aquí?

El criado a medio ahorcar movió la cabeza para decir que sí. La o de su boca era cada vez más grande, y la lengua comenzaba a sobresalir por encima del labio inferior, chorreando babas. Zephir estudió la puerta de doble hoja.

Cerró la mano hasta que se oyó un crujido.

La cabeza del criado mantuvo la misma expresión de asfixia al quedar ladeada y colgando. Zephir lo soltó desde arriba, y los dientes del desdichado le amputaron la lengua al chocar con el suelo. Por suerte para él, ya estaba muerto.

La maza reventó la puerta a la primera. Un segundo golpe terminó de desvencijarla, pero las hojas tropezaron con la barricada de muebles.

Dentro, alumbrados por los cirios mortecinos, Esteban de la Serna y su secretario le apuntaban con sus armas. Emérito García no conocía a Zephir de Monfort, por lo que le sorprendió el aspecto aterrador de la bestia que se ensañaba con los muebles, a golpes y empellones.

Su patrón, por el contrario, sí que sabía lo que le esperaba.

De la Serna dio la vuelta al arcabuz y se puso el cañón debajo de la barbilla. El arma era tan larga que no podía dispararla con las manos. El gatillo, protegido por un guardamonte, era muy distinto a las armas que había poseído con anterioridad, más antiguas y con un mecanismo de disparo grande y fácil de accionar de una patada. Emérito se escandalizó al ver a su jefe en esa posición.

—Don Esteban, pero ¿qué hace?

—Dispárame —rogó—. Te lo ruego, Emérito, dispárame.

El secretario volvió la vista a los muebles apilados que el coloso empujaba hacia dentro. La alfombra salpicada de fragmentos de cerámica y cristal se arrugaba, arrastrada por las patas. A su lado, Esteban seguía suplicando muerte a gritos. La luz del patio iluminaba la escena cada vez con más intensidad. El monstruo no tardaría en entrar. Emérito desvió la mirada un segundo y descubrió que su jefe se quitaba las botas para accionar el disparador con el pulgar del pie. El secretario se encomendó a Dios y apuntó a Zephir.

El inquisidor agachó la cabeza y la bala rebotó en el dragón del yelmo. Furioso, empujó la barricada con más fuerza. Emérito creyó que había fallado; sin pensárselo dos veces, agarró el arcabuz de su patrón para repetir el disparo y mandar a la bestia al otro barrio. Esteban de la Serna se resistió y empezaron a forcejear por el arma.

Los muebles estaban cada vez más cerca de ellos.

—¡Soltad! —exigió el secretario.

—¡No sabes a lo que te enfrentas! —aulló Esteban, que perdía la batalla de tirones por momentos—. ¡Mátame! ¡Mátame, te lo suplico!

Emérito puso fin al forcejeo al plantarle la suela del zapato en el pecho a su patrón y empujarlo sin contemplaciones. Esteban cayó de espaldas, y el secretario giró sobre sí mismo para enfrentarse al intruso.

Zephir se protegió detrás de los muebles un segundo antes de que se produjera el disparo. Confiaba en los ángulos de la armadura, que solían desviar los proyectiles, pero no quería arriesgarse a un tiro tan a bocajarro. La bala se incrustó en el lateral de una vitrina. El inquisidor empujó las estanterías hasta hacerlas caer de la mesa. El secretario retrocedió, acobardado.

Esteban de la Serna corrió hacia la ventana al ver que Zephir apartaba la mesa y agarraba a Emérito por la cabeza. Las manos le temblaban tanto que era incapaz de abrir el cierre de los postigos. Echó un fugaz vistazo atrás y descubrió que el inquisidor había degollado al secretario con las púas metálicas del antebrazo, en un movimiento lento y salvaje a la vez.

Sintió envidia. Para Emérito García, la pesadilla había terminado.

La sombra de Zephir lo cubrió como un manto negro mucho antes de que pudiera accionar el pestillo. La mano enguantada lo agarró por el jubón y lo obligó a enfrentarse a él. Esteban se cubrió la cara con las manos en un inútil intento de protección.

—Sabes por qué estoy aquí, ¿verdad? —preguntó Zephir.

—Lo siento —sollozó Esteban, encogido sobre sí mismo—, fui débil, un cerdo que se dejó llevar por la codicia. Os juro que, si me dais tiempo, os resarciré por el cuádruple del valor del caudal que me apropié, pero os lo ruego, no me matéis.

La cabeza blindada de Zephir se ladeó, como si le sorprendiera lo que acababa de oír.

—No he venido a mataros —siseo, en un tono que casi sonó amistoso—. Debéis saber que todo el pecunio que guardabais en el banco está ahora en mis arcas, por obra y gracia de fray Antonio de Andújar. El problema es que ese montante no cubre ni una cuarta parte de lo que robasteis a mi familia.

—Tengo más —reveló De la Serna con vehemencia—. Si me juráis por Dios que me perdonaréis la vida, os lo daré todo: dinero, joyas... hasta el último real.

El visor cruciforme miró a las alturas, como si consultara con Dios. A continuación volvió a centrarse en el rostro aterrado de Esteban.

—Me parece justo —decidió para sorpresa del sevillano—, siempre y cuando lo tengáis aquí.

—Sí, sí, lo tengo aquí —confirmó Esteban.

—En ese caso os juro ante Dios Nuestro Señor que no os quitaré la vida —pronunció el inquisidor, solemne.

A Esteban se le escapó una sonrisa de agradecimiento.

—Por aquí —indicó.

Zephir lo siguió sin soltarlo del jubón. Esteban rebuscó en el bolsillo y sacó una llave que introdujo en un orificio disimulado entre dos estanterías repletas de libros. El panel giró sobre sus goznes, revelando una alacena secreta con baldas que servían de soporte a varios cofres. De la Serna acercó el candelabro para alumbrar el escondite. Lo iba a perder todo, pero se sintió afortunado.

Iba a sobrevivir a Zephir de Monfort.

De la Serna le entregó un aro pequeño con varias llaves.

—En estos cofres hay joyas; en estos otros, dinero; aquí, piezas de oro. Todo lo que veis es vuestro.

—Con vuestro permiso —dijo Zephir echando atrás el brazo que blandía la maza.

El acero pulverizó la rótula de Esteban. Este se desplomó en el suelo, aullando de dolor y sujetándose la rodilla mientras el inquisidor abría cada cofre y comprobaba su contenido.

Se sintió satisfecho.

Esteban de la Serna había cumplido con su parte del trato.

Zephir también cumpliría con la suya.

—¡Se van!

Los criados apartaron a Lola para asomarse a la ventana. Sintieron un alivio inmenso al comprobar que la compañía del caballero oscuro se alejaba de la hacienda. La última hora y media había sido un concierto de rezos, ruegos y ecos de gritos lejanos. Pero las manifestaciones de alegría duraron lo que una mosca delante de un camaleón. La vergüenza cubrió con sus alas membranosas a los criados que habían abandonado a su amo, al secretario y a sus propios compañeros a su suerte. Por mucho que las doncellas trataran de animar a la esposa de don Esteban con ilusorias esperanzas, quienes habían visto actuar a Zephir de Monfort sabían que sería un milagro encontrar a alguien vivo en la planta baja.

El hombre del martillo se dirigió a la cocinera.

—Lola, estoy seguro de que ya no hay peligro, pero echa la llave en cuanto salgamos, por si acaso. Quedaos todas aquí, con la señora.

Lola rodeó el hombro de su ama, que no paraba de llorar en un digno silencio. La cocinera dio gracias a Dios porque su marido hubiera ido a Sevilla a vender el excedente de huevos de las más de cuatrocientas gallinas de don Esteban. De haber estado en la finca, ahora estaría muerto.

Los sirvientes armados bajaron con la extrema cautela que produce el miedo. El mayor, que precedía la marcha, se detuvo de golpe al principio del pasillo.

—¿No oléis a quemado? —preguntó con la nariz arrugada.

Los demás asintieron sin hablar. Un fuerte olor a carne churruscada venía de la cocina. Avanzaron unos pasos, pero volvieron a pararse al ver el cadáver de su compañero en el patio, junto a la biblioteca.

—Es Valentín —lo identificó el del arcabuz, con una mezcla de náusea y horror—. ¡Dios mío, mirad eso!

El mentón del muerto estaba apoyado de forma grotesca sobre un charco de sangre que teñía de carmesí el empedrado. Tenía los ojos abiertos, los dientes apretados y la lengua amputada frente a ellos.

—Vamos a la biblioteca —propuso el veterano, apartando la vista de la escena.

Tuvieron que sortear el mobiliario destrozado para entrar. Emérito García tenía la cara sumergida en la alfombra empapada en sangre. Al otro extremo de la habitación, descubrieron el compartimento secreto abierto y con las baldas vacías.

—¿Conocíais esta alacena? —preguntó el veterano.

—No sabía ni que existía —reconoció el arcabucero.

—¿Y el amo? —preguntó el del martillo, que lo había buscado por toda la biblioteca—. Igual se lo han llevado —elucubró, agorero.

—O está muerto —aventuró el arcabucero, más agorero aún.

El olor a asado los asaltó de nuevo en el patio. Esta vez fue el arcabucero quien encabezó la marcha. Desde el corredor distinguieron, a contraluz, la silueta del mango del hacha clavada en la cabeza del criado, muy cerca de la puerta reventada. Al llegar a la de la cocina, descubrieron el cadáver del otro sirviente, desmadejado sobre los canastos y rodeado de verduras.

El sonido de un gemido sordo los paralizó justo cuando iban a entrar.

—¿Habéis oído eso?
Un murmullo gutural y exhausto surgió de un bulto cubierto por manteles en la mesa donde Lola cortaba la carne y desplumaba pollos. El olor a quemado era ahora más intenso.
Algo, debajo de las telas, se agitó.
El criado mayor se acercó con pasos lentos y retiró los manteles de un tirón.
Lo que vieron los horrorizó.
Sobre la mesa yacía un hombre desnudo junto a un frasco que contenía un par de ojos, dos orejas y unos trozos de carne que, por lo que le faltaba al desgraciado, adivinaron que eran la nariz y los labios. Los dedos de las manos y de los pies estaban desperdigados por la mesa entre goterones de sangre; en la esquina del tablero, vieron dos bolas de carne con unos hilos rojos colgando que podrían ser testículos. Cada herida había sido cauterizada con un hierro al rojo que reposaba en la chimenea encendida. No encontraron el pene. Puede que las ratas se lo llevaran para darse un festín en su guarida.
Aquella ruina humana trató de incorporarse, pero tenía las piernas y brazos tan machacados que le fue imposible hacerlo; la única solución para no llevar un peso muerto extra para el resto de sus días sería la amputación de las cuatro extremidades.
—¿Don Esteban? —tartamudeó el criado mayor, resistiéndose a creer que era su amo.
Lo era, pero ni siquiera su esposa fue capaz de reconocerlo. Aquella especie de calavera sanguinolenta intentó hablar a través de su boca carente de labios, pero fue incapaz de hacerlo.
Tampoco tenía lengua.
Los criados se santiguaron.
—Jesús, María y José.
Amén.
Zephir de Monfort había cumplido su promesa.
Le había perdonado la vida a Esteban de la Serna.

## 35

*Turín, otoño de 1527*
*Tres días antes a la revuelta*

Daniel se sentía cómodo tras la máscara de santo Tomás.

Los calzones de Mael Rohrer le quedaban algo cortos, pero las botas de caña alta hacían que no se notara. La coraza de acero, la máscara bañada en oro y la capa negra con capucha sí se ajustaban a su anatomía a la perfección. La espada, el puñal y la purificadora le daban al conjunto un aura de poder.

Se miró en un espejo y se sintió orgulloso de sí mismo.

Le sorprendió ver tantos soldados del ejército de Sorrento en el cuartel de Turín. Antes de presentarlo a los demás apóstoles, Zurcher le hizo recorrer el edificio hasta que se lo aprendió de memoria. Tenía que parecer que Daniel llevaba meses viviendo en él.

No había que descuidar ningún detalle.

Los apóstoles lo recibieron con prudente frialdad. Después de las presentaciones, Zurcher condujo a Daniel a través del pasadizo hasta el arzobispado, donde conocería a los oficiales acuartelados allí.

El objetivo de su espionaje.

El instructor tiró del cordel que hacía sonar la campanilla en el sótano del palacio. Al cabo de un rato un guardia les abrió el muro secreto. Daniel recorrió la mazmorra con ojos de asombro. Zurcher y él subieron al cuerpo de guardia, donde encontraron a Brunner, Andreoli y Frei holgazaneando, sin órdenes que cumplir ni nada importante que hacer. Zurcher les dispensó un saludo militar.

—Capitán, este es Daniel Zarza, el soldado del que os hablé; mi candidato para ocupar la vacante de santo Tomás en su ausencia.

Yannick Brunner estudió al recluta de pies a cabeza con ojos de acero y cara de olfatear letrinas. Andreoli y Frei se acercaron para examinarlo de cerca, como si fueran a comprar un caballo en el mercado. Era alto y fuerte. El capitán le dio su primera orden.

—Quítate la máscara.

Daniel echó la capucha hacia atrás y se subió la máscara, que quedó sujeta a la frente por la correa de cuero.

—Coño, Andreoli, es más guapo que tú —bromeó Frei.

Brunner silenció al sargento con una mirada severa. El capitán se levantó y acercó mucho su cara a la de Daniel.

—¿Eres consciente del compromiso que adquieres al ingresar en los apóstoles?

Daniel traía la lección bien aprendida.

—Sé que ahora estoy al servicio de su santidad el papa Clemente VII y de Michele Sorrento, arzobispo de Turín. —A pesar del acento español, hablaba un italiano correcto—. Soy católico creyente, presto a combatir contra los enemigos de Dios. Mi mano no temblará ante nada ni ante nadie; no tengo más familia que mis compañeros de armas y sacrificaré mi vida por ellos si me dais la oportunidad de demostrarlo.

Brunner enarcó las cejas. Aquel hombre exudaba determinación.

—Nadie, aparte de tus compañeros, podrá verte de uniforme sin la máscara. Solo saldrás del arzobispado o del cuartel con mi permiso; en caso de que se te autorice a salir, no podrás portar ninguna de las armas de la unidad ni pieza alguna del uniforme, ¿entendido?

—Entendido, capitán.

—Este es el teniente Arthur Andreoli —lo presentó—. En mi ausencia, será tu superior. Obedécele como si el mismísimo Dios se manifestara a través de él.

—A la orden, teniente —lo saludó Daniel.

—Los sargentos Yani Frei y Oliver Zurcher son los terceros al mando. Al sargento instructor Zurcher lo conoces.

Daniel inclinó la cabeza con respeto.

—Le agradezco al sargento Zurcher esta oportunidad. Espero encajar bien en los apóstoles y ser útil a la unidad.

—Educado es —comentó Andreoli—. Dice Oliver que eres muy bueno con la alabarda: me gustaría comprobarlo por mí mismo.

Daniel se puso tenso. Zurcher sonrió de medio lado. Zarza manejaba muy bien la purificadora, pero Andreoli era un maestro. El teniente caminó hasta un soporte al fondo del cuerpo de guardia y regresó con dos palos de madera de un tamaño similar al de las armas de los apóstoles.

—A ver qué tal. —Andreoli le lanzó un palo a Daniel y este lo cogió al vuelo con la mano libre—. Deja la purificadora por ahí.

Los ojos de Daniel estudiaron el entorno: dos hileras de jergones separados por un pasillo no demasiado ancho.

—¿Aquí? Aquí hay muy poco espacio —protestó.

—¿Le vas a decir eso a un enemigo que acaba de sorprenderte en un pasaje estrecho? —preguntó Andreoli, con ironía—. ¿Le pedirás educadamente que te acompañe a un lugar que te sea más cómodo para matarlo? Yo una vez lo intenté y no me funcionó...

Brunner, Frei y Zurcher se apartaron para dejarles sitio. Daniel, con la máscara de santo Tomás aún levantada, dejó la purificadora sobre uno de los camastros y agarró el palo como si fuera una alabarda. Andreoli le hizo una seña con la cabeza.

—La máscara, bájatela. No se pelea igual con ella que sin ella.

—¿Y vos?

—¿Crees que nuestros enemigos van enmascarados? No me jodas, santo Tomás... Zurcher, ¿de dónde has sacado a este tipo?

La pulla molestó a Daniel. Se bajó la máscara y adoptó una posición defensiva. Andreoli sonrió y adelantó el palo.

Dos envites; Daniel retrocedió dos pasos.

El tercer golpe fue en serio: un barrido de Andreoli que Daniel paró con su arma, para luego esquivar por un pelo un ataque a la cabeza.

—Bien —lo evaluó Andreoli, satisfecho—, pero habría sido mejor esquivar el barrido en lugar de pararlo. Me has dado ocasión de contraatacar con el astil. De la otra forma podrías haber aprovechado para ejecutar un ataque descendente.

—No me habéis dado —se defendió Daniel.

Andreoli le guiñó un ojo.

—La suerte del novato.

Daniel tomó la iniciativa y concatenó una serie de golpes que el teniente paró a la vez que retrocedía. Andreoli notó la fuerza de cada embestida en los brazos. Aquel castellano no solo era fuerte, también tenía furia en la sangre.

Andreoli colocó el palo en posición vertical y detuvo el arco que trazó el de Daniel. Se agachó y lanzó una patada que acertó en el tobillo del español, que compuso un gesto de dolor detrás de la máscara. Aquel ataque le pilló por sorpresa.

—Pensé que solo usaríamos las armas —volvió a protestar.

—Te digo lo mismo que antes: cuando te enfrentes a un enemigo real, le pides con educación que respete las reglas. Verás qué risa.

Daniel agarró la vara por el extremo y lanzó un golpe con todas sus fuerzas a la cara de Andreoli, que este esquivó doblando las piernas y saltando hacia atrás hasta ponerse fuera de su alcance. El teniente resopló: si le llega a acertar, le habría fracturado el pómulo.

—Me gustan tus malas pulgas —lo picó Andreoli—, pero cuidado con cegarte en la batalla; cuando eso sucede, es fácil cagarla.

El capitán y los suboficiales observaban el combate, satisfechos. Andreoli era un hueso durísimo de roer, pero cualquier otro adversario estaría muerto si Daniel empuñara la purificadora en vez de una vara de pino.

Los contendientes se estudiaron unos segundos. Andreoli avanzó y lanzó dos estocadas en serio, con ánimo de tocar fuerte a Daniel, que paró la primera y esquivó la segunda. De repente, el español empujó a Andreoli con la vara asida por ambos lados y lo desequilibró, para luego golpearlo en la pierna con lo que habría sido el astil de una alabarda real.

El teniente contuvo un quejido y retrocedió, sorprendido por la rapidez del movimiento. No pudo disimular una sonrisa que mezclaba admiración y orgullo.

Aquel individuo era muy bueno.

Pero él no podía permitir que lo derrotara.

Andreoli aguardó el siguiente ataque. Daniel apretó la mandíbula detrás del rostro metálico de santo Tomás y trazó un arco con el arma, incapaz de adivinar lo que haría el teniente a continuación. Este esquivó el golpe, dio dos pasos hacia Daniel y usó su propio palo de pértiga, proyectándose hacia él con los pies por delante.

El español recibió la doble patada en el pecho, que le hizo perder el equilibrio y caminar hacia atrás, sin resuello. Un segundo después Andreoli descargó un golpe descendente en el hombro; si hubiera utilizado una purificadora, le habría amputado el brazo.

Un segundo golpe en la rodilla terminó de desequilibrarlo, y el recluta acabó sentado en el suelo con la punta del palo debajo del cuello.

—¡Muerto! —exclamó Andreoli con una sonrisa exagerada.

Daniel se incorporó un poco cuando la punta de la vara abandonó su garganta. Se sintió avergonzado y decepcionado consigo mismo.

Para su sorpresa, Andreoli, Brunner, Frei y Zurcher empezaron a aplaudir, muy despacio. Todos sonreían a excepción de Brunner, que mantenía su habitual expresión avinagrada. Pero este hizo algo mejor que sonreír.

Le tendió la mano para ayudarlo a levantarse. Daniel la aceptó.

—Enhorabuena —dijo el capitán—. Nadie aguanta tanto en un combate con Andreoli. Bienvenido a los apóstoles.

—Bienvenido —dijeron Andreoli y Frei casi a la vez.

Zurcher brillaba de satisfacción.

Estaba deseando reunirse con Michele Sorrento para narrarle la bienvenida que los mandos de los apóstoles le habían dispensado a Daniel Zarza esa mañana.

El Mattaccino, sin la máscara, era un ciudadano de lo más normal y corriente.

Ese atardecer paseó por las calles de Turín mientras observaba a sus gentes. Niños correteando, mujeres cargadas de ropa recién lavada y hombres charlando entre ellos de ocio, negocios o del tiempo. Las calles no tardarían en despejarse y todos regresarían a su hogar. Todo parecía normal.

Pero la normalidad es la aceptación del conformista.

Había mucho que mejorar. No solo en Turín o en el Piamonte. En toda Italia. Puede que en el mundo.

Tocaba reformar, pero para eso había que combatir al poder reinante. No con una lucha armada, sino con el convencimiento de que un cambio global beneficiaría a todas las partes.

Al hombre, en el sentido más global de la palabra.

El Mattaccino se cruzó con una patrulla de guardias que acababa de salir de una hospedería con las alabardas al hombro. Parecían cansados. Seguro que habían pasado el día preguntando por los desaparecidos. Ni una pista, por ahora. Se estremeció al pensar que podría haber compartido su mismo destino si no hubiera sido porque Jonás Gor conocía el pasadizo secreto por el que escaparon de la bodega Moncalieri.

Desde ese día, se preguntó en más de una ocasión cómo conocía el espadachín la existencia de aquella salida secreta. Supuso que la información se la daría la misma persona que le facilitó las llaves. Pero ¿quién? El Mattaccino no había vuelto a ver a Gor desde la noche de la redada. En realidad, la Muerte Española no lo servía a él, sino a su auténtico patrón, y el mercenario era quien encontraba al Mattaccino cuando lo necesitaba, no al revés.

De su patrón apenas sabía que era alguien poderoso, adepto a la misma causa que él seguía; una causa heredada de alguien mucho más sabio que todos ellos juntos. Solo se había comunicado con el patrón a través de misivas y mensajes transmitidos por Gor. El propio Mattaccino no era más que otro peón de aquella descomunal partida de ajedrez de resultado incierto. Puede que incluso su misterioso jefe también lo fuera.

Como cada tarde al anochecer el Mattaccino acudió a la esquina del palacio Madama. Comprobó que nadie lo miraba. Hurgó con los dedos en la grieta de la ventana y, al contrario que en días anteriores, encontró dos notas.

La primera que desdobló fue la de Cirilo Marchese, el antiguo gran maestre del gremio de madereros. Lo conocía por ser padre de Luca Marchese, uno de los seguidores más apasionados de la causa. Por desgracia, Luca era uno de los desaparecidos de la bodega.

El contenido de la nota presagiaba tormenta. La guardó y desplegó la otra.

Era una citación de su patrón.

El hecho de que fuera a conocerlo en persona lo inquietó menos que saber el lugar de la reunión.

Acude esta medianoche a las bodegas Moncalieri. Encontrarás la puerta principal abierta. Avisa al Dottore. Llevad las máscaras puestas. Mantendremos nuestras identidades en secreto hasta que yo lo diga.

Pantaleón

El Mattaccino buscó una superficie plana para escribir una nota con un carboncillo. Una vez redactada, la dobló y la encajó en la misma grieta donde había recogido las otras dos.

Estuvo tentado de esconderse y esperar hasta las nueve de la noche, hora a la que el Dottore recogería el mensaje. Decidió respetar las reglas y no quedarse a descubrir la identidad del tercer miembro de aquella tríada secreta que se reuniría, por primera vez, en el mismo lugar de la redada.

Atribulado por la preocupación, el Mattaccino dio media vuelta y se alejó del palacio Madama, maldiciendo el haberse comprometido con la causa hasta el punto de no poder abandonarla.

# 36

El Mattaccino sintió un escalofrío delante de las bodegas Moncalieri. Aquel maldito edificio le traía malos recuerdos. Echó una ojeada a su alrededor. Ni un alma en las ventanas. Nadie por la calle. Faltaba poco para que la torre de la catedral anunciara la medianoche.

El eco de unos pasos le hizo volver la cabeza. Distinguió a lo lejos la silueta de alguien con aspecto de reincidir en el pecado de la gula. Por los andares, el Mattaccino adivinó que se trataba de un hombre de más de cincuenta años. Caminaba rápido, con ese trote nervioso que delata al paseante que teme ser asaltado. Los dos se pusieron las máscaras cuando estuvieron a veinte pasos de distancia uno del otro. El Mattaccino pudo ver los detalles de la del Dottore conforme este se acercaba: color rojo ladrillo, párpados gruesos, nariz gorda hasta la desproporción y cejas y bigotes hechos de plumas blancas.

El Mattaccino se sintió afortunado: aquella máscara era aún más ridícula que la suya. Ambos ejecutaron una media reverencia silenciosa justo al sonar la primera campanada. A la duodécima, la puerta de la bodega Moncalieri se abrió para mostrar la sonrisa cínica y escalofriante de Jonás Gor.

—Caballeros...

El Mattaccino le cedió el paso al Dottore con un ademán cortés. Gor comprobó que la calle estaba desierta y cerró la puerta en cuanto entraron. El Mattaccino se volvió hacia él.

—¿No había otro lugar para celebrar la reunión? —protestó—. Este sitio me pone los pelos de punta...

—¿Todavía no habéis adivinado quién es el dueño de este edificio?

El Mattaccino lo entendió todo de golpe.

—El Pantaleón —susurró. Gor premió su acierto con un guiño—. Por eso conocíais el pasadizo.

—Entre otras muchas cosas —respondió el espadachín, haciéndose el misterioso—. El Pantaleón os aguarda en la bodega, no lo hagáis esperar.

El Dottore se volvió al Mattaccino.

—¿Sabéis dónde es?

—Por desgracia. Seguidme.

Dejaron a Gor apoyado en el muro del patio de carruajes y bajaron por la rampa del lagar. El charco de sangre del guardia acuchillado por D'Angelis se había secado, dejando una mancha en el suelo. Un recordatorio de aquella noche salvaje que perduraría por mucho tiempo.

En la bodega encontraron dispuestas tres sillas de madera basta, sin barnizar. Un hombre de complexión fuerte se levantó para recibirlos nada más entrar. Llevaba una máscara de Pantaleón dorada, con una nariz y barba largas talladas en la madera. El anfitrión los invitó a sentarse.

—Bienvenidos. —Sus siguientes palabras no fueron demasiado halagüeñas—. Ojalá nos hubiéramos conocido en circunstancias distintas. No me andaré con rodeos: mis espías me han informado de que los hombres y mujeres que arrestaron la otra noche en esta misma bodega han sido asesinados.

La mandíbula inferior del Mattaccino asomó por debajo de la máscara, y los ojos del Dottore a punto estuvieron de salir disparados a través de las aberturas de la suya.

—¿Qué estáis diciendo?

—Lo que acabáis de oír —confirmó el Pantaleón—, y eso supone un problema. Las familias de esos desdichados acabarán enterándose del aciago destino de los suyos y no hay que descartar que recurran a la violencia. No podemos permitirnos una guerra civil en Turín. Necesitamos viva a la burguesía de esta ciudad, muerta no nos sirve.

El Mattaccino se tapó la boca con la mano, como si no terminara de dar crédito a lo que acababa de escuchar.

—Luca, Doménico, Gio... y tantos otros. Conocía a muchos de ellos, eran buenas personas... ¿cómo ha podido el arzobispo hacer algo así?

—Según mis informantes, el arzobispo es inocente —afirmó el

Pantaleón, rotundo—. Alguien pretende incriminarlo, aunque todavía no he descubierto quién.

—¿Alguien, aparte de nosotros, conoce vuestro plan? —preguntó el Dottore.

—No es mi plan —lo corrigió el Pantaleón—, también lo era de nuestro amigo común Niccolò. Y la respuesta a vuestra pregunta es no, ni siquiera Jonás Gor. Tenemos que pensar en cómo evitar que las familias se alcen contra el arzobispo cuando se enteren de lo sucedido. No olvidéis que Michele Sorrento es una pieza imprescindible en este juego.

El Mattaccino sacó la nota que había recogido esa misma tarde del palacio Madama.

—No todos se decantan por el conflicto. —El Pantaleón recogió el trozo de papel—. Esta nota es de Cirilo Marchese, el padre de Luca, uno de nuestros seguidores más entusiastas. Me sugiere que hablemos ante el pueblo de Turín sin tapujos ni secretismo y que transmitamos un mensaje de paz y tranquilidad. Que demostremos que no somos enemigos de la Iglesia ni de la nobleza, que juntos convertiremos este país en algo más grande y mejor.

El Pantaleón le devolvió la nota.

—Las cosas no funcionan así —sentenció—. Descubrir nuestras cartas antes de tiempo sería un error. No descarto la opción de dirigirnos al pueblo en su momento, pero, desde luego, ahora no.

El Dottore meneó la cabeza, incómodo.

—A veces me cuesta entender el plan de Nicco.

—Es que es complicado de entender —reconoció el anfitrión en tono amable—. Pero, aunque no lo creáis, vamos por el buen camino. Nuestro objetivo, ahora, es evitar a toda costa una guerra en Turín. Una vez que consigamos eso estaremos en posición de acometer la siguiente fase.

Al Mattaccino le irritaba no conocer los flecos de aquella trama que el Pantaleón guardaba con tanto celo. Al fin y al cabo, él era quien tenía que engatusar a mercaderes y funcionarios sin saber exactamente cuál sería el siguiente acto de aquella extraña obra de teatro de la que solo conocía parte del libreto.

—¿Y cuál es la siguiente fase? —quiso saber.

El Pantaleón decidió premiar la curiosidad del Mattaccino.

—Una vez que se calmen las aguas, haremos que todos a los que inducimos a renegar de la Iglesia vuelvan a creer en ella, más devotos que nunca. Les ofreceremos una prueba fehaciente de que Dios Nuestro Señor habitó entre nosotros.

—¿Una prueba? —lo interrumpió el Mattaccino—. ¿Qué clase de prueba?

—Una irrefutable —aseguró el Pantaleón—. Una que hará que miles de peregrinos viajen desde los confines más recónditos del mundo para que nuestro arzobispo, su guardián, se la muestre. La popularidad de Michele Sorrento crecerá de tal modo que hasta el último de los cristianos deseará verlo de papa. Cuando ese momento llegue, no nos quedará más que deshacernos de Clemente VII y sustituirlo por Sorrento. Ese día obtendremos poder y riqueza suficientes para destronar a las familias más poderosas de Italia y convertirla en una gran nación, como quería Nicco.

—¿Cómo pensáis deshaceros del papa? —preguntó el Dottore.

La respuesta del Pantaleón no fue tranquilizadora.

—Dejad eso de mi cuenta.

El Mattaccino se dirigió al anfitrión.

—Hay algo que no entiendo.

El Pantaleón lo miró fijamente.

—Adelante —concedió, con tanta amabilidad como desgana.

—Conozco mi papel a la perfección —comenzó a decir el Mattaccino—. Desde hace meses embauco a los burgueses de Turín para que abracen la idea humanista de que no necesitan a Dios para prosperar; me esfuerzo para que se alejen de la Iglesia y tomen conciencia de su libre albedrío. Les recito el *Discurso sobre la dignidad del hombre* de Mirandola hasta convencerlos de que pueden ser lo que quieran... ¿Y sugerís que en un futuro próximo tendré que hacerles creer que esas mismas ideas que he introducido en sus cabezas son falsas y que deben abrazar las doctrinas de la Iglesia?

El Pantaleón asintió con decisión. Incluso con la máscara puesta era fácil adivinar su cinismo.

—Sí. Eso es exactamente lo que debes hacer.

—¿Y eso no es engañar a quienes confían en nosotros?

—La historia se cimienta sobre engaños —afirmó el Pantaleón, que echó la cabeza hacia atrás en una actitud que el Mattaccino interpretó de condescendencia—. Recuerda que nuestro plan será beneficioso incluso para quienes hoy consideramos nuestros enemigos. No olvides que el fin es lo importante, no lo que hay que hacer para llegar a él.

—Eso decía Nicco —recordó el Dottore.

El Pantaleón decidió acariciarle el lomo al Mattaccino. Le preocupaba que alguien con un papel tan importante en la trama tuviera dudas que le hicieran recular.

—Estás haciendo un gran trabajo, créeme. Cuando por fin nos deshagamos de estas máscaras, la historia te recordará como un héroe.

El Dottore quiso acelerar la reunión. Añoraba la seguridad de su residencia, junto a su esposa.

—Todo eso está muy bien, pero ¿qué hacemos con el problema más acuciante? Si no actuamos pronto, las calles se convertirán en un campo de batalla.

—Tenemos que ocultar la muerte de los desaparecidos todo el tiempo que podamos. —El Pantaleón se dirigió al Mattaccino—. Explora la vía que propone Cirilo Marchese, pero sin discursos públicos. Habla con las familias en privado y cálmalas hasta que encontremos a los verdaderos culpables.

—¿Y si no los encontráis? —preguntó el Dottore.

—Me veré obligado a buscar un chivo expiatorio —dijo el Pantaleón, sin dudarlo ni un momento—. Necesitamos a Sorrento, tenemos que protegerlo. Me quedaré en la ciudad hasta que resuelva esto. Mientras tanto mantenedme informado por el conducto habitual. Revisad el palacio Madama dos o tres veces al día; Jonás hará lo mismo, por si necesito convocaros de nuevo.

El Mattaccino suspiró. Tener que mentir le incomodaba.

—Iré a ver a Marchese ahora mismo —prometió.

—Espero que sepáis bien lo que hacéis —advirtió el Dottore al Pantaleón—. Me fastidia mezclarme con los Sorrento: el padre es un engreído insoportable y el arzobispo, un ignorante que ni siquiera me cae bien.

—Ese imbécil no le cae bien a nadie —rezongó el Pantaleón—, pero es un idiota necesario que colaborará con nosotros sin siquiera saber que lo está haciendo. Confiad en mí: entre todos construiremos una gran Italia.

Dicho esto se puso de pie y dio por concluida la reunión. Jonás Gor les abrió la puerta de la calle. Una vez fuera, el espadachín les dio una última indicación.

—Vos, calle arriba; vos, calle abajo. Tenéis prohibido hablar el uno con el otro sin permiso del Pantaleón. Si lo hacéis, me enteraré, y tengo instrucciones precisas de lo que he de hacer si eso sucede.

La amenaza flotó en el aire unos segundos, como un eco ominoso.

—Descuidad —aseguró el Mattaccino.

Gor clavó la mirada en el Dottore, esperando una respuesta.

—Por mí, igual —afirmó este.

El espadachín los despidió con una reverencia exagerada.

Ambos abandonaron la bodega por caminos opuestos. El Dottore hacia su casa; el Mattaccino, a sacar a Marchese de la cama.

El Pantaleón se quitó la máscara. Unos pasos femeninos hicieron crujir los peldaños de madera que llevaban a las oficinas. El hombre se volvió hacia la mujer.

—¿Qué tal lo he hecho? —preguntó.

—Bien, has revelado lo justo. A propósito, al Dottore no le caen bien los Sorrento —observó.

—Eso es lo que menos me preocupa ahora mismo.

—Se me ha ocurrido una idea para desviar las sospechas de Michele. —La mujer se sentó en la silla del Dottore; seguía caliente—. Es una solución injusta, dura y cruel, pero como tú dices: el fin justifica los medios.

El Pantaleón soltó una risa.

—¿Qué se cuece dentro de esa linda cabecita?

—Un cordero calma a un león hambriento.

—Déjate de enigmas, mi amor.

Ella entrecerró los ojos y los clavó en los del hombre.

—¿Recuerdas la declaración del superviviente de la redada?

—Por supuesto.

—¿A quién culpaba de las muertes del túnel?

—Al arzobispo.

—No exactamente —repuso ella—. Describió con todo detalle a los soldados que llevaron a cabo la redada.

—Los apóstoles...

Ella abrió los brazos en un gesto elocuente.

—Ahí tienes a tu *agnus Dei*.

El Pantaleón arrugó el entrecejo.

—¿Adónde quieres llegar?

—Entrega a los apóstoles —propuso, con un extraño brillo maléfico en el fondo de sus pupilas—. Haz que la culpa recaiga sobre ellos y sacia con su sangre la sed de esas familias.

—Pero no puedo hacer eso —objetó—, son un préstamo del papa.

—¿Y qué? Si nuestro experimento funciona, a Clemente le quedará menos de un año de papado. El último de sus problemas será reclamarte a los apóstoles.

Sorrento apoyó los codos en las rodillas, en una pose cansada y reflexiva al mismo tiempo.

—Será un sacrificio injusto —se lamentó.

—¿Qué prefieres? ¿Que ajusticien a tu hijo y que el plan que urdiste con mi hermano se vaya al garete?

Dante perdió la mirada en la pila de barricas vacías.

—El fin justifica los medios.

Margherita Macchiavello se levantó y posó una mano delicada sobre el cuello de su marido.

—Así es, Dante —ronroneó—. El fin justifica los medios.

# 37

Hamsa llegó a las inmediaciones del fuerte de Aman horas antes de la reunión de enmascarados en la bodega. Viajó a pie, evitando caminos transitados y vestido de paisano con ropas discretas a fin de no llamar demasiado la atención en caso de cruzarse con alguien. Cambió esa ropa por la de asesino y escondió el morral donde la transportaba bajo un montón de hojarasca.

Lo último que desenvolvió fue la cimitarra. La contempló unos instantes, antes de acomodársela en la espalda. Si pensaba en todas las vidas que había segado en Jerusalén con ella, perdía la cuenta.

Hamsa podría haber entrado por la puerta con total tranquilidad; los soldados de Sorrento lo conocían, y sabía que el arzobispo estaba en el fuerte. Podría inventarse cualquier excusa para verlo, pero decidió infiltrarse sin ser visto. Con un poco de suerte, descubriría algunos secretos de los que no estaba al tanto; entre otros, si los detenidos de la bodega seguían en el fuerte. Si al final acababan descubriéndolo, diría que había saltado la tapia para poner a prueba la inviolabilidad del complejo. Nadie pondría en duda su palabra.

Estudió la muralla. Desenrolló la cuerda con el garfio que le cruzaba el pecho y la hizo girar con fuerza. Segundos después trepaba por la soga con agilidad simiesca. Miró a un lado y a otro del adarve mientras la recogía. El ballestero que patrullaba la muralla caminaba en dirección opuesta. En una incursión seria, lo habría eliminado para asegurar la ruta de escape, pero eso hoy no tocaba.

Se dejó caer al patio que rodeaba el anfiteatro y se ocultó detrás de unas cajas de madera. Aquella era la tercera vez que visitaba el fuerte y recordaba la distribución del complejo con bastante precisión. Echó una ojeada a los barracones donde algunos guardias ociosos charlaban o limpiaban sus armas sentados cerca del pozo.

Entonces los vio.

Un grupo de unos cincuenta hombres, formados en filas de a cuatro, daban vueltas a paso ligero armados con unas alabardas inconfundibles.

Purificadoras.

Pero no eran apóstoles.

Hamsa los observó mientras corrían, alentados por un desconocido que marcaba el ritmo de la instrucción con entusiasmo.

—¡Orden de combate! —gritó.

La formación se detuvo en seco y ejecutó una serie de golpes contra un enemigo imaginario. Hojas y astiles danzaron a la vez en una coreografía rápida y precisa, cubriendo cualquier ángulo imaginable.

También reconoció la técnica.

—¡Bien! —los felicitó el instructor—. ¡El comandante Zurcher estaría orgulloso!

Hamsa apoyó la espalda en las cajas, estupefacto por lo que acababa de ver y oír. Comandante Zurcher.

¿Comandante?

¿Quiénes eran esos tipos?

Andreoli había comentado en alguna ocasión que solo se habían construido doce purificadoras: una para cada apóstol. ¿Cómo había tantas y en manos de desconocidos?

Hamsa se arrastró un poco sobre las posaderas cuando la formación pasó junto a las cajas. El instructor corría a su lado.

—¡Una vuelta más, discípulos!

discípulos.

El Susurro vio la columna alejarse hacia las cocheras. Aprovechó para avanzar, de cobertura en cobertura, hacia el foso de combate. Desvió la vista hacia la torre del edificio principal y vio que el centinela estaba distraído con el entrenamiento de los discípulos. Era su oportunidad.

Encontró la puerta del anfiteatro cerrada, pero le dio igual. Se agarró a un saliente y se ayudó con los pies para saltar la barrera. Un segundo después brincaba de las gradas al albero.

Solo existía un lugar en el fuerte lo bastante grande para retener a varias decenas de prisioneros: el calabozo. Un subterráneo al que solo se podía acceder desde el interior del edificio principal o a través de la «puerta triunfal» del anfiteatro.

Encontró el rastrillo subido. Tenía vía libre.

Cruzó la arena pegado a la barrera para mantenerse fuera del ángulo de visión del vigía. Mientras avanzaba hacia el rastrillo abierto, encontró manchas en la madera del parapeto. Se paró a examinarlas.

Sangre.

Se dio cuenta de que habían rastrillado el albero hacía poco, pero no con demasiado esmero. También apreció zonas algo más oscuras en la tierra, un poco más allá de donde se encontraba. Se acercó en cuclillas a una de ellas y la removió con los dedos. Llegó a una conclusión.

En ese foso se había derramado sangre, y no poca.

Sin perder de vista al vigía, cruzó la puerta triunfal y bajó al subterráneo. Avanzó por él con precaución. La guardia de Sorrento lo conocía, pero no podía decir lo mismo de aquellos misteriosos alabarderos.

Encontró las puertas abiertas. En una de las salas, se topó con una mesa grande con armas de todo tipo apiladas de cualquier manera. Detrás de ella descubrió unos canastos grandes a rebosar de ropa de diversos colores. Apestaban a orines, heces, vómitos y sangre. Retiró algunas prendas y apreció manchas diversas y desgarrones ensangrentados. Revolvió aquella especie de colada del infierno. Había medias, calzones, camisas, vestidos, delantales...

Prendas de hombre y mujer.

Los prisioneros.

Oyó voces al fondo del corredor. Alguien se aproximaba. Hamsa rodó hasta agazaparse debajo de la mesa de las armas.

—¿Cuándo vuelve Zurcher? —preguntó alguien.

—Creo que está en Turín; ni idea de cuándo regresará, ¿para qué lo necesitas?

—Hacen falta más barras de acero. Al ritmo que vamos nos quedaremos sin metal en tres días.

Desde su escondite, Hamsa vio pasar a dos hombres de brazos fuertes, ataviados con delantales de cuero grueso; olían a sudor, metal, brasas y aceite.

Herreros.

Un tercero, de bastante más edad que los otros dos, reprendió al que había hablado el último.

—No te quejes. Ojalá esto dure eternamente; en mi vida había ganado tanto como ahora. Y vosotros dos, deberíais estarme agradecidos por haberos traído conmigo, par de patanes. De no ser por mí no seríais capaces de forjar ni un mísero tenedor.

Las risas y chascarrillos se alejaron hacia la superficie. Hamsa abandonó su escondrijo y se internó por el corredor hasta llegar a la sala que buscaba.

La prisión.

Vacía. Tanteó la puerta. Cerrada con llave. Continuó con su incursión.

Le sorprendió descubrir una herrería increíblemente equipada un poco más adelante. Había estado en esa sala con anterioridad y no recordaba haberla visto habilitada como forja. Encontró más de cuarenta purificadoras acabadas y relucientes expuestas en estantes, además de varias cabezas de armas a medio afilar y astiles en bruto, sin pulir ni barnizar.

Hamsa se disponía a seguir su camino cuando oyó pasos que se aproximaban. Saltó detrás del pilón y se agachó, bajando la empuñadura de la cimitarra para que no sobresaliese por encima y lo delatara.

Creyó que Celso Batavia pasaría de largo, pero este se detuvo en el arco de entrada de la herrería. Hamsa contuvo la respiración.

Batavia entró en la forja, agarró la cabeza de armas de una purificadora a medio montar y lanzó dos estocadas al aire, como si comprobara su ligereza. A menos de metro y medio, el Susurro se aplastaba contra el costado de la pila con la mano sobre una de las dagas boteras.

Después de jugar un rato, el torturador dejó la pieza en su sitio y siguió su camino. Hamsa respiró aliviado. Aquel sádico no lo había descubierto de milagro.

Comenzó a atar cabos.

Sangre en la arena, armas apiladas, ropa civil ensangrentada.

Zurcher de comandante, tropas desconocidas, una herrería secreta, purificadoras, Batavia en el fuerte.

Los apóstoles y él, al margen de todo aquello.

La idea de sorprender a Sorrento sin pasar por el control de la puerta se le antojó más peligrosa de lo que en un principio había considerado. De todos modos, ya que había ido hasta allí, vería al arzobispo. Con un poco de suerte, puede que decidiera contarle a su ángel protector —como solía llamarlo— lo que se estaba fraguando en aquel fuerte.

Hamsa salió por el rastrillo abierto sin cruzarse con nadie por los túneles. Subió a la grada más alta del anfiteatro y saltó al patio exterior sin que nadie lo viera; esperó a que el ballestero que patrullaba el adarve pasara de largo, subió por las escaleras y abandonó el fuerte de un salto. Un minuto después se presentaba en la puerta como si acabara de llegar dando un paseo. El guardia lo reconoció nada más abrir el ventanuco.

—Coño, tú llamando a la puerta, como las personas.

—Busco al arzobispo —dijo el Susurro, con su voz gutural.

—Está en sus dependencias. Sabes cómo ir, ¿verdad?

Como respuesta, Hamsa entró en el fuerte.

Como las personas.

Michele Sorrento bailaba con la tercera botella de vino de la tarde entre vaivenes y tambaleos. Lo hacía al ritmo de una canción tarareada, probablemente aprendida en alguna noche loca de prostíbulo.

El día se hacía eterno en el fuerte. Ojalá su padre arreglara pronto las cosas y pudiera regresar a Turín. La soledad a la luz de las velas acababa con su paciencia y su cordura.

Esa tarde se la meneó dos veces: una a la salud de su madrastra y otra a la de la última aspirante a novicia que sor Olethea Di Caprese envió a sus aposentos. No recordaba su nombre, pero era joven. Muy joven. Se rio pensando en Dino; el actor no podía permitirse carnes tan lozanas sin aflojar la bolsa.

En uno de sus paseos por la estancia descubrió a Hamsa en el umbral de la puerta, silencioso, como siempre. El alcohol mitigó el susto inicial para dar paso a una alegría desproporcionada.

Beber solo era como hacerse una paja.

—Hamsa, mi ángel protector. —Michele fue hacia él y lo agarró por las hombreras de cuero—. Has venido. ¿Estabas preocupado por mí?

El Susurro se limitó a asentir. Sorrento le ofreció la botella.

—Bebe conmigo. —A Hamsa no le hizo falta ni negar con la

cabeza; el arzobispo compuso una expresión desolada—. Me olvidaba que tu fe y tu credo lo prohíben. —Soltó una risotada—. Bueno, ya bebo yo por los dos. Pero quédate conmigo, no te vayas.

Hamsa cerró la puerta y permaneció de pie junto a ella. Michele estaba como una cuba, con el camisón blanco moteado de lamparones de vino y comida. El Susurro no recordaba haberlo visto nunca así. O estaba muy aburrido o bebía para olvidar. Sorrento se desplomó en una silla y lo señaló con un índice acusador.

—No eres la mejor compañía del mundo, ¿sabes? —le reprochó reprimiendo un eructo—, pero nadie puede decir que no sabes escuchar. Nunca hablas, joder... ¿Es que nunca tienes nada que decir?

Hamsa siguió petrificado junto a la puerta.

—Da igual —hipó Sorrento—. Mi padre estuvo aquí anoche, ¿y sabes lo que hizo? —El Susurro, por supuesto, no contestó—. Me abofeteó. ¡Me abofeteó! A mí, al arzobispo de Turín... qué hijo de puta. —Dio un trago largo de vino; Hamsa calculó que aguantaría dos más de esos antes de perder el conocimiento—. ¿Conoces a la mujer de mi padre? No se lo digas a nadie, pero me la follaría. Pero ¿qué digo, mi ángel? A ti te lo puedo contar todo, no hablas jamás. Eres el confesor del confesor. —Elevó un dedo ebrio al cielo, como si acabara de hacer un nombramiento oficial—. Eso es, eres mi confesor. —Soltó una carcajada—.-Espera un momento.

Se arrodilló con gesto teatral delante de Hamsa, que seguía sin mover un músculo del cuerpo, y se persignó.

—Perdóname, ángel, porque he pecado. —Se echó a reír sin control durante un rato—. Me acuso de haber borrado de la faz de la Tierra a un montón de herejes de mierda.

Hamsa guardó silencio, pero el pulso se le aceleró. A estas alturas no necesitaba una confesión, pero oírlo de manera tan alegre de labios del arzobispo le pareció demasiado.

—Y mi padre se enfurece conmigo por eso, hasta el punto de abofetearme delante de la puta de su esposa —escupió Michele—, para luego soltarme que tiene planes para que yo sea papa. —Sorrento abandonó la posición de rodillas para pasearse por la estancia; le mostró el dorso de la mano abierta al Susurro y se señaló el anular con la boca de la botella—. ¿Sabes lo que haré cuando lleve en este dedo el anillo del Pescador? Instauraré el Santo Oficio en Italia; se acabó tener que aguantar hechiceros, protestantes, judíos y... Bueno, aunque seas un infiel, a ti te perdonaré, qué cojones.

—Volvió a reír, encantado con su propia chanza—. Eres mi ángel, te doy permiso para rezarle al diablo.

Hamsa se saltó su regla de silencio para tirarle de la lengua al arzobispo.

—He visto alabarderos en el patio.

—¡Mis discípulos! —exclamó Sorrento con orgullo de borracho—. Bueno, los paga mi padre —puntualizó—, pero también son míos. Son formidables. Si vieras cómo acabaron con los herejes... —El arzobispo ejecutó unos movimientos con el brazo que tenía libre; a Hamsa le vino a la cabeza la imagen de Batavia jugando en la herrería—. Y Zurcher dice que reclutaremos más. Tendremos el mejor ejército de Italia. —Se puso un dedo en los labios y chistó, con los ojos muy abiertos—. Yo no te he dicho nada, ¿eh?

El Susurro trataba de encajar la información que vomitaba el arzobispo con la que él sabía de antes y la que acababa de obtener en el subterráneo. Lo de convertir a Michele en papa se lo había escuchado a Dante y Margherita en alguna ocasión, cuando pensaban que nadie los oía. También sabía que Zurcher entrenaba tropas para Sorrento, pero lo de los discípulos y las purificadoras no se lo esperaba. Aunque lo más grave de todo aquello había sido la ejecución en masa de los detenidos en la bodega Moncalieri.

El arzobispo dio dos tragos a la botella y se dirigió a la cama tambaleándose. Se sentó en el borde y señaló a Hamsa.

—¿Sabes qué te digo? Que mates a mi padre...

El Susurro tragó saliva.

—Ahora. Mata a mi padre y me traes a Margherita...

Otro trago.

—Ahora...

Hamsa agarró la frasca al vuelo, antes de que se rompiera contra el suelo. Michele cayó de espaldas sobre la cama, inconsciente. El Susurro lo agarró por los pies y lo acostó de lado, no fuera a ahogarse con una vomitona traicionera. Salió del pequeño castillo por la puerta principal y cruzó el patio medio desierto. No vio a ningún discípulo.

—¿Ya te marchas? —le preguntó el mismo guardia que le había abierto la puerta un rato antes.

—¿Hasta cuándo estará aquí el arzobispo?

—¿No te lo ha dicho él?

—No estaba en condiciones.

—Cierto —reconoció el soldado—. Estuve en su habitación hace una hora y estaba bastante bebido. El patrón dijo que permanecería en el fuerte hasta nueva orden.

Así que aquel encierro era cosa de Dante...

—Si no te pregunta, no le recuerdes que estuve aquí. Ha dicho algunas... inconveniencias.

—Entiendo —dijo el guardia—. Tranquilo, con la que lleva encima será un milagro que se acuerde de algo mañana.

El Susurro cogió una antorcha encendida y se marchó del fuerte. La noche estaba a punto de caer y le quedaba una buena caminata hasta Turín. Mientras atravesaba el bosque, se preguntó qué papel le tocaría desempeñar en aquella conspiración sangrienta que la familia Sorrento tramaba en el mayor de los secretos.

A pesar de que su credo le obligaba a obedecer a su señor, comenzó a replantearse muchas cosas.

Demasiadas.

# 38

*Milán, enero de 1527*
*Once meses antes de la revuelta*

La angustia de la persecución quedó atrás en cuanto Leonor y Adrián se alejaron de la costa levantina. La brisa marina y el salitre del Mediterráneo difuminaron la sombra de Zephir de Monfort, reduciéndola a un recuerdo casi onírico.

En sus interminables charlas en la cubierta del Signora dei Mari —siempre en italiano—, acordaron sonreír al futuro y no llorar por el pasado. Atrás dejaron amigos, propiedades y dinero, pero Leonor se convenció a sí misma —y contagió a Adrián de su entusiasmo— de que Milán era la mejor opción para fundar un proyecto que la llenaba de ilusión y que allí podría tener mercado.

Su propio estudio de ingeniería.

Adrián se estremecía de emoción cada vez que oía la palabra socio. Leonor afirmaba que su mente creativa, junto con las manos del carpintero, serían capaces de construir ingenios que dejarían a Italia con la boca abierta.

Leonor aprendió una cosa durante la travesía: a aceptar y convivir con la atracción que Adrián sentía hacia ella. Un sentimiento no correspondido que gestionaba con naturalidad, sin huir de él ni darle falsas esperanzas. A veces se sentía culpable por no sentir lo mismo que él. Lo tenía casi todo: era atractivo, honesto, leal y bondadoso, pero su poco espíritu y su simplicidad la echaban para atrás.

En cambio, no dejaba de acordarse de Daniel, a pesar de ser mucho más oscuro y gris que su hermano. Algunas noches, a bordo del Signora dei Mari, contemplaba el rostro dormido de Adrián, alumbrado por los candiles de la bodega, y soñaba que era su hermano en lugar del carpintero. En ocasiones, mientras los demás dormían, se dejaba arrastrar por su imaginación bajo las sábanas, hasta que tenía que morderse el labio para no gemir de placer.

La ilusión por una nueva vida y la confianza en que su gemelo se reuniría con ellos en un futuro próximo consiguió que Adrián olvidara, poco a poco, lo que dejó en Gotarrendura. El carpintero había cambiado mucho, por dentro y por fuera, cuando pisó el puerto de Génova. Había adelgazado por la dieta en alta mar, su cabello había crecido y lucía una barba rubia y larga que Leonor había insistido en que se dejara.

No le sentaba mal y, de algún modo, lo diferenciaba del fantasma de Daniel.

El viaje a Milán duró cuatro días en un carruaje que compartieron con un matrimonio judío que se despidió de ellos en Pavía, dejando el coche para ellos solos en la última etapa. La urbe que encontró Leonor le pareció muy distinta a la que recordaba.

Desde 1524 Milán sufría el azote de una guerra que aún no había terminado. El frente, lejos de la ciudad, no había teñido las calles de sangre, pero la tristeza y la carestía flotaban en el aire como la peste. Por más que el duque Francisco II Sforza hubiera recuperado la ciudad de manos francesas después de la batalla de Pavía en 1525, la cosa no auguraba mejoría.

En mayo de 1526 el papa Clemente VII decidió formar una alianza entre los Estados Pontificios, las repúblicas de Venecia y Florencia, el ducado de Milán y los reinos de Francia e Inglaterra para luchar contra Carlos V. Aquella alianza, conocida como Liga de Cognac, hizo que muchos jóvenes milaneses se alistaran y las ciudades quedaran aún más depauperadas e inmersas en una suerte de hastío apesadumbrado. Leonor sospechaba que su hermano había endulzado la situación de la ciudad en sus cartas. Jamás vio tanta gente harapienta deambulando entre edificios abandonados o mal mantenidos, fruto de la dejadez de propietarios empobrecidos, incapaces de afrontar los gastos de sus propiedades. Los tenderetes de quincalla y alimentos medio podridos ocupaban vías y plazas. El regateo y las peleas a gritos entre vendedores y clientes era agotador. Era difícil encontrar jóvenes. La mayor parte de los viandantes eran mujeres sombrías, ancianos cansados y niños ajenos al drama que los rodeaba.

Y ratas, emisarias de la peste.

Leonor temió no encontrar a su hermano en la residencia familiar. Con la premura de la huida, no tuvo tiempo de anunciarle su llegada por carta, por lo que se arriesgaba a encontrar el palacete de los Ferrari deshabitado.

Por suerte no fue así.

La casa se alzaba en el distrito suroeste de la ciudad, a dos calles de la iglesia de San Lorenzo, flanqueada por dos edificios de proporciones y estética muy similares. Era una construcción de piedra marrón con dos pisos y un desván de menor altura, ventanas rectangulares en las primeras dos plantas y de medio punto en la superior. Tres puertas se abrían a la calle: la más grande, que daba a un patio de carruajes sin carruaje alguno, y dos más pequeñas que se abrían a un pequeño zaguán y a la zona de cocinas. Para alivio de Leonor, por fuera no había cambiado.

Por dentro era otra cosa. Olía a decadencia y tiempos pasados.

Paolo recibió a su hermana y a Adrián con una mezcla de sorpresa y felicidad; la misma que demostró Donia Pavesi, su esposa desde hacía tres años y madre de sus hijos: Vicenzo, de dos años, y Lina, de cuatro meses. Donia estuvo encantada de abrazar a quien ella llamaba su cuñada española.

Los salones, otrora repletos de obras de arte, vajillas, cristalerías y enseres, se vaciaron cuando Massimo Ferrari se mudó a Gotarrendura años atrás con su familia. Paolo apenas había repuesto mobiliario y el nuevo era de mucha peor calidad que el que una vez había llenado las estancias. Los muebles antiguos lucían una capa de polvo con la que Donia luchaba cuando sus quehaceres como madre y bordadora le daban un respiro. La ausencia de criados convertía la tarea de mantenimiento en demasiado abrumadora para un matrimonio con dos hijos.

Paolo y Donia escucharon con asombro la aventura de Leonor y Adrián con el Santo Oficio, la aparición de Daniel y el posterior periplo de la huida. Paolo no pudo disimular su admiración cuando su hermana narró la emboscada que tendieron a Zephir y a sus hombres en el túnel. Se alegró de que trajera consigo los planos de su padre y la informó de que había más en el desván, donde Massimo tuvo su estudio durante los años que vivió en Milán. Aquello entusiasmó a Leonor.

Paolo aceptó de buena gana que se quedaran en la residencia. Al fin y al cabo también era de Leonor, tenían habitaciones de sobra y cualquier aportación a la economía doméstica sería bien recibida. Paolo se había visto obligado a cerrar su tienda de paños por el descenso de ventas que trajo consigo la guerra; también porque el duque de Sforza le obligó a venderle el género a precio de patriota para confeccionar uniformes para su ejército. Aquello fue una expropiación encubierta que puso al hermano de Leonor al borde de la quiebra.

Donia, por su parte, bordaba para un puñado de clientas que pagaban sus trabajos poco a poco, con buena fe y muchos retrasos. Paolo pagó una licencia para no tener que alistarse como soldado y obtuvo un empleo de maestro en la escuela humanista Visconti, donde enseñaba aritmética y geometría a los alumnos que se preparaban para la universidad. De ese modo iban tirando. No tenían lujos, pero tampoco pasaban hambre.

Leonor le habló a Paolo de su proyecto a medias con Adrián. Su hermano no lo vio claro: en esa época, a los únicos que podría interesar ese tipo de trabajos sería a los Sforza, pero acabarían haciéndola trabajar, a cambio de una miseria, para la Liga de Cognac. En esos tiempos de pobreza, a Paolo le parecieron más interesantes las dotes de carpintero de Adrián que los conocimientos de ingeniería de Leonor.

Ella no se desanimó.

Durante las primeras semanas, Leonor y Adrián tiraron de ahorros para pagar su manutención y costear la mitad de los gastos domésticos, pero esa situación no podía eternizarse. Necesitaban ingresos. Aplazaron la puesta en marcha de su negocio de ingeniería y Adrián se dedicó a hacer arreglos de carpintería lo bastante baratos para que la clientela empobrecida pudiera pagarlos. Paolo le habilitó una estancia próxima a la cocina en la que el carpintero instaló una mesa grande y unas herramientas que compró de segunda mano. Leonor, por su parte, adquirió materiales para una nueva cámara obscura, no tan pequeña como el primer prototipo, ni tan grande como la que quedó en Gotarrendura. Aún no podía invertir en algo de ese tamaño, pero se le ocurrió una idea para rentabilizar la nueva. Una idea que en España o Francia le costaría la hoguera.

Adrián trabajó en la nueva caja obscura por las noches. Al ser la tercera que fabricaba, apenas consultó los planos. Por su parte,

Leonor localizó a un alquimista judío al que compró las sales de plata y el amoniaco que necesitaba para su experimento.

A finales de febrero de 1527 la caja obscura estaba terminada.

El 1 de marzo tuvo lugar el primer experimento de Leonor con las sales de plata y un jarrón con flores secas. El resultado fue tan inquietante como espectacular. Adrián se santiguó al menos diez veces cuando Leonor sacó de la caja obscura el lienzo que usó en el experimento, y fue una tarea titánica convencerlo de que aquello era ciencia y no magia negra. Paolo, a pesar de estar acostumbrado desde niño a los ingenios de su padre, también se quedó pasmado con el resultado.

En el lienzo tratado con sales de plata y amoniaco aparecía una imagen espectral del jarrón en la que no se apreciaba pincelada alguna. Era como si un fuego mágico hubiera chamuscado el tejido con una delicadeza fantasmagórica.

—¿Y para qué sirve esto? —preguntó Donia, que mecía a la pequeña Lina en sus brazos—. Para colgarlo en la pared desde luego que no. La imagen se ve mal y es siniestra.

—Se me ha ocurrido que podría ahorrar el trabajo de dibujo a los pintores —explicó Leonor, que había pensado mucho en cómo rentabilizar el invento—. Iré a la escuela local de Milán y ofreceré este servicio a los artistas. Seguro que me pagan por cada boceto.

—¿Recuerdas al tío Gaudenzio, Leonor? —preguntó Paolo; ella negó con la cabeza—. Es primo hermano de padre; pintor, escultor y arquitecto. Se llevaban de maravilla. ¿Por qué no te presentas en su estudio, le dices quién eres y le explicas tus servicios? Puede que le interesen, y es el más rico de nuestra familia.

—Y el más famoso —añadió Donia.

Tres días después Leonor salió de casa con cinco muestras de los grabados de su cámara obscura, entre ellos, una imitación de un busto clásico que encontró medio roto en el desván. Le recordó a los de los emperadores romanos que adornaban el zaguán de Gotarrendura, pero este no tenía la misma calidad, ni por asomo. Sintió náuseas al imaginar a Felipe Orante y su esposa disfrutando de sus propiedades, pero cambió esos pensamientos amargos por una sonrisa de esperanza.

El futuro importaba, el pasado no.

El palacio de Gaudenzio Ferrari contrastaba con el ambiente deprimido del Milán de aquellos días. Estaba claro que le iba bien:

el edificio rezumaba opulencia. Leonor entró con sus muestras bajo el brazo y trató de localizar al maestro entre un ejército de jóvenes que, o bien aprendían el oficio de otros artistas, o ejecutaban encargos que luego Gaudenzio firmaría por un dineral. Algunos desenterraban facciones humanas de un bloque de mármol a golpes de martillo y cincel; otros retocaban las luces de un retrato de memoria, sin tener al modelo delante, y otros dibujaban planos de edificios inexistentes que algún día alojarían a ricos señores y a sus familias. La luz de aquella sala acristalada era tan hermosa que cortaba la respiración.

—¿Puedo atenderos, señora? —preguntó un hombre sonriente y algo chepudo.

—Soy la sobrina de don Gaudenzio, la hija de su primo Massimo.

Los ojos del hombre se iluminaron a la par que su sonrisa.

—¿Leonor? —Ella asintió, contenta y desconcertada a la vez; él puso la mano abierta a menos de un metro del suelo de mármol—. La última vez que os vi erais así de alta. Soy Camillo Villa, el secretario de vuestro tío, no creo que os acordéis de mí, erais muy pequeña. Os hacía en Castilla.

Leonor no quiso dar más explicaciones que las precisas.

—Al final me he mudado aquí, con mi hermano. Demasiados recuerdos en España.

Camillo compuso un gesto melancólico.

—Habréis visto que las cosas no van demasiado bien por aquí.

—Seguro que mejorarán —dijo Leonor, optimista.

—Dios te oiga —deseó Camillo, tuteándola—. Si has venido a ver a tu tío estás de suerte: lleva dos años viajando sin parar a Varallo, donde dirige las obras de la capilla de Sacro Monte, pero hoy está aquí.

—¿Querrá recibirme?

—Seguro que sí. Acompáñame.

Subieron dos pisos hasta un rellano que se abría en dos pasillos opuestos. Varias doncellas pasaban trapos a muebles y barandillas. Leonor se acordó de sus sirvientes. ¿Qué habría sido de Jeremías y Elisa? ¿Habrían encontrado un buen patrón a quien servir? Una ráfaga de tristeza la asaltó al recordar la traición de Tomás; cuánto mal había hecho aquel idiota.

Una voz jovial dio permiso para entrar a Camillo Villa cuando este llamó con los nudillos. Después de unos segundos en los que Leonor solo oyó retazos de una conversación desde el pasillo, la puerta se abrió para mostrar a un hombre de unos cincuenta años, delgado y sonriente.

—¡Leonor! —Gaudenzio se tomó la libertad de posar las manos en los hombros de su sobrina y admirarla con ojos de artista; sus pupilas destellaban de felicidad—. ¡Cómo has crecido!

—Bueno, no tanto —rio ella—. Me alegro mucho de veros, tío.

—¡Qué alegría! Pero pasa, hablemos, verte hecha toda una mujer me hace sentir viejo.

El artista la invitó a sentarse en un sillón acolchado con el armazón tallado en formas exquisitas. Parecía recién barnizado. Los cuadros y el mobiliario de la sala eran lo opuesto a lo que tenían Paolo y ella en la residencia. Mientras su rama de la familia había ido a menos, la de Gaudenzio había ido a más.

Conversaron cerca de una hora de la admiración que Gaudenzio dispensaba a su difunto primo, de la sana envidia que sentía por la amistad que mantuvo con Leonardo da Vinci, que tanto le había influido como pintor, escultor y arquitecto. Lamentó la prematura muerte de la madre de Leonor y le habló de su trabajo en la capilla del Sacro Monte.

—Llevo dos años y medio en ese proyecto y parece que no va a acabar nunca —se lamentó—. Si no me pagaran la fortuna que me pagan, no pasaría tanto tiempo allí ni muerto. —De repente, reparó en la carpeta que reposaba en el regazo de Leonor—. Perdona mi curiosidad, pero ¿son pinturas eso que traes ahí? Sería un orgullo que la hija de mi primo hubiera heredado mi humilde talento.

—No exactamente —dijo ella, abriendo la carpeta—. Heredé el talento de mi padre como ingeniera, así que mi arte con el grafito y la pluma se limita a dibujar planos. Decidme, ¿qué os parece esto, tío?

Gaudenzio tomó los trozos de tela en los que distinguió las formas etéreas de un jarrón, un canasto, un caballo de juguete, una jarra con cubiertos dentro y un rostro humano. Acarició la superficie de los lienzos con los dedos. Por su cara Leonor supo que estaba impresionado.

—¿Decías que no pintabas? ¿Cómo has hecho esto? No veo ni una sola pincelada, parece quemado. —Por su expresión, Gaudenzio Ferrari supo que su sobrina no quería desvelar el truco; tampoco quiso presionarla—. No te pido que me expliques qué magia has usado, pero te agradecería que me dieras una pista de cómo has obtenido este resultado.

—No es magia, tío Gaudenzio, es un proceso alquímico. El maestro Leonardo trabajó en este proyecto, pero ya sabéis cómo era: tenía tantas cosas importantes que hacer que seguramente decidió no dedicar demasiado tiempo a esto.

Gaudenzio no dejaba de estudiar los lienzos. Era la primera vez que veía algo así.

—Es tan extraño... Parecen imágenes fantasmagóricas, es increíble. ¿Pretendes venderlas?

—He pensado que serían interesantes para ahorrar tiempo en el proceso de dibujo previo a un cuadro.

Gaudenzio abrió los ojos asombrado.

—Sí que es cierto, sí —pensó en voz alta—. Veo que todos los dibujos tienen el mismo tamaño, ¿puedes hacerlos más grandes?

Leonor sintió un cosquilleo en el estómago. Acababa de conseguir llamar la atención de uno de los mejores artistas de Milán. Si pudiera convencer a su tío de que financiara la cámara obscura grande, las posibilidades de vender bocetos mayores crecerían junto con el precio de venta.

—Para eso se necesitaría una máquina más grande. Cuanto más grande sea, mayor sería la imagen que podríamos plasmar en el lienzo.

—Espera, espera, espera... me estás diciendo que, si esa máquina es lo bastante grande, se podría retratar a una persona viva.

—Por supuesto. La luz no distingue entre cosas vivas o muertas. Pero existe un problema.

—¿Cuál?

—Cuanto más grande sea el objeto a reproducir, más tiempo de exposición hará falta. El modelo tendría que estar completamente quieto durante horas. Puede que incluso días.

Gaudenzio se levantó y se puso la mano en el mentón, como si le diera vueltas a una idea. Paseó por la sala durante un rato, sumido en sus reflexiones. Leonor lo observaba sin atreverse a hablar.

—¿Le has ofrecido esto a alguien más?

—No, vos sois el primero que ve estos grabados.

—Se me ocurre una cosa —dijo—. Hace un mes me encargaron un trabajo especial de pintura que no acepté por falta de tiempo y porque no entendí bien lo que ese cliente quería exactamente. Pero estoy casi seguro de que esta técnica que has conseguido es lo que realmente necesita.

El corazón de Leonor se desbocó. Ató en corto sus emociones y solo pronunció dos palabras, sin mostrar emoción alguna.

—Magnífico, pues.

—Es un hombre poderoso, muy rico, y lo más probable es que exija disponer de esa técnica en exclusiva.

Una nube de decepción pintó de gris el rostro de Leonor.

—Entonces no. Pretendo ganarme la vida con esto, tío Gaudenzio.

El pintor soltó una risa divertida.

—¿Cuánto piensas que puedes ganar vendiendo esas pinturas espectrales? Un pintor que se precie dibujará sus bocetos, no los sustituirá por esas imágenes tan... extravagantes.

Leonor ignoró el comentario desmoralizador de su tío.

—Venderé estos bocetos hasta que ahorre lo suficiente para adquirir un estudio grande donde fabricar otras máquinas distintas y más útiles.

—Tardarás años —calculó Gaudenzio—. ¿Cómo andas de dinero?

—Tuve que dejarlo casi todo en Gotarrendura —confesó algo incómoda—. Es una larga historia.

Gaudenzio caminó hasta un escritorio y abrió un cajón cerrado con llave. Sacó varias monedas de oro de un cofrecillo y se las ofreció a Leonor, pero ella se negó a aceptarlas.

—Es mucho dinero, tío.

—No es un regalo —aclaró Gaudenzio—, sino un adelanto. Tengo que viajar a Asti la semana que viene, queda cerca de donde vive ese cliente del que te he hablado. Lo citaré allí por carta y le enseñaré las muestras que has traído. En caso de que le interese, le exigiré que te pague lo mismo que me ofreció a mí. Yo no me quedaré un florín. Eres la hija de Massimo y sería un orgullo para mí impulsar tu carrera como ingeniera.

—Pero ¿cuánto te ofreció ese cliente? —preguntó Leonor, curiosa.

Gaudenzio soltó otra de sus risas alegres.

—Lo suficiente para comprar el estudio con el que sueñas y para vivir cómodamente unos años.

Leonor se marchó del palacio de Gaudenzio Ferrari sin creerse demasiado que aquello fuera a salir bien. A pesar de todo, aceptó su oferta. Acababa de conocer a su tío, pero le había inspirado confianza. Paolo y Adrián se quedaron anonadados al ver la cantidad que le había adelantado.

Mes y medio después, una pareja de desconocidos ataviados con ricos ropajes llamó a la puerta de la residencia Ferrari. Fue Adrián quien les abrió. Aquel hombre y su esposa tenían el aire más refinado y elegante que el carpintero hubiera visto jamás.

—¿Cómo decís que os llamáis? —preguntó Adrián con su italiano cada vez más correcto.

—Mi nombre es Dante Sorrento y he viajado desde muy lejos para hablar con la sobrina de don Gaudenzio Ferrari.

# 39

*Mont Blanc, finales de julio de 1527*
*Tres meses y medio antes de la revuelta*

Dante Sorrento adquirió Château Tarasque en 1519, al comienzo de la guerra de los Cuatro Años. Su anterior dueño, un viejo conde francés venido a menos, carecía de fondos para mantenerlo y de tiempo para disfrutarlo. El invierno alpino no trata bien a los ancianos. Sorrento lo convenció para que se lo vendiera a cambio de las escrituras de una villa soleada en Cerdeña y ducados suficientes para pasar a cuerpo de rey los pocos años que le quedaban de vida.

Fue un buen negocio. El Château Tarasque era una magnífica fortaleza militar y un refugio apartado del mundo donde Dante y su esposa pasaban varios meses al año. En tiempos de guerra, estaba lo bastante apartado de cualquier frente para llamar la atención; en caso de ataque, era un baluarte inexpugnable y fácil de defender.

El Château Tarasque estaba construido en dos fases y a dos alturas. La secundaria, más avanzada, compuesta por dos torres de vigilancia unidas por una coracha que sobrevolaba el sendero que ascendía hasta la puerta principal.

Las murallas se elevaban sobre un promontorio de pura roca, con una puerta ojival que conectaba con las torres más bajas por unos peldaños esculpidos en la misma montaña. La fortaleza estaba diseñada de forma asimétrica, con seis torres repartidas por el perímetro defensivo de los muros. El patio de armas era casi tan grande como el del fuerte del monte Aman en Turín, con varias construcciones adosadas al interior de los muros que formaban una ciudadela, por el momento, deshabitada.

El edificio principal, una gran torre del homenaje, estaba iluminado por ventanales de medio punto. Esa era la única parte del castillo habitada por una treintena de soldados de máxima confianza de Sorrento, comandados por Vinicius Negrini, antiguo compañero de armas de Dante. Además de los soldados, la torre alojaba a una veintena de sus sirvientes más leales.

Lo que Dante jamás habría imaginado era que aquel castillo se convertiría en el laboratorio idóneo para acometer los preparativos del gran engaño con el que pretendía maravillar al mundo.

El carruaje de Dante y Margherita se detuvo junto a la primera torre de vigilancia de Château Tarasque. La pareja aún arrastraba la aflicción por la muerte de Niccolò Macchiavello, pero el tiempo de llorar había pasado. Era la primera vez en meses que los Sorrento visitaban el castillo; habían estado muy ocupados viajando por el norte de Italia tejiendo los hilos de su plan maestro.

Tras la muerte de Macchiavello, Dante y Margherita viajaron a Turín para contactar con las dos personas que Nicco había designado para ayudarlos. Dante conocía la identidad de ambos, pero ellos estaban convencidos de que el anonimato que mantenían era recíproco entre los tres. Para no tener que tratar con ellos directamente, Sorrento recurrió a alguien a quien su mano derecha había contratado un año atrás para ocuparse de los asuntos más turbios de la familia: Jonás Gor. Dante fue el primero en elegir la máscara veneciana que ocultaría su rostro: el Pantaleón; a los otros dos les tocó el Dottore y el Mattaccino.

Niccolò conocía al Mattaccino por la profunda amistad que este mantenía con su hijo Bernardo, quien le habló de sus convicciones humanistas y su deseo ferviente de una Italia unida. Era joven, culto y poseedor de un carisma y una retórica perfecta para influir en el pueblo.

La elección del Dottore, aparte de por su ideología humanista, fue debida a la posición que este ocupaba dentro de la burguesía turinesa. El Dottore tenía acceso a documentos de la administración e influencia en el consejo municipal, por lo que sería una gran fuente de información y manipulación en caso necesario.

El juego de la desestabilización comenzó en Turín ese mismo verano. En teoría, los engranajes estarían rodando solos. Era hora de que Dante y Margherita regresaran a su retiro alpino para acometer la siguiente fase del plan, y no lo hicieron solos. Dos carruajes más iban con ellos.

Del primero descendieron Leonor y Adrián, abrazándose a sí mismos y frotándose los brazos con tesón. El sol brillaba en el cielo, pero el frío era invernal. Margherita, envuelta en un abrigo de pieles, les dedicó una de sus sonrisas embriagadoras.

El segundo vehículo era un carreta grande, tirada por cuatro mulos, que iba cargada de tablones de madera y piezas de metal hasta los topes. Una veintena de soldados con los colores de la casa Sorrento bajaron por los escalones esculpidos en la montaña, capitaneados por un hombre atractivo y elegante. Gerasimo Mantovani tenía alrededor de cuarenta años. Iba ataviado de oscuro, muy al estilo de los luteranos, con un jubón de paño negro rematado por una gola. Dante le dedicó una sonrisa sincera.

—Gerasimo, me alegro de verte.

—Bienvenido, señor —saludó Mantovani, para luego dirigirse a Margherita—. Mi señora... siempre es un placer veros.

Gerasimo Mantovani era contador y consejero de Dante desde hacía más de una década. Su mirada, siempre entrecerrada, le otorgaba un aire misterioso. Se decía de él que podía ver en la distancia y adivinar el futuro. Aquella leyenda no era exactamente así, aunque lo pareciera. Gracias a su red de informadores y a su ejército de palomas mensajeras, Gerasimo era capaz de controlar, desde los Alpes, cualquier movimiento a quinientas millas a la redonda. No había semana en la que no recibiera una visita en Château Tarasque que lo pusiera al tanto de los últimos acontecimientos.

—Gerasimo, permíteme que te presente a Leonor Ferrari y a Adrián Orante. Leonor te fascinará —afirmó Dante—, es ingeniera, capaz de construir máquinas prodigiosas. Leonor, Gerasimo es mi mano derecha. La señorita Leonor trabajará aquí durante los próximos meses.

Mantovani besó la mano de Leonor sin apartar los ojos de los suyos.

—Señora, estoy seguro de que tendremos tiempo de charlar largo y tendido —aventuró él, en tono seductor—. Señor Orante, sois afortunado al poseer una esposa tan bella.

—No es mi esposo —aclaró Leonor, que al no considerarse a sí misma hermosa interpretaba los cumplidos como burlas—, y no soy de las que se dejan poseer.

—Hacéis bien —dijo Gerasimo, algo cortado.

Margherita dio instrucciones a los soldados para que subieran al castillo las piezas traídas de Milán. Leonor y Adrián se sumaron a la tarea. Dante aprovechó para llevarse a Gerasimo a un aparte.

—Nicco ha muerto —dijo, sin andarse con rodeos.

Mantovani asimiló la noticia sin aspavientos, limitándose a hundir una mirada grave en el camino.

—¿Cambia eso los planes, señor? —preguntó.

—Al contrario, los acometeremos con más brío y con menos presiones.

Gerasimo buscó a alguien entre los carros.

—¿Y Hamsa? ¿No ha venido con vos?

—Lo he dejado en Turín, con mi hijo. Michele ya tiene instrucciones de empezar a acosar a los burgueses. El Dottore me facilitó una lista de los más influyentes de Turín. Además, Clemente VII le ha prestado unos soldados de su guardia personal...

—Los apóstoles —soltó Mantovani para sorpresa de su señor.

—¿Cómo lo sabes? Al final, va a ser verdad que tienes poderes...

—Mantengo correspondencia con uno de ellos, un antiguo conocido de cuando me encargaba de vender información a los mercenarios: Oliver Zurcher. Me contó que Clemente los había enviado a Turín nada más formar la unidad. Es un formidable soldado, un excelente estratega y un magnífico instructor; pero, a pesar de todas sus capacidades, jamás ascendió a oficial en la Guardia Suiza. Se siente frustrado y furioso con el papa a cuenta de eso.

—Interesante. ¿Quién comanda a los apóstoles?

—Un excapitán de la Guardia Suiza llamado Yannick Brunner: un santurrón amargado que lo mejor que ha hecho en su vida es diseñar las alabardas que usan esos apóstoles. Oliver me habló de su funcionamiento como unidad, y como concepto me parece interesante.

—Nosotros necesitaremos contratar más condotieros en los meses venideros —apuntó Dante.

—Se me ocurre una cosa, señor —dijo Mantovani, tras reflexionar unos instantes—. En lugar de invertir en un contingente de mercenarios cansados de tanta guerra, ¿por qué no formar una unidad mediana de tropas bien entrenadas, del estilo de esos apóstoles?

Dante enarcó las cejas.

—¿Y quién va a entrenarlos? ¿Tú?

—Podríais aprovechar el descontento y la vanidad de Oliver Zurcher. Es un mercenario con ínfulas de caballero, el comandante ideal. Dadle una buena paga, tratadlo como a un general, y tendréis al mejor instructor de Europa a vuestro servicio. Ese hombre es capaz de convertir a una lavandera en guerrera en dos semanas. Pensadlo: podríais formar esa unidad y acuartelarla en el fuerte del monte Aman, para tenerla cerca en caso de necesidad.

—Encárgate de contactar con ese Zurcher —aprobó Sorrento, satisfecho—. Ahora acompáñame, quiero enseñarte un par de cosas que he traído conmigo.

Dante sacó del coche el relicario de plata y un paquete envuelto en tela. Gerasimo hizo ademán de cogerlos, pero Sorrento se negó a soltarlos. Su sonrisa era todo un enigma.

—Vamos a mi despacho, te los enseñaré allí.

—¿Qué contienen? —quiso saber Mantovani, curioso.

—Dos tesoros —le adelantó Dante, que le mostró el paquete pequeño—. Aquí traigo el legado de nuestro amigo Nicco.

—Vaya —resopló, admirado—. ¿Y el estuche de plata?

Dante palmeó dos veces el relicario mientras ascendía los primeros peldaños hacia el castillo.

—Aquí dentro, amigo Gerasimo, está el verdadero sudario de Cristo.

Las habitaciones asignadas a Leonor y Adrián se ubicaban en el tercer piso de la torre del homenaje.

La alcoba de Leonor estaba bien equipada, con cama amplia bajo palio, sillones, armarios, estantes, un sinfín de candiles y candelabros y una mesa grande junto al ventanal que invitaba al trabajo. Al fondo un par de espejos y un bacín lleno de agua limpia completaban el mobiliario.

En su visita a Milán, Dante Sorrento tardó menos de una hora en convencerla de que trabajara para él. Las condiciones económicas que su tío Gaudenzio consiguió para ella fueron prodigiosas, por lo que ella encontró resuelta la parte más farragosa del trato.

—Vuestro tío dice que aspiráis a un estudio donde poder diseñar, construir y vender vuestros ingenios —dijo Sorrento.

—Así es, señor —respondió Leonor, con la mirada enigmática y la sonrisa embaucadora de Margherita clavadas en ella.

Adrián asistía a la reunión sin atreverse a abrir la boca, no fuera a meter la pata; para esas cosas de pensar, mejor Leonor.

—Mis condiciones se resumen en cinco puntos —enumeró Sorrento con una sonrisa amable—. Primero, trabajaréis exclusivamente para mí hasta el final del proyecto. Segundo, cumpliréis mis instrucciones, sin preguntas. Tercero, los trabajos se realizarán en mi castillo de los Alpes, donde os alojaréis con todas las comodidades. Cuarto, no hablaréis jamás del cuadro que vais a pintar con vuestra máquina.

Dante hizo una pausa. A Leonor le faltaba el último punto.

—¿Y el quinto?

—El quinto ha sido idea de mi esposa —respondió Dante.

Margherita se dirigió a Adrián.

—Quiero que seáis el modelo de nuestra obra.

Adrián parpadeó, asombrado. A Leonor le divirtió su reacción. Conociéndolo como lo conocía, estaría pasándolo fatal.

—¿Yo? —preguntó, señalándose a sí mismo—. ¿Por qué?

—Eres guapo —rio Leonor—. No se me ocurre un modelo mejor para una obra de arte.

—Una cosa importante —añadió Margherita, posando una mano afectuosa sobre la del carpintero—. No podéis cortaros el pelo, ni afeitaros la barba.

Las mejillas de Adrián estaban a punto de estallar.

—Es la última cláusula del contrato, socio —le dijo Leonor a Adrián; disfrutaba con el apuro del carpintero—. ¿La aceptas?

Adrián lo hizo a regañadientes.

—Me da muchísima vergüenza, pero lo haré por ti.

—Por nosotros —lo corrigió Leonor para luego dirigirse a Dante—. ¿Cuáles serán nuestros honorarios?

—Os compraré un estudio en Milán, mejor que el mejor que seáis capaz de imaginar. Además, recibiréis un adelanto de quinientos ducados de oro ahora y mil más al término del trabajo, para que vuestro nuevo negocio zarpe con buen viento. —Sorrento echó un vistazo al salón de la residencia Ferrari donde se celebraba la reunión—. No os ofendáis, pero esta casa necesita una reforma, y con ese dinero os sobrará para las obras y para pagar unos criados. La mejor ingeniera de Milán debe tener una residencia acorde a su prestigio.

Lejos de ofenderse, Leonor y Adrián cerraron el trato sin dudarlo. Comenzaron a buscar las piezas para la nueva cámara obscura al día siguiente. Tres semanas después partían a Mont Blanc con los Sorrento. Y ahora, después de un viaje agotador, estaban en aquel castillo de fantasía, en mitad de una montaña y en medio de un verano que rivalizaba con el invierno español.

Leonor sacó un papel de una de sus bolsas de viaje. Aquella carta que recibió dos días antes de salir de viaje se había convertido en uno de sus tesoros más preciados. Volvió a leerla por enésima vez.

Mis queridos Adrián y Leonor:

No creáis que escribo tan bien; esta carta se la he dictado a un escribiente que ha traducido mis palabras al italiano, lengua que cada día entiendo mejor.

Lo conseguí. Abandoné España por los Pirineos y he viajado por Francia hasta Cúneo, en Piamonte. No me reuniré con vosotros hasta que me cerciore de que las garras de quien sabéis no llegan hasta Italia. Por ahora me quedaré por estas tierras, fuera de las fronteras del imperio, a la espera de que pase la tormenta.

Durante este viaje aciago, he pensado mucho en ti, hermano, y en ti, Leonor. También he tenido ocasión de encontrarme conmigo mismo y de reencontrarme con Dios, al que culpé de forma injusta de mi infortunio. Los verdaderos culpables son sus falsos siervos, esos que usan su santo nombre para violar sus mandamientos.

Me reuniré con vosotros en cuanto pueda. Mientras tanto, buscaré sustento en estas tierras, aunque hay pocas cosas que sepa hacer, aparte de servir a amos y cultivar la tierra. Por desgracia, aquí hay más manos dispuestas a arar que tierras devastadas que sembrar.

Os quiero a los dos.

D.

Leonor contempló la montaña con mirada evocadora. Se prometió que, en cuanto terminaran el misterioso cuadro de los Sorrento —del que aún no sabían demasiado—, iría al Piamonte para buscar a Daniel.

# 40

*Turín, otoño de 1527*
*El día de la revuelta*

Dante paseó por Turín vestido con sus ropas más vulgares. Prescindió de escolta y espada, cubierto por un desgastado sombrero de ala ancha que ensombrecía sus facciones. Evitó a los conocidos y visitó con cautela mercados, plazas y alguna que otra taberna para tomarle el pulso a la ciudad.

La encontró en calma. Demasiado en calma. Si se cocía algo, se cocía a fuego lento.

No se atrevió a entrar en los negocios de los desaparecidos por miedo a que lo reconocieran y pagaran con él la ira acumulada contra su hijo. Espió algunos establecimientos desde fuera y no advirtió nada fuera de lo común. Tampoco detectó un movimiento extraordinario de mercenarios. Recordó, con tristeza, la mala opinión que tenía Nicco sobre los condotieros, un mal necesario en las ciudades-estado de la península itálica. Cuando actuaban siempre se cobraban un sobresueldo en pillaje, abusos y dolor.

Dante nunca recurrió a ellos. Gracias a su formación militar, y al buen criterio de Vinicius Negrini, llegó a reclutar un pequeño ejército leal y bien pagado. Y ahora, con la incorporación de Zurcher y los discípulos, la cosa no podía más que ir a mejor.

Sorrento seguía dándole vueltas a la idea de Margherita de culpar a los apóstoles de la matanza, pero aquello también le generaba serias dudas. Poner en la picota una unidad militar de los Estados Pontificios tendría consecuencias impredecibles. Por otra parte, desconocía el grado de aprecio que Oliver Zurcher sentía hacia Brunner y sus oficiales. Una cosa era actuar a sus espaldas, pero acusarlos falsamente de cometer una matanza y ofrecerlos a una turba sedienta de sangre era harina de otro costal.

Su paseo lo llevó a la plaza de Saboya, donde se erguía su antigua residencia reconvertida en arzobispado. Margherita y él habían trasladado sus aposentos privados al viejo edificio del cuartel; unas dependencias mucho más espartanas que las antiguas, pero a su esposa parecía darle igual. Para ese tipo de cosas, era tan soldado como él.

La pareja de alabarderos que vigilaba la escalinata del arzobispado cruzó las alabardas frente a Dante. Este tuvo que mostrarles el anillo con el sello de los Sorrento para que lo dejaran pasar.

—Perdón, señor —se disculpó el centinela, atribulado—, no os reconocí.

Iba a añadir «con esas pintas», pero se ahorró el comentario.

—¿Están aquí los apóstoles?

—Hay algunos en el cuerpo de guardia, señor.

Justo en ese momento, Dino D'Angelis salía por la puerta del palacio. En cuanto vio a Dante en la escalinata, dio media vuelta como si hubiera visto al demonio y corrió al interior del edificio. Huyó por el pasillo de la derecha y chocó con Andreoli al torcer la esquina.

—D'Angelis, ¿qué cojones te pasa? Ni que te persiguiera Hamsa en cueros con la polla tiesa.

—¡El Alighieri! —exclamó descompuesto y con voz queda—. ¡El puto Alighieri está aquí!

Andreoli no entendía nada. Para mayor esperpento, D'Angelis se pegó a la pared para espiar el corredor, con la cara desencajada.

—¿Ya estás borracho? ¿Qué coño dices de Alighieri?

—El padre del arzobispo —susurró, a la vez que mandaba callar a Andreoli—, se llama Dante, como el poeta de mierda. Si me ve empezará a culparme de todas las desgracias de su hijo, como si me necesitara para pervertirse.

—Pero ¿no sabe que trabajas para el arzobispo?

—Qué va, lo hago a sus espaldas. Michele me paga de su bolsillo, sin que su padre se entere. El Alighieri me odia desde que era un chaval.

—Desde que eras un chaval... Y yo que pensaba que habías nacido así...

—No lo he visto pasar por el zaguán —advirtió D'Angelis—,

ese está en el cuerpo de guardia. ¿Por qué no vas a ver? Puede que le haya pasado algo a Michele, hace días que está desaparecido.

Andreoli aceptó.

—Tú ve a limpiarte el culo mientras lo averiguo.

El teniente se encaminó al cuerpo de guardia y se quedó en la puerta, justo a la espalda de Dante. Le sorprendió su energía y presencia, muy superior a la de su hijo, que sin sus ropas de arzobispo parecía un aspirante a leproso. Se había perdido el comienzo de la conversación, pero intuyó que la cosa no iba bien. Brunner estaba frente a Sorrento, a menos de dos pasos de distancia de él. Yani Frei, Daniel Zarza y Matteo Galli (san Mateo) asistían a aquel primer encuentro con rostro grave.

—Os repito que me da igual quién seáis y que este palacio sea vuestro —replicaba Brunner; parecía a punto de perder la paciencia—. Servimos a su santidad el papa Clemente y, por orden suya, al arzobispo de Turín. A nadie más.

—Pues resulta que el arzobispo de Turín es mi hijo —sostuvo Dante con expresión feroz—, Michele Sorrento.

—Serviríamos al arzobispo de Turín aunque se llamara Porco Merdoso si el papa nos lo ordenara —puntualizó Brunner; era raro que el capitán soltara alguna palabra subida de tono. Estaba más enfadado de la cuenta—. El apellido no nos importa, por muy ilustre que creáis que es. Así que tened claro que no obedeceremos ninguna orden que no venga directamente del papa o de vuestro hijo.

Dante adelantó la dentadura inferior en un gesto que le hizo parecer un ogro. Frei, Galli y Andreoli estaban tensos. Aquel primer contacto de los apóstoles con el patriarca de los Sorrento no podía ir peor. Daniel, que había oído hablar largo y tendido a Zurcher sobre Dante, asistía a su enfrentamiento con Brunner con cierta curiosidad morbosa. Sorrento insistió, haciendo malabares para no perder los nervios.

—Lo único que quiero, capitán, es que reúna a todos sus apóstoles en el arzobispado y que estén preparados para un posible asalto. Existen indicios de un ataque inminente, y no permitiré que ni mi hijo ni mi propiedad sufran daño alguno.

—Con vuestro permiso...

Dante se volvió para encontrarse con la sonrisa cándida de Arthur Andreoli. Brunner se enervó al ver los ojitos de querubín con los que el teniente miraba a Sorrento. Frei le dio un toque en la bota al capitán: Andreoli pretendía engrasar la fricción.

—Y vos, ¿quién sois? —preguntó Dante, con brusquedad.

—Teniente Arthur Andreoli, a vuestro servicio —se presentó, con un saludo militar—. Quisiera preguntaros por el arzobispo; hace un par de días que lo echamos de menos y desconocemos su paradero.

—El arzobispo se ha ausentado por motivos personales —espetó Dante—. No es de vuestra incumbencia dónde está.

Brunner se dio media vuelta para no estrangular a Dante allí mismo. Frei volvió a pedirle calma con la mirada. Galli se separó un poco de su purificadora para no caer en la tentación de usarla y Daniel se limitó a no perder ripio.

—No me malinterpretéis, excelencia —se excusó Andreoli, haciendo gala de una cortesía exquisita—, solo nos preocupa desconocer su paradero, ya que su santidad nos ha encomendado su protección.

—Regresará pronto, no tenéis de qué preocuparos.

El teniente no se dio por vencido.

—Pero ¿se encuentra bien?

A Sorrento le faltó ladrar.

—Sí, está perfectamente. —Dante se volvió hacia Brunner y lo fulminó con mirada de pena capital—. Y a vos, más os vale que ni un solo intruso ponga sus sucios pies en este palacio.

Brunner se guardó su réplica y vio a Dante empujar a Andreoli con el hombro al salir del cuerpo de guardia. El teniente le hizo un gesto burlón a su capitán para quitar importancia al mal gesto. Sorrento se plantó al pie de las escaleras, elevó la vista a las alturas y gritó.

—¡HAMSA!

Tres segundos después, el Susurro cayó del cielo. Andreoli estuvo a punto de soltar una carcajada; el asesino podría haber bajado por la escalera con normalidad, pero estaba convencido de que ensayaba esas apariciones espectaculares para alimentar su propia leyenda.

«No se puede ser más ridículo», pensó.

La ridícula trinidad: padre, hijo y moro santo.

—Acompáñame al cuartel —ordenó Dante al Susurro.

Ambos desaparecieron por el arco que daba a la escalera del

subterráneo. Andreoli entró en el cuerpo de guardia e hizo un gesto teatral, abriendo las manos al tiempo que miraba al techo. Brunner se sentó de golpe en la litera sin despegar de él una mirada de enojo.

—Menos mal que me tenéis a mí para la diplomacia —rezongó el teniente—. Yannick, ¿tan mal te ha caído papá Sorrento para que lo trates como si fuera una mierda?

—Ese idiota pretencioso se cree que puede darme órdenes, ¡a mí!

—Estoy de acuerdo en que es un prepotente —intervino Yani Frei—, pero deberíamos tener en cuenta su advertencia. Puede que esos rumores sean ciertos.

—Reuniré aquí a los apóstoles —aceptó Brunner—, pero cuando se vaya ese imbécil. No quiero que piense que lo hago porque él me lo ha ordenado. ¡Qué ganas de regresar a Roma con mi familia de una vez!

—Ahora vuelvo —dijo Andreoli.

El teniente regresó al pasillo, donde D'Angelis seguía escondido.

—Según el Alighieri, el arzobispo está bien.

—Lo he oído. —Dino se tocó la oreja—. Recuerda que soy espía, me gano la vida con esto.

—¿Dónde estará? —se preguntó Andreoli en voz alta.

—Si está donde creo que está, está seguro. —D'Angelis conocía la existencia del fuerte del monte Aman, a pesar de no haber estado nunca allí—. ¿Conoces la calle del Forno, de camino a la antigua sinagoga?

—Más o menos.

—Mi casa es la tercera conforme entras desde Calceteros. Una puerta pintada de verde con más arañazos que la espalda de Cristo. Si aparece el arzobispo, avísame, necesito contarle lo que me dijo el hijo de puta de Gor. Me parece que Michele va por un lado y su padre por otro, y esa falta de comunicación podría acabar en desastre. Mientras tanto, ocúpate de que Brunner no le meta a Dante la *katzbalger* por el culo. —Lo pensó mejor—. Bueno, si ves que se la va a meter, no intervengas.

—Te haré caso —se despidió Andreoli.

—¿Me avisarás?

—Te lo prometo.

El teniente regresó al cuerpo de guardia. La posibilidad de un ataque al arzobispado le preocupaba. La cuestión era el número de tropas al que tendrían que enfrentarse. Si todas las familias afectadas por la redada reunían un ejército, aquello sería una batalla campal. Después de lo que él y sus compañeros pasaron en la escalinata de la basílica de San Pedro, le parecía injusto morir en Turín, al servicio de alguien al que consideraba un completo imbécil.

En el cuartel, Dante mandó traer a Vinicius Negrini para que se hiciera cargo de la defensa del arzobispado. Lo normal era que Negrini se ocupara del reclutamiento y de temas administrativos de la guardia, pero en esta ocasión Sorrento lo quería en primera línea. Cuando terminó de despachar con sus soldados, se dirigió a sus dependencias. Encontró allí a Margherita, que leía el manuscrito que su hermano dejó a Dante de legado. Esta lo cerró al ver entrar a su esposo.

—¿Recuerdas lo que me dijiste de los apóstoles? —preguntó Dante.

—¿Lo de culparlos por la masacre? Claro que me acuerdo.

—Pues he tomado una decisión —anunció Dante—. Me inventaré un buen guion y mañana denunciaré a los apóstoles ante el juez Beccuti. Acabo de discutir con Brunner. Ese tipo podría ser un obstáculo serio para el plan.

Margherita se levantó de su asiento. Su rostro se había iluminado con una expresión misteriosa.

—Se me acaba de ocurrir que podríamos aportarle al juez una prueba irrefutable de la inocencia de Michele, que además reforzaría la denuncia contra los apóstoles —dijo Margherita.

—¿Me puedes explicar...?

—Sígueme —lo interrumpió—. Tengo que coger algo de las dependencias de Michele.

Dante y su esposa salieron de la habitación y se alejaron por el corredor con pasos rápidos. Hamsa se dejó caer de la viga del corredor desde la que había estado escuchando hasta la última palabra de lo que se había hablado en aquella estancia. El asesino maldijo en silencio.

Había jurado obediencia a una familia que desconocía por completo el significado de la palabra honor.

# 41

Dante convocó a Oliver Zurcher en sus aposentos dos horas después de discutir con Yannick Brunner. Margherita los dejó solos: tenía algo muy importante que hacer.

—Obedecer a mi hijo fue una pésima idea, comandante —lo reprendió Sorrento sin mostrar enfado alguno; su tono era el de un mentor que corrige un fallo a su pupilo—. Soy consciente de que estáis en una posición difícil: tenéis que obedecer al arzobispo como apóstol y a mí como jefe del ejército que comandáis.

—Yo tampoco era partidario de esa matanza, por muy herejes que fueran esas personas —manifestó Zurcher, con sinceridad—. Intenté disuadir a vuestro hijo, pero me dijo que él asumía toda la responsabilidad. Quería probar la lealtad de las nuevas tropas.

—No pasará mucho tiempo antes de que los familiares de los muertos den a los suyos por perdidos —prosiguió Dante—. ¿Qué creéis que sucederá cuando se cansen de esperar?

—No lo sé, señor, decídmelo vos.

—Yo os lo diré: se tomarán la justicia por su mano.

—Defenderemos al arzobispo, igual que hicimos con el papa.

—Cuando decís: «defenderemos», ¿os referís a los apóstoles o a los discípulos?

Zurcher guardó silencio. Ni él mismo conocía la respuesta.

—Oliver, es hora de que toméis una decisión. —El tono de Sorrento rozaba lo paternal—. Podéis seguir de segundón en los apóstoles, a las órdenes de un papa al que le doy menos de un año de mandato, o comandar a mis discípulos y estar en el bando ganador cuando Michele sea el nuevo papa.

Zurcher no lo dudó ni un instante.

—Tengo claro que estaré de vuestro lado —afirmó—. Al papa

Clemente VII apenas le importamos, después de lo que hicimos por él.

Sorrento se acercó a Zurcher y posó una mano en su hombro en gesto de camaradería. Alzó las cejas y esbozó una sonrisa afable.

—Oliver, vos y yo haremos muchas cosas juntos. —La voz de Dante era la de Satán susurrando al oído—. Conseguiremos que Italia vuelva a ser grande y fuerte, como antaño. Pero en empresas de esta envergadura, ciertos sacrificios son inevitables.

Una almenara de alarma se encendió en el cerebro de Oliver Zurcher. Después de aquellas palabras, no podía venir nada bueno.

—No entiendo a qué os referís, señor.

—La única forma de evitar que los familiares de los muertos se alcen en armas y encharquen de sangre las calles de Turín es entregarles un chivo expiatorio que aplaque su ira. Sabemos que ese superviviente que se os escapó de la barcaza facilitó una declaración completa al juez Beccuti en la que describió a los apóstoles con todo lujo de detalle.

Zurcher retrocedió un par de pasos, indignado.

—¿Pretendéis culpar a los apóstoles de la masacre que ordenó vuestro hijo?

Dante hizo un gesto pacificador con las manos.

—Esto va más allá de unas cuantas vidas —argumentó—. Lo que pretendo es salvar nuestro plan. Si esas familias reúnen a sus ejércitos, ¿creéis que los apóstoles se librarán? Una horda de condotieros arrasará el palacio y acabará con mis hombres y con los apóstoles y, de paso, aprovecharán la situación para cometer atrocidades por todo Turín. Mujeres, ancianos y niños perderán la vida en una batalla que podemos evitar. Pase lo que pase, mi hijo está a salvo, tengo el mundo entero para esconderlo... pero tened por seguro que nuestro plan morirá como morirán vuestros antiguos camaradas.

—Tengo amigos entre ellos —objetó Zurcher—. Puede que se encuentren en el bando equivocado, pero son buenos soldados. Y buenas personas —añadió.

—¿Se unirían a nuestra causa? —se interesó Dante—. Podrían salvarse...

Zurcher agachó la cabeza.

—Yannick es demasiado íntegro para traicionar su lealtad a Clemente VII, y Frei y Andreoli morirían antes de defraudar al capitán. Pero tengo otros amigos que sí que se unirían a los discípulos.

Dante preferiría que lo torturaran antes que tener que tratar con el imbécil de Brunner, pero se guardó su opinión. Quería escuchar a Zurcher, sacarle información y probar hasta qué punto estaba comprometido con él y con su nuevo cargo de comandante. Por lo que leía en su cara, sabía que acabaría tomándose la medicina, por muy amarga que le supiera.

—¿Me podríais dar tiempo para pensarlo? —rogó Zurcher al fin, después de reflexionarlo un momento.

—Os doy hasta mañana a las nueve —concedió Dante—. Hasta entonces escucharé cualquier propuesta que se os ocurra. Quién sabe, quizá podamos salvar a alguno de vuestros amigos...

Zurcher asintió y se encaminó a la puerta. Antes de que su mano se cerrara alrededor del pomo, Dante pronunció una última frase.

—Oliver, grabaos esto a fuego: el fin justifica los medios.

El comandante le dedicó una mirada triste antes de irse.

—Si esos medios necesitan justificación, no son honestos.

A Dante no le ofendió aquel comentario.

Aunque Zurcher todavía no lo supiera, ya había ganado.

Andreoli salió del arzobispado alrededor de las cuatro de la tarde.

A pesar de ir de paisano, no iba a beber ni a divertirse. Brunner lo había enviado a dar una vuelta por los barrios más comerciales de Turín, donde se ubicaban los establecimientos de los desaparecidos, por si oía algo sospechoso que corroborara la teoría del ataque inminente que tanto parecía obsesionar a Dante Sorrento. Sin saberlo, esa mañana el capitán había tenido la misma idea que él.

Después de merodear por los aledaños de varios negocios, Andreoli entró en una de las dos tintorerías de Francesco Donato, el hombre que escapó de la barcaza y que luego falleció en el hospital. Apenas había cruzado la puerta del comercio cuando se topó con la acalorada conversación entre una mujer rechoncha y un anciano que, a pesar de conservar un porte gallardo y majestuoso, parecía tener muchos inviernos a sus espaldas.

—Entiendo tu dolor, Cándida, pero antes de hacer algo de lo que te puedas arrepentir deberíamos hablar con...

El codazo de la mujer cortó al anciano de sopetón. Andreoli fingió examinar un rollo de paño teñido de un hermoso verde bosque. Cándida se acercó a él en tres zancadas que parecían imposibles para unas piernas tan cortas.

—¿Puedo ayudaros en algo?

Andreoli sacó a relucir su sonrisa más seductora, aunque algo en su interior le decía que aquella dama era invulnerable a sus encantos.

—Disculpad, no quería interrumpiros —se excusó soltando el paño—. Buscaba a vuestro esposo, me atendió hace unas semanas.

—Sería en la otra tintorería, junto al río, donde teñimos las piezas —dijo ella muy seria—, por aquí no solía venir.

Andreoli le dedicó una mirada de fingida consternación.

—Habláis de él en pasado. ¿Acaso...?

—Ha muerto —espetó ella sin el menor atisbo de emoción—. Decidme qué buscáis y os atenderé con mucho gusto.

El anciano se despidió conforme salía de la tienda.

—Luego hablamos, Cándida —dijo—. No faltes, te lo ruego.

Ella se limitó a lanzar una mirada indescifrable al viejo mientras Andreoli se preguntaba adónde no tenía que faltar.

—Lamento mucho vuestra pérdida —se disculpó Andreoli, al tiempo que se marchaba de la tintorería caminando de espaldas en una actitud que le pareció ridícula. Estaba dispuesto a seguir al anciano—. Volveré otro día, que Dios os guarde...

Justo salía del establecimiento cuando su espalda tropezó con alguien en la calle. El teniente se dio la vuelta para pedir disculpas y se llevó la sorpresa del día al descubrir contra quién había chocado.

—¿Tú? —exclamó—. ¿Me estás siguiendo?

Sanda ignoró la pregunta con una sonrisa embriagadora y se dirigió a él en un tono cortés cargado de socarronería.

—¿De compras en la tintorería, señor Andreoli? —Sanda echó un vistazo al interior del local y descubrió a Cándida, que todavía clavaba una mirada de berbiquí en el teniente—. ¿O venís de seducir a la tintorera? Si ese es el caso, no tiene cara de haber quedado muy satisfecha.

Andreoli le rio la gracia por compromiso. Sanda estaba preciosa y era una tentación, pero si no se daba prisa, el anciano se le escaparía.

—Estoy encantado de verte, Sanda, pero...

—Yo también —lo interrumpió ella, mordiéndose el labio inferior en un gesto sugerente a la vez que lo agarraba por la manga.

El teniente miró por encima de su hombro. Aún podía ver la melena blanca de Cirilo Marchese alejándose entre el gentío que caminaba por la calle.

—Nada me gustaría más que pasar un rato contigo, Sanda, pero estoy trabajando.

Ella arqueó las cejas.

—¿En una tintorería? Pensaba que el trabajo de militar era distinto...

—Estoy en una misión secreta —susurró él, tratando de liberarse de la presa de Sanda—. En serio, tengo que irme. ¿Paso por tu casa más tarde?

En lugar de contestar, Sanda soltó la manga e hizo resbalar la punta de los dedos por la tela. Cuando estos tocaron la piel del dorso de la mano de Andreoli, los ojos de ella se espantaron. La viuda le agarró la diestra con una fuerza inusitada, y el teniente notó cómo el cuerpo de la mujer se ponía tenso.

—¿Qué te pasa? —preguntó, alarmado.

El rostro de Sanda parecía descompuesto.

—Vamos a mi casa. Ahora.

—Te he dicho que...

—Es importante. Acabo de tener una visión.

—No me asustes, Sanda, por Dios.

Andreoli volvió a mirar por encima de su hombro. La cabeza canosa había desaparecido. Sanda tiró de él como si fuera un niño. El teniente dio por perdido el rastro de Marchese y se dejó llevar sin oponer resistencia. Tendría que inventarse una excusa creíble para Brunner en caso de que se retrasara. Con suerte, después de la sesión de videncia iría algo más divertido.

Apenas hablaron en lo que duró el trayecto desde la tintorería hasta la casa de Sanda. La moldava parecía tan preocupada que acabó contagiando su inquietud al teniente. Cuando se fue a dar cuenta, Andreoli estaba sentado frente a ella en la mesa de las cartas. Para su sorpresa, esta vez no sacó la baraja demoniaca. Solo extendió las manos y cogió las del teniente.

—¿Y las cartas?

—No las necesito —dijo ella con los ojos cerrados—. Cállate.

Los dedos de Sanda se cerraron tan fuerte alrededor de los de

Andreoli que al teniente le dolió. Ella echó la cabeza atrás y fijó la mirada en el techo. El suizo empezó a asustarse.

—Tienes que abandonar Turín —dijo Sanda—. Esta misma noche.

—Imposible, eso sería deserción.

—No quedará nadie vivo para condenarte —afirmó ella—, seréis víctimas de un traidor: es alguien cercano a ti, un gran guerrero...

—¿Lleva la cara tapada? —preguntó Andreoli con los ojos muy abiertos—. ¿Es el moro?

—No puedo saber eso —rezongó ella, poniendo los ojos en blanco pero no por el trance, sino por la pregunta tan absurda—. Es alguien en quien confías. —Le soltó las manos de golpe—. Arthur, algo muy grave va a pasar, no regreses a tu cuartel o donde sea que te alojes.

Andreoli la miró con incredulidad.

—Sanda, ¿seguro que no estás poseída por el demonio?

Habría abofeteado con gusto a aquel idiota.

—Arthur, te hablo en serio. Tienes que creerme. Si regresas con tus compañeros, morirás.

—Sanda, dime que esto es una broma pesada.

—Dame las manos otra vez —exigió ella casi de malos modos.

Volvió a sujetarlas. Cerró los ojos de nuevo.

—Espera... veo un nombre. Zucker, Sucre...

El corazón de Andreoli dio un vuelco.

—¿Zurcher?

Sanda le soltó las manos.

—Ese es el nombre del traidor —afirmó.

Andreoli se levantó de la silla, lívido.

—Zurcher... —repitió él.

—¿Te dice algo ese nombre?

Él asintió despacio, con la mano todavía en la boca. Sin decir palabra se dirigió a la puerta. Sanda lo agarró antes de que se marchara.

—No vayas —le advirtió—, morirás.

—Tengo que avisar a mi capitán.

—Tú quédate aquí —exigió Sanda—. Yo iré a avisar a tu capitán.

Andreoli soltó una risa y un resoplido.

—Si le dices a mi capitán que has tenido una visión, te hará una hoguera a medida. El papa a su lado es un ateo.

—No te preocupes por eso —aseguró—. Dime dónde puedo encontrarlos e iré a advertir a tus amigos.

Andreoli se zafó de ella y se encaminó hacia las escaleras. Sanda lo persiguió.

—¡Párate!

—Párame tú —la desafió Andreoli, que comenzaba a bajar los primeros peldaños—. Mi deber es estar con ellos.

Sanda bajó la escalera detrás del teniente, lo agarró del cuello del jubón, lo hizo girar sobre sí mismo y le sopló en la cara unos polvos procedentes de una bolsa que llevaba colgada al cuello. Andreoli tosió, la miró con gesto de reproche y parpadeó varias veces antes de desmayarse.

Sanda lo sujetó para que no se hiciera daño.

Mientras lo arrastraba por las axilas, de vuelta al piso de arriba, pronunció unas palabras en su lengua natal.

—Si yo te digo que te pares, teniente Andreoli, te paras.

La torre de la catedral dio las seis.

# 42

Ocho de la tarde.

Margherita había pasado horas copiando la caligrafía de varias cartas repartidas por la mesa. También logró separar un sello lacrado en cera roja de una de ellas. Había roto dos en sendos intentos.

Su letra cada vez se parecía más a la que trataba de imitar.

Bajo la luz de la vela su sonrisa se tornó siniestra.

A Daniel Zarza le había bastado un solo día para formarse una opinión de los apóstoles.

No solo había visto a Yannick Brunner enfrentarse a Dante Sorrento a favor del arzobispo; también lo oyó proclamar su lealtad incondicional al papa y a su hijo Michele.

A pesar de ser un cascarrabias, Brunner era un padre de familia que no cesaba de hablar de su esposa e hijos. Cuando lo hacía, un brillo especial iluminaba su expresión adusta.

Yani Frei era un hombre tranquilo que jamás perdía los nervios, alguien que sabía tirar de las riendas de Brunner cuando a este se le desbocaba el genio. Un soldado que, en más de una ocasión, mostró su preocupación por los herejes prisioneros (que él aún creía con vida), a pesar de ser enemigos de la fe. Andreoli, por su parte, era especial: alguien que sabía alegrar a quienes lo rodeaban a la par que un excelente combatiente.

Los apóstoles le parecieron buenos soldados, de esos que no cuestionan órdenes pero que a la vez muestran comprensión y piedad hacia sus enemigos, como Jesús predicó.

El comandante Zurcher y Michele Sorrento podían estar tranquilos.

Andreoli yacía inconsciente sobre el lecho de Sanda, con las muñecas y los tobillos atados en forma de aspa. Ella lo miraba de pie, en silencio, mientras recordaba el juramento que hizo en una tierra lejana mucho tiempo atrás.

No enamorarse jamás.

Oyó ruido en la calle y se asomó a la ventana. Abajo, unos hombres armados con aspecto de mercenarios caminaban deprisa en dirección al río. Conocía ese andar apresurado, casi a la carrera. Algo estaba a punto de suceder.

Algo malo.

Corrió la cortina y volvió a contemplar a Andreoli.

Muy a su pesar, había roto el juramento.

Amaba a ese hombre. Lo amaba desde la primera vez que lo vio, mucho antes de dejar caer la pulsera aposta en el patio de La Prímula.

Piero Belardi vio pasar una compañía de hombres de armas por la puerta del hospital.

Al frente de ellos, un condotiero a caballo.

Sintió escalofríos al reconocerlo. Lo había cosido un par de veces, y no por gusto.

Un auténtico hijo de puta.

Por la expresión burlona y pervertida de las caras de los soldados borrachos, no iban de paseo. Llamó a Spada a la sala de espera.

—Gianmarco, acabo de ver pasar a Heinrich Valdera con una veintena de hombres.

—¿Heinrich Valdera?

—El condotiero más cabrón que he conocido jamás. Dudo que solo haya traído veinte hombres, seguro que hay más escondidos en alguna parte. Créeme, si Valdera está en la ciudad, se avecina follón y del bueno. Será mejor que cerremos puertas y ventanas.

Charlène escuchó la conversación desde la sala. Belardi aceptaba a la chiquilla según el día: lo mismo le regañaba sin motivo que le preparaba una taza de caldo, receta insuperable de su *mamma*. La joven no sabía si le caía bien o mal, pero al menos seguía bajo techo.

—Pues yo tengo que salir, don Piero —objetó el joven—, intentaré volver lo antes posible.

El médico cerró el hospital por dentro y se guardó la llave.

—De eso nada, no te vas a arriesgar a que te maten. Además, me juego el pescuezo a que esta noche esto va a ser un no parar.

Spada se echó a reír. Aquel miedo le pareció exagerado.

—Tengo un compromiso, don Piero, me esperan a las ocho...

—Pues ya te disculparás cuando puedas —sentenció, apelando a la responsabilidad con una mirada de reproche—. Tu deber está aquí hoy. ¡Charlène! —gritó. La muchacha apareció enseguida. Estaba tan pálida como Spada. La idea de hombres bebidos y armados campando a sus anchas le asustaba—. Prepara aloja con vino, pero no la cargues mucho. Esta noche tenemos que estar despiertos. Me apuesto cien florines de plata a que en unas horas comienzan a llegar heridos.

Gianmarco insistió.

—Permitidme que vaya a decirle a mi cita que no podré ir a cenar.

A Belardi le faltó echar fuego por los ojos.

—Si sales por esa puerta, no te atrevas a volver.

Spada se quedó chafado, pero no se atrevió a discutir más con su mentor. Se fue a su cuarto y metió la bolsa que iba a llevar a su cita entre el catre y la pared.

Se mordió el labio inferior.

Aquella cita era importante.

Las nueve.

Dino D'Angelis se cruzó con un par de grupos de hombres armados al salir de una taberna. El espía andaba entonado, pero decidió parar de beber cuando vio que el ambiente empezaba a enrarecerse.

Un tercer grupo pasó a su lado. Tres hombres de aspecto deleznable, hartos de vino y con espadas al cinto que no paraban de vociferar en un idioma que Dino no entendía. Las piezas de sus uniformes —por llamarlos de algún modo— tenían procedencias distintas. Lo más probable es que fueran fruto del saqueo de más de un campo de batalla.

Mercenarios, y de la peor especie.

¿Y la guardia de la ciudad? ¿Dónde diablos estaba?

Su sensatez le susurró que se fuera a casa, pero una mezcla de curiosidad innata y deformación profesional le hizo dar media vuelta.

«Dino, tu puta madre, Alighieri tiene razón: eres muy tonto».

D'Angelis los siguió sin que se dieran cuenta.

Yannick Brunner estaba preocupado.

Andreoli no había regresado y Zurcher no había aparecido por el arzobispado en toda la tarde. Daniel estaba sentado en una litera del cuerpo de guardia con la máscara de santo Tomás en el regazo y el astil de la purificadora apoyado en el suelo, siempre atento a lo que se decía a su alrededor. Algunos apóstoles aprovechaban aquella inactividad para dormir un poco. A pesar de los temores de Brunner, la plaza de Saboya estaba tranquila.

—¿Quieres que vaya a buscarlos? —preguntó Frei a Brunner.

—Arthur siempre acaba apareciendo y con Oliver tendré que hablar muy seriamente —comentó—. No puede ausentarse cada vez que le plazca. —Echó una ojeada a la plaza desde la puerta del palacio—. De todos modos, todo parece estar en calma; puede que me haya dejado arrastrar por el delirio de Dante.

Frei aprovechó que no había nadie cerca para hablar.

—Yannick, no sabemos nada de los prisioneros desde que los trasladaron. ¿Y si los hombres de Sorrento los han matado?

Brunner se mordió el labio inferior, incapaz de disimular su preocupación. Por supuesto que se le había pasado la idea por la cabeza. A todos se les había pasado en algún momento.

—Espero que no —murmuró—. Como esos desgraciados estén muertos, nosotros también.

Las diez.

Tintorería Donato, a orillas del río Po. Llovía.

Quince familiares de los desaparecidos estaban reunidos en el interior de la exposición de telas, entre ellos la dueña, Cándida Di Amato, que había cedido las instalaciones para el cónclave. A su lado había un hombre cercano a los cuarenta, de cabello rubio y mirada altiva. Carlo Sartoris. Su estatura media se compensaba con una espalda ancha y brazos fuertes, coraza sobre su atuendo y espada al cinto. Todos atendían las palabras de Marchese de forma civilizada excepto la viuda, que parecía reacia a escuchar cualquier argumento distinto al de prender fuego al arzobispado.

—Cándida, te ruego que te calmes —suplicó Marchese—. Te repito que anoche me reuní con el Mattaccino y me aseguró que el arzobispo es inocente. —Una pausa—. Tiene que estar al llegar. Sed pacientes y oigamos lo que nos tiene que decir.

—Palabras y más palabras —escupió Cándida—. Tenéis demasiado miedo al arzobispo y a sus fantasmas encapuchados.

—Yo sí quiero oír lo que el Mattaccino tiene que decir —manifestó Virgilio Bondi, un joven abogado, hijo de uno de los detenidos—. Y vos tendríais que hacerle caso al señor Marchese y calmaros: el camino de las armas no hará que recuperemos a los nuestros.

Cándida Di Amato dio una patada en el suelo. Llevaba botas de cuero, calzones de hombre y una espada demasiado larga para ella y que no tenía ni idea de manejar.

—Sois muy joven para tener tan pocos huevos —retó Cándida al abogado—. Vuestro padre vomitaría si os viera actuar de esa forma tan cobarde.

Bondi se indignó.

—¿Cómo os atrevéis?

Ella aferró el mango de la espada. Los demás asistentes la miraron en silencio e intercambiaron comentarios reprobatorios entre ellos. Nadie parecía dispuesto a secundar a la viuda en su decisión de usar la fuerza en aquel asunto.

—Ese Mattaccino no aparecerá —apostó Cándida, desafiando a Marchese y al resto de los presentes—. ¿Os habéis preguntado por qué no lo detuvieron esa noche junto con nuestros familiares? —Nadie respondió a la viuda; en el fondo, se resistían a tomársela en serio—. Yo os lo diré: porque llevó a los nuestros a esa bodega a sabiendas de que los cazarían como ratas.

Los presentes comenzaron a protestar en contra del argumento de la viuda. Era evidente que los familiares eran reacios a dejarse arrastrar a la senda violenta que Di Amato abría ante ellos.

—Cándida, por favor —rogó Marchese, con las manos juntas frente a él, como si rezara—. Das por ciertas tus propias conjeturas. Por favor, ten cuidado: he visto que tienes tropas en el patio trasero, piénsatelo dos veces antes de convertir esto en una catástrofe.

—Yo soy el condotiero al mando de esas tropas —manifestó

Carlo Sartoris—, y estoy a las órdenes de doña Cándida Di Amato. ¿Y vosotros? ¿Solo habéis traído vuestra cobardía y vuestras lágrimas?

—Nosotros queremos conocer la verdad —intervino un hombre de mediana edad. Marchese lo conocía, era constructor—, no atacar a alguien sin pruebas. Tenemos que dar más tiempo a las autoridades.

A Cirilo Marchese le dolía la garganta. Había pasado los últimos tres días sin parar de hablar con unos y con otros.

—Cándida, ¿no te das cuenta de que la justicia caerá sobre ti si atacas el arzobispado? El Mattaccino llegará de un momento a otro; puede que haya averiguado algo más, espera a ver qué dice.

Una mujer entrada en años agarró a su esposo del brazo y abandonó el grupo.

—Ya me contaréis qué dice ese Mattaccino. —Se dirigió a Cándida cuando estaba a punto de salir del establecimiento—. Por mi parte, no tengo dinero ni valor para empezar una guerra. Que os vaya bien con vuestra cruzada.

—Yo tampoco —rezongó otro de los asistentes—, me voy a casa.

Doce de ellos se marcharon de la tintorería, cansados de los desvaríos agresivos de Cándida. Esta escupió en el suelo cuando abandonaban el establecimiento.

—Sois una panda de cobardes. Dais asco.

—No he venido aquí a que me insulten —se hartó el abogado, encaminándose a la salida—. Don Cirilo, nos vemos mañana.

En la tintorería solo quedaron Cándida, Marchese y un par de mercaderes que decidieron esperar al Mattaccino. Sartoris se había marchado hacia el patio del complejo.

—Hasta la medianoche —amenazó Cándida Di Amato—. Si a esa hora no ha llegado el Mattaccino, haré lo que tenga que hacer.

Cirilo Marchese empezó a dar paseos erráticos por el local.

El Mattaccino no aparecía.

El reloj de la catedral empezó a dar...

... las once.

Patio de la tintorería Donato. Un espacio amplio lleno de barricas enormes de colores junto al río. Candiles y faroles encendidos.

Ciento sesenta soldados. Solo Carlo Sartoris y su segundo, el teniente Renzo Perrone, iban a caballo. Entre la infantería se contaban ocho ballesteros —la lluvia hizo que se descartaran los arcabuces—, ocho piqueros y ocho alabarderos. El resto empuñaba el arma que mejor sabía manejar: muchas espadas, alguna que otra hacha, un par de martillos a dos manos...

Y un ariete.

Esperaban a la medianoche.

Al este, ciento veinticinco hombres de Heinrich Valdera se ocultaban en un almacén abandonado. Habían recibido el soplo de que esa noche habría jaleo en Turín y habían ido llegando poco a poco para no llamar demasiado la atención.

Ellos no tenían nada que ver con los desaparecidos.

Eran los pescadores que se aprovechan del río revuelto.

Valdera arrasaría con lo que pudiera.

En cuanto la batalla comenzara, saquearía Turín.

Andreoli despertó.

Creyó que tenía resaca, pero recordó que no había bebido.

Trató de incorporarse y no pudo.

Estaba atado. Intentó soltarse; imposible.

Llamó a Sanda.

Nadie respondió.

Maldijo.

Se durmió de nuevo.

Zurcher abandonó su recogimiento en el palomar del cuartel al filo de la medianoche sin saber aún cómo podría convencer a Brunner, Frei y Andreoli de que se marcharan de Turín. No se le ocurría nada y su tiempo se agotaba. Decidió echarse un par de horas en el cuerpo de guardia del arzobispado. Seguro que pensaría con más claridad después de descansar un rato. Atribulado por sus pensamientos funestos, atravesó el túnel para reunirse con sus compañeros.

Justo subía por la escalera del subterráneo cuando oyó alboroto en la plaza. Alguien se acercaba dando gritos. Brunner, Frei y tres apóstoles salieron a ver qué pasaba. Varios soldados de la guardia de Sorrento aparecieron por el pasillo tan alarmados como ellos.

D'Angelis corría por la plaza de Saboya al borde del colapso. Trepó a cuatro patas los últimos peldaños de la escalinata y se agarró a la manga de Brunner.

—Valdera —jadeó—, he visto a Valdera...

—¿Quién es Valdera?

—Lo llaman el Campeón del Saqueo de Roma. Ha reunido un ejército en un almacén al este, cerca del Po. Si está en Turín es porque algo gordo va a pasar esta noche.

—Pero ¿viene hacia aquí?

—Vosotros preparaos para lo peor —recomendó D'Angelis—. Yo he cumplido al avisaros, esta no es mi guerra. Llamad al moro —sugirió—, ese os será útil.

La figura corpulenta de Vinicius Negrini apareció por la puerta del arzobispado. El único ojo que le quedaba centelleó en la oscuridad. Su enorme bigote ocultaba la boca al hablar. Mejor para todos: su dentadura era un desastre.

—¿Alguien ha visto al Susurro? —bramó.

Apóstoles y soldados se interrogaron con la mirada. Nadie había visto a Hamsa en todo el día. Negrini se dirigió a Brunner.

—Suizo, vamos a encargarnos de esto —dijo—. Tú y yo.

Brunner asintió.

La catedral dio la primera campanada de las doce.

# 43

Antes de emborracharse de sangre, las armas se refrescan con alcohol.

Esa madrugada olía a bacanal.

D'Angelis dio un rodeo por los barrios bajos del este para llegar a su casa. Las chozas de los pobres solo se saquean cuando no queda otra cosa que saquear, pero los hombres de Valdera parecían desconocer ese axioma. Que hubiera tantos mercenarios ebrios forzando puertas y rompiendo ventanas lo desconcertó. Pensó que eso vendría después del asalto al arzobispado, no antes. Y menos por calles tan alejadas de la plaza de Saboya. Llegó a una conclusión.

Valdera no estaba en Turín para atacar el arzobispado.

Aquel hijo de puta había venido a la ciudad para saldar alguna deuda con sus hombres de la forma más barata posible.

Autorizando un saqueo.

Cada vez que oía jaleo, D'Angelis daba media vuelta o tomaba una perpendicular para evitar a los condotieros. Había visto mercenarios en ese estado de embriaguez con anterioridad y cuando se alentaban unos a otros, la barbarie no tenía límites.

Encontró los dos primeros muertos en la calle de San Bartolomé. Dos paisanos, uno destripado y otro con la cabeza partida en dos. Vio dos hombres con faroles que se aproximaban a lo lejos. El griterío, las risotadas y las bravuconadas que se oían en las vías adyacentes encendieron todas sus alarmas. Retrocedió sobre sus pasos. Al ritmo al que avanzaba, llegaría a su casa por la mañana, eso si no acababa como aquel par de desgraciados.

Las botas de D'Angelis chapotearon en los peldaños de una escalera que descendía por un pasaje en cuesta. La única luz que alumbraba aquella suerte de túnel procedía de un candil que entonaba una despedida, a punto de que una lluvia cada vez más intensa lo apagara.

D'Angelis se esforzaba por no rodar escaleras abajo cuando oyó gritos agudos.

Gritos de mujer y niños.

La luz se hizo a unos pasos por delante de él, cuando dos hombres descerrajaron a golpes la puerta de una casa y la abrieron de par en par. Irrumpieron con violencia, dejando la hoja entreabierta. Del interior brotó una carcajada, ruido de loza al romperse y más gritos.

D'Angelis dio media vuelta y comenzó a subir los peldaños mojados para huir del problema. Si no hubiera pasado por allí, no se habría enterado de lo que iba a suceder dentro de esa casa... pero habría sucedido de todos modos. Esas cosas son horribles, pero pasan todos los días. No se pueden evitar.

Pero esa noche D'Angelis sí que pasaba por allí.

Se paró. Maldijo. Su pie empezó a taconear sobre la piedra encharcada.

Desenfundó la daga y volvió a bajar las escaleras.

Mientras los bandidos de Valdera campaban por el distrito este, el ejército de Carlo Sartoris se desplegaba en la plaza de Saboya. Infantes y ballesteros desplazaron hasta el centro de la explanada carretas aparcadas en la calle, tenderetes vacíos, cajones, sacos, barriles y cualquier cosa que pudiera servir de parapeto.

Sartoris y Perrone organizaban el asalto desde el fondo de la plaza, fuera del alcance de los arcabuceros del palacio. Los piqueros y alabarderos se apostaron a ambos lados de la barricada, a la espera de su turno para intervenir. La puerta principal y las ventanas del arzobispado estaban cerradas a cal y canto. Unos hombres de Sartoris aguardaban órdenes junto a un ariete colgado por cadenas de un armazón provisto de ruedas. La cabeza del artefacto representaba un puño con anillos sobredimensionados de punta roma.

Cándida Di Amato, con su espada enfundada y su odio no tanto, caminó hasta el pie de la escalinata del arzobispado. Llevaba la cabeza cubierta con una capucha que chorreaba agua por encima de la ropa. Se la echó hacia atrás, sin importarle que el chaparrón corriera por su rostro. Acostumbrada a las lágrimas, se le antojó refrescante.

—¡Liberad a los prisioneros de la bodega Moncalieri y entregadnos al arzobispo Sorrento! —Su voz se oía por encima del aguacero—. ¡Soy Cándida Di Amato, viuda de Francesco Donato!

Brunner espiaba a través del ventano de la hoja izquierda de la puerta del arzobispado. Por el de la derecha, Negrini clavaba su ojo en la viuda. Detrás de los dos oficiales, los apóstoles, enmascarados y con las purificadoras listas, aguardaban órdenes. Zurcher estaba en el extremo derecho de la primera fila; había llegado justo a tiempo para ahorrarse el sermón de su capitán y al final no le quedaría otra que luchar a su lado. Daniel Zarza iba segundo por la izquierda. Detrás de Zurcher, Yani Frei rezaba en silencio para que Andreoli siguiera vivo y llegara a tiempo.

—Tengo arcabuceros y ballesteros detrás de cada ventana —masculló Negrini, que observaba cómo la viuda no paraba de soltar bravatas como si fuera invulnerable—. Podemos hacerle más agujeros en la panza a esa gorda que el visor de un casco tracio. Cuando matas al que paga, el que cobra se larga.

—No nos precipitemos —sugirió Brunner, que en cierto modo entendía la furia de la mujer—. Seguro que la guardia de la ciudad para esta locura antes de que empiece.

Negrini volvió la cabeza para obsequiar al apóstol con una mirada tuerta de escepticismo.

—¿La guardia? —rio—. Lo que no me explico es cómo no está aporreando la puerta para apresarnos después de que el arzobispo mandara asesinar a esos idiotas humanistas o lo que fueran.

Brunner se despegó de la mirilla como si acabara de recibir una puñalada en el riñón. A su espalda, las máscaras doradas, carentes de expresión, intercambiaron miradas tan evidentes que los rostros metálicos parecieron cobrar vida. Detrás de la de Judas Tadeo, Oliver Zurcher palideció. Había confiado en que Dante Sorrento le hubiera advertido a Negrini que fuera discreto, que los apóstoles no estaban al corriente de la masacre.

Pero visto lo visto, no había sido así.

—¿Qué acabas de decir, Negrini? —Brunner creyó haber oído mal.

Zurcher temió que lo siguiente que soltara Negrini fuera: «¿Y no te lo ha contado Zurcher, que anda entrenando una copia de tus apóstoles a tus espaldas?». El ojo negro y el ojo blanco del capitán se abrieron con la misma sorpresa que los de Brunner. Zurcher notó un golpecito en la parte trasera del muslo. No le hizo falta volverse para adivinar que era Yani Frei. Se volvió hacia él y disimuló sorpresa con los ojos para no ponerse en evidencia.

—No lo sabías... —Negrini tensó los músculos del cuello y estiró los labios en una mueca que significaba lo mismo que verbalizó—. Me parece que he hablado de más.

Los peores temores de Brunner acababan de hacerse realidad, pero no era momento de echarse las manos a la cabeza y clamar al cielo. Si no morían esa noche, acabarían en prisión. Afuera, Cándida Di Amato vociferaba un ultimátum. Negrini, azorado por su metedura de pata, se concentró de nuevo en la mirilla, por la que vio a la viuda dar media vuelta y retroceder hacia la barricada.

Justo cuando estaba frente al parapeto, Di Amato elevó un brazo.

Las ballestas dispararon a la vez por encima de su cabeza.

Jonás Gor espió al ejército reunido en la plaza de Saboya desde las sombras de un callejón cercano. Calculó alrededor de centenar y medio de hombres y una pequeña máquina de asedio.

Aquello pintaba mal.

Gor decidió ir al cuartel. Si le pasaba algo a su amo se quedaría sin trabajo, y el que desempeñaba para Dante era cómodo y estaba bien pagado. El guardia que le abrió la puerta era un zagal con apenas edad de afeitarse. Gor echó una ojeada al interior del patio del cuartel. Solo encontró una escuadra de cinco soldados bisoños que agarraban las ballestas como quien agarra una pata de cerdo para que no se la roben.

—¿Solo estáis vosotros? —preguntó—. ¿Y los demás?

—Dos tercios de la guarnición, de camino al arzobispado por el túnel —informó el joven—. El resto ha ido a buscar a la guardia de la ciudad.

—¿Y el señor Sorrento?

—Arriba, en sus dependencias, con su esposa.

Fue Dante quien le abrió la puerta a Gor. Este advirtió que su amo llevaba un papiro en la mano. Le temblaba un poco.

—Has llegado en el momento oportuno —dijo Sorrento—. ¿Cómo están las calles?

—Hay alrededor de ciento cincuenta hombres en la plaza de Saboya a punto de atacar el arzobispado —informó Gor—. He estado en el distrito este, y la cosa está peor allí: hay mercenarios borrachos saqueándolo todo. No visten igual que los de la plaza, puede que algún condotiero haya aprovechado la revuelta para que sus tropas se diviertan.

—¿Cómo está el camino hacia la torre municipal?

—Apuesto que mejor que el distrito este y la plaza de Saboya.

—Necesito que me escoltes a la torre. Tengo que mostrarle este documento al alcalde, es de vital importancia. He enviado un destacamento a avisar al capitán preboste. Hay que detener esto cuanto antes, no puedo permitirme sufrir bajas en mi ejército.

Cinco minutos después, Dante y Jonás cabalgaban hacia el edificio gubernamental. El ruido de los cascos de sus caballos les impedía oír los ecos de los gritos y los lamentos que resonaban en los barrios del este de Turín.

Tampoco es que les importara demasiado.

Entre los hombres de Heinrich Valdera había algún que otro turinés.

De hecho, fue un turinés quien sopló a su comandante que se producirían disturbios en la ciudad contra el arzobispo. Valdera vio la oportunidad perfecta para hacerse con un buen botín. Ochenta por ciento para sus hombres, un veinte para él.

El mismo turinés que había levantado la liebre tuvo muy claro desde el principio cuál sería su objetivo en esa noche salvaje: la residencia de una exótica viuda extranjera que se pavoneaba por Turín como si fuera la dueña del mundo, vestida y enjoyada como una reina. Una mujer fuera de su alcance que el turinés y sus dos amigos serían capaces de doblegar sin problemas. Satisfarían sus deseos más viles, le rebanarían el pescuezo al acabar y le robarían todo lo de valor que guardara en la casa.

Seguro que habría más de lo que pudieran cargar.

Eran tres: uno joven, gordo y muy fuerte al que llamaban Goliat; otro musculado, rubio y alto, conocido como el Bretón; por último, el turinés, el mayor de los tres, un tipo con falta de dientes y de pigmentación en muchas zonas del cuerpo y la cara al que sus compañeros llamaban el Mapa. Este se puso a vociferar debajo de la ventana del cuarto donde dormía Andreoli.

—¡Señora! —gritó el Mapa—. ¿Por qué no nos invitáis a beber algo? Las cosas se han puesto peligrosas en la ciudad, os vendría bien que os protegieran.

Sanda se asomó lo justo para espiar a los rondadores nocturnos. El resto de las puertas y ventanas, a ambos lados de la calle, estaban cerradas, como en plena epidemia de peste. Andreoli se despertó por segunda vez, en esta ocasión por el ruido.

—¿Qué pasa? —balbuceó aún drogado—. ¿Quién grita ahí abajo?

La catedral dio la primera campanada de la medianoche.

—¡O abres o abrimos nosotros! —amenazó el Bretón, que hablaba italiano con un bronco acento francés.

—¿La echo abajo? —preguntó Goliat, a la vez que se crujía unos nudillos grises y agrietados.

El Mapa aporreó la puerta hasta que le dolió el canto de la mano. En el dormitorio, Andreoli, ya despierto del todo, tironeó con fuerza de sus ataduras, pero estaban bien apretadas.

—Van a entrar, Sanda, por el amor de Dios, van a entrar. Desátame.

Ella no respondió. Su rostro estaba serio, pero Andreoli no advirtió signos de miedo en él.

—Sanda, corta las cuerdas —suplicó—. Van a entrar, te violarán, y no podré hacer nada para defenderte. ¡Suéltame!

Los golpes aumentaron en intensidad y ritmo. Lo siguiente serían embestidas con el hombro o con armas. Sanda espiró el aire con hartazgo.

—Van a derribar la puerta —dijo, como quien se queja de que los niños alborotan a la hora de la siesta.

Dicho esto, salió de la alcoba y empezó a bajar los escalones con absoluta tranquilidad. Andreoli no daba crédito. Sanda iba directa a la tragedia. La oyó abrir la puerta. Andreoli se sacudió sobre la cama como un endemoniado. Solo le faltó echar espumarajos por la boca y a punto estuvo de hacerlo.

—¡Hijos de puta! —vociferó a pleno pulmón—. ¡Hijos de puta, cabrones! ¡Malnacidos!

Andreoli insultó al techo durante quince o veinte segundos,

hasta que Sanda reapareció en el dormitorio. Lo primero que pensó el teniente fue en lo poco que habían tardado en violarla aquellos hombres. Aunque lo cierto era que Sanda no tenía aspecto de haber sido agredida.

—¿Qué ha pasado? —balbuceó Andreoli—. ¿Te han hecho algo? ¿Los has convencido para que se vayan?

—Volveré cuando esto termine —anunció ella y salió de nuevo de la habitación.

Andreoli cada vez entendía menos.

—¿Cuando termine qué? —El teniente trató de liberarse de sus ataduras, pero lo único que consiguió fue despellejarse las muñecas—. Vuelve, Sanda, ni se te ocurra salir... Suéltame, ¡me meo encima!

—Ya cambiaré las sábanas —la oyó decir desde la planta baja.

Andreoli se quedó mirando al techo, incrédulo. Habría dado lo que fuera por desatarse y largarse de casa de aquella loca. De haberlo hecho, se habría tropezado con tres cadáveres en la calle.

En el distrito este, los primeros incendios iluminaron una noche que prometía ser larga.

Dino D'Angelis se agarraba el costado.

Tenía la mano teñida de rojo.

Dolía.

Las niñas, de siete y nueve años, lo observaban con una mezcla de miedo y agradecimiento, mientras Dino se preguntaba si sobreviviría a la puñalada. La madre de las pequeñas, con lágrimas en los ojos y un trapo húmedo en la mano, estaba arrodillada junto a él.

—Gracias, gracias, gracias, gracias... ¿qué hago con esto?

—Dejádmelo —pidió Dino, que lo aplicó con fuerza a la herida.

—Si no hubierais pasado por aquí...

—No le deis más vueltas a eso. —D'Angelis dibujó una sonrisa sincera, muy diferente a su habitual mueca de ironía—. ¿Habéis cerrado bien la puerta?

—La he atrancado con el camastro de las niñas. —D'Angelis hizo un cabeceo de aprobación; ella se echó las manos a la cabeza—. Ojalá mi marido estuviera aquí, pero es carretero... está con una caravana de mercaderes, rumbo a Génova.

—Tranquila. ¿Cómo os llamáis?

—Marietta.

—Si veis que voy a dormirme, Marietta, no lo dudéis, arreadme una bofetada. Con fuerza. Cuando se tranquilice la calle, que se tranquilizará, pedidle a alguien que me lleve al hospital de Santa Eufemia, el de don Piero Belardi.

—Piero Belardi —repitió ella.

El espía echó una ojeada a la manta que cubría los dos cadáveres. La sangre comenzaba a filtrarse por las fibras. Dino D'Angelis aborrecía matar, pero cuando tenía que hacerlo, no lo hacía mal.

—Y que alguien tire a esos dos mierdas a una pocilga —rezongó con un gesto de dolor.

La más pequeña dio un codazo a la hermana mayor. Le acercó la boca a la oreja y susurró.

—Mierda... ¡Ha dicho mierda!

Las niñas se echaron a reír.

D'Angelis también.

Y lo pagó con otra punzada.

Las ventanas del arzobispado se abrieron después de la primera lluvia de virotes. Los arcabuces apuntaron a la barricada tras la que los ballesteros recargaban sus armas. La altura proporcionaba una clara ventaja a los defensores del palacio. La detonación simultánea fue atronadora. Las balas abatieron a tres ballesteros. Sartoris hizo una seña y seis soldados comenzaron a empujar el ariete hacia el palacio. Avanzaban deprisa bajo el aguacero. Negrini se echó a reír detrás del ventano por el que espiaba la plaza.

—A ver cómo se las ingenian para subir eso por la escalinata. Va a ser como un ejercicio de tiro. —Se volvió hacia su segundo al mando, un francés renegado que servía a sus órdenes desde que el mundo era mundo—. Gérard, que apunten a los del ariete.

—¡Apuntad a los del ariete! —aulló Gérard desde el pie de la escalera interior del palacio.

La orden se propagó por todo el edificio. Se oyeron disparos, cuerdas al destensarse y algún que otro grito. Negrini y Brunner pegaron un respingo cuando la cabeza de uno de los tiradores del segundo piso reventó contra el suelo, justo delante de la puerta.

Dos disparos más, otro grito en la primera planta; el arcabucero de Sorrento cayó sobre el alféizar de la ventana, con la cabeza atravesada de lado a lado. Detrás de la barricada, un soldado fue abatido de un disparo. Tras la salva inicial de advertencia, los ballesteros se turnaban para disparar y recargar, de forma que mantenían una lluvia constante de virotes sobre el palacio, lo que dificultaba la puntería a los defensores. Las siluetas de los arcabuceros, recortadas a contraluz en ventanas y balcones, ofrecían un blanco fácil, mientras que la plaza, poco iluminada, era un bosque de sombras tras una cortina de agua.

Otro tirador de Sorrento tuvo que retirarse del balcón desde el que disparaba con un virote atravesado en el brazo. Un compañero cogió su arma y lo relevó, al tiempo que el herido retrocedía al interior del palacio.

Los del ariete se acercaban al arzobispado. De repente, dos soldados de refuerzo aparecieron por los lados y entre los ocho lo desengancharon de su soporte y lo levantaron a pulso. Ahora avanzaban aún más rápido, y las escaleras no serían un obstáculo para ellos. Negrini mostró los dientes como un perro rabioso.

—¡Matad a esos hijos de puta del ariete! —bramó.

La lluvia de virotes que azotaba el palacio impedía a los arcabuceros afinar la puntería. Para mayor desgracia, por mucho que intentaban proteger los arcabuces, la lluvia humedecía muchos de ellos y empezaban a fallar para frustración de quienes los empuñaban.

Zurcher se acordó de la colección de escudos ornamentales colgados en el falso muro, al fondo de la mazmorra. Había alrededor de veinte. Se volvió hacia los apóstoles.

—A las mazmorras —ordenó, sin consultárselo a Brunner.

Los arcabuceros abatieron a uno de los portadores del ariete. El grupo detuvo su avance por un segundo, hasta que otro soldado sustituyó al que había caído. Dentro del palacio, los apóstoles emergieron del subterráneo con la colección de escudos de adorno. Brunner dejó de espiar la plaza al verlos con escudos triangulares, pintados con colores llamativos. Zurcher le entregó uno al capitán, que lo aceptó con una mezcla de sorpresa y asco.

—¿Y esto?

—Se me ha ocurrido una idea —dijo Zurcher.

Solo cincuenta pasos separaban al ariete de la escalinata del palacio. Balas y virotes no dejaban de surcar el aire por encima de la plaza, causando víctimas a uno y otro bando. Cada vez que un arcabucero caía, otro lo reemplazaba en la ventana. Cada vez que moría un ballestero de Sartoris, otro lo sustituía. La reserva de proyectiles menguaba.

La infantería de los condotieros se puso en movimiento, dispuesta a entrar en tropel en cuanto las puertas del arzobispado cayeran.

Cándida Di Amato contemplaba la batalla subida encima de unas cajas al fondo de la plaza, cerca de Sartoris y Perrone.

De los tres, era la que rezumaba más odio.

En el este proseguían los saqueos, asesinatos y violaciones.

En los tejados una sombra recorría las alturas en dirección a la plaza de Saboya. Hacía mucho tiempo que no entraba en un conflicto de esas dimensiones.

Lo echaba de menos.

# 44

Los apóstoles formaban justo detrás de la puerta del arzobispado. Todos llevaban un escudo triangular de gran tamaño —Zurcher los llamaba tarjas— encajado en el brazo izquierdo. Mientras lo usaran, tendrían que manejar las purificadoras con una sola mano, pero aquello no representaría ningún problema para ellos.

Estaban entrenados para hacerlo.

Negrini había ordenado concentrar el fuego en los del ariete, pero la lluvia y la oscuridad dificultaban la puntería. Así y todo, uno de los porteadores tuvo que abandonarlo a la pata coja tras recibir un tiro en la pierna. La alegría de los defensores duró lo que tardó otro soldado en sustituirlo. Cada vez estaban más cerca. Si los arcabuceros no recargaban pronto, superarían la escalinata y atacarían la puerta.

—Preparados —avisó Brunner, sin despegar la cara de la mirilla.

Justo estaban a punto de alcanzar la escalinata, cuando otro porteador cayó sin que se oyera detonación alguna. Dos más se desplomaron antes de que llegara el relevo. El peso del ariete y la falta de brazos los obligó a dejarlo en el suelo. Un soldado que corría a ayudarlos se desplomó a cinco pasos del grupo de asedio.

—¿Qué coño está pasando? —preguntó Negrini en voz alta—. Esos mamones se mueren solos...

—Solos no —dijo Brunner, que vio caer a un quinto soldado fulminado; sospechaba quién estaba detrás de esas muertes inesperadas y aprovechó el momento. Cogió su escudo y su *katzbalger* y gritó—. ¡Salimos!

Negrini dio una orden a Gérard.

—¡Concentrad el fuego en los ballesteros! —voceó—. ¡Mantened a esas ratas con la cabeza gacha!

Brunner ocupó el extremo derecho de la última fila. A pesar de haber diseñado las purificadoras, nunca se consideró un buen alabardero; en cambio, manejaba la espada con una ferocidad y destreza apabullante. A pesar de que los arcabuceros mantenían a los ballesteros a raya, algún que otro proyectil voló hacia la pared de escudos que descendía la escalinata del arzobispado. Las viejas tarjas cumplieron.

Los condotieros retrocedieron al ver acercarse la imponente formación de encapuchados con capas negras, armados de alabardas relucientes y protegidos por escudos. La inexpresividad de los rostros chapados en oro era siniestra e intimidante.

A la izquierda de la barricada, los del ariete caían uno detrás de otro hasta que los cuatro últimos decidieron abandonarlo y correr hacia el grueso de las tropas. El Susurro estuvo a punto de soltar un silbido de alivio; solo le quedaba una flecha. La oscuridad y la lluvia habían jugado a su favor. Estudió el campo de batalla desde el tejado y descubrió que los ballesteros también se retiraban del parapeto para integrarse al resto de la infantería.

Se oyó un toque largo de cuerno.

La infantería de Sartoris respondió a la orden de ataque con un espeluznante grito de guerra. Los piqueros y alabarderos, mejor armados para lidiar con los apóstoles, iniciaron una maniobra de flanqueo por ambos costados de la plaza.

El arzobispado vomitó cuarenta soldados uniformados con sobrevestas rojas con rombos blancos. El propio Negrini iba en cabeza. En los últimos meses, por orden de Dante, esas sobrevestas habían dormido dentro de arcones. Turín no debía relacionar las desagradables visitas que recibían los ciudadanos sospechosos de herejía con la familia Sorrento. Pero esa noche Negrini ordenó desempolvarlas. Ante un ataque como aquel, había que lucir los colores con orgullo.

Las escuadras de refuerzo cerraron la puerta del arzobispado y tomaron posiciones para su defensa. Del cuartel trajeron unas cuantas ballestas y la poca munición que encontraron para ellas; aquellas reliquias habían acumulado polvo durante años, pero las circunstancias las hicieron despertar de su letargo. Si un solo condotiero caía muerto de un disparo, habría merecido la pena traerlas.

Los apóstoles se prepararon para recibir la carga de la infantería que corría hacia ellos con igual furia que desorganización. Daniel inspiró hondo, cerró la mano izquierda alrededor de la enarma del escudo y la diestra en la purificadora. Brunner y Zurcher adivinaron que no eran tropas demasiado bien entrenadas, aunque no por ello menos peligrosas; para operaciones poco rentables, los condotieros usaban las peores ovejas del rebaño. Con el rabillo del ojo, Zurcher vio a los piqueros y alabarderos acercándose por ambos flancos.

No hizo falta dar ninguna orden a los apóstoles. Habían ensayado tantos escenarios de combate diferentes que todos y cada uno de ellos sabían cómo reaccionar ante cualquier tipo de ataque.

Las dos alas de la formación elevaron los escudos para detener picas y alabardas, mientras que la primera fila barrió a la vanguardia de la infantería, frenándola en seco. Los ballesteros ya no actuaban, por miedo a acertar a los suyos, y los arcabuces seguían disparando al bulto desde los pisos superiores del arzobispado. Casi todos los disparos acababan con un condotiero muerto. El ataque de los piqueros careció del ímpetu necesario, ya que el miedo que inspiraban los apóstoles los hizo titubear. Los sobredimensionados petos de punza de las purificadoras de los flancos capturaron los astiles de picas y alabardas y los seccionaron en un preciso y brutal movimiento de tijera contra los escudos. Las purificadoras de la segunda línea rechazaron a los piqueros y alabarderos, que retrocedieron, incrédulos, empuñando los trozos de madera a los que habían quedado reducidas sus armas.

Las dos escuadras de Sorrento sorprendieron a los piqueros y alabarderos desarmados por el flanco. Los masacraron sin piedad.

Pero nada frenó a ninguno de los dos bandos, que acabaron mezclados en una feria de alaridos, golpes y acero. Una batalla de hombre contra hombre en la que todo valía.

Si el Susurro no hubiera abandonado su puesto de tiro en el tejado, habría presenciado una batalla en la que los hombres de Sorrento y los de Sartoris entablaban un feroz combate cuerpo a cuerpo en mitad de la plaza. Cerca del ariete abandonado, los apóstoles, libres de alabarderos y piqueros, se deshicieron de los escudos e iniciaron una danza mortal de golpes y giros de purificadora hasta crear un perímetro a su alrededor alfombrado de heridos y muertos.

Un espectáculo. Pero un espectáculo que no podría durar siempre.

Brunner era el único que conservaba el escudo, con el que paraba golpe tras golpe para luego contraatacar con su destripagatos. Un hacha le hizo un tajo a la altura del bíceps, pero no bastó para desarmarlo. La punta de acero del astil de la purificadora de Adolfo Franco, san Andrés, se hundió en el vientre del que atacó a su capitán. Brunner se lo agradeció con la mirada y siguió luchando contra un nuevo enemigo.

Pero la horda de condotieros, muy superior en número a los apóstoles, comenzó a estrechar el círculo alrededor de ellos. Espantar a un par de abejas es posible, pero nunca a un enjambre.

Dos soldados agarraron el astil de la purificadora de Frei hasta que el sargento la dividió en dos, despachándolos de sendos tajos y llevándose por delante un par de dedos de propina; Daniel y Zurcher, en primera fila, mantenían la posición, pero cada vez tenían menos espacio para maniobrar.

Timo Martin, Santiago el Anciano, fue el primer apóstol en caer. Un mazazo le pulverizó el hombro derecho. A pesar del terrible dolor, no soltó la purificadora, pero no pudo detener la estocada que le atravesó el cuello. A su lado Ernesto Esposito, san Bartolomé, le amputó el brazo al asesino de su compañero, separó al condotiero de una patada y ensartó el vientre de un segundo atacante.

El segundo en causar baja fue Renardo Franco, san Felipe. Un mercenario espigado, de apenas quince años, recogió del suelo una de las pocas picas que quedaron intactas después del ataque fallido de los piqueros. En un movimiento afortunado, el arma se coló por entre la primera y segunda línea de la formación, penetró por el hueco entre las dos piezas de la coraza de Franco y le atravesó el costado. Tardó un par de minutos en morir, atragantado con su propia sangre.

Brunner recibió una segunda herida en la pierna, pero esta vez pudo abatir al atacante con un tajo oblicuo que le partió la cara en dos. La sangre salpicó a los que venían detrás. El escudo detuvo el siguiente ataque. Cada vez estaba más cansado.

Zurcher y Daniel resistían como podían en la primera línea, pero la falta de espacio les impedía golpear con contundencia. Nevin Portmann, Simón, uno de los amigos de Oliver Zurcher, se vio avasallado por varios soldados en el ala derecha de la formación. Había recibido varios cortes graves, y, aun así, resistió sin desfallecer hasta el final. Un hachazo descendente en la cabeza acabó con su sufrimiento.

Si no sucedía un milagro, morirían esa madrugada. A Zurcher le entristeció que el primer combate de los apóstoles contra un enemigo real se tradujera en derrota; también le pareció una broma del destino caer junto a quienes iba a traicionar por dinero y gloria.

Tal vez fuera justicia divina.

Zurcher dejó de lamentarse al ver la coraza de Daniel hundirse bajo el golpe de una maza. Si no la hubiera llevado, habría muerto sin remedio. Daniel cayó de bruces cuando el segundo ataque, propinado a dos manos, le acertó de lleno en la pieza trasera de la armadura. La purificadora de Zurcher impidió que lo remataran.

Daniel se quedó en el suelo sobre su arma, luchando por cada bocanada de aire que abrasaba su garganta. Zurcher tenía sus propios problemas y luchaba por su vida contra varios enemigos a la vez. Zarza se abandonó a su suerte.

Todo a su alrededor se fundió en negro.

El Susurro también tuvo su papel en la batalla.

Un papel en las tinieblas, invisible, como mandaba su credo.

Una vez que puso en desbandada a los porteadores del ariete y con una sola flecha en el carcaj, decidió hacer lo que mejor sabía.

Atacar sin ser visto.

Atacar fuerte.

Donde más duele.

Saltó y trepó por tejados, balcones, postes, arriates y adornos hasta quedar apostado en la azotea de un edificio al fondo de la plaza. Distinguió dos siluetas a caballo. Uno de ellos tocó un cuerno de guerra.

El Susurro lo marcó como el condotiero jefe.

Hamsa se desplazó en cuclillas hasta quedar por encima de los jinetes. También vio —y oyó— a una mujer regordeta, subida en unos cajones, que profería insultos, maldiciones y gritos de venganza. Adivinó que sería la contratante del condotiero. Se descolgó hasta un mirador del segundo piso, y de ahí al balcón que presidía el primero. Tensó el arco en un ángulo perpendicular al suelo.

La flecha le entró a Perrone por la coronilla y le salió por debajo de la barba. Murió tan rápido que ni emitió un mísero gemido. El caballo siguió parado en su sitio, sin inmutarse. Solo cabeceó de gusto al verse libre de su amo cuando este cayó al suelo.

Sartoris y Cándida estaban tan atentos al combate que no se percataron de su muerte. El Susurro se encajó el arco alrededor del cuerpo, enganchó el garfio en la balaustrada del balcón y se descolgó por la cuerda. Un segundo después estaba en la grupa del caballo de Sartoris, sujetando al condotiero por la barbilla y con el filo de una daga en el cuello.

—Detén esto —le susurró al oído con su voz gutural.

A su derecha Cándida seguía con su festival de juramentos, ajena a lo que sucedía a apenas diez pasos de distancia. Sartoris se recuperó del sobresalto y trató de mantener la compostura.

—Si me matas no saldrás vivo de aquí. —Al desviar la vista para ver quién lo amenazaba, descubrió la silla de montar de Perrone vacía y a su segundo en el suelo, con una especie de palo mayor emplumado saliéndole de la boina. Sartoris no dejó que aquella visión perturbadora lo afectara—. Por otro lado, si no lo haces podríamos llegar a un acuerdo beneficioso para ambos.

Sartoris dio un alarido cuando la daga le rebanó media barbilla hasta el hueso. Una loncha de carne llena de folículos pilosos voló por el aire. Alertada por el grito, Cándida Di Amato volvió la cabeza y se encontró con la fantasmagórica figura del Susurro realizando el afeitado más doloroso de la historia a su condotiero. Echó la mano a la espada de forma instintiva, pero un leve giro de cabeza de Hamsa en su dirección logró lo que nadie, en la última semana, había conseguido.

Callarla.

Cándida se bajó de las cajas, con menos gracia que prisa, y desapareció corriendo por la calle más próxima.

—¿Sigo? —susurró Hamsa a Sartoris al oído.

La respuesta negativa se tradujo en dos toques de cuerno.

Los mercenarios se sintieron confundidos al oír retirada cuando estaban a punto de ganar. Casi la mitad de los apóstoles había caído y raro era el que no sangraba. Por otro lado, las fuerzas del arzobispo eran inferiores en número, y un grupo de infantes estaba a punto de recuperar el ariete.

Dos nuevos toques. El comandante insistía.

—¡Retirada! —gritaron los suboficiales.

Los apóstoles que quedaban en pie tuvieron tiempo de abatir a un par de mercenarios antes de reagruparse alrededor de los caídos. Brunner se apoyaba en el escudo para no caer al suelo, derrengado. La guardia de Sorrento se replegó ante la retirada del enemigo. Nadie quería morir sin necesidad. Negrini caminó hasta Brunner con la espada chorreando sangre, sin quitar ojo a los condotieros, que retrocedían de espaldas hacia el fondo de la plaza. Negrini tenía un corte profundo justo al lado del ojo sano.

—Por poco, ¿eh? —jadeó Brunner, echando un vistazo a la herida del capitán.

—Le he sacado los dos ojos al cabrón que ha intentado dejarme ciego. ¿Por qué se retiran?

—No lo entiendo, iban ganando...

Justo en ese momento, el ruido de una cabalgada retumbó al oeste. Hamsa empujó a Sartoris fuera del caballo y trepó por la cuerda antes de que alguien más lo viera. Un instante después, espiaba la plaza encaramado a otro tejado.

Sartoris se levantó del suelo mojado con la mano en la barbilla. No paraba de sangrar y le dolía horrores. Sus hombres se acercaban a su posición cuando una fuerza combinada de la guardia de la ciudad con la del preboste Lissànder Fasano irrumpió en la plaza de Saboya armada hasta los dientes. Uno de los soldados traía a Cándida Di Amato sentada en la cruz de su montura, entre las piernas. Su figura cabizbaja era la de un crío al que acaban de pillar haciendo una trastada muy gorda. El guardia la había interceptado en plena calle, cuando huía de la batalla. El hecho de que llevara una espada fue decisivo para que la detuviera.

—¡Que no se mueva nadie! —ordenó Fasano—. ¡De ninguno de los bandos!

Más jinetes aparecieron por la calle perpendicular a la del arzobispado y tomaron sus alrededores. Una vez allí, se abrieron para dejar pasar a una comitiva a pie, encabezada por el alcalde Beccuti y el secretario Borgiano, seguidos por Dante Sorrento, que prefería guardar un discreto segundo plano, y Jonás Gor, que conducía su caballo y el de su patrón por las riendas.

Los soldados desarmaron a Carlo Sartoris, que no paraba de chorrear sangre por el mentón. Una vez maniatado, lo llevaron junto con Cándida Di Amato ante Beccuti y Borgiano. La infantería del condotiero había rendido las armas tal y como les ordenó la guardia de la ciudad.

Una tercera compañía de cuarenta soldados entró en la plaza y tomó posiciones alrededor de los apóstoles. Estos miraban a su alrededor, con las purificadoras apoyadas en el suelo, expectantes, sin mostrar hostilidad. El suboficial de la guardia se dirigió a Negrini.

—¿Sois de la guardia de Sorrento? —Negrini asintió—. Retiraos, esto no va con vos.

Negrini retrocedió unos pasos y buscó la mirada de Brunner, que en ese momento hacía recuento de bajas y evaluaba las heridas propias y ajenas sin prestar demasiada atención ni a los soldados que los apuntaban con sus armas ni a lo que decían las autoridades. Tres apóstoles habían muerto, y Daniel Zarza apenas respiraba cuando Frei y Zurcher le quitaron la coraza y la máscara.

—Este asalto ha sido una temeridad por vuestra parte, señora Di Amato —manifestó Beccuti en voz alta, de forma que lo oyeran hasta en el último rincón de la plaza. Sartoris, al lado de la viuda, aguantaba el dolor como podía—. Os informo de que tenemos una prueba incriminatoria contra el auténtico responsable de la detención de civiles en las bodegas Moncalieri. Y he de decir, señora mía, que habéis cometido un error imperdonable: el arzobispo Michele Sorrento no ha tenido nada que ver con lo sucedido.

Cándida Di Amato parpadeó tres veces, desconcertada.

—Entonces ¿quién es el responsable?

—Mañana se convocará una asamblea en la torre municipal a mediodía. Allí os enteraréis. Pero si queréis conocer la mano ejecutora de vuestro esposo, los tenéis ahí mismo.

Lissànder Fasano cabalgó al paso hasta los apóstoles.

—Quedáis detenidos por el secuestro y asesinato de cuarenta y ocho civiles. Rendíos o seréis ejecutados aquí y ahora.

Decenas de armas apuntaron hacia los enmascarados. Brunner se volvió a Zurcher.

—Tú tienes confianza con el arzobispo —le dijo—. Tienes que decirle que interceda por nosotros; esto es un error, o peor aún, una calumnia.

Zurcher guardó silencio, pero algo en sus ojos, detrás de la máscara de san Judas Tadeo, hizo que Brunner entrecerrara los suyos.

—¡Arrojad las armas! —insistió Fasano—. ¡No lo volveré a decir!

—Oliver, tú no sabías nada de ese asesinato, ¿verdad? —preguntó Brunner.

Zurcher le devolvió una mirada amarga y negó con la cabeza. Frei se dirigió al capitán.

—Yannick, tú mandas, ¿nos rendimos o morimos luchando?

El capitán lo detuvo con un gesto. Estaba cansado. Alzó la cabeza hasta encontrar la mirada de Lissànder Fasano.

—Creo en la justicia —manifestó, dejando la *katzbalger* en el suelo—, en la divina más que en la humana, pero creo en la justicia. Somos inocentes y esto se aclarará. Apóstoles, rendid las armas y dejad las máscaras junto a ellas.

Obedecieron como un solo hombre.

Cada uno de ellos apoyó la frente en el astil de su arma como gesto de respeto y despedida. Formaron cuatro pabellones con las purificadoras, erguidas sobre el empedrado mojado de la plaza, como lápidas sin tumbas. Las doce máscaras quedaron bajo la lluvia cual cadáveres abandonados. La guardia se llevó a los apóstoles que podían caminar a punta de espada. Un par de soldados comprobaban que los muertos lo estaban realmente. Al llegarle el turno a Daniel, llamaron a un suboficial.

—Este todavía vive, ¿qué hacemos con él?

—Trasladadlo al hospital de Santa Eufemia y dejad un retén de dos hombres para custodiarlo.

Los hombres de Fasano también se llevaron a Cándida, a Sartoris y a sus hombres. En la plaza de Saboya solo quedaron guardias de la ciudad para retirar los cadáveres de los condotieros. Los soldados de Sorrento hacían lo mismo con sus bajas. Beccuti emplazó a Dante a la reunión del día siguiente en la torre del municipio. Lo que se iba a revelar allí tendría una transcendencia sin precedentes. En cuanto el alcalde se marchó, Sorrento se dirigió a Negrini, que estaba plantado junto a los pabellones de purificadoras, al lado de los apóstoles muertos.

—Ordena recoger las máscaras y las armas —dijo—, el alcalde me ha dicho que no le importa que me las quede.

Negrini dio la orden. En el arzobispado, los sanitarios cosían heridas a los vivos e identificaban a los muertos. Dante y Gor se dirigieron al cuartel a caballo.

Había sido una noche muy dura.

En el este, los condotieros de Heinrich Valdera abandonaron la ciudad en cuanto detectaron la presencia de la guardia. Atrás dejaron muchas almas sumidas en miseria, sangre, dolor y llanto.

Mujeres y niños mancillados. Familias arruinadas.

También muertos. Muchos muertos.

Al día siguiente, Turín amaneció empapada de lluvia y lágrimas.

# TERCERA PARTE

# El juicio

# 45

*Turín, otoño de 1527*
*Cuatro días antes del juicio*

La madrugada del Susurro fue movida.

Y no solo por el asedio al arzobispado.

Desde el tejado envuelto en sombras, presenció el arresto de los apóstoles y también a los soldados de Sorrento recogiendo de la plaza las purificadoras y las máscaras. Esperó a que la explanada se despejara para saltar desde el edificio adyacente hasta uno de los balcones abiertos del arzobispado. El arcabucero que lo custodiaba casi se muere del susto al verlo entrar, pero se tranquilizó en cuanto reconoció a Hamsa.

El asesino se encontró con Vinicius Negrini en el cuerpo de guardia, donde ayudaba a atender a los heridos con más voluntad que destreza. A los más graves los habían trasladado al hospital, pero las heridas más leves las trataron y cosieron en palacio. Las cicatrices serían más evidentes, pero los guardias, novatos en lides serias, estaban dispuestos a lucirlas con orgullo.

—Coño, Hamsa, me alegro de verte —lo saludó Negrini, al que habían remendado la herida del rostro con costurones dignos de tienda de campaña rota—. ¿Fuiste tú quien se cargó a los del ariete?

Hamsa respondió con un único cabeceo de asentimiento.

—¿Y los apóstoles? —preguntó con su voz gutural.

—Tres han muerto y otro está en el hospital. Al resto los han arrestado, ni idea de por qué; si quieres saber más, pregúntale al amo.

—¿Sabes adónde los han llevado?

—No estoy seguro, pero lo lógico es que los encierren en los calabozos del cuartel de la guardia.

Hamsa salió de la estancia sin despedirse. Bajó al sótano llevado por un pálpito y acertó a la primera. Encontró lo que buscaba en la oficina de Celso Batavia. Junto a la colección de escudos de Sorrento, algunos con virotes aún clavados en ellos, descubrió las armas y las máscaras de los apóstoles. Buscó una en concreto y la guardó en una de sus bolsas. Luego dividió una purificadora en dos piezas, encajó la parte de la espada en el cinturón y envolvió la cabeza de armas, más voluminosa y larga, en una manta que rapiñó de la habitación de al lado.

Regresó a la planta baja y decidió actuar con naturalidad. Se cruzó con varios soldados mientras subía al primer piso, y estos se limitaron a saludarlo con desdén. Estaban acostumbrados a ver al Susurro y a no interactuar con él. Sabían que cualquier intento por comunicarse con el asesino era una pérdida de tiempo.

Hamsa entró en el despacho de Michele Sorrento, abrió una ventana y saltó al edificio de enfrente.

Una vez más, recorrió los tejados de Turín. Había dejado de llover.

Esa madrugada, tomó una decisión que no tendría vuelta atrás.

Iba a quebrantar su credo.

Y lo iba a quebrantar en mil pedazos.

Andreoli notó, entre sueños, cómo unos dedos ágiles deshacían el nudo que ataba su mano izquierda al cabecero de la cama. Abrió los ojos muy despacio, confiando en encontrar el rostro de Sanda rodeado por aquella melena negra que lo embrujaba.

Pero no era Sanda quien lo desataba. El teniente pasó de estar medio dormido a un estado de máxima alerta en un segundo.

—¡Tú! —Andreoli le agarró la muñeca con la mano recién liberada—. ¿Te han enviado a matarme?

El Susurro negó una sola vez con la cabeza y le pidió calma con un gesto. Andreoli retrepó un poco en el lecho, desconfiado. El siniestro atuendo del moro estaba empapado y llevaba un arco y un carcaj vacío en la espalda.

—¿Y Sanda? —El teniente apretó la muñeca de Hamsa con más

fuerza—. ¿Está bien, le ha pasado algo? ¿Qué está sucediendo ahí fuera?

Hamsa se soltó de él con una facilidad sorprendente y comenzó a aflojar el nudo de la mano derecha. Andreoli empezó a elucubrar ideas estrafalarias. ¿Y si Hamsa había matado a sus compañeros desde lejos, con el arco? Pero en ese caso, ¿por qué lo estaba desatando? Tal vez el código de honor del Susurro le impedía asesinar a un guerrero indefenso y por eso lo desataba, para pelear con él en un duelo a muerte que Andreoli sospechó que perdería. Pero ¿por qué? Hamsa y él estaban en el mismo bando...

La cuerda que le sujetaba los pies cayó al suelo. El teniente flexionó brazos y piernas, entumecidos tras horas de inmovilidad. Rezó para que el Susurro no se diera cuenta de que se había meado en la cama; por suerte el pantalón ya estaba medio seco. Hamsa recogió un bulto envuelto en una manta y se lo ofreció a Andreoli. Este lo aceptó con recelo y lo desenvolvió.

Era la parte superior de una purificadora. Levantó la vista hacia el Susurro, incrédulo, y descubrió que le devolvía la máscara de san Juan y la parte inferior del astil. Andreoli introdujo la hoja en la ranura que la alojaba, montó la alabarda y posó una mirada incierta en el asesino. Temió que le hubiera devuelto el arma para darle una muerte honrosa. Pero lo que hizo Hamsa, para su sorpresa, fue quitarse el arco y el carcaj vacío. Los dejó apoyados en el piecero de la cama y comenzó a desabrocharse las hebillas del arnés repleto de cartucheras y bolsas.

Andreoli estaba desconcertado.

El Susurro dejó caer los correajes al suelo. Se echó hacia atrás la capucha negra empapada y agarró la parte superior de la máscara.

Por primera vez desde que hizo su juramento a la hermandad, dejó que alguien viera su rostro. La voz que usó al hablar no fue en absoluto gutural.

—Tenemos que hablar.

Andreoli se puso de pie y retrocedió hasta dar con la pared de la alcoba. Se sentía mareado. Se agarró como pudo al cabecero de la cama y se sentó en el borde, sin despegar los ojos del rostro del asesino. Hasta tuvo que apoyarse en el astil de la purificadora para no desplomarse.

—Por supuesto que tenemos que hablar —logró articular, después de unos segundos—, y mucho.

## 46

Piero Belardi acertó en su vaticinio.

Los primeros heridos comenzaron a llegar alrededor de las tres de la madrugada. Todos vestían la sobrevesta roja con rombos blancos de la familia Sorrento. Según le dijeron al médico, las autoridades decidieron repartir a los mercenarios de Sartoris entre el hospital de la Virtud y el de San Mateo, para así evitar posibles peleas y revanchas entre los dos bandos.

A Dino D'Angelis lo trasladaron en una carreta de bueyes conducida por el vecino de Marietta y su primogénito. Esta y sus dos hijas lo acompañaban en la caja del carro. La mujer lo animaba e impedía, como él mismo le pidió, que se durmiera. Pero lo que realmente mantenía despierto a Dino eran las niñas, que no paraban de hacerle preguntas comprometidas en tono inocente, para enfado y bochorno de su madre. Por citar algunas, quisieron saber a cuántos hombres había matado y cuántas novias tenía. A pesar de que a D'Angelis le había divertido aquel interrogatorio, acabó desmayándose a dos calles del hospital.

Belardi y Spada iban de un lado para otro sin dar abasto, priorizando a los heridos más graves. Las monjas del convento de Santa Eufemia ayudaban en lo que podían, cargadas con palanganas de agua caliente, vendas e instrumental quirúrgico. Habían esparcido varios sacos de serrín en el suelo para absorber la sangre, y el olor a carpintería camuflaba a duras penas el hedor a matadero.

Charlène condujo a los hombres que transportaban a D'Angelis en volandas hasta una litera que ella misma le asignó. Marietta mandó a sus hijas de vuelta a la sala de espera; aquel lugar repleto de hombres medio desnudos y con heridas abiertas no era apropiado para ellas. Las pequeñas obedecieron a regañadientes, molestas por tener que separarse de D'Angelis.

—Si tengo que pagar para que lo atiendan rápido, lo haré —le dijo Marietta a Charlène mientras le mostraba una pequeña bolsa de monedas—, tengo dinero.

—¿Viene de la plaza de Saboya? —preguntó esta mientras desabrochaba a Dino para descubrir la herida.

A Marietta, Charlène le pareció demasiado joven para tener tanta iniciativa; pero se dijo que, si estaba en el hospital, por algo sería.

—No vengo de la plaza —explicó Marietta—. Este hombre nos salvó a mí y a mis hijas cuando unos bandidos irrumpieron en mi casa para violarnos, y solo Dios sabe para qué más. Ellas son muy pequeñas, no son conscientes de lo que se han librado... pero este ángel de la guarda ha recibido una puñalada por protegernos, sin conocernos de nada. Se lo debemos todo.

Charlène le dedicó una mirada de comprensión. Sabía muy bien de lo que se habían librado. Demasiado bien. Volvió a concentrarse en la herida de D'Angelis: era estrecha y profunda. Un estilete, casi con total seguridad.

—Voy a avisar al médico —decidió.

La sala contigua también estaba llena de pacientes. Charlène esquivó a sor Olethea, que paseaba su desproporcionada altura entre las literas haciendo como que supervisaba el trabajo de las monjas a pesar de no tener ni idea. Charlène encontró a Gianmarco Spada lavándose las manos en un bacín. En una camilla próxima, un soldado de Sorrento miraba la herida recién cosida de su pierna con cara de querer desollar al condotiero que se la hizo.

—Acaban de traer a un hombre herido —informó Charlène—. Tiene una puñalada en el vientre, estrecha y profunda. Está inconsciente.

Spada lo reconoció nada más verlo: el tipo maleducado y prepotente con el que se había cruzado en la escalera del arzobispado días antes. Dejó a un lado los prejuicios y examinó la puñalada. Había tenido suerte. A pesar de ser profunda, no había tocado ningún órgano vital. D'Angelis gruñó un poco cuando el médico tocó las inmediaciones de la herida.

—¿Es grave? —se interesó Marietta.

—Vivirá. Charlène, tráeme hilo y un cuchillo al rojo.

La muchacha le tendió una bobina que sacó del delantal.

—Voy a por el cuchillo —anunció.

Marietta agarró a Charlène por la muñeca.

—¿Un cuchillo al rojo? —preguntó, aterrada.

—Tranquila —respondió Charlène—, es para cauterizar la herida y que deje de sangrar. Vi cómo lo hacía antes con otro paciente que tenía una herida peor. —Le guiñó un ojo a la mujer mientras se encaminaba a la cocina—. Esta noche estoy aprendiendo mucho.

Charlène regresó con un cuchillo con la hoja al rojo vivo. Con mucho cuidado, Spada repitió la estocada en la herida, sellando venas y capilares rotos. D'Angelis se despertó lo justo para proferir un alarido.

—¡Tu puta madre!

Y se desmayó, esta vez por un buen rato. Marietta se agarró a la camilla próxima —ocupada por un hombre grueso con la cabeza vendada que dormía bajo los efectos de una esponja somnífera— para no caerse redonda al suelo.

Spada procedió a suturar. Charlène devolvió el cuchillo a la chimenea de la cocina y aprovechó para controlar la entrada del hospital. Solo encontró a las niñas dormidas sobre un banco. Ningún herido más. Por la hora que era, lo más probable era que todos los que necesitaban un remiendo ya hubieran llegado. Se asomó a la sala posterior, donde Belardi hablaba con sor Olethea sobre uno de los pacientes que dormitaban sobre una litera; la superiora lo escuchaba muy tiesa, con su habitual cara de asco, sin enterarse de nada. Ya que nadie necesitaba su ayuda, Charlène regresó con Spada para ver cómo cosía la herida.

Le encantaba aprender.

El médico había terminado de coser a D'Angelis y ahora limpiaba la herida. Charlène estudió el rostro de aquel héroe que no tenía pinta de serlo. Sus facciones eran una mezcla extraña de severidad, tristeza y aparente desdén. Sin embargo, por lo que contaba aquella mujer, había sido lo bastante bueno y valiente para jugarse el pellejo por unas desconocidas. Ojalá alguien hubiera intercedido por ella en las noches en las que su padre se metía en su cama y le separaba las piernas entre ruegos repugnantes con hedor a bodega.

—Esto ya está —anunció Spada.

—¿No ha hecho falta poner puntos interiores? —preguntó ella, que había visto cómo don Piero los había aplicado a dos heridos al principio de la noche.

Spada sonrió. Aquella niña era un portento.

—Esta herida era muy fina —explicó; la expresión de su rostro era de pura satisfacción—. Con cauterizar y suturar la entrada, basta. ¿Te ocuparás de echarle un vistazo de vez en cuando?

—Claro, yo me ocupo —aceptó ella, feliz.

Marietta abrió la bolsa de monedas.

—¿Cuánto le debo, don...?

Él no se lo permitió.

—Gianmarco, y no me debéis nada. El arzobispado se hará cargo de todos los pacientes de esta noche.

—¿Seguro?

—Seguro, id a descansar.

Marietta le dio las gracias a Spada y Charlène, y no solo una vez. Las niñas, recién levantadas, insistieron en darle un abrazo a su salvador dormido. Charlène contempló el gesto, embriagada por la ternura. Tras despedirse de ellos, abandonaron el hospital con una última mirada atrás.

Charlène hizo una ronda por la sala. Uno de los heridos llamó su atención: un joven alto y rubio que dormía boca arriba con el torso comprimido por una venda que le cubría del estómago a las axilas. Al pasar por los pies de la cama, tropezó con una coraza brillante de dos piezas que parecía que la había pisoteado un elefante. La chica la empujó con el pie debajo de la litera mientras trataba de imaginar los golpes que habría recibido.

La paz reinaba en el hospital de Santa Eufemia, pero Charlène no tenía sueño. El brebaje que don Piero le encargó elaborar al principio de la velada la mantenía despierta, como un búho a medianoche. Acercó una banqueta a la cama de D'Angelis y se sentó junto a él. No pudo evitar que aquel tipo, tan malcarado y tierno a la vez, le robara una sonrisa. Y sin dejar de esbozar esa sonrisa, que nadie más vio, decidió acompañarlo hasta que despertara.

Sin saberlo, Dino D'Angelis se había ganado su simpatía, a pesar de que lo único que había oído salir de sus labios fuese: «tu puta madre».

## 47

*Milán, principios de agosto de 1527*
*Tres meses antes del juicio*

Zephir de Monfort desembarcó en Génova en julio. La pista que le impulsó a viajar a Italia se la proporcionó un carretero gerundense que describió a un viajero cuyo aspecto coincidía con el de Daniel Zarza.

—Un tipo rubio y alto, sí —recordó el hombre, con la lengua aflojada por el vino—, con un hoyo en la barbilla. Se unió a nuestra caravana cerca del Pirineo. Parecía llevar mucho tiempo por los caminos. Nuestro destino era Ginebra, pero se marchó una noche sin despedirse ni reclamar su paga, cerca de Niza... ya no volvimos a saber de él.

Aquella información le cuadró al inquisidor. Si Zarza había conseguido huir de Italia, lo más lógico era que se reuniera, tarde o temprano, con su hermano y Leonor. Zephir sabía por dónde empezar a buscar: por la casa de los Ferrari.

Zephir se enclaustró en una posada en Rozzano, cerca de Milán, de la que no salía ni para tomar el fresco. Si se dejaba ver, el rumor de su presencia podría alertar a sus presas.

Para su periplo por tierras italianas, el inquisidor contrató a Vidal Firenzze, un buscavidas de buena presencia y exquisitos modales que hablaba castellano, francés e italiano a la perfección. Firenzze, de padre florentino y madre alicantina, afirmaba ser nieto de un duque, aunque Zephir sospechaba que aquella historia no era más que una sarta de mentiras que el propio Firenzze acabó creyendo de tanto repetirla.

Lo determinante para el inquisidor fue que la educación de Firenzze era opuesta a su pobreza, por lo que este acogió la oportunidad con entusiasmo y, por encima de todo, agradeció a su nuevo patrón que lo vistiera como un noble. Con ropas de buen paño, debajo de la boina negra, y encima del cuello engolado, el ego de Firenzze se proyectaba a los cielos.

Casi ningún familiar lo tragaba. Para ellos, Firenzze era una especie de marica medio ateo cuya labor no conseguían entender. El espía se ausentaba sin dar explicaciones y volvía cuando le daba la gana, para luego enfrascarse con Zephir en unas reuniones que podían durar horas y en las que los familiares quedaban excluidos. Aquello despertaba recelos y envidias entre Laín, Isidoro y Baldo.

El único que encontró cierta afinidad con él fue Ruy Valencia, que consideraba a Firenzze mucho más inteligente que el resto de sus compañeros. Valencia se había vuelto más huraño desde la deserción de Daniel. Ruy sospechaba que Zephir había notado cómo se había alejado de la compañía y que lo vigilaba en secreto, como había hecho con Daniel durante su última etapa. Para compensar esas sospechas, Ruy decidió ser discreto y complacer a su señor hasta en el más mínimo detalle.

Vidal Firenzze husmeó por los alrededores de la residencia Ferrari y por establecimientos cercanos. Siguió varias veces a Paolo Ferrari de camino a la escuela en la que trabajaba, y a Donia Pavesi de compras con sus hijos por el mercado. Nunca se atrevió a preguntarles de forma directa: lo más probable era que estuvieran advertidos de la eventual llegada de desconocidos y no soltaran palabra, o aún peor, lo desviaran de su objetivo. Prefirió indagar por tabernas y comercios. Tres días después de empezar con sus pesquisas, un joven amanerado, con las manos manchadas de óleo, le dio la pista definitiva en una cantina.

—Esa mujer que buscáis es la sobrina de Gaudenzio Ferrari —informó el aprendiz del taller de pintura, que sostenía la copa de cristal con un meñique tan tieso que parecía entablillado—. Es ingeniera —añadió—. Don Gaudenzio no está en Milán, pero si os interesa encontrarla, id al taller y preguntad a su secretario, don Camillo Villa.

Esa misma tarde, el secretario de Gaudenzio Ferrari recibió a Vidal Firenzze. El farsante se presentó como un hacendado florentino interesado en un sistema de riego para su hacienda.

—He oído que Leonor Ferrari no tiene parangón como ingeniera —improvisó sentado frente a Villa, que no podía disimular su orgullo ante las palabras del impostor—. ¿Sabéis dónde podría encontrarla?

—Normalmente en su residencia —respondió Villa—, pero me temo que estará fuera de Milán hasta después del invierno.

—Hasta después del invierno... —repitió Firenzze con fingida desolación—. ¿Ha viajado fuera de Italia?

Camillo no consideró imprudente revelar el destino de Leonor. Es más, le pareció apropiado que el futuro cliente supiera para quién trabajaba.

—Está en un castillo, en el Piamonte, cerca de Turín —dijo—. Trabaja para la familia Sorrento, la más poderosa de esa comarca después del duque de Saboya. El hijo, Michele, es el arzobispo de la diócesis —añadió.

Firenzze enarcó las cejas en gesto de admiración.

—Sí que tiene buena clientela...

—Conocí a su padre, Massimo, otro gran ingeniero, Dios lo tenga en su gloria. Trabajó con el maestro Da Vinci —reveló.

A Vidal le interesaba una mierda la ascendencia de la bruja.

—Y ese castillo de los Sorrento, por curiosidad, ¿dónde está?

—Oí decir a don Gaudenzio que su sobrina pasaría mucho frío este invierno —recordó Camillo—. Si está cerca de Turín, supongo que en algún lugar de los Alpes.

Firenzze agradeció la información, puso la excusa de un compromiso inexistente y manifestó a Camillo Villa su intención de contactar con Leonor Ferrari a su regreso.

Zephir y compañía partieron de inmediato hacia Turín. Una vez allí, a Vidal Firenzze le ocupó media mañana averiguar la ubicación del castillo de la familia Sorrento. Ni siquiera hicieron noche en la ciudad.

Esa misma tarde, cabalgaron hacia Château Tarasque.

*Mont Blanc, Château Tarasque, última quincena de agosto de 1527*
*Dos meses antes del juicio*

Firenzze se dejó detener por una patrulla de Sorrento a menos de una milla del castillo. Saludó a los guardias con la mejor de sus sonrisas sin bajarse del caballo, a pesar de que por dentro estaba muerto de miedo.

—Caballeros, he viajado desde Milán para visitar a vuestro señor, Dante Sorrento. Mi nombre es Vidal Firenzze.

Una hora después, estaba frente a Gerasimo Mantovani en una estancia circular de la primera torre de avanzada, rodeado de guardias. Mantovani le arrimó una banqueta astillada de una patada, no muy distinta de la que él mismo ocupaba.

—No solemos recibir visitas en el castillo —declaró Mantovani con una sonrisa tan falsa como la del propio Firenzze—. Habéis preguntado por mi señor, pero mi señor no suele atender al primero que llega preguntando por él. Necesito saber el motivo de vuestra visita. —Hizo una pausa—. Decid la verdad desde el principio, os lo ruego, no me hagáis perder el tiempo.

Vidal tragó saliva. Debía andarse con cuidado.

—En realidad no busco a vuestro señor, sino a una ingeniera milanesa que responde al nombre de Leonor Ferrari.

Mantovani no movió un músculo de la cara.

—¿Y qué os hace suponer que esa dama está en este lugar apartado de la gracia de Dios?

—Soy amigo de su tío Gaudenzio, el pintor —mintió Firenzze—. Me ha dicho que ella podría fabricar un sistema de regadío para mis tierras en...

Mantovani levantó el dedo y alguien, desde atrás, le propinó una sonora bofetada a Vidal que casi lo hizo caer del taburete. Firenzze miró atónito a Mantovani, a la vez que comprobaba con la mano que podría freír un huevo en la mejilla. Algunos soldados tuvieron que morderse los carrillos para no echarse a reír.

—Os advertí que dijerais la verdad desde el principio —silabeó Mantovani echándose hacia delante en su banqueta—. Tengo ojos y oídos por todas partes, no me toquéis los cojones. Estáis a las órdenes de Zephir de Monfort, un inquisidor español que está acampado con cuatro hombres más en el viejo paso del Cuervo, al abrigo de las ruinas del viejo molino. Un caballero temible del que muchos españoles residentes en Italia han oído hablar. Llegasteis a Génova el 26 de julio, a bordo del Mostro Marino, y estuvisteis preguntando por Leonor Ferrari en Milán. Podría enumerar con detalle todos los pasos que disteis desde entonces, pero creo que no será necesario, ¿verdad?

Firenzze no se atrevió a inventar otra mentira ni tampoco a revelar el verdadero motivo de su visita, así que decidió esquivar la bala y dejar el asunto en manos de Zephir.

—Creo que lo mejor será que mi patrón se entreviste con vos.

—Me parece la opción más acertada —aceptó Mantovani, poniéndose de pie—. Es más, el señor Sorrento también desea hablar con él.

Esa tarde, Zephir y Vidal fueron recibidos en aquella misma estancia. En esta ocasión dispusieron asientos más cómodos que las banquetas cochambrosas. Los familiares se quedaron en las cocheras, disfrutando de un pequeño ágape cortesía de los Sorrento.

Dante, Margherita y Mantovani entraron en la sala circular por una puerta interior. Vidal se levantó para recibirlos, al contrario que Zephir, que no hizo ademán alguno de ponerse de pie. Su yelmo miraba al infinito, con la maza junto a la silla. A Margherita se le dibujó una media sonrisa de admiración al ver al inquisidor. Imponía. Su esposo lo examinó como quien se deleita ante el mejor caballo de la feria de ganado.

—Señor de Monfort —comenzó a decir Dante; hablaba un castellano más que correcto—, os doy la bienvenida a mi castillo. Decidme, ¿qué puedo hacer por vos?

—He pasado el último año persiguiendo a Daniel Zarza, un traidor al Santo Oficio, hermano gemelo de Adrián Orante y amigo de Leonor Ferrari. Sabemos que Leonor y Adrián están en este castillo. Sobre Leonor pesa una orden de busca y captura por brujería; el carpintero solo me interesa porque podría usarlo para encontrar a su hermano.

—Pues me alegra comunicaros que vuestra búsqueda ha terminado —dijo Dante para pasmo de Vidal, que jamás habría imaginado que aquello resultara tan sencillo; Zephir guardó silencio hasta oír los flecos de la buena noticia—. En efecto, Leonor y Adrián están en este castillo.

Un brillo siniestro centelleó en las pupilas de Zephir.

—Entregádmelos y os recompensaré. Decid una cantidad.

Dante se echó a reír.

—No me ofendáis —rezongó—. A estas alturas os habréis dado cuenta de que si hay algo que me sobra es el dinero. Necesito otra cosa de vos.

Zephir lo observó en un silencio que Dante interpretó como una invitación a seguir hablando.

—Leonor y Adrián trabajan en un proyecto para mí —reveló—, y no pienso molestarlos hasta que lo terminen. En cuanto acaben, el carpintero será vuestro. Sin embargo, me quedaré con Leonor. No es que la vaya a dejar libre: mi intención es que trabaje en exclusiva para mí. Sus conocimientos son demasiado valiosos para que caigan en las manos inadecuadas.

—Sus conocimientos son artes oscuras.

—Esa es vuestra opinión y no la discutiré, pero a cambio de quedarme con Leonor, mi consejero, Gerasimo Mantovani, os servirá en bandeja a Daniel Zarza. No dudéis ni un segundo en que lo encontrará. Vos solo tendréis que esperar a que mi proyecto termine. Creo que es un buen trato para todos.

Mantovani acercó los labios a la oreja de Dante y comenzó a susurrarle al oído, sin importarle lo más mínimo la falta de educación; mientras lo hacía, Dante se excusaba con Zephir mostrándole la palma abierta. De vez en cuando asentía. El lugarteniente de Sorrento volvió a adoptar una postura erguida, de pie junto a su señor. Su sonrisa era parecida a la de Margherita.

—Mi consejero acaba de tener una idea que creo que os gustará, pero la comentaremos luego. Antes querría haceros una proposición.

—Os escucho.

—Italia se dirige a una nueva era —comenzó a decir Dante—, y quiero que forméis parte de ella, a cambio, por supuesto, de una generosa remuneración. Para que esa nueva Italia sea posible, es indispensable derrocar a Clemente de Médici, que tantos errores ha cometido en los últimos años. Creedme: tenemos un candidato perfecto para sustituirlo —aseguró con una sonrisa enigmática—. Ese nuevo papa necesitará a alguien que se encargue de mantener Italia limpia de enemigos de la iglesia. Olvidaos de hechiceros, judíos, musulmanes y blasfemos, esos no son un peligro real... Pero los malditos luteranos se propagan como la peste y nos destruirán si no los erradicamos. ¿Y quién mejor que vos, un experto en los métodos del Santo Oficio, para salvarnos de esa amenaza? —Zephir lo escuchaba en silencio; en principio, la idea sonaba bien—. Pensadlo, por encima de vos solo tendríais al papa de Roma.

—Necesitaría conocer más detalles —siseó el inquisidor.

—Dejadnos solos —ordenó Dante.

Todo el mundo abandonó la estancia. Dante disimuló el nerviosismo que le producía estar a solas con el monstruo, pero decidió relajarse y poner al inquisidor al corriente de todos sus planes: de su intención de sustituir al papa por su hijo Michele, de utilizar el poder de los Estados Pontificios para acabar con la nobleza italiana y de la formación de un poderoso ejército propio. También compartió con él la idea que acababa de susurrarle Mantovani al oído, y esa idea hizo sonreír al inquisidor bajo su yelmo.

Zephir de Monfort era un hombre vehemente, pero decidió tener paciencia respecto a Leonor y Adrián.

El pacto entre él y Dante se selló dos horas después.

El inquisidor guardó silencio hasta que la compañía llegó a un cruce de caminos y Zephir tomó uno distinto al que usaron para llegar al castillo.

—He llegado a un acuerdo con Sorrento —anunció a los familiares—. Nos alojaremos en Villa Margherita, a dos días al suroeste de aquí, hasta que caigan las primeras nieves sobre el Mont Blanc.

Baldo puso cara de extrañeza.

—¿Y qué haremos hasta entonces, inquisidor?

La respuesta de Zephir fue desconcertante, pero los reconfortó.

—Consideradlo unas vacaciones.

# 48

*Turín, otoño de 1527*
*Cuatro días antes del juicio*

La asamblea de la torre municipal se construyó sobre los cimientos de una gran mentira.

Yannick Brunner, Yani Frei, Adolfo Franco, Ernesto Esposito, Milo Schweitzer, Matteo Galli y Oliver Zurcher se enfrentaron a la acusación falsa maniatados y sin que se les permitiera defenderse. Sin los uniformes, las máscaras y las armas no parecían tan extraordinarios. El único que quedó libre de cargos fue Daniel Zarza, al no formar parte de los apóstoles cuando tuvieron lugar los hechos que se les imputaban.

El capitán Brunner trató de desmentir cada dato falso que se expuso en la sala, pero Ribaldino Beccuti —que actuaba como alcalde, no como juez— le ordenaba callar y lo emplazaba a un juicio que se celebraría en un futuro próximo.

La acusación contra los apóstoles se basó en una carta falsa del papa Clemente VII a Yannick Brunner que un informador de confianza había entregado a Dante Sorrento. Aunque el nombre del confidente no se mencionó en la asamblea, las autoridades supieron, por Dante, que había sido el sargento Oliver Zurcher quien había delatado a sus propios compañeros.

Al principio, Ribaldino Beccuti llegó a cuestionarse la legitimidad de la carta, hasta que Louis Borgiano certificó que tanto la letra como el sello papal eran auténticos. El secretario afirmó haber visto con anterioridad documentos de puño y letra del papa, y aseguró que todo estaba en orden. Fue el propio Borgiano quien leyó la misiva en voz alta, para horror e indignación de la audiencia.

*Roma, 3 de julio de 1527*

Mi apreciado y fiel capitán Yannick Brunner:

Os agradezco que me informéis de las intervenciones efectuadas en domicilios y negocios de simpatizantes de cualquier corriente de pensamiento opuesta a la Santa Madre Iglesia. Ya sabemos que Turín, vecina de nuestra enemiga Francia, es proclive al luteranismo y la herejía.

Ha llegado la hora de poner a prueba a los apóstoles, y nada mejor que esa ciudad de pecado para hacerlo. Pasaréis de reprimir a los herejes a destruirlos. No informéis al arzobispo de vuestras operaciones y fingid estar a sus órdenes con el objetivo de proteger a su persona. Buscad herejes en Turín, sobre todo entre los más pudientes, que son, sin lugar a duda, los peores. Golpeadlos sin piedad, pero desde las sombras. Que no sepan de dónde procede la mano ejecutora.

En caso de que os descubran, no dudéis en implicar al arzobispo de estas acciones. Contáis con mi total apoyo.

Confiando en recibir noticias vuestras, me despido de vos con la bendición del Padre Eterno,

CLEMENTE VII, papa de Roma

El capitán Brunner negó la autenticidad del documento y clamó ser objetivo de un complot junto a sus hombres, mientras los familiares de los asesinados lo imprecaban a gritos. La guardia tuvo que intervenir para que la audiencia no linchara a los apóstoles allí mismo. Aunque carecía de pruebas, Brunner sospechaba que los Sorrento estaban detrás de aquella farsa. Una farsa que Beccuti y el capitán preboste no se esforzaron demasiado en cuestionar: les interesaba tener culpables.

Después de la lectura de la infame misiva y antes de entrar en la materia principal de la reunión, el juez Beccuti dedicó unos minutos a sermonear a Cándida Di Amato y a Carlo Sartoris, a quienes dejó a expensas de un próximo juicio en el que se impondrían las penas e indemnizaciones pertinentes a favor de la familia Sorrento. Ambos acataron la reprimenda con una mezcla de elegancia y rabia. Sartoris, con la cara vendada y aún dolorido, maldecía en silencio el día que aceptó la oferta de la viuda.

Por fin, entraron a tratar el tema principal de la reunión. Un representante de los gremios se levantó del asiento.

—¿Qué podemos hacer contra el papa? —preguntó—. En esa carta se declara nuestro enemigo de forma abierta.

Beccuti se inclinó hacia delante sobre el estrado y adoptó un tono de resignación.

—Para nuestra desgracia, el poder del papa es el poder de Dios —manifestó; la expresión de su rostro evidenciaba no estar de acuerdo con aquello, pero era lo que había—. Solo nos queda rezar para que no inicie una inquisición a la española, es lo último que nos hace falta en estos tiempos aciagos. Por ahora tendremos que conformarnos con hacer justicia con sus... esbirros.

Los apóstoles intercambiaron miradas indignadas, pero guardaron silencio. Intentar explicarse era inútil, estaban condenados de antemano.

Dante pidió permiso a Beccuti para intervenir. La ocasión era propicia para marcarse un tanto ante Turín.

—El arzobispo, mi hijo, está fuera de la ciudad por motivos personales, pero volverá pronto. En cuanto lo haga, le informaré del contenido de la carta del papa Clemente y estudiaré con él la manera de que este asesinato en masa no quede sin castigo. Todavía no sé cómo afrontar esto, pero os juro que haré todo lo que esté en mi mano para que la muerte de vuestros familiares no quede impune.

—¿Y sus cuerpos? —quiso saber una señora con cicatrices de llanto en el rostro; había rezado hasta la extenuación para que su hijo volviera sano y salvo, y la confirmación de la muerte de los detenidos terminó de devastarla—. Yo quiero enterrar a mi Fabio...

Rompió a llorar. Lissànder Fasano tomó la palabra.

—No os quepa la menor duda de que obtendremos una confesión de estos asesinos —aseguró con voz gélida—. Os juro, por mi honor, que se recuperarán los cuerpos.

La reunión se prolongó más allá de las dos de la tarde. Los apóstoles se sentían vencidos, cada cual inmerso en sus propias dudas y tribulaciones, incapaces de entender cómo habían llegado a aquella situación de la noche a la mañana. ¿Y si Yannick Brunner los había engañado todo el tiempo y era verdad que recibía órdenes directas del papa? En ese caso, ¿quién había ejecutado a los prisioneros?

Una vez finalizada la asamblea, la guardia trasladó a los apóstoles a la cárcel del cuartel, un edificio carente de adornos, grande y fosco, situado junto a la muralla oeste de la ciudad. Fasano ordenó encerrarlos en celdas separadas, dejando una libre de por medio para dificultar que se comunicaran entre sí. La mazmorra, ubicada en el sótano del edificio, estaba compuesta por una veintena de celdas cerradas por puertas sólidas de madera, con ventanos abatibles para vigilar a los presos y entregarles la comida.

Oliver Zurcher no llegó a pisarla.

Ocupó el último puesto en la fila de presos y lo separaron de sus compañeros nada más entrar en el cuartel. Los apóstoles no se percataron de su ausencia hasta mucho más tarde. Afuera le esperaba un carruaje. Fasano cortó la cuerda de las muñecas de Zurcher. Este se las frotó, dolorido. Estaban enrojecidas.

—Si por mí fuera, estaríais ahí abajo junto a vuestro capitán y los demás fantoches —le susurró Fasano, viperino—. Desconozco el acuerdo al que han llegado el juez Beccuti y Sorrento, pero incumplid la ley lo más mínimo —juntó el índice y el pulgar junto a los ojos del suizo— y os juro que os arrepentiréis.

A Zurcher le habría gustado responderle, pero no estaba en posición de hacerlo. Fasano no apartó la mirada de él hasta que el apóstol entró en el carruaje, donde se encontró con Dante y Margherita. Sorrento dio dos golpes con la palma de la mano a través de la ventana y el conductor puso el coche en movimiento.

—Ya estáis libre y sin cargos, como os prometí —dijo Dante—. Como habéis podido comprobar, tenemos soluciones para todo.

—El fin justifica los medios —recitó Zurcher, con cierta sorna—. ¿Puedo saber cómo habéis conseguido esa carta?

—Somos gente con recursos —contestó Dante, enigmático.

—¿Sería posible liberar a Milo Schweitzer? —rogó Zurcher—. Milo y yo nos conocemos desde que éramos unos críos jugando a ser soldados...

Dante fingió desolación.

—Me ha costado horas convencer al juez Beccuti para que os deje en libertad, Oliver. Le he jurado que fuisteis el único que no participó en la matanza, y que fuisteis vos quien sustrajo la carta del arcón de Brunner después de oír cómo vuestros compañeros se jactaban de haber matado a esos desgraciados. —Zurcher abatió la mirada y Dante le dio una palmada amistosa en el brazo—. No pongáis esa cara: ellos son vuestro pasado, es hora de mirar hacia el futuro.

Zurcher no movió un músculo de la cara. No se reconocía a sí mismo. Servir al diablo siempre te hace sentir pequeño.

—¿Adónde vamos?

—Al fuerte —respondió Dante—, a por mi hijo. Vos os quedaréis allí para seguir entrenando a los discípulos. —Dante le dedicó una mirada de admiración—. Todavía no sois consciente del papel tan relevante que vais a tener en la historia de Italia, Oliver.

La mirada de Zurcher se perdió a través de la ventana del coche. Un copo de nieve se posó sobre su codo. Luego otro. Margherita, que había permanecido en silencio todo el rato, sacó la mano por la ventana y miró al cielo.

—Dante... ¡nieva!

Sorrento sacó el brazo por la ventana y detuvo el coche con dos palmadas.

—Cambio de planes, Oliver —informó Dante—, mi esposa necesita el carruaje. Vos y yo iremos al fuerte a caballo. —Volvió la mirada a Margherita—. Mi amor, ¿estás lista para el viaje?

Ella le mostró unas bolsas abultadas, encajadas debajo del asiento. Zurcher bajó del coche y se alejó para que se despidieran. No tenía ni idea del motivo de esa súbita parada, ni del cambio de destino de Margherita, pero decidió que cuanto menos supiera, mejor. Dante la besó en los labios.

—¿Serás capaz de hacer lo que hay que hacer?

—Lo haré.

—Será duro —advirtió Dante.

—Mi vida entera ha sido dura.

—Ten cuidado con ese tipo...

—No me asusta.

Dante volvió a besarla. No solo amaba a Margherita, la admiraba. Jamás había conocido a una mujer tan valiente y decidida como ella. Tampoco a ninguna con tal falta de escrúpulos, pero eso también le gustaba.

—A Château Tarasque —indicó Dante al cochero.

El carruaje dobló una esquina, dejando a Sorrento y a Zurcher bajo una nevada que ganaba fuerza.

Una nevada que sería decisiva para la siguiente fase del plan de Sorrento.

La búsqueda de Arthur Andreoli comenzó esa misma mañana.

Lissànder Fasano la organizó en escuadras de cuatro hombres a causa de la advertencia lúgubre de Negrini: «Cuidado con ese tipo, podría mandar a cualquiera de tus guardias al cementerio con el palo de una escoba». Después de oír aquello, los soldados patrullaban inseguros, sin esforzarse demasiado en dar con el fugitivo. Entraban en las tabernas y burdeles asustados, reticentes a registrarlos a fondo, no se lo fueran a encontrar de sopetón. Solo los más valientes entraban en viviendas y negocios después de que sus dueños les negaran, en la puerta, que hubiera alguien escondido en su propiedad.

En la soledad de su celda, Yannick Brunner se refugió en la oración. Le habían curado la herida del brazo y la pierna, que resultaron ser menos graves de lo que parecían. El dolor físico era lo de menos. Si tenía que sufrir escarnio y muerte como Jesús, recibiría su destino con la misma resignación que él. Yani Frei, al otro extremo de la mazmorra, cantaba antiguas canciones para ahuyentar su miedo y animar a sus compañeros, que a veces las coreaban con voces o silbidos. Quien reprimía su ansiedad en silencio era Milo Schweitzer, que confiaba en que su viejo amigo Oliver apareciera en cualquier momento para sacarlo de allí.

El Susurro espiaba las patrullas de Fasano desde detrás de la cortina del dormitorio. Iban armados con alabardas, portaban espadas al cinto y llamaban con insistencia a las puertas del vecindario. Aún sentado en el borde de la cama, Andreoli digería el torrente de información que acababa de tragarse sin apenas respirar. La existencia de una réplica de los apóstoles entrenada por Oliver Zurcher, los civiles masacrados para ponerlos a prueba, la fabricación clandestina de purificadoras y, lo más grave, los planes de Dante para sustituir a Clemente VII por su hijo Michele. Todo aquello lo había dejado muy tocado.

Aunque lo más chocante, con diferencia, fue descubrir que Sanda era el Susurro.

«Al final, me folló el moro».

Andreoli levantó los ojos para enfrentarse a lo que él consideraba la cabeza de Sanda con el cuerpo de Hamsa. Aún no se sentía capaz de asimilarlo.

—¿Nadie se ha dado cuenta, nunca, de que eres una mujer?

Sanda contraatacó con otra pregunta.

—¿Sabes la ventaja que tenemos las mujeres para asesinar? —Andreoli no contestó—. Si no enseñamos la cara ni revelamos nuestro sexo, siempre le echarán la culpa a un hombre. Las cosas funcionan así.

—¿Y qué has hecho con las tetas?

Sanda se desabrochó el blusón del todo y soltó la pieza de cuero que le sujetaba los pechos.

—Así que llevas un peto que simula un pectoral masculino...

—Y me sirve de coraza extra —añadió Sanda.

—Suma a eso una voz rota y nadie imaginará que alguien con tus capacidades es, en realidad, la viuda de un mercader...

—Eso también es mentira —reconoció Sanda—. Jamás estuve casada, ni soy moldava, ni gitana, ni tuve una tienda en Roma. Tuve que inventarme una vida para acercarme a ti.

—Entonces ¿de dónde has sacado los chismes de las vitrinas?

—Ya estaban en la casa cuando entré por primera vez —explicó Sanda—. Riccardo Agosti me la regaló poco antes de retirarse. También me dejó un inventario escrito de su puño y letra, con la descripción y el valor de cada pieza, además de una lista de clientes a los que ofrecérselas en caso de necesidad. Lo que hay aquí vale una fortuna. A veces pienso que Agosti sospechaba que algún día rompería mi credo...

—¿Y qué te hizo romperlo? —quiso saber Andreoli.

Sanda agachó la mirada, pensativa.

—Creo que no lo he roto yo... más bien lo resquebrajaron las circunstancias que me rodearon. Lo primero que me hizo replanteármelo todo fue conocer a los apóstoles. Os vi tan creyentes en vuestra causa, tan entregados a vuestro servicio, que me sentí muy identificada con vosotros. Lo segundo, conocerte a ti —confesó—. Cumples con tu deber y a la vez eres alguien que llena de alegría el espacio que ocupa, y puede que yo no haya conocido la alegría en mi vida. La de veces que te he oído insultarme a mis espaldas y llamarme «el puto moro». —Se echó a reír—. Al final, mira lo que te ha pasado con el moro.

—No me lo recuerdes —rogó Andreoli, tapándose la cara con las manos.

—Cuando averigüé que los Sorrento iban a traicionaros, no pude quedarme de brazos cruzados. Intenté por todos los medios advertirte sin revelar mi identidad...

—El cuento de la videncia —la interrumpió Andreoli.

—Me enteraba de cosas en el arzobispado y luego las usaba para advertirte —confesó—. De ahí mis aciertos en las predicciones.

—Cuántas mentiras... —se lamentó el teniente.

—Entiéndelo —le rogó Sanda—. Si llego a decirte desde el primer día que era Hamsa, me habrías mandado a la mierda sin dudarlo.

—¿Qué opinas de los planes de Dante? —quiso saber Andreoli.

—Si te soy sincera, no me parecen malvados en su esencia, pero la forma en la que los acomete me parece atroz. Y el arzobispo es un loco peligroso —añadió. Justo en ese momento, sonaron tres golpes en la puerta—. Calla, no hagas ruido.

Sanda se abrochó la blusa, se puso un batón para cubrir el atuendo de guerra y bajó la escalera mientras se ahuecaba la melena con los dedos. Abrió la puerta lo justo para asomar la cabeza y encontrar a cuatro soldados frente a ella. Al otro lado de la calle, dos guardias arrojaban los cuerpos ensangrentados y medio cubiertos de nieve del Bretón, Goliat y el Mapa a la caja de una carreta cargada de muertos y tirada por un par de bueyes tristes. Sanda advirtió que había olvidado limpiar la sangre del zaguán.

—¿Sí? —preguntó fingiendo estar recién levantada.

—Disculpad, señora. Estamos comprobando los daños producidos por los saqueadores y hemos visto que había tres muertos justo delante de vuestra casa. ¿Os encontráis bien?

—¿Saqueos? —Miró a un lado y a otro de la calle como si no supiera muy bien ni dónde estaba—. Anoche bebí más de la cuenta, no me he enterado de nada.

—¿Vivís sola? —preguntó un segundo soldado, con una sombra de sospecha que oscurecía la expresión de su cara.

—Sí, soy viuda.

—¿Os acabáis de despertar?

—Sí, ya os dije que anoche bebí.

El soldado desconfiado reparó en el batón abierto.

—¿Y soléis dormir con calzones de cuero y botas? —inquirió.

—Los uso cuando monto —argumentó Sanda, maldiciendo el descuido—. No imagináis lo difícil que es cabalgar con un vestido...

El soldado que había hablado primero tomó la palabra.

—Buscamos también a un fugitivo, un hombre muy peligroso.

Como yo de alto, más o menos, unos treinta años, moreno, bien parecido. Responde al nombre de Arthur Andreoli, ¿lo conocéis?

—No he conocido hombre desde que falleció mi esposo —manifestó Sanda, muy digna.

—No os importará que echemos un vistazo —dijo el desconfiado.

—No estoy presentable —objetó ella; detrás de los soldados, la carreta de los muertos empezó a rodar, en busca de más cadáveres—. Además, he vomitado arriba, me da apuro que subáis; regresad en una hora, cuando haya limpiado.

—Estamos de patrulla —informó el soldado—. No os atribuléis por una vomitona, somos soldados, hemos visto cosas peores.

Sanda juntó las manos y puso su mejor cara de damisela suplicante.

—Os ruego que volváis después, no me hagáis pasar por esta humillación.

La determinación del soldado desconfiado era irreductible. Dio un paso al frente.

—¿Acaso escondéis algo? Dejadnos pasar, ahora.

Sanda volvió a cerrar la puerta en cuanto el último de ellos entró en el zaguán. El más joven señaló las manchas del suelo y pegó un respingo cuando un nuevo chorreón escarlata se unió a la sangre que acababa de encontrar.

El soldado desconfiado se agarraba la garganta sin saber por dónde le había venido el tajo.

Andreoli bajó hasta la mitad de la escalera y presenció la pelea desde arriba. Su primer impulso fue intervenir, pero enseguida supo que lo único que haría, si se unía a la fiesta, sería estorbar.

Aquello no era una pelea.

Aquello era una danza mortal.

Uno de los soldados trazó un arco oblicuo con la alabarda, pero Sanda se agachó, giró sobre sí misma y lo apuñaló en el hígado, para luego apartar de una patada en el rostro al más joven, que acabó sentado contra una puerta cerrada que había a la derecha de la entrada. El otro soldado trató de ensartarla con la alabarda, pero Sanda se dejó caer hacia atrás, se apoyó en la mano izquierda, agarró el astil con la derecha, tiró del arma y se sirvió del mismo impulso para atravesarle el corazón con la daga.

El más joven seguía sentado contra la puerta, sangrando por la nariz aplastada. El pobre chaval alzó las manos, pidiendo misericordia. Se había alistado hacía tres semanas y su instrucción era precaria. Sus lágrimas se mezclaron con la sangre al resbalar por la comisura de los labios. Sanda se agachó a su lado y le acarició el rostro, en una especie de gesto de consuelo.

—Señora, os lo ruego...

No había cumplido diecisiete.

Sanda lo miró a los ojos, le dedicó una sonrisa compasiva y le hundió la daga por debajo del mentón hasta la empuñadura. Una puñalada certera y rápida que lo mató en el acto. Ella limpió el acero en el pantalón del muerto y oyó a Andreoli bajar por la escalera.

—Era un chiquillo —le reprochó—. ¿Acaso desconoces lo que es la misericordia?

—Era un soldado —repuso ella—, y nos habría delatado si le hubiera dejado vivir. Este lugar podría dejar de ser seguro dentro de poco. Tienes que esconderte hasta que dejen de buscarte.

—¿Y tú? Tú también tendrías que ocultarte.

—Te recuerdo que sigo siendo el Susurro. Mientras nadie conozca mi identidad, podré entrar y salir de las propiedades de los Sorrento cada vez que me plazca. ¿Tienes algún sitio donde esconderte?

—Podría ir a casa de Yannick —se le ocurrió—. Guarda una copia de la llave en un hueco entre la pared y el marco de la ventana. Solo Frei, Zurcher y yo conocemos la existencia de esa casa. —De repente, cayó—. Mierda, Zurcher. Imposible ir ahí: tarde o temprano, la registrarán.

—Si aún no lo han hecho, haré que la registren —decidió Sanda—. Una vez que lo hagan y descubran que no estás, perderán el interés y se convertirá en un refugio seguro hasta que encontremos otro mejor. Pero, antes de nada, ven.

Sanda apartó el cuerpo del joven de la puerta en la que se apoyaba. Andreoli volvió a sorprenderse de la fuerza de aquella mujer, todo fibra y músculo a pesar de no ser nada corpulenta. Se preguntó si volvería a gozar de sus encantos y si sería igual, ahora que sabía que era el moro. Con razón lo miraba tanto, el hijo de puta; detrás de aquella mirada perfilada de kohl, se escondía una asesina enamorada. Una asesina que no dudaba en cargarse a un chiquillo implorante. Se preguntó si las serpientes que bailaban al son de la flauta mordían al encantador.

Sanda encendió los candelabros del sótano. Andreoli dio un silbido al descubrir el arsenal expuesto allí: lanzas, arcos, ballestas, cimitarras, alfanjes, cuchillos, espadas roperas, bastardas, incluso una *claymore* casi tan alta como él. También vio correajes, bolsas de cuero, morrales, cuerdas y cualquier equipo de guerra imaginable. Sanda cogió una bolsa de tela gruesa, provista de una correa para cruzársela a la espalda, y se la lanzó a Andreoli.

—Guarda las piezas de tu purificadora ahí —dijo—. Voy arriba a transformarme en Hamsa. Coge lo que necesites y no abras a nadie. Yo entraré por la ventana. ¿Necesitas algo del cuartel?

—Unos pantalones —contestó él—. Te recuerdo que estos me los meé por tu culpa. Y ropa cómoda. Salí del arzobispado vestido con mis mejores galas para no levantar sospechas.

Sanda le besó en los labios. Él no la correspondió, y ella no quiso forzarlo; sabía que Arthur estaba en mitad de un tornado de emociones y necesitaría tiempo para asentarlas. Ella le cogió la cabeza con ambas manos y hundió la mirada en la suya.

—Sabes que te amo, ¿verdad?

—No lo sé, eres una mentirosa.

—Sí, pero por necesidad. Ahora no tengo que hacerlo.

—Puede que te crea.

—Y tú, ¿me amas?

—¿Y qué pasaría si te dijera que no? ¿Acabaría como el chiquillo al que acabas de despachar ahí arriba?

Sanda lo miró con expresión burlona.

—Sé que me amas, aunque aún no te hayas dado cuenta.

—¿Y si no te amara? Te recuerdo que llevo más tiempo odiando al moro que amando a Sanda.

Ella soltó una risa.

—Al final, sí que puede que acabes como el chiquillo de arriba.

—Vete y arregla lo de la casa de Yannick. Ah, y averigua cómo podemos rescatar a mis amigos —añadió.

Ella volvió a besarlo y corrió escaleras arriba. Andreoli se quedó en el sótano, examinando armas y equipo.

Había mucho para elegir.

El Susurro entró en el arzobispado por una ventana abierta del primer piso, como de costumbre. El único rastro que dejó de su paso fue una huella en la nieve acumulada en el alféizar. Bajó la escalera principal y se encontró a Negrini en el zaguán, junto al cuerpo de guardia.

—La guardia busca a Andreoli —dijo, con su voz gutural.

—Lo sé —respondió Negrini—. Yo mismo les facilité la descripción, pero no creo que les sirva de mucho. Andreoli no es idiota, ya se habrá largado de Turín.

—¿Lo habéis buscado en casa de Brunner?

La ceja sobre el ojo ileso de Negrini se enarcó.

—¿Brunner tiene una casa?

El Susurro no respondió. Disfrutaba con esa comunicación en un solo sentido. Le funcionaba, no solo para no hacerse demasiado daño en la garganta, también para aumentar su misterio.

—Acompáñame al cuartel —propuso Negrini—, a ver si encontramos la llave en su arcón.

Hamsa y Negrini apreciaron que habían vuelto a colgar la colección de escudos en el muro secreto del subterráneo; los más agujereados en la zona más alta, para que se vieran menos. Fueron directos al arcón de Brunner en cuanto llegaron al cuartel. Encontraron la llave en los pliegues de un calzón acuchillado que el capitán solía ponerse en las pocas ocasiones en las que vestía de paisano.

—La tengo —celebró Negrini—. ¿Sabes dónde está la casa?

—Al principio de la calle de san Bartolomé: una pequeña, de una sola planta, con una sola ventana.

—Avisaré a la guardia de la ciudad —decidió el capitán—. Si alguien tiene que comerse un alabardazo, que sean ellos. Yo me limitaré a abrirles la puerta y a ver el espectáculo.

El Susurro se despidió de Negrini con un monosílabo, abrió una ventana del primer piso del cuartel y lanzó el garfio hasta el edificio de enfrente. Trepó al tejado y avanzó por las cubiertas nevadas hasta agazaparse en una azotea de la calle de san Bartolomé, desde donde podía espiar la que adivinó que sería la casa de Brunner. Una hora más tarde, cuatro patrullas armadas hasta los dientes y capitaneadas por el mismísimo Lissànder Fasano aparecieron junto a Negrini y cinco guardias de Sorrento. Sanda sonrió. Arthur Andreoli inspiraba miedo entre la tropa.

A pesar de estar poco transitada, Fasano despejó la calle antes de que Negrini les abriera la puerta. Los guardias de la ciudad estuvieron dentro de la casa lo que dura un padrenuestro. El capitán preboste fue el último en salir.

—En este cuchitril no podría esconderse ni una rata —exclamó Fasano—. De todos modos, hicisteis bien en informarnos.

—Andreoli ya se habrá largado de la ciudad —apostó Negrini.

—De todas formas seguiremos buscándolo. ¡Nos vamos!

Negrini se quedó frente a la puerta con sus guardias mientras Fasano desaparecía con los suyos por una calle perpendicular. El capitán entró para echar un último vistazo. Nada de interés. Negrini se guardó la llave en el bolsillo del abrigo en cuanto cerró la puerta. Justo cuando se daba la vuelta para irse, el Susurro se materializó delante de sus narices como por arte de magia. Hasta los soldados de Sorrento pegaron un respingo.

—Joder, Hamsa, ¿qué necesidad hay de aparecer así?

—Decidí acercarme, por si acaso.

—Bueno, Andreoli no está aquí. Pero gracias de todos modos.

El Susurro le dio un inesperado abrazo a Negrini, que este encajó como si acabaran de meterle un dedo en el culo por sorpresa. El gesto duró un instante. El capitán le devolvió una mirada que mezclaba camaradería y desconcierto, esbozó una sonrisa tímida y se marchó con sus soldados. En cierto modo se sintió afortunado al contar con el singular afecto de aquel extraño personaje.

Sanda abrió la mano y echó un vistazo a la llave que acababa de birlarle a Negrini del bolsillo. Se acercó a la ventana y encontró en el hueco la copia que había mencionado Arthur.

«Ya somos como una pareja normal», pensó Sanda, divertida, «cada uno con su propia llave».

Oyó cómo se acercaban los pasos de los curiosos que Fasano había espantado un rato antes. Sanda trepó hasta la cubierta de un edificio próximo para que no la vieran.

Dos horas después, ella y Andreoli evitaban las patrullas acaramelados bajo una capa para entrar en su nuevo refugio como si acabaran de volver de un romántico paseo.

# 49

Daniel Zarza sentía que le había fallado a todo el mundo.

Falló a toda su familia al delatar a su madre. Falló dos veces a su hermano al abandonarlo durante años. A su mujer y a su hija por no acompañarlas en su último viaje. Le falló al pobre Luisito, dejándolo solo cuando creía que había encontrado a un amigo.

También a Avutardo, al que vendió en Barcelona cuando decidió que la manera más fácil de salir de España era integrarse en una caravana comercial. En su torbellino de culpa, sintió que hasta le había fallado a Zephir y al Santo Oficio, con su traición.

Y ahora a Zurcher, a Michele y a los discípulos.

Dino se cambió a la litera contigua a la de Daniel poco después del mediodía para huir de los lamentos de un pobre chico al que tuvieron que amputar ambas manos unas horas antes. Lágrimas de desesperación, más que de dolor; un llanto que maldecía a Dios cada vez que el muchacho contemplaba los muñones envueltos en vendas ensangrentadas que presagiaban un destino abocado a la mendicidad.

Daniel recibió la compañía de Dino con un cabeceo, y este le devolvió otro en un parco gesto de cortesía. Ninguno se mostró demasiado hablador en un primer momento. Al español las costillas le dolían lo justo para poder hablar y no poder dormir, pero tampoco era un dolor insoportable. Al espía los puntos de la herida le tiraban, pero si no se movía demasiado, el sufrimiento era bastante llevadero.

Antes de partir hacia el fuerte con Dante —y a espaldas de este—, Zurcher envió un soldado al hospital con un mensaje para Daniel. Alrededor del mediodía el español recibió la información con la misma actitud lejana con la que un cura escucha la confesión de un pecado venial.

—El comandante Zurcher me ha pedido que te informe de que han detenido a los apóstoles por el asesinato en masa de civiles. Los dos habéis quedado libres de cargos, así que, en ese sentido, puedes estar tranquilo. Pero no le digas a nadie que perteneces a los apóstoles —advirtió—, podría ser peligroso.

El mensajero dio una palmada en el hombro a Daniel y se marchó. Este perdió la mirada en el techo de la sala. Una vez más danzaba en el ojo del tornado de la injusticia. Los apóstoles eran ajenos a la matanza del fuerte e iban a pagar por ello. Sin embargo, él, el único de ellos que se había manchado las manos con la sangre de los prisioneros, quedaba impune.

Era un estúpido. Después de la decepción que sufrió con el Santo Oficio, no se le había ocurrido otra cosa que confiar de forma ciega en Oliver Zurcher y en el arzobispo Sorrento sin apenas conocerlos, hasta el punto de comprometerse a espiar a buenos soldados como Brunner, Frei y Andreoli, que lo más probable era que acabaran colgando de una soga. Lo habían manipulado como a un títere.

Y decían que Adrián era el tonto de la familia.

Estaban equivocados: el tonto era él.

Ese día de noviembre, Daniel Zarza juró que no se dejaría engañar más.

Y menos en nombre de Dios.

La mañana dio paso a la tarde y la mayoría de los pacientes abandonaron el hospital por su propio pie, deseosos de abandonar aquel ambiente deprimente. Charlène aguantó despierta el resto del día, no como Spada o don Piero, que se desplomaron boca abajo en sus catres, agotados. Muchas de las monjas que acudieron al hospital a echar una mano a los médicos habían regresado al convento. Sor Benedetta, la cocinera, había traído un perol grande de carne cocida con verduras que ahora colgaba sobre los rescoldos de la chimenea, ya sin cuchillos al rojo. Aprovechando que sor Olethea andaba lejos, la monja regordeta agarró con cariño a Charlène por el moflete.

—¡Ay, mi niña, eres un ángel! —exclamó en voz baja, no fuera a oírla la superiora—. No sabes cuánto me alegro de que te hayan acogido aquí. Mucho mejor que en el convento, que es un presidio con la peor carcelera del mundo.

—Aún no sé si podré quedarme —suspiró Charlène—. Hay días en los que don Piero parece tolerar mi presencia y otros en los que me da la impresión de que sobro.

—Tú no deberías sobrar en ninguna parte —sentenció Benedetta con el ceño fruncido—. Malos tiempos corren si las almas bondadosas no encuentran sitio donde asentarse.

D'Angelis y Daniel escuchaban la conversación desde sus camas. Sor Benedetta tenía razón. Corrían malos tiempos, y se avecinaban peores.

—Tú reza —le aconsejó la hermana con un guiño—. Reza mucho, sigue portándote así de bien y Dios te recompensará, aunque a veces te parezca que te da la espalda.

—Eso haré, sor Benedetta —prometió en falso Charlène.

Sor Olethea entró en la sala con las manos escondidas en las mangas y mirada de hundir barcos. Parecía levitar. Daniel y Dino, que aún no habían cruzado ni una palabra entre ellos, observaron cómo la superiora contemplaba desde las alturas las menudas anatomías de Charlène y la cocinera, como si rebuscara en el almacén de su intolerancia algún motivo para reprenderlas por alguna falta inexistente. Visto que no encontró ninguna, silabeó con cara de asco:

—Nos vamos. Aquí ya no hacemos falta.

La cocinera posó una mano cálida en el antebrazo de Charlène.

—Si nos necesitas, avísanos.

—Don Piero nos avisará —la corrigió Olethea mientras se deslizaba hacia la salida; viéndola por detrás, era fácil imaginar que debajo de aquel hábito había una cola de serpiente—. Lo que nos faltaba, estar al criterio de una fregona... No sé qué pinta aquí esta niña, compartiendo techo con dos hombres.

Sin dejar de seguir a la superiora, sor Benedetta se volvió hacia Charlène y fingió una arcada muda con los ojos en blanco. Reprimir la carcajada hizo que Daniel sufriera una punzada de dolor: con las costillas rotas, la risa se paga cara. Para Charlène, en cambio, el comentario despectivo de sor Olethea pesó más que la broma de la cocinera. Cuando desaparecieron de la vista, D'Angelis se incorporó un poco sobre el colchón.

—Echa el cerrojo, criatura, que no vuelva a entrar la parca.

—Menuda mujerona —comentó Daniel con una mano en el costado—. Conozco a alguien con el que haría buena pareja. En todos los sentidos —añadió—. Eso sí, sus hijos serían monstruos.

Charlène simuló un escalofrío.

—Pues no me gustaría cruzarme con ese hombre...

—Yo tuve la desgracia de trabajar para él durante años —suspiró Daniel.

—Voy a ordenar la cocina —dijo Charlène, aún triste por las palabras de Olethea—. Si me necesitáis, llamadme.

Y se marchó.

La sala estaba a un cuarto de su capacidad. Solo habían quedado ingresados D'Angelis, Daniel, el muchacho de las manos amputadas —que acabó durmiéndose, agotado de tanto llorar— y tres heridos que dormían al otro extremo de la estancia. Dino se apoyó en el codo y se dirigió a Daniel por primera vez.

—¿Eres español?

—Sí, de un pueblo de Ávila.

—Tu italiano es bastante correcto.

—Lo hablo desde hace poco, es parecido al castellano.

—¿Cómo me dijiste que te llamabas?

—No te lo dije, me llamo Daniel.

—Yo soy Dino D'Angelis —se presentó, para después convertir la voz en un susurro—. Oye, Daniel, conmigo puedes hablar sin tapujos... ¿qué ha pasado con los apóstoles?

Daniel no logró disimular la desconfianza.

—¿Los apóstoles?

—He visto esa coraza hecha mierda —dijo D'Angelis, señalando la pieza metálica debajo de la litera—, el pantalón negro, las botas que hay debajo de la cama... Eres un apóstol, y yo tengo amigos entre los apóstoles. Hace unas horas ha venido un tipo y te ha dado un recado de parte de Zurcher, y he oído que los han detenido por un asesinato en masa, ¿a qué asesinato se refería?

Daniel aguantó el dolor que le produjo el hecho de destaparse y sentarse en el borde de la cama. D'Angelis siguió apoyado sobre el codo, cual patricio en su triclinio. Le faltaban el vino y las uvas.

—Me parece que has oído mal —trató de escabullirse Daniel.

D'Angelis se señaló el lóbulo de la oreja.

—Me gano la vida con esto —dijo, y luego tiró del párpado inferior hacia abajo con el índice—. Y con esto. ¿A qué civiles se refería ese guardia? ¿A los que arrestaron en las bodegas Moncalieri?

Daniel se mantuvo callado.

—Tengo cierta amistad con Arthur Andreoli —siguió diciendo D'Angelis, que miraba alrededor para comprobar que los demás seguían dormidos—. Y también le tengo cierto aprecio al cagahostias de Yannick Brunner que, aunque es un coñazo, es un buen hombre.

—Yo no sé nada —negó Daniel, a la defensiva.

D'Angelis dejó de hacer el tribuno y se sentó en el borde de la cama.

—Daniel, estuve en la bodega Moncalieri esa noche —comenzó a decir—. Presencié el arresto y vi cómo se llevaban a los prisioneros a las mazmorras del arzobispado. Luego desaparecieron como por arte de magia y todo empezó a embrollarse de una manera que hasta a mí me supera. Y mira lo que sucedió anoche en las calles. Ahora resulta que esos desdichados están muertos y culpan a los apóstoles de haberlos matado y, mírame, no soy tonto: los apóstoles no se movieron del arzobispado desde ese día, y ahora alguien los culpa de una masacre. Sin embargo, Zurcher y tú quedáis libres de cargos. ¿Qué cojones me estoy perdiendo?

Daniel hundió la mirada entre sus pies descalzos. Una vez más se sintió como el peón de un ajedrez en el que cada pieza eliminada va a parar al cubo del deshonor. Uno de los pacientes refunfuñó algo en sueños, soltó una ventosidad digna de ovación y se dio la vuelta en el catre.

—Los apóstoles no tuvieron nada que ver con esa matanza —confesó Daniel.

—Eso lo sé, lo mismo que sé que no formas parte de los apóstoles originales. No los conozco a todos, pero la mayoría son suizos. Me habría enterado si hubiera habido un español entre ellos.

—Zurcher me infiltró en la unidad —dijo Daniel—. El arzobispo sospecha de la lealtad de Brunner y de sus oficiales más próximos.

D'Angelis no se echó a reír por miedo a que se le abriera la herida.

—¿Que Michele sospecha de Brunner? Brunner es insoportable, precisamente, por lo estricto que es. Un pelma, pero le confiaría a mi hermana desnuda y abierta de piernas. ¿Y Zurcher? ¿Qué pinta en todo esto?

Tres aldabonazos en la puerta del hospital interrumpieron la conversación. Charlène fue a abrir. D'Angelis pegó un respingo al oír la voz de Michele Sorrento.

—Pero qué criatura más dulce y hermosa —canturreó el arzobispo—. Dios te bendiga. ¿Cuál es tu nombre?

La segunda voz que llegó a oídos de D'Angelis estuvo a punto de provocarle una arcada.

—Su ilustrísima el arzobispo de Turín viene a visitar a Daniel Zarza —graznó Damiano Pacella en tono exigente y desagradable; fuera, en la calle, una escuadra de soldados custodiaba el coche en el que habían venido—. Vamos, rápido, no tenemos tiempo que perder.

Daniel irguió un poco la espalda al ver entrar a Sorrento, que se acercaba a él con los brazos abiertos y una sonrisa que se borró nada más cruzar su mirada con la de D'Angelis.

—¿Qué haces aquí? —preguntó, extrañado de verlo en el hospital.

En otras circunstancias el saludo habría sido distinto, pero D'Angelis sabía ocultar su amistad con el arzobispo tras una cortina de respeto. Pacella, como de costumbre, lo miró con desprecio.

—Ilustrísima, me hirieron en los tumultos de anoche.

Sorrento parecía contrariado.

—Luego hablaré contigo. —Recuperó su sonrisa deslumbrante y se dirigió de nuevo al español—. Mi querido Daniel, tienes buen aspecto. He venido en cuanto he sabido que estabas aquí. —Se volvió a Charlène—. ¿Está recibiendo los mejores cuidados?

—Sí, ilustrísima —musitó ella—. Solo tiene un par de costillas rotas. ¿Deseáis que despierte a los médicos para que os informen?

—Llámalos —exigió Pacella, pero Sorrento lo calló con un ademán.

—No hace falta, pequeña. Charlène, me dijiste que te llamabas, ¿verdad?

—Así es, ilustrísima.

D'Angelis no pudo evitar que la ceja izquierda se elevara al cielo. Su pie comenzó a taconear. Conocía a su amigo y no le gustaba un pelo cómo miraba a Charlène.

Como un zorro a una gallina.

El arzobispo volvió a enfocar su atención en Daniel.

—Ha sido una gran decepción para mí que los apóstoles resultaran ser unos traidores —suspiró Michele con todo el cinismo del mundo—. Por suerte, Zurcher los ha desenmascarado... con tu ayuda, claro. —Daniel se preguntó en qué había ayudado él, pero guardó silencio—. De no haber sido por vosotros, el papa Clemente me habría culpado de la horrible matanza que ordenó. Y yo que pensaba que era mi amigo...

D'Angelis no daba crédito a lo que oía. Él mismo había participado en malas obras de teatro, pero aquello clamaba al cielo. No pudo reprimirse.

—¿Cómo?

Pacella le chistó a la vez que sacudía la cabeza.

—No interrumpáis a su ilustrísima.

Dino se tapó la puñalada con la mano y se levantó de un brinco. Le dolió como si Spada le hubiera vuelto a meter el cuchillo incandescente por la herida, pero no estaba dispuesto a aguantar ni la más mínima salida de tono del secretario del arzobispo.

—Mira, follador de monaguillos —bramó a dos palmos de su cara—. Vuelve a dirigirte a mí en ese tono y te arrancaré la puta nuez de un mordisco para luego metértela por ese nido de almorranas que tienes por culo, ¿me oyes?

Damiano Pacella retrocedió dos pasos con los ojos desorbitados de terror, tropezó con un orinal y se cayó de espaldas. Los meados le salpicaron los zapatos y la parte inferior del hábito. Una húmeda línea roja se filtró entre los dedos de D'Angelis. Charlène se interpuso entre él y el sacerdote caído, tratando de disimular la admiración que sentía en ese momento por el espía y el nerviosismo de estar en mitad de una trifulca delante del mismísimo arzobispo de Turín.

Michele zanjó la bronca a voces. Los pacientes despertaron, pero se hicieron los dormidos al ver al arzobispo en plena pelea con D'Angelis. El muchacho de las manos amputadas empezó a gemir, y Charlène aprovechó para ir a su lado y escapar de la línea de fuego. Era un milagro que los médicos no se hubieran despertado.

—¡Se acabó! —gritó Sorrento, que agarró a Dino por la manga sin tener en cuenta que la herida le sangraba—. ¡Tú y yo vamos a hablar! —Lanzó una última mirada a Pacella, que seguía sentado en el suelo sobre un charco de orines, sin atreverse a tocar nada y a punto de llorar—. ¡Y tú, a ver si aprendes a mantener cerrada esa bocaza!

La cara de Daniel era la alegoría del pasmo. Había presenciado follones en tabernas sevillanas mucho menos chabacanos que aquel.

Michele y Dino fueron hasta la cocina. El arzobispo cerró la puerta y se puso a pocos centímetros de la cara de su amigo.

—Cállate —ordenó antes de que el actor tuviera oportunidad de hablar—. No entiendes nada de lo que está pasando.

—Desde luego que no. ¿Qué cojones es eso...?

—¡Que te calles! —insistió, para luego bajar la voz—. Escúchame bien y no digas nada: los herejes de la Moncalieri están muertos.

—De eso me he enterado hace un rato. Todavía no me ha dado tiempo a limpiarme el culo.

—El papa Clemente fue quien dio la orden de ejecución a los apóstoles. —Hizo una pausa dramática—. Ha debido de volverse loco, no encuentro otra explicación.

D'Angelis habló muy despacio, como si el arzobispo tuviera tres años.

—A ver, Michele... Dime que esa es la versión oficial de lo que ha pasado, que es eso lo que tengo que repetir como un puto pájaro de esos de las Indias que hablan más que una doña en la lavandería, y la defenderé hasta en el potro de tortura. Pero sé que eso que dices no es verdad.

—Por supuesto que es verdad —afirmó el arzobispo, indignado—. Clemente me ordenó detener a esos burgueses, pero nunca imaginé que los mandaría asesinar.

—Michele, tú y yo sabemos...

El arzobispo lo interrumpió y siguió con la pantomima.

—Yo he sido el primer sorprendido —declamó, como si además de Dino y él hubiera una audiencia atenta al testimonio—. Estoy desolado. ¿Cómo ha podido hacer algo así?

D'Angelis decidió no discutir. Michele traía el guion aprendido de memoria y jamás lo sacaría de ahí. Lo más gracioso era que, de tanto repetirlo, su amigo acabaría creyéndose su propia mentira a pies juntillas.

Aunque Dino sospechaba que él no era el autor de la patraña. Aquel engaño tenía la firma de su padre.

—¿Dónde están los apóstoles? —preguntó D'Angelis.

—En la cárcel de la guardia de la ciudad, a la espera de juicio. A propósito, ¿cuándo sales de aquí?

—La herida se me ha abierto por culpa de esa comadreja que tienes por secretario —gruñó—. No sé, lo que me diga el médico.

—Mañana celebraré una misa a mediodía en la catedral. Irá

todo Turín, y hablaré al pueblo de los muchos cambios que juntos haremos a la ciudad. Deberías asistir.

—No me jodas, Michele —rezongó D'Angelis—. Fuimos a las bodegas Moncalieri precisamente a silenciar al Mattaccino y ahora hablas como él.

—No sé nada de esas Moncalieri —afirmó Michele—. Tú tampoco estuviste allí, ¿o acaso sí estuviste?

D'Angelis se puso tenso. Los derroteros que tomaba la conversación olían a chamusquina.

—Si es verdad que estuviste allí, puede que seas un espía del papa Clemente —señaló el arzobispo.

—Michele, ¿así va a acabar esto?

—Así podría acabar si no dejas de hacer preguntas, ¿entiendes?

—Entiendo.

Era la primera vez que Michele lo amenazaba. El arzobispo le dedicó una sonrisa cínica, se recompuso la túnica y se dirigió a la puerta de la cocina como si nada especial hubiera sucedido entre los dos. Antes de salir, le dijo una última cosa.

—Ah, Dino, se me olvidaba: no vuelvas por el arzobispado. Mi padre anda últimamente por allí y si se entera de que seguimos siendo amigos tendremos problemas, ¿de acuerdo?

D'Angelis se quedó en la cocina, con el trasero apoyado en la mesa a medio limpiar. En la chimenea, el cocido de sor Benedetta parecía llorar su decepción.

Las cosas iban a peor.

Dino se miró la mano manchada de rojo. La herida no sangraba demasiado, pero casi seguro que algún punto había saltado. Salió de la cocina y se quedó en un lugar desde el que poder espiar al arzobispo mientras hablaba con Daniel. Daniel Zarza, lo había llamado. Michele lo trataba con una deferencia inusitada. Y Zurcher... estaba claro que Zurcher estaba metido hasta las cejas en aquel asunto tan turbio.

Por la expresión de desconcierto de su cara, Daniel no parecía demasiado entusiasmado con el discurso del arzobispo. D'Angelis tenía calle, mucha calle, y sabía reconocer a un hombre honesto nada más verlo. Estaba convencido de que Daniel Zarza lo era, y ningún hombre honesto y en sus cabales querría tener tratos con Michele Sorrento.

Después de un monólogo interminable, el arzobispo abandonó

el hospital seguido de Pacella, que al caminar dejaba tras de sí una estela de olor a letrina. En cuanto se marcharon, Charlène interceptó a Dino en el pasillo. La niña le regañó como si ella fuera su madre y el actor, un zagal travieso.

—¿Cómo le hablas así al cura, delante del arzobispo?

—Michele y yo somos... éramos amigos desde la infancia, casi.

—Ábrete la camisa. —Charlène examinó la venda manchada de sangre—. A partir de ahora contén tu genio. Al menos hasta que eso cicatrice.

—Sí, mamá.

Dino se tumbó panza arriba para que Charlène volviera a coserlo. Cuando la muchacha fue a la cocina a por una palangana de agua, Daniel se acercó al espía caminando muy despacio, con la mano en el costado y una mueca de dolor.

—Me gustaría hablar contigo más tarde —dijo—. Llevas mucho tiempo con los Sorrento y podrás responderme algunas preguntas.

—Te iba a proponer lo mismo —reconoció D'Angelis—. Tú llevas muy poco, pero puede que tengas más respuestas que yo.

Esa noche hablaron.

Mucho.

## 50

*Turín, otoño de 1527*
*Tres días antes del juicio*

En la breve historia de la catedral de San Juan Bautista jamás se había registrado tanta afluencia de público como la de aquel mediodía.

Lo de menos era la misa.

Aquella congregación de fieles y no fieles se dibujó como una asamblea general con aroma a cambio de paradigma. Turín era la hermana pobre de Génova, Venecia, Milán, Florencia, Roma... Y puede que la familia Sorrento tuviera algo que decir al respecto, ahora que las cartas se habían puesto boca arriba sobre el tablero.

Tal vez fuera hora de pegar un puñetazo en la mesa.

En el interior la gente se agolpaba pecho con espalda y hombro con hombro. Los bancos estaban a rebosar, y los que estaban de pie compartían espacio y sudor, a pesar de que fuera seguía nevando. La marea humana abarrotó la escalinata de la catedral con su presencia, y media plaza esperaba los mensajes procedentes del interior del templo como quien espera que le pasen el cubo de agua en la cadena de un incendio.

Turín tenía hambre de justicia y sed de cambio.

D'Angelis llegó una hora antes de que empezara la ceremonia y ocupó uno de los bancos del centro de la catedral. Charlène le regañó cuando lo pilló escabulléndose del hospital. Según ella, necesitaba reposo. Él se defendió argumentando la necesidad de dar gracias a Dios por haberle salvado la vida esa noche. Ante eso, Charlène no pudo más que dejarlo marchar, no sin antes advertirle cien veces que tuviera cuidado al andar, con las multitudes, con los resbalones en la nieve, además de amenazarlo con no volver a curarlo si se le abría la herida.

El espía aguantó el sermón con una sonrisa.

Con una sonrisa, tenía cojones la cosa.

Aquella enana le robaba sonrisas al menor descuido.

La noche anterior no solo había tenido tiempo de hablar con Daniel largo y tendido. También había pasado un buen rato en la cocina con Charlène, antes de que el sueño finalmente la venciera y la tuviera que llevar en brazos a la litera que ocupaba en la sala contigua a la que se encontraban Dino y Daniel.

Charlène le contó muchas cosas a D'Angelis esa noche. Demasiadas. Puede que todo. Aquel pequeño ángel castigado se había guardado su desgracia dentro durante mucho tiempo, como un forúnculo que crece y crece y expande la infección hasta matarte. La noche anterior, con las manos húmedas de fregar vajilla, ella lo reventó y dejó salir el pus de la tragedia.

D'Angelis limpió la herida.

El espía no recordaba haber abrazado a una mujer durante minutos sin sentir deseo ni buscar otra cosa distinta a su consuelo. Dino recibió las lágrimas de Charlène con cariño y acarició su cabello como un padre —uno bueno, no como el de la joven— debe acariciarlo. Barriendo briznas de tristeza con cada caricia.

D'Angelis se preguntó cómo habría sido su vida si se hubiera casado y tenido hijos. Seguro que no andaría disfrazado, husmeando en lugares infectos, bebiendo y fundiéndose la bolsa en agujeros de pago, esquivando purgaciones como el que esquiva bostas en una cabalgata.

Guardó el reloj en el bolsillo y descansó la vista en el retablo pintado en una sobria gama de tonos grises y azulados, demasiado modernos para la ciudad. La catedral era de reciente construcción, uno de los pocos edificios renacentistas de Turín. D'Angelis rememoró la conversación que había mantenido con Daniel la noche anterior. Zarza le contó su historia sin pedir la de Dino a cambio.

Otra alma desdichada.

Y confusa.

Dino sacó poco en claro de la situación actual de los Sorrento. Demasiada niebla a proa. Y a popa. Qué cojones, a babor y estribor tampoco se veía una mierda. Recordó su conversación con Jonás Gor y reconoció que aquel hijo de puta tuvo razón al decirle que lo que estaba a punto de suceder escapaba a su entendimiento. Un juego de ajedrez en el que no se respetaban las reglas y cada uno movía las piezas a su antojo. A D'Angelis nunca le había interesado demasiado la política, pero sí sabía una cosa.

Cuando las reglas del juego no se respetan, la mesa termina volando por los aires con las piezas desparramadas por el suelo.

Por lo que le contó Daniel, Sorrento formaba un ejército de élite, similar a los apóstoles, bajo las órdenes de Zurcher. D'Angelis escuchó aquel relato con preocupación. Si Zurcher había conseguido que doce apóstoles fueran letales, ¿qué fuerza de combate crearía con cien? ¿O con mil? Si añadía unidades auxiliares de arcabuceros o ballesteros, además de caballería, aquello constituiría el regreso de algo muy parecido a las legiones que aparecían en los libros de historia. Y con algo en común con ellas.

Las lideraría un megalómano.

El otro dato que preocupó a D'Angelis fue ese propósito de Michele Sorrento de luchar contra la herejía a favor del verdadero catolicismo. ¿Qué era el verdadero catolicismo para él? ¿Asesinar inocentes y cargarle a otros el crimen? Dino sintió náuseas al oír a Daniel narrar la masacre en la arena del fuerte. Se podía respirar el arrepentimiento de Zarza durante su confesión.

—Creo que lo más honesto sería entregarme y contárselo todo a las autoridades —dijo.

D'Angelis lo disuadió con vehemencia.

—Ni se te ocurra. Si te entregas, te silenciarán. Puede que hasta el juez Beccuti forme parte de todo esto, no descarto nada. Este asunto es demasiado grande para movernos por él a ciegas.

—¿Qué harías en mi lugar?

—Reunir información para poder usarla en un futuro —respondió D'Angelis sin dudarlo ni un segundo—. En este momento somos más útiles donde estamos: tú, gozando de la confianza del arzobispo y de Oliver Zurcher. Yo, como de costumbre, nadando en las cloacas, para ver qué le sonsaco a las ratas.

Daniel estudió unos segundos el rostro adusto y triste de D'Angelis. No era el rostro de alguien de fiar, pero algo en su mirada le inspiraba confianza.

—¿Estamos en el mismo bando? —quiso saber Daniel, apelando a la sinceridad del espía.

—Estamos en el mismo bando.

—¿Sin traiciones?

—No tengo el cuerpo para aguantar ni una más.

Cerraron el pacto con un apretón de manos y una punzada de dolor.

D'Angelis sugirió a Daniel que prolongara todo lo posible su estancia en el hospital. Si lo trasladaban al fuerte, no le quedaría más remedio que obedecer a Zurcher y cumplir su papel en aquella función de argumento enrevesado. Zarza prometió quejarse más a los médicos.

El reloj de bolsillo de D'Angelis dio las doce a la vez que las campanas de la catedral. El espía volvió la cabeza para comprobar la afluencia de público y se sintió abrumado al ver a tanta gente junta. Ojalá en sus días de actor hubiera tenido tanto éxito como el falsario de su amigo y su compañía de cómicos de colmillos afilados.

El arzobispo de Turín entró en escena con la grandiosidad de un rey. A un lado del altar, Dante, Beccuti, Borgiano y Fasano ocuparon sendas sillas y un discreto segundo plano. Un par de monaguillos se situaron a ambos lados de la escalinata, haciendo bailar los incensarios. Michele Sorrento abrió los brazos y al público le faltó prorrumpir en aplausos.

A D'Angelis le entraron ganas de silbarle, como más de una vez hicieron con él en una mala tarde en el teatro. Magnífica carrera, la de su amigo Michele: de putero borracho a arzobispo, de arzobispo a asesino en masa y de asesino a héroe del pueblo. ¡Hosanna, hijo de puta!

—Antes de comenzar la eucaristía —anunció Michele, de forma que hasta el último de los asistentes pudiera oírlo—, he de comunicar a los familiares de los mártires asesinados por esos demonios que se autodenominan apóstoles, que estos han confesado la localización de la fosa donde los enterraron. En estos momentos, se están exhumando los cadáveres para devolverlos a los suyos y que reciban santo entierro. Esta misa va dedicada a ellos, corderos inocentes sacrificados en nombre de un falso dios. Que el auténtico los acoja en su reino.

Los afectados recibieron la noticia con una mezcla de pena y alegría. Muchos no contaban ya con recuperar los cuerpos de sus seres queridos.

«Buen tanto, Michele», pensó D'Angelis.

—Asimismo —prosiguió el arzobispo—, al final de la misa las autoridades de la ciudad se dirigirán al pueblo de Turín para abrir una ventana a la esperanza. —Y sin más preámbulo inició la ceremonia—. *In nomine Patris, et Filii et Spiritus Sancti, amen.*

Esta era la única parte de la misa que Michele Sorrento se sabía de memoria. A partir de ahí arrancó en un latín mal leído que ni Dios era capaz de entender. Tampoco los presentes, pero a nadie le importó tragarse el galimatías; que pasara rápido, para oír lo que las autoridades tuvieran que decir. Para alivio de D'Angelis, Michele fue breve: según su reloj, la celebración terminó a las doce y veinte, con una comunión fugaz en la que solo participó una veintena de personas.

Los monaguillos y su humareda se replegaron a la sacristía, y el arzobispo se retiró al fondo del altar mayor para ceder el protagonismo a Ribaldino Beccuti y a Dante.

El alcalde comenzó su intervención disculpándose con la familia Sorrento, en su propio nombre y en el del pueblo de Turín, por haber sospechado de la implicación del arzobispo en los abominables crímenes cometidos por los apóstoles.

Prosiguió con el anuncio del juicio contra Brunner y sus alabarderos, que se celebraría en un plazo de tres días y que él, como alcalde de Turín, no presidiría. También apeló a la presunción de inocencia del papa Clemente VII, sin mencionar el documento que lo inculpaba, como le había sugerido Dante antes de comenzar el evento. No había que despertar al león antes de cazarlo.

Una vez que Beccuti terminó de hablar, Dante tomó la palabra.

—Pueblo de Turín, estoy aquí para pediros, con toda humildad, que escuchéis las palabras que brotan no solo de mi corazón, sino del de mi familia. Se han prodigado muchos malentendidos en estos últimos meses entre la Iglesia, la autoridad civil y la verdadera fuerza de la ciudad, que sois vosotros. Y cuando me refiero a vosotros, no me refiero a los más ricos, influyentes y mejor posicionados. Me refiero a todos los turineses.

»Como bien ha dicho don Ribaldino Beccuti, no debemos precipitarnos a la hora de culpar al papa de Roma de estos actos. Hemos sabido que el capitán de los apóstoles, Yannick Brunner, ha mostrado signos de un fanatismo religioso capaz de arrastrar a sus subordinados a una suerte de acciones basadas en las que se dan en países vecinos, como España o Francia. Nosotros no queremos algo así, ni en el Piamonte ni en ninguna otra ciudad-estado de Italia. Es algo que no solo yo, sino también el arzobispo, estamos dispuestos a evitar.

El público recibió el sorprendente mensaje con una brisa de murmullos amplificada por la acústica de la catedral. Algunos se santiguaban, otros convertían su escepticismo en gesto y otros aprobaban lo que oían, sin entender demasiado de qué iba. Todos tenían algo en común.

Querían vivir en paz.

D'Angelis tomó el pulso al discurso de Dante en las caras de los asistentes. De repente divisó una figura alta y delgada apoyada en una columna a pocos metros de donde se encontraba, con la vista fija en él. Jonás Gor le dedicó un guiño con su sonrisa de calavera, a la vez que se llevaba el índice al ala del sombrero emplumado que le ocultaba medio rostro, a modo de saludo.

—Ay, Jonasito, Jonasito —murmuró D'Angelis entre dientes, sin mover los labios y sin que nadie más que él pudiera oírlo—. ¿A qué has venido aquí, hijo de puta...?

Como si lo hubiera oído, Gor señaló a Dante, luego a sí mismo e hizo un saludo militar. D'Angelis lo entendió a la primera.

Así que el tiparraco aquel trabajaba para Dante. Debería haberlo supuesto. Dino estuvo a punto de abofetearse por no haber caído antes en eso.

—He ayudado a las autoridades a investigar los sucesos acontecidos en las viejas bodegas Moncalieri —prosiguió Dante—, y concluimos que quienes se reunieron esa noche en el edificio jamás tuvieron intención de dañar al pueblo de Turín ni a la Santa Madre Iglesia. —La voz de Sorrento se elevó aún más—. De hecho, hemos localizado a la persona que convocó no solo esa, sino otras reuniones, no tan concurridas, pero sí similares. Un hombre que, por miedo, oculta su rostro bajo una máscara.

D'Angelis enarcó las cejas. Ahora resultaba que habían localizado al puto Mattaccino. Desvió la vista hacia la columna y vio cómo Gor se encogía de hombros, abría los brazos y le dedicaba una discreta mueca de burla. En el ala este de la catedral, Cirilo Marchese no daba crédito a lo que oía. El arzobispo avanzó desde el retablo hasta colocarse al lado de su padre.

—Sé que durante esas reuniones clandestinas se cuestionaba la actitud de la Iglesia respecto a ciertos cambios que no solo la cristiandad, sino el mundo entero tendrá que asumir, tarde o temprano. Cambios que nos competen a todos y que yo, como arzobispo, aceptaré con la tolerancia que nuestro señor Jesucristo mostró cuando habitó entre nosotros. En esta galera todos remamos en la misma dirección: hacia un mundo mejor, uno en el que no importe la fe que cada cual profese o la total ausencia de ella. Un ateo honesto, leal, caritativo, bondadoso... es cristiano a ojos de Dios, aunque él lo ignore. Bienaventurados sean los mansos, los que lloran, los que sufren hambre y sed de justicia, los limpios de corazón, los que trabajan por la paz... ya lo dijo san Mateo. Y hoy, en la casa de Dios, daré voz a alguien que está dispuesto a que trabajemos todos juntos para cumplir la voluntad divina, a pesar de no ser creyente, al igual que muchos de vosotros.

Una figura delgada y titubeante apareció por un lateral del altar mayor. El runrún de los asistentes creció al ver que el hombre que acababa de colocarse al lado de los Sorrento llevaba una máscara de Mattaccino. Muchos de los allí reunidos lo habían visto alguna vez, incluso se habían entrevistado con él; otros conocían su existencia de oídas, como ese fantasma del que todo el mundo habla y que muy pocos han visto.

—Lo que me faltaba —masculló D'Angelis, cuyo tacón tamborileaba tanto en el suelo que una abuela a su derecha lo mandó callar de un chistido que habría frenado en seco una carga de caballería.

El espía juntó las manos en señal de perdón y observó al Mattaccino tomando aire antes de dirigirse al público.

—Hoy comienza una nueva era en Turín, una en la que no tiene cabida temer por nuestras ideas. Una en la que el humanismo al que represento caminará de la mano con la religión a la que el arzobispo Michele Sorrento personifica, y junto al poder que las autoridades presentes regulan. Nos hemos reunido todos antes de que comenzara esta misa y hemos acordado pactos. Por primera vez en mucho tiempo, puedo afirmar que Turín no es solo una ciudad unida, es un solo ser. —Una pausa—. A partir de ahora esto no será necesario.

Se quitó la máscara delante de todos y la arrojó al pie de la escalinata del altar mayor.

—¡Me cago en la hostia!

Todas las miradas se volvieron a D'Angelis después de que soltara la blasfemia en mitad de la catedral de Turín, más alto de lo que habría deseado. Juntó las manos de nuevo, en actitud suplicante, para luego musitar un entrecortado perdón. Desde su columna Jonás Gor lloraba de risa.

Frente al altar mayor Gianmarco Spada comenzó su discurso.

Por supuesto que era el comienzo de una nueva era.

Una de mentiras.

# 51

Piero Belardi no tuvo más remedio que cerrar las puertas del hospital para que los seguidores de Gianmarco Spada dejaran de molestar con felicitaciones, preguntas, alabanzas o reproches. Después de su discurso, el médico necesitó escolta desde la catedral de San Juan Bautista hasta las puertas del hospital de Santa Eufemia. Una pequeña multitud formada por seguidores (y algún que otro detractor) no se despegó de él hasta que Belardi tomó la decisión de echarlos a base de voces y palmadas capaces de ensordecer a un artillero experimentado.

—Esto es el colmo —clamó el dueño de la clínica una vez que comprobó que la calle estaba despejada—. Gianmarco, a mi despacho.

Aquello no auguraba nada bueno.

—Ahora resulta que mi aprendiz es un politicastro humanista que ha ido calentando los ánimos de los burgueses de Turín a mis espaldas vestido de carnaval. —Belardi no paraba de pasear por la consulta mientras hablaba—. Y ahora hay más gente interesada por codearse con el personaje que enfermos llamando a la puerta de mi hospital. Todo el mundo quiere hablar con el notorio Mattaccino. ¡El sueño de mi vida, hecho realidad!

Dino y Charlène escuchaban lo que sucedía en el despacho de Belardi desde el pasillo. No había que esforzarse demasiado, los gritos del médico hacían temblar el edificio y el misterio.

—Lo lamento, don Piero —se excusó Spada, que mantenía los dedos entrelazados sobre el estómago en claro signo de descomposición; aquella mañana había sido demasiado agitada para él—. Llevo comprometido con la causa desde los quince años. Mi mejor amigo, Bernardo Macchiavello, lo mamó de su padre desde niño, y ambos crecimos entusiasmados con la idea de una Italia grande y unida, construida sobre una base de entendimiento en la que la religión no tenga una influencia decisiva en nuestras vidas y sí la naturaleza humana.

—Tonterías —lo cortó Belardi—. Mientras haya familias poderosas con dinero y poder para aplastar a un pueblo, lo más que podrás hacer será quitar a un tirano para poner a otro en su lugar. Y te lo dice alguien que de joven pensaba como tú.

—Con esa actitud jamás saldremos de ese bucle.

Belardi estuvo tentado de arrearle un bofetón. No de odio ni de rabia. Uno para que espabilara. El médico respiró hondo y se acercó un poco más a Spada.

—Gianmarco, entiendo tu idealismo, yo mismo lo sentí en su día, hasta que fui consciente de mi error. Tienes futuro, vivirás bien, no tienes por qué meterte en estos berenjenales.

Spada agachó la cabeza. Tenía que aguantar el chaparrón.

—Esto me afecta, Gianmarco —advirtió Belardi—. Trabajas en mi hospital. Ni siquiera me habría importado que siguieras haciendo esa clase de política encubierta si no me implicara directamente a mí ¿Por qué demonios tuviste que quitarte la máscara y revelar tu identidad?

—Recibí la orden de hacerlo —confesó Spada en un alarde de sinceridad—. Alguien por encima de mí pensó que era el momento propicio para abandonar la clandestinidad y comenzar a trabajar por una sociedad mejor, primero en Turín...

Don Piero volvió a interrumpirlo con vehemencia.

—Alguien por encima de ti, ¿te estás oyendo? Y por supuesto, primero Turín y luego toda Italia. ¿Crees que esto es nuevo? Y ahora te harás amiguito del juez Beccuti, que tiene un retrato mío pintado en el fondo del bacín en el que caga. Y los Sorrento... Padre, hijo y no hay espíritu santo porque echarían la paloma a la cazuela. ¿Qué crees que pasará a partir de ahora en este hospital? —Belardi no dejó que Spada respondiera—. Pues que tendremos un desfile diario de mercaderes, funcionarios y librepensadores ilusionados con el espejismo de un poder que jamás ostentarán, que vendrán con la excusa de que les pica el culo y pasarán la tarde hablando contigo de esa maravillosa Italia construida sobre columnas de razón y justicia. Eso si no viene algún asesino a sueldo de alguien poderoso al que no le interese este cambio y te rebane el cuello... o me lo rebane a mí, o incendie el edificio con todos nosotros dentro.

Belardi se dejó caer en la silla del despacho y mantuvo la mirada perdida en la puerta cerrada, más allá de Spada. El silencio que se instaló en la estancia era tan espeso que hasta parecía oírse. Por fin, la mirada cansada de don Piero viajó de la puerta a su aprendiz.

—Tienes que irte.

Spada notó que los huesos de las piernas se reblandecían.

—¿Cómo? —consiguió balbucear.

—Recoge tus cosas y márchate.

En el pasillo, Charlène se tapó la boca al oír el veredicto del médico. D'Angelis le pidió calma con un gesto.

Spada apenas podía reaccionar.

—Don Piero, vuestras enseñanzas son lo más importante para mí... Mi profesión...

—Puedes seguir asistiendo a mis clases en la universidad, no te cobraré por ello —concedió Belardi, en apariencia más calmado. Estaba claro que su decisión era irrevocable—. Eres un buen médico, te falta muy poco para obtener la licencia, pero no me compensa tener al nuevo centro de atención de la ciudad en esta casa.

—Vos me disteis la oportunidad de trabajar en el hospital porque me dijisteis que era muy difícil encontrar a un cirujano tan capaz como yo —le recordó.

—Sigo opinando lo mismo, pero, por desgracia, tendré que sustituirte por algún otro de mis alumnos. Este lugar debe seguir siendo un hospital, no el reclamo de ciudadanos insatisfechos. Llama a Charlène.

—¿A Charlène?

A la joven se le paró el corazón por un instante. Dino la cogió de la muñeca y trotaron juntos hasta la sala donde Daniel dormía abrazado a sus costillas. El muchacho de las manos amputadas miraba al techo, cada vez más resignado; de los tres heridos del día anterior solo quedaba otro, que se limpiaba en ese momento las uñas con una astilla de madera, retraído en sí mismo y sin relacionarse con nadie.

—Disimula —le susurró el espía a Charlène—, que no se dé cuenta de que estábamos fisgando.

Spada apareció en la sala con aspecto de haberse levantado de su propio velatorio para asustar a las plañideras. Dino le lanzó una mirada entre apenada y rencorosa. Cuánto trabajo le había dado aquel puto Mattaccino. Y había resultado ser el médico jovenzuelo que parecía más enfermo que los tísicos a los que trataba.

—Charlène, don Piero te llama.

Ambos desaparecieron para regresar diez minutos después. Charlène lloraba en silencio, con los ojos anegados en lágrimas. Spada arrastraba los pies, como si acabaran de comunicarle una sentencia de muerte. D'Angelis fue al encuentro de la joven.

—¿Te ha echado?

—A medias —sollozó ella—. Me ha dicho que puedo seguir trabajando aquí, incluso que me pagará mientras aprendo...

—Eso no es malo —celebró Dino, posando las manos sobre sus hombros—. ¿No es lo que querías?

—No quiere que me quede a vivir en el hospital —prosiguió ella—. Me ha dicho que hablará con sor Olethea para que me aloje en el convento, pero yo no quiero eso. Esa mujer me da miedo, me odia...

D'Angelis abrazó a Charlène, que se deshizo en hipidos sobre su pecho. El espía miró con fijeza a Spada, que seguía sin reaccionar.

—Y tú ¿qué? La que has liado, Mattaccino.

—A mí me echa definitivamente —dijo—. Le ha molestado muchísimo descubrir quién soy.

—Sabes que anduve buscándote durante días, ¿verdad?

Spada frunció el ceño.

—¿Vos? ¿A mí?

—Sabes quién soy. —No era una pregunta.

—Recuerdo haberos visto en el arzobispado, fuisteis bastante grosero conmigo.

—Si llego a saber quién eras, te habría apuñalado allí mismo. —A esas alturas, a D'Angelis no le importaba que le oyera alguien ajeno a la conversación. Si él, que era avispado, no se enteraba de la misa la mitad, cualquier otro menos aún—. Estuve aquella noche en la bodega Moncalieri.

—¿Qué noche?

D'Angelis expelió una bocanada de aire que en algún otro universo podría haberse interpretado como una risa.

—No me toques los cojones, Mattaccino. La noche en la que te marcaste un discurso espectacular y en la que cincuenta personas firmaron su sentencia de muerte.

—Yo no llegué a ver eso y no os miento. Me sacaron de la bodega antes de que llegaran esos apóstoles.

D'Angelis separó a Charlène de su pecho para comprobar cómo se encontraba. Las lágrimas habían dejado de fluir. Le dio una palmada cariñosa en la mejilla y golpeó dos veces el colchón para que se sentara a su lado. El espía volvió a centrarse en Spada.

—¿Sabes quién es tu patrón? —lo interrogó D'Angelis.

—Todavía no, pero seguro que pronto revelará su identidad.

—Claro que sí —rezongó D'Angelis, irónico—. ¿Qué te hace pensar que lo hará?

—A mí me ordenaron revelar la mía —dijo—. Estoy seguro de que él se mostrará al pueblo cuando llegue el momento.

D'Angelis se echó a reír. Esta vez con ganas. La puñalada le dolió, pero menos que el día anterior. Aunque no lo reveló, acababa de sumar dos y dos. Si ese Gor acompañaba al Mattaccino, y el mismo Gor le había indicado que trabajaba para Dante, estaba claro quién era el patrón de aquel aspirante a galeno ofuscado por sus sueños.

—Eres como todo buen idealista: inteligente, honesto y estúpido. ¿De verdad crees que ese patrón tuyo renunciará a su anonimato, ahora que tiene una cara distinta a la suya para recibir las bofetadas en caso de que sus planes no gusten o fracasen?

Daniel se despertó en ese momento. Sintió una punzada al cambiar de postura. Tampoco tendría que fingir mucho para alargar su reposo en el hospital. Se incorporó un poco, pero decidió no intervenir en una conversación pillada a medias que no entendía demasiado.

—Me marcho —anunció Spada, harto de rechazos y humillaciones—. Espero encontrar algo barato de alquiler, si es que consigo que me dejen ejercer la profesión mientras me formo...

—Habla con el arzobispo —sugirió D'Angelis—. Si es cierto que vais a trabajar juntos por un Turín mejor —impostó la voz en un falsete al pronunciar las cuatro últimas palabras—, puede que te deje alojarte en el palacio. Spada, en serio, no me pareces un mal tipo, simplemente creo que te has convertido en el portaestandarte indefenso de un juego muy peligroso.

—Gracias por los ánimos, señor D'Angelis.

—Llámame Dino.

Spada asintió dos veces con los labios apretados en una suerte de mudo agradecimiento y se marchó a hacer el equipaje. Daniel se atrevió a sentarse en el borde de la litera.

—¿Qué ha pasado aquí?

D'Angelis aplazó las explicaciones.

—Ya te contaré. —Se dirigió a Charlène—. ¿Mejor?

La chiquilla asintió.

—¿Te gustaría vivir en una pocilga?

—¿En una pocilga?

—Es una buena pocilga —dijo D'Angelis—. Podemos limpiar un poco el polvo, desahuciar a las ratas y hacerte un hueco. Pero será mejor que pasar las noches sabiendo que sor Olethea vaga por los pasillos mascando tripas de fetos impíos.

Charlène se echó a reír.

—¿Me estás invitando a vivir en tu casa?

—Sí. No tengo herederos, si me matan un día de estos, cosa que es muy probable, será tuya.

—Es una buena oferta —apoyó Daniel, a la vez que le guiñaba un ojo a la niña.

Charlène se abrazó al cuello de Dino y le dio un beso en la mejilla.

—Voy a por mis cosas. Tardaré un minuto.

—Es lo bueno de los pobres, no perdemos mucho tiempo en recoger nuestras pertenencias.

Daniel miró a D'Angelis con cierta ternura.

—No eres tan duro como pareces.

—Soy un gran actor, pero venido a menos. Todo esto que ves... dotes interpretativas.

—Ya —rio—. ¿Estuviste en la misa?

—Abre las orejas... y no las cierres.

D'Angelis le narró lo que se había hablado en la catedral esa mañana. Después de asimilar la información recibida, a Daniel solo le quedó una cosa clara.

Ninguno de los bandos de aquel juego de mentiras era bueno.

Louis Borgiano entró en la secretaría de la torre municipal y cerró la puerta por dentro.

Parecía un ladrón a punto de robar en su propia casa.

Se sacudió la nieve del abrigo y abrió un cajón cerrado con llave. Cogió algo que había en su interior, cruzó el despacho hasta la chimenea encendida y lo arrojó al fuego.

No había recibido instrucciones de su superior, pero había decidido por su cuenta que, si las reglas del juego habían cambiado para uno, también habían cambiado para él.

Entre las llamas, la máscara del Dottore chisporroteó hasta consumirse.

A D'Angelis no le costó demasiado convencer a Piero Belardi de que le diera el alta. El médico tampoco le hizo mucho caso; tenía cosas más importantes que hacer, como buscar algún alumno de la universidad lo bastante cualificado como para ocupar la vacante que dejaba Gianmarco Spada.

Belardi le dio la tarde libre a Charlène para la mudanza, pero le insistió en que estuviera de regreso a primera hora del día siguiente. Ni siquiera tuvo el detalle de preguntarle dónde se alojaría. Mejor. Lo último que necesitaba ella era un sermón reprobándole que se marchara a vivir con un hombre que no era de su familia.

—Que quiera que vuelvas es buena señal —la animó D'Angelis mientras caminaban en dirección a su casa—. Belardi es un hombre severo, pero acabarás conquistándolo. Si me has conquistado a mí, serías capaz de conquistar el castillo de los Médici.

Estaban a punto de entrar en la calle del Forno cuando una voz femenina llamó su atención desde atrás.

—Señor D'Angelis...

El espía y Charlène se volvieron a la vez. Aquella era la mujer de aspecto más sofisticado que la joven hubiera visto jamás. El chal de piel y la capucha a juego enmarcaban un rostro exótico y cautivador. D'Angelis la reconoció enseguida.

—Un honor, señora —dijo, quitándose el sombrero como muestra de respeto—. Ignoraba que conocierais mi nombre.

—Entre otras muchas cosas —repuso ella, enigmática—. Tengo un mensaje para vos.

—Charlène es de mi total confianza.

—No lo dudo, pero la ignorancia es la mejor armadura. Cuanto menos sepa, más a salvo estará.

—En eso tenéis razón.

—Es de parte de Andreoli —silabeó Sanda sin que el menor sonido brotara de sus labios.

D'Angelis le entregó una llave a Charlène.

—Cuando llegues al cruce con la calle Calceteros, cuenta tres puertas hasta que veas una verde, sin barnizar y arañada. Entra, cierra con llave y no te muevas de allí.

Charlène echó una última ojeada a Sanda y aceleró el paso. Cuando estuvo lo bastante lejos, D'Angelis se dirigió a la mujer.

—Os sigo.

Arthur Andreoli llevaba horas paseando en círculos por la única estancia de la casa de Yannick Brunner. El sonido de la cerradura al girar fue música para sus oídos. El teniente no pudo evitar sonreír de oreja a oreja al ver el rostro tristón de Dino D'Angelis. Sin poder resistir el impulso, se lanzó hacia él y lo abrazó con todas sus fuerzas.

—Joder, que estoy herido, coño —se quejó el espía—. Siempre supe que eras maricón. Aparta...

Andreoli se separó de él.

—¿Estás herido? ¿Qué te ha pasado?

—Ya me conoces, la gente me odia.

—Nunca pensé que me alegraría tanto de ver esa cara de perdedor que tienes.

—Lamento no poder decir lo mismo —dijo, sentándose en una de las sillas dispuestas alrededor de la mesa; el abrazo lo había dejado roto. Echó un vistazo al interior de la vivienda—. Menuda mierda de casa, es incluso peor que la mía. Algo más limpia, eso sí.

—Tengo cosas que contarte.

—Y yo, así que siéntate.

D'Angelis y Andreoli intercambiaron información durante un buen rato en el que confirmaron varios hechos.

Sanda era de confianza (Andreoli no reveló su identidad secreta, ya habría tiempo de hacerlo si ella decidía compartirla con D'Angelis).

Los Sorrento habían culpado a los apóstoles de la matanza ordenada por Michele, además de ser artífices de un estrambótico plan de extraordinarias dimensiones, en teoría para destronar a Clemente VII y unificar Italia.

Zurcher era un traidor que entrenaba un ejército secreto copiado de los apóstoles.

Uno de esos soldados, Daniel Zarza, estaba herido en el hospital, confuso y decepcionado por la traición a los apóstoles. Un buen hombre, según Dino.

El Mattaccino se había revelado como Gianmarco Spada, un estudiante de medicina del hospital Santa Eufemia a punto de licenciarse. Un títere en manos de fuerzas mayores.

El arzobispo apoyaba ahora el movimiento ideológico que hacía una semana perseguía a muerte, seguro que obligado por su padre.

Los apóstoles estaban presos en las mazmorras del cuartel de la guardia de la ciudad y su juicio se celebraría en tres días.

—Hay algo más —añadió Andreoli—. Hamsa, el Susurro...

—¿Qué pasa con el moro?

Sanda puso los ojos en blanco, aunque nadie se dio cuenta. Se sentó, dispuesta a escuchar cualquier barbaridad.

—Hamsa —lo corrigió Andreoli, que no pudo evitar ruborizarse un poco—. Se llama Hamsa y me está ayudando.

—No te fíes —le advirtió D'Angelis, señalando al teniente con un dedo—. Una vez leí algo sobre esa hermandad de asesinos comedores de hachís y no me fío un pelo. Si Michele le chasca los dedos, te apuñalará sin pensárselo dos veces.

—Te aseguro que ya no —afirmó, cada vez más rojo—. Se ha dado cuenta de que servía a un loco y ha decidido luchar contra los Sorrento desde las sombras.

—Pues fácil: que los asesine a los dos. Muerto el perro, se acabó la rabia.

Andreoli abrió la boca y frunció el ceño en gesto de admiración.

—Eso estaría de puta madre...

Sanda carraspeó.

—Si me permitís, señores —dijo—. ¿No habéis pensado que si ese... cómo se llama?

—El moro —dijo D'Angelis.

—Si ese moro asesina al arzobispo o a su padre, ¿a quién culparán esta vez? Los tumultos de la noche pasada no serán nada comparado con los que podrían producirse, ahora que los Sorrento cuentan con la simpatía de todo Turín.

D'Angelis dedicó una mirada condescendiente a Sanda, pero no se le ocurrió nada para rebatir su argumento.

—Cómo se nota que leéis mucho —dijo, después de rendirse.

—Sanda tiene razón —corroboró Andreoli—. Dino, el plan de Sorrento, en teoría, no es malo. A mí tampoco me gusta ver una Italia dividida en manos de familias codiciosas que se reparten el poder en feudos independientes.

—¿Y qué crees que hará Sorrento? Él es un tirano igual que ellos, pero de tercera categoría. En cuanto los derroque se convertirá en algo aún peor.

—Puede que solo pretenda pasar a la historia como el gran unificador de Italia —planteó Andreoli, haciendo de abogado del diablo.

—Muchos de los que pasan a la historia la escriben con sangre.

—*Touché, mon ami*. Dino, dejemos ese lío político a un lado. Yo solo quiero una cosa: salvar a mis amigos.

—A tus amigos que están presos en un cuartel repleto de guardias —le recordó, por si se había olvidado—. ¿Tienes algún plan? El juicio es en tres días.

Andreoli se puso de pie y fue hasta un rincón donde había un bulto de tamaño medio envuelto en tela. Lo destapó, sacó de él una purificadora dividida y la convirtió en alabarda en un segundo. D'Angelis comprobó que había tres más, idénticas.

—¿De dónde las has sacado?

—Me las ha traído el Susurro —reveló Andreoli—. No ha podido robar más. Cuando Sorrento descubra que le faltan, rodarán cabezas.

—¿No será que el moro te está tendiendo una trampa? —preguntó D'Angelis, desconfiado.

—No. Confío en él. También ha traído ropa y mantas. Se está jugando el pellejo por mí, Dino.

D'Angelis se volvió hacia Sanda.

—¿Y vos? ¿Por qué os metéis en este cenagal? Podríais estar en La Prímula, bebiendo vino caro.

Sanda se encogió de hombros.

—Puede que me haya enamorado de este sinvergüenza.

D'Angelis le lanzó una mirada burlona al teniente.

—No me jodas, Andreoli, que al final vas a tener la polla como la máscara, chapada en oro.

Andreoli ignoró el chascarrillo.

—Dino, necesito que me ayudes a sacar de la cárcel a los apóstoles.

—Imposible sacar a media docena de presos de una cárcel en pleno centro de la ciudad —dictaminó.

—Piensa algo, eres uno de los hombres más inteligentes que conozco.

D'Angelis miró a Sanda.

—¿Así funciona, con halagos? Si te quiere joder, date por jodido, ¿no?

—Es un buen hombre —dijo Sanda—, y sus amigos también. Tenéis a... al moro de vuestra parte; según Arthur, es un guerrero formidable, capaz de moverse sin ser visto. —Hizo una pausa—. Arthur os necesita, ¿puede contar con vos?

D'Angelis se volvió a Andreoli.

—Imagina por un momento que sucede un milagro y conseguimos sacarlos de allí, ¿qué haríais después?

—Ir a Roma y alertar al papa de los planes de Sorrento.

La boca de D'Angelis dibujó un arco invertido.

—El papa tampoco me cae bien.

—Ayúdame, Dino, te lo ruego. No te pido que te arriesgues por Yannick y los demás... solo que pienses algo.

D'Angelis se puso en jarras y pareció reflexionar durante un rato.

—¿Tenéis vino?

Sanda abrió una alacena y le mostró las tres botellas de vino que había traído de su casa esa mañana. Eran de excelente calidad. D'Angelis hizo un gesto de aprobación y se dirigió a la puerta.

—He de ir un momento a mi casa, tengo una huésped que compartirá techo conmigo durante una buena temporada.

—Y luego dices de mí... —le reprochó Andreoli.

—No es lo que piensas, pervertido, es una chiquilla desamparada a la que tengo a mi cuidado. Comprobaré que se encuentra bien, le dejaré una llave de mi casa y arrasaré con esa alacena... cuando bebo, la mente me fluye mejor.

Los ojos de Andreoli centellearon.

—¿Eso significa que me vas a ayudar?

—Por eso necesito el vino, para ver si se me ocurre algo. Pero no te garantizo nada —advirtió.

Dicho esto, se marchó.

Regresó una hora más tarde, después de decirle a Charlène que no dormiría en casa. Andreoli, Sanda y D'Angelis bebieron hasta bien avanzada la noche.

La mente de D'Angelis dio vueltas.

Y vueltas.

Y más vueltas.

# 52

*Mont Blanc, Château Tarasque, otoño de 1527*
*Un día antes del juicio*

Margherita había pasado los dos últimos días en su carruaje, durmiendo en el suelo de la cabina y haciendo sus necesidades entre helechos y artemisas. Bajó del vehículo con la cabeza alta, con la gracia de una diosa cruel recién llegada a una tierra que pisa por primera vez. Le ofreció la mano a Mantovani para que la besara y ascendieron juntos la escalera que llevaba a la puerta principal del Château Tarasque.

Ambos guardaron silencio, atragantados por la angustia. Los dos sabían lo que iba a suceder ese día.

Era necesario, pero en absoluto agradable.

Mantovani levantó la vista a los Alpes. La montaña estaba cubierta por una gruesa capa de nieve que competía en hermosura con un cielo despejado. El sol brillaría alto en unas horas.

—Es un día perfecto —comentó el consejero; el cochero los seguía varios pasos por detrás, con el equipaje de su ama—. Ojalá siga así.

—¿Está todo listo? —preguntó Margherita.

—La caja funciona a la perfección y los líquidos están preparados.

—¿Seguro que ya no necesitaremos a la ingeniera?

—Seguro —confirmó Mantovani—. La he visto trabajar con los lienzos una docena de veces, y no tiene mayor secreto.

—¿Y el caballero?

—Llegó hace dos días con su séquito —informó Mantovani—, se ve que la paciencia no es su principal virtud. De todos modos, no se le ha visto desde entonces. Se encerró en sus aposentos y es como si no existiera. —Una pausa—. Ha confirmado que se encargará personalmente de los detalles, como quedamos.

—Mejor así —suspiró Margherita, aliviada.

Cruzaron la puerta del castillo sin dejar de hablar en voz baja. Los soldados habían barrido la nieve del patio de armas y el empedrado del suelo se veía oscuro y resbaladizo. Margherita se detuvo frente a la torre del homenaje y elevó la vista a lo más alto.

—¿Cuándo comenzamos? —preguntó.

—De inmediato —respondió Mantovani—. Ordenaré avisar a Leonor y Adrián. Me he permitido invitar a la guarnición a vino y cerveza en el comedor principal, así la mantendremos alejada de la torre durante todo el día.

Margherita subió la escalera hasta la cubierta de la torre. Lo hizo despacio, pero no por cansancio. La hermana de Niccolò Macchiavello había pasado por muchas cosas antes.

Pero se preguntó si estaba preparada para soportar lo que iba a pasar hoy.

La caja obscura se elevaba sobre la plataforma de la torre del homenaje añadiendo algo más de altura a la ya de por sí imponente fortaleza. Adrián y Leonor habían culminado un trabajo mucho mejor que el que dejaron atrás en Gotarrendura. Los cantos de la estructura cúbica, reforzados en metal, la dotaban de una extraordinaria sensación de solidez. La madera, de mayor calidad y cubierta por una capa de barniz brillante, hacía que el ingenio se viera hasta hermoso en su simplicidad.

También las lentes que implementaron en este modelo estaban mejor pulidas que las que habían conseguido en España. En el interior de la cámara, a la que se accedía por una puerta, se instaló un caballete con rodillos para poder colocar telas y moverlas sin tocarlas mediante un sistema de poleas y una manivela. En el exterior, frente al cubo, se elevaba una especie de cadalso donde un modelo se podía sujetar con correas en posición vertical para facilitar que no se moviera y que la exposición de la imagen fuera óptima.

Leonor y Adrián se sentían muy satisfechos con lo que habían construido. Ambos emergieron por la trampilla que daba acceso a la azotea y se encontraron allí con Margherita y Mantovani, con quienes intercambiaron saludos corteses. El consejero de Dante se dirigió a Leonor.

—Hace un día perfecto para utilizar el lienzo —dijo—. Será hoy.

Leonor se mordió el labio inferior y lanzó una ojeada a Adrián, que fruncía el ceño y negaba con la cabeza.

—Hace demasiado frío —protestó el carpintero—. Para que el cuadro salga bien hay que permanecer quieto muchas horas, por eso siempre fracasamos en los ensayos. —Adrián dedicó una sonrisa a Margherita—. Pero Leonor ha tenido una idea y hemos esperado a que estuvierais aquí para proponerla.

—Oigámosla —concedió Margherita.

—Lo cierto es que es imposible permanecer inmóvil durante tanto tiempo en ese soporte —argumentó Leonor—. Es cuestión de minutos que un modelo se mueva y estropee la imagen, y más con este frío. He pensado que podríamos usar una talla de Adrián a tamaño natural; en el estudio de mi tío, en Milán, hay escultores capaces de reproducirlo en madera hasta el más mínimo detalle.

—Pero eso nos retrasaría meses —objetó Mantovani, en un tono que parecía rogar comprensión.

—Sí, pero sería la única forma de obtener una imagen estable.

Se oyeron pasos en el piso de abajo.

Se acercaban. La madera de los peldaños crujía.

Crujía como nunca había crujido.

—Señorita Ferrari —dijo Mantovani, con un suspiro—, existe otra forma de conseguir que el modelo no se mueva.

—Si se refiere al soporte con el arnés...

Mantovani rechazó la idea con un gesto antes de que ella terminara la frase.

—Me refiero a algo más... definitivo.

Margherita retrocedió unos pasos de forma involuntaria al ver emerger el dragón rojo metálico por la trampilla de la torre del homenaje. El yelmo y la armadura vinieron detrás. Leonor y Adrián se dieron cuenta de que Mantovani y la esposa de Sorrento miraban a un punto a sus espaldas.

Se volvieron.

Y se quedaron paralizados.

Zephir de Monfort caminó hacia ellos con sus pasos lentos, custodiado por sus inquisidores. Adrián reculó, aterrorizado, sin dar crédito a lo que veía. Leonor miró a su alrededor, pero no había más opción de fuga posible que saltar desde lo alto de la torre al patio de armas.

Le pareció la mejor opción.

Corrió a toda velocidad hacia las almenas, pero los brazos de Baldo e Isidoro la capturaron antes de lanzarse al vacío. Trató de zafarse, pero el puñetazo que recibió en los riñones provocó la huida de sus fuerzas a lomos de un grito de dolor.

Cayó de rodillas sobre la azotea nevada. Trató de tomar impulso para repetir el intento, pero el tirón de pelo de Baldo se lo impidió. Al lado de la cámara obscura, Laín y Ruy sujetaban a Adrián, que, lejos de oponer resistencia, trataba de dialogar con ellos entre balbuceos y ademanes. Zephir estaba justo frente a él.

El monstruo elevó el puño por encima del yelmo. Su descenso provocó una explosión de sangre en la nariz de Adrián, que cayó de espaldas sobre la nieve que cubría la torre del homenaje, aturdido.

—Desnudadlo —ordenó Zephir.

Vidal Firenzze apareció por la trampilla cargado con morrales que parecían pesar mucho. Algunas tablas sobresalían de ellos. Lo dejó todo en el suelo, cerca de Zephir. Mientras los inquisidores despojaban de sus ropas a Adrián, Mantovani se acercó a Margherita para hablarle al oído.

—Voy a por la reliquia —dijo—. No tenéis por qué quedaros, mi señora.

—No tengo intención de quedarme, pero antes quiero hablar con el caballero.

Gerasimo Mantovani desapareció por la trampilla. Margherita apartó la vista de la desnudez de Adrián, que yacía en el suelo con la barba ensangrentada, como un pelele, sin valor ni fuerzas para resistirse a la humillación. Zephir de Monfort estudió su anatomía desde las tripas de su armadura. Era la primera vez que veía a Adrián de cerca; a excepción del pelo más largo y la barba, era idéntico a Daniel Zarza. El inquisidor tuvo que luchar contra el impulso de reventarle la cabeza en ese mismo instante. Margherita lo arrancó de sus oscuras ideas.

—Decidles a vuestros hombres que entreguen a Leonor a los míos en el cuerpo de guardia —indicó.

—Así se hará, mi señora —siseó Zephir—, pero cuando terminemos con el hermano de Zarza. Ella debe presenciar lo que va a suceder aquí.

Margherita trató de sonar decidida.

—Eso no es necesario, señor de Monfort.

—Sí lo es —objetó él—. Os recuerdo que está buscada por el Santo Oficio, y yo soy el Santo Oficio. Su presencia aquí es parte del castigo. Si no os parece bien, puedo aplicarle la pena capital, aquí y ahora, pero eso os privaría de disfrutar de los artefactos demoniacos que construye esa bruja. ¿Es eso lo que desea vuestro esposo?

—Yo solo os pido una pizca de compasión —rogó.

Zephir giró su inmensa figura hacia Margherita. La cruz del pectoral de la coraza quedó a menos de un palmo de su nariz. Ella, siempre imperturbable, sintió que el miedo le congelaba las entrañas. No estaba frente a un hombre, estaba delante de un monstruo. Los ojos del inquisidor centellearon detrás de la cruz sangrienta del yelmo.

—Será mejor que os marchéis antes de que empecemos, esto no será agradable.

Margherita se sintió sin fuerzas para discutir. Era como si la presencia de Zephir le robara la energía. Volvió la cabeza hacia Leonor; le habían atado las manos a la espalda. La joven le dirigió una mirada de súplica que Margherita tuvo que evitar. Isidoro y Baldo izaron a la ingeniera por los brazos y la obligaron a mirar a Adrián, ahora completamente desnudo. La boca de Leonor era la de un pez al que han tirado en la orilla del río para que muera lentamente.

La esposa de Sorrento se dirigió con pasos rápidos a la trampilla abierta. Bajó las escaleras a una velocidad impropia de ella, cada vez más deprisa. Se cruzó con Gerasimo Mantovani, que cargaba con el relicario forrado de plata.

—¿Habéis hablado con el inquisidor? —le preguntó, alarmado por la prisa de su señora.

Margherita no se detuvo. Siguió bajando peldaños como si un ente invisible la persiguiera.

—Con el diablo es imposible hablar —dijo.

Entró en su alcoba y se encerró por dentro. Se tumbó en la cama y metió la cabeza debajo de la almohada.

No quería oír nada.

No quería saber nada.

Mantovani entró en la cámara obscura, sacó el lienzo del relicario y lo extendió en el suelo. Lo contempló unos segundos bajo la luz solar que entraba por la puerta abierta. Si era cierto lo que decía Dante, aquel era el auténtico sudario de Jesús, con el que lo envolvieron tras descolgarlo de la cruz.

Le pareció demasiado limpio y bien cuidado para ser auténtico. Como hombre alejado de la religión, Mantovani era escéptico. Tampoco le extrañaba que el duque de Saboya hubiera estafado a su patrón. Entre nobles no hay nobleza.

De todos modos, aquella reliquia y lo que estaba a punto de pasar formaban parte del plan de Dante y su amigo Niccolò. Agarró el pomo interior de la puerta dispuesto a salir de la cámara obscura, pero los primeros quejidos de Adrián le hicieron replantearse la idea. La ingeniera, por su parte, también había comenzado a gritar: ruegos de piedad que se elevaron a insultos y se derrumbaron en llanto.

Pero lo peor eran las risas de los inquisidores.

Sonaban a las mismas risas que decían las escrituras que acompañaron al hijo de Dios al calvario.

Mantovani cerró la puerta y se sentó en el suelo de la cámara, al lado del sudario, rodeado de oscuridad. El ventanuco de la lente estaba cerrado, no entraba ni el menor rayo de sol. Era como estar en un ataúd. Se dijo que nadie lo echaría de menos si se quedaba dentro.

Confió en que la puerta cerrada dejaría fuera los lamentos.

Se equivocó.

Realismo.

Eso le había prometido Zephir a Dante, aunque este jamás sospechó, ni por asomo, hasta dónde sería capaz de llegar para alcanzarlo.

Las cuerdas alrededor de las muñecas de Adrián le mordían la piel. El carpintero tiritaba de frío y miedo. El inquisidor sonrió dentro de su yelmo. Menuda coincidencia: carpintero, como Jesús de Nazaret. Leonor estaba deshecha en llanto a unos diez pasos de distancia de donde temblaba Adrián. El miedo inicial de la ingeniera dio paso a la rabia y esta, a la derrota. Se sabía a merced de aquellos salvajes que, por ahora, se limitaban a sujetarla y reírse en su oído, pero sabe Dios qué más le harían. El degenerado de dientes de conejo le susurraba obscenidades de cuando en cuando, pero ella no podía pensar en otra cosa que no fuera en Adrián. Lo habían obligado a ponerse de pie a golpes.

Lloraba como un niño.

—Por piedad —rogó, con la nariz ahora torcida y los labios teñidos de una mezcla burbujeante de sangre y saliva—. Yo no he hecho nada, soltadme, por favor. —Extendió las muñecas hacia Zephir, que en ese momento estaba agachado sobre los morrales abiertos, junto a Vidal Firenzze; el inquisidor no se molestó en mirarlo, parecía rebuscar algo entre un montón de cosas—. Me duele, señor, me duele mucho.

Zephir se incorporó. Cuando Leonor vio lo que llevaba en la mano, sintió que el aire abandonaba sus pulmones.

—No, por favor —logró pronunciar con un hilo de voz difícil de oír incluso para los inquisidores que la sujetaban—, no le hagáis eso...

—Lo he fabricado yo con todo mi cariño, puta —le susurró al oído Baldo—. Un mango de madera, tres colas de crin de caballo y un par de bolitas de plomo en cada punta. Una obra de arte, como las que tú construyes. Habrá que estrenarlo, ¿no?

—Atadlo al merlón —ordenó Zephir.

Ruy y Laín arrastraron a Adrián hasta la almena y pasaron una cuerda alrededor de las ataduras de las muñecas. El carpintero era tan alto que acabó encorvado sobre el merlón. No se defendía, solo suplicaba.

—Nunca le he hecho daño a nadie —repetía como en una letanía.

Zephir le tendió el látigo a Ruy.

—Treinta.

Ruy cogió el látigo de tres colas y le preguntó al inquisidor con los ojos si en realidad quería que fueran tantos. Le parecían demasiados. Zephir pareció absorber el aire de la torre con su silencio expectante. Ruy sopesó el artefacto y lo movió en el aire. No le gustaba lo que iba a hacer, pero era un siervo de Dios y de Zephir.

Descargó el primer latigazo.

Adrián aulló de dolor al recibir el impacto de las bolas de plomo en el omoplato. La piel saltó. Apenas le dio tiempo a capturar una bocanada de aliento cuando el segundo azote restalló en la parte baja de la espalda, en la zona del riñón, doblándolo.

Los tendones del cuello de Leonor se tensaron como cuerdas al gritar piedad. Las lágrimas brotaron de sus ojos, y Baldo e Isidoro tuvieron que agarrarla con más fuerza para que no corriera hacia Adrián. En el interior de la cámara obscura, Mantovani se tapó los oídos. Cerró los ojos hasta que le dolieron.

Tres pisos más abajo Margherita estrujaba la almohada con los puños. Las uñas cuidadas desgarraron la tela. En el patio de armas, los soldados que caminaban hacia el comedor, rumbo a la fiesta, elevaron la vista hacia lo alto de la torre del homenaje. Tenían órdenes de no subir ni hacer preguntas. Se olvidaron de todo en cuanto la visión de las mesas a rebosar de comida y bebida los deslumbró.

Veintisiete golpes. Veintisiete gritos. Infinitas lágrimas.

Veintiocho, veintinueve.

Treinta.

Ruy jadeaba. A pesar del frío, las gotas de sudor le caían por el mentón. Otras, de sangre, resbalaban por las colas del látigo que devolvió a Zephir, que había presenciado la flagelación en silencio. El yelmo se volvió hacia Laín.

—Tú. Treinta.

Ruy se dio la vuelta. Treinta más.

El carpintero no lo resistiría.

Laín sonrió al descargar el primer latigazo. El treinta y uno para Adrián. La falta de fuerzas rebajó los gritos a quejidos. La cabeza cayó hacia delante, y Zephir ordenó parar a Laín. El inquisidor le agarró la cara a Adrián y comprobó que seguía vivo, pero al borde de perder la consciencia. El cuerpo es piadoso.

Zephir no.

—No tan fuerte —indicó a Laín—. Que marque y sangre, pero no lo mates.

La espalda de Adrián era un mosaico tenebroso de verdugones y heridas. Los glúteos estaban rojos, en carne viva.

—Treinta —anunció Laín al terminar su ronda.

Ruy sustituyó a Isidoro en la custodia de Leonor cuando le llegó el turno. Zephir detuvo a Isidoro con un ademán.

—Espera a que se reanime.

—¿Es que no ha tenido bastante? —gritó Leonor, que volvió la cabeza hacia Ruy y Baldo—. Y vosotros, ¿acaso habéis perdido vuestra humanidad? Si nos queréis muertos, matadnos de una vez.

—Cállate —ordenó Baldo a la vez que le pegaba un rodillazo en la espalda.

Ruy lo reprendió con una mirada furiosa que Baldo encajó con una mueca bravucona y desafiante. El que fuera único amigo de Daniel se dirigió a Leonor con una voz que intentó ser amable.

—Resistid, señora, os lo ruego. Esto acabará pronto.

Adrián se removió en la almena. Sufrió dos espasmos y expelió un par de ronquidos. Sus ojos, muy abiertos, se clavaron en Leonor.

Ella se enfrentó a aquella mirada aplastada por la impotencia.

Los ojos de Adrián parecían preguntarle por qué le hacían aquello. No se lo merecía.

—Está despierto —informó Zephir a Isidoro—. Treinta.

En ese momento Leonor deseó con todas sus fuerzas que Adrián no lo aguantara. Que muriera. Que el corazón no resistiera, se parara y le otorgara una muerte rápida y dulce. Lo deseó con toda su alma.

Isidoro agarró el látigo y decidió improvisar. Casi no había zonas limpias de golpes en la espalda del carpintero. Se le ocurrió algo que le pareció divertido.

Movió el látigo de abajo arriba, y las bolas de plomo golpearon los testículos de Adrián desde atrás. El alarido estuvo a punto de resquebrajar los muros del castillo. La piel del escroto se rasgó, derramando un chorro de sangre aguada que corrió en regueros por la parte interior de los muslos. Adrián se desplomó y quedó colgando de las cuerdas. Leonor tampoco aguantó más y se desmayó. Ruy se alegró de que perdiera el conocimiento. Vidal Firenzze, que había estado todo el tiempo mirando las montañas nevadas, con la mente navegando lejos de allí, desvió la vista un segundo, vislumbró la escena y vomitó. Zephir agarró a Isidoro por la muñeca y tiró de él hasta que el horror se le dibujó en la cara.

—Espalda, nalgas, brazos y piernas —le dijo—. Si lo matas con alguno de tus latigazos, te arrojaré al patio sin pensármelo dos veces.

Isidoro estuvo a punto de cagarse encima, pero obedeció. Se ensañó con las piernas de Adrián, que aguantaba sin consuelo ni fuerzas para gritar. Se deshacía por momentos en cuerpo y alma. Isidoro cumplió con sus treinta latigazos y le pasó el flagelo a Baldo.

Leonor seguía buceando en lo más negro de la conciencia, en un lugar donde no existía la luz.

Adrián recibió el latigazo número ciento veinte con la mente muy lejos de allí. Pensaba en las calles de Gotarrendura, en el olor característico de los olivares, en el aroma a serrín de su carpintería, en los atardeceres del verano, cuando el sol pintaba el cielo de brochazos rojizos y anaranjados para complacer a Dios y a los hombres.

Y en Daniel.

Daniel, a quien no volvería a ver.

Era lo que más lamentaba.

Firenzze y Baldo fracasaron en la tarea de fabricar una corona con unos espinos recogidos el día anterior. Aquello pinchaba demasiado para trabajarlo bien. Zephir les dijo que no perdieran el tiempo en fabricar una diadema como la que aparecía en los cuadros.

No hacía falta tanta sofisticación.

Soltaron a Adrián del merlón. Ya no era necesario mantenerlo atado, estaba más muerto que vivo. Tampoco sentía frío, ni vergüenza por su desnudez, ni compasión por su dignidad mancillada. Permanecía inmóvil, a cuatro patas, aguantando lo justo para no darse de cara contra la nieve. Firenzze entregó el manojo de espinos a Isidoro, pero este se negó a cogerlos.

—No he traído guantes —protestó—, y eso pincha horrores.

Firenzze trató de que Zephir no lo oyera, pero los nervios le hicieron hablar más alto de lo deseado.

—Yo no pienso ponérselo en la cabeza —susurró Vidal—, mi misión es pensar y hablar, no estoy acostumbrado a hacer estas cosas.

Zephir le dio un empujón y le arrebató los espinos. El grosor del forro palmar de su guantelete era a prueba de eso y de más. Agarró a Adrián por la barba y le obligó a levantar la cabeza. Los ojos del carpintero habían perdido todo el brillo, eran dos pozos negros. Sin pronunciar palabra, el inquisidor le encasquetó el matojo en la cabeza, sin miramientos.

Adrián gritó, pero los aullidos fueron aún más sonoros cuando Zephir terminó de encajar los espinos a puñetazos. El carpintero cayó de bruces contra el suelo e intentó reptar por la nieve, sacando fuerzas de donde ya no quedaban. Jadeaba como un animal. Leonor recuperaba la consciencia poco a poco, flanqueada por Ruy y Laín. Baldo detuvo el avance de Adrián empujando la improvisada corona con la suela de la bota, hincando aún más las púas en la frente y el cuero cabelludo del carpintero. Este dejó de resistirse y se quedó inmóvil en el suelo.

La nieve aliviaba las heridas.

—Comprobad que no está muerto —ordenó Zephir, que se volvió a Vidal Firenzze—. Saca las tablas y los clavos.

Isidoro arrimó el oído a la boca de Adrián. Por desgracia para el carpintero, todavía respiraba. Hizo un gesto de aprobación a Zephir y este dio una nueva orden.

—Dadle la vuelta.

Leonor ya había recuperado la consciencia lo bastante para ver la cabeza de Adrián coronada por un matorral espinoso que le daba un aspecto atroz. Vio cómo giraban a su amigo hasta dejarlo boca arriba. El sol que brillaba esa mañana era insultante. Parecía contemplar la horrible escena con felicidad flamígera.

Isidoro colocó la mano derecha de Adrián abierta contra un trozo de madera. Baldo cogió el primer clavo, de más de un palmo de longitud, y colocó la punta en la palma de la mano.

—Ahí no —dijo Zephir—. En la muñeca. Así se despertará.

El primer martillazo hizo que Adrián se arqueara como si un pie invisible brotara del suelo y lo empujara hacia arriba con una fuerza irresistible. El pulgar, obligado por el tendón, se escondió involuntariamente en la palma. El segundo martillazo hundió el clavo en la madera hasta la cabeza.

Cuando Adrián pensó que todo había acabado, repitieron el procedimiento en la mano izquierda. Cada golpe fue coreado por un grito de dolor. Apenas se había recuperado cuando un tercer clavo atravesó ambos pies a la vez.

Pero aquello no fue lo peor. Lo peor fue cuando lo desclavaron.

Leonor jamás fue religiosa.

Pero se descubrió a sí misma pidiendo ayuda a un ser invisible. A un ser al que rogaba que lanzara un rayo y los fulminara a todos. A Zephir, a sus esbirros, a Adrián, a ella misma.

Querία que todo acabara, invocar el fin del mundo.

Adrián no se quejaba. Estaba al borde de la muerte.

Pero aún quedaba algo por hacer.

Faltaba un detalle.

—Dile a Mantovani que prepare el lienzo, como hablamos —ordenó Zephir a Baldo—. El señor Sorrento quería realismo y lo va a tener.

Mantovani extendió el lienzo en el interior de la cámara. Lo había empapado por completo con la emulsión de sales de plata que Leonor guardaba en un recipiente dentro del habitáculo, tal y como le había visto hacer a ella en los ensayos del experimento. Aquella mezcla secaba rápido.

—Dile al inquisidor que ya está todo listo —le dijo Mantovani a Baldo.

Este regresó junto a Zephir y le transmitió el mensaje de Mantovani.

—Levantadlo todo lo que podáis —dijo el inquisidor, señalando a Adrián.

Baldo e Isidoro lo izaron. Adrián sangraba por todas partes, convertido en una llaga viviente. La enorme garra de Zephir de Monfort le apretó las mejillas doloridas. De la nariz rota brotaron pompas rojas.

—Repite conmigo —le dijo Zephir a Adrián—. Padre...

El carpintero no tenía fuerzas para resistirse.

—Pa... pad... padre...

—En tus manos.

—En... tus —un ataque de tos; todos pensaron durante un segundo que se asfixiaría—. En tus... manos.

—Encomiendo.

—En... comiendo.

—Mi espíritu.

Adrián pronunció esta última parte de la frase con una expresión de paz. Lo hizo con los ojos muy abiertos, en un arranque de lucidez pasmoso, como si tuviera la certeza de que su sufrimiento, su pasión, estaba a punto de terminar.

—Mi espíritu.

El puñal atravesó el costado de abajo hacia arriba.

Adrián expiró.

El cielo no se quebró, ni las tinieblas ocultaron el sol, ni resonó un trueno en el cielo alpino.

Dentro del alma de Leonor, sí.
Dentro del alma de Leonor, todo estalló en mil pedazos.

Entre todos, con mucho cuidado, cubrieron a Adrián brevemente con el sudario impregnado en la solución de sales de plata para usar la sangre de sus heridas a modo de referencias corporales, de forma que la impresión coincidiera con las manchas. Mantovani abrió el ventanuco que protegía la lente y tensó el lienzo en el atril instalado dentro de la cámara obscura hasta cuadrar a la perfección la imagen invertida de Adrián con las manchas de sangre. Mantovani aplicó a la tela una mano de una mezcla de orina con algunos productos misteriosos traídos de Milán que la ingeniera llamaba el fijador.

Comprobó que todo estaba como debía estar, salió de la cámara y la cerró por fuera. Contempló el cuerpo desnudo expuesto al sol, con ambas manos cubriendo los genitales con póstumo pudor.

«Ahora no se mueve, ni protesta por el frío», pensó Mantovani.

Zephir se le acercó por detrás.

—¿Cuánto tardará en pintarse ese cuadro diabólico? —preguntó.

Mantovani elevó la vista al cielo.

—Si el sol sigue luciendo así, de dos a tres días. Además, con este frío el cuerpo no sufrirá alteraciones.

Baldo se acercó a Mantovani.

—Sed franco, ¿de verdad pensáis que la gente creerá que eso es real?

—Es el auténtico sudario de Jesús —afirmó el consejero, sin apartar la mirada de la caja obscura—. Nosotros solo lo hemos hecho más fácil de interpretar para los fieles.

Zephir dio su trabajo por terminado y se dirigió a Mantovani antes de irse.

—Espero que haberme mezclado con esta herejía merezca la pena. Ahora exijo que me entreguéis a Daniel Zarza, como acordamos.

—Pondré a mis espías a buscarlo por toda Italia —prometió Mantovani—. Si me acompañáis...

El inquisidor y el consejero desaparecieron por la trampilla. Ruy e Isidoro entregaron a Leonor Ferrari a la guardia de Sorrento. La joven se encontraba ausente, como si su espíritu la hubiera abandonado para dejar una cáscara vacía, ojerosa y demolida. Cuando regresaron a la plataforma de la torre, Ruy e Isidoro encontraron a Laín, Baldo y Vidal contemplando desde lejos a Adrián, bañado por el sol más brillante que habían visto nunca. Parecía uno de esos cuadros religiosos en los que Dios ilumina a su hijo desde un desgarrón pintado en el cielo.

—Me pregunto si alguien se tragará esto —murmuró Laín.

—Dante Sorrento está convencido de que los fieles adorarán esta reliquia durante siglos —comentó Firenzze.

—No me jodas —rio Isidoro—. Menos mal que nosotros sabemos que es el hermano del traidor de Zarza.

Ruy no podía apartar la vista del cadáver de Adrián, colgado por el cuello e inmovilizado por ataduras medio ocultas. Había una expresión de paz sobrenatural en su rostro maltrecho. Algo majestuoso entre tanta barbarie. Nobleza entre tanta mezquindad. Vidal se volvió hacia Ruy.

—¿En qué piensas?

Ruy se esforzó para que no le temblara la voz.

—¿En qué pienso? En que parece el verdadero Jesús... y que iremos al infierno por esto.

Gerasimo Mantovani abandonó esa misma mañana Château Tarasque rumbo a Turín.

Zephir y sus inquisidores cabalgaban con él.

Una partida de seis de los mejores jinetes de la guarnición escoltaban al consejero. A un buen ritmo, sin descansar, llegarían a Turín por la noche. Leonor viajaba en la grupa de Mantovani, atada a él para no caerse, pero no parecía estar allí. Desde el martirio y muerte de Adrián, no había vuelto a pronunciar ni una palabra. Tampoco comía ni bebía.

Estaba ida.

Era como si su espíritu hubiera abandonado su cuerpo y se hubiera marchado con Adrián, allá donde este estuviera.

## 53

Aburrirse era el mayor entretenimiento de Brunner en la celda. Mascaba el pan que le daban dos veces al día hasta que se disolvía en la boca, alargando el único y discutible placer que era capaz de disfrutar. La sopa era infame, pero también se esforzaba por prolongar su ingesta. Cuando no tenía otra cosa en que ocupar la mente, su imaginación volaba a su casa de Roma y su familia, siempre con el temor de que pudieran sufrir algún tipo de represalia por su culpa. Se preguntaba si volvería a ver a su esposa e hijos antes de morir, y los resultados de las apuestas siempre iban en su contra. Al menos, las heridas de la pierna y del brazo sanaban bien y no molestaban. Sentado en el fino jergón de paja que separaba sus huesos del frío suelo de piedra, se había cansado hasta de rezar.

La mazmorra permanecía en silencio, en una penumbra digna de la peor de las criptas. Las canciones de Yani Frei se extinguieron poco a poco, como la llama de una vela abandonada en una corriente de aire.

Esa mañana Brunner oyó pasos en el corredor, seguidos del sonido de una puerta al abrirse. Lo siguiente fue el eco de una voz cascada, exigente y gruñona. La voz de una persona entrada en años.

—Engrilletadlos bien. —Una sucesión de toses y carraspeos interrumpió al recién llegado—. Me han dicho que son muy peligrosos, así que no quiero correr el menor riesgo, ¿entendido?

—Sí, señor juez —respondió la voz cansada de Pièrre Savonni, el sargento de guardia.

Brunner asomó el ojo al ventanuco enrejado de la puerta, pero no pudo ver nada. Aplicó la oreja y oyó cómo el hombre al que habían llamado juez seguía renegando.

—Quiero que cuatro de vosotros me acompañen al arzobispado, ¿entendido? No quiero tener problemas con estos asesinos, ¿entendido?

—Pero, juez Satriani, con todos mis respetos —suplicó Savonni, que trataba de razonar con aquel tipo a cualquier precio—. ¿No sería más seguro que los interrogarais aquí?

—El arzobispo quiere estar presente durante el interrogatorio, ¿entendido? ¿Acaso no sabéis que el papa podría estar detrás de los crímenes que se les imputan a estos bastardos? Sorrento tiene información y necesito contrastarla. Este asunto no es solo civil, también es eclesiástico, ¿entendido? Hay que llevarlos al arzobispado.

El sargento puso los ojos en blanco y repitió la palabra «entendido». El juez Satriani seguía mascullando frases ininteligibles. Brunner oyó acercarse los pasos y las voces hasta que el rostro hastiado de Savonni llenó el hueco del ventanuco.

—Retroceded —ordenó.

Brunner obedeció y fue hasta el fondo de la celda. El suboficial abrió la puerta y le hizo un ademán para que saliera. El juez, un anciano encorvado, grueso y con una nariz bulbosa, lo miró apoyado en un bastón. Tenía un ojo abierto y otro cerrado. Si ese era el juez que iba a encargarse del caso, mejor que los llevaran directos al cadalso. Había cinco hombres más en el corredor, aparte de Savonni y del juez: dos soldados con las sobrevestas de la casa Sorrento —ambos barbudos, de cejas espesas y rostro grave—, dos guardias de la ciudad y, entre estos, engrilletado, Yani Frei. Los dos presos lucían barba de pocos días y habían perdido peso.

—Yani...

—Silencio —ordenó el juez, señalando a Brunner con el bastón—. A partir de ahora solo hablaréis cuando os lo digan, ¿entendido?

De las celdas próximas surgieron voces de apóstoles preguntando qué sucedía; uno proclamó la inocencia de la unidad, otro quiso saber dónde llevaban a los oficiales, y otro más exigió la presencia de los abogados que les habían prometido. Savonni ordenó silencio mientras un segundo guardia colocaba unos grilletes idénticos a los de Frei en las muñecas de Brunner.

—¿De cuántos soldados puedo disponer? —preguntó Satriani a Savonni a la vez que le apuntaba con el extremo gastado del bastón.

—¿No podéis esperar a que venga el capitán Fasano? —rogó el sargento—. No son ni las seis de la mañana y yo no tengo autoridad para asignar una escolta.

—¿Creéis que hay tiempo? —lo cortó Satriani abriendo desmesuradamente el ojo derecho—. El arzobispo no puede esperar, queda solo un día para el juicio y tenemos que hacerles muchas preguntas a estos dos degenerados, ¿entendido?

Brunner y Frei intercambiaron una mirada preocupada. Aquel juez no parecía demasiado imparcial.

—¿Y no podría haber enviado su ilustrísima más guardias, aparte de los dos que os escoltan?

—Su guardia, su guardia... —Satriani señaló a Brunner y a Frei con el bastón—. Mirad lo que hizo su guardia. Una panda de traidores rufianes es lo que son, ¿entendido? —Se volvió a los dos barbudos—. Tampoco creáis que me fío de vosotros.

Savonni no entendía demasiado aquella visita anticipada del juez, pero sí comprendía que el caso de los apóstoles era especial por su conexión con el papa de Roma. Aquel vejestorio podría haber venido a una hora en la que no fuera él quien tuviera que tomar las decisiones. El sargento decidió que prestarle un par de hombres a Satriani no le acarrearía problemas con el capitán preboste.

—¿Solo dos? —El juez se echó una mano a la frente, como si le escandalizara la racanería del suboficial—. ¿Y si estos asesinos atentan contra mi vida durante el traslado?

Savonni intentó razonar con el viejo magistrado.

—Señor juez, están desarmados, llevan grilletes y vos también habéis traído escolta. ¿No son suficientes dos hombres más?

Satriani se rascó el mentón, hizo unas cuantas muecas extrañas y fulminó al sargento con un índice enguantado.

—De acuerdo —aceptó de mala gana—, pero como me pase lo más mínimo, como uno de estos criminales me roce el faldón del abrigo, os juro que descargaré sobre vos todo el peso de la ley, ¿entendido?

—Entendido. —Savonni prefería anudarse una cuerda al cuello y darle una patada a la banqueta antes de seguir hablando con aquel anciano chocho y cascarrabias—. Está bien, vayamos todos arriba. Y vosotros —dijo a Frei y a Brunner—, nada de tonterías.

Estos intercambiaron una mirada. No contaban con que los interrogarían en el arzobispado, pero, por lo menos, allí tendrían ocasión de defenderse. Los demás apóstoles los despidieron con frases de ánimo desde sus celdas.

El coche del juez Satriani tenía una cabina cerrada con capacidad para seis personas, por lo que presos y guardias entraron sin problemas. El cochero, sentado en el pescante, vestía una capa parda y un sombrero enorme, además de una bufanda que le rodeaba el cuello y media boca. Sostenía un látigo en la diestra. Savonni los despidió frente a la fachada del cuartel.

—¿Cuándo los traeréis de vuelta, señoría? —preguntó antes de que el carruaje partiera.

—En cuanto terminemos el interrogatorio —respondió Satriani desde el interior del coche—. Si se prolongara demasiado, allí hay mazmorras. La guardia de Sorrento los llevará a la sala de audiencias por la mañana.

—Tengo que informar al capitán Fasano de esto.

—Por supuesto, es vuestra obligación.

—Entendido —se anticipó Savonni, deseoso de perder de vista al carcamal.

Este sacó la mano por la ventana y dio dos palmadas tan fuertes que casi encabrita a los caballos. El cochero puso en marcha el carruaje, que circuló por unas calles de Turín que a esas horas comenzaban a despertar. Frei alternaba la vista entre los guardias de Sorrento y los dos de la ciudad, ambos jóvenes y de aspecto aburrido. El sargento miró a través de la ventana, feliz por ver algo distinto a las paredes de su celda. El juez clavó su mirada de ojo abierto, ojo cerrado, en Yannick Brunner.

—Me dijeron que erais un hombre proclive al vicio y al mal vivir —silabeó, con cara de desprecio; Brunner alzó la barbilla y le dedicó una mirada ofendida—. Aunque no habría hecho falta que me lo dijeran, vuestra cara os delata como el pervertido que sois.

Brunner apretó los dientes al contestar.

—Pues cambiad de informadores por otros más fiables. Lo que os han contado es falso, otra calumnia más.

—Otra calumnia más —lo remedó Satriani—. Pues también me dijeron que os gusta vestir de mujer y bailar con los pechos desnudos delante del espejo y con las ventanas abiertas.

Los soldados de la guardia aguantaban la risa como podían, sin atreverse a soltar una carcajada. Los hombres de Sorrento tenían la mirada perdida a través de la ventana fingiendo no oír nada. Incluso Yani Frei, que asistía a las afrentas del juez con expresión de asombro, sentía el cosquilleo de la risa. Brunner, a su lado, enrojeció como si tuviera una forja detrás de las mejillas.

—¡Eso es falso! ¿Cómo os atrevéis?

—Lo dice mi informador, y si mi informador lo dice, es que es verdad, ¿entendido?

El coche giró por un callejón por el que apenas cabía. Los baches y la basura desparramada por el suelo hicieron que todos en el interior brincaran en los asientos. Brunner ni notó los saltos de lo furioso que estaba. Sentía unas ganas enormes de rodear el pescuezo del juez con sus manos engrilletadas y estrangularlo hasta la muerte.

—Vuestro informador es un mierda —silabeó Brunner, saltándose su regla de oro de no pronunciar palabras malsonantes.

—No niego que mi informador sea un mierda —aceptó Satriani, desafiante—. Es más, afirmo que lo es, pero os conoce muy bien.

—¿Y quién es vuestro informador, señoría?

—Otro putero, como vos —dijo el juez—. ¿Conocéis a Arthur Andreoli?

Brunner se quedó con la boca abierta. De repente los soldados de Sorrento golpearon con fuerza a los guardias de la ciudad en la garganta, dejándolos medio asfixiados. Dos puñetazos adicionales los echaron a dormir. Brunner observó, desconcertado, cómo uno de los barbudos se hacía con las llaves de los grilletes mientras el otro los arrojaba fuera del carruaje de un empujón. Ambos cayeron inertes, sobre la calleja alfombrada de nieve y basura.

—¡Vámonos, rápido! —ordenó el juez.

El cochero arreó los caballos. Brunner y Frei se quedaron conmocionados cuando los soldados de Sorrento se quitaron los cascos, las pelucas, las barbas y las cejas postizas para revelar los rostros de Arthur Andreoli y Daniel Zarza. Satriani se arrancó la prótesis de nariz llena de verrugas y empezó a borrar una gruesa capa de maquillaje que simulaba arrugas y manchas de edad con el dorso de la mano, además de unos dientes de madera pintados de blanco amarillento, brillantes por las babas. Una sonrisa burlona se enfrentó al rostro estupefacto de Brunner y Frei, que seguían perplejos.

—Has dicho mierda, Brunner —dijo el falso juez—, estás en pecado mortal, tienes que confesarte.

Frei se sentía incapaz de pronunciar palabra. Brunner, en cambio, sí que habló.

—Pues ya que estoy en pecado mortal, que el confesor me perdone también este: jamás habría pensado en alegrarme de ver tu horrible cara de hijo de la gran puta, D'Angelis.

# 54

La crisis por la fuga de los apóstoles comenzó dos horas más tarde, cuando los dos soldados regresaron al cuartel de la ciudad avergonzados por su derrota y temerosos de un castigo por su ineptitud.

Quien estaba al borde del colapso era Pièrre Savonni, que se sentía responsable por lo ocurrido. Lissànder Fasano lo iba a despellejar. Había sido un estúpido al dejarse embaucar por Satriani, si es que era quien decía ser, cosa que cada vez dudaba más.

Louis Borgiano fue la primera autoridad a la que Savonni localizó esa mañana. El secretario trató de tranquilizar al suboficial, que estaba al borde del llanto. Savonni se debatía entre el suicidio y la deserción, desolado y furioso consigo mismo. Borgiano decidió acercarse al arzobispado, a ver qué averiguaba allí. Estaba casi seguro de que aquel suceso formaba parte de esa trama retorcida que el Pantaleón tejía con puntadas imprevisibles. Estaba harto de aquellas improvisaciones y giros de guion desconcertantes de los que nadie le avisaba.

El secretario había accedido a involucrarse en la trama por la amistad que había surgido entre él y Niccolò Macchiavello durante una delegación diplomática formada por representantes de varias ciudades-estado en 1507, para convencer al emperador Maximiliano I de que no atacara territorios italianos. La admiración que Louis Borgiano sentía hacia Macchiavello desembocó en una amistad duradera y en infinidad de horas de charla sobre política y humanismo. Cuando Borgiano aceptó ponerse a las órdenes del Pantaleón, no sospechó que se derramaría tanta sangre.

Louis Borgiano estaba harto de obedecer las órdenes erráticas del Pantaleón. Unas órdenes que lo abocaban una y otra vez al delito. A estas alturas el secretario estaba seguro de la identidad del enmascarado. La estatura, la voz, la forma de hablar... todo encajaba.

Dante Sorrento.

El secretario se sentía una marioneta violada por la mano de un titiritero ambicioso. Un títere que no tardaría en recibir estacazos delante de una audiencia predispuesta a la burla e incapaz de entender la función.

O puede que su destino fuera aún peor.

Borgiano se freía en su propio enfado cuando se topó con Gianmarco Spada en el zaguán del arzobispado. El secretario lo conocía de vista: sabía su nombre, que trabajaba en el hospital de Santa Eufemia y que era alumno aventajado de don Piero Belardi. Sin la máscara, aquel muchacho paliducho no parecía gran cosa. De hecho, daba la impresión de que Spada se hubiera contagiado de todas y cada una de las enfermedades estudiadas durante la carrera.

—Un placer conocer en persona al notorio Mattaccino —lo saludó Borgiano con sorna, incapaz de disimular la hostilidad injusta que sentía hacia Spada, quien, al igual que él, no era más que otro peón en la partida.

La respuesta del joven fue bucólica. Parecía cansado.

—Señor secretario, el placer es mío.

—¿Se puede saber qué os trae por estos lares?

—Asuntos con el arzobispo —contestó Spada, reacio a dar más detalles de los necesarios.

Borgiano no se conformó con la respuesta.

—¿Podemos hablar un momento? En privado —puntualizó.

Spada encajó la propuesta con nerviosismo. Mostrar su identidad al pueblo y que la segunda autoridad de Turín quisiera hablar con él al día siguiente no auguraba nada bueno. Trató de eludir la conversación.

—Estoy esperando a que me reciba el arzo....

Borgiano lo agarró del brazo y lo obligó a cruzar el arco de piedra que marcaba el inicio de las escaleras de las mazmorras. La puerta de acceso se encontraba varios peldaños por debajo, en un breve descansillo. A Spada le incomodó que el secretario lo acorralara en un espacio tan estrecho y penumbroso.

—¿Sabéis quién soy? —le preguntó Borgiano con el rostro muy

pegado al suyo; Spada echó la cabeza hacia atrás, como si temiera que le fuera a plantar un beso en la boca.

—Por supuesto, don Louis, sois el secretario del alcalde.

—Además de eso, Spada, no me toméis por tonto.

—No os entiendo, don Louis.

—Soy el Dottore.

Spada tardó un par de segundos en reaccionar.

—El Dottore —balbuceó sin saber muy bien qué decir ni qué hacer. Las últimas horas habían sido una tempestad de sucesos, y él una hoja al viento.

Borgiano trató de abrir la puerta de las mazmorras. Cerrada.

—¿Sabéis si han traído aquí a unos apóstoles? —preguntó Borgiano—. Al capitán Brunner y al sargento Frei para ser exactos.

—¿Al arzobispado? —El secretario asintió; parecía cada vez más impaciente—. Llevo más de una hora en el zaguán y por esa puerta no ha entrado nadie, aparte de vos.

—¿Y qué hacéis aquí? ¿Os ha mandado llamar el Pantaleón?

Spada decidió ser franco. Estaba demasiado agotado para inventarse una historia que Borgiano desmontaría por las buenas o por las malas.

—Don Piero me ha echado del hospital al enterarse de que soy el Mattaccino —confesó—. He venido a pedirle trabajo y asilo al arzobispo, ahora que vamos a trabajar juntos.

Borgiano soltó una risa amarga.

—Claro que sí, trabajamos todos juntos —se burló Borgiano, que volvió a agarrar al médico por la manga—. ¿Sabéis quién es el Pantaleón? En serio, ¿no sospecháis nada?

El médico estaba cada vez más asustado.

—Os juro que no lo sé.

—Dante Sorrento —silabeó el secretario, hablando en voz muy baja—. Los apóstoles son inocentes, Spada, me juego lo que queráis. Y las pruebas contra el papa, falsas. Jonás Gor me obligó a jurar delante de Beccuti que la carta de Clemente era auténtica, y el tono que utilizó al hacerlo no fue amable. Me parece que esto no va de unificar Italia, sino de elevar a los Sorrento a un nivel comparable al de los Médici o los Sforza. Nos metimos en esto para derrocar tiranos y lo que vamos a hacer es sustituirlos, con el apoyo de un pueblo engañado.

—Pero Niccolò decía...

—Nicco ya no está —lo cortó Borgiano—. Y ahora, pensadlo con detenimiento: si los apóstoles son inocentes, ¿quién ordenó asesinar a esos civiles?

La tez de Spada no podía perder más color. En ese momento, era fácil adivinar cómo sería verlo boca arriba en su ataúd.

—¿Los Sorrento? —balbució, al fin.

Borgiano estuvo a punto de darle un premio.

—¿Quién, si no?

—No puedo creerlo —murmuró el médico—. ¿Por qué harían algo así? Es una monstruosidad.

—No lo sé —reconoció el secretario—, pero el caso es que nos ha convertido en cómplices de un crimen.

—Pero ¿estáis seguro de que el Pantaleón es el padre del arzobispo?

—No me cabe la menor duda.

—¿Y esos oficiales de los apóstoles que mencionasteis antes?

Borgiano bajó aún más la voz.

—Alguien que dijo ser juez sacó a dos oficiales de la cárcel bajo engaño. Y es posible que estén aquí.

—¿A qué juez y a qué oficiales os referís, señor Borgiano?

El secretario se volvió hacia la voz de Dante Sorrento. Su figura, recortada a contraluz, dominaba la escalera. Borgiano no se dejó impresionar. Él estaba entre las cinco personas más poderosas de Turín, y Sorrento no era más que un pretencioso con dinero al que estaba a punto de desenmascarar, en el sentido más literal de la palabra.

—¿No os habéis enterado? —le preguntó Borgiano, en un tono que congelaría océanos.

—Si no sois más explícito.

Spada intuyó un aura de amenaza en la silueta de Sorrento. Borgiano inundó sus pulmones de aire y el alma de valor. Al igual que el Mattaccino, Dante perdía mucho sin la máscara. El secretario, al contrario que él, valía más a rostro descubierto. Era una autoridad.

—Un hombre se ha presentado en los calabozos de la guardia afirmando ser el juez que presidirá la vista contra los apóstoles. Se ha llevado al capitán Brunner y al sargento Frei en un carruaje con el pretexto de interrogarlos en el arzobispado. Lo acompañaban dos de vuestros guardias y esos guardias atacaron a la escolta asignada por el suboficial del cuartel. ¿Qué me podéis explicar al respecto?

Dante bajó los peldaños que lo separaban de Borgiano y Spada.

A pesar de la poca luz que había, ambos apreciaron que la expresión de Sorrento era de genuina sorpresa.

—No sabía nada —aseguró—, pero puedo preguntarle al arzobispo. A propósito, ¿qué hacíais aquí abajo?

—Yo he venido a visitar a vuestro hijo —se adelantó Spada—. Me dijeron que esperara en la puerta, pero el secretario me trajo aquí.

Borgiano aprovechó la ocasión para poner las cartas sobre la mesa. Ya estaba harto de excusas y mentiras.

—Señor Sorrento —comenzó a decir—, seamos honestos: esta no es la primera vez que estamos los tres juntos, y lo sabéis.

Spada notó un nudo en la garganta. Dante frunció el ceño, fingiendo hacer memoria.

—Os referís al otro día, en la catedral...

Borgiano expelió aire por la nariz.

—Me refiero a la reunión que mantuvimos de madrugada en la bodega Moncalieri.

—Don Louis, os juro que no sé de qué me habláis...

El secretario se acercó un poco más a Dante.

—Si estamos juntos en esto, estamos juntos en esto. —La forma en la que habló permitía poca réplica—. Todo Turín sabe ya que el Mattaccino es este joven; vos y él ya sabéis que soy el Dottore, y los tres sabemos que sois el Pantaleón.

Dante estuvo a punto de negarlo, pero detectó tal seguridad en Borgiano que agachó la cabeza un segundo y esbozó una sonrisa de derrota, muy alejada de su habitual prepotencia. Sacó una llave del bolsillo y abrió la puerta de las mazmorras.

—Tenéis razón —concedió Dante—, estamos juntos en esto. Pero no hablemos aquí, seguidme, os lo ruego.

Spada tenía las tripas encogidas por los nervios. Le habría gustado estar en cualquier lugar del mundo menos allí. Lo intentó:

—Yo debería subir, a ver si puede recibirme el arzobispo...

Dante lo agarró del brazo.

—Gianmarco, te lo ruego: sé que Niccolò y su hijo Bernardo te querían mucho, y no he sido justo ni contigo ni con don Louis. Os debo una explicación a los dos. Vamos abajo, donde nadie pueda oírnos.

—Vos primero —accedió Borgiano, cediéndole el paso al médico—, oigamos lo que el señor Sorrento tiene que decirnos.

Dante bajó la escalera detrás de Borgiano y Spada. Las antorchas encendidas alumbraban el calabozo con sus luces danzantes. Sorrento los invitó a entrar en el despacho de Celso Batavia. Lo primero que hizo fue entonar una disculpa.

—Don Louis, perdón si alguna vez me he dirigido a vos con prepotencia. —A continuación se dirigió a Spada en el mismo tono humilde—. Igual te digo, Gianmarco. Mi manera de trataros formaba parte de mi papel en esta función.

—Una función cuyo primer acto ha terminado —dijo Borgiano cada vez más seguro de sí mismo—. Ahora que sabemos quién se oculta tras la máscara del Pantaleón, me asaltan serias dudas sobre vuestros motivos para acometer este plan. Es evidente que ganáis mucho en este asunto: elimináis al papa Médici, colocáis a vuestro hijo en el palacio del Vaticano y vuestra influencia y poder se dispara. Ese altruismo del que hacéis gala es más bien dudoso.

—Hago todo esto pensando en el bien común, don Louis, creedme —se defendió Sorrento.

—¿Qué sabéis del juez? Mencionó el arzobispado —le recordó.

—Os juro por mi vida que no sé nada de eso. Es más, me preocupa: puede que los apóstoles cuenten con aliados que no conocemos.

—¿Y por qué ese juez dijo que traería a los apóstoles aquí?

—No sería la primera vez que los traidores dirigen la atención al arzobispo —rezongó Dante—. Acordaos de que culparon a Michele de la matanza de esos ciudadanos.

Borgiano decidió hablar todavía más claro.

—Señor Sorrento, no creo que los apóstoles sean culpables, y también me extraña mucho que recibieran esa orden del papa Clemente.

—Oliver Zurcher entregó una prueba —le recordó Sorrento; cada vez se sentía más molesto—, vos mismo certificasteis la autenticidad de esa carta.

—Forzado por la amenaza velada de ese asesino español que os acompaña siempre —puntualizó Borgiano—. La carta podría haber sido manipulada, y es algo que pienso aclarar durante el juicio. Solicitaré que Oliver Zurcher sea interrogado por el juez encargado del caso. Coincidiréis conmigo en que debemos llegar al final de este asunto, y no tendréis nada que objetar si es verdad que jugáis limpio.

Gianmarco Spada observó cómo la faz de Dante se oscurecía

bajo una sombra de decepción que ocultaba una furia al borde del desbordamiento. El médico se dijo que tendría que haberse marchado de Turín esa misma mañana. La voz de Sorrento sonó triste.

—Lamento que esto tenga que terminar así.

Spada vio con horror cómo tres palmos de acero brotaban a través del jubón del secretario. Fue todo tan rápido que Borgiano ni siquiera tuvo tiempo de gritar. Dejó caer una mirada compungida hacia la hoja que acababa de robarle la vida, lo justo para verla desaparecer de nuevo y notar cómo abandonaba su cuerpo por la espalda. Dante no parpadeó. Spada vio retroceder el brazo de Jonás Gor con la ropera en la diestra. Borgiano se tapó la herida con ambas manos y cayó, primero de rodillas y luego de bruces, sobre el suelo de la estancia.

Gor consultó a Dante con la mirada, y este desvió los iris al médico. A Spada no le dio tiempo de suplicar misericordia. Lo bueno fue que apenas sufrió. La estocada fue igual de certera y letal que la que acabó con Louis Borgiano.

La mascarada había llegado a su fin. El espadachín limpió la hoja con un pañuelo rojo sangre, idóneo para tal labor.

—Deshazte de Spada de forma discreta —ordenó Dante—. A Borgiano, de momento, mételo en esa celda de ahí; se me ha ocurrido una idea para sacar provecho de su muerte, luego te contaré. Cuando termines, averigua quién demonios se ha llevado a esos apóstoles de la cárcel. Iré a hablar con mi hijo por si supiera algo, pero estoy seguro de que esta vez no ha tenido nada que ver.

Dante subió la escalera convencido de sus palabras. Después de la matanza de burgueses, a Michele le había quedado claro que cualquier iniciativa distinta a una orden de su padre le acarrearía fatales consecuencias. Pero aquello tampoco tranquilizaba a Sorrento.

Si Michele era ajeno a aquel rescate, había enemigos en las sombras de los que preocuparse.

Daniel regresó al hospital una hora antes que Belardi. Charlène, cómplice de la coartada, le abrió la puerta tras comprobar que no había nadie en la calle que lo viera entrar. A pesar de que le prometió a D'Angelis no hacer preguntas, la curiosidad le hacía cosquillas.

—Eso que teníais que hacer —quiso saber ella—, ¿ha salido bien?

Daniel le guiñó el ojo y afirmó con la cabeza.

—¿Y no me puedes contar lo que habéis hecho?

—Dino me mataría —objetó Daniel mientras se metía en la cama—. Buenas noches... o mejor dicho, buenos días.

Dino mantuvo a Charlène al margen de la operación de rescate de los apóstoles por su seguridad. Cuanto menos supiera, mejor. A D'Angelis se le ocurrió el plan después del tercer vino que tomó en casa de Brunner. Corrió al hospital para proponérselo a Daniel, y este aceptó después de tomar la decisión de no regresar con los discípulos y largarse de Turín en cuanto pudiera.

El plan podría parecer una locura, pero había salido bien.

Sanda dejó el carruaje robado en el mismo callejón en el que durmió a su dueño con sus polvos mágicos. Un vecino lo despertó alrededor de las nueve de la mañana. Al pobre hombre le sorprendió encontrar su monedero, su carro y sus animales intactos. Por mucho que juró no haber bebido, nadie en el vecindario le creyó.

D'Angelis escondió a Andreoli, Brunner y Frei en su casa. A todos les pareció una opción más segura, no fuera que algún vecino reconociera al capitán. De todos modos, llegaron a la conclusión de que iban a necesitar un lugar más amplio, discreto y menos concurrido para esconderse.

Andreoli presentó a Sanda a Brunner y Frei como una amiga —sin entrar en detalles—, además de advertirlos de la existencia de Charlène Dubois, en la que podrían confiar plenamente.

Dino y Andreoli pusieron al día a Brunner y Frei de todo lo que se había cocido a sus espaldas desde que llegaron a Turín. Al capitán le indignó sobremanera que el herrero que forjó las purificadoras originales siguiera fabricándolas para Sorrento. Entre eso y la traición de Zurcher, a Brunner se lo llevaban los demonios. Cuando Andreoli y D'Angelis terminaron de desgranar su relato, Yani Frei resumió la situación de forma somera.

—Así que tenemos a Oliver en nuestra contra, al mando de un ejército que copia el concepto de los apóstoles; a Daniel Zarza, que a pesar de ser un recién llegado se ha jugado la vida por nosotros, y a todo Turín deseando beberse nuestra sangre.

—Más o menos es así —coincidió Andreoli.

Sanda atendía a la conversación apoyada en la pared, aún vestida con su disfraz de cochero. Más temprano que tarde tendría que revelar su identidad a los apóstoles, pero decidió que lo haría a su tiempo y si era estrictamente necesario. Andreoli habló.

—Creo que lo más sensato sería viajar a Roma cuanto antes —propuso—. Tenemos que informar al papa de los planes de los Sorrento.

Brunner se levantó tan de golpe que casi vuelca la silla que ocupaba.

—¿Y dejar que los cuatro apóstoles que siguen presos paguen con su vida por algo que no han hecho? Me niego. No me iré de aquí sin ellos, tenemos que sacarlos de allí.

Andreoli trató de disuadirlo.

—Yannick, no podemos arriesgarnos. Después de lo de esta mañana habrán doblado la guardia del cuartel.

—Pues entonces, id con mi bendición —zanjó—. Yo volveré con ellos al calabozo y compartiré su destino.

Esta vez fue Frei quien se levantó de la silla.

—¿Estás loco, Yannick? En esa mazmorra no podrás hacer otra cosa que pudrirte; fuera sí podemos serles útiles.

El capitán dio un puñetazo en la mesa.

—Podríais habernos rescatado a todos —le echó en cara a Andreoli—, no solo a Yani y a mí. Somos una unidad, maldita sea, nuestro destino es uno.

Andreoli empezaba a enfadarse.

—No podíamos llegar a esa cárcel y convencer al suboficial de guardia que nos entregara a todos los presos; habría resultado demasiado sospechoso. Además, solo teníamos un puto carro robado, improvisamos el rescate a marchas forzadas en poco más de dos horas, podíamos haber muerto, joder.

—¿Y dónde estabas tú cuando nos prendieron, Arthur?

Andreoli lo miró con expresión dolida. Brunner se dio cuenta de que había hablado de más, llevado por la vehemencia. Ambos se disponían a hablar cuando Sanda se plantó entre los dos.

—Arthur no estuvo con vosotros por mi culpa —declaró Sanda para sorpresa de Andreoli—. Lo drogué cuando empezaron los tumultos. Si no lo hubiera atado a la cama, capitán Brunner, ahora mismo estaríais todos en las mazmorras y no habría nadie para ir a Roma a alertar al papa. Ya habríais perdido la batalla.

Brunner se derrumbó sobre la silla.

—Tenéis mi permiso para ir a Roma —insistió—. Yo voy a entregarme. O eso, o intentamos rescatarlos.

—Eso sería un suicidio —determinó D'Angelis.

Andreoli estaba a punto de estallar. Brunner no atendía a razones.

—¿Un rescate, Yannick? ¿Nosotros cuatro contra la guardia de la ciudad?

—Conmigo no contéis para un asalto —advirtió D'Angelis—, sigo convaleciente de mi herida y bastante me la he jugado ya por vosotros. Tampoco contéis con Daniel: está demasiado débil para entrar dando alabardazos en el cuartel de la guardia. Y os recuerdo que os conoce de hace cuatro días, no le pidáis demasiado.

—Tienen razón, Yannick —admitió Frei—. A mí también me mata no hacer nada, pero veo absurdo que nos inmolemos. Ninguno de ellos aprobaría que hiciéramos eso.

Sanda intervino antes de que Brunner insistiera en alguna de sus ideas imposibles.

—Escuchadme —pidió—. Tengo un amigo que podría intentar liberar a vuestros compañeros, dejadme que lo consulte con él.

Andreoli se puso tenso. Sabía a lo que se refería Sanda y la idea no le gustaba en absoluto.

—Me parece una locura que envíes a tu amigo a una muerte cierta.

Ella le pidió calma y le lanzó una mirada de «no intentes detenerme».

—Tranquilo, Arthur. Mi amigo sabe cuidarse.

—¿Quién es vuestro amigo? —quiso saber Brunner, intrigado—. Si es un político, desconfiad de ellos. En esta ciudad todo huele a podrido. Si es un soldado, decidle que puede contar con nosotros.

—Él se las arregla mejor solo —dijo Sanda, que volvió a hablar justo antes de marcharse—. No os mováis de aquí. Si mañana por la mañana no tenéis noticias mías, marchaos de la ciudad.

Andreoli se acercó a la puerta. Sentía el impulso de arrodillarse ante Sanda y rogarle que no hiciera lo que pretendía hacer. Los ojos del teniente brillaban con angustia. Ella le acarició la cara antes de irse.

—Confía en mí —le dijo.

Y le dio un beso de despedida en los labios.

# 55

La reacción de Michele ante la noticia de la fuga de los apóstoles desterró de la mente de su padre cualquier sospecha que pudiera tener hacia él. El arzobispo se mostró incluso más preocupado que Dante. Empezó a dar vueltas por el despacho y a cerrar contraventanas, como si aquello le hiciera sentirse más seguro.

—Un falso juez, impostores haciéndose pasar por nuestros guardias... podrían apuñalarnos mientras nos sirven la cena, padre, no estamos a salvo ni entre estos muros. —Soltó una maldición—. Y Hamsa sin aparecer. ¿Dónde estará?

Dante observaba los paseos de su hijo desde una de las sillas que ocupaban los visitantes del arzobispo.

—Solo conozco a alguien capaz de disfrazarse con tal maestría —dejó caer—, y sabes de quién te hablo.

Michele se paró en seco y clavó una mirada incrédula en su padre.

—¿Dino? —Negó con la cabeza—. Dino jamás ayudaría a los apóstoles. Brunner y él discuten cada vez que se encuentran; creo que hasta le caen mal. ¿Por qué razón iba a jugarse la vida por ellos?

Dante tuvo que reconocer que el argumento de su hijo tenía más sentido que sus sospechas. Le habría encantado involucrar a D'Angelis en aquel feo asunto, pero lo cierto era que él tampoco encontraba un móvil coherente para acusar al espía. De todos modos, aprovechó para poner otro clavo en su ataúd.

—Sea como sea, te exijo que cortes cualquier relación que tengas con él, me da igual que sea profesional o amistosa. Estás destinado a ser papa, no tienes necesidad de mezclarte con un espía putañero. —Dante se levantó para irse, no sin antes dejar en el aire una última amenaza—. Por su bien, que no vuelva a ver a Dino ni de visita o le diré a Jonás que solucione el problema de una vez por todas.

Michele no pudo disimular el disgusto, pero acató la orden sin rechistar. Odiaba a su padre, pero lo necesitaba.

Ambos se necesitaban.

Dante abandonó el despacho. El arzobispo mantuvo la mirada clavada en la puerta durante unos segundos que se alargaron en el tiempo. Michele se sentía humillado cada vez que hablaba con su padre; era demasiado mayor para que lo regañaran como a un niño cada dos por tres. Un niño que iba a ser papa.

Estaba harto de ser un pelele.

Muy harto.

Las campanas de la catedral no habían anunciado el mediodía cuando la patrulla se tropezó con el cadáver de Louis Borgiano. Lo encontraron en un solar en el que todavía se alzaba un trozo de la antigua muralla de la ciudad, sobreviviente de los tiempos de los romanos, situado entre el cuartel y la plaza de Saboya. El segundo de Beccuti estaba despatarrado, en una postura poco digna, con la espalda apoyada en una pared salpicada de marcas de orines añejos. La broza reinante en el lugar lo cubría casi por completo. Por suerte para él, ni las ratas ni los perros tuvieron tiempo de darse un festín con él.

Le habían clavado un cartel en el jubón ensangrentado.

POR LOS APÓSTOLES.

La patrulla informó al capitán preboste, que había pasado las últimas tres horas mortificando a Pièrre Savonni y a sus guardias por su ineptitud. Por suerte para Savonni, el problema grande se comió al chico y le dio un rato de paz en el que se arrepintió, por enésima vez, de haber dedicado su vida a las armas.

Fasano y Beccuti se personaron en el solar con un nudo en la garganta y las tripas revueltas. El juez fue incapaz de enfrentarse a la mirada muerta de su secretario, que contemplaba el infinito helado con póstuma resignación. Beccuti no podía permitirse las lágrimas, a pesar de que Borgiano no solo era su segundo; también era su amigo desde hacía muchos años.

—El cartel me desconcierta —señaló Lissànder Fasano—. Según Savonni, Borgiano se dirigía al arzobispado, donde el juez

Satriani dijo que iba a interrogar a los oficiales. Y ahora Borgiano aparece muerto con un cartel que clama venganza por los apóstoles cuando se dirigía hacia allí. ¿Quién está detrás de esto, los apóstoles o los Sorrento?

—Ese cartel podría ser una pista falsa —conjeturó Beccuti—, pero no podemos descartar ninguna posibilidad. Presentaos en el arzobispado con una guarnición y buscad cualquier pista que pudiera indicar que esos apóstoles fugados están o han estado allí. Registrad el edificio y no dejéis ningún rincón sin revisar, en especial las mazmorras. Si no encontráis nada sospechoso, poned al corriente a Dante Sorrento de lo sucedido esta mañana y decidle que venga a verme a la torre municipal lo antes posible.

Ribaldino Beccuti dio media vuelta y se marchó en dirección opuesta a la torre escoltado por cuatro soldados. Iba con la cabeza gacha. Cuando Fasano le preguntó adónde iba, el juez le respondió sin ni siquiera volverse.

—A darle la mala noticia a la viuda de mi amigo.

Dante y Michele recibieron a Fasano y sus hombres con educación y cordialidad. No solo no discutieron la orden de Beccuti, sino que colaboraron con la guardia permitiéndoles revisar estancias, abrir armarios y cajones y visitar la mazmorra en la que —por supuesto— no encontraron ni rastro del crimen. El registro fue exhaustivo. Solo hubo un momento incómodo cuando uno de los soldados se plantó frente a la pared que ocultaba el túnel secreto.

—Estaba mirando los escudos —se excusó el guardia con cierta timidez al notar la mirada de Dante y Michele clavada en la nuca—. Bonita colección.

Dante disfrazó su alivio con una sonrisa.

No encontraron nada sospechoso.

Fasano informó a Dante y Michele del rescate de los apóstoles y del asesinato de Louis Borgiano, sin omitir el detalle de que los soldados que acompañaban al juez lucían los colores de su guardia.

La indignación de los Sorrento fue auténtica.

A las doce y media pasadas, Dante esperaba a Ribaldino Beccuti en su despacho. Fasano, sentado a su lado, se mostraba distendido después de comprobar que los Sorrento no tenían nada que ver con los últimos acontecimientos. El alcalde llegó un cuarto de hora después con cara de funeral y mirada de pésame. Dante lo acompañó en el sentimiento.

—Aún no puedo creer lo de Louis Borgiano.

—Yo tampoco —corroboró Beccuti—. Llevaba esto prendido en el pecho.

Sorrento leyó el trozo de papiro en voz alta.

—Por los apóstoles. —Clavó una mirada de preocupación en Beccuti—. Esto no me gusta, señoría. El papa podría tener agentes en la ciudad que aporten pruebas falsas a favor de la inocencia de esos fanáticos. Cabe la posibilidad de que Clemente haya previsto la detención de los apóstoles y envíe abogados con pruebas en nuestra contra.

Beccuti se recostó en su silla.

—Los abogados asignados a los apóstoles son de Turín, y, para vuestra tranquilidad, os adelanto que no son los mejores. Lo que es obvio es que quien está detrás del rescate de los apóstoles y del asesinato de Louis quiere inculparos, a vos o a vuestro hijo.

—¿Quién presidirá el juicio? —quiso saber Dante.

—Leonardo Orsini, un magistrado de Orbassano. Me pareció poco ético encargar un asunto tan delicado a algún juez que pudiera ser familia, aunque fuera lejana, de alguno de los afectados. Por eso recurrí a él, que no tiene nada que ver con Turín.

—¿Podemos confiar en su imparcialidad?

Beccuti expelió una risa amarga por la nariz.

—Si es verdad que el papa está detrás de todo esto, no podemos estar seguros de nada. Incluso podría impugnar el juicio.

—¿El papa puede hacer eso? —preguntó Fasano.

—Podría exigir que fueran juzgados en Roma, y ahí escaparían de nuestro control.

—No podemos permitirlo —se indignó Sorrento, que adelantó la cabeza como un perro dispuesto a morder—. Si perdemos esta batalla, Clemente se envalentonará y podría intentar alguna acción más directa contra Turín. Ya se ha declarado enemigo de la ciudad en la carta que nos entregó Zurcher.

—Pues no nos queda otra que rezar para que Orsini no esté comprado por el papa —se resignó Beccuti.

Sorrento se levantó de la silla y se dirigió a la puerta del despacho. La abrió lo justo para comprobar que no había nadie escuchando, se acercó al escritorio de Beccuti y se apoyó sobre él con los puños. Fasano lo observó, expectante. Era evidente que Dante tenía algo que decir y que no quería que nadie más lo oyera.

—¿Y si conseguimos que no se celebre el juicio?

Los ojos de Dante viajaron del rostro del capitán preboste al del alcalde. Este se revolvió en su asiento como si le picara.

—¿De forma legal? —preguntó Beccuti.

—No —respondió Sorrento con total desfachatez—, pero a veces hay que ser pragmático y tomar decisiones incómodas para obtener un bien común. Supongo que tenéis soldados de confianza, un grupo selecto del que os fiaríais incondicionalmente.

Beccuti intercambió una mirada con Fasano. No sabía si echar del despacho a Dante con cajas destempladas u oír su propuesta, por muy descabellada que fuera. El capitán preboste intervino.

—Ellos han jugado sucio, señoría. Ellos han dictado las reglas de este juego.

El alcalde se dio cuenta de que a Fasano le interesaba escuchar la proposición de Dante. Estaban los tres solos y sí: el juez y Fasano contaban con soldados de confianza.

—Está bien, señor Sorrento —concedió Beccuti—, os escucho.

Mantovani y Zephir detuvieron sus monturas al llegar a una bifurcación en mitad de un bosque a las afueras de Turín. Leonor seguía ausente, con la mirada perdida en el infinito, sentada en la grupa del caballo del consejero de Sorrento. Los soldados le dedicaban miradas compasivas, pero ninguno preguntó. La discreción era parte de su trabajo.

Mantovani se dirigió a Zephir.

—Uno de mis hombres os conducirá al fuerte. Es un hombre de armas, os gustará. Aprovechad para descansar. Yo llevaré a la ingeniera al arzobispado y mañana mismo iniciaré la búsqueda de Daniel Zarza.

Una lágrima solitaria rodó por la mejilla de Leonor.

—Llora cada vez que oye el nombre —observó Mantovani, que había vuelto la cabeza para mirar a la joven—. Espero que se recupere: en este estado no le será útil a mi patrón.

A Zephir no le importaba el destino de Leonor. Su obsesión ahora era otra.

—Encontrad a Zarza y hacedlo rápido. No puedo esperar siempre.

—Descuidad —aseguró Mantovani a la vez que ponía en marcha al caballo.

Gerasimo Mantovani puso rumbo a Turín con la ingeniera pegada a su espalda.

Las lágrimas mudas de Leonor se congelaban en las mejillas.

Era imposible caminar por Turín sin que las patrullas lo pararan a uno cada cien metros. Buscaban a un anciano que se había hecho pasar por juez, a dos hombres barbudos y a un par de suizos. Un soldado paró a D'Angelis por la calle y le preguntó si había visto a alguien que casara con esos rasgos. A pesar de que la descripción de Yannick Brunner casi le hace soltar una carcajada (cuarenta y cinco a cincuenta años, rubio, alto, fuerte, boca gorda, cara feroz y ladra cuando habla), Dino se lamentó por no poder ayudarlos y les deseó suerte en su búsqueda.

Que a él no lo buscaran era buena señal. Su disfraz había funcionado.

A D'Angelis le preocupaba tener a los fugitivos escondidos en su casa. Además de ser demasiado pequeña, era cuestión de tiempo que una patrulla aporreara la puerta y exigiera entrar. La de Sanda, según ella, tampoco era segura, y la de Brunner era candidata a una visita indeseada en cualquier momento y era diminuta. Además, cabía la posibilidad de tener que permanecer ocultos durante algún tiempo, por lo que la necesidad de un espacio más amplio y alejado del centro urbano era cada vez más perentoria.

Se acordó de la vieja curtiduría del señor Matanzzo, una construcción grande de ladrillo y madera a orillas del Po, a las afueras. Toda la familia de Matanzzo, a excepción de él, había muerto en extrañas circunstancias: el hijo mayor se partió el cuello al caer desde el segundo piso del almacén; los mellizos, de una enfermedad que les cubrió la piel de pupas y se los llevó con más brío que la peste; la esposa, ahogada en una tina de tinte rojo, y su hermano, decapitado por un gancho de grúa que se descolgó sin explicación aparente. Todo en menos de dos meses, lo que hizo que Matanzzo cerrara el establecimiento y pusiera pies en polvorosa, huyendo de una maldición que él achacó al edificio.

La leyenda de que la curtiduría estaba embrujada corrió como la pólvora, y ni los chiquillos más osados se atrevían a tirar una sola piedra a las ventanas, no fueran a despertar las iras de los espectros.

Era el lugar adecuado para una panda de fugitivos.

D'Angelis tardó menos de diez minutos en forzar la cerradura. El interior de la curtiduría era el reino del polvo y el hedor, pero las instalaciones eran grandes y ofrecían buenas posibilidades de defensa en caso de ataque. Tenía tres pisos interiores construidos sobre plataformas de madera sostenidas por columnas de ladrillo. Apiladas en estanterías, Dino descubrió montones de piezas de cuero, lana y tela que nadie osó nunca robar y que servirían para preparar jergones y protegerse del frío.

Una puerta trasera conducía a un patio lleno de pilones de piedra con diferentes tintes, la mayoría de ellos inundados de agua de lluvia y con bloques de nieve y hielo flotando. Los caballetes donde otrora estiraban el cuero yacían inservibles, derrotados por el tiempo y el clima. Justo al otro lado del patio, un edificio anejo hacía las veces de caballerizas, corral y cochera. A D'Angelis le hizo ilusión encontrar dos carretas intactas y varios compartimentos de establos para alojar caballos. Tarde o temprano iban a necesitar monturas.

Al antiguo actor le pareció la guarida perfecta.

A partir de las seis de la tarde, por separado y esquivando a la guardia, los fugitivos comenzaron a llegar a la curtiduría como almas en pena a las que persigue el demonio. Una vez que Brunner, Frei y Andreoli estuvieron a salvo, D'Angelis fue al hospital para recoger a Charlène y mostrarle el nuevo escondite. La noche lo sorprendió camino del sanatorio.

Encontró a Daniel Zarza sentado en la cama, con los brazos apoyados en las rodillas y rostro grave. El único paciente que quedaba, aparte de él, era el joven sin manos, que parecía haber decidido dormir hasta morir. En cuanto Daniel vio entrar a Dino, se levantó para ir a su encuentro.

—Han venido a buscarme dos soldados de Sorrento —dijo preocupado—. Están reforzando la guardia en el arzobispado y necesitan a todos los hombres disponibles. Don Piero les ha convencido de que necesito, al menos, una noche más en observación, pero mañana me reincorporarán al servicio. Quiero irme de aquí ya.

—¿Estás seguro? Si te unes a los apóstoles no habrá vuelta atrás. Serás un fugitivo. Si los cazan a ellos, caerás tú también.

—Prefiero eso a regresar con los discípulos. Cada vez que recuerdo lo que hice en esa arena me entran ganas de vomitar. La verdad es que no merezco otra cosa que sufrir en esta vida —se flageló.

—No seas tan duro contigo mismo. Todos hemos cometido barbaridades, nuestros amos nos han dirigido mal. Bueno, yo he cometido otras, menos dramáticas, empujado por el vino y la lujuria, que también son malos amos. —El espía bajó la voz—. He encontrado otro escondite más grande y seguro que mi casa. ¿Tienes que recoger algo antes de irte?

—Solo tengo lo puesto —dijo—, todo se quedó en el cuartel.

—No te preocupes. Estamos reuniendo equipo, armas y víveres para una temporada, seguro que encontramos algo que te venga bien.

Justo en ese momento, la siniestra silueta de sor Olethea Di Caprese se materializó en la puerta de la sala de espera. El padre Damiano Pacella la acompañaba. La cara del secretario del arzobispo se descompuso al ver a Dino D'Angelis.

—Debería haber cerrado la puerta al entrar —gruñó el espía, sin importarle que la monja lo oyera—, entra corriente.

La superiora dirigió una mirada corrosiva a D'Angelis, y este se la devolvió con una sonrisa repleta de dientes y sorna. Pacella sintió que el vientre le glugluteaba, por lo que decidió salir del edificio antes de que se le escapara una salva de pedos con olor a miedo.

—Sor Olethea, con vuestro permiso, esperaré fuera.

Esta lo ignoró.

—Busco a la joven Dubois —manifestó.

—Anda por ahí dentro —respondió Daniel, que no podía evitar que la monja le recordara, en cierta manera, a Zephir. Durante un momento de locura, se los imaginó retozando en una cama rodeada de llamas infernales y pequeños demonios alados que aplaudían sus hazañas lujuriosas.

Charlène, que había oído a la superiora, se personó en la sala.

—¿Qué se os ofrece, sor Olethea? —preguntó, con una genuflexión.

—El secretario del arzobispo necesita a alguien que atienda a una huésped recién llegada al palacio. —Como de costumbre, la voz de la superiora estaba impregnada de desprecio y premura—. Mis hermanas están ocupadas con la oración, así que irás tú.

A D'Angelis no le gustó un pelo la noticia; le preocupaba que Charlène se pusiera a tiro de Michele. Conocía a su amigo y aquello era como meter un ratoncito en la cesta de la culebra.

—Don Piero no tardará en llegar —informó Charlène en un intento de quitarse el muerto de encima—, está en la universidad. ¿No sería mejor que la viera un médico?

—Esa mujer no necesita un médico, está solo cansada de un largo viaje y algo indispuesta. Si se ha pensado en ti no es por capricho. No esperarás que la atienda algún soldado piojoso.

D'Angelis pasó al lado de la superiora con tanto ímpetu que el hábito, pesado, se movió con el aire que desplazó en su marcha. El espía atravesó la sala de espera y salió a la calle nevada. Damiano Pacella retrocedió tan rápido que estuvo a punto de caerse de culo por segunda vez.

—¡No me hagáis nada! —suplicó, protegiéndose con las manos como si un carruaje estuviera a punto de atropellarlo—. ¡No me hagáis nada!

—Cállate, coño —le ordenó D'Angelis; cuando este lo agarró de la pechera de la sotana, Pacella pensó que iba a cagarse encima—. Me importa un carajo quién sea esa mujer que está en el arzobispado, pero esa chiquilla sí. Como alguien le roce un hilo de la ropa te buscaré, te subiré la sotana, te abriré los cachetes del culo, te echaré un gargajo en el agujero y te follaré contra la pared hasta incrustarte los dientes en ella. —Se lo pensó mejor—. ¡Qué cojones, eso te encantaría! —Sacó la daga y se la puso delante de los ojos—. Mejor te follaré con esto hasta que pierda el filo, ¿entendido?

Pacella asentía con los ojos muy abiertos. D'Angelis se prometió no volver a usar la coletilla de Satriani; se había metido demasiado en el papel.

—Ahora límpiate el culo y ni una palabra de esto. Como te vayas de la lengua, ya sabes... cagarás sangre hasta que te mate la sífilis.

Sor Olethea salió del hospital con Charlène, que se había puesto el abrigo y llevaba una bolsa con gasas, vendas y prendas limpias, además de un equipo básico de enfermería. Al ver a la superiora, Dino guardó la daga con disimulo y le dio una palmada amistosa en el hombro a Pacella, con tal cariño que un burro al final de la calle pegó un respingo. Olethea dio su misión por cumplida y levitó de vuelta al convento. D'Angelis señaló al secretario con un índice paralizador y se llevó aparte a Charlène.

—Ten cuidado —advirtió D'Angelis—. Si el arzobispo te pide que vayas a sus dependencias o al despacho, busca una excusa para no ir. Si es necesario te largas corriendo, ¿entendido? —Miró al cielo—. Mierda, he dicho entendido otra vez... al final me pillarán por esto.

—¿Qué?

—Ni caso, cosas mías. Tú solo ten cuidado. —Miró hacia atrás y vio que Damiano Pacella esperaba, dócil, apoyado en la pared de la casa de enfrente—. Importante: hemos cambiado de escondite. Dejaré allí a Daniel y luego iré a buscarte al arzobispado, ¿enten... de acuerdo?

—De acuerdo.

D'Angelis le pellizcó la mejilla y llamó a Pacella con la mano.

—Este es mi amigo, el padre Damiano, que te cuidará como si fueras su propia hermana menor, ¿verdad, Damiano?

—Verdad —repitió Damiano—. Como mi hermana menor.

D'Angelis agarró al clérigo por las orejas, le agachó la cabeza y le plantó un sonoro beso en mitad de la frente.

—Es que eres adorable, Damiano, por eso te quiero tanto. Venga, marchaos, que cuanto antes lleguéis, antes terminái s. —D'Angelis le dedicó una sonrisa demoniaca al cura—. Porque estaré esperándote fuera, lo sabes, ¿verdad?

Charlène le dedicó una sonrisa y desapareció al final de la calle con Pacella, que miró dos veces atrás para comprobar que D'Angelis no lo seguía. Este regresó con Daniel a la sala.

—Por última vez, ¿seguro que quieres convertirte en un proscrito?

Daniel no lo dudó.

—Cualquier cosa antes que servir a Zurcher y los Sorrento.

—Pues larguémonos cuanto antes.

El nuevo refugio de la curtiduría encantada resultó ser perfecto para los fugitivos. Arrastraron una mesa y varias sillas a la estancia principal, que convirtieron en comedor y sala de reuniones. En la de al lado encontraron una chimenea que no encendieron para no delatar su presencia, pero cuando las cosas se calmaran un poco podrían hasta comer caliente en la guarida.

El primer piso había servido de vivienda a los Matanzzo, por lo que los fugitivos encontraron habitaciones de sobra para elegir. Tal como sugirió D'Angelis, cada cual se montó un lecho a su gusto con el cuero y la lana que encontraron en los almacenes. Al menos, frío no pasarían.

Brunner y Frei eligieron una habitación donde el capitán alternaba oraciones y reflexión, inmerso en sus propios pensamientos. Sanda le trajo la espada más parecida a una *katzbalger* que encontró en su arsenal. De cuando en cuando, Brunner pasaba una piedra de afilar por el borde de acero, en silencio.

Parecía dispuesto a todo.

Frei, más práctico, vigilaba el entorno desde una ventana con el postigo entreabierto. Por allí no pasaba un alma. Frente al edificio se extendía una explanada diáfana que daba a las casas que flanqueaban el barrio de Riva, a unos cien metros de distancia; el patio trasero de la curtiduría llegaba hasta la orilla del Po.

A su lado, tenía una purificadora preparada.

Andreoli había pasado toda la tarde en su habitación. Sospechaba lo que Sanda iba a hacer y temía por su vida. Confiaba en el Susurro, pero la idea de un rescate en solitario se le antojó descabellada. Si no acompañó a su amada en aquella acción desesperada era porque sabía que sus métodos eran muy distintos a los suyos. Solo sería un estorbo.

Sin darse cuenta, se descubrió rezando por ella.

Daniel llegó con D'Angelis cerca de las ocho y media. Zarza montó su jergón en la sala principal, cerca de la puerta que conducía al patio trasero. Una vez instalado, cogió una purificadora y comenzó a ejercitarse a pesar del dolor de las costillas. A partir de entonces, tendría muchos enemigos. Demasiados. La guardia de la ciudad, la de Sorrento, los discípulos... y no se olvidaba de Zephir y sus antiguos compañeros. Ese mastín nunca soltaba su presa.

Tarde o temprano, enseñaría los dientes.

D'Angelis les trajo a los apóstoles un canasto cargado de carne seca, queso y salami. No pesaba mucho, pero el hecho de llevarlo hizo que la puñalada le doliera. Echó una última ojeada a la vieja curtiduría antes de ir a buscar a Charlène al arzobispado.

Cómo le había cambiado la vida en solo unos días.

Por mucho que trató de recordarlo, no pudo determinar el momento exacto en el que algo mutó en su interior. La cuestión era que, meses atrás, apenas le habría importado que Michele hubiera ordenado una masacre como la que tuvo lugar en el fuerte. Vivía día a día, bebiendo, de burdel en burdel y aceptando trabajos por el mero hecho de seguir con aquella vida anestesiada por el vino. Llegó a la conclusión de que las ideas que predicaba el Mattaccino —puto Spada, quién lo habría imaginado— le gustaban. Aquel plan de Dante Sorrento pintaba de maravilla salvo por un detalle.

El propio Dante Sorrento.

Pero la clave del cambio de D'Angelis era otra.

Era Charlène.

Aquella muchacha le había dado la vuelta como una media. Su único deseo, ahora, era proteger a esa chiquilla de cualquier cosa mala que pudiera sucederle. Darle una vida en la que no tuviera que estar escapando del desprecio de sor Olethea, de la volubilidad del carácter de Piero Belardi o de la amenaza siempre latente de los Sorrento.

Tal vez podrían iniciar una nueva vida desde cero y convertirse en una familia pequeña pero fuerte. Ambos eran personas de recursos, capaces de capear temporales.

D'Angelis caminó hacia la plaza de Saboya.

Si salía de esta, puede que el destino les diera a ambos una segunda oportunidad.

# 56

Michele Sorrento había instalado a Leonor Ferrari en una habitación de invitados del segundo piso.

Una que podía cerrarse con llave desde fuera.

Charlène entró en el arzobispado cohibida y temerosa. El padre Pacella no habló una palabra del hospital a la plaza de Saboya. Trotaba, como si tuviera prisa por regresar a su madriguera. La muchacha apenas pudo seguirle el ritmo escaleras arriba. Pacella tocó dos veces en la puerta del despacho y entró cuando el arzobispo le dio permiso.

—La enfermera está aquí —anunció con su voz estridente.

—Que pase.

El secretario cerró la puerta en cuanto entró Charlène. Michele se llevó una grata sorpresa al verla. Se esperaba a alguna monja gorda y vieja del convento, no a la chiquilla adorable que había visto en el hospital cuando fue a visitar a Zarza. Se levantó y caminó hacia ella.

—Bienvenida. —Charlène hizo una breve genuflexión—. Eres Charlotte, ¿verdad?

—Charlène.

Michele se dio una histriónica palmada en la frente.

—Charlène, ¿cómo he podido olvidarme? Disculpa, pero los últimos acontecimientos me traen loco.

La muchacha asintió con timidez. Sorrento se plantó frente a ella, muy cerca, con una sonrisa tan forzada que las patas de gallo se fundieron con los ojos. Le dio dos levísimas cachetadas en la mejilla, como si Charlène fuera un bebé. Ella se puso tensa, pero no retrocedió.

No se atrevía.

—Ven, te llevaré a los aposentos de mi invitada.

Sorrento subió la escalera seguido por Charlène. En la galería del segundo piso descubrió un par de soldados sentados alrededor de una pequeña mesa que se levantaron nada más ver al arzobispo. Este los ignoró y se detuvo frente a una puerta cerrada que abrió con dos vueltas de llave.

—Adelante.

Charlène encontró a Leonor sentada en el borde de una cama amplia y lujosa, bajo un palio con los cortinajes recogidos. Unos candelabros de pie alumbraban la habitación. La joven mantenía la mirada fija en un punto indeterminado, más allá de las paredes.

—Se llama Leonor Ferrari —informó el arzobispo con expresión de infinita lástima en el rostro—. Lleva así desde esta mañana, pero confiamos en que el estado en el que se encuentra sea temporal. Aunque ahora mismo no lo parezca, es una ingeniera muy capacitada, pero ha visto algo que la ha impresionado de tal manera que se ha quedado en este estado tan... lamentable.

Charlène examinó a Leonor de cerca. Era como enfrentarse a una estatua.

—¿Qué vio? —quiso saber la muchacha.

Michele improvisó una mentira.

—Un hombre se rompió el cuello al caer del caballo delante de ella. Pobrecilla —añadió.

—Debería verla don Piero Belardi, ilustrísima.

—Lo llamaremos si no mejora en unos días —aseguró—. Lo que Leonor necesita de inmediato es que la cambien de ropa y la aseen, por eso he pedido ayuda femenina. También está con... ya sabes...

Charlène puso cara de no saber. Michele bajó la voz.

—Está impura —explicó—. La maldición de las mujeres, sangra.

—Ah, entiendo. He traído paños con hierbas.

Sorrento le revolvió el pelo a Charlène como si fuera una niña pequeña. Ella recibió el gesto con estoicismo y rechazo a partes iguales, pero mantuvo la compostura. El tacto de la mano del arzobispo le pareció seco y frío.

—Eres una joya —la aduló Michele—. En esa palangana de ahí tienes agua.

—Gracias, ilustrísima. Ahora, con vuestro permiso...

Michele no se movió. Charlène decidió ser más clara.

—Ilustrísima... debéis salir.

Sorrento parpadeó, embarazado, y se dirigió a la puerta.

—Cuando termines, ven a verme a mi despacho.

—Sí, ilustrísima.

El prelado cerró la puerta y Charlène suspiró aliviada al no oír la cerradura girar. Por un momento temió que Sorrento la encerrara con Leonor. Algo más tranquila, se colocó frente a la paciente, que seguía con la mirada perdida.

—Hola, Leonor —la saludó Charlène, que movió la mano a medio palmo de la nariz de la joven sin obtener reacción alguna—. ¿Puedes ver esto? —Formó una uve con los dedos—. ¿Cuántos dedos tengo aquí?

Nada. Charlène suspiró. Decidió seguir hablando con la paciente.

—Debería verte don Piero. Es un buen médico, ¿sabes? O mi amigo Gianmarco Spada..., pero don Piero lo ha echado por meterse en política o algo así. —Levantó la falda de Leonor y vio una mancha de sangre en el calzón blanco que llevaba debajo—. Voy a lavarte, ¿de acuerdo? El agua estará un poco fría —advirtió.

Leonor seguía fuera del mundo.

Charlène buscó ropa limpia en una bolsa que encontró cerca de la cama, al lado de otra de la que sobresalían rollos de pergamino. Eligió una prenda interior, una camisa y una falda y las extendió a su lado, en la cama. Acercó la palangana llena de agua. Con mucho cuidado, tumbó a Leonor hacia atrás y le quitó los zapatos; luego vino la falda, el calzón manchado, el delantal, la blusa y la cotilla. Leonor ni protestó ni colaboró en la operación. Después de mucho esfuerzo, consiguió desnudarla por completo.

El lavado fue delicado pero exhaustivo. Charlène no dejó de hablar a Leonor en ningún momento. Recordó que Spada le había comentado que los pacientes «idos» podían reaccionar a estímulos externos, aunque no lo hicieran de forma evidente. Charlène no podía imaginar que el joven aspirante a cirujano yacía en una fosa sin nombre en un bosque cercano.

—Deberían llevarte al hospital —comentó Charlène mientras le colocaba el paño con hierbas en la entrepierna para disimular el olor menstrual; una vez que le puso las prendas interiores, se separó de ella y la contempló con una expresión de infinita compasión en su rostro aniñado. Charlène podía entender esa parálisis; ella misma la había sufrido muchas veces, aunque no tan intensa, en el silencio de su cuarto, después de las visitas de su padre—. Hace falta más que ver morir a alguien de una caída para quedarse así —murmuró; la niña le cogió la mano con dulzura—. Te han hecho algo malo, ¿verdad? Ojalá pudieras contármelo...

En ese momento, los ojos de Leonor se empañaron y dos lágrimas cargadas de tristeza se deslizaron por el rabillo del ojo hasta la cama. Charlène retrocedió con la boca abierta.

—¡Me has oído! —exclamó, casi en un grito—. Me has oído, voy a avisar al arzobispo.

—¡NO!

Leonor se incorporó de golpe y agarró con fuerza la muñeca de Charlène, que se pegó un susto de muerte. La ingeniera se llevó el índice a los labios con vehemencia. Tenía los ojos desorbitados.

—No le digas nada al arzobispo —rogó en voz baja—, él no es bueno. Nadie es bueno aquí y yo tengo miedo, mucho miedo.

Charlène sí que tenía miedo. Deseaba salir de allí cuanto antes.

—Miedo, ¿de qué?

—Son asesinos —susurró Leonor, con el rostro empapado en lágrimas—. Por favor, tienes que ayudarme, por favor.

A pesar de su desconcierto, Charlène asintió.

—Tienes que ayudarme a escapar de aquí —le suplicó Leonor.

—Pero ¿qué te han hecho?

La ingeniera decidió contárselo.

Y lo que Charlène escuchó de labios de Leonor la obligó a sentarse en la cama junto a ella para no caerse redonda al suelo.

D'Angelis esperaba a Charlène con la espalda apoyada en la pared de un edificio próximo mientras veía pasar a las pocas personas que quedaban en la calle a esas horas de la noche. Para su sorpresa, la presencia de patrullas había disminuido mucho. Consultó su reloj de bolsillo. Faltaban cinco minutos para las nueve.

Charlène bajó la escalinata del arzobispado a toda prisa, cargada con sus aperos de enfermera y con la cabeza gacha. D'Angelis corrió hacia ella con cara de enfado.

—¿Te han hecho algo? —le preguntó nada más verla.

—No. Vámonos de aquí ahora mismo.

—Te han hecho algo —afirmó.

—¡Que no! Vámonos, tengo algo importante que contarte, pero no aquí. Llévame al refugio nuevo. Quiero que todos lo escuchen.

Llegaron a la curtiduría a las nueve y veinte de la noche. Daniel cerró la puerta detrás de ellos. Todavía empuñaba la purificadora, como si no estuviera dispuesto a separarse de ella. Había entrenado durante toda la tarde, aguantando el dolor de las costillas, convencido de que cuanto más lo soportara, antes desaparecería. Brunner, Andreoli y Frei estaban sentados a la mesa, picoteando de las viandas que D'Angelis había traído horas atrás. Todos tenían una jarra de vino delante. El espía hizo las presentaciones pertinentes.

—Ella es Charlène, una amiga de absoluta confianza que estará encantada de remendaros las heridas si sois más torpes que vuestros contrincantes. No la juzguéis por su edad, está más que capacitada para hacerlo —advirtió—. Charlène, te presento al capitán Yannick Brunner, que a pesar de la cara de vinagre que gasta y de ser un auténtico tostón, es un buen hombre. Ah, y dicen por ahí que habla como un perro.

Brunner la saludó con un escueto cabeceo, demasiado cansado para replicarle a D'Angelis. En el fondo le emocionó saber que el espía lo consideraba un buen hombre.

—Este es el sargento Yani Frei, que tiene el pelo rojo de aguantar las malas pulgas de Brunner. Es el único normal de todos ellos y el único que irá directo al cielo cuando palme.

—Un placer, señorita Charlène.

D'Angelis le presentó al último apóstol.

—Y no te fíes del teniente Arthur Andreoli. Últimamente anda encabronado porque Daniel le ha arrebatado el título oficial de guapo de la cuadrilla. Ahora se consuela cortejando a la dama que vimos el otro día, esa que me dijiste que te pareció muy elegante.

—Ah, sí, Sanda. Me acuerdo.

—*Enchanté, ma chérie* —dijo Andreoli, dedicándole una de sus sonrisas seductoras.

D'Angelis dio por finalizadas las presentaciones.

—Charlène quiere contarnos algo —anunció—. Debe de ser importante, porque no ha querido adelantarme nada.

Charlène captó la atención de los presentes de inmediato.

—He estado en el arzobispado atendiendo a una forastera a la que ellos llaman huésped, pero que es, en realidad, una prisionera. Me dijeron que estaba ida, que no hablaba ni reaccionaba... pero resulta que ella finge estar loca por pura supervivencia. Está muy asustada. Me contó que estuvo trabajando con un amigo en un proyecto de ingeniería en un castillo de los Alpes para Dante Sorrento y su esposa, Margherita. Me habló de un aparato para hacer cuadros con luz... no entendí bien eso.

Daniel dejó la purificadora apoyada en la pared y se acercó a la mesa donde todos escuchaban el relato de Charlène. Separó una silla y se sentó sin apartar la vista de la joven.

—Cuando iban a hacer el experimento —prosiguió Charlène—, Margherita los entregó a un inquisidor que los perseguía a ella y a su amigo desde España...

Charlène dio un respingo cuando Daniel se levantó de golpe de la silla. El español tragó saliva antes de preguntar.

—¿Cómo se llama esa mujer?

—Leonor Ferrari.

Daniel se olvidó de respirar.

—¿Te dijo el nombre de su amigo?

—No. Me dijo que era carpintero.

—¿Qué les hizo el inquisidor?

D'Angelis estaba desconcertado.

—Daniel, ¿conoces a esa mujer?

El español ignoró la pregunta de D'Angelis.

—¿Qué les hizo el inquisidor? —insistió.

Charlène dudó unos instantes. Era evidente que Daniel conocía a Leonor y al carpintero y que ambos eran importantes para él. Sopesó contarle la verdad tal y como lo había hecho Leonor, pero decidió que no sería lo mejor para su amigo.

—El inquisidor... el inquisidor mató al carpintero.

Daniel se sintió como si lo hubiera arrollado una carga de caballería pesada. Estaba tan tocado que ni siquiera pudo llorar. D'Angelis lo agarró por el hombro.

—Está claro que conoces a esa mujer —dijo, en tono calmado—. También conocías al carpintero, ¿verdad?

—Era mi hermano. Mi hermano gemelo.

El espía se mordió el labio.

—Hay algo más —dijo Charlène.

Daniel la miró. Tenía los ojos brillantes.

—Ese inquisidor... Zephir, creo que lo llamó.

—Zephir de Monfort.

—Está aquí, en Turín.

Un silencio aciago reinó en la estancia unos segundos.

—Me busca a mí —dijo Daniel—. Y me va a encontrar.

Zarza se puso de pie, cogió la purificadora y se dirigió con paso decidido hacia la puerta.

—¡Eh, eh, eh, Daniel! —D'Angelis fue detrás de él y lo agarró del chaleco para impedir que cometiera una locura—. ¡Espera, no hagas ninguna tontería!

—¡Ese demonio ha asesinado a mi hermano gemelo! —bramó—. Mi hermano... mi hermano, que jamás hizo daño a nadie, por el amor de Dios... Adrián era un ángel.

Daniel rompió a llorar con una mezcla de impotencia, dolor y rabia. ¿A quién quería engañar? Por mucha sed de venganza que lo atormentara, sabía que no podría hacer nada contra el inquisidor más que caer bajo su maza. Había hablado de matarlo, pero sabía que no podría hacerlo. Zephir era indestructible. Andreoli y Frei fueron a consolarlo. Brunner se levantó y comenzó a caminar en círculos por la estancia, resoplando. Charlène no pudo evitar que se le escaparan las lágrimas. Daniel seguía llorando.

—Leonor, prisionera del arzobispo —sollozó—; mi hermano, muerto... Todo por mi culpa.

Charlène se secó los ojos, se abrió paso entre los apóstoles y posó la mano en el brazo de Daniel. Este dejó caer la purificadora, se hincó de rodillas y lloró con desconsuelo.

—No podemos hacer nada por tu hermano —se lamentó Charlène—, pero sí por Leonor. La ayudaremos.

—Pero Zephir...

Andreoli levantó a Daniel del suelo. No le gustaba verlo llorar de rodillas, como un crío. Lo consideraba demasiado buen soldado para eso.

—Ahora no estás solo —le recordó el teniente—. Si Zephir viene a buscarte se encontrará con cuatro purificadoras.

—No lo conoces, Arthur. Tiene la fuerza de diez hombres, lleva una armadura impenetrable e irá acompañado de sus esbirros. Yo fui uno de ellos y sé que no juegan limpio. —Daniel miró a los apóstoles—. Si me ayudáis, perderéis la vida en una batalla que no os concierne.

Frei intervino.

—Tampoco tenías por qué ayudarnos a escapar de la cárcel y lo hiciste —le recordó—. Como dice Yannick, somos una unidad.

Daniel meneó la cabeza, triste.

—Yo no merezco ser uno de vosotros. Solo soy un impostor.

D'Angelis sacudió a Daniel hasta que los ojos del español se encontraron con los suyos.

—Escúchame bien —le dijo—. Te doy mi palabra de que no dejaremos que tu amiga se pudra en el arzobispado. Pero tenemos que ir paso a paso y no cometer errores: lo primero es esperar a ver si ese amigo misterioso de Sanda es capaz de sacar de la cárcel a los apóstoles. Ese Zephir me preocupa más, pero no tenemos por qué enfrentarnos a él, lo esquivaremos mientras podamos.

Daniel clavó una mirada lastimera en D'Angelis.

—Es lo más inteligente —claudicó—. Menuda impotencia: no me siento capaz de matarlo y no encontraré paz hasta que él muera. Si salimos de esta, mi destino será vivir siempre con miedo.

D'Angelis lo animó con un guiño.

—Ten paciencia, a cada puerco le llega su San Martín. —El espía se dirigió a Andreoli—. Arthur, me dijiste que el Susurro está de nuestra parte, ¿cierto?

—Lo está —afirmó sin dudarlo ni un instante.

—Pues si es así, rescatar a Leonor será más fácil de lo que creéis. Os recuerdo que, por ahora, yo también puedo entrar en el arzobispado.

—Y yo también —apuntó Charlène.

D'Angelis consultó su reloj.

—Me voy a mi casa —anunció—. Sanda me dijo que su amigo llevaría a los apóstoles allí en caso de que consiguiera liberarlos. Espero regresar con ellos —deseó en voz alta.

—Nosotros también —dijo Frei.

D'Angelis se marchó de la curtiduría. Brunner, que había permanecido en silencio durante toda la conversación, se acercó a Daniel, que seguía cabizbajo, apoyado en la purificadora y con la mirada perdida en un rincón.

—Sé cómo te sientes —le dijo el capitán—. Yo me siento igual con mis hombres. Pero D'Angelis tiene razón: debemos tener paciencia. No conozco a tu amiga Leonor, pero te doy mi palabra de que los apóstoles moriremos por ella.

El capitán le tendió la mano.

Daniel la estrechó.

El pacto quedó sellado.

## 57

El ruido de golpes y gritos arrancó a Matteo Galli del duermevela en el que estaba sumido. El apóstol espió el principio del corredor de la mazmorra a través del ventanuco de la celda. Los ruidos cesaron de repente.

—¡Eh, compañeros! ¿Habéis oído eso?

—Parecía una pelea —opinó Ernesto Esposito, san Bartolomé, que ocupaba una celda no lejana a la de Matteo.

La voz de Adolfo Franco, san Andrés, se oyó al fondo de la galería.

—¿Qué pasa?

—He oído golpes y gritos arriba —repitió Matteo—, como si hubiera habido una pelea.

Adolfo decidió despertar a Milo Schweitzer.

—¡Milo! ¡Despierta! ¡Hay jaleo!

Milo se desperezó en la celda. Era el único de ellos capaz de dormir durante un asedio artillero.

—¿Dónde? —Se levantó, frotándose los ojos—. No oigo nada.

—Arriba.

Milo terminó de despertarse.

—¿Creéis que vienen a rescatarnos?

—No lo sé —respondió Matteo—. ¡Silencio! Se acerca alguien.

Matteo Galli oyó una llave dar dos vueltas en la cerradura, seguido por el chirriar de una puerta. Pegó el ojo al ventanuco y vio una silueta alumbrada por la única antorcha encendida de la mazmorra. Llevaba el rostro tapado por algo que parecía un pañuelo oscuro, una capa negra, blandía una espada ensangrentada y sostenía un manojo de llaves en la mano. El desconocido probó algunas en la puerta de Matteo hasta conseguir abrirla. El apóstol, aún desconcertado, salió a la galería.

—Me envía vuestro capitán —dijo el desconocido, que hablaba con acento extranjero—. He despejado una ruta de escape. Subid la escalera, atravesad la siguiente sala y encontraréis la puerta del cuartel abierta. —Comenzó a probar llaves en la celda de Ernesto Esposito—. Corred hacia la derecha hasta que veáis dos barriles en la esquina y tomad ese callejón. Brunner os espera al fondo.

—Iremos juntos —dijo Matteo—. ¿Y Andreoli?

—No hay tiempo —objetó el individuo, que acababa de liberar a Ernesto—, tenéis que marcharos ya.

Esposito apoyó las palabras de Matteo Galli.

—Iremos juntos. ¿Y los guardias?

—Me he ocupado de ellos. Id saliendo, antes de que lleguen refuerzos.

Galli intentó no sonar demasiado descortés. Al fin y al cabo, los estaba rescatando.

—Saldremos todos a la vez —reiteró con firmeza—. No dejaremos a nadie atrás. O salimos todos juntos o morimos aquí abajo.

El desconocido se resignó ante la obstinación de Galli y abrió las celdas de Adolfo Franco y Milo Schweitzer. Este descolgó la antorcha del muro.

—¿Y eso? —preguntó el libertador.

—Mejor que ir con las manos desnudas.

El rescatador resopló. No era momento de discutir.

—Está bien, id delante, yo os cubro las espaldas.

Matteo encontró dos soldados tumbados boca abajo sobre charcos de sangre en las escaleras. Arriba, en la sala, tuvo que pasar por encima de un tercero. Milo Schweitzer lo rebasó y se puso en vanguardia, con la antorcha por delante. Buscaron armas entre los caídos, pero no encontraron ninguna. Les extrañó, pero no había tiempo que perder.

Milo, Matteo, Adolfo y Ernesto esquivaron a la pareja de centinelas caídos en la puerta del cuartel y corrieron hacia los barriles que divisaron en la esquina que daba al callejón.

En el interior del cuartel, los muertos se levantaron de los charcos de sangre de cerdo y se dirigieron al cuerpo de guardia cerrado con llave para armarse.

Sanda llegó al tejado del edificio contiguo a tiempo para ver a cuatro hombres mal abrigados esquivar a dos centinelas muertos y torcer por un callejón, corriendo como locos. Se preguntó si serían los apóstoles.

Pero lo más sorprendente fue lo que vio a continuación.

Los centinelas de la puerta regresaron de la muerte y se levantaron, revelando armas escondidas bajo sus cuerpos. Un segundo después se dirigían al mismo pasaje por el que habían desaparecido los fugitivos.

El Susurro no entendía demasiado bien qué sucedía, pero siguió a los hombres por el tejado. Aquello tenía pinta de emboscada.

Los apóstoles descubrieron la trampa en cuanto se toparon con seis hombres que les cerraban el paso, al fondo del callejón. Uno portaba una lanza, otro una alabarda, dos empuñaban hachas y otros dos espadas.

Al darse la vuelta para huir, descubrieron a los tres muertos del cuartel, a los dos centinelas y al desconocido que los había rescatado. Este se bajó el pañuelo de la cara y descubrió unas facciones delgadas y crueles. Jonás Gor había sustituido la espada mal afilada y manchada de sangre de cerdo por su ropera.

Sanda había visto lo suficiente para evaluar la desigual pelea: doce hombres armados contra cuatro desarmados y una antorcha. Aquello no pintaba bien para los apóstoles. Ojalá hubiera traído el arco. Los soldados del fondo de la calleja avanzaron hacia los fugitivos.

Estos, sin embargo, no parecían demasiado impresionados.

—Elegid armas —dijo Milo—. El muestrario está en sus manos.

El primero en atacar fue el lancero, que trató de ensartar a Esposito. Este giró sobre sí mismo, esquivó el envite, agarró el asta y tiró de ella con fuerza. El hombre se desequilibró, y Milo aprovechó para golpearlo en la nuca con el extremo inferior de la antorcha, que lo festejó con una lluvia de chispas mientras el desgraciado caía inconsciente al suelo con el occipital abierto.

El alabardero y dos soldados se lanzaron a la vez contra los apóstoles. Los de retaguardia, junto a Gor, dudaron al ver cómo Milo detenía un hachazo con la antorcha, Matteo rodaba por el suelo, desequilibraba al alabardero de una patada en el tobillo y Adolfo Franco le arrebataba el arma. A Franco le costó un corte en el brazo, pero mereció la pena. Con una rodilla en tierra, el apóstol hizo girar dos veces la alabarda sobre la cabeza, propinando un tajo horrendo en la cara al anterior dueño del arma y un golpe en la rodilla con el astil al que le había herido, que retrocedió cojeando.

—¿Qué pasa? —preguntó Gor a los soldados que se habían hecho los muertos en el cuartel—. ¿Voy a tener que ocuparme yo de ellos? Os recuerdo que estoy aquí para dar fe de vuestro trabajo, no para hacerlo.

Sanda decidió intervenir. Buscó un balcón por el que descolgarse y descubrió una pequeña terraza en el edificio de enfrente. Hizo girar la cuerda con el garfio y lo lanzó hacia la balaustrada de piedra.

Falló.

Mientras tanto, a pie de calle, los apóstoles mantenían a raya a los soldados con la lanza, la alabarda y la antorcha. Gor pateó el culo del soldado más próximo para que espabilara.

—¡Atacad todos a la vez, carajo!

La Muerte Española blasfemó al comprobar que había enviado al soldado que acababa de patear a su perdición. Milo le sujetó el brazo que empuñaba el hacha y le restregó la antorcha encendida por los ojos, quemándole la ropa, el cabello y la boina de fieltro, que prendió como si estuviera empapada en aceite. El desdichado retrocedió con ambas manos cubriéndose el rostro, chillando en un tono agudo que ponía los pelos de punta. Milo lo remató con el hacha que acababa de robarle y se enfrentó al grupo de Gor balanceándola, a la vez que le lanzaba la antorcha a Matteo Galli, que la recogió en el aire a tiempo para golpear con ella a uno de los espadachines.

Gor adoptó una posición de combate. Estaba seguro de que podría con el que llevaba el hacha, pero prefería no arriesgarse contra una lanza y una alabarda, y menos con la soltura con la que las manejaban aquellos bastardos. Por suerte los apóstoles, en lugar de avanzar, se replegaron hasta colocarse espalda con espalda, a la espera del ataque de los guardias que los rodeaban. En el tejado, Sanda había recogido el garfio y repetía el intento de engancharlo en la balaustrada.

Esta vez lo consiguió.

Jonás Gor se puso en guardia al oír el sonido del metal contra la piedra y el de unas botas al chocar con la fachada. Retrocedió unos pasos con la vista elevada, tratando de vislumbrar algo a través de la oscuridad. De repente, un par de bolas de fuego iluminaron una silueta sombría en un balcón, dos pisos por encima de él.

Jonás se alejó corriendo de los soldados que tenía cerca. Los recipientes en llamas estallaron a los pies de los guardias. Hasta los apóstoles se sobresaltaron al ver a tres hombres que ardían y proferían alaridos de dolor y miedo mientras iluminaban la calle de forma siniestra. Sin dejar de mirar a las alturas, de nuevo sumidas en tinieblas, Gor se apostó al otro lado de la calle.

El extremo de una cuerda azotó la pared y una sombra se descolgó por ella a una velocidad asombrosa, justo cuando los demás soldados atacaban a los apóstoles a la vez. Esposito atravesó el vientre de uno de ellos con la lanza, pero no pudo esquivar el hachazo que un segundo guardia lanzó a su rodilla flexionada arrancándole un aullido de dolor. Milo vengó a Esposito destrozándole el hombro al soldado que acababa de atacarlo, al tiempo que Franco hacía retroceder a otros dos con la alabarda. Un tercero, armado con una espada, los rodeó, esperando un hueco para colocar una estocada.

Sanda acabó con dos de los soldados ardientes con sendos tajos certeros de cimitarra, interrumpiendo su errático y peligroso deambular por la calleja. En cuanto Gor reconoció al Susurro, su expresión se tornó aún más grave. Conocía al asesino de oídas y sabía que era en extremo peligroso, pero le desconcertó que atacara a los hombres de Lissànder Fasano. En teoría, Hamsa estaba en su mismo bando.

Gor rodeó la pelea de los apóstoles contra los soldados y se desplazó hasta el fondo del callejón sin perder de vista al asesino, que acababa de atravesar al tercer hombre en llamas y esquivaba el hachazo de otro soldado. A Jonás no le cupo la menor duda.

El Susurro estaba traicionando a Sorrento.

Sanda estuvo a punto de soltar una maldición al reconocer a Gor. Si el espadachín le contaba a Dante lo que acababa de ver, ya podía despedirse de la posibilidad de acercarse con tranquilidad al arzobispado, al cuartel o al fuerte. Tenía que eliminarlo cuanto antes. Justo iba a lanzarse contra él cuando los arcabuceros aparecieron por la bocacalle.

—¡Rendíos! —exigió alguien.

Sanda volvió la cabeza hacia los recién llegados. Eran demasiados para contarlos. Esposito estaba grave, con la rodilla tan destrozada que casi no podía mantenerse en pie. A su lado, Franco enterró la hoja de la alabarda en el muslo de otro soldado, pero aquella arma no era una purificadora: al tratar de extraerla, se quedó con el astil en la mano. Matteo y Milo apenas podían mantener a los guardias a distancia.

Sanda lo tuvo claro.

Tenían que huir, y rápido.

Los arcabuceros iban a disparar, y el único soldado ileso de los que había peleado junto a Gor se arrojó al suelo para esquivar la salva. El español se pegó a la pared para escapar de la línea de fuego con los ojos muy cerrados.

—¡A tierra! —gritó Sanda con voz ronca. La garganta le dolió.

Los apóstoles obedecieron todo lo rápido que pudieron. La descarga retumbó y el callejón se llenó de humo y ecos de muerte.

Sanda notó un impacto en el costado. Esposito murió en el acto, con varias bolas de plomo enterradas en el cuerpo. Adolfo Franco recibió un disparo en la espalda que lo hizo caer de bruces. Milo Schweitzer y Matteo Galli reculaban en el suelo, sorprendidos de estar ilesos. El Susurro ignoró el dolor del balazo, se puso de pie y acabó con los soldados que defendían la salida opuesta del callejón con golpes certeros y letales. Gor retrocedió, impresionado por la esgrima del asesino enmascarado.

—¡Vámonos! —ordenó el Susurro—. ¡Ya!

Milo y Matteo dieron por perdidos a sus compañeros caídos. No había tiempo para regresar con ellos, era cuestión de vida o muerte. Sin mirar atrás, Sanda, Milo y Matteo se escabulleron por calles y pasajes, evitando las patrullas.

Gor caminó hacia los arcabuceros mientras recargaban. Se dio cuenta de que vertían la pólvora y atacaban las balas sin darse demasiada prisa. Los entendía, él habría hecho lo mismo. Nadie en su sano juicio se arriesgaría a perseguir a aquellos tres cabrones.

—No os esforcéis —dijo, con sorna—. Ya deben de andar por París.

Lissànder Fasano y Dante Sorrento aparecieron detrás de los arcabuceros. El preboste examinó los cuerpos sobre la nieve y reconoció a los dos apóstoles caídos. Uno aún reptaba sobre el manto blanco, en un fútil intento de escapar. La bala le había perforado el pulmón a Franco, no sobreviviría. El capitán acabó con su sufrimiento con la espada. La volvió a enfundar sin limpiarla y observó sus propias bajas.

—Cuatro apóstoles, y dos han conseguido escapar después de montar esta escabechina. ¿De qué están hechos esos hombres?

Dante prefirió ver el lado positivo de la situación.

—Hemos conseguido lo que queríamos —dijo—. Los apóstoles se han fugado, la guardia ha tratado de detenerlos y ha abatido a dos. El juicio no se celebrará, y ellos han sumado otro crimen a su lista.

Fasano fulminó a Sorrento con una mirada de reproche.

—A costa de mis hombres más leales —le recordó—. Dos apóstoles han escapado, y puede que se reúnan con los tres que siguen libres. —El capitán señaló los cuerpos ardientes—. ¿Y de dónde ha salido este fuego, por el amor de Dios?

—Yo sé de dónde —intervino Gor.

Dante y Fasano lo miraron, expectantes.

—El Susurro ha ayudado a escapar a los apóstoles.

—¿Hamsa? —Dante se resistía a creerlo—. Imposible.

Gor caminó hacia la cuerda que colgaba de la balaustrada y tiró de ella dos veces. No se movió. También señaló los trozos de cerámica chamuscada por el suelo, entre charcos de líquido negro apagado.

—Nos ha arrojado jarras de fuego, se ha descolgado por la fachada y se ha abierto paso por el callejón a golpe de cimitarra. El Susurro es inconfundible, señor Sorrento, no me cabe la menor duda de que se trataba de él. No me atreví a atacarlo porque no sabía si formaba parte de vuestro plan —se excusó—, pero el caso es que los apóstoles supervivientes se han ido con él.

Dante observó las pruebas con preocupación. Todo apuntaba a que Gor estaba en lo cierto. Pero ¿por qué Hamsa iba a ayudar a los apóstoles? Por mucho que le daba vueltas, no conseguía entenderlo. A su alrededor, los soldados recogían a los caídos y los llevaban de vuelta al cuartel ante la mirada enfadada de Lissànder Fasano. El capitán preboste se dirigió a Dante.

—¿Me acompañáis a informar al juez Beccuti?

—Más tarde —respondió Sorrento—. Tengo que ir al arzobispado y poner a mis guardias en máxima alerta: si Hamsa está en nuestra contra, mi hijo corre peligro.

D'Angelis no tenía demasiada fe en el misterioso amigo de Sanda.

Sacar a unos presos de la cárcel de la ciudad no era una misión fácil, y menos para un hombre solo. Lo primero que imaginó, al oír tres golpes en la puerta, fue que encontraría a un desconocido que le pondría al corriente de su fracaso y se iría con viento fresco para no volver a verlo nunca más.

Para su sorpresa, lo que se encontró al abrir la puerta fue al Susurro y a dos apóstoles. Los hizo entrar a toda prisa y cerró la puerta por dentro.

—Coño, Hamsa, nunca habría imaginado que tú eras el amigo de Sanda. —D'Angelis notó que el Susurro tenía ambas manos puestas en el costado—. ¿Estás herido? —Este asintió sin decir nada—. ¿Es grave?

Sanda negó con la cabeza, separó una silla de la mesa y se dejó caer en ella.

—¿Solo venís dos? —preguntó D'Angelis a los apóstoles—. ¿Y los que faltan?

—Muertos —informó Milo Schweitzer—. Nos hemos visto a veces en el arzobispado, pero creo que no nos conocéis. Soy Milo Schweitzer, y él es Matteo Galli.

—Usemos un trato más familiar —propuso D'Angelis—, es probable que muramos juntos. Podéis llamarme Dino. Brunner, Andreoli y Frei se encuentran a salvo. Lamento lo de vuestros amigos. —Los apóstoles agradecieron el pésame con un cabeceo—. Hamsa, ¿puedes decirle a Sanda que nos escondemos en la curtiduría abandonada de los Matanzzo? Está más allá del barrio de Riva, junto al Po.

El Susurro asintió de nuevo.

—A esta mujer debería verla un médico —opinó Matteo—. No he visto una luchadora igual. Soy soldado desde antes de poder afeitarme y jamás he visto a alguien como ella...

D'Angelis interrumpió a Galli agarrándolo por la muñeca, a la vez que clavaba la vista en el Susurro, que permanecía en silencio.

—¿Acabas de referirte a Hamsa en femenino?

—Su voz es de mujer.

—No me jodas, si tiene voz de ultratumba.

El Susurro se echó atrás la capucha y se quitó la máscara. Sanda se había sentido demasiado agotada para impostar la voz todo el tiempo, y había hablado con su propia voz varias veces durante el trayecto hasta casa de Dino. Ya le daba igual todo. D'Angelis empezó a caminar hacia atrás hasta quedar sentado en la primera silla con la que chocó.

—Ya no puedo con más sorpresas —gimió—, me vais a matar entre todos, hijos de puta.

—No le contéis esto a nadie —pidió Sanda a los presentes—. Si guardáis mi secreto, yo os guardaré las espaldas. Pero lo cierto es que entre nosotros esta máscara carece de sentido.

D'Angelis se atusó el cabello hacia atrás con las palmas de las manos. Lo último que se esperaba era aquello.

—Ya tendré tiempo de desmayarme luego —suspiró—. ¿Puedes caminar?

—Y correr —aseguró Sanda—. Duele, pero no creo que sea grave.

—Pues vayamos a la curtiduría. Charlène tiene que verte esa herida.

# 58

D'Angelis, Milo, Matteo y Sanda solo divisaron un par de patrullas que evitaron con facilidad. Llegaron a la curtiduría alrededor de las tres de la madrugada. Una capa prestada de Dino cubría el atuendo de guerra de Sanda; estaba dispuesta a revelar su identidad secreta a los demás apóstoles, pero no quería darles la sorpresa nada más abrir la puerta.

Encontraron a todos despiertos, impacientes por conocer si la operación de rescate había tenido éxito. Brunner y Frei recibieron con alegría a los supervivientes, y apenas se permitieron un instante para lamentar la pérdida de Adolfo Franco y Ernesto Esposito. Eran soldados y la muerte en combate era parte de su trabajo. Andreoli no podía apartar la mirada de Sanda mientras oía el relato de sus compañeros. Se moría de ganas de arrastrarla a otra habitación, besarla hasta la asfixia y hacerle el amor con todas sus fuerzas. Ella podría ser cruel, implacable, una asesina... pero cuando estaba cerca, a Andreoli le faltaba el aire.

—A pesar de que empezamos la batalla desarmados, conseguimos darle la vuelta y matar a muchos de ellos —narró Schweitzer, con orgullo; a continuación, su mirada se posó en Sanda, que disimulaba el dolor como podía—. Aunque lo cierto es que, sin ella, nos habrían matado a todos.

Brunner inclinó la cabeza en dirección a Sanda.

—Mi señora, os ruego transmitáis nuestro agradecimiento a vuestro amigo.

Milo frunció el ceño.

—Mi capitán, fue Sanda quien nos ayudó a escapar.

—¿Ella? —Brunner no daba crédito.

Sanda se puso de pie.

—Os ruego que mantengáis esto en secreto. Todos. Nadie ganará nada si esto sale de aquí.

Sanda se quitó la capa. A Andreoli le divirtió ver las caras de estupefacción de Brunner, Frei y Charlène al ver el atuendo reforzado de cuero del Susurro y la empuñadura de la cimitarra que sobresalía por detrás del hombro. Daniel apenas reaccionó: su mente estaba con Leonor; el corazón, con su hermano asesinado y las entrañas le bullían de rabia. La potente voz de Brunner tembló al hablar.

—Vos... ¿siempre habéis sido Hamsa, el Susurro?

D'Angelis respondió por ella.

—Para que veas, mi querido Yannick —canturreó—, no te puedes fiar de nadie. Luego debería pronunciar alguna frase con la voz fantasmagórica del moro, tiene que ser maravilloso oírla de esos labios. Pero ahora, Charlène tiene que curarle un balazo.

Andreoli saltó de la silla y corrió hacia ella.

—¿Estás herida? —La examinó de arriba abajo, pero el color negro del uniforme dificultaba ver la sangre—. ¿Qué te ha pasado?

Sanda le restó importancia.

—Nada grave. Dolerá más el tatuaje que me haga para disimular el tiro.

El atuendo del Susurro le resultó familiar a Charlène, pero no cayó en dónde lo había visto antes. Se le ocurrió que a Zarza le vendría bien entretenerse en algo que lo apartara de sus pensamientos sombríos

—Daniel, acompáñame —le pidió mientras recogía su equipo de enfermera—, necesitaré fuego para desinfectar las pinzas. Te adelanto que te va a doler, Sanda.

Esta le dedicó una sonrisa. Aquella niña le caía bien. Sanda sí que recordaba dónde la había visto antes; incluso que se le pasó por la cabeza matarla. Ahora se alegraba de no haberlo hecho.

—Aguantaré —prometió.

—Si tenéis que hacer fuego, hacedlo en el almacén —recomendó D'Angelis—, aunque nos ahumemos; en la chimenea, ni se os ocurra. No necesitamos a un montón de curiosos delante del edificio, preguntándose si la han encendido los fantasmas.

Andreoli dudó entre ir con ellos o quedarse con sus compañeros. Al final se decantó por lo segundo. Había mucho de que hablar. Le divirtió ver que Brunner seguía conmocionado, con la mirada perdida en un punto indefinido de la estancia.

—El Susurro, una mujer. —Volvió la cabeza hacia Andreoli y lo miró con cara de susto—. Y tú te la has...

El teniente echó la cabeza hacia atrás. No esperaba ese comentario de su capitán.

—Yannick, por favor, un poco de decoro...

Brunner sacudió la cabeza.

—Voy a tardar en digerir esto —reconoció, incapaz de borrar la imagen de Andreoli retozando con el asesino enmascarado.

—¿Cómo era el hombre que os tendió la trampa? —preguntó D'Angelis a los apóstoles.

—Un tipo delgado —recordó Matteo—, parecía peligroso. Sin embargo, no nos atacó directamente —apuntó—, parecía supervisar la pelea todo el rato. Hablaba con acento extranjero —apuntó.

—Vamos bien. ¿Llevaba un sombrero parecido al mío, espada fina, perilla afilada y cara de cabrón?

—No llevaba sombrero —aseguró Schweitzer—, pero sí tenía perilla y esgrimía una ropera.

—Y cara de eso —añadió Matteo, sin atreverse a pronunciar «cabrón» delante de Brunner.

—Jonás Gor —infirió D'Angelis—. Alguien con quien hay que tener cuidado. La primera vez que lo vi, estaba con el Mattaccino. Luego descubrí que trabaja para Dante Sorrento, lo que me lleva a la conclusión de que el Mattaccino trabajó para Dante desde el principio. Estoy seguro de que Sorrento está detrás de la trampa que os han tendido esta noche.

—¿El mismo que nos ha apresado nos libera? —se preguntó Milo en voz alta—. Pero ¿por qué? Esto es una locura.

—Por la misma razón por la que el arzobispo ahora apoya unas ideas que persiguió hasta sus últimas consecuencias —respondió D'Angelis—. Lo único que se me ocurre es que no les conviene que se celebre el juicio de mañana, aunque todo son conjeturas. Creo que nos falta información para entender esto en su totalidad. —Decidió cambiar de asunto—. Brunner, ya has reunido a todos los apóstoles que quedan vivos. Sería prudente que os quedarais aquí unos días hasta que las cosas se calmen, así podréis descansar y recuperaros de las heridas. Yo os mantendré al corriente de cómo van las cosas por la ciudad.

—¿Nos necesitáis para rescatar a la amiga de Zarza? —preguntó el capitán.

—Aún no sé cómo la sacaremos del arzobispado, pero no creo que os necesite. Más que una cuestión de fuerza, será de inteligencia.

Andreoli le dedicó una media sonrisa a D'Angelis.

—No sé cómo te las apañas, pero cada vez que abres la boca, ofendes.

—Hago lo posible por hacerlo —se vanaglorió D'Angelis.

Daniel apareció por la puerta que conducía al almacén.

—Charlène me ha echado —explicó—. Sanda tiene que desnudarse.

—Ha hecho bien —comentó Andreoli—. Que le veáis la cara, pase, pero que le veáis las tetas no.

D'Angelis se acercó a Daniel.

—¿Estás mejor?

—Estoy más tranquilo, pero no dejo de darle vueltas a cómo sacaremos a Leonor del arzobispado.

—En este momento, los únicos que podemos movernos con libertad por Turín somos Charlène y yo —reflexionó D'Angelis—. Sanda también, siempre que no lo haga como Hamsa. Gor habrá puesto a Dante sobre aviso. —Soltó una risa divertida—. También te digo que, conociendo a los soldados de Sorrento, me apuesto cualquier cosa a que mirarán a otro lado si ven al Susurro. Ni son idiotas ni quieren morir.

—¿Podrías ir al arzobispado y decirle a Leonor que has hablado conmigo y que la vamos a sacar de allí? Tiene que estar pasándolo fatal.

—Charlène se ocupará de eso —prometió D'Angelis—, aunque esta será la última vez que vaya al palacio. He visto cómo la mira Michele y no me fío.

—Pero si es una niña —musitó Daniel.

—Por eso mismo.

Los apóstoles y D'Angelis siguieron hablando durante media hora más, en la que Milo Schweitzer sacó a relucir su amistad de años con Oliver Zurcher y se lamentó de haberse sentido traicionado por él. El único de aquel grupo de viejos amigos que quedaba con vida era Mael Rohrer, que se encontraba en paradero desconocido desde que Zurcher lo sustituyera por Zarza para espiar a los apóstoles. Brunner aceptó las sinceras disculpas de Daniel. El español había sido víctima de un engaño desde el principio, pero había sabido rectificar a tiempo.

—Zarza, ven con nosotros a Roma —lo invitó Brunner—. Eres un buen hombre y un gran soldado. Será un honor tenerte entre los míos.

—Lo siento, capitán —se excusó—, pero he aprendido la lección. Mal servimos a Dios cuando lo hacemos blandiendo un arma.

—Entonces ¿qué plan tienes? —quiso saber D'Angelis.

—Lo primero, llevar a Leonor a un lugar seguro —dijo—. Luego no tendré más remedio que enfrentarme a mi destino. Más tarde o más temprano, Zephir me encontrará. Lo más probable es que me mate, pero espero que se conforme con eso y no siga persiguiendo a Leonor.

Sanda entró en la estancia con el uniforme medio abierto y el abdomen vendado. Charlène caminaba detrás, cargada con su bolsa de enfermera y cara de haber hecho un buen trabajo.

—Que el tamaño y la armadura no te asuste —dijo Sanda, que había oído la conversación desde la otra habitación—. No solo se mata a alguien con acero. Fuego, veneno, asfixia, despeñamiento...

Andreoli fue a su encuentro.

—¿Cómo estás?

—La armadura la protegió bien —explicó Charlène—, y la bala no penetró demasiado. Ha sido más fácil de lo que pensaba.

D'Angelis consultó su reloj: las cuatro de la madrugada.

—Charlène, volvamos a casa. Mañana tienes que ir temprano al hospital.

—Os acompañaré durante un trecho —ofreció Sanda, que volvió a ocultar su atuendo con la capa prestada—. Quiero deshacerme de unos guardias muertos que hay en mi casa. Los cubrí con cal y los envolví con sacos, pero los sacaré fuera.

—¿Te ayudo? —preguntó Andreoli, deseoso de acompañarla.

—Mejor quédate aquí, alguien podría verte.

D'Angelis abrió la puerta para irse.

—Vuestro juicio estaba previsto para las once de la mañana —dijo, antes de marcharse—. Me presentaré en la torre municipal para ver qué cuentan. Será divertido. Y cuando salga me pondré a buscar a Zephir. Será mejor que lo tengamos controlado a partir de ahora.

—No te olvides de Leonor —rogó Daniel.

—Por supuesto que no.

Daniel atrancó la puerta cuando Sanda, Charlène y D'Angelis se fueron. Desde la curtiduría, la ciudad parecía tranquila.
Demasiado tranquila.

Michele Sorrento no llevaba bien que lo despertaran.
Sobre todo si era su padre el que lo hacía.
Y si era para darle una mala noticia, menos.
—Debe de ser un malentendido —repitió Michele por cuarta vez; vagabundeaba por sus aposentos en camisón, pateando de vez en cuando algún mueble que se interponía en su divagar—. Mi ángel protector no puede haberme traicionado para tomar partido por los apóstoles.
—El último que lo vio fue Negrini —dijo Dante—, y dice que lo envió a una casa que Brunner alquiló sin que nosotros lo supiéramos.
—¿Ves? Una prueba más de su lealtad.
—También dice que la llave de esa casa desapareció misteriosamente de su bolsillo —prosiguió Dante—, justo después de que Hamsa lo abrazara. Lo abrazara —repitió—. ¿Cuándo has visto al Susurro abrazar a alguien, Michele? Aprovechó ese abrazo para robársela. Es posible que al Susurro le interesara que la guardia descartara ese refugio para luego ocultar allí a los fugitivos. Otra cosa que ha reportado Negrini es que una de las máscaras y cuatro purificadoras han desaparecido.
—Cualquiera podría habérselas llevado —repuso Michele, reacio a creer que había perdido a Hamsa—. Son objetos muy golosos.
—Sea como sea, pienso sacar provecho de esto —resolvió Dante—. Mañana tendré ocasión de dirigirme de nuevo a una gran audiencia. Les meteré miedo a los ciudadanos con el asesinato de Borgiano y la fuga de los apóstoles. Nuestro objetivo es que nos necesiten.
Michele dejó que su mirada se perdiera a través de la misma ventana desde la que vio la antorcha del Susurro anunciar el inicio de la redada en la bodega. Le pareció que había pasado una eternidad y no hacía ni tres semanas de aquello. Unos golpes hicieron que Dante y Michele se giraran hacia la puerta. Gerasimo Mantovani entró y cerró por dentro. Jonás Gor se quedó fuera, apoyado en la barandilla, vigilando.

—Vengo de casa de Brunner —informó Mantovani—. Está vacía, pero hay señales de que alguien estuvo allí después de que Negrini la registrara. Un vecino dice que hace uno o dos días vio entrar a unos hombres y a una mujer. Eso es todo lo que he podido averiguar.

—Una mujer —murmuró Michele—. ¿Quién será esa mujer?

—Eso ahora da igual —gruñó Dante—. Debemos extremar las precauciones y no perder los nervios. Si te soy franco, Hamsa no me preocupa demasiado: si hubiera querido matarnos ya lo habría hecho. No creo que asesinarnos entre en sus planes.

—¿Cómo puedes estar seguro? —replicó Michele—. Hamsa es invisible, como un fantasma. Podría estar aquí ahora mismo y no lo sabríamos.

Mantovani intentó calmar a Michele. Lo conocía desde que era adolescente y nunca le había caído demasiado bien, pero tampoco le tenía especial antipatía. Bastante desgracia tenía con ser hijo único de Dante.

—Michele, para tu tranquilidad, pronto contarás con un protector mucho más poderoso que el Susurro.

—Un protector que no moverá un dedo hasta que le entreguemos a un tal Daniel Zarza —rezongó Dante—. Podrían pasar meses...

Michele fue incapaz de disimular su sorpresa.

—¿Daniel Zarza? ¿Español, rubio, alto, bien parecido?

Esta vez, fue Gerasimo Mantovani quien puso cara de pasmo.

—Esa es la descripción que manejamos.

—¿Lo conoces? —le preguntó Dante.

—Es el mejor de los discípulos —respondió Michele con un hilo de voz—. Un soldado excelente, que cuenta con mi confianza y con la de Oliver Zurcher. ¿Quién lo busca?

—Zephir de Monfort —respondió Dante—, un inquisidor español que trabajará con nosotros si le entregamos a ese hombre.

—¿Y por qué lo busca?

—Por traición —intervino Mantovani—. Zarza ayudó a Leonor Ferrari en su fuga y desertó del Santo Oficio.

El arzobispo recordó la charla que había mantenido con Daniel en el fuerte.

—Daniel me dijo algo de eso. Me contó que trabajaba para un alto cargo del Santo Oficio y que decidió abandonarlos. Así que ese Zephir es el inquisidor...

—¿Está Zarza en el fuerte? —preguntó Mantovani—. Zephir está allí... Como se encuentren, será divertido.

—No, no, Daniel está en Turín —respondió Michele—. Me dolería mucho perder a Zarza —declaró, sin saber que ya lo había perdido—. ¿Merece la pena cambiar su lealtad por la de ese Zephir?

—No lo has visto —rio Mantovani—. Es un gigante, y las hazañas que sus hombres cuentan de él son increíbles.

Dante decidió apoyar a su consejero.

—Es un hombre extremadamente religioso e implacable, Michele. Necesitarás a alguien como él para mantener a los protestantes bajo control cuando seas papa. Y también para inspirar terror —apuntó—, y te aseguro que Zephir de Monfort cumple con todos los requisitos.

Michele se sentó en el borde de la cama con los brazos apoyados en las rodillas. Parecía pensativo.

—¿Dónde está Zarza, Michele? —le preguntó Dante.

—No os lo toméis a mal, padre... os lo diré de todos modos, pero me gustaría que me concedierais una gracia a cambio de perder a mi mejor soldado.

Dante puso los ojos en blanco. Podría obligar a su hijo a revelar el paradero de Zarza por la fuerza, pero decidió darle una satisfacción. Cuanto más contento estuviera Michele, mejor para todos.

Pronto sería el papa.

Y como papa hasta podría destruirlo si se lo proponía.

Dante esgrimió una sonrisa complaciente y aceptó oír su petición.

Odió oírla, pero se tragó el orgullo y le concedió la gracia, a pesar de que no le gustaba un pelo lo que su hijo acababa de pedirle.

Media hora después, dos jinetes partían del cuartel hacia el fuerte.

Mantovani pensó que a Zephir le gustaría oír el mensaje que portaban.

# 59

*Turín, otoño de 1527*
*El día del juicio*

La última cama ocupada del hospital de Santa Eufemia se vació a primera hora de la mañana, cuando la familia del desgraciado de las manos amputadas vino a recogerlo. Se lo llevaron en una procesión de silencio, arrastrando los pies y la esperanza. Solo unos pocos pacientes, con dolencias leves, entraban y salían de la consulta de don Piero Belardi, que ese día comenzaba a formar a Adelfo Di Lucca, su mejor estudiante después de Spada. Gianmarco no había asistido a clase el día anterior. Belardi achacó su ausencia al resentimiento por haberlo echado, ajeno a que su discípulo se pudría bajo tierra en un bosque cercano, con el corazón atravesado por acero toledano.

Charlène aprovechó la calma reinante para cambiar la ropa de cama y ordenar las dos salas usadas después de lo que ya llamaban la batalla de la plaza de Saboya. Tres aldabonazos interrumpieron el zafarrancho. Dejó un montón de sábanas sucias sobre una litera y fue a abrir.

En la puerta se topó con un hombre de rasgos finos, sonriente, engolado y bien vestido. Charlène le devolvió una sonrisa cortés que se congeló en cuanto su mirada rebasó el hombro del desconocido y descubrió quién lo acompañaba.

Apenas se fijó en los guardias que rodeaban el hospital ni en los cuatro jinetes que acompañaban a Zephir, que adivinó que serían los antiguos compañeros de Daniel. La realidad del caballero oscuro y la pesadilla que montaba superó con creces la imagen que su mente había dibujado de él, basada en el relato de Zarza. Vidal Firenzze le dijo algo, pero Charlène ni siquiera lo oyó. Su corazón se aceleró y el cerebro le envió órdenes al rostro para disimular el miedo.

—Señorita... ¿Habéis oído lo que os he dicho?

Charlène pareció despertar de un sueño. Intentó recomponer la sonrisa, pero los labios le temblaban.

—Perdonad —balbuceó.

—Venimos a buscar a un paciente —repitió Firenzze—, Daniel Zarza. Sabemos que se encuentra en este hospital.

Charlène habló de forma atropellada. Estaba asustada. Mucho.

—Se ha marchado. Debería estar aquí, ingresado, pero esta mañana he encontrado su cama vacía. Está herido, tiene las costillas rotas...

«Demasiadas explicaciones, estás dando demasiadas explicaciones».

—Entonces, sí que estuvo aquí —confirmó Firenzze.

Ella asintió y tragó saliva. El hombre engolado volvió a esbozar su sonrisa afable y se dirigió a Charlène con la misma condescendencia con la que le habría hablado a un bebé.

—Nuestra tropa rodea el hospital y tiene orden de abatir al fugitivo sin mediar palabra. Si sigue en el edificio, será mejor que se entregue; si intenta escapar por detrás, será peor.

—No está aquí, os lo juro.

Para horror de Charlène, la gigantesca mole del inquisidor desmontó del caballo. Lo hizo con una lentitud onírica, como si pesara un quintal y flotara como una pluma al mismo tiempo. Sus hombres lo imitaron. Charlène nunca había visto inquisidores, pero no se diferenciaban mucho de los peores rufianes con los que se había cruzado antes. Los guardias de Sorrento esperaron montados. Tenían instrucciones de Mantovani de no atravesar el umbral de la puerta del hospital bajo ningún concepto. Si alguien tenía que ofender a Piero Belardi, que fueran los inquisidores. Firenzze se apartó para dejar paso a Zephir. Este se plantó frente a Charlène, que bajo su presencia parecía todavía más pequeña. La muchacha retrocedió dos pasos de manera involuntaria. La voz de serpiente brotó de debajo del yelmo. El italiano que hablaba era recién aprendido y deficiente, pero a Zephir se le entendía hasta sin pronunciar palabra.

—Vamos dentro —ordenó.

Charlène dejó que Zephir y su escolta entraran en el hospital.

La mano acorazada del inquisidor la agarró por el hombro. No fue un gesto violento, ni los dedos, capaces de pulverizar huesos, aplicaron fuerza alguna. No hacía falta. La joven se dejó conducir al interior, dócil.

Como cuando su padre se deslizaba entre las sábanas.

Zephir hizo una seña y Laín, Isidoro, Baldo y Ruy desenvainaron las espadas y recorrieron la sala donde estaban y las adyacentes, mirando por debajo de las camas y abriendo arcones lo bastante grandes para esconder a una persona. Firenzze se colocó al lado del inquisidor y Charlène, que se habían parado entre dos literas. Su sonrisa tranquilizadora produjo en la chica el efecto contrario.

—Mi señor es español, no habla bien italiano —explicó—, así que traduciré sus palabras si es necesario.

Charlène asintió. Zephir le soltó el hombro, pero aquello apenas la animó. La cruz sangrante del yelmo bajó hasta colocarse a muy poca distancia de su nariz. Aunque Zephir hubiera hablado un perfecto italiano, ella no habría entendido ni una palabra de lo que dijo. El terror le nublaba el entendimiento.

—El inquisidor pregunta si sabéis dónde está Daniel Zarza.

—No —respondió Charlène; por mucho que trataba de disimular el nerviosismo, el pánico que sentía era cada vez más evidente—. Casi no hablé con él mientras estuvo ingresado, lo justo para preguntarle cómo se encontraba, nada más.

El yelmo se ladeó y Charlène sintió un escalofrío. Zephir no habló. Su mirada vacía parecía estudiar los recovecos de su mente, como si pudiera distinguir la verdad de una mentira. Justo en ese momento, Piero Belardi entró en la sala acompañado de Di Lucca, que se quedó petrificado al ver al inquisidor. La mujer a la que acababan de atender huyó del hospital con su hijo pequeño en brazos, aterrorizada ante la visión del caballero y de los hombres que había visto en los pasillos.

—¿Se puede saber qué está pasando aquí? —preguntó el médico, furioso—. ¿Quién sois?

Zephir se incorporó y se lo quedó mirando, sin hablar. Firenzze se adelantó, esgrimiendo su sonrisa como quien blande una espada.

—Vos debéis de ser don Piero Belardi —adivinó—. Mi nombre es Vidal Firenzze y soy el intérprete de mi señor, Zephir de Monfort, inquisidor del Santo Oficio. Buscamos a Daniel Zarza, un fugitivo muy peligroso.

—Zarza —repitió Piero—. ¿El español alto, rubio?

—Ese mismo.

—Se largó ayer. Habrá vuelto a su cuartel, digo yo... o se habrá largado con viento fresco, pero aquí no está. —Señaló con el dedo a Firenzze, sin mostrar el menor signo de temor—. Ahora, llamad a los bandidos que andan abriendo y cerrando puertas, y marchaos de mi hospital. ¡Fuera!

Zephir hizo una seña a Firenzze y este tocó el silbato que sacó del bolsillo. El silencio que siguió fue espeso como la mantequilla. Ruy y Baldo fueron los primeros en presentarse en la sala. Laín e Isidoro lo hicieron después. Baldo golpeó a Adelfo Di Lucca con el hombro al pasar y disfrazó de disculpa un burdo insulto en español acompañado de una sonrisa. Ruy se acercó a Zephir y le dijo algo en voz baja. El caballero oscuro caminó hacia la salida sin pronunciar palabra. Sus esbirros lo siguieron. Firenzze ejecutó una exagerada reverencia a los médicos y se marchó detrás de ellos.

—Hijos de puta —masculló Belardi una vez que se perdieron de vista—. Y decía Spada que las cosas iban a cambiar en Turín. A peor, como siempre. Lo que nos faltaba, Adelfo, el Santo Oficio español tocándonos los huevos. Como alguno de esos venga a que le cosa una herida, lo haré con una aguja oxidada.

Adelfo asintió y fue a cerrar la puerta del hospital.

Su primer día de trabajo y casi se había cagado encima.

Charlène recogió las sábanas que había dejado sobre la cama. Las manos todavía le temblaban.

No veía la hora de salir del hospital para poner al corriente a sus amigos de la visita que acababa de recibir.

Zephir agarraba a Resurrecto por el bocado cuando Adelfo Di Lucca cerró la puerta del hospital. Los demás inquisidores se acomodaban sobre las sillas de montar, y la guardia de Sorrento se reunía para conducirlos al cuartel, donde se alojarían a partir de entonces. Antes de subir al caballo, Zephir se dirigió a Firenzze.

—Esa muchacha sabe más de lo que dice —aseguró—. Quiero que la sigas con discreción; presiento que podría llevarnos hasta Zarza.

—Me quedaré por los alrededores. ¿Iréis directos al cuartel?

—Pasaré antes por el arzobispado. Tengo curiosidad por conocer al que dicen que será futuro papa.

Firenzze asintió. Zephir montó sobre Resurrecto y dejó que los guardias lo guiaran hasta la plaza de Saboya. A pesar de la decepción por no haber encontrado a Daniel Zarza en el hospital, el inquisidor no perdió la esperanza.

Algo en su interior le decía que se las vería con el traidor muy pronto.

Dino D'Angelis se presentó en la torre municipal veinte minutos antes de las once. Encontró a una muchedumbre enojada en las inmediaciones, elevando quejas al viento y maldiciones al cielo cargado de nubes. Los soldados de la guardia de la ciudad encajaban el enfado general con rostro imperturbable, haciendo oídos sordos al descontento. D'Angelis eligió a una señora desdentada para preguntarle por la razón de aquel disgusto, no le fuera a responder con un mordisco.

—Buenos días, mi señora —la saludó a varios pasos de distancia, por si acaso—. ¿A qué se debe este encrespamiento?

—¿No os habéis enterado? Los asesinos del papa, los mismos que mataron a un montón de gente, se fugaron anoche de la cárcel y asesinaron a varios guardias de la ciudad.

Un señor orondo que vagabundeaba por los alrededores en busca de una víctima a la que dar la tabarra se acercó, tambaleante. Tenía la nariz roja, pero no por el frío.

—Hijo de puta, el papa. ¡Sí! ¡Que me oigan! Un hijo de puta que envía a sus sicarios a matarnos. Espías —añadió—, espías que quieren destruir la ciudad. ¿Y dónde está el duque de Saboya? En su palacio, hablando en francés con sus putas mientras la muerte ronda en cada esquina.

—¿Y nadie sabe dónde están esos asesinos? —preguntó D'Angelis, eligiendo la expresión más preocupada de su repertorio.

—Ya estarán lejos de aquí —apostó la señora, mostrando las encías como un lobo lamentable—. Mi hijo dice que se reagruparán para atacar la ciudad y exterminarnos.

—Entonces ¿el juicio no se celebra?

El beodo, que se disponía a seguir con su gira por la plaza, dio media vuelta y respondió a Dino.

—He oído que Cándida Di Amato y Carlo Sartoris comparecerán ante el juez, y que Sorrento anunciará nuevas medidas para protegernos. ¡Menos mal que tenemos a Sorrento! Un tipo con cojones que no se achanta ante nadie. —Los ojos del borracho se abrieron mucho antes de señalar hacia un punto detrás de D'Angelis—. Mirad, ahí llega.

Dino volvió la cabeza a tiempo para ver a Dante acompañado de Jonás Gor. Iban escoltados por varios soldados de su guardia, vestidos con las sobrevestas rojas con rombos blancos. Al espía no le dio tiempo a esfumarse; Dante lo señaló con un dedo tieso como el cañón de un arcabuz y con cara de querer dispararlo.

—Tú —lo conminó—. Espera ahí.

Gor se prodigó en una sonrisa cínica que D'Angelis no tuvo valor de responder. Dante se acercó al espía.

—Entra con nosotros, quédate hasta el final, y no te marches hasta que no haya hablado contigo.

Gor le propinó a D'Angelis una palmada de falsa amistad en la espalda, le echó el brazo por encima y lo arrastró al interior de la torre municipal. Dino caminó recto, esperando una puñalada en el riñón que no terminaba de llegar. La guardia de la ciudad les cedió paso y entraron en el recinto. En un ala del salón estaban los maestres de los gremios hablando entre ellos en voz baja y con cara de preocupación. Dante se dirigió al estrado, donde Beccuti y Lissànder Fasano flanqueaban a un anciano de rostro grave que debía de ser el juez. Leonardo Orsini no podía disimular su contrariedad al haber tenido que viajar de noche desde Orbassano para presidir una vista que no se iba a celebrar. Dos hombres jóvenes, que D'Angelis dedujo que serían los abogados de la defensa, parecían disgustados por la cancelación del juicio. Por su edad, Dino adivinó que aquel sería uno de sus primeros casos, si no el primero.

—Tú aquí conmigo, D'Angelis —lo invitó Gor, empujándolo hasta sentarlo a la fuerza en el banco—. Lo vamos a pasar genial —vaticinó.

—Como siempre, Jonasito —rezongó Dino, con la mirada perdida en el estrado—. Contigo va la fiesta a todas partes.

El espadachín dejó escapar una risa, pero no lo importunó más.

La gente comenzó a ocupar bancos vacíos. La indignación inicial había dado paso a una expectación más silenciosa, aunque la expresión de sus rostros aún danzaba entre el malestar y la beligerancia. La guardia cerró las puertas una vez que dio el aforo por completo. Los que se quedaron fuera siguieron renegando en la plaza, a la espera de que los afortunados que sí habían podido entrar les contaran lo que se hablara en el acto.

El primero en tomar la palabra fue Lissànder Fasano, que dio una versión de la fuga enfocada a poner a los asistentes en contra de los apóstoles y del papa Clemente, al que se refirió como «enemigo por desgracia intocable». Según su relato, un agente de Roma había eliminado a los guardias y liberado a los prisioneros, que se abrieron paso por las armas, segando la vida de muchos padres de familia. Por fortuna, las heroicas fuerzas de la ciudad consiguieron abatir a la mitad de ellos. A D'Angelis no le extrañó que obviara el episodio de la liberación de Brunner y Frei por el falso juez. A nadie le interesa quedar como un tonto delante de su pueblo.

—Sospechamos que los pocos supervivientes de los llamados apóstoles han huido de la ciudad —concluyó—. Por ahora podéis estar tranquilos. Además, tomaremos medidas para impedir que los turineses, y sus intereses, sean atacados desde el exterior.

D'Angelis recibió las palabras del capitán preboste con optimismo. Si decía la verdad, era probable que pronto dejaran de buscar a los fugitivos. Fasano dio paso al alcalde, que se dirigió a los presentes con semblante triste.

—Esta guerra secreta del papa contra Turín se ha cobrado una víctima muy querida por todos: Louis Borgiano, un hombre intachable que ha servido a la ciudad como notario desde hace más de veinte años y como secretario de la alcaldía desde hace una década. Lo recordaremos en nuestras oraciones; Dios lo tenga en su gloria.

El breve murmullo que brotó de la audiencia tras las palabras de Beccuti fue interrumpido por unas palmadas impacientes del juez Orsini, que cogió un papiro de la mesa con malos modos y lo apartó de sí como si le diera asco a cuenta de la presbicia.

—Que entren los acusados de los disturbios de la plaza de Saboya, Cándida Di Amato y el condotiero, Carlo Sartoris.

Una puerta se abrió detrás del estrado para dar paso a los acusados, que iban seguidos por unos abogados de aspecto más versado que los mozalbetes asignados a los apóstoles, que ahora se mimetizaban con el público en un banco de la primera fila con cara de debut frustrado. La cara de Sartoris seguía vendada por el recuerdo del Susurro. La viuda entró cabizbaja, como si tuviera los pies forrados de plomo. Había perdido peso en los últimos días, a pesar de haber esperado la comparecencia en su domicilio. El juez siguió leyendo el papiro.

—Según este documento, el arzobispo de Turín, Michele Sorrento, rehúsa presentar cargos contra los acusados. —Orsini recorrió la sala con la vista—. ¿Está aquí el arzobispo?

Dante se levantó.

—Señoría, yo soy su padre y hablo en su nombre. Por motivos de seguridad, hemos disuadido a su ilustrísima de personarse en esta sala. Tanto él como yo manifestamos públicamente nuestra intención de no presentar cargos contra Cándida Di Amato.

El público elevó un murmullo de asombro, en el que las alabanzas hacia la piedad del arzobispo y de Dante Sorrento resonaron con claridad. El juez tuvo que exigir silencio a gritos. Cándida y Sartoris intercambiaron una mirada de desconcierto. D'Angelis se volvió a Gor.

—Dante sabe cómo ganarse al pueblo, ¿eh, Jonasito? Si seguimos escuchándolo, acabará convenciéndonos de que es buena persona.

—Es un santo —dijo Gor, irónico—. Calla, que sigue hablando...

—Cándida fue una víctima —prosiguió Sorrento—, no solo de las maquinaciones para desestabilizar nuestra ciudad, sino también de las acciones de los llamados apóstoles, al igual que muchos de los aquí presentes, que habéis perdido familiares, asesinados por...

—Señor Sorrento —lo interrumpió Orsini, en tono impaciente.

—¿Señoría?

—¿Os ratificáis en no presentar cargos contra Cándida Di Amato y su condotiero? —preguntó—. La indemnización por vuestras pérdidas podría ser cuantiosa.

—Desisto de ella —declaró Dante, arrancando otro runrún entre el público—. Me conformaré con un pequeño favor extraoficial, pero se lo pediré cuando finalice el juicio.

Cándida tragó saliva. A ver qué iba a pedirle Sorrento.

Orsini dejó el papiro sobre la mesa con desdén y se puso de pie.

—Pues hablad de lo que queráis —gruñó, para luego dirigirse a la misma puerta por la que habían entrado Cándida y Sartoris—. El juicio, por mi parte, ha terminado. Quedad con Dios y no me llaméis más.

Y se marchó, dejando atrás bisbiseos y risas contenidas. Dante dejó que la gente se desfogara antes de seguir hablando.

—Quiero ser breve y no repetiré lo que ya dije hace unos días en la catedral, pero creo que después de los acontecimientos que acabamos de vivir, es hora de tomar decisiones. Y como dijimos entonces, deberíamos tomarlas juntos.

—Qué bien habla tu amo, Jonasito —comentó D'Angelis a Gor en voz baja—. Está hecho todo un orador sagrado.

El espadachín inclinó la cabeza hasta que sus labios casi tocaron la oreja del actor.

—Nuestro amo —lo corrigió—. Tú espérate hasta el final, que te llevarás una sorpresa.

D'Angelis sintió que se le cerraba el gaznate. ¿A qué se refería Gor? Frente al estrado, Dante proseguía su discurso.

—Como bien ha dicho el capitán preboste, nuestro enemigo es prácticamente intocable. Y digo prácticamente porque nosotros lo tocaremos. Lo venceremos —aseguró—, y si Dios nos lo permite, no con sus mismas armas arteras de intrigas, miedo y puñales por la espalda. Pero eso será a su tiempo: en este momento, lo primordial es garantizar la seguridad de Turín. Es por ello por lo que apelo a Cándida Di Amato, y también a cualquier otro mercader o funcionario preocupado por el devenir de esta ciudad, que apoyen una iniciativa que estoy construyendo para la defensa militar de la plaza. No una basada en condotieros dispuestos a traicionarnos por tres florines al alza, sino un ejército bien entrenado y bien pagado, que no dude en dar su vida por los turineses.

Como condotiero, Sartoris se sintió ofendido. De todos modos se mordió la lengua.

—¿Y la guardia de la ciudad? —preguntó alguien desde el público.

—La guardia de la ciudad patrulla nuestras calles y mantiene la paz en ellas —respondió Dante—, pero no está preparada para la guerra. El ejército del que os hablo, sí.

—¿Y dónde está ese ejército?

—Os lo mostraré dentro de tres días, el domingo a mediodía, en la plaza de San Juan Bautista —respondió Dante—. Allí os presentaré la semilla de ese ejército que nos protegerá de cualquier ataque procedente del exterior... y algo todavía más sorprendente: un prodigio con el que Dios Nuestro Señor ha bendecido al arzobispo.

Una nueva ola de murmullos se elevó en la torre municipal.

—¿Qué prodigio? —preguntó alguien desde el fondo de la sala.

—Lo veréis el domingo, en la catedral —prometió Dante—. Os adelanto que lo que contemplarán vuestros ojos hará que se llenen de lágrimas de emoción. Decidles a todos que vengan, que nadie se quede sin poder admirarlo.

Cándida Di Amato levantó la mano y Dante le cedió la palabra con gesto gentil.

—¿En qué consiste ese favor que queréis pedirme? —preguntó la viuda, intranquila por saber cuánto le iba a costar la clemencia de los Sorrento.

—Quedaos hasta que termine este acto y concertaremos una reunión —propuso Dante, que se dirigió al resto de la audiencia—. Y hago extensiva esta invitación a cualquiera de vosotros interesado en colaborar con la defensa de Turín. Cuantos más nos impliquemos en esto, mejor.

D'Angelis inclinó la cabeza hacia Gor.

—Menuda jugada: «nuestro amo» pretende que Turín le pague su ejército, tiene cojones la cosa.

El espadachín le guiñó un ojo.

—Y seguro que lo consigue —vaticinó—. ¿No te parece magistral?

—Estoy por levantarme y prorrumpir en aplausos, pero ¿sabes lo que pasa cuando alguien hace eso, Jonasito? Que el resto, los borregos, aplauden sin saber lo que aplauden.

La Muerte Española asintió, y lo hizo con sinceridad.

—¿Ves? En eso tengo que darte la razón.

Beccuti dio por finalizada la asamblea media hora después. Público y autoridades abandonaron la torre municipal alumbrados por las promesas de Sorrento e intrigados por lo que sucedería en la plaza de San Juan Bautista el domingo siguiente. Sumerge a un pueblo en las tinieblas y caminarán hacia el único farol encendido que divisen, aunque esté más allá de un precipicio.

Gor retuvo a D'Angelis hasta que Dante se despidió de Beccuti, Fasano y los maestres de los gremios, después de citar a Di Amato y a algunos más, interesados en la defensa de la ciudad, para una reunión que se celebraría esa misma tarde en La Prímula. Por cómo se dirigían a él y por la expresión satisfecha de sus caras era evidente que el discurso de Sorrento los había convencido. Una vez que despachó con ellos, Dante se dirigió al banco donde solo quedaban Jonás y Dino. Se llevó a este último aparte. La forma en la que comenzó la conversación no fue la mejor del mundo.

—No me gustas, D'Angelis. Nunca me gustaste ni me gustarás. —Sorrento hizo una pausa en la que no dejó de despellejar al espía con la mirada—. Pero mi hijo Michele siente un aprecio especial por ti y me ha rogado que te levante el veto. Quiere verte en el arzobispado.

D'Angelis no respondió. Se limitó a escuchar a Dante y a soportar la presión de su mirada, más amenazadora que una espada en alto.

—El destino de mi hijo está escrito y no pienso permitir ninguna mala influencia. Si te pide algo raro... como ir de fulanas, o alguna cosa parecida, te negarás, ¿de acuerdo?

—Señor, os juro que últimamente he cambiado mucho. —Lo más gracioso era que Dino decía la verdad—. Ya no soy el que era.

Sorrento se separó dos pasos de él y le regaló una mirada de desprecio.

—Nunca has sido nadie, y como nadie que has sido nunca serás nada. Ahora vete, el futuro papa te espera.

D'Angelis asintió, cabizbajo. Desde el banco, Gor se despidió de él agitando los dedos, sin abandonar su sonrisa burlona. Dino le dedicó el gesto de la mano impúdica, elevando el dedo corazón hacia él. El espía abandonó la sala y salió a la plaza. Un copo de nieve cayó sobre su mano. Miró al cielo.

Volvía a nevar.

D'Angelis se subió el cuello del abrigo y empezó a andar rumbo al arzobispado.

Algo en su interior le decía que la cosa aún podía ir a peor.

# CUARTA PARTE
# El prodigio

# 60

*Turín, otoño de 1527*
*Tres días antes del prodigio*

D'Angelis encontró cuatro desconocidos cerca de la escalinata del arzobispado. Charlaban entre ellos en español, de pie junto a sus monturas y un quinto corcel que sería el que Satanás elegiría en caso de decidir darse un paseo a caballo por el mundo.

El espía adivinó de inmediato quiénes eran.

Pasó al lado de los inquisidores y les dedicó un sutil saludo con la cabeza que ellos no devolvieron. Baldo lo siguió con la mirada mientras subía los peldaños del arzobispado, con su media sonrisa buscadora de pelea impresa en el rostro aniñado. Dino pensó que en ese cuarteto militaban dos de los fulanos más feos de la creación: Laín e Isidoro. No le extrañó que Daniel se largara. Él también lo habría hecho, aunque solo fuera por no verles la jeta.

—El señor Sorrento me envía —anunció a los centinelas de la puerta.

—¿Desde cuándo pides permiso, D'Angelis?

—Desde que no sé si me quieren o me odian.

—Entra, pero te tocará esperar: el arzobispo tiene visita.

D'Angelis cruzó el zaguán y dejó atrás el cuerpo de guardia. Echó de menos ver apóstoles por los alrededores. En cambio, la presencia de la guardia de Sorrento se había intensificado. Subió a la primera planta y esperó frente a la puerta cerrada del despacho. Elevó la vista al piso superior y distinguió a los dos vigilantes uniformados que mencionó Charlène. La ventana de la estancia donde tenían encerrada a Leonor quedaba en el ala este del palacio. Se prometió echar un vistazo desde fuera al salir, pero antes aprovecharía para husmear lo que pudiera. Subió la escalera y saludó a los soldados. El mayor se levantó y fue a su encuentro con cara compungida.

—Lo siento, D'Angelis, pero nadie puede subir sin consentimiento expreso de los Sorrento.

—Vaya —rezongó—, yo solo quería charlar un rato con alguien. Me aburro ahí abajo, el arzobispo tiene visita. —Bajó la voz en tono confidente—. Me han dicho que el que está dentro es un tipo raro, ¿lo has visto?

El soldado también bajó la voz.

—Un gigante, con una armadura antigua que debe de pesar un quintal. Da miedo.

D'Angelis se hizo el loco.

—¿Y es por eso por lo que no se puede subir a este piso?

—No. —El guardia bajó la voz todavía más—. Ahí dentro hay una loca, no tengo ni idea de quién es. Una mujer joven, que no habla, no come, no bebe y se mea encima. No me atreví a preguntar nada; aquí, cuanto menos sepas, mejor.

D'Angelis le dio la razón al guardia e intentó sonsacarle algo más.

—¿Y para qué ha traído a una loca al palacio?

—Ni idea, pregúntale al arzobispo.

D'Angelis regresó al primer piso. Quince minutos después la puerta del despacho se abrió. El espía notó cómo los testículos se le escondían en lo más profundo de las ingles al ver por primera vez a Zephir de Monfort.

El inquisidor le dispensó una mirada fugaz al pasar a su lado y empezó a bajar la escalera. D'Angelis lo espió desde la barandilla mientras descendía los peldaños con pesadez. De repente, Zephir se detuvo y miró hacia arriba, directamente a Dino.

La saliva que tragó D'Angelis se le hizo barro en el gaznate. El inquisidor lo había pillado. A pesar de que el visor le ocultaba los ojos, el espía supo que las ascuas que había detrás lo miraban con furia. La reacción de Dino fue ridícula.

Le dijo adiós con la mano.

Zephir lo taladró durante unos segundos más y reanudó su descenso. D'Angelis deseó con todas sus fuerzas que tropezara y rodara escaleras abajo, pero no hubo suerte. En cuanto recuperó un ritmo cardiaco medio normal, llamó a la puerta.

—¡Adelante!

Encontró a Michele sentado detrás de su escritorio. Este se levantó de la silla en cuanto vio a D'Angelis. Lo que el arzobispo hizo a continuación dejó al espía sin palabras.

Se abrazó a él como nunca lo había hecho.

—Joder, Dino, qué alegría —exclamó, apretando la mejilla contra la suya con fuerza—. Perdóname por haberte hablado como lo hice el otro día en el hospital, te lo ruego. ¿Me perdonas?

D'Angelis se sentía incómodo con el abrazo. Palmeó dos veces la espalda de Michele, lo separó un poco de sí y forzó una sonrisa que trató de ser sincera.

—Pues claro que te perdono, hombre. ¿A qué viene este arranque de cariño?

Michele se mordió el labio con tristeza y regresó a su escritorio. Movía la cabeza al andar. A D'Angelis le pareció que había envejecido diez años desde la última vez que lo vio.

—Eres mi único amigo, Dino —confesó cabizbajo—. Le he exigido a mi padre que nos permita seguir viéndonos y que deje de meterse contigo. Conmigo lo seguirá haciendo —se lamentó—. Para él, solo soy un monigote al que quiere nombrar máxima autoridad de la Iglesia para satisfacer su delirio de grandeza. De no ser por eso, me habría desheredado hace años y me habría dejado morir de hambre en la calle. —Se volvió a D'Angelis con expresión compungida—. Créeme, eres lo único que me queda.

D'Angelis se sentó en una de las sillas del despacho. En el fondo sentía lástima por su amigo. El poder lo estaba corrompiendo como un trozo de carne a la intemperie.

—Michele, ¿puedo hablarte con franqueza? Puede que no te guste lo que voy a decirte —advirtió.

—Por supuesto.

—No veo claras las intenciones de tu padre —confesó, consciente del riesgo que entrañaba aquella sinceridad—. Tampoco tengo nada claro qué está pasando en Turín. Y ahora acabo de cruzarme con un guerrero escapado de un grabado antiguo que casi hace que me cague en los pantalones.

—Zephir de Monfort —explicó Michele—. Menos mal que sé algo de español, apenas habla italiano. Trabajará para mí cuando sea papa. Mantendrá Italia limpia de protestantes y herejes, en eso es el mejor. Pero antes tiene que resolver ciertos asuntos.

«Daniel Zarza», dedujo D'Angelis.

—¿Y te fías de él? —preguntó el espía, señalando la puerta cerrada con el pulgar—. Yo no pegaría ojo teniendo cerca a ese tipo.

Michele ladeó la cabeza con una sonrisa.

—Dino, cuando sea papa me sobrará protección. Tendré fondos casi ilimitados y la Guardia Suiza a mi servicio.

«Y a los discípulos, aunque no los menciones en mi presencia», pensó D'Angelis. El arzobispo se inclinó sobre la mesa.

—¿Quieres que te cuente un secreto?

—¿Tendrás que matarme después de contármelo?

—Estoy aguantando las humillaciones de mi padre porque, por ahora, lo necesito —reveló—. Una vez que consiga el báculo tendré los recursos suficientes para quitármelo de encima de una vez por todas.

D'Angelis resopló. De tal palo, tal astilla.

—¿Me estás diciendo que pretendes asesinarlo?

Michele se recostó en el respaldo de su sillón. Su rostro mostraba tal tranquilidad que daba escalofríos.

—Quien tenga oídos para oír, que oiga —recitó.

A D'Angelis le habría gustado recordarle que se conocían desde niños; le habría gustado preguntarle qué demonios le había pasado durante los últimos meses para ordenar un asesinato en masa y ahora plantearse el asesinato de su padre. Le habría preguntado, con gusto, si podía hacer algo por él que le permitiera dar un paso atrás.

Pero, si bien llevaba tiempo sospechándolo, justo en ese momento vio que su amigo había perdido la cabeza hasta cruzar un punto sin retorno. El Michele Sorrento que tenía delante era una versión oscura, siniestra y atormentada del juerguista inofensivo de otros tiempos.

Y ese nuevo monstruo sería investido papa si los planes de su padre prosperaban. Y por lo visto hasta ahora, aquellos planes iban viento en popa. Si existía alguna posibilidad de detener aquello, D'Angelis se vería obligado a permanecer al lado de su amigo para poder traicionarlo, por muy repugnante que le pareciera la idea. Dante afirmaba obrar por el bien común; Dino se dijo que también.

—Cambiando de tema, Michele, ¿tienes algún trabajo para mí?

El arzobispo se rascó la barbilla.

—Sí, tengo uno: se llama Daniel Zarza.

El padre Pacella fue a buscar a Charlène al hospital alrededor de las tres de la tarde. Don Piero se resistió a que abandonara su puesto —a pesar de que no quedaba nadie ingresado y tres monjas ayudaban en la limpieza—, pero unas monedas de plata de parte del arzobispo y el interés de Charlène por visitar a la paciente doblegaron su terquedad.

—¿Y no sería mejor que yo viera a esa mujer? —preguntó Belardi a Pacella cuando se iban—. Puede que necesite un médico.

—Por ahora, no, don Piero —respondió el secretario; parecía tener prisa—. Os llamaremos si fuera necesario.

Belardi regresó al interior del hospital refunfuñando. Damiano y Charlène se encaminaron al arzobispado.

No fueron solos.

Vidal Firenzze los siguió a una distancia prudencial, como una hiena a una presa moribunda.

Charlène encontró a Leonor sentada en el borde de la cama con la mirada perdida en el infinito, como el día anterior.

—Golpea la puerta tres veces cuando quieras salir —dijo el padre Pacella cuando Charlène le pidió que saliera de la habitación.

Para su intranquilidad, el secretario dio dos vueltas de llave, dejándola encerrada con Leonor. La ingeniera se puso de pie en cuanto se quedaron solas. Charlène dejó la bolsa de enfermera en el suelo y le hizo un gesto para que la acompañara a la esquina más alejada de la puerta. No quería que nadie más la oyera.

—Traigo buenas noticias —empezó a decir Charlène—. No grites ni hables demasiado alto, por favor. Has tenido una suerte enorme...

Leonor tuvo que morderse los nudillos y controlar los sollozos cuando Charlène la informó de que Daniel Zarza se escondía junto a otros soldados en la periferia de Turín. La muchacha estaba en lo cierto: Leonor había tenido una suerte inmensa. Esta se aseaba a sí misma mientras hablaban.

—Mis amigos todavía no saben cómo te sacarán de aquí —reconoció Charlène, sin perder de vista la puerta—. ¿Se puede abrir esa ventana?

—No lo he intentado —confesó Leonor—, me da miedo hacer ruido y que descubran que estoy fingiendo.

—Túmbate y permanece en silencio —le ordenó Charlène—, pase lo que pase.

Leonor obedeció.

La ventana estaba asegurada con un par de pasadores de metal. Charlène los descorrió y tiró de ella, pero pesaba demasiado y crujía al rozar con el marco. Lo logró al tercer tirón. Dos segundos después, el sonido de la llave al girar en la cerradura confirmó que había hecho más ruido de la cuenta. El rostro irritado del guardia que había hablado con D'Angelis horas antes asomó por la puerta. Por fortuna, Leonor interpretaba su papel de forma magistral.

—¿Qué haces?

—Ventilar un poco —respondió Charlène—, el aire aquí es insalubre. Salid, os lo ruego, la paciente no está vestida del todo.

—Está nevando —repuso el soldado—. Cierra eso ahora mismo.

Charlène frunció los labios, disgustada, pero aprovechó para echar un vistazo a través de la ventana. El edificio próximo se alzaba a unos diez pasos de distancia y había un balcón abalaustrado un poco más arriba. Por otro lado, la altura era considerable. Una caída a la calle podría ser mortal.

—¿Quieres cerrar eso de una vez? —insistió el guardia, enfadado.

—Eso intento —protestó Charlène, fingiendo que apenas podía mover la ventana—. Está durísima.

Justo cuando el guardia estaba a punto de ayudarla, Charlène la cerró de golpe.

—Ya —exclamó a la vez que echaba los cerrojos—. Al final he podido sola, gracias.

El soldado le lanzó una mirada furibunda y se fue dando un portazo. Leonor se incorporó un poco y Charlène se le acercó.

—¿Te asusta la altura? —le preguntó la chiquilla.

—Ni mucho, ni poco, ¿por qué?

—Conozco a alguien que podría sacarte por la ventana esta misma noche, pero tendrás que abrírsela tú y no gritar, por mucho miedo que te dé la altura.

Leonor señaló la puerta.

—¿Acaso no has visto lo que acaba de pasar? La guardia me oirá, me pillará levantada... y se acabó la función.

Charlène le indicó que la siguiera hasta la ventana y le mostró un trapo encajado entre el marco inferior y la hoja.

—Acabo de poner esto delante de las narices del guardia —dijo, orgullosa de sí misma—. Amortiguará el ruido.

Leonor le prodigó una mirada de admiración.

—Eres lista —admitió—. Me recuerdas a alguien que conozco en España. Tiene más o menos tu edad, te gustaría.

—Esta noche permanece atenta y abre la ventana si alguien aparece al otro lado. Ah, y no te asustes de la persona que vendrá a rescatarte... da un poco de miedo, pero es amiga de Daniel. Confía en ella.

Leonor la abrazó muy fuerte.

—No sé cómo agradecerte lo que estás haciendo por mí.

—No tienes por qué —dijo, recogiendo sus bártulos—. Me marcho. Espero que la próxima vez que nos veamos sea fuera de aquí.

Leonor dedicó a Charlène una última sonrisa, se sentó en el borde de la cama y dejó que su mirada se perdiera en la lejanía. La niña llamó tres veces a la puerta. Al cabo de unos instantes la cerradura volvió a girar y la hoja se abrió. Pero no fue al padre Pacella a quien encontró al otro lado, ni al centinela malhumorado.

Charlène palideció.

—Ayer te fuiste sin pasar por mi despacho —dijo Michele Sorrento con una sonrisa excesiva en el rostro—. Ven, charlemos un rato.

La mano del arzobispo se posó en el hombro de la chica y la condujo escaleras abajo, con delicadeza.

Charlène sintió que la sangre se le convertía en hielo.

## 61

El encapuchado de la capa oscura no solo era paciente.

También sabía muchas cosas.

Debajo de la capa, la espalda se abultaba de forma que lo hacía parecer un jorobado, pero el hombre se movía con total soltura entre los tenderetes de los mercaderes de la plaza de Saboya, donde había pasado el día sin perder de vista, ni siquiera un instante, su objetivo.

El arzobispado.

El encapuchado vio salir a Dino D'Angelis del palacio alrededor de la una y media de la tarde. Decidió seguirlo. Lo primero que hizo el espía fue pararse en la calle que daba al ala este del arzobispado y mirar hacia la parte de arriba del edificio durante un rato. Luego regresó a la plaza, donde compró carne seca y pan. Después caminó un rato hasta que entró en una casa infame que abrió con su propia llave; permaneció unos veinte minutos en ella para luego callejear rumbo al este de Turín. El encapuchado le perdió la pista por culpa del desafortunado choque entre dos carros y la posterior reyerta que se produjo en mitad de la calzada.

Soltó una maldición y regresó al arzobispado para partir de cero otra vez.

Un sacerdote subió la escalinata del edificio alrededor de las tres y veinte de la tarde. Una niña de rostro serio lo acompañaba. El encapuchado no reconoció a la joven, pero sí al secretario Pacella. Un hombre bien vestido apareció por la misma calle por la que acababan de entrar la chica y el cura y los observó mientras estos cruzaban la entrada del arzobispado. Luego se apostó en la fachada de un edificio próximo sin apartar la vista del palacio. El encapuchado frunció el ceño. No era la primera vez que veía a aquel individuo. No conocía su nombre, pero sabía quién era.

Para sorpresa del observador encapuchado, D'Angelis reapareció en la plaza una hora después. Apoyó la espalda en la misma fachada en la que lo hacía el hombre bien vestido, muy cerca de él, y empezó a taconear con la bota izquierda. Al hombre elegante pareció incomodarle la presencia del espía —o el ruido insistente del pie— y cambió de sitio. Cruzó la plaza y se instaló en la pared de enfrente.

Tres cuartos de hora después, la chica que había entrado con el cura bajó la escalinata del arzobispado abrazada a una bolsa. D'Angelis salió a su encuentro corriendo, la agarró de los hombros y le preguntó algo con aparente vehemencia. Ella negó con la cabeza y se abrazó a él. La mirada de D'Angelis se clavó en la fachada del palacio, apoyó la mano en el hombro de la niña y los dos se marcharon de la plaza.

El encapuchado advirtió que el hombre bien vestido empezó a seguirlos.

Él fue detrás.

—Si llega a hacerte algo, lo mato —juró D'Angelis por tercera vez desde que abandonaron la plaza de Saboya—. Si esta noche liberamos a Leonor, no volverás a pasar por la puerta del arzobispado.

Charlène y D'Angelis dejaron atrás las calles principales para transitar por los callejones que conducían a la periferia. Las cicatrices de la escabechina de Heinrich Valdera perdurarían por un tiempo. Muchas casas se habían quemado y en otras aún eran visibles salpicones de sangre ennegrecida por el paso de los días.

—El arzobispo parecía interesado en saber cosas sobre mí, sobre mi familia —relató Charlène—. Nada demasiado importante. Me acarició la cara un par de veces y me asusté... pero no pasó de ahí.

—No te fíes —advirtió Dino—. Conozco a Michele y, como buena serpiente que es, le gusta hipnotizar a sus víctimas antes de comérselas.

—No me fío del todo de nadie, Dino. Bueno, sí... de ti.

D'Angelis le echó el brazo por encima y la apretó un instante contra sí, sin dejar de caminar. Aquella mujercita sacaba lo mejor de sí mismo y le hacía olvidar quién era en realidad. O puede que esa realidad que él veía en el espejo no fuera más que un reflejo distorsionado que recibía de una vida repleta de actos licenciosos y faltos de escrúpulos.

Puede que, en el fondo, fuera un buen hombre.

Aquel pensamiento le hizo sonreír.

—¿Me cuentas lo que has hablado con Leonor?

—Mejor cuando estemos todos.

Salieron del barrio de Riva. D'Angelis se detuvo en la explanada que se extendía delante del refugio y echó una ojeada a las bocacalles que acababan de dejar atrás. Por mucho que las exploró, no descubrió a las dos personas que los espiaban escondidas desde callejones distintos.

Dos personas que reconocieron a Daniel Zarza en el momento en el que este abrió la puerta del edificio.

Sanda fue la última en llegar esa tarde a la curtiduría. Iba cargada de provisiones, además de traer una espada bastarda procedente de su arsenal para Milo Schweitzer, que había cedido la última purificadora a Matteo Galli. Una vez que estuvieron todos juntos, se pusieron al corriente de las últimas averiguaciones y acontecimientos.

A pesar de que D'Angelis había advertido a Daniel de que Michele Sorrento le había encargado que lo encontrara para entregárselo a Zephir, la preocupación del español estaba enfocada en otro asunto.

—¿Podremos sacar a Leonor del arzobispado esta noche?

—Conozco la habitación en la que está encerrada —confirmó Sanda—. Entrar es fácil, lo difícil será sacarla de allí. Podría matarse si se cae desde esa altura.

—También existe el peligro de que los centinelas oigan el ruido de la ventana al abrirse —recordó D'Angelis—, por mucho que Charlène haya puesto un trapo para amortiguarlo.

—¿Y si formamos jaleo en la puerta? —propuso Daniel—. Una distracción...

D'Angelis rechazó la idea.

—Daniel, a estas horas toda la ciudad tendrá tu descripción y la orden de entregarte a Zephir de Monfort. No olvides que mi misión actual es capturarte, eres una celebridad en Turín.

Charlène levantó un dedo para pedir la palabra.

—¿Hay patrullas en la calle a la que da la ventana de Leonor?

—Hay una ronda cada media hora —recordó Brunner, que había pasado noches enteras de guardia en el arzobispado—. Dos hombres. Dan la vuelta completa al edificio y regresan.

—Cada media hora —reflexionó Charlène en voz alta—. Sanda, se me ocurre tender una cuerda desde el balcón a la calle, así. —Extendió la mano abierta en un ángulo de cuarenta y cinco grados—. Leonor podría descolgarse con un arnés de cuerda. En mi pueblo usan esa técnica para bajar animales de carga por los barrancos.

D'Angelis enarcó las cejas y consultó a Sanda con la mirada.

—Podría funcionar —concluyó ella—, y podríamos hacerlo tú y yo solos, Dino. Así no pondríamos en peligro ni a Daniel ni a los demás apóstoles.

—Dejadme ir con vosotros —propuso Charlène—. Yo podría distraer a los soldados si tardáis más de la cuenta en sacarla del edificio.

—Es demasiado peligroso —objetó el espía—. No podemos arriesgarnos a que te detengan. En caso de que nos pillen, tú serías la única que podría entrar y salir de esa habitación, por mucho que me disguste que regreses al arzobispado —añadió.

Sanda se levantó.

—Voy a prepararlo todo. Dino, ¿a qué hora nos vemos allí?

—Justo después de que pase la patrulla de las once.

—Te lanzaré una cuerda con un gancho desde la ventana —informó Sanda—. Tendrás que buscar un sitio seguro para atarla.

—Buscaré uno adecuado en cuanto deje a Charlène en casa.

La joven seguía enfurruñada cuando Daniel intervino.

—Sanda, ¿tienes una ballesta en casa?

—Tres o cuatro, ¿por qué?

—Si no te entorpece mucho, llévala. Nunca le vi manejar una, pero mi hermano decía que Leonor sabe usarla. Así no irá desarmada.

Daniel se dio cuenta de que acababa de hablar de su hermano en pasado. Ya no estaba, por culpa de Zephir.

—Llevaré la mejor que tenga —prometió ella.

D'Angelis, Sanda y Charlène abandonaron la curtiduría.

Aquella noche prometía ser movida.

No tenían ni idea de cuánto.

Dante había elegido un salón privado de La Prímula para celebrar la reunión. Pensó que un lugar neutral, distinto del arzobispado, sería más adecuado para que los interesados escucharan su propuesta.

Cándida Di Amato fue la primera en llegar. Dante la recibió con una cortesía rayana en la adulación que ella encajó con frialdad.

—¿Y Sartoris? —preguntó Dante—. ¿No ha venido?

—Ha huido de Turín con sus hombres —reveló Cándida—. Tenía miedo de que lo procesaran a pesar de todo. De todos modos, yo me siento en deuda con vos y...

La llegada de Cirilo Marchese la interrumpió. Este llegó acompañado de Celio Giuliani y Emanuele Colombo, maestres de chalanes y constructores, respectivamente. Dante los invitó a la mesa que el dueño de La Prímula había preparado con vino, comida y fruta. Quedaban muchas sillas vacantes en el reservado. Para decepción de Sorrento, por mucho que retrasaron el comienzo de la asamblea, por allí no apareció nadie más. La gente aplaudía las iniciativas, pero no se rascaba el bolsillo ni por asomo.

—Es tarde y no me gustaría que esta reunión se prolongara más de la cuenta —manifestó Cirilo Marchese—. Así que os ruego que no os andéis con rodeos.

Dante fue al grano.

—Estoy reuniendo un ejército comandado por el mejor instructor de tácticas y esgrima que podáis imaginar. Un cuerpo de élite basado en las técnicas militares de los mismos apóstoles que hemos desmembrado.

—¿Quién es ese instructor? —preguntó Marchese.

—El mismo que instruyó a los apóstoles, y el mismo que descubrió los planes de Clemente VII contra Turín.

—¿Y podemos fiarnos de un traidor? —preguntó Cándida.

—Respondo por él —sentenció Dante—. Está implicado en nuestro proyecto y —soltó una risita— muy muy bien pagado.

—Eso es lo importante —corroboró Giuliani, que atendía a la reunión con sumo interés.

—¿Y qué necesitáis de mí exactamente? —quiso saber Cándida, aunque ya suponía lo que quería Sorrento.

—Para que un ejército crezca y funcione hace falta dinero. Mucho. Un dinero que repercutirá en vuestra seguridad y que se os devolverá en forma de soldada. No os pido un donativo, os pido una inversión —aclaró Dante—. Por supuesto, no tendréis que combatir, será un dinero que recibiréis puntualmente en vuestra casa.

—¿Cuánto nos va a costar? —preguntó Colombo.

—Podéis invertir lo que consideréis conveniente, y recibiréis vuestra paga en proporción a lo que aportéis. Además de beneficios adicionales —añadió Dante con una sonrisa.

Cirilo Marchese intervino. Había algo en la última parte del discurso de Dante que lo había descolocado.

—Cuando habláis de beneficios adicionales, ¿a qué os referís?

—Imaginad que nuestro ejército crece lo bastante como para convertirse en una fuerza no solo capaz de defenderse de los ataques externos, sino de contraatacar en territorio enemigo...

Dante dejó la frase en el aire y examinó a todos y cada uno de los presentes.

—Os referís a saqueos —infirió Cirilo Marchese.

—Prefiero llamarlo botín de guerra.

Marchese se quedó mirando la mesa repleta de manjares que nadie había tocado aún. Pasado un rato se levantó.

—Ni mi familia ni yo somos militares —dijo—. Os agradezco vuestro interés por crear una fuerza defensora para Turín, pero creo que este proyecto no es para mí. Con vuestro permiso, me retiro; hoy ha sido un día muy largo, buenas noches.

Dante lo despidió con una sonrisa de amable comprensión.

—Si cambiáis de opinión, don Cirilo, aquí estaré. Buenas noches.

Marchese agradeció la cortesía con un gesto y se marchó. El maestre de constructores, Emanuele Colombo, se fue detrás de él sin despedirse. Celio Giuliani, sin embargo, se quedó.

—Como maestre de chalanes, este asunto me interesa —dijo—. Ese ejército necesitará caballos.

—Por supuesto. Y cuanto más grande sea, más se necesitarán.

La sonrisa de Giuliani se amplió, lo mismo que su fortuna en su imaginación. Cándida se pronunció desde su asiento, muy seria y mirando al frente.

—La venganza contra el asesino de mi esposo aún no se ha llevado a cabo —dijo— y como os decía antes, me siento en deuda con vuestra familia por todo lo que ha pasado. Contad conmigo, y dejadme a mí el tema de los inversores. Muchos pocos es mejor que pocos muchos. Convenceré a mercaderes modestos para que inviertan en vuestro ejército.

Dante dedicó a la viuda una deslumbrante sonrisa.

—Tendréis vuestra venganza —prometió—, como que me llamo Dante Sorrento.

# 62

D'Angelis se ocultó en un soportal cercano a la fachada trasera del arzobispado. Consultó su reloj. Su pie se desbocó unos segundos en un taconeo nervioso y lo detuvo con fuerza de voluntad. Miró hacia arriba, pero no había forma de ver si el Susurro estaba ahí. Cuando Dino pensaba en Sanda como Hamsa, no podía evitar hacerlo en masculino, a pesar de saber quién era, en realidad.

La catedral tocó las once. Dos minutos después una pareja de guardias hizo la ronda al trote, deseosa de regresar a la calidez del cuerpo de guardia cuanto antes. D'Angelis volvió a elevar la vista a las alturas. Esta vez vio al Susurro en un balcón del edificio, justo delante de la ventana de Leonor. Distinguió luz detrás de Sanda; había gente en la casa, debía tener cuidado. Ella agitó la mano hacia Dino, y este respondió al saludo sin dejar de controlar su entorno.

Sanda se pegó al muro cuando una mujer entrada en años se asomó por sorpresa al balcón en el que estaba. La señora miró al cielo, comprobó que ya no nevaba y lo cerró. Recuperada del sobresalto, la asesina desenrolló las cuerdas que había preparado en casa con cuidado para que no se engancharan en la ballesta que colgaba de su espalda, junto a la cimitarra. Sanda lanzó el gancho a la canaleta de hierro que cruzaba el edificio, justo por encima de la ventana por la que tendría que entrar. Se balanceó en la cuerda y frenó el impacto contra el arzobispado con los pies. La herida del balazo se resintió, pero el dolor fue soportable. Descansó un instante y trepó por los intersticios de la fachada hasta desenganchar el garfio y descolgarse al alféizar.

Tocó tres veces en la ventana con los nudillos.

Nada.

Repitió la llamada y esta vez oyó descorrerse los cerrojos. Leonor tuvo que tirar tres veces de la ventana antes de poder abrirla. A pesar de los paños de Charlène, el ruido que produjo fue considerable. Leonor retrocedió, impresionada ante la presencia del fantasma que la mandaba callar desde el alféizar. Sanda le hizo una señal para que se apartara.

Había oído ruido en el pasillo.

Leonor se alejó de la ventana, y Sanda se coló a través de ella con agilidad felina. Desenfundó la cimitarra con un movimiento vertiginoso y se apostó al lado de la puerta, que se abrió para dar paso a un vigilante de Sorrento. Este maldijo al ver la ventana abierta, pero no llamó a su compañero. Exploró la habitación con la mirada y encontró a Leonor en la esquina más alejada de la puerta.

Antes de que pudiera pronunciar palabra, su cabeza rodó hasta quedar debajo de la cama. Leonor tuvo que taparse la boca con la mano para no gritar. Sanda pateó el cuerpo decapitado que, aún de pie, dio tres pasos hasta caer sobre la alfombra. La asesina volvió a adoptar una posición de ataque, con los ojos fijos en la puerta.

—¿Pasa algo, Pino? —preguntó la voz del segundo guardia desde la galería.

El joven se topó con el cadáver de su compañero nada más entrar, pero tampoco tuvo ocasión de emitir sonido alguno. La hoja de acero le atravesó el cuello de lado a lado. Sanda tiró de él hasta meterlo dentro de la estancia, sacó la llave de la cerradura y cerró por dentro.

—Me envía Charlène —le dijo a Leonor, a la vez que se descolgaba la ballesta y se la entregaba junto con una bolsa de virotes—. Y esto es un regalo de parte de Daniel.

La ingeniera agarró el arma y se dirigió a la puerta, pero Sanda la detuvo.

—Por ahí no, por la ventana. —Le guiñó un ojo perfilado de kohl—. No te asustes, será divertido; y abrígate, fuera hace frío.

Leonor buscó un abrigo en su bolsa. Sanda afianzó el gancho en la pata de la cama y tiró con todas sus fuerzas: aguantaría sin problema el peso de las dos. Desenrolló la soga por completo para lanzársela a D'Angelis. Leonor le mostró su equipaje.

—No puedo dejar esto aquí, es demasiado valioso.

—¿Hay algo que pueda romperse? —Leonor negó con la cabeza.

Sanda se asomó y vio a D'Angelis abajo, mirando hacia la ventana. Arrojó las bolsas con un poco de impulso para que no le cayeran encima al espía y empezara a jurar en arameo. Este las recogió y se las echó al hombro. La cuerda cayó después.

D'Angelis agarró el extremo y lo llevó hasta las argollas de hierro que había instaladas en el muro de la casa vecina para amarrar caballos. Pasó la cuerda a través del aro, tiró todo lo que pudo e hizo varios nudos. Comprobó que la tensión era correcta.

—¿Qué cojones haces? —preguntó una voz a su espalda.

Dino se dio la vuelta muy despacio. La expresión de los guardias de la ciudad era feroz. La bolsa con los planos de Leonor cayó al suelo cuando les mostró las palmas en señal de paz.

—Eres un ladrón —lo acusó el más joven de los dos, a la vez que colocaba la punta de la alabarda en la nariz de Dino.

D'Angelis retrocedió hasta que la espalda chocó con el amarradero. Trató de sonreír, sin demasiado éxito.

—No es lo que parece —balbució—, es todo un malentendido. Estaba... estaba...

No se le ocurrió ninguna excusa convincente para tener una cuerda tendida entre una ventana del arzobispado y la calle. Tenía que resignarse a que lo habían pillado. Y resignado estaba hasta que una sombra surgió de los soportales vecinos corriendo a una velocidad endiablada. D'Angelis la reconoció en el último segundo y casi se le para el corazón en seco al ver quién era.

Charlène apuñaló al que apuntaba a D'Angelis con la alabarda dos veces en el riñón. El espía actuó rápido. Sujetó el asta del segundo guardia y le cortó el cuello con un vertiginoso movimiento de daga. El soldado apuñalado por Charlène se arrodilló mientras ella seguía cosiéndolo a puñaladas. D'Angelis repitió el degüello con él y le sujetó la muñeca a Charlène para que parara.

—Ya está, ya está —la calmó Dino; no era momento de reproches ni regañinas—. ¿Estás bien?

Charlène asintió. Tenía el rostro bañado en lágrimas.

—Perdóname... te desobedecí.

—A veces hay que hacerlo —la reconfortó el espía, que devolvió su daga a la funda—. De no haber sido por ti, aquí se habría acabado nuestra historia.

Con el rabillo del ojo, D'Angelis vio una figura sentada en un arnés que se deslizaba por la cuerda hasta la calle. Frenó su descenso con el brazo. Mientras se libraba de los arreos, Leonor descubrió los dos guardias muertos sobre la nieve. Enseguida se percató de que Charlène llevaba un cuchillo ensangrentado en la mano.

—Cómo os las gastáis... —musitó, impresionada.

D'Angelis deshizo los nudos del amarradero, y Sanda recuperó la soga.

—¿Ella no baja? —preguntó Leonor.

—El Susurro prefiere ir por los tejados —respondió Dino, que dedujo que Sanda no había impostado la voz con la ingeniera—. Hay demasiadas boñigas por las calles de Turín. Charlène. —La joven seguía con el cuchillo en la mano, sin poder apartar la vista del soldado al que acababa de apuñalar—. ¡Eh, Charlène!

Ella reaccionó. Dino señaló el cuchillo.

—Guarda eso. —La chica volvió a encajarlo en la parte trasera del cinturón—. ¿Seguro que estás bien? —Charlène asintió, pero era mentira—. Pues nos vamos. A propósito, Leonor, soy Dino.

—¿Vamos a ver a Daniel?

D'Angelis resopló.

—No contaba con estos dos fiambres. Esta operación tenía que ser limpia.

—El Susurro ha dejado dos más arriba —informó Leonor, que se había quedado con el nombre de su rescatadora.

—Dentro del arzobispado, lo que nos faltaba —rezongó D'Angelis; tenían que largarse de allí y rápido—. Verás a Daniel, pero más tarde, o mañana... ahora tenemos que escondernos antes de que la ciudad se convierta en un hervidero de guardias.

El trío abandonó las inmediaciones del arzobispado a la carrera. Sanda, todavía en la ventana, lanzó el garfio al edificio de enfrente y repitió el viaje a la inversa. Trepó por la cuerda y se encaramó a la balaustrada del balcón. Justo cuando se disponía a subir al tejado, las puertas de la terraza se abrieron para mostrar el rostro sorprendido de la misma señora que había comprobado si seguía nevando un rato antes.

Ambas se miraron cara a cara durante un segundo.

El grito despertó a medio Turín.

Todos dormían en la curtiduría a excepción de Matteo Galli, que vigilaba la explanada desde el piso superior —sin apenas ver nada debido a la oscuridad—, y de Daniel Zarza, que vagabundeaba por la planta principal, como alma en pena a la espera de alguna noticia de Leonor.

Sus sentimientos hacia ella lo desconcertaban. Apenas había tenido tiempo de conocerla, pero había pensado mucho en ella desde que se separaron. Puede que demasiado. Su recuerdo había crecido de forma proporcional a la distancia, convirtiéndose en un espejismo de ilusión que Daniel no conseguía entender del todo. Ignoraba si Adrián y ella habían compartido algo más que amistad y trabajo a lo largo de los meses. Le avergonzó sentir celos de su difunto hermano. Su hermano que, en el fondo, había muerto por culpa de Leonor.

Y a pesar de eso, sentía algo por ella.

Daniel desatrancó la puerta y recibió con gusto el frío de la noche. Respiró hasta llenar sus pulmones de aire y miró hacia las escasas luces que pintaban un falso firmamento estrellado en los arrabales de Turín. Elevó la vista al cielo y descubrió un manto de nubes de un extraño color azul, casi púrpura. El viento empezó a soplar de forma extraña. La oscuridad reinante se rasgó durante un instante con un relámpago lejano que iluminó la explanada.

Comenzó a nevar con timidez. El trueno que sonó en la lejanía precedió a un segundo relámpago. Era la primera vez que Daniel veía nevar en mitad de una tormenta.

—¿Qué haces ahí, Zarza? —preguntó la voz de Galli.

Daniel vio al apóstol en la puerta, con la purificadora en la mano.

—Cierra —le ordenó Daniel—, no vaya a ver alguien la luz y nos descubra.

Un nuevo trueno sonó. La tormenta se acercaba. Galli entornó la puerta, se colocó al lado de Daniel y observó el cielo, perplejo por el siniestro aspecto que mostraba.

—Parece el juicio final —musitó—. ¿Habías visto antes algo así?

—En mi pueblo nevaba con frecuencia, pero es la primera vez que veo caer rayos durante una nevada.

—¿Por qué no vamos dentro? Tu amiga no llegará antes por esperarla fuera. Además, no se ve nada, la oscuridad es total.

Galli tenía razón. Justo cuando Daniel se despedía de la negrura que se extendía ante él, un relámpago iluminó la noche y reveló, durante un par de segundos, una silueta inconfundible a unos cincuenta pasos de donde estaba. Galli, que ya se había dado la vuelta para entrar en la curtiduría, no se percató de la amenaza.

El español sintió que una mano invisible, surgida de las entrañas de la tierra, lo agarraba por los testículos y le impedía moverse o hablar. Había imaginado infinidad de veces el reencuentro, pero jamás habría soñado, ni en su peor pesadilla, que se produciría en un escenario tan acorde con el apocalipsis que Zephir de Monfort arrastraba consigo.

El estallido del trueno lo sacó de su parálisis. Lo único que fue capaz de gritar, en español, fue una palabra que Galli entendió a la perfección.

—¡¡¡CORRE!!!

Daniel lo empujó al interior del edificio, cerró la puerta y encajó el travesaño en los soportes de hierro.

—¿Qué pasa? —preguntó Galli, sobresaltado.

—¡Zephir! ¡Despierta a los demás, rápido!

No hizo falta. Brunner y Schweitzer trotaron escaleras abajo con las espadas listas. Andreoli y Frei aparecieron con las purificadoras prestas y los semblantes tensos. Daniel fue a por la suya sin dejar de hablar muy rápido.

—Tenemos que marcharnos. Estamos a tiempo de escapar por el patio trasero —se detuvo un momento—. Pero no habrá venido solo, habrá traído a sus hombres. Marchémonos de aquí mientras podamos...

Brunner lo agarró por la muñeca y lo sacudió.

—Somos seis apóstoles —le recordó—. Sé cómo luchan mis hombres y sé cómo luchas tú. Ayer decías que no vivirías en paz hasta que ese Zephir muriera; pues bien: se nos acaba de presentar una ocasión idónea para matarlo. Así que deja el miedo de lado y vamos a por él.

—Capitán, no conocéis a Zephir —balbuceó Daniel—. Su armadura es impenetrable, y su fuerza insuperable.

—Dios nos asiste desde el cielo —afirmó Brunner mientras se ponía el abrigo; los demás lo imitaron—. No vamos a pelear a oscuras en la explanada —decidió mientras estudiaba la estancia—. Lo haremos aquí y en el patio de atrás si tenemos que retroceder. —Cogió un candelabro encendido y lo usó para prender dos antorchas que colgaban de la pared—. Schweitzer, tú y yo vamos a iluminar ese patio como si fuera una fiesta. ¡Apóstoles! ¡A formar!

Daniel titubeó unos segundos, pero se colocó en primera fila, entre Andreoli y Frei. El teniente se puso la máscara de san Juan, la única que tenían. Frei sonrió al verlo. Andreoli le dio un codazo a Daniel.

—Pelea como sabes y esta noche encontrarás la paz que buscas.

Brunner y Schweitzer abrieron las puertas que daban al patio de las tinas de tintes y encendieron cada antorcha, brasero y trozo seco de madera que encontraron. Andreoli, Frei, Galli y Daniel se enfrentaban a la puerta atrancada de la curtiduría, formados como una U invertida, mientras esperaban la primera embestida del monstruo.

Una embestida que no terminaba de llegar.

—¿A qué espera? —se preguntó en voz alta Andreoli.

Brunner y Schweitzer regresaron. Milo terminó de encender todos los cirios y faroles que quedaban hasta darle a la curtiduría un ambiente de taberna. El capitán levantó la tranca de la puerta y la abrió con la espada presta para descargar la primera estocada de la noche. Un relámpago iluminó la explanada.

Parecía desierta.

Cuando empezaba a pensar que el avistamiento del inquisidor había sido fruto de la imaginación de Zarza, Brunner captó un olor a quemado acompañado de un chisporroteo. Al volver la cabeza hacia el ruido, se topó con una sorpresa desagradable.

—¡¡¡AL SUELO!!!

Los barriles de pólvora estallaron a la vez, reventando todas las ventanas de la fachada principal y lanzando cascotes en todas direcciones. Los apóstoles cayeron de espaldas, a la vez que el techo crujía y se desmoronaba. En ese momento, desconocían que había cuatro barriles más alrededor de la curtiduría, todos a punto de explotar.

El fuego de las antorchas y los braseros caídos se extendió alrededor de los apóstoles. Todos estaban vivos, pero magullados. Andreoli, todavía aturdido, se ayudó de la purificadora para levantarse. Pedazos de cielo raso caían sobre él como una lluvia que presagiaba enterramiento. Aún con la máscara de san Juan puesta, instó a sus compañeros a levantarse.

—¡Arriba! ¡Hay que salir de aquí!

Brunner se incorporó muy cerca de la puerta. De todos, era el que había salido peor parado por la explosión. Un reguero de sangre procedente de una brecha en la cabeza le resbalaba por el rostro.

Apenas oía nada. Miró al exterior, medio desorientado, y vio, por primera vez, la gigantesca silueta acorazada de Zephir.

—¡Capitán! —lo llamó Andreoli—. Tenemos que salir de aquí antes de que se nos caiga el techo encima.

No lo oyó.

En ese momento, los demás barriles de pólvora estallaron. Los muros laterales, de ladrillo y madera, saltaron hacia dentro y terminaron de derrumbar el techo. Los apóstoles, a excepción de Andreoli, atravesaron a la carrera una nube de polvo y humo, esquivando trozos de madera y vigas ardientes que caían como castigos divinos en dirección al patio trasero, también en llamas. Brunner sorteó unos cascotes y fue directo hacia el inquisidor, que parecía esperarlo, plantado frente al edificio a punto de desplomarse. Andreoli lo siguió sin pensárselo dos veces.

De haberlo pensado, habría corrido en dirección opuesta.

Daniel, Frei, Schweitzer y Galli, ajenos a que Brunner y Andreoli habían quedado al otro lado del derrumbe, llegaron al patio trasero. Allí encontraron dos murallas de fuego que les cortaban el paso a izquierda y derecha. Los antiguos compañeros de Daniel habían derramado aceite por los alrededores como para repeler el asedio a un castillo, y las explosiones lo habían prendido con infernal alegría. Los apóstoles intentaron dar media vuelta, pero la curtiduría colapsó delante de ellos, dejándolos atrapados.

—Y ahora es cuando las técnicas de Zurcher no sirven para nada —rezongó Galli, abatido, mientras observaba cómo las llamas lo devoraban todo a su alrededor.

—Podemos escapar por el río —planteó Frei; cuando quiso consultar la idea con su capitán, se dio cuenta de que ni Andreoli ni él estaban en el patio—. ¡Yannick! ¡Arthur! ¿Dónde están?

Schweitzer miró el edificio derrumbado.

—¿Venían detrás de nosotros? —se preguntó en voz alta.

Daniel retrocedió unos pasos para enfrentarse a la montaña de escombros ardientes que les cerraba el paso. De repente, un virote atravesó a Matteo Galli. El apóstol se miró el pecho y descubrió la punta del proyectil asomando por el abrigo. Frei lo agarró por las axilas y lo arrastró con él detrás de una de las tinas de tinte. Schweitzer y Daniel se refugiaron con ellos. Otro proyectil silbó por encima de sus cabezas. Al otro lado de la barrera ígnea, alguien soltó una perorata en español que los apóstoles no entendieron.

—¿Qué ha dicho? —quiso saber Frei mientras examinaba la herida de Galli sin saber qué hacer.

Daniel tradujo la frase de Baldo.

—Que elijamos nuestra muerte: quemados o asaeteados.

En la explanada, Brunner y Andreoli se enfrentaban a la silueta inmóvil de Zephir de Monfort. Un relámpago la iluminó de forma tétrica, recortando una imagen de pesadilla. Andreoli se acercó a su capitán y le habló en alemán. No quería que el inquisidor le entendiera.

—Yannick, es mejor que nos larguemos. ¿Has visto a esa bestia?

Brunner se volvió un segundo hacia su amigo.

—¿Eh?

—¿No me oyes?

—La explosión me ha dejado un pito en el oído —gruñó, sin quitar ojo a Zephir—. ¿Y los demás?

—Espero que el edificio no se les haya caído encima. Estamos a tiempo de irnos, capitán. Daniel dice que ese tipo es lento.

Un trueno retumbó sobre sus cabezas.

—No pienso huir —dijo Brunner—. Vete a buscar a los demás, yo lo entretendré para que podáis escapar.

—No me jodas, Yannick... te va a despedazar.

—Morirás en pecado mortal por culpa de esa lengua que tienes.

—Tenemos cosas más importantes de que preocuparnos, capitán.

Zephir seguía inmóvil. Abrió los brazos, como si se impacientara. Brunner hizo girar su espada dos veces a la vez que un relámpago lo pintó todo de blanco.

Atacó sin avisar.

Andreoli maldijo y corrió en pos de su capitán. Brunner descargó un espadazo descendente sobre Zephir, que este paró con el brazo. Saltaron chispas, pero la armadura apenas se arañó. Andreoli hizo girar dos veces la purificadora sobre la cabeza y amagó un golpe de hacha que cambió en el último segundo por una estocada directa de la punta blindada del astil al rostro acorazado del inquisidor.

Un trueno restalló justo cuando el arma acertó en su objetivo, lo que imprimió magia al ataque.

Una magia fallida, porque Zephir no se inmutó.

Brunner golpeó tres veces el pectoral del inquisidor a la vez que la parte trasera de la coraza encajaba un hachazo de la purificadora que habría cortado a un caballo en dos. La fuerza del impacto estuvo a punto de hacer que Andreoli soltara el arma, pero Zephir lo aguantó como si nada.

El inquisidor seguía concentrado en Brunner, por lo que Andreoli se tomó tiempo para buscar un intersticio entre las piezas de armadura de la parte trasera de las piernas. Calculó bien el golpe y acertó en el hueco.

Para su sorpresa, la hoja rebotó contra metal.

Una cota de malla interior protegía las articulaciones del inquisidor, algo impensable para alguien que no gozara de una fuerza sobrehumana capaz de soportar todo ese peso. En ese momento, Andreoli le dio la razón a Daniel: ni los doce apóstoles a la vez podrían romper las defensas de ese monstruo.

Pero ese golpe en la parte posterior de la rodilla consiguió una cosa.

Atraer la atención de Zephir.

El inquisidor se volvió con una rapidez asombrosa para alguien de su tamaño y describió un arco con la maza que alcanzó la cabeza de armas de la purificadora. El golpe casi tira al suelo a Andreoli, que retrocedió varios pasos en la nieve, desequilibrado. Brunner seguía golpeando a Zephir con furia, pero era como azotar al David de Miguel Ángel con la rama de un árbol. El teniente recuperó el equilibrio y golpeó dos veces más a Zephir, que esta vez se protegió con el antebrazo, más por reflejos que por necesidad.

—¡Tenemos que irnos, capitán! —gritó el teniente; apenas le quedaban fuerzas para seguir luchando.

Zephir echó atrás el brazo de la maza y Andreoli tuvo que arrojarse a un lado para no resultar aplastado. Un relámpago acompañó el descenso del arma, cuyo destino final no era Andreoli. El inquisidor se volvió en el último momento, y la cabeza tachonada impactó contra el hombro izquierdo de Brunner, que se descolgó debajo del abrigo, quedando sujeto al cuerpo por algunos jirones de músculo y piel. Andreoli vio, con horror, cómo su amigo hincaba una rodilla en la nieve con los ojos muy abiertos, como si no terminara de creer que hubiera caído en un ardid tan burdo.

Andreoli profirió un grito de desesperación que acompañó con varios ataques a la espalda de Zephir, pero ni la lanza, ni el peto de punza, ni el hacha de la purificadora encontraban hueco para morder carne. La maza del inquisidor se elevó de nuevo, ante la impotencia del teniente.

El arma pulverizó la rodilla que Brunner mantenía flexionada.

El capitán cayó de lado sobre la nieve. En ese momento, ya no estaba allí, sino en Roma. Disfrutaba con su esposa e hijos de una soleada villa bañada por el sol, en un paisaje idílico en el que no sentía un dolor lacerante que le impedía respirar.

Andreoli soltó la purificadora y se lanzó sobre la espalda de Zephir, encaramándose en él como un simio. Si conseguía quitarle el casco y arrojarlo lejos, tanto él como su capitán tendrían una oportunidad.

Pero sus pensamientos de victoria se esfumaron cuando vio cómo el mundo daba la vuelta dos veces antes de caer de espaldas, cerca de donde yacía Brunner. Zephir se lo había quitado de encima como si fuera un muñeco. Un relámpago lo deslumbró.

El inquisidor se plantó delante de Brunner y levantó el pie, como un elefante encabritado.

El trueno que acompañó el pisotón sonó a apocalipsis. La cabeza del capitán se abrió como una nuez bajo un martillo. Sus ojos no volvieron a cerrarse jamás. El mazazo que vino después, la convirtió en una mezcla de huesos, sangre y trozos de cerebro.

Arthur Andreoli sintió que se moría con su amigo.

Zephir giró el yelmo hacia el teniente, que reculaba sobre la nieve.

Reafirmó la maza en la mano y caminó hacia él.

Las cosas no iban mejor en el patio trasero.

El calor se hacía cada vez más insoportable detrás de la tina, y la nieve que caía se convertía en vapor antes de tocar las llamas. Matteo Galli murió un minuto después de que el virote le atravesara el pulmón. Schweitzer enfundó la espada y retiró la purificadora de las manos inertes de su compañero. Apoyó la frente un segundo en el astil, como muestra de respeto, y miró a Frei.

—Estás al mando —le recordó—. ¿Cuáles son las órdenes?

—Nuestra única oportunidad es lanzarnos al río, aunque muramos de frío —dijo Frei, a la vez que señalaba unos soportes de pieles medio destrozados; no se veían demasiado sólidos, pero al menos acortarían distancia con el Po—. Intentemos llegar hasta allí.

Abandonaron el refugio de las tinas y corrieron hacia los soportes sin pensárselo dos veces. Cuatro virotes volaron hacia ellos en cuanto se pusieron al descubierto. Schweitzer pegó un grito y rodó por el suelo. Los apóstoles oyeron el ruido de una madera al romperse.

—¡Me han dado!

Frei y Daniel lo arrastraron hasta el nuevo refugio. Schweitzer tenía un virote roto clavado en el muslo, por encima de la rodilla. Frei examinó la herida bajo la luz danzante del incendio.

—No ha tocado hueso ni arteria —informó—. No pienso preguntarte si te duele...

—Mejor —siseó Schweitzer entre dientes—. ¿Cómo está el panorama?

Daniel y Frei se asomaron lo justo para espiar el frente de donde procedían los disparos. Las llamas no formaban un muro tan denso en esa zona, y pudieron ver, a través de ellas, cuatro figuras apostadas detrás del carro que habían usado para transportar los barriles de pólvora. No vieron animales de tiro; lo más probable era que los hubieran dejado lejos del combate.

Frei describió la situación.

—Podemos verlos, y ellos a nosotros también.

—Mis compañeros siempre han sido unos pésimos tiradores —pensó Daniel en voz alta—. Alguien ha tenido que adiestrarlos.

—Eso da igual ahora —dijo Schweitzer, que desistió de arrancarse el proyectil en cuanto lo rozó con las yemas de los dedos; necesitaría mucho alcohol para que se lo quitaran, si es que sobrevivía para que lo atendiera alguien—. Si me ayudáis a levantarme, atravesaremos esas llamas y acabaremos con ellos.

—Nos abatirán en cuanto asomemos la cabeza —vaticinó Frei, que seguía espiando desde la esquina del parapeto—. Y para colmo, traen refuerzos.

Daniel se asomó por el otro lado de los soportes y distinguió una quinta silueta detrás de los familiares. Tanto él como Frei abrieron los ojos sorprendidos al ver que el recién llegado elevaba un arma inconfundible y trazaba un arco mortal sobre uno de los ballesteros.

—No me jodas... —masculló Daniel.

Los inquisidores se volvieron al atacante, que esquivó un proyectil casi a bocajarro a la vez que barría el suelo con la purificadora y amputaba el pie a un segundo soldado con el peto de punza. El que había disparado la ballesta no logró desenfundar la espada antes de que la lanza de la cabeza de armas le atravesara el cuello; el desconocido derribó al tercero de una patada para luego empalarlo con la punta de acero del astil.

El único que quedó en pie fue el encapuchado. Este se descubrió la cabeza, se acercó al muro de fuego y llamó a Schweitzer por su nombre.

—¡Milo! Milo, ¿estás ahí?

Schweitzer estuvo a punto de levantarse de la sorpresa, a pesar de que el virote le dolía como un hierro candente.

—¿Mael?

—No os mováis de ahí —gritó—, vuelvo enseguida. He traído una barca.

Daniel no entendía nada. Frei se sentó en el suelo con la purificadora sobre las rodillas.

—Que me aspen...

Daniel se acercó al muro de llamas y contempló a través de él a sus antiguos compañeros. Todos parecían estar muertos. Daniel les echó un último vistazo antes de volver a reunirse con Frei, que seguía mirando al frente, hacia la curtiduría incendiada, como en trance.

—¿Quién es ese Manuel? —preguntó Daniel.

—Mael —lo corrigió Schweitzer—. Mael Rohrer, santo Tomás. El hombre al que sustituiste en los apóstoles.

Una voz procedente del río los llamó.

—¡Venid, rápido!

Daniel y Frei ayudaron a Schweitzer a levantarse. Este apretó los dientes, pero no se quejó. Rohrer los esperaba cerca de la orilla en una barca que impulsaba con una vara larga.

—Menudo galeón —rio Schweitzer, feliz de ver a su amigo—. ¿Cómo nos has encontrado?

—Es una larga historia. ¿Solo quedáis vosotros tres?

—Me parece que Yannick y Andreoli no lo consiguieron —dijo Frei—. O puede que salieran por la puerta principal...

—Si hicieron eso, están muertos —vaticinó Daniel, lúgubre.

Rohrer los apremió.

—Esto se llenará pronto de curiosos. Tenemos que irnos.

—Tengo que esperar a Leonor —protestó Daniel.

—Tu amiga estará bien —aseguró Frei, que ya había subido a bordo—. Tenemos que salir de aquí antes de que venga la guardia.

Daniel concluyó que lo mejor sería hacerle caso al sargento, así que saltó al bote. Mientras se alejaban corriente abajo, el español vio una silueta enorme alumbrada por el incendio, muy cerca de la orilla.

Zephir de Monfort siguió el navegar de la barca con la mirada. Antes de perderlo de vista, Daniel vio cómo el inquisidor se daba media vuelta, dispuesto a rodear el edificio en llamas. Sonrió al pensar en lo que se encontraría al otro lado de la curtiduría.

Sus esbirros, por fin, ardían en el infierno.

Zephir regresó al callejón en el que había dejado a Vidal Firenzze al cuidado de Resurrecto, de los caballos de los inquisidores y de los mulos del carro de la pólvora. Había parado de nevar y la tormenta se alejaba. El florentino abandonó el refugio que había encontrado bajo un tejadillo medio derruido en cuanto vio aparecer a su amo cargado con el cuerpo inerte de Ruy Valencia. Tenía un torniquete en una pierna.

—¿Y los demás?

—Muertos —dijo Zephir, al tiempo que colocaba a Valencia encima del cuello de un caballo; montó en Resurrecto—. Lleva a Ruy al hospital y a los animales al cuartel.

—¿Y vos?

Zephir no contestó.

Espoleó a Resurrecto y galopó en la noche.

Cabalgó vomitando rabia.

Arthur Andreoli se detuvo a orillas del río Po, exhausto.

Había recuperado la purificadora antes de alejarse corriendo de Zephir. Clavó la alabarda en el suelo y lloró. Lloró desconsoladamente durante más de un minuto.

Levantó la cabeza y distinguió, con la vista acostumbrada a la oscuridad, la forma de un bote avanzando río abajo. Reconoció la silueta de una purificadora recortada contra el resplandor fantasmagórico de aquella noche extraña. Contó cuatro cabezas, y presumió que uno de ellos era Matteo Galli en lugar de Mael Rohrer. Lo habían conseguido. Despidió a sus compañeros en silencio y apenado. Poco podrían hacer en Roma: sin Yannick Brunner, carecerían de credibilidad suficiente para presentarse delante del papa y contarle lo sucedido durante el último mes en Turín. Solo eran dos exmercenarios de la Liga de Cambrai, un suboficial que apenas se había cruzado un par de veces con Clemente VII y un español del que nada se sabía.

—Espero que tengáis suerte —les deseó.

Andreoli saludó a la oscuridad, se quitó la máscara de san Juan y acarició las facciones bañadas de oro por última vez.

La arrojó al río y se dio media vuelta.

Tenía asuntos pendientes en Turín.

Sanda era uno.

El otro, lo tenía en común con Daniel Zarza.

Acabar con Zephir de Monfort.

# 63

D'Angelis dejó a Leonor y a Charlène a salvo en su casa antes de ir a la curtiduría. Odió dejarlas solas, sobre todo a Charlène, a la que veía muy afectada después de apuñalar al guardia. Dino trató de convencerla de que fue él quien lo mató, una mentira piadosa que Charlène fingió tragarse para no preocupar a su amigo más de lo que estaba.

La chica había acuchillado al soldado con una precisión y una saña desmedidas. Saña acumulada durante años de abuso y sometimiento. Dino, en el fondo de su alma, sospechaba que la chiquilla no había asesinado al guardia.

Había asesinado a su padre.

Leonor se sintió segura en casa de D'Angelis. Cuando él le preguntó si tenía hambre, ella confesó que apenas había bebido agua desde Château Tarasque; como actor, Dino admiró la capacidad de la joven para llevar al extremo el papel de loca. Leonor dio rienda suelta a su apetito cuando D'Angelis le dio permiso para coger lo que quisiera de la despensa. Y así dejó a las jóvenes: a una, triste y sumida en la culpa; a la otra, arrasando con sus existencias.

Al salir a la calle Dino se encontró bajo la extraña tormenta eléctrica que sobrevolaba Turín. Ya había oído los truenos a través de las ventanas cerradas, pero al ver las nubes azules que descargaban nieve y rayos a la vez sintió un escalofrío. Si había un cielo en el infierno, sería así. Embutido en su abrigo, con el cuello subido y el sombrero hasta las cejas, se dirigió al barrio de la Riva.

El destello de un relámpago coincidió con una sombra que pareció caer del cielo a diez pasos por delante de él. D'Angelis pegó un respingo y sacó la daga, asustado, pero la guardó enseguida.

—Al final me matarás de un susto —masculló—. Me caes fatal cuanto te disfrazas de esa cosa.

—¿Qué hacía Charlène contigo en la calle? —preguntó Sanda.

—Ninguna mujer me hace caso —se lamentó D'Angelis, sin dejar de caminar; Sanda fue con él—, y Charlène no iba a ser menos. Pero no puedo quejarme, si no fuera por ella, ahora mismo estaría preso y Leonor no habría escapado. Tuvimos que cargarnos a dos guardias, pero las dos están sanas y salvas, en mi casa.

—Yo también me vi obligada a matar a dos hombres —dijo Sanda—, pero luego pasó algo peor: una señora me sorprendió en su balcón mientras huía. A estas horas, Sorrento debe de tener la certeza de que ha sido Hamsa quien ha liberado a Leonor.

Dejó de nevar mientras caminaban por el arrabal. Las nubes púrpura se disipaban, vacías, arrastradas por el viento. El silencio reinó en el último tramo de la caminata. Ni un alma en la calle, ni un rostro en las ventanas.

—Me sorprende que no mataras a la pobre mujer —reflexionó D'Angelis, en voz alta—. Te estás ablandando, como yo.

—Lo pensé —reconoció Sanda—, y en otra época lo habría hecho sin dudarlo... pero ya no.

D'Angelis se paró en seco.

—Escóndete, viene alguien.

Sanda saltó a un lado y espió la calle desde detrás de una esquina. Desde donde estaba, le pareció distinguir la silueta de una purificadora.

—Es un apóstol —dedujo mientras se aproximaba—. ¡Arthur!

D'Angelis y Sanda corrieron a su encuentro. Andreoli los reconoció nada más verlos. En la penumbra del callejón, su semblante era una máscara de derrota.

—¿Qué haces aquí? —preguntó Sanda—. ¿Por qué no estás en la curtiduría?

—La curtiduría ya no existe —anunció Andreoli, lúgubre—. ¿No habéis oído las explosiones?

D'Angelis examinó al teniente. Tenía un par de desgarrones en la ropa y aspecto de haber sobrevivido a una estampida de elefantes.

—¿Explosiones? Las habremos confundido con truenos —dedujo el espía—. ¿Qué ha pasado?

—Zephir voló el edificio con nosotros dentro. Yannick y yo

nos enfrentamos a él. —Las lágrimas lo interrumpieron, y Sanda posó su mano enguantada sobre su antebrazo—. Mató a Yannick de una forma horrible... Daniel tenía razón, no es un humano.

—¿Y Daniel y los demás? —preguntó Dino.

—Huyeron en una barca río abajo. Pude haberme ido con ellos, pero preferí quedarme aquí.

Andreoli se echó a llorar en el hombro del Susurro. D'Angelis apartó la mirada. A pesar del dramatismo del momento, no terminaba de encajar aquella relación, y menos con Sanda enmascarada y vestida de asesino.

—Quiero echar un vistazo antes de que los alrededores se llenen de gente —dijo Dino—. Leonor y Charlène están en mi casa, podéis ir allí.

—Me gustaría dar sepultura a Yannick —manifestó Andreoli—. Estaba demasiado cansado y ofuscado para hacerlo solo.

Ni Sanda ni D'Angelis pusieron reparos a la petición del teniente. Caminaron hasta la explanada. Esperaban ver curiosos frente al edificio en llamas, pero no había nadie por los alrededores. Los vecinos de los arrabales habían relacionado el incendio de la curtiduría encantada con la tormenta infernal, y decidieron que sería mejor no provocar a los espíritus vengadores que habían desencadenado tal catástrofe. Andreoli se plantó a los pies de Brunner. Lo poco que D'Angelis cenó esa noche escaló como un mono por su esófago cuando vio en lo que Zephir había convertido su cabeza.

—Por todos los santos —logró decir después de vomitar a unos pasos de donde se encontraban.

Entre los tres trasladaron el cadáver hasta un lugar apartado donde crecían árboles deshojados por el invierno y matorrales cubiertos de nieve. Andreoli empezó a cavar una fosa con la cabeza de armas de la purificadora. D'Angelis no estaba de humor para sepelios; tenía otras cosas más importantes que hacer.

—Quedaos aquí mientras echo un vistazo a la curtiduría.

El espía examinó el edificio colapsado desde su ala oeste. Las llamas se apagaban después del festín que se habían dado con todo el material inflamable del almacén. La humareda se elevaba como un último aliento. El patio de las tinas había sido arrasado por el fuego.

La fachada principal había quedado reducida a unos trozos de piedra que se erguían como lápidas sin nombre. D'Angelis rodeó el edificio hasta que se topó con los inquisidores muertos. Se agachó junto a Laín y observó el agujero que tenía en la garganta. Luego se fijó en la espalda de Baldo, que había caído encima de su ballesta. Un corte demasiado profundo y ancho para haberlo hecho con una espada. Se acercó a Isidoro y le abrió las manos para descubrir la herida que le perforaba el vientre. Separó un poco la ropa y comprobó que podría meter cuatro dedos en la herida sin mancharse de sangre. Por la posición de los cuerpos pudo reconstruir la escena y deducir el arma que había matado a los sicarios de Zephir.

Alguien los había atacado desde atrás con una purificadora. Pero ¿quién?

Encontró un carro ardiendo justo al lado. D'Angelis creía en Dios lo justo para pedirle favores y cagarse en él cuando no los recibía, pero había oído a curas afirmar que a los herejes se los quemaba y se les negaba el enterramiento para que ardieran para siempre en el infierno.

Agarró primero a Laín y lo colocó como pudo sobre el carro en llamas. Baldo fue más fácil, pesaba menos. El último en acabar en la hoguera fue Isidoro. D'Angelis se dijo que un tipo tan feo estaba mejor muerto que vivo.

El responso que les prodigó fue de lo más solemne.

—Ahí os quedáis, hijos de puta, que os den mucho por culo.

Y fue a reunirse con Sanda y Andreoli.

A las tres de la madrugada, el arzobispado era un hervidero.

El grito de la señora había iniciado la fiesta. Diez minutos después se presentó en el palacio con su esposo, al que había sacado de la cama a punto de provocarle un ataque al corazón. Entre temblores y lágrimas, la vecina declaró que había visto a un hombre enmascarado en su balcón.

Todo habría quedado en una anécdota si el Susurro no fuera sospechoso de ayudar a escapar a los apóstoles, y si la guardia no hubiera encontrado el puesto de vigilancia del segundo piso vacío. Las alarmas saltaron del todo al encontrar la puerta de la habitación de Leonor Ferrari cerrada por dentro. Fue el arzobispo quien la abrió con su copia de la llave, al igual que fue él quien descubrió a los soldados muertos, lo que lo sumió en un estado muy próximo al pánico. La forma en la que los habían eliminado y la desaparición de la ingeniera tenían la inconfundible firma de Hamsa.

Negrini, con ojeras como alforjas, envió a una pareja de soldados a través del túnel para que despertaran a Dante y le comunicaran que el Susurro se había llevado a Leonor Ferrari. Veinte minutos después, Mantovani, Dante y Michele se encerraban en el despacho del arzobispo para discutir cómo afrontar la crisis.

—Por lo pronto tenemos que reforzar la guardia —decidió Dante—. Hay que blindar el palacio y el cuartel.

Michele estaba pálido. Tener a Hamsa de enemigo lo aterrorizaba hasta límites insospechados. Mantovani se acercó a las ventanas que había ordenado clavetear. El ambiente que se respiraba en la estancia era de terror. Para sobresalto general, la puerta se abrió de repente. Zephir irrumpió en el despacho acompañado de los cuatro guardias que habían intentado convencerlo, por todos los medios, de que llamara antes de entrar.

—Zarza ha escapado —siseó.

Mantovani parpadeó, sorprendido.

—¿Cómo? ¿Acaso lo habéis localizado?

El visor cruciforme se fijó en él.

—Tengo la impresión de que mis espías son mejores que los vuestros —ironizó—. Se ocultaba en un viejo almacén, uno grande, al lado del río, junto a otros soldados. Esos alabarderos a los que llamáis apóstoles.

Dante se puso de pie.

—¿Todos han escapado? —preguntó.

—El más viejo, no —respondió Zephir.

—El capitán Brunner —murmuró Michele—. ¿Está muerto?

—Sí, pero esos apóstoles mataron a tres de mis hombres y lisiaron a otro antes de escapar río abajo.

—Compartiré esa información con mis confidentes —intervino Mantovani—. Daremos con ellos —prometió—, y lamento lo de vuestros hombres.

Zephir ignoró el pésame.

—Necesitaré soldados de confianza.

—Los tendréis —prometió Dante, resolutivo—. Y no serán solo cuatro. —Se dirigió a Michele—. No podemos quedarnos de brazos cruzados mientras el enemigo se organiza. Hay que actuar, ya.

—¿Qué proponéis, padre?

—Mañana enviaré invitaciones a los principales representantes del alto clero para que vengan a conocer la reliquia que presentarás pasado mañana en la catedral de san Juan Bautista. Aprovecharemos su estancia en la ciudad para informarles de los crímenes del papa Clemente y ponerlos de nuestra parte. Nos aseguraremos, pagando si hace falta, de que ningún estado se opondrá a que actuemos contra el papa Médici.

Michele palideció.

—Padre, ¿habláis de guerra?

—No será una guerra abierta, no estoy tan loco para emprender algo así. Pero forzaremos al papa a renunciar, como antes hicieron Celestino V, Gregorio XII y Bonifacio VIII. Clemente sigue confinado en el castillo de Sant'Angelo, no pasa por su mejor momento. No podemos dejar pasar esta oportunidad.

Zephir escuchó las palabras de Dante con interés. La idea de convertirse en el inquisidor general de Roma antes de lo previsto le seducía. Al lado del nuevo papa tendría un poder inimaginable. Poder incluso sobre el Santo Oficio español. Posibilidad incluso de acercarse al propio emperador. Y de paso, no habría lugar donde Daniel Zarza pudiera esconderse.

Dante se colocó frente a la imponente mole de Zephir.

—Inquisidor, ¿podemos contar con vos ya?

Zephir no dudó un instante en responder que sí.

## 64

*Turín, otoño de 1527*
*Dos días antes del prodigio*

Una carreta tirada por un caballo viejo se detuvo a pocos metros de la casa de D'Angelis alrededor del mediodía. El cochero, un sesentón de aspecto rudo, comprobó que no había un alma por la calle.

—Sal.

Los sacos y canastos que había en la caja de mercancías parecieron cobrar vida. Daniel surgió de entre ellos como un muerto que escapa de la fosa. Le habían proporcionado ropa cómoda, un abrigo y una capa algo raída con capucha. Tiró del saco donde transportaba la purificadora, además de algunas provisiones, hasta recuperarlo de debajo del montón. Daniel se despidió antes de irse.

—Muchas gracias, Vito. Si no hubiera sido por ti...

El cochero le quitó importancia con un gesto con el que pareció espantar moscas invisibles.

—No me des las gracias —dijo—. Haría cualquier cosa por joder a los Sorrento. Y no te preocupes por tu amigo, he cosido heridas peores a mis sabuesos, se recuperará.

Daniel le dedicó una última sonrisa antes de que Vito arreara al caballo y desapareciera por la calle del Forno. Se echó el saco a la espalda y se dirigió a casa de D'Angelis, rezando para que hubiera alguien. Fue Sanda, vestida de dama, quien le abrió la puerta, lo metió para dentro de un tirón y echó una ojeada a ambos lados de la calle antes de cerrarla.

—¡Leonor! —llamó.

La joven bajó la escalera con pasos atropellados y se abrazó a Daniel como si fuera la única roca de un río embravecido.

D'Angelis, Andreoli, Charlène y Sanda presenciaron el reencuentro en silencio. Daniel y Leonor lloraban con una mezcla agridulce de alegría y desconsuelo. Él separó el rostro del cuello de Leonor con la intención de poner al corriente a sus compañeros de las últimas novedades, pero Sanda lo detuvo con un gesto.

—Tomaos vuestro tiempo —les concedió, a la vez que indicaba a sus compañeros que la acompañaran a la planta de arriba—. Subid cuando os hayáis desahogado.

Se acomodaron en la habitación de Dino. Andreoli y Sanda en el borde de la cama. D'Angelis sacó la silla del cuarto donde guardaba los disfraces, postizos y maquillaje y Charlène se acurrucó en el suelo, con las piernas abrazadas.

—Espero que Leonor no le cuente a Daniel lo que Zephir y los suyos le hicieron en realidad a su hermano —comentó Charlène—. Le dije a Daniel que Adrián tuvo una muerte rápida. —Hizo una pausa, acongojada—. Le mentí.

La muchacha repitió lo que Leonor le había contado en el arzobispado, en voz baja y con detalle. D'Angelis, Sanda y Andreoli escucharon el relato en un silencio compungido. El teniente no daba crédito. Solo un monstruo sería capaz de recrear el calvario de Jesús en un hombre inocente.

Un rato después Daniel apareció por la escalera con Leonor.

—Tengo que contaros lo de anoche —dijo Daniel, que sonrió al ver que Andreoli seguía vivo—. Arthur, me alegro de verte—. Recorrió el dormitorio con la vista—. ¿Y Brunner?

—Zephir lo mató —respondió Andreoli—. Nos enfrentamos a él, pero Yannick no lo consiguió.

Daniel hizo un mohín, mezcla de rabia y tristeza.

—Lo siento mucho, era un buen hombre. Y a ti te felicito: muy pocos se han enfrentado a Zephir y han vivido para contarlo.

—Estaba convencido de que todos habíais muerto sepultados —afirmó Andreoli— hasta que os vi navegando río abajo en una barca.

—Mis antiguos compañeros, los hombres de Zephir, nos emboscaron en el patio trasero —narró Daniel—. Llevaban ballestas. Matteo Galli murió e hirieron a Milo Schweitzer. Estábamos acorralados, pero, de repente, apareció el apóstol al que sustituí: Mael Rohrer. Él eliminó a los hombres de Zephir. Los pilló por sorpresa.

Andreoli enarcó las cejas.

—¿Mael Rohrer? Zurcher nos dijo que había desertado.

—Rohrer siempre estuvo con él en el fuerte, con los discípulos.

—Mentiroso hijo de puta —masculló Andreoli, refiriéndose a Zurcher—. ¿Y qué coño hacía Rohrer en la curtiduría?

—Zurcher le ordenó que vigilara la cárcel de la guardia de la ciudad y anotara las rutinas y movimientos de los soldados —explicó—. Planeaba enviar un equipo, a espaldas de los Sorrento, para rescatar a los apóstoles. Pero nosotros lo hicimos antes que él: Rohrer presenció nuestro rescate a Brunner y Frei y la pelea del callejón de la otra noche, cuando los demás escaparon. Nos ha estado observando desde las sombras desde entonces, a la espera de una ocasión propicia para revelar su presencia... pero la aparición de Zephir le hizo cambiar los planes.

—No lo entiendo —intervino D'Angelis—. ¿Zurcher quería ayudar a los mismos apóstoles que había traicionado?

—Según Rohrer, Zurcher vive atormentado; pero al mismo tiempo, sigue decidido a liderar el ejército de Sorrento. Por convicción o por ambición, no lo sé. Lo que sí sé es que quiso dar a sus compañeros la oportunidad de escapar de Turín.

—¿Y Frei y Schweitzer? —quiso saber Andreoli—. ¿Dónde están?

—Escondidos en una granja, entre Turín y Carignano. Schweitzer estaba muy débil, hacía mucho frío y nos refugiamos en el cobertizo de una granja que encontramos. El dueño, un viejo trampero llamado Vito, apareció con sus perros y un arcabuz. En cuanto oyó el acento alemán de Frei, nos preguntó si éramos los apóstoles que se habían fugado de la cárcel. Más que preguntarlo, lo afirmó.

Sanda dio un silbido.

—Sí que corren las noticias rápido por la región —comentó.

—Frei se arriesgó a confesar que sí, que lo éramos, y acertó al hacerlo: el hombre bajó el arcabuz de inmediato y tranquilizó a los perros. Nos comentó que fue desahuciado de su antigua granja por los Sorrento, hace años, y que cualquier enemigo de esa familia era su amigo. Nos alojó en su casa, curó a Schweitzer y nos dio provisiones y ropa seca.

—Me alegra saber que Frei y Schweitzer están bien —celebró Andreoli—. ¿Qué piensan hacer?

—Regresar a Roma en cuanto Schweitzer esté en condiciones de viajar. Me ofrecieron ir con ellos, pero rehusé acompañarlos.

—Daniel miró a Leonor un instante, y esta le dedicó una sonrisa tímida—. Por su parte, Mael Rohrer nos dijo que volvería al fuerte, con Zurcher. Y vosotros, ¿qué planes tenéis?

Sanda tomó la palabra.

—Hace días que envié cartas a los clientes del listado de Riccardo Agosti para informarles de que he puesto a la venta mi colección de antigüedades. Venderé todo lo que pueda y comenzaré una nueva vida en Roma con este mal hombre —dijo señalando a Andreoli—, si él quiere, claro. Sé que opina de mí que no tengo corazón y que soy una asesina despiadada, y no sé si seré capaz de convencerlo de lo contrario.

D'Angelis puso los ojos en blanco.

—Si lo convences de lo contrario le habrás engañado, Sanda. No podemos olvidar que eres el moro.

Sanda mascullo algo en árabe que ninguno de los presentes entendió.

—Tendré que aguantar eso hasta el día que me muera, o que te mate —dijo.

D'Angelis no se tomó la amenaza en serio.

—Un poco de miedo sí me da —reconoció Andreoli, que hablaba como si Sanda no estuviera presente—, pero puede que lo que necesite en este momento de mi vida sea una mujer que me lleve por el buen camino, so pena de que me dé una paliza al menor descuido.

—Tengo dinero en el banco y tendré mucho más en unos días —informó Sanda—. Os ayudaré a salir de Turín y llegar a vuestro destino, sea cual sea. Y tú, D'Angelis, ¿qué harás?

—Por lo pronto, pasado mañana quiero ver ese prodigio que el Alighieri anuncia como la segunda venida de Cristo a la Tierra. Luego no sé qué haré... Si todos os vais, me marcharé de Turín.

—Nos marcharemos —le corrigió Charlène.

—Nos marcharemos. No quiero mezclarme con los Sorrento más de lo necesario. No quiero formar parte de sus planes.

Andreoli se rascó la barbilla.

—Clemente VII solía despachar con Yannick, con Zurcher y conmigo. No puedo decir que sea su amigo, pero al menos el papa sabe quién soy. Lo malo es que mantenía una relación mucho más estrecha con Zurcher que con nosotros: Oliver le diseñó sus apóstoles a medida, y le fascinaba hablar con él de temas militares antiguos. No nos será fácil convencerlo de que Zurcher trabaja con Sorrento para echarlo a patadas del palacio del Vaticano.

—Existe otro inconveniente —planteó D'Angelis—. Clemente confía ciegamente en Michele: es su amigo, y será su palabra contra la nuestra.

—Será un milagro si el secretario de su santidad no nos echa a patadas nada más llegar a Sant'Angelo —se lamentó Andreoli—. Hay que pasar por él antes de conseguir audiencia con el papa, y ya os digo que no será fácil. —El teniente fijó su mirada en D'Angelis y esbozó una media sonrisa—. Dino, ¿por qué no venís Charlène y tú a Roma con nosotros? Necesitamos a un loco al que se le ocurran cosas disparatadas, nos vendrías muy bien. Y nadie cose heridas como ella, en caso de que tus ideas nos lleven a la ruina.

El espía miró de reojo a Charlène.

—Lo discutiré con mi socia. —Se dirigió a Daniel y Leonor—. Y vosotros dos, ¿qué planes tenéis?

—Me gustaría regresar a Milán —manifestó Leonor—, pero no me atrevo a pisar mi casa mientras Zephir siga vivo. Oí cómo su espía, Vidal Firenzze, le contaba a Gerasimo Mantovani que anduvo rondando por ella y que, al final, averiguó nuestro paradero por uno de los alumnos de mi tío Gaudenzio. No quiero poner en peligro a mi familia.

Sanda intervino.

—Yo podría acabar con ese Zephir en un suspiro. Es mortal, respira, y podría arrojarle un buen puñado de veneno a la cara.

—¿Y por qué no lo haces ahora? —propuso Daniel, con vehemencia—. Me encantaría matarlo con mis propias manos, pero está claro que nunca podré hacerlo.

—Ahora es imposible —repuso Sanda—. Después del rescate de Leonor, Sorrento habrá cuadruplicado la guardia y habrá cerrado el edificio a cal y canto. Debemos tener paciencia. Lo primero es salir de Turín, asentarnos en Roma y pensar en la forma de conseguir una entrevista con el papa.

D'Angelis se apoyó en las rodillas.

—¿Te has dado cuenta de que hablas como si fuéramos un equipo?

Charlène intervino.

—Pues me parece un equipo inmejorable —manifestó.

Junto a ellos, Charlène se sentía más ubicada que nunca. Daniel, en cambio, se sentía inseguro y con dificultad para pensar con tranquilidad. No había pegado ojo después de una de las noches más intensas de su vida.

—Me gustaría discutir todo esto con Leonor —reflexionó—. Todavía tenemos mucho de que hablar. Ni siquiera sé si ella quiere que sigamos juntos a partir de ahora...

Ella lo miró como si quisiera darle un puñetazo.

—¿Eres idiota? Por supuesto que quiero. Al verte... ha sido como tener de vuelta a Adrián.

Daniel sonrió, a pesar de ser incapaz de interpretar a fondo la frase de Leonor. ¿De qué forma echaba ella de menos a su hermano? D'Angelis se levantó de la silla.

—Voy al arzobispado, a ver qué se cuece por allí; mientras siga al servicio de los Sorrento, prefiero dejarme ver de vez en cuando para que piensen que sigo en su bando. Ojalá pueda sonsacarle a Michele algo sobre ese prodigio que los tiene tan entusiasmados, ese asunto me tiene en ascuas.

Charlène se levantó y se colgó del brazo de D'Angelis.

—Yo tengo que ir al hospital —dijo—, no he aparecido por allí en toda la mañana. Vamos, Dino, te acompaño.

D'Angelis y Charlène bajaron la escalera. Leonor fue detrás de ellos. Cuando llegaron a la planta baja, la ingeniera llamó al espía.

—¿Me permites un momento, Charlène? —rogó Leonor—. Tengo que hablar algo importante con Dino.

—Esperaré fuera —aceptó ella.

Leonor y D'Angelis se alejaron todo lo que pudieron de la escalera.

—Quiero pedirte algo —musitó Leonor con un brillo de súplica en los ojos—. No le hables del prodigio a Daniel y mucho menos se lo describas. Nunca debe saber qué es, se volvería loco.

—Pero ¿por qué? —Leonor se limitó a morderse el labio inferior; D'Angelis no entendía nada—. Tú sabes lo que es, ¿verdad?

—Sí, pero nunca lo he visto con mis propios ojos ni querré verlo jamás. Cuando lo veas lo entenderás; pero, ahora, prométeme que no hablarás de él delante de Daniel.

D'Angelis lo prometió sin hacer más preguntas.

Aunque la intriga se lo comía por dentro.

Dante Sorrento había convertido el palacio en una fortaleza.

Doce guardias delante de la puerta cerrada repartidos por la escalinata. Ni una ventana abierta. En el interior, un retén de más de treinta hombres en el piso de abajo y veinte más en los superiores.

D'Angelis tuvo que abrirse paso entre cuatro soldados para entrar en el despacho. Allí encontró a Michele al borde de un ataque. El arzobispo lo puso al corriente del rapto de Leonor por Hamsa —guardias muertos incluidos—, del asesinato de los inquisidores de Zephir, de la muerte de Yannick Brunner y de la huida de los apóstoles supervivientes.

Los años de teatro de D'Angelis fueron cruciales para disimular su sorpresa ante las revelaciones que se sucedían, una detrás de otra.

—Ah, no busques más a Zarza —dijo Michele, como si se le hubiera olvidado comentarlo—. Se ha marchado de Turín y hemos decidido no perseguirlo.

D'Angelis disimuló la alegría de la buena noticia con una pena propia.

—Vaya, me quedo sin cobrar...

—De ninguna manera —exclamó Michele—, eres mi amigo, y no es culpa tuya que se haya marchado.

Michele se acercó al escritorio, sacó unas cuantas monedas de plata de una bolsa y se las pasó a Dino, con una sonrisa.

—Si necesitas más, pídemelo, ¿de acuerdo?

D'Angelis sintió una presión en el pecho y una lástima profunda por Michele. Le entraron ganas de abrazarlo, de sacudirlo hasta concienciarlo de la locura en la que estaba sumido y llevárselo lejos del arzobispado, de Turín, de Italia si era preciso. Aquel pobre desgraciado era una víctima de su padre y de sí mismo.

—Dino, ¿estás llorando?

—Me pican los ojos desde esta mañana. —Se dio media vuelta y se dirigió a la salida—. Volveré luego, por si necesitas algo.

Michele lo despidió con una palmada amistosa en el hombro.

D'Angelis abandonó el palacio.

Se metió en un callejón para seguir llorando a solas.

Sabía que era imposible salvar a su amigo.

Andreoli dejó solos a Daniel y Leonor en el piso de arriba de la casa de D'Angelis. El teniente puso la excusa de echarse un rato en uno de los camastros de la planta baja, mientras Sanda negociaba la compra de un carruaje y unos caballos en una cuadra cercana. Querían tenerlo todo preparado para cuando decidieran huir de Turín.

Daniel y Leonor aprovecharon la soledad para ponerse al día de lo sucedido durante el último año.

—Tú primero —la invitó él.

Leonor narró el estrafalario embarque a bordo del Signora dei Mari, la llegada a Génova, los meses en Milán, la intercesión de su tío Gaudenzio Ferrari, el funesto contrato con los Sorrento, el viaje a Château Tarasque y la trágica aparición de Zephir de Monfort.

—¿Qué construisteis para los Sorrento? —preguntó Daniel.

Leonor improvisó una mentira somera.

—Una máquina de guerra, pero no quiero hablar de ello.

Se hizo un silencio incómodo. Leonor sospechó que Daniel no se había tragado del todo lo de la máquina de guerra. Ella lo observó con detenimiento. Llevaba días sin afeitarse y la barba rubia comenzaba a crecerle. Le brillaban los ojos y una sonrisa melancólica se pintó en su cara.

—¿Qué te sucede? —preguntó Daniel, contagiado por la sonrisa.

—Es como si Adrián estuviera ahora mismo delante de mí. Sois tan iguales, y tan distintos a la vez.

Daniel conjuró todo el valor que fue capaz de reunir.

—¿Puedo preguntarte algo?

—Claro.

—Entre mi hermano y tú... ¿hubo algo?

El desconcierto inicial que le causó la pregunta a Leonor dio paso al rubor.

—Si te refieres a si hubo amor entre nosotros, no, en absoluto; pero sí hubo una amistad profunda, como la que jamás tuve con ningún otro hombre. —Leonor no pudo evitar sonreír, a pesar de que una lágrima comenzó a asomar por el párpado inferior—. Tu hermano era muy especial. No he conocido a nadie con tanta bondad ni con tanta inocencia...

La imagen de Adrián llorando mientras lo azotaban la sumió en llanto. Daniel no sabía cómo consolarla. No había tenido trato con ninguna mujer desde que enviudó. Hizo amago de abrazarla, pero sus manos no le respondieron y se quedaron pegadas a su propio costado y alejadas de la joven. Lo único que se le ocurrió fue abrir su corazón.

—He pensado mucho en ti durante estos meses —dijo—. En vosotros —rectificó—. Soñaba con reunirme con Adrián y contigo en Milán, cuando Zephir dejara de ser una amenaza. Y míranos hoy, en Turín, escondidos en la casa de un tipo al que apenas conocemos y con el que pensamos embarcarnos en una aventura con destino incierto.

Leonor se secó las lágrimas.

—No sé qué pasará a partir de hoy, pero me siento muy afortunada de que Charlène nos reuniera de nuevo. El destino nos tendió la mano a través de la suya y ahora que estamos juntos no quiero separarme de ti.

—No pienso separarme de ti —corroboró Daniel.

—¿Me haces un favor?

—Claro.

—¿Me abrazas?

Daniel la abrazó. Lo hizo con torpeza. Ella enterró la cara en su hombro y volvió a echarse a llorar. Él también lo hizo, en silencio, sin dejar de acariciarle la melena negra. Descubrió algunas canas prematuras en las raíces; Zephir se cobraba su tributo. Leonor levantó los ojos anegados en lágrimas y se encontró con el rostro de Daniel. La miraba. Él se quedó inmóvil, paralizado.

Ella podía oír los latidos de su corazón.

Elevó un poco la barbilla hasta que sus labios rozaron los de Daniel.

Se besaron.

Andreoli, que los espiaba agazapado en la escalera, cerró los puños en señal de triunfo y descendió los peldaños de puntillas para que no lo descubrieran. Se sintió feliz por ellos.

A pesar de todo lo que estaban pasando, aún quedaba hueco para el amor.

## 65

*Turín, otoño de 1527*
*El día del prodigio*

El público que se concentraba en la plaza de San Juan Bautista, visto desde arriba, semejaba un enjambre de abejas agitado por la expectación. La guardia dejó un espacio diáfano frente a la catedral, con un pasillo amplio que cruzaba toda la plaza, acotado por cuerdas de colores y soldados que a duras penas mantenían a raya al gentío. Era por ese corredor por donde desfilaría el misterioso ejército de Dante Sorrento.

Moverse entre el público era una hazaña y hacía falta ser un gigante para ver algo más allá de la tercera fila. Por suerte, el arzobispo había prometido que la basílica permanecería abierta hasta que el último asistente pudiera admirar el prodigio con sus propios ojos. Frente a la multitud, los monaguillos balanceaban los incensarios con la doble misión de difundir aroma a santidad y disimular el hedor a humanidad. En la periferia de la plaza, los puestos de comida y vino y los aguadores se frotaban las manos.

No solo había turineses entre la muchedumbre. La noticia de la revelación del prodigio se difundió de tal manera que la ciudad recibió visitantes procedentes de poblaciones sitas a más de sesenta kilómetros de Turín. Y más que vendrían en los próximos días, cuando las invitaciones para ver lo que se describía como «un milagro sin precedentes» llegaran a los arzobispados de Milán, Génova, Florencia, Bolonia, Venecia y demás plazas importantes.

Se convocó a las autoridades con dos horas de antelación en la catedral para que no tuvieran que mezclarse con el populacho que invadía la explanada. Michele y Dante saludaban a los invitados con sonrisas, muestras de aprecio y bendiciones. Frente al altar mayor, sobre tres caballetes de madera y cubierto por una tela enorme, descansaba una estructura plana de cuatro metros y medio de largo por uno veinte de ancho. Dos guardias de Sorrento lo custodiaban, armados con alabardas y miradas disuasorias.

Entre los invitados estaban el juez Beccuti, Lissànder Fasano, todos los maestres de los gremios y sacerdotes, alcaldes y obispos de pueblos y ciudades cercanas. El prelado de Novara charlaba animadamente con Michele mientras un cardenal procedente de Niza departía con su colega genovés, uno de los primeros en recibir la invitación.

Un asistente sorpresa entró por la sacristía sin llamar la atención, protegido por una escolta que no dejaba de mirar a los presentes como si todos y cada uno de ellos representaran una amenaza potencial para su señor. Era un hombre de unos cuarenta años, de pelo castaño oscuro cortado en una media melena, con un rostro alargado en el que la prominencia de la nariz competía con la del mentón. En cuanto Dante se percató de su presencia, dejó con la palabra en la boca al banquero paviano con el que mantenía una distendida plática y fue a saludarlo con los brazos tan abiertos como su sonrisa, a pesar de que ni lo había invitado, ni lo esperaba, ni le agradaba su presencia.

—¡Qué honor, excelencia...!

El duque lo mandó callar con un gesto de irritación. Antes de que pudiera darse cuenta, Dante estaba en medio del hueco que los guardaespaldas de Carlos III de Saboya habían abierto a su alrededor, a base de incomodar al resto con su imponente presencia y propinar algún que otro empujón más o menos amable.

—No reveles mi identidad, Dante —rogó Carlos, en voz baja—, o esta panda de buitres me amargará la mañana con loas y peticiones, lo que no me apetece en absoluto. —El duque comprobó que todos los que lo rodeaban andaban inmersos en sus propias conversaciones—. He echado de menos tu invitación —le reprochó—. Me he enterado de este acto por mis informadores.

Dante fingió la consternación con tal maestría que hasta él mismo se la creyó.

—¿No la recibisteis? Os la envié hace más de una semana —mintió.

Carlos le habló muy cerca de la oreja.

—¿Qué es eso que dicen de un ejército turinés? Sé franco conmigo, Dante. ¿Tengo que preocuparme?

Sorrento simuló sentirse indignado.

—¡Por supuesto que no, excelencia!

Un maestre que hablaba con un cardenal volvió la cabeza hacia ellos al oír la exclamación, y Carlos le mostró los dientes a Dante para que hablara más bajo y disimulara mejor.

—Por supuesto que no —repitió Dante en un susurro—. Estáis al corriente de lo que ha sucedido en la ciudad, ¿verdad?

—Claro que sí —confirmó el duque, ofendido por la duda—. ¿No se te ocurrió consultar conmigo? Sigo siendo duque de estas tierras, no lo olvides.

—Fue por la inmediatez, excelencia. Tenéis muchos frentes abiertos, acabamos de salir de una guerra, y creo que un ejército para defender Turín, después del ataque sufrido por el papa, es necesario.

Carlos estudió a Sorrento unos instantes tratando de detectar cualquier atisbo de mentira.

—¿Es cierto que tienes pruebas de que el papa está detrás de esa masacre?

—El juez Beccuti guarda la carta que lo implica —respondió Dante—. Está a vuestra disposición en su despacho si queréis leerla.

Carlos se acarició el mentón. Dante pensó que con la velocidad adecuada hundiría una galera si le acertaba en el lugar preciso.

—Dante, somos amigos y pisamos terreno sagrado. Júrame por Dios que no me causarás problemas con ese ejército.

—Os lo juro, excelencia —pronunció solemne y en voz baja.

Dante fue sincero: no consideraba al duque de Saboya un enemigo. Ni se le había pasado por la cabeza usar a los discípulos contra él. Puede que su visita inesperada le hubiera venido bien. Dante había evitado invitarlo para que no se inmiscuyera en sus asuntos, pero, por lo visto, lo único que le preocupaba a Carlos era la seguridad de su ducado.

—Hay otro motivo por el que he viajado a Turín —confesó el noble, que cogió del brazo a Dante y lo condujo frente a la estructura cubierta de tela—. ¿Es el mismo lienzo que te vendí?

Dante miró a todos lados antes de responder.

—El mismo, pero... excelencia, ha sido objeto de un milagro.

El duque arrugó la nariz.

—¿Un milagro?

—Mi hijo, Michele, rezó durante días y días ante el sudario de Cristo. Y sucedió algo. Algo que no podemos explicar y que llenó nuestras almas de júbilo.

—Me tienes en ascuas, Dante —reconoció Carlos.

—Sentaos ahí —lo invitó Sorrento, señalando un banco vacío en primera fila—. El arzobispo lo descubrirá a las doce, y os aseguro que no creeréis el prodigio que obraron sus oraciones en el sudario que tuvisteis a bien venderme. Es una señal divina, excelencia, sin duda alguna.

Carlos III de Saboya distribuyó a su escolta por los alrededores y se sentó. Poco a poco Dante fue acomodando a los invitados, y Michele se retiró a la sacristía para vestirse con sus mejores galas. El padre Pacella encendió los cirios ayudado de una cohorte de acólitos que pululaban por el altar mayor como moscas vestidas de blanco.

A las once y media, se abrieron las puertas de la catedral.

El espectáculo estaba a punto de empezar.

Los ataúdes rodantes se detuvieron a cinco calles de la plaza de San Juan Bautista. Las puertas se abrieron y veinticuatro hombres formaron en filas de a cuatro.

Oliver Zurcher pasó revista. Los guarnicioneros del fuerte habían trabajado a destajo para confeccionar el que sería el uniforme definitivo de los discípulos.

Botas altas por fuera de los pantalones oscuros. Camisas de color rojo, con una banda de rombos blancos alrededor del brazo para representar los colores de la familia Sorrento. En lugar de la coraza de los apóstoles, vestían lorigas de cuero tachonadas con clavos romos plateados y hombreras reforzadas. Las capuchas y las capas cubrían hombros, espalda y cabeza, y la máscara integral había sido sustituida por una de metal ligero que dejaba la boca y el mentón al descubierto.

Las purificadoras se elevaron al cielo como estandartes de victoria.

En el extremo derecho de la primera fila, Mael Rohrer, nombrado teniente de los discípulos, esperaba la orden de su comandante para iniciar la marcha.

Zurcher se puso al frente de la formación.

Mientras transitaron por calles vacías, la tropa se limitó a caminar con paso marcial, con las purificadoras al hombro. Poco a poco fueron encontrando más y más gente a ambos lados del pasillo dejado por la guardia de la ciudad, hasta que entraron en la plaza que estaba a rebosar de público. Una banda de tambores y cuernos se colocó detrás de ellos y los siguió, tocando fanfarrias con toda la fuerza de brazos y pulmones.

Fue entonces cuando empezó la verdadera exhibición.

Sin dejar de avanzar, los discípulos hicieron bailar a la vez las purificadoras, por encima y por delante de ellos, trazando círculos y movimientos helicoidales en una danza que el gentío encontró mortífera y espectacular. Las cabezas de armas pasaban tan cerca unas de otras que parecía imposible que no se trabaran entre ellas. La coreografía, mil veces ensayada, arrancó vítores y aplausos a la multitud entusiasmada. Los padres subían a sus hijos a hombros para que se deleitaran con aquel número circense. Los discípulos acompañaban cada golpe y acometida contra el enemigo invisible con el que fingían luchar con gritos que los espectadores terminaron coreando.

Zurcher sonrió bajo la máscara, orgulloso, al borde de romper en llanto de pura emoción. A lo largo de su carrera militar, había soñado con protagonizar algo parecido, pero jamás había llegado a imaginar algo de tal envergadura. Las puertas abiertas de la catedral los aguardaban, y el griterío de admiración de Turín se alzó hasta convertirse en un clamor atronador que hizo mirar hacia atrás a los que ya estaban sentados en el interior del templo.

Desde la cuarta fila de bancos, D'Angelis volvió la vista hacia la puerta. Dos filas más atrás, Sanda, vestida con sus ropas más elegantes y el cabello respetuosamente cubierto por un velo, también desvió la mirada. El espía adivinó que era Zurcher quien comandaba aquella compañía que avanzaba por la nave central haciendo malabares con las purificadoras. Le recordaron demasiado a los apóstoles.

Sanda estudió los movimientos de las purificadoras desde el punto de vista de un guerrero. La coreografía de combate le pareció espectacular. Si funcionaban igual de bien en la batalla como bailaban al desfilar, aquella unidad sería letal como fuerza de ataque cuerpo a cuerpo combinada con tropas de ataque a distancia y caballería. Una unidad letal pero anticuada, según el criterio de Sanda. Los guerreros de verdad se extinguirían algún día, cuando se perfeccionaran las armas de fuego y cualquiera pudiera matar apretando una palanca. Lo mismo que la ballesta puso la arquería al alcance de cualquier patán, la pólvora acabaría, tarde o temprano, con el arte de guerra.

Los soldados que custodiaban la reliquia se apartaron para ser relevados por los discípulos, que formaron alrededor de la estructura cubierta de tela sin dejar de ejecutar malabarismos con sus armas. En un momento dado separaron las purificadoras en dos piezas para ejecutar nuevas evoluciones, para luego volver a montarlas en un rápido movimiento que arrancó una exclamación de asombro al público que abarrotaba la catedral. Los vítores y aplausos resonaron por el templo. Zurcher golpeó el suelo con la punta blindada del asta y sus hombres adoptaron una posición de guardia frente al altar mayor.

D'Angelis y Sanda cruzaron una mirada. El espía le dedicó una mueca que quería decir algo así como «menudo circo», y ella le respondió con una elocuente elevación de ceja. Cuando devolvieron la atención al altar, se encontraron con un sonriente Dante Sorrento que rogaba calma a los asistentes subiendo y bajando las manos, como el director del coro más cacofónico del mundo.

—Apreciados conciudadanos, visitantes e invitados a esta fiesta —comenzó Sorrento a voz en grito—. Como os prometí, os presento una muestra de lo que será el ejército que defenderá nuestra ciudad de sus enemigos. Soldados excepcionalmente entrenados que velarán por la seguridad e integridad de Turín. Una armada de hombres de paz preparados para la guerra.

Dante prolongó su discurso unos minutos más, deshaciéndose en halagos hacia los turineses, lamentando la enemistad del papa de Roma y soltando mensajes propagandísticos que a D'Angelis le hacían girar los ojos hacia el interior de su propia calavera. Sanda estudiaba las caras de los asistentes y comprobaba cómo la mayoría recibía con entusiasmo las palabras de Sorrento. En primera fila, el duque de Saboya atendía a la prédica con una mezcla de desconfianza y escepticismo. Por mucho que Dante le hubiera jurado que no usaría ese ejército en su contra, se prometió redoblar su dotación de arcabuceros. Estaba claro que, en el cuerpo a cuerpo, aquellos alabarderos estaban muchísimo mejor entrenados que sus soldados. Y las máscaras, como elemento intimidatorio, funcionaban.

Por fin Dante anunció lo que todos aguardaban con la máxima expectación. Sorrento dejó paso a su hijo, que se levantó de la silla forrada en terciopelo rojo que ocupaba junto a otras autoridades de Turín, a un lado del altar. Pasó a través de la guardia enmascarada hasta situarse frente a la reliquia oculta.

—Amados hermanos —comenzó—. Estáis a punto de contemplar un milagro. Os pondré en antecedentes —efectuó una pausa teatral, que hizo que el silencio reinante en la catedral se convirtiera en un vacío grave—. He sido elegido guardián de una de las reliquias más importantes de la cristiandad, una que hasta hace poco estuvo al amparo de la casa de Saboya, pero que Dios quiso enviarme para su guarda.

Carlos III frunció el ceño. Al menos, el arzobispo no había largado delante de medio Piamonte que el duque tuvo que venderla para costear gastos de guerra, entre otras cosas. Se acordó de la burda réplica pintada que había dejado en Chambéry y se dijo que, si Dante decía la verdad y se había producido algún tipo de milagro en el sudario auténtico, la guardaría en un cajón con la esperanza de que los fieles se olvidaran de ella. Por suerte para su alma, ni él ni sus antepasados osaron pintar imagen alguna sobre la verdadera sábana que, en teoría, se ocultaba bajo aquella funda de tela.

—Mucho oré delante de este sudario, tocado por el cuerpo y por la sangre de nuestro señor Jesucristo, hasta que una noche, Dios me escuchó y obró el milagro. ¡Helo aquí!

Los discípulos retiraron la tela, y las primeras filas se levantaron en el acto, perplejas.

Una imagen fantasmal, pero reconocible, aparecía sobre el lienzo: el cuerpo de un hombre con las manos cruzadas sobre el pubis, con marcas de latigazos por doquier y manchas de sangre en costado, frente, muñecas y pies. La parte posterior de su anatomía era tan distinguible como la frontal. A partir de la cuarta fila era difícil apreciar los detalles, pero cuando los privilegiados de los primeros bancos se arrodillaron a la vez, todos en la catedral lo hicieron.

D'Angelis se puso de pie, por lo que sobresalió por encima de los arrodillados. Sanda, a pesar de ser musulmana, se arrodilló también para no llamar la atención. Desde donde estaba era difícil ver algo.

—Ahora —anunció el arzobispo—, de forma ordenada, podéis

ir pasando por delante del santo sudario para contemplar de cerca el auténtico rostro del hijo de Dios y oréis en su presencia.

El duque de Saboya fue de los primeros en detenerse delante del sudario. Cuanto más lo estudiaba, más aumentaba su pasmo. Aquello no era una pintura: parecía, más bien, una especie de quemadura. Nada que pudiera conseguirse con pigmentos y pincel, o aplicando color a un cuerpo y manchando la tela por contacto.

Sin duda, era un milagro.

Carlos clavó los ojos en Dante, que lo observaba desde el altar mayor con la superioridad reflejada en el rostro. Sorrento disfrutó al comprobar que el duque era incapaz de cerrar la boca. Carlos se santiguó ante la reliquia enmarcada, hizo una seña a sus hombres y se abrió paso contra la corriente de fieles que avanzaba, como en trance, hacia la sábana.

Estaba deseando llegar a Chambéry para retirar la copia expuesta en la capilla de su castillo.

Conforme la gente desfilaba delante del sudario, las voces de asombro se elevaban más y más, amplificadas por la bóveda de la catedral. Algunos caían de rodillas ante la imagen, con las manos unidas y la mirada fija en el rostro de la sábana. Otros se quedaban paralizados ante la efigie. Los más voceaban el milagro a voz en grito. Una mujer se desmayó y su marido tuvo que apartarla de la fila para que no la pisaran. Muchos querían palpar la tela, pero los discípulos se lo impedían. La descripción de lo que aparecía en el lienzo se propagó por el recinto, y la impaciencia poseyó a quienes estaban más atrás, que trataban de abrirse paso a empujones, deseosos de contemplar el prodigio.

Empujada por la fila de curiosos a la que se unió, Sanda comprobó de cerca la calidad de la impresión. Sintió un nudo en la garganta al ver el fantasmagórico parecido de aquellas facciones con las de Daniel Zarza. Se dio media vuelta, anonadada, sin siquiera darse cuenta de que D'Angelis se cruzaba con ella en su camino hacia el altar.

El espía intercambió una mirada asombrada con Michele, que le dedicó una sonrisa de complicidad. Dino también reconoció el rostro de Daniel impreso en el lienzo. Leonor tenía razón: si Zarza llegaba a contemplar la imagen del cadáver de su hermano sobre lo que aseguraban que era el auténtico sudario de Cristo, su reacción sería imprevisible.

Si es que no se volvía loco en el acto.

D'Angelis no pudo evitar santiguarse ante la sábana. No supo si lo hizo por respeto a la reliquia o a Adrián, que había compartido la pasión de Jesús para servir de engaño a un pueblo. Puede que para engañar al mundo entero a lo largo de la historia.

La afluencia de público fue tan intensa que tuvieron que habilitar una vía de entrada y otra de salida al templo. A D'Angelis le costó cerca de media hora de agobio y empujones salir a la plaza. Buscó a Sanda entre la muchedumbre, y la encontró cerca del pasillo que habían dejado para el desfile. Le hizo una seña, y ella se abrió paso hasta atravesar la multitud que pugnaba por entrar. El rumor de que el auténtico sudario de Jesús estaba expuesto, y que sobre él podía distinguirse la imagen del hijo de Dios, había llegado hasta el último rincón de la plaza y la gente se peleaba por entrar en la catedral.

D'Angelis y Sanda enfilaron hacia una de las calles perpendiculares a la plaza de San Juan Bautista. Ella se despojó del velo y dejó suelta su melena. Dino meneó la cabeza.

—Sé que es una falsificación, pero te juro que se me ha encogido el corazón.

—No soy demasiado religiosa, pero soy musulmana, y a mí me ha pasado igual.

—No me explico cómo lo ha hecho Leonor —reconoció D'Angelis—. Es... es imposible. Un milagro.

Sanda asintió, meditabunda. D'Angelis la contempló mientras ella parecía reflexionar en silencio.

—Piensas lo mismo que yo, ¿verdad? —le preguntó el espía.

—Pienso que hemos perdido.

—Entonces, piensas lo mismo que yo.

—Nadie podrá rebatir lo que aparece en ese lienzo —razonó Sanda—. Aquel que sostenga que es una falsificación será ridiculizado por los fieles.

D'Angelis soltó una risa amarga.

—¿Ridiculizado? Cuando Michele sea papa y escuche lo que Zephir le susurre al oído, quemará en la hoguera a cualquiera que cuestione la autenticidad de esa sábana.

Sanda elevó la vista al cielo.

—Y, según me dijiste, pronto llegará gente de todos los rincones de Italia a reverenciar la imagen.

—Cuando corra la voz, Turín se llenará de peregrinos... todo el mundo querrá rezar delante del santo sudario y conocer al arzobispo que con sus plegarias plasmó la imagen de Jesús sobre él.

Sanda comenzó a caminar muy despacio por la calle desierta. Toda la ciudad se agolpaba en la plaza y convergía hacia la catedral.

—Creo que ya no nos queda nada que hacer en Turín —declaró Sanda, vencida—, solo vender lo que podamos antes de irnos y largarnos para siempre. ¿Sigues decidido a venir con nosotros a Roma?

—Sí, sobre todo por Charlène. Necesita alejarse de estas tierras.

—Formáis una pequeña, hermosa y extraña familia.

—Quién me lo iba a decir...

—Si Daniel pisa la calle no tardará ni diez minutos en oír hablar del sudario —advirtió Sanda, que no podía apartar la imagen del lienzo de su cabeza—. Tenemos que impedir que salga de tu casa.

—Acabará enterándose —aseguró D'Angelis—, eso seguro... pero espero que lo haga cuando estemos muy lejos de aquí.

—Me llevará un tiempo preparar el viaje a Roma —avisó ella.

—Tómate el que necesites. Yo seguiré pasando por el arzobispado para que no sospechen. Luego te veo, Sanda.

Cada uno se fue por una calle distinta. En la catedral, el pueblo ardía en fervor. El ateísmo se esfumaba, y el humanismo se doblegaba ante un feroz puñetazo de la fe.

Oculto entre las cortinas del retablo de la catedral, lejos de los ojos de los fieles, Zephir de Monfort sonreía debajo del yelmo.

Comenzaba una nueva era para él.

Una era que lo haría pasar a la historia.

## 66

Un torrente de peregrinos inundó las calles de Turín durante las semanas posteriores a la presentación del sudario. No solo italianos; también recibieron visitantes procedentes de Francia, Suiza, Baviera y Austria. En plazas y tabernas se rumoreaba que hasta los protestantes que acudían a la catedral de San Juan Bautista salían tan maravillados que renegaban de Lutero y escupían sobre sus falsas doctrinas. Chismes de cantina que muchos aceptaban como palabra de Dios.

Los peregrinos trajeron riqueza a los negocios. Todo turinés con espacio en su casa para alojar a un viajero cobraba por el servicio. Las posadas estaban completas, los establecimientos de comidas se quedaban sin existencias y los barriles de vino se vaciaban al ritmo de las plegarias. Los cazadores no daban abasto para conseguir carne en los bosques, y los ganaderos tenían que adquirir reses en granjas de Génova, Milán y Módena para cubrir la demanda. En los burdeles se formaban colas por las noches, ya que la caída del sol espanta la espiritualidad y atrae a los malos vicios; a la mañana siguiente, los confesores limpiaban conciencias con oraciones y donativos, en proporción a los pecados cometidos.

El prestigio del arzobispo fue en aumento y su fama de hacedor de milagros se propagó como un buen chiste. Muchos achacaron la enemistad del papa Clemente VII a la envidia que este sentía por la santidad de Michele Sorrento, a pesar de que el Médici seguía confinado entre los muros del castillo de Sant'Angelo, atribulado por sus avatares personales y económicos. Aislado del mundo exterior, vivía ajeno a las acusaciones que sobre él se vertían desde Turín. Alguien tocó las puertas del castillo para informar al santo padre de su incriminación en un asesinato en masa, pero sus allegados redujeron la información a un chascarrillo malintencionado y la consideró infundada e irrelevante. Todos conocían la amistad que existía entre Michele y Clemente, y Dante siempre había apoyado al papa en todos los sentidos.

El ambiente ominoso que había reinado ese otoño en Turín se desvaneció con la llegada de la Navidad y la euforia presente en las calles. Nadie se acordaba ya de los apóstoles, y el tiempo secó los ojos de los familiares de los masacrados, ayudados por los tiempos de opulencia. Había que aprovechar la bonanza, y recrearse en un pasado oscuro contaminaba la suerte.

Dante supo aprovechar los nuevos acontecimientos. Instaló una oficina de reclutamiento para los discípulos en el cuartel, que ahora abría sus puertas a todo joven que deseara ingresar en sus filas. Gran parte de los donativos que recibía la Iglesia, procedentes, sobre todo, de los visitantes más pudientes, se desviaron para pagar soldadas, material de guerra y caballería. Margherita regresó a Turín. Le encantaba pasear por las calles del brazo de su esposo y recibir el cariño y la admiración de un pueblo engañado. Era lo que siempre había soñado.

Incluso se olvidaron de Leonor. ¿A quién le importaba una ingeniera loca cuando el viento de popa hinchaba las velas del éxito?

Y del Susurro, ni rastro. Al asesino se lo había tragado la tierra.

Cándida Di Amato invirtió una buena suma en el ejército de Sorrento, al igual que Celio Giuliani, el maestre de chalanes, que compensó la inversión con la venta de sesenta caballos de guerra y dos docenas de bestias de tiro a Dante, eso sí, a precio especial. Cándida se convirtió en su mayor reclutadora de inversores. En Navidad, la infantería de los discípulos contaba con ciento veinte alabarderos —aunque más de la mitad de ellos a medio entrenar—, cincuenta soldados de caballería y cuarenta arcabuceros.

Michele pasaba los días agasajando a las visitas más ilustres, sin tiempo apenas de ocuparse de algo más que de celebrar misas rimbombantes —cargadas de propaganda— y mostrar el santo sudario a los miembros del alto clero que viajaban hasta Turín para admirar la reliquia. Las invitaciones alcanzaron hasta el último rincón de Italia a excepción de los Estados Pontificios: esos no interesaban, al menos de momento. Cuando Michele bebía con sus invitados en el palacio arzobispal, narraba la historia del milagro con tantos pelos y señales que, de tanto contarla, acabó creyéndosela.

D'Angelis fue espaciando las visitas al arzobispado. Michele siempre estaba demasiado ocupado para recibirlo. Una mañana, decidió no aparecer más por palacio. Echó una última mirada melancólica a la morada de su viejo amigo, y una sucesión de recuerdos de sus días de vino y juergas con él le robó una sonrisa de nostalgia.

El auge de Turín propició que Sanda liquidara gran parte de sus existencias. Muchos clientes de la lista de Riccardo Agosti respondieron a sus cartas y enviaron a sus representantes. Sanda decidió cerrar el negocio el día que vendió el mayor de sus tesoros, un arma que según Agosti estaba imbuida de magia: una daga con empuñadura de oro y piedras preciosas, con una hoja de doble filo que el cazador de tesoros juraba que fue forjada milenios atrás, con un metal venido del cielo, por los mismísimos dioses. La funda del arma era una continuación del mango, por lo que su valor, solo como joya, era incalculable.

—Un objeto peculiar —le había dicho Agosti, sin dejar de admirar el arma, que parecía recién fabricada—, con un diseño que no corresponde a los tiempos que la vieron nacer. Quien me la vendió me contó que un general romano y una guerrera sármata la rescataron de un viejo templo abandonado en Egipto en tiempos del emperador Marco Aurelio. Una pareja tan extraña como esta daga. Me aseguraron que es mágica: quien la posea, estará tocado por la diosa fortuna.

Sanda no creía en la suerte, pero agradeció el regalo y lo guardó con celo, consciente de su inmenso valor. Una mañana, un enviado del emperador Carlos I entró en su casa buscando la mejor de sus piezas para su señor. La asesina no tuvo dudas. Aquella era un arma digna de un emperador. Le pidió una fortuna por ella, una cifra que ella misma consideró descabellada.

El emisario ni siquiera regateó.

Sanda lo celebró con Arthur haciendo el amor toda la noche, bebiendo San Gimignano para reponerse y trazando planes en la cama de cómo sería su nueva vida en Roma. La herida de bala había cicatrizado bien, pero aún era visible. Cuando Andreoli le preguntó por el tatuaje que se haría para cubrirla, ella respondió:

—La dejaré a la vista, como un bonito recuerdo.

Arthur, que se había mudado a su casa semanas atrás, dio un sorbo al vino y la besó.

Charlène dejó el hospital de Santa Eufemia dos semanas después del prodigio, pero aprendió muchísimo en esos días con don Piero. Nunca llegó a saber quién era, pero ayudó un par de veces a curar el muñón de Ruy Valencia. Para su sorpresa, Belardi recibió la noticia de la marcha de Charlène con disgusto y tristeza, y le rogó con insistencia que se quedara. Incluso le ofreció un aumento de paga y una habitación amplia en la planta superior de la clínica. Cuando ella se reafirmó en su deseo de irse, Belardi le aseguró que no encontraría otra enfermera mejor que ella, aunque viviera cien años. Una lágrima silenciosa rodó por la mejilla del médico cuando Charlène lo besó en la frente al despedirse.

Daniel y Leonor estuvieron todo el tiempo escondidos en casa de D'Angelis. Si no se hubieran tenido el uno al otro, habrían enloquecido a causa del encierro. Charlène, Arthur, Sanda y Dino bromeaban sobre el aburrimiento de la pareja y especulaban sobre lo que harían cada vez que se quedaban a solas. No era difícil de imaginar. Aunque aún tardarían algunas semanas en saberlo, un pequeño Orante crecía en el vientre de Leonor Ferrari fruto de ese amor.

Y del aburrimiento.

Frei y Schweitzer abandonaron la granja de Vito en cuanto Milo fue capaz de caminar. Partieron hacia Roma a pie con una única idea en la cabeza.

Advertir al papa Clemente del peligro que corría.

Gerasimo Mantovani y Vidal Firenzze acabaron por trabar algo parecido a la amistad. Las aguas estaban tan calmas que su trabajo se tornó innecesario. Nadie buscaba ya a los apóstoles, ni a Leonor, ni al Susurro. Ni siquiera Zephir mencionaba a Daniel Zarza, aunque Firenzze sabía que su obsesión por él estaba dormida, no muerta. De vez en cuando, el inquisidor galopaba por las calles de Turín a lomos de Resurrecto provocando el recelo de las mujeres, el respeto de los hombres y el terror de los niños. Zephir necesitaba infundir miedo tanto como respirar. Aunque también hubo quien lo vio como a un protector de la ciudad.

El inquisidor disfrutaba acompañando al arzobispo cuando recibía visitantes ilustres. Que Michele Sorrento tuviera un gigante acorazado de guardaespaldas elevaba las habladurías sobre él al nivel de leyenda. Solo quien había sido elegido por Dios para mostrar al mundo el verdadero rostro de su hijo era digno de un protector tan poderoso como Zephir de Monfort.

Y así, en ese ambiente tan distinto al de los últimos años, transcurría la vida en Turín. Hasta Beccuti y Fasano estaban contentos. Y por toda Italia, la fama de santidad de Michele Sorrento crecía y crecía sin parar.

Una madrugada, a principios de enero, una caravana compuesta por dos carros y tres jinetes abandonó Turín.

En el pescante del primer carro, tirado por dos caballos, viajaban D'Angelis y Charlène, embutidos hasta las cejas en prendas de abrigo. El espía llevaba las riendas y la muchacha dormitaba con la cabeza en su hombro. Leonor conducía la segunda carreta, casi idéntica a la de D'Angelis. La ballesta reposaba a su lado, debajo de una manta. Las cajas de ambos coches estaban a rebosar de cajones, barriles, sacos y enseres; todo lo que pudieron transportar, menos los recuerdos. Esos quedaron encerrados en las casas que les habían servido de refugio durante el último mes.

Lo que Sanda no pudo —o no quiso— vender, iba en el carro de Leonor. Al lado de ese coche cabalgaba Daniel Zarza, debajo de un grotesco disfraz que le había preparado D'Angelis con tan mala idea como esmero. El español no cesaba de lanzar miradas avergonzadas a su amada, que apenas podía aguantar la risa cada vez que lo miraba.

Por suerte para su cordura, se marchaba de Turín sin saber que media Europa reverenciaba la imagen de su gemelo muerto.

Andreoli y Sanda encabezaban la caravana sobre sendos corceles, también cargados hasta las trancas. Les quedaba un viaje largo por delante.

El único momento tenso fue al salir de los límites de la ciudad, cuando una patrulla formada por tres guardias jóvenes les dio el alto.

—¿Qué lleváis ahí? —preguntó uno de ellos, con aire insolente.

En lugar de responder, Sanda le dio una moneda de plata a cada uno. El mejor salvoconducto: el dinero. Con los ojos brillantes de satisfacción, los guardias despidieron la caravana con bendiciones.

Adiós, Turín.

El amanecer los sorprendió con una nueva nevada que recibieron con los ojos entornados y una sonrisa en los labios.

Una sonrisa que prometía no ser eterna.

# QUINTA PARTE
# Sant'Angelo

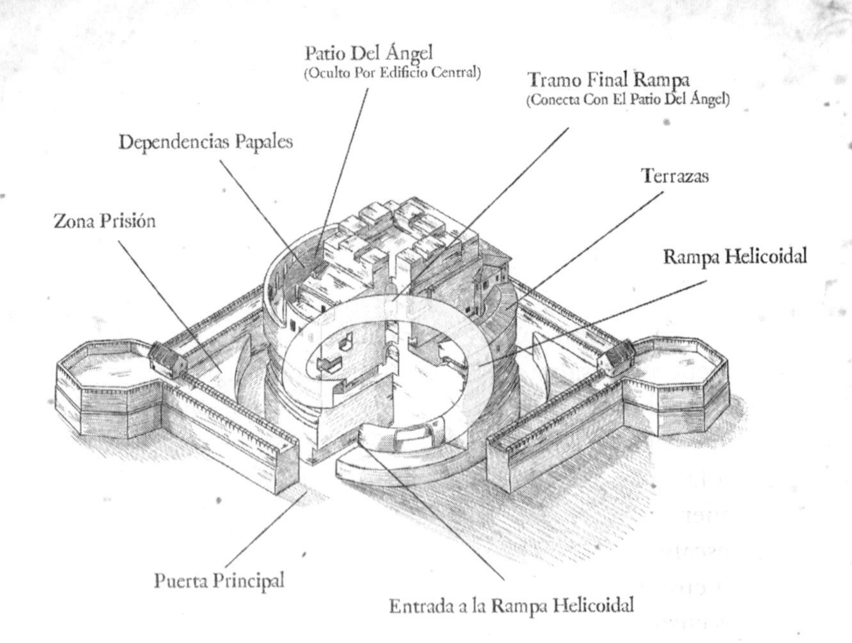
Patio Del Ángel
(Oculto Por Edificio Central)
Tramo Final Rampa
(Conecta Con El Patio Del Ángel)
Dependencias Papales
Terrazas
Zona Prisión
Rampa Helicoidal
Puerta Principal
Entrada a la Rampa Helicoidal

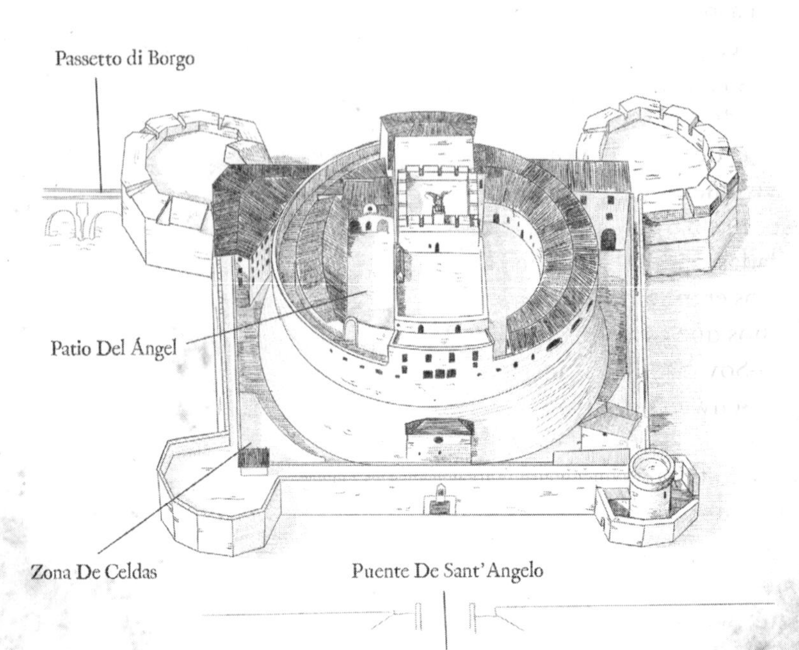
Passetto di Borgo
Patio Del Ángel
Zona De Celdas
Puente De Sant'Angelo

# 67

Los recuerdos asaltaron a Yani Frei y Milo Schweitzer mientras cruzaban el puente de Sant'Angelo, por encima del río Tíber. El sargento echó una ojeada a las Murallas Leoninas sobre las que discurría la parte exterior del Passetto di Borgo, la ruta por la que condujeron a Clemente VII hasta el castillo después de la batalla de la escalinata de San Pedro. Frente a ellos se alzaba la fortaleza, de planta circular y rodeada por una muralla exterior. Dos guardias suizos custodiaban la puerta principal, cerrada a cal y canto.

El aspecto de los apóstoles era zarrapastroso después de semanas de caminatas a campo a través y de dormir en cualquier rincón que los resguardara algo del frío. Vestían pellizas de lana (regalo del bueno de Vito) y cargaban con mochilas medio vacías a la espalda, además de un par de sacos donde llevaban las purificadoras. Las provisiones fueron mermando, y el racionamiento les hizo perder peso. Las barbas, dejadas de la mano de Dios, se veían ralas y descuidadas. Frei no reconoció a ninguno de los guardias de la puerta. Ambos eran soldados bisoños, de los pocos que reemplazaron a los muchos que cayeron el pasado 6 de mayo.

—Soy Yani Frei, antiguo sargento de la Guardia Suiza, y él es Milo Schweitzer, un compañero. Venimos a pie desde Turín para advertir a su santidad de un peligro inminente.

El soldado los examinó con la misma mirada de alguien que esculca una hez en busca de parásitos.

—Esperad aquí.

—¿No hay ningún veterano con el que pueda hablar? —preguntó Frei—. Fui uno de vosotros, conozco a tus oficiales.

El centinela dio media vuelta sin responder, habló con alguien a través del ventano de la puerta principal y regresó a su puesto, desde el que mantuvo su actitud hostil. Después de lo que se les antojó una espera eterna, el rostro de un hombre de unos cuarenta años se asomó al exterior. La boca, pequeña y carnosa, se fruncía en un gesto severo.

—¡Teniente Bogel! —lo saludó Frei, feliz de ver una cara conocida—. Me alegro de verte. Ha pasado mucho tiempo.

—No solo ha pasado mucho tiempo —dijo, a la vez que se apartaba para dejarlos pasar—. Han pasado muchas cosas.

Bogel cerró la puerta principal detrás de ellos. El patio circular que rodeaba el imponente castillo de roca travertino comenzó a llenarse de guardias procedentes de los casetones adosados al interior de la muralla. A Milo Schweitzer le dio mala espina.

—Y que lo digas, Levin —corroboró Frei, usando su nombre de pila—. Venimos de Turín. Los apóstoles hemos sido diezmados después de que nos acusaran de un crimen que no cometimos. —La diminuta boca de Bogel no se movió; sus ojos, inexpresivos y apagados, ni siquiera parpadearon. Frei echó un vistazo a su alrededor y vio las caras tensas de los soldados que los rodeaban—. ¿Podemos hablar en privado?

—Entregad las armas.

Frei enarcó las cejas. Durante un segundo se preguntó si no sería una broma, a modo de recibimiento. La sonrisa se le congeló cuando varias lanzas, alabardas y espadas los apuntaron. El propio teniente desenfundó la destripagatos.

—Entregad las armas —repitió muy despacio.

—Somos amigos, Levin.

—No te lo ordenaré una tercera vez.

Una voz procedente del adarve resonó en el patio de armas.

—Levin, por amor de Dios, ¿qué haces?

—Órdenes de su santidad —recitó Bogel sin retirar la espada del gaznate del sargento.

Eliah Muller, también teniente de la Guardia Suiza e íntimo amigo de Arthur Andreoli, descendió los peldaños de piedra con rostro ceñudo. Frei y Schweitzer fueron despojados de las mochilas, de los cuchillos que llevaban en el cinturón y de los sacos donde guardaban las purificadoras. El sargento estaba tan sorprendido que apenas reaccionó ante la aparición del viejo conocido. Sus ojos interrogaron a los de Muller, que bajó la espada de Bogel muy despacio.

—Están desarmados, Levin —suplicó—. Yani ha sido compañero nuestro, se merece un trato mejor que el que le estás dando.
—Es un traidor, como Brunner y los demás.
Frei y Schweitzer no daban crédito a lo que acababan de oír.
—¿Cómo que un traidor? —se indignó Frei, alternando la vista entre Bogel y Muller—. Nos han calumniado, nos han encarcelado, han matado a más de la mitad de los nuestros, ¿y nosotros somos los traidores?
Bogel no estaba para explicaciones.
—Encerradlos —ordenó—. Cada uno en una celda.
Los soldados agarraron a Schweitzer por los brazos y se lo llevaron a rastras hacia las mazmorras construidas en el interior del muro. Muller le hizo un gesto a Frei de «luego hablamos». Dos guardias empujaron al sargento hacia su celda. Frei rodó sobre el montón de paja sucia y oyó cómo corrían el cerrojo de la puerta de madera. La única luz que entraba en el cubículo procedía del ventano. El sargento estaba tan conmocionado que no fue capaz de reaccionar. Los soldados se dispersaron, y Muller se acercó a Bogel.
—Levin, no había necesidad de usar esa violencia con Yani.
—No te dejes confundir por sus mentiras, Eliah. El arzobispo Sorrento ya advirtió al santo padre de que esto iba a pasar.
—Las palabras pronunciadas te envenenan una vez —sentenció Muller—, pero cuando están escritas, te envenenan cada vez que las relees.
—Piensa lo que quieras —escupió Bogel—. Tenemos órdenes de Clemente de arrestar a cualquier apóstol que se acerque al castillo. Masacraron a civiles y le echaron la culpa al santo padre. No merecen piedad.
—Pero merecen que se les escuche.
Bogel expelió una risita.
—Su palabra contra la del arzobispo de Turín, un hombre de Dios y amigo personal del papa. No me hagas reír, Eliah.
Levin Bogel se despidió con una palmada en el hombro y se alejó por el patio. Muller espantó a los guardias ociosos que había cerca de la mazmorra de Frei y se acercó al ventano. El sargento mantenía la mirada fija en el orinal de barro mellado que había en un rincón, como si no terminara de creerse dónde estaba. Muller lo llamó por su nombre, y el apóstol acudió a la puerta.
—¿Se puede saber qué demonios os pasa? —le recriminó; pare-

cía haberse espabilado de repente—. Venimos a advertir a Clemente de una traición y mira dónde acabamos.

Muller le pidió calma.

—El papa recibió una carta de Michele Sorrento hace unos días —informó—. Según esa carta, Yannick os ordenó masacrar a más de cuarenta civiles sospechosos de herejía. El arzobispo tuvo que recurrir a la guardia de la ciudad para deteneros, pero afirma que escapasteis con la ayuda de unos conspiradores, sospechosos de querer atentar contra él. Según Sorrento, el siguiente objetivo de los apóstoles es el propio Clemente VII.

—¡Eso es una sarta de mentiras! —gritó Frei, indignado—. Eso no fue así.

Frei le contó a Muller todo lo que había sucedido desde el asalto a la bodega Moncalieri hasta su huida a pie de Turín. Entre otras muchas cosas, le habló de sus nuevos aliados, de las intrigas de los Sorrento y de la traición de Oliver Zurcher a los apóstoles.

—No sé si Yannick y Arthur sobrevivieron al ataque de ese inquisidor, o si el edificio acabó sepultándolos —comentó Frei—. Paso las noches preguntándome si están vivos o muertos.

Muller lamentó darle la mala nueva a Frei.

—Según la carta, Yannick murió esa noche. Lo siento.

El rostro de Frei se ensombreció.

—¿Y Arthur?

—Debe de seguir vivo, porque Sorrento advierte en su carta que no nos fiemos ni de él, ni de ti, ni de cualquiera que os acompañe. También menciona a un español que no nos suena de nada; no recuerdo su nombre, pero Sorrento asegura que es un asesino muy peligroso.

—Todo mentira, Eliah, créeme.

—Que te crea o no da igual. Por desgracia, vuestra suerte no depende de mí.

Frei bajó la cabeza, preocupado.

—Eliah, tengo que pedirte un favor —comenzó a decir—. Estoy seguro de que lo primero que hará Andreoli cuando llegue a Roma, será ir a casa de Yannick para comunicarle a su esposa que ha muerto. —Frei miró a Muller a los ojos—. Te ruego... te suplico que le digas a la viuda que advierta a Arthur de que no se acerque por aquí. Él no es una amenaza para el papa, ninguno de los apóstoles lo es, y no merece acabar en una celda.

—Lo que me pides es traición, Yani.

—Lo sé. Pero también sé que crees que lo que digo es verdad.

Muller suspiró.

—Esa carta decía algo más que no te he contado.

El teniente se acercó al ventano y le habló a Frei en voz muy baja. Fue breve, pero la información que compartió con él preocupó sobremanera al sargento.

—¡Tienes que advertir a Clemente, Eliah!

—Será inútil, no quiere oír hablar del tema.

—Pues haz lo posible para que Andreoli lo sepa —insistió—. Por favor, te lo suplico.

El tono de la conversación se había elevado tanto que algunos soldados comenzaban a mostrar interés por lo que hablaban. Muller decidió finalizarla.

—Tengo que irme, Yani. Si necesitas algo, avísame.

Frei se deslizó por la pared de piedra hasta quedar sentado en el suelo, hundió la cabeza entre las rodillas y maldijo el día en que se puso, por primera vez, la máscara de san Pedro.

*Roma, finales de enero de 1528*

Al día siguiente de llegar a Roma, Sanda cerró la compra de una villa situada en la calle de San Cosimato, muy cerca de la plaza de Santa María, al sur de la colina del Vaticano. Pagó por ella más de lo que valía, a cambio de que el dueño le transfiriera la propiedad de inmediato e incluyera el mobiliario que había dentro. Ya habría tiempo de cambiarlo más adelante, pero ahora, tenía prisa por ocuparla.

La casa era una réplica de la típica *domus* romana, con ciertas licencias arquitectónicas de finales del siglo xv. La finca incluía dos anexos a ambos lados de la fachada principal: una cochera con establos, con capacidad para cuatro carros y una docena de caballos, y un almacén de dos pisos que Sanda pensó que podría servir de tienda si algún día decidía dedicarse —esta vez de verdad— al negocio de objetos antiguos.

Sanda acogió a sus amigos en su nueva residencia de buena gana y sin fecha de salida. A todos les ofreció, con absoluta sinceridad, quedarse en la villa todo el tiempo que quisieran.

D'Angelis se instaló en una de las habitaciones cercanas a la puerta. Después del largo viaje, la cama le pareció principesca. Charlène eligió la estancia contigua, y Daniel y Leonor otra algo más grande, en el atrio. El frío había castigado la flora que lo adornaba, pero Sanda tenía cosas más importantes que hacer que embellecer el patio. Andreoli y ella se establecieron en la habitación principal, justo al frente de la de la ingeniera y el español.

Dino se asomó a la calle y observó el tránsito que la animaba. Un carretero pasó frente a él con su carro, tirado por un buey malcarado. Unas mujeres se dirigían a la fuente, medio helada, con canastos cargados de ropa para lavar y chismes varios que contar. Un poco más allá, un chaval jugaba con un perro, y unas niñas chillonas discutían sobre cuál de sus muñecas era la más bonita. El espía jamás había estado en Roma y le maravilló recordar la historia de la que tal vez fuera la ciudad más importante de la civilización. Imaginó legiones desfilando cuando era la capital del mundo.

Le pareció un lugar perfecto para empezar de cero.

D'Angelis hizo un repaso de su vida y de la de sus amigos en los últimos meses. Muchos cambios para todos, puede que demasiados. Pensó en Charlène. A pesar de mostrarse alegre, a veces la sorprendía silenciosa y taciturna. Dino sabía que seguía dándole vueltas al apuñalamiento del guardia. Aquella chiquilla había pasado por mucho, pero ni aun así era capaz de perdonarse el haber matado a alguien.

Daniel y Leonor se habían encerrado en su propio mundo, como si la amenaza de Zephir y los Sorrento hubiera quedado relegada a un mal sueño. Sanda y Andreoli proseguían con su relación, aunque Dino notaba que Arthur no era el mismo cuando estaba con ella. Parecía cohibido y más serio de lo habitual. El espía achacó ese comportamiento a que Andreoli aún tenía dos asuntos pendientes de resolver: informar a la familia de Brunner de su muerte y advertir al papa de la traición de los Sorrento.

D'Angelis descargó las dos cajas que contenían sus disfraces. Movió un viejo espejo oval de la habitación de Charlène a la suya y lo colocó detrás de una mesa, al lado de la ventana. Organizó sus pelucas, prótesis y barbas postizas en una de las cajas; los diferentes calzones, abrigos, sotanas y demás prendas que combinaba para crear sus personajes fueron a un arcón vacío.

Andreoli se asomó a su habitación alrededor de las tres de la tarde. Tocó dos veces en la puerta abierta, de forma simbólica, antes de hablar.

—Deséame suerte, cómico de pacotilla. Me espera una tarea ingrata.

—¿Vas a casa de Brunner? —Andreoli asintió—. Un mal trago, desde luego. Te aconsejo que tomes un par de vinos antes de ir.

—Pararé en la primera taberna que vea, ¿me acompañas?

D'Angelis declinó la oferta.

—Quiero dar una vuelta con Charlène —dijo—. Iremos a la plaza por la que pasamos antes, la de la iglesia.

—La plaza de Santa María. En la calle siguiente encontrarás una panadería, un par de tabernas medio decentes y puestos de comida... si es que sobrevivieron al saqueo. No vengo por aquí desde hace más de un año.

—Aprovecharé para explorar la zona —decidió—. Dale el pésame de mi parte a la viuda. Me encantaba mortificarlo en vida, pero lo cierto es que Brunner era un hombre excepcional.

Andreoli forzó una sonrisa triste y se marchó.

La tarde transcurrió pacífica en Villa Susurro, como la había bautizado Andreoli nada más llegar. Alrededor de las cuatro, los cinco que quedaron en casa tras la marcha del teniente prepararon una comida tan frugal como fría con provisiones sobrantes del viaje. Estaban hartos de embutidos, fiambres, queso y carne seca, pero se tomaron el repetitivo banquete con humor. Todos aplaudieron cuando Charlène prometió cocinar algo rico —y caliente— al día siguiente.

D'Angelis y ella pasearon por los alrededores de la villa durante toda la tarde, para localizar comercios necesarios y aprender a moverse por el barrio. El río Tíber facilitaba mucho la labor de orientarse por la zona.

Daniel y Leonor dieron una vuelta por la plaza de Santa María. El español insistió en entrar en la basílica y estuvo rezando durante un tiempo que a Leonor le pareció eterno. Ella, que no era demasiado religiosa, consideraba las oraciones una pérdida de tiempo, pero jamás se atrevería a cuestionar la fe de nadie.

Sanda se quedó sola esa tarde organizando su nueva casa. Abrió el cofre más grande y lujoso de todos. En él no había antigüedades valiosas, sino el equipo del Susurro.

Extendió la armadura sobre la cama que compartiría con Arthur y la contempló durante un rato. Sacó del arca la capucha y la máscara. No recordaba haber estado tanto tiempo sin ponerse aquel atuendo. La cimitarra y el arco colgaban en la pared. Dentro del arcón quedaban correajes, sus mejores dagas, una bolsa de somnífero, frascos de veneno y varios garfios y rollos de cuerda. Devolvió lo que había sacado al baúl y lo cerró de nuevo.

Los huéspedes de Villa Susurro regresaron entre las siete y media y las ocho de la tarde, a excepción de Arthur. Sanda empezó a preocuparse.

—Lo más probable es que se haya quedado a cenar con la viuda y sus hijos —la tranquilizó D'Angelis—. Tendrán cosas de que hablar.

Dieron las diez de la noche en el reloj de D'Angelis, y Andreoli seguía sin aparecer. Media hora después alguien aporreaba la puerta como si pretendiera derribarla. Dino se apostó detrás de una columna con la daga preparada. Sanda abrió con la cimitarra en la mano, y ambos respiraron aliviados al ver que era Andreoli el que llamaba.

Pero el alivio duró hasta que vieron su cara.

—¿Qué pasa? —preguntó Sanda alarmada.

Andreoli entró jadeando, como si hubiera corrido varias millas bajo el sol. Casi se lleva por delante a D'Angelis al pasar.

—Llama a todo el mundo —dijo.

—¿Sucede algo? —preguntó Sanda.

—Sorrento —dijo—. Ha conseguido poner en nuestra contra al papa y a la Guardia Suiza. Frei y Schweitzer están presos en el castillo de Sant'Angelo, pero eso no es lo peor.

D'Angelis y Sanda lo miraron boquiabiertos.

—Pero... ¿cómo ha podido ser?

—Despertad a los demás —insistió Andreoli—. Tengo que contaros algo importante.

Los cinco formaron un círculo alrededor de Andreoli en el atrio. Charlène, la única que estaba dormida cuando llegó el teniente, se frotaba los ojos con cara de sueño.

—Mila, la viuda de Yannick, ya sabía lo de su esposo —explicó Andreoli—. Eliah Muller, un viejo amigo, le comunicó su muerte hace unos días. También le pidió a Mila que le avisara si yo aparecía por su casa, que tenía que decirme algo importante. En cuanto llegué, Mila envió a Jayden, su hijo mayor, al castillo.

D'Angelis se impacientaba.

—¿Y has podido hablar con ese Muller?

—Sí, y no me ha dado buenas noticias.

Andreoli narró la conversación con Muller. Conforme la explicaba, los rostros de sus compañeros se ensombrecían. Daniel tuvo que sentarse al descubrir que la carta del arzobispo lo mencionaba como fugitivo. A Leonor, sin embargo, no la nombraba en ningún momento. Pero lo más grave lo dejó para el final.

—Los Sorrento vienen hacia aquí —dijo—. Muller me ha advertido de que el papa va a recibir a Michele, a su padre y a su escolta.

—Los discípulos —adivinó D'Angelis.

—Y Zephir —musitó Daniel—. No creo que se haya quedado en Turín de brazos cruzados.

—Tenemos que estar atentos —advirtió Sanda—. Que no nos pillen por sorpresa.

Andreoli se levantó.

—Es tarde, deberíamos descansar. Ya decidiremos qué hacer mañana, cuando estemos más frescos.

Todos coincidieron en que irse a la cama era lo mejor.

Y todos se equivocaron.

Ninguno fue capaz de pegar ojo aquella noche.

## 68

*Turín, diciembre de 1527*
*Un mes antes*

Dante era consciente de que no era nada sin Margherita. La hermana de Niccolò era inteligente, fría, carente de escrúpulos.

Y osada.

Fue a ella a quien se le ocurrió la siguiente jugada de la partida. Un movimiento de ficha imprevisible y que chocaba con el plan inicial de su esposo. En cuanto Margherita vio que la popularidad de Michele crecía entre los representantes del alto clero, decidió adelantarse a los rumores que, tarde o temprano, llegarían hasta el papa. Todo lo sucedido en Turín desde la detención de los ciudadanos en la bodega, los asesinatos, los disturbios, el apresamiento y fuga de los apóstoles y, sobre todo, la acusación a Clemente por estos hechos, acabarían viajando hasta el último rincón de la cristiandad.

Tenían que evitar que el santo padre se enterara por terceros. Con el giro preciso, podrían inclinar, una vez más, la balanza a su favor.

Una semana antes de Navidad, Dante convocó una reunión secreta a la que, además de Margherita y Michele, asistieron Gerasimo Mantovani, Oliver Zurcher y Zephir de Monfort. Desde su llegada el inquisidor se había convertido en la sombra del arzobispo, y eso inquietaba a Dante. Para Zephir, Michele era el futuro papa y su progenitor, un simple mortal, rico, ambicioso y podrido.

Un pecador.

A pesar de ser la ideóloga, Margherita se mantuvo en segundo plano y dejó que su marido llevara la voz cantante.

—Ojalá pudiéramos hacer las cosas con más calma —comenzó a decir Dante—, pero el tiempo apremia. Como sabéis, invitamos a cardenales y arzobispos de las diócesis más importantes de Italia a contemplar el santo sudario y, de paso, a escuchar nuestras acusaciones contra Clemente. Por razones que en su momento nos parecieron obvias, omitimos invitar a los Estados Pontificios. Jamás pensé que obtendríamos una respuesta tan masiva a nuestra llamada ni tanto apoyo de los prelados a los que convocamos. Hemos armado tanto revuelo que no podremos evitar que las noticias de lo sucedido en Turín lleguen al castillo de Sant'Angelo. El papa se enterará de que se le responsabiliza de una fechoría que seguro desconoce. Es por ello por lo que enviamos una carta a Clemente VII, hace dos días, explicándole una versión más... beneficiosa para nuestra causa.

Zurcher frunció el ceño sorprendido por la novedad. Zephir, al lado del arzobispo, atendía al discurso inmóvil, como una siniestra y colosal armadura vacía, carente de vida.

—En esa carta, Michele informa al papa de que Yannick Brunner incitó a los apóstoles a masacrar a más de cuarenta civiles, para luego culparlo de ser el ordenante de la matanza. Se le informa también de que, al ser descubierta la calumnia, fueron combatidos y apresados. Por desgracia, algunos de esos apóstoles consiguieron fugarse de la cárcel donde aguardaban juicio, por lo que existe la posibilidad de que traten de infiltrarse en el castillo para asesinarlo. En la misiva se menciona a Yani Frei y Milo Schweitzer, e hicimos hincapié en que el más peligroso de todos era el teniente Arthur Andreoli. Por petición expresa del inquisidor, también incluimos en la lista a Daniel Zarza, por si hubiera decidido acompañarlos. —Dante hizo una pausa que aprovechó para estudiar los rostros de los asistentes—. Entre nosotros, no podemos descartar que Hamsa, el Susurro, se haya unido a ellos por motivos que escapan a nuestro conocimiento, y ese asesino sí que es un problema grave. Otro tanto podría haber sucedido con la ingeniera, aunque ni a ella ni al Susurro los hemos mencionado en la carta; lo último que sabemos de Leonor Ferrari es que perdió la razón, pero a estas alturas, no sé qué pensar; puede que lo fingiera todo desde el principio. De lo que estoy casi seguro es de que los apóstoles supervivientes intentarán llegar a Roma para denunciar ante el papa lo sucedido en Turín. De ahí la premura de la carta: el papa tiene que recibir nuestra versión de los hechos antes de que ellos tengan ocasión de explicar la suya.

Zurcher se removió en su asiento como si estuviera plagado de ortigas. Le preocupaba el destino de sus antiguos compañeros. Si llamaban a la puerta de Sant'Angelo, estaban condenados.

—Pero no nos hemos limitado a advertir al papa —prosiguió Dante—. Le hemos anunciado una visita para enero. Una visita que, por supuesto, haremos acompañados de los discípulos, que llevaremos con nosotros para protegerle de un posible atentado.

—No se me había informado de esto —observó Zurcher, desconcertado.

—Os estoy informando ahora —expresó Dante, algo irritado por la intervención del comandante—. Este cambio en nuestro plan ha surgido de improviso. Lo más probable es que ni siquiera tengamos que pelear: disfrazaremos esta acción militar como la visita de un amigo de confianza. De todos modos tenemos que estar preparados por si las cosas se pusieran feas. ¿Con cuántas fuerzas cuenta el papa en este momento, Oliver?

Zurcher reflexionó unos segundos antes de contestar.

—Alrededor de una treintena de veteranos de la Guardia Suiza —calculó—, y puede que con algunos soldados reclutados *a posteriori*. Clemente ha tenido que pagar mucho dinero al imperio, no creo que pueda permitirse un ejército numeroso.

—¿Y nos abrirán las puertas de Sant'Angelo así como así? —preguntó Mantovani—. Si yo fuera el papa, desconfiaría.

—Por eso no quiero llevar un ejército —razonó Dante—. Tienen que pensar que, en caso de pelea, ganarían. Y por supuesto que nos abrirán las puertas, siempre que sea Michele quien llame a ellas.

—¿Y cuál es el plan final? —preguntó Zurcher—. ¿Asesinar al papa?

—¿Quién ha hablado de asesinar a nadie? —intervino Michele—. Simplemente lo convenceré de que tiene a la Iglesia en contra, de que la gente lo odia y de que acabará sus días asesinado. Conozco a Clemente: si acompañamos esa mentira con la oferta de un cómodo exilio, aceptará. Recordad que no pasa por su mejor momento.

—¿Y si no lo acepta? —preguntó Zurcher.

Dante se permitió una risa malévola.

—Morirá de alguna forma que no nos implique, somos expertos en eso. Hemos escrito decenas de cartas destinadas a todas las diócesis que nos apoyan, listas para enviar desde Roma en el momento en que Clemente deje de ser un problema. Michele ocupará su puesto en cuanto quede vacante. Ninguno de nuestros aliados se opondrá a que sea el nuevo papa. Negociaremos con el emperador Carlos si hace falta; seguro que prefiere hacerlo con nosotros que con un Médici. Por curiosidad, Oliver, ¿cuántas tropas tenemos listas para el combate?

—Ciento veinte discípulos —informó Zurcher—, pero bien entrenados, unos ochenta.

—Conocéis el castillo de Sant'Angelo. ¿Con cuántos os apañaríais? Cuantos menos sean, mejor.

Zurcher volvió a reflexionar.

—Podría controlar el castillo con dos docenas de mis mejores hombres más una decena de tiradores de apoyo. Prefiero ballestas a arcabuces: más silenciosos y con menor tiempo de recarga.

—Treinta y dos soldados —calculó Dante—. ¿Serán suficientes?

—Conozco el castillo como la palma de mi mano y cada uno de mis hombres vale por cuatro de ellos. —Sus ojos se desviaron a Zephir—. Y él, por diez —rio—. Pan comido.

—Y Jonás Gor —le recordó Dante; a continuación, se dirigió a Mantovani—. Gerasimo, toma un caballo y viaja a Roma de inmediato. Entérate de todo lo que sucede en la ciudad, de cómo van las negociaciones del papa con el emperador... Todo. Necesito un informe completo para cuando lleguemos a Roma.

—Partiré mañana mismo —aceptó Mantovani.

—Llevad a Vidal con vos —ofreció Zephir.

Mantovani agradeció la oferta.

—Así lo haré —dijo, para luego abandonar la sala.

—Ultimemos los detalles —propuso Dante, entusiasmado con la que podría ser la última fase de su plan.

Aquello le iba a salir más barato de lo que creía. Una pequeña inversión que le acarrearía enormes beneficios y no solo económicos, también políticos. La reunión se prolongó durante una hora más. La última frase la pronunció Dante, y fueron solo cuatro palabras.

—Partimos en tres días.

Zephir visitó a Resurrecto en las caballerizas del cuartel.

El caballo ocupaba el establo más grande de todos. La armadura equina y las alforjas vacías colgaban de la pared. Sin ellas, el corcel era majestuoso, pero no inspiraba terror alguno. Zephir se despojó del guantelete de púas y lo acarició con su mano desnuda. Era el mayor placer que el inquisidor se permitía. Apoyó el yelmo rematado con el dragón sobre el cuello del animal. Disfrutaba de ese momento de comunión con su montura cuando una voz conocida lo interrumpió.

—Inquisidor...

Zephir se colocó el guantelete antes de volverse hacia Ruy Valencia. Se había olvidado de su existencia y allí estaba, frente a él, apoyado en una muleta. No fue a visitarlo al hospital ni una sola vez. Lo encontró más delgado y vestido con ropa de calle, a excepción del cinturón con la espada y el cuchillo. El inquisidor lo estudió de arriba abajo y vio que calzaba dos botas.

—¿Y ese pie? —preguntó con escepticismo, sin siquiera saludarlo.

—Don Piero Belardi me recomendó un carpintero que fabrica pies de madera —respondió Ruy a la vez que movía la pierna mutilada arriba y abajo, a derecha e izquierda—. Me hizo uno a medida. Pronto podré dejar de usar esto.

Ruy hizo el amago de tirar la muleta con una sonrisa. Zephir lo miraba en silencio, como si le molestara verlo lisiado. Se instaló un silencio incómodo entre los dos que Ruy acabó por romper.

—Me preguntaba si podría volver a serviros, inquisidor.

El silencio volvió a reinar en el establo, a excepción de las voces lejanas de los soldados acuartelados en el edificio.

—No te necesito —dijo—. Partimos a Roma en tres días. Será un viaje largo y duro, y tú podrás tener un pie de madera, pero sigues siendo un tullido.

Ruy encajó el golpe con gallardía, pero no por eso dejó de doler.

—Puedo montar —declaró—. Ponedme a prueba.

—No necesito ponerte a prueba. Ahora dispongo de un ejército y sirvo al futuro papa. —Zephir rebuscó en el cinturón. Descolgó un saquillo abultado y se lo lanzó a Ruy, que lo pilló al vuelo—. Aquí hay suficiente para que regreses a España y no tengas que mendigar.

Ruy sintió lástima de sí mismo al contemplar la bolsa. Así acababa su historia, con una limosna —aunque fuera generosa, eso le daba igual— para regresar derrotado a su tierra después de años de dedicación a su amo. Antes de irse Valencia tenía una última pregunta para él.

—¿Y qué hay de Daniel Zarza? —Algo en su voz sonó desafiante a oídos del inquisidor—. Sería la primera vez que renunciáis a una presa.

El visor cruciforme se clavó en Ruy. Este hizo un esfuerzo por no retroceder unos pasos que, con el pie de madera, podrían acabar con él sentado en el suelo.

—¿Quién te ha dicho que me he olvidado de Zarza? —siseó el inquisidor—. Estoy seguro de que lo encontraré en Roma. Sabrás que lo he hecho porque oirás sus gritos, estés donde estés.

Zephir pasó al lado de Ruy, que se quedó solo en el establo con el monedero en la mano. Lo guardó en el morral y caminó hasta la puerta del cuartel. Encontró la mesa de reclutamiento al lado del cuerpo de guardia. El encargado estaba solo y aburrido. Después de los primeros días de euforia, la afluencia de aspirantes había menguado hasta extinguirse. Con los peregrinos llenando los negocios de la ciudad, había formas menos sacrificadas de ganarse la vida que jugársela empuñando una espada. Ruy se acercó al reclutador.

—*Prego, io bisogno cavallo.*

El oficial contempló primero la muleta y luego a Ruy, por si no había pillado el chiste. Mezclando español con su idioma, le explicó dónde podría encontrar un vendedor de monturas, tres calles por detrás del palacio Madama. Ruy le agradeció las indicaciones con una sonrisa triste. Salió a la calle, aún cubierta por pequeñas acumulaciones de nieve helada en algunas zonas. Caminó unos pasos, miró unos segundos la muleta y se la regaló a un mendigo que pedía en una esquina.

—Toma, con esto pedirás mejor.

Ruy se obligó a no cojear. Le era difícil dominar el pie postizo, pero lo intentó con ganas. Como que se llamaba Ruy Valencia Merino, acabaría dominando su nueva extremidad hasta que nadie fuera capaz de adivinar que le faltaba.

Y así, tratando de demostrar que no era lo que Zephir lo había llamado, fue a comprar un caballo.

A la mierda Turín.

A la mierda Zephir.

## 69

*Roma, finales de enero de 1528*

La tranquilidad había durado poco a los fugitivos.

Todos los sueños que iluminaron su horizonte el primer día quedaron empañados por la inminente llegada de Zephir y los Sorrento. Discutieron diferentes opciones: mantenerse ocultos, marcharse de Roma, abandonar Italia... incluso hablaron de emigrar al Nuevo Mundo.

Pero al final llegaron a una conclusión.

Mientras Zephir siguiera vivo, no encontrarían paz en ningún sitio. Y si Michele Sorrento se convertía en el nuevo papa y eliminaba a su padre, sería imposible pararlos. La locura gobernaría la Iglesia, y entre él y el inquisidor provocarían un holocausto sin precedentes.

No podían dejar que eso ocurriera.

Lo primero que hicieron fue establecer turnos de guardia en los aledaños de la puerta Flaminia, la entrada norte de Roma. Desde Turín, la probabilidad de que los Sorrento usaran esa entrada a la ciudad era de nueve sobre diez. Vigilaban escondidos por los alrededores, en turnos de tres horas que medían gracias al reloj de D'Angelis.

Dos días después Jayden, el hijo mayor de Brunner, se presentó en Villa Susurro con un mensaje de Eliah Muller. El teniente quería hablar urgentemente con Andreoli. Decidieron reunirse todos juntos en la taberna de Falconi, la más próxima a la puerta Flaminia; de ese modo, podrían hablar con Muller sin dejar de vigilarla.

La taberna estaba bastante concurrida a esa hora de la tarde. La mayor parte de las mesas estaban ocupadas por mercaderes, banqueros y funcionarios que no paraban de hablar de dinero, política y mujeres. El murmullo general era alto y hacía inaudible lo que se hablaba en la mesa contigua y eso les vino de perlas.

La primera noticia que les comunicó el teniente entristeció a Andreoli: se había recibido un edicto del emperador Carlos en el castillo de Sant'Angelo con la orden de disolver la Guardia Suiza.

—Cuatro compañías, compuestas por alemanes y españoles, vienen de camino para reemplazarnos —informó Muller, resignado—. Una vez que se hagan cargo de la custodia del papa, Clemente podrá regresar al palacio del Vaticano y proseguir su pontificado desde allí. Se nos ha ofrecido la oportunidad de unirnos a ese ejército, pero solo doce de nosotros hemos accedido.

Andreoli frunció el ceño extrañado.

—¿Hemos? ¿Tú también?

—Sí, y no por gusto, sino para no perder de vista a Levin Bogel y evitar que cometa alguna tontería que traiga la ruina a los nuestros. Levin recibió una carta anteayer —reveló—. Desde entonces está más raro que de costumbre, lo que ya es decir. No sé qué pone la carta, pero reconocí la letra de Oliver Zurcher.

Andreoli piafó como un jamelgo.

—Entonces, nada bueno.

—Puede que tenga algo que ver con un individuo sospechoso que se ha presentado en Sant'Angelo esta misma mañana. Bogel, que no deja entrar ni a una mosca, lo ha dejado pasar. Han hablado durante un buen rato y luego se ha marchado.

—¿Cómo era ese tipo? —se interesó D'Angelis.

—Guapo, elegante, vestido de negro... Muy educado.

Leonor palideció.

—Gerasimo Mantovani —apostó—. Es el hombre de confianza y principal informador de Dante Sorrento. Lo habrá enviado de avanzadilla.

—Entonces he hecho bien en no irme —se felicitó Muller—. Arthur, he pedido audiencia con el papa, pero el cardenal Franco Bertucci, el secretario de Clemente, me la ha negado. Puede que alguien le haya contado que visito a Frei de vez en cuando en su celda y no se fíe. —El teniente resopló—. A ver cómo acaba esto para mí...

—Yo podría intentar hablar con el papa —se ofreció Leonor—. A mí no me conoce y provengo de una familia reputada en Milán.

—Bertucci no permitirá que una mujer sola entre en el castillo.

—¿Y si va acompañada de un hombre educado y apuesto? —preguntó D'Angelis—. A mí no me busca nadie.

Al espía le dio la impresión de que a Muller le pareció una buena idea. Cualquier cosa era mejor que no hacer nada. El teniente consultó a Andreoli con la mirada, y este decidió expresarse con franqueza.

—Me da en la nariz que el veneno de Zurcher y los Sorrento ha contaminado a Levin Bogel y este ya se habrá encargado de propagarlo entre sus soldados. Entrar en Sant'Angelo podría ser peligroso, Dino.

—Podríamos intentarlo —rezongó—, aunque lo más probable es que ni nos dejen entrar...

—Si vais mañana por la mañana estaré atento, yo mismo os abriré la puerta —dijo Muller—. Ni soñéis hablar directamente con el papa; tendréis que conformaros con el cardenal Bertucci, y ya os aviso de que es un hueso duro de roer.

—No perdemos nada por ir —dijo Leonor, decidida—. Además, contamos con vuestra ayuda, teniente Muller.

—Yo me limitaré a abriros la puerta —advirtió—, bastante me la estoy jugando ya. Tres cosas importantes: la primera, nada de armas, ni una navaja de cortar salami; la segunda, no os acerquéis a las celdas de Frei y Schweitzer; les avisaré de que vais a ir para que no se sorprendan si os ven, pero ni se os ocurra siquiera saludarlos. Y la tercera, manteneos lejos de Levin Bogel.

—Así lo haremos —aceptó D'Angelis.

Muller se levantó de la mesa.

—Hasta mañana, entonces.

En cuanto el teniente se marchó, Daniel y Charlène trataron de convencer a Dino y Leonor de que no fueran al castillo. Zephir y los Sorrento podrían llegar en cualquier momento, por lo que arriesgarse a que los pillaran allí les parecía una locura.

—Voy a ir —zanjó Leonor para frustración de Daniel—. No creo que nos dejen hablar con el papa —reconoció—, pero si logramos plantar, aunque sea, una semilla de duda en el cardenal Bertucci, el riesgo habrá merecido la pena.

—En eso tiene razón —opinó Sanda desde el banco más próximo a la ventana sin quitar ojo de la puerta Flaminia.

Daniel era incapaz de disimular su mal humor.

—¿A quién le toca el próximo turno? —preguntó.

Sanda le enseñó el reloj de Dino.

—A ti, dentro de veinte minutos.

El español se lo quitó y se levantó de la banqueta, muy digno.

—Me voy ya —anunció, enfurruñado; antes de irse, le dedicó una mirada de reproche a D'Angelis y Leonor—. Menudos disgustos me dais...

Daniel se marchó de la cantina con cara de ofendido. Los demás se miraron unos a otros y se echaron a reír.

Al menos, se tomaban el peligro con humor.

Dante comprobó por enésima vez la bandolera en la que llevaba aquel legajo que había leído más de quince veces. Había decidido llevarlo consigo, como si dejarlo en Turín, bajo la custodia de Margherita, hubiera conjurado una suerte adversa.

El viaje a caballo estaba siendo agotador. Dante era fuerte para su edad, pero ya no estaba para esos trotes, nunca mejor dicho. Lo único que lo consolaba era que llegarían a Roma en uno o dos días.

La posada en la que pernoctaron no era lo bastante grande para alojar a toda la compañía. Dante compartió habitación con su hijo, y Jonás con Zurcher y Rohrer. Zephir exigió una para él solo, que pagó de su bolsillo, al igual que el mejor establo para Resurrecto. Los discípulos y los ballesteros echaron a suertes las literas libres, y los menos afortunados pasaron la noche en el granero.

El jinete que los seguía desde Turín amarró su caballo a unos trescientos pasos de la posada e improvisó un campamento para pasar la noche al raso. No era la primera vez que dormía bajo las estrellas en pleno invierno.

Ruy Valencia mordió un trozo de carne seca.

Un tullido.

Zephir también lo era. Y un bastardo.

Le dio otro mordisco a la carne.

Con rabia.

D'Angelis y Leonor cruzaron el Tíber por el puente de Sant'Angelo poco antes de las nueve de la mañana. Ambos vestían sus mejores ropas y caminaban con paso tranquilo y elegante, como si quisieran convencerse a sí mismos de que el castillo que se alzaba al otro lado del río no era la guarida del lobo.

—Tengo un mal presentimiento —mascullló D'Angelis sin dejar de andar.

—No te diré lo que pienso de los presentimientos ni de quienes afirman creer en ellos: no quiero ofenderte.

D'Angelis miró a Leonor de reojo.

—¿Y qué me dices de las maldiciones?

—En esas creo menos, ¿tú crees en ellas?

—Sobre todo en las divinas —afirmó Dino a la par que se santiguaba—. No encuentro otra explicación para que el Señor me junte con mujeres que tienen más huevos que yo.

—No lloriquees, eso es una bendición —replicó Leonor, divertida—. Tranquilo, no va a pasar nada.

Los centinelas cruzaron las alabardas frente a ellos en cuanto llegaron a la puerta de la fortaleza. Dino y Leonor localizaron algunos soldados asomados a las almenas y un par más en los bastiones, a ambos lados de la muralla. A D'Angelis le pareció que una de las cabezas, que acababa de desaparecer, justo por encima de la puerta, era la de Muller. El espía carraspeó antes de dirigirse a los guardias.

—Buen día —saludó—. Deseamos hablar con su excelencia, el cardenal Franco Bertucci. Mi nombre es Dino D'Angelis; acompaño a doña Leonor Ferrari, de Milán.

El soldado, un joven rubio con expresión insolente, los examinó de arriba abajo. Detuvo la mirada en Leonor, que se había puesto su vestido más recatado, y esbozó una sonrisa sardónica y prepotente.

—¿Y pensáis que basta con presentaros en las puertas del castillo para que se os abran?

Justo dijo esto y se abrieron. Muller apareció ataviado con coraza, espada al cinto y morrión emplumado.

—Yo me encargo, Piero. El secretario me dijo que esperaba visita. Levantad los brazos —ordenó.

Muller los cacheó, muy serio. Leonor se sintió incómoda, pero se dejó hacer. Estaba claro que el teniente no quería levantar sospechas.

—Seguidme.

Cruzaron la puerta y llegaron al patio circular. Estaban tan concentrados en seguir a Muller que no vieron las caras de Frei y

Schweitzer asomadas a los ventanucos de las celdas. Pasaron por varias construcciones adosadas al muro, con pasajes que se hundían en el suelo y escaleras que llevaban a pisos superiores. Para quien no lo conociera, el interior de la fortaleza podía ser un laberinto. Los restos del mausoleo de Adriano seguían a la vista, con travertino maltratado por siglos de intemperie. No encontraron demasiados soldados durante el recorrido. Supusieron que quienes no aceptaron unirse a la nueva guarnición impuesta por el emperador se habían marchado para no volver.

Muller los condujo a través de una bóveda hasta una cámara donde encontraron a un hombre de semblante serio, de unos sesenta años, ataviado con sotana y capelo rojos. A pesar de estar sentado, se veía alto. El teniente saludó al cardenal.

—Su eminencia, estos son Dino D'Angelis y Leonor Ferrari. Desean hablar con vos.

—¿Y cuál es el motivo de su visita? —preguntó Franco Bertucci, dejando el libro que leía sobre el asiento de piedra en el que estaba sentado.

Leonor tomó la palabra.

—Su eminencia, traemos un mensaje urgente para su santidad, el papa Clemente —explicó—, una información que podría salvarle la vida.

Antes de que pudiera seguir hablando, una voz pausada sonó a sus espaldas.

—¿Y por qué no nos lo entregáis en persona?

Los visitantes se volvieron muy despacio hasta descubrir frente a ellos a un hombre de rostro alargado, barbilla partida y una nariz que era la versión masculina de la de Leonor. Vestía una casulla roja sobre un alba blanca. Sin saber muy bien cómo actuar, D'Angelis y Leonor se postraron de rodillas. Ninguno de los dos era religioso, pero pensaron que era lo mejor que podían hacer ante el repentino apocamiento que sintieron. El teniente Muller salió en su auxilio.

—Estoy seguro de que los visitantes no se atrevieron a pedir audiencia con su santidad —dijo sin abandonar la posición de firmes.

Clemente VII los estudió con curiosidad y les hizo una seña para que se levantaran. D'Angelis y Leonor obedecieron.

—Hemos oído que te apellidas Ferrari —dijo el papa—. Conocimos a un artista magnífico que se apellidaba como tú.

D'Angelis se preguntó por qué demonios Clemente se refería a sí mismo en plural y tuteaba a Leonor. Esta, que había leído bastante más que Dino, sabía que los papas siempre hablaban de sí mismos en plural, ya que lo hacían en su propio nombre y en el de Dios.

—Es mi tío Gaudenzio, santísimo padre.

El rostro de Clemente se iluminó.

—¡Ese! —exclamó entusiasmado—. Pudimos hablar con él en el convento de Santa María de la Gracia, en Varallo. Sus frescos son impresionantes.

—Gracias, santo padre.

—Os mostraremos la estatua del ángel que hay en la terraza superior mientras nos contáis que es eso tan importante que tenéis que comunicarnos —propuso—. Franco, Eliah, acompañadnos.

D'Angelis fue el encargado de contarle al papa los sucesos acontecidos en Turín, después de presentarse como amigo de Michele Sorrento, mientras rodeaban el patio circular. El paseo los llevó de nuevo a la puerta principal. Descendieron por un pasaje antiguo abovedado para luego subir por una rampa helicoidal iluminada por antorchas y faroles colgados del techo. Un par de soldados agacharon la cabeza en señal de respeto al pasar junto al papa. Dino siguió con su narración al tiempo que ascendían por una escalera larga, techada por una bóveda, que volaba a tramos sobre el piso inferior. Ni el papa, ni el cardenal, ni Muller hicieron comentario alguno mientras D'Angelis desgranaba su relato. Giraron a la izquierda hasta un rellano con hornacinas que albergaban estatuas de santos. Por fin llegaron a una terraza presidida por una formidable estatua de san Miguel que parecía custodiar el edificio donde se encontraban las dependencias papales.

—¿No es maravilloso? —preguntó Clemente, plantado frente a la escultura—. Cuenta la leyenda que el papa Gregorio I tuvo una visión del arcángel enfundando su espada en lo más alto de lo que entonces era el mausoleo del emperador Adriano, y que esa visión fue un anuncio divino del final de una epidemia de peste.

Leonor y D'Angelis cruzaron una mirada de desolación. La ingeniera tragó saliva antes de hablar.

—Con todos mis respetos, su santidad —dijo muy bajito—. Os acabamos de advertir de las intenciones del arzobispo Sorrento y da la impresión de que no os importa.

El cardenal Bertucci lanzó una mirada irónica a Muller, que asistía a la reunión en un discreto silencio. Clemente dedicó una mirada paternal a sus huéspedes.

—Nos ya sabíamos eso —confesó—. Nos ya estábamos advertidos de que vendrían viajeros de Turín para asustarnos con esas ideas descabelladas de traición. —D'Angelis y Leonor palidecieron; Clemente tuvo que reparar en el cambio de color, porque se apresuró a tranquilizarlos—. Pero no os asustéis, estoy convencido de que vosotros también habéis sido víctimas del engaño que trata de enemistarnos con el arzobispo Sorrento.

Muller lo pensó dos veces antes de hablar, pero conjuró todo su valor y se decidió a hacerlo. A pesar de estar delante del cardenal, se tomó la libertad de dirigirse al papa.

—Con vuestro permiso, su santidad. ¿Me permitís hablar como fiel defensor vuestro desde hace años?

Bertucci lo fulminó con una mirada de reojo, pero Clemente invitó a expresarse al teniente con un gesto amable. Era evidente que el cardenal no le había comunicado al papa el deseo de Muller de hablar con él.

—Como responsable de vuestra seguridad, os suplico que no permitáis entrar al séquito del arzobispo hasta que las cosas se aclaren. Que solo entre él en la fortaleza, sin soldados. Si trae buenas intenciones, no pondrá objeción alguna.

Clemente consultó a su secretario. Este se encogió de hombros.

—Me parece buena idea —dijo Bertucci—. Así, su santidad podrá hablar con más tranquilidad con el arzobispo.

Los ojos del papa se posaron en D'Angelis y Leonor, que habían recuperado algo de color en las mejillas después de la proverbial intercesión de Muller. Después, Clemente levantó la mirada al cielo unos segundos, reflexivo, como si consultara algo con Dios. Bajó de nuevo la mirada hacia sus invitados y pronunció unas palabras que los hicieron palidecer de nuevo.

—Nos parece bien —concedió—. Pero para asegurarnos de que tanto estos visitantes como los que están por venir lo hacen impulsados por buenas intenciones, permaneceréis en el castillo como huéspedes hasta que el arzobispo de Turín nos honre con su presencia. Seguro que entre unos y otros aclararemos este funesto malentendido. —El papa estudió los rostros de la pareja, que parecían más esculpidos en piedra que el arcángel de la plaza—. Esa es nuestra voluntad. Nos, hemos hablado. —Se volvió a Muller—. Acomódalos en las mejores estancias, y que sean libres de pasear por donde les plazca siempre y cuando no salgan de Sant'Angelo.

—Santísimo padre —tartamudeó Leonor—. No trajimos equipaje alguno, si nos permitís ir a por él y regresar más tarde...

Clemente la cortó con un gesto.

—Se os proporcionará cualquier cosa que necesitéis —prometió, para luego repetir, esta vez en un tono más firme—. Nos, hemos hablado. Nos veremos más tarde —se despidió—. Franco, acompáñame.

El papa y el cardenal desaparecieron por la escalera, de vuelta a la rampa helicoidal. Muller hizo una seña a D'Angelis y a Leonor para que lo siguieran escaleras arriba, hacia otra terraza, también redonda, con unas magníficas vistas a la ciudad. Al fondo de la galería había algunos sacerdotes que no les prestaron atención. El espía agarró al teniente por la manga.

—Si Michele Sorrento nos ve aquí, estamos perdidos.

—Me hago cargo —admitió Muller, preocupado—. Más tarde os mostraré el castillo y los mejores lugares para esconderse, por si tuvierais que hacerlo. Os llevaré a vuestros aposentos.

Leonor y D'Angelis lo siguieron a través de la galería repleta de miradores. La ingeniera le dio un codazo a Dino.

—Quiero que sepas una cosa.

—Tú dirás.

—A partir de hoy, creeré firmemente en los presentimientos.

D'Angelis soltó una risa amarga.

—¿Y en las maldiciones? —preguntó.

Leonor resopló.

—En esas todavía más.

# 70

Una hora después de que D'Angelis y Leonor se convirtieran en invitados forzosos del papa, Daniel avistó una cara conocida cruzando la puerta Flaminia a caballo. Zarza se abrió paso entre el gentío que pululaba por los alrededores hasta asegurarse de que el jinete que acababa de ver no era un fantasma.

No lo era. Era Ruy Valencia, vivito, coleando y solo.

Daniel corrió hacia el poste donde tenía atado al caballo, trepó a él lo más rápido que pudo y cabalgó entre la gente sin delicadeza alguna. Los transeúntes respondieron a sus prisas con insultos, juramentos y maldiciones. Localizó a Ruy a unos setenta metros por delante de él, cabalgando al paso por mitad de la vía. Daniel puso su montura a trote corto. Tanteó la purificadora que llevaba a la espalda, dentro de la bolsa y dividida en dos piezas. Había demasiada gente por los aledaños de la plaza del Popolo para usarla, y un asesinato a plena luz del día y delante de cientos de testigos le pareció una soberana estupidez. Miró hacia atrás, pero no vio a nadie siguiéndolo. Si Ruy Valencia era la avanzadilla de Zephir, iba muy por delante de él.

Ruy detuvo su montura y Daniel hizo lo propio para así mantener la distancia con él. Lo vio hablar unos instantes con una señora que le indicó algo por señas. Ruy volvió a ponerse en marcha y se desvió por una calle estrecha y poco concurrida, en la que solo había un par de borrachos mañaneros, una mujer con un vestido insuficiente para mantener a raya los pechos y un anciano que tosía como si pretendiera expulsar al demonio de su cuerpo. Daniel cabalgó hasta ponerse a la altura de Ruy. Este apenas había vislumbrado su sombra con el rabillo del ojo cuando una mano lo agarró con fuerza del hombro y lo tiró del caballo sin mediar palabra.

El golpe contra el empedrado dolió. La barbilla de Ruy se abrió en una herida que empezó a sangrar de inmediato. Al abrir los ojos, descubrió que las patas de un caballo le cerraban el paso; un segundo después, un par de botas aterrizaban justo delante de su cara. No las tuvo enfrente mucho tiempo, porque una de ellas se disparó contra su cabeza.

Ruy rodó para esquivar la segunda patada. Mientras lo hacía vio a su asaltante espantar a su caballo de un palmetazo en la grupa. Trató de levantarse, pero un pisotón en la espalda se lo impidió.

—Sorpresa, hijo de puta —rugió Daniel, que lo levantó del suelo por el cuello del abrigo como quien recoge un fardo.

Valencia reconoció en el acto la voz que acababa de insultarlo en perfecto español.

—¿¡Daniel!?

Zarza le dio la vuelta y le propinó un par de puñetazos que le aplastaron la nariz y le rasgaron el pómulo. El anciano presenciaba la paliza con tanto interés que hasta se olvidó de toser. Los borrachos se quitaron de en medio, no fueran a recibir también, y la prostituta de las tetas generosas decidió seguirlos para ver si había suerte y les robaba. Ruy no se defendía, solo intentaba hablar entre golpe y golpe. Llevaba una espada en el cinturón, pero no intentó desenfundarla en ningún momento.

—Daniel, por favor, para —balbuceó después del quinto puñetazo; tenía el rostro ensangrentado—. Para, te lo ruego, no soy tu enemigo.

Daniel mantuvo el puño atrás. Sus labios temblaban, mostrando los dientes apretados. Un hilillo de saliva le chorreaba por la barba, cada vez más parecida a la de su hermano. Tenía los ojos empapados en lágrimas; ni él mismo sabía si eran de tristeza o de rabia. Ruy abrió las manos en señal de rendición.

—Pude haberte matado en dos ocasiones y no lo hice —dijo.

La imagen de Ruy al otro lado del río Adaja, errando el tiro a propósito y haciéndole una seña para que huyera, se dibujó a la perfección en la memoria de Daniel. Después de dudar unos segundos, soltó el abrigo de quien fue su mejor amigo en el Santo Oficio y lo dejó caer de espaldas contra el empedrado. Al incorporarse, Daniel vio la bota de Ruy a medio metro. Solo entonces se dio cuenta de que había perdido un pie.

—Te creía muerto —escupió, contemplándolo desde arriba.

Ruy se arrastró hasta su pie de madera y aseguró las correas de cuero alrededor del muñón. Se levantó con torpeza, todavía aturdido por los puñetazos. El anciano, decepcionado por el súbito fin de la pelea, se dio media vuelta y volvió a toser como si reanudara una tarea a medio hacer. Ambos hombres quedaron cara a cara.

—Fui el único que sobrevivió al alabardero —dijo Ruy recordando el feroz ataque de Mael Rohrer—, pero me dejé el pie en la orilla del río.

—Deberías estar muerto, con los demás —siseó Daniel.

—Sabes que soy buen tirador —le recordó—, pero ni uno solo de mis virotes dio en el blanco. Daniel, tú has servido a Zephir, ¿qué querías que hiciera? ¿Que lo desobedeciera? —Soltó una risa triste y teñida de rojo—. Cuando estás bajo su puño, no puedes hacer más que fallar lo justo para que no te mate. Y cuando has pasado demasiado tiempo a su lado no vales más que para obedecerle. En este momento ni siquiera sé quién soy.

Daniel agarró su caballo por las riendas, pero no montó. El de Ruy había desaparecido; seguro que ya lo habrían robado y estaría lejos de allí.

—¿Qué haces en Roma? —le preguntó, algo más sosegado.

—Seguir a los Sorrento —respondió Ruy—. Zephir viaja con ellos. Ya no estoy con él —aclaró—. Me echó cuando perdí el pie, como si ya no sirviera para nada.

Aquello le interesó a Daniel.

—¿Dónde están? ¿Son muchos?

—Alrededor de treinta soldados, a medio día de camino de aquí.

Daniel y Ruy tuvieron que echarse a un lado para dejar pasar una pequeña carreta cargada con barriles. Ambos se miraron un breve instante, sin hablar. Había algo que Daniel no entendía.

—Si ya no sirves a Zephir, ¿por qué lo sigues?

—Lo último que me dijo fue que te encontraría en Roma, Daniel. Sospecha que estás en la ciudad, y no se ha olvidado de ti.

—Yo tampoco me he olvidado de él. Sé lo que le hizo a mi hermano.

Ruy hundió la vista en el pavimento y no pudo evitar el llanto. Daniel lo vio llorar sin inmutarse. Tenía sentimientos mezclados hacia su antiguo compañero: amistad y compasión, pero también rencor y odio.

—Fue horrible —recordó Ruy, a la vez que se secaba los ojos—.

Desde entonces apenas puedo dormir. Te juro que traté de hacerle el menor daño posible, pero aquello fue una monstruosidad. Algo que solo se le puede ocurrir a un alma poseída por el diablo.

Daniel parpadeó. Leonor le había dicho que la muerte de Adrián había sido rápida. Una oleada de angustia le cerró la tráquea, asfixiándolo desde dentro.

—¿Cómo murió exactamente mi hermano, Ruy?

Este lo interrogó con los ojos.

—¿No te lo ha contado la bruja?

—La bruja se llama Leonor y no es bruja, es ingeniera —lo corrigió Daniel, tratando de contener la rabia—. ¿Cómo murió mi hermano?

Ruy trató de escoger las palabras justas para lastimar lo menos posible al que un día fuera su amigo.

—Sorrento quiso darle a tu hermano la misma muerte que a Jesús de Nazaret, y Zephir fue el encargado de ejecutar esa orden. Necesitaban reproducir cada herida, cada golpe, para crear un sudario donde apareciera el cuerpo de Cristo, muerto. Un sudario con la imagen de tu hermano pintada en él, con ayuda de una caja mágica que él mismo fabricó con Leonor. Y lo consiguieron... vaya si lo consiguieron.

A Daniel le costó entender lo que decía Ruy.

—¿A qué te refieres cuando dices que se le dio la misma muerte que a Jesús? —La voz le tembló al formular la siguiente pregunta—. ¿Lo crucificaron?

Ruy se sentía aplastado por la culpa.

—No exactamente. Recibió golpes, latigazos, una corona de espinas, clavos en pies y manos... —Daniel reculó un par de pasos hasta quedar apoyado contra la pared, con la mirada perdida, como si acabaran de atravesarle el corazón con una flecha; Ruy creyó que se iba a desplomar de un momento a otro—. Oh, Dios, Daniel, lo siento mucho, no sabes cuánto lo siento.

—Y crearon un lienzo con su estampa... —murmuró.

—Ese lienzo se exhibe en la catedral de San Juan Bautista, en Turín. Miles de peregrinos lo veneran. Me extraña que no te hayas enterado antes, no se habla de otra cosa en la ciudad.

—Mataré a Sorrento —juró Daniel—. Y a Zephir.

—Daniel, si todavía confías algo en mí, te ayudaré a acabar con Zephir. Yo no puedo hacerlo solo, ni tú tampoco.

Daniel se volvió hacia él muy despacio, como en trance. Su mirada se entrecerró hasta transformarse en dos centellas de ira detrás de las pestañas. El empujón que le dio envió a Ruy de vuelta al suelo.

—¡Tú participaste en el asesinato de mi hermano!

—No tuve más remedio —se defendió Ruy, arrastrándose hacia atrás como podía—. Deja que te ayude.

—¿Ayudarme a qué? —bramó Daniel; la escena era tan violenta que todos los que pretendían pasar por el callejón preferían dar un rodeo y evitarlos—. Eres un bastardo, además de un puto lisiado. —La mano de Daniel aferró la empuñadura del cuchillo que colgaba del cinturón—. Debería matarte aquí mismo, con la misma crueldad con la que asesinasteis a mi hermano.

Ruy se incorporó con ayuda de las manos hasta quedar de rodillas delante de Daniel. Elevó la cabeza con los ojos cerrados. El cuello quedó expuesto. La nuez se movió arriba y abajo al hablar.

—Hazlo. Si eso te hace sentir mejor, hazlo.

Daniel no llegó a desenfundar el arma. Se acordó de Alfonso Masso, de su hermano y su familia. También de la masacre del fuerte y de la crueldad extrema con la que acabó con Luca Marchese mientras decenas de inocentes eran masacrados sin piedad a su alrededor.

Él había cometido las mismas atrocidades que Ruy.

Había sido otra pieza del juego.

Daniel cayó de rodillas delante de su viejo amigo, lo agarró por la nuca y juntó su frente con la suya. Ruy repitió el gesto y ambos lloraron hasta perder las fuerzas. Se sentían muertos en vida. A pesar de contar con uno solo, Valencia fue el primero en ponerse de pie. Ruy tendió la mano a Daniel y lo ayudó a levantarse.

—Había traído algo para matar a Zephir —comentó Ruy mientras se secaba las lágrimas con el dorso de la mano—, pero ya no lo tengo: estaba en las alforjas del caballo.

—¿Qué puede matar a Zephir? Es imposible hacerle daño.

—El fuego —contestó Ruy—. Encontré un par de vasijas incendiarias en una habitación del arzobispado que queda justo encima del cuerpo de guardia. Son de cerámica, con una pequeña mecha. Un soldado me dijo que pertenecían a alguien al que llaman el Susurro. No quiso ni tocarlas, le daban miedo.

Daniel no le dijo a Ruy que el Susurro estaba con él. A pesar del arrepentimiento que había mostrado, no quería tenerlo cerca. Cada vez que viera su cara se acordaría sin remedio del calvario por el que había pasado Adrián y de su etapa en el Santo Oficio.

—Pues ya no las tienes —concluyó Daniel—. Ruy, te perdono, pero no quiero volver a verte nunca más. Vete lejos. Sorrento, Zephir y los discípulos llegarán muy pronto, y si el inquisidor te ve, te matará.

—Daniel, por favor, piénsatelo —insistió Ruy—. Ambos queremos lo mismo. Acabemos con Zephir. Te ayudaré a matar a los Sorrento, haré lo que...

Daniel lo cortó con un ademán cargado de energía.

—Márchate, Ruy. Si vuelvo a verte, te mataré.

Y con esa tétrica promesa, Daniel subió al caballo y se alejó hasta desaparecer. Ruy se quedó solo, dolorido, ensangrentado y sintiéndose más paria que nunca.

Daniel cabalgó hacia Villa Susurro.

El enemigo no tardaría en llegar a Roma.

A Daniel le extrañó ver a un muchacho salir de la villa a toda prisa. Dejó el caballo en el establo y entró por la puerta que lo comunicaba con el atrio. Allí encontró a Andreoli, con Sanda y Charlène. El teniente sostenía una nota en la mano. Los tres parecían preocupados.

—Traigo noticias —anunció Daniel, a quien apenas hicieron caso al entrar—. ¿Pasa algo?

Andreoli le tendió la carta, pero Daniel la rechazó.

—No leo demasiado bien en español, imagínate en italiano. He visto a un chaval que salía corriendo de la casa...

—Es Jayden, el hijo mayor de Yannick Brunner —explicó el teniente—. Ha traído un mensaje de Eliah Muller. D'Angelis y Leonor han conseguido entrevistarse con el papa, pero este les ha prohibido abandonar el castillo hasta que llegue Michele Sorrento para así cotejar ambas versiones de la historia. No están presos, pueden moverse con libertad por la fortaleza —puntualizó—. La buena noticia, si es que podemos decir que es buena, es que únicamente dejarán entrar al arzobispo hasta que todo se aclare: los discípulos tendrán que quedarse fuera.

—Eso si Bogel no los deja entrar por su cuenta —apuntó Sanda.

—No podemos descartarlo —admitió Andreoli.

—Sorrento se inventará una patraña para acusar a Dino y Leonor de cualquier cosa horrible que se invente —aventuró Sanda—. Hay que sacarlos de allí antes de que llegue.

—Pues tenemos que hacerlo ya —apremió Daniel—. Los Sorrento están a menos de medio día de aquí.

Daniel les explicó su fortuito encuentro con Ruy Valencia y compartió con ellos lo que él le había contado.

—Más de treinta hombres contra nosotros tres —resumió Sanda, desolada—. Tenemos que descartar un enfrentamiento frontal.

—Y entre ellos, Zephir y Zurcher —recordó Andreoli.

Charlène dio una patada en el suelo. Parecía muy enfadada.

—Me tendríais que enseñar a pelear —protestó; estaba al borde de las lágrimas—. Me siento inútil aquí, sin poder hacer nada.

Andreoli no pudo evitar dedicarle una sonrisa cargada de ternura.

—Claro que eres útil —aseguró, despeinándola—. Si sobrevivimos, seguro que será a costa de algún que otro tajo, y alguien tendrá que cosernos para que no se nos caigan las tripas al suelo.

La muchacha no se conformó con las palabras de Andreoli y se dejó caer en un banco de piedra, enfurruñada. Daniel, incapaz de quedarse quieto, tomó la iniciativa.

—¿Se puede saber a qué esperamos? Vámonos ya.

Sanda le pidió calma.

—Lo haremos al anochecer —decidió—, a plena luz del día es un suicidio. —Daniel se mostró hosco, pero sabía que en lo tocante a incursiones, Sanda era una autoridad—. Arthur, tú viviste en ese castillo ¿Cuál es la mejor zona para colarnos?

—La menos vigilada es el pasaje por donde escapamos durante el saqueo: el Passetto di Borgo. La mayor parte queda al aire libre, por encima de la calle, sobre las Murallas Leoninas, y hay edificios cercanos desde los que podríamos alcanzarlo con un garfio. —Andreoli miró a Daniel—. ¿Te ves capaz de escalar un trozo de muralla con una cuerda?

—Si es para sacar a Leonor de allí, podría caminar por la pared, como las lagartijas.

El teniente prosiguió con la descripción de la fortaleza.

—El Passetto conecta con el bastión trasero de la izquierda a través de una puerta. Si estuviera cerrada, podríamos escalar el bastión con la misma cuerda que usemos para subir al pasaje.

—Prepararé dos bien largas, con garfios —comentó Sanda.

—Normalmente solo había un guardia en el pasaje —recordó Andreoli— y lo patrullaba de extremo a extremo con un silbato para dar la alarma en caso necesario. Ahora que han reducido la guarnición, puede que hasta lo encontremos vacío.

—¿Y qué haremos cuando estemos allí? —quiso saber Daniel, cada vez más ansioso.

—Os lo explicaré en la mesa grande —dijo Andreoli—. Charlène, ¿puedes llevar allí un papiro y un trozo de grafito?

La chica se levantó del banco donde rumiaba su frustración y fue a por ellos a la habitación de Leonor. Unos instantes después, la joven entró en la estancia que combinaba cocina y comedor con el encargo del teniente. Andreoli extendió el papiro sobre la mesa y dibujó el mapa del castillo de Sant'Angelo. Marcó en él los mejores lugares para esconderse, la ubicación de las celdas donde estarían Frei y Schweitzer, las habitaciones del papa y los accesos a las diferentes terrazas. Pidió a Daniel y Sanda que memorizaran cada rincón del plano, y estableció unas estrategias para seguir una vez dentro. En un momento dado, Daniel sacó un tema a colación.

—Ruy me dijo que encontró dos vasijas de fuego en el arzobispado.

Sanda trató de hacer memoria.

—Creo recordar que escondí algunas, sí.

—¿No te quedan?

—No traje ninguna —respondió—, las consideré demasiado peligrosas para el viaje, ¿por qué lo preguntas?

—Ruy las trajo para matar a Zephir —explicó Daniel, decepcionado—. Es a lo único que teme ese hijo de perra: al fuego.

—No tenemos tiempo para fabricarlas —se lamentó Sanda—. Ni siquiera tengo todos los materiales que necesito para hacerlas.

—Déjalo —se resignó Daniel, decepcionado.

Andreoli tomó la palabra. Cuando habló, lo hizo como un general explicando un orden de batalla.

—Nuestra misión es entrar y sacar a los nuestros del castillo antes de que lleguen los Sorrento. Si es posible, sin que nos vean y sin matar a nadie. No olvidéis que esos soldados eran mis compañeros, mis amigos... —Dedicó una sonrisa a Daniel—. Ya planearemos algo contra Zephir, cuando menos se lo espere. No olvides que ese hijo de puta también mató a mi mejor amigo.

Los ojos de Daniel brillaron.

—Cuando volvamos a estar todos juntos os contaré algo sobre la muerte de mi hermano —murmuró—. Leonor me ocultó detalles que pensó que sería mejor que yo no supiera... y después de saberlos, no la culpo por habérmelos ocultado.

Andreoli apoyó la mano en el hombro de Daniel, Sanda asintió y Charlène bajó la mirada. Ella era la única que sabía de lo que hablaba el gemelo de Adrián.

—Voy a preparar los garfios —anunció Sanda—. Luego daré una vuelta por los alrededores de ese Passetto y elegiré el camino más fácil para entrar.

Andreoli la siguió con la mirada hasta que abandonó la cocina.

—No sabéis las ganas que tengo de despedirme del Susurro de una vez por todas —confesó—, pero hoy me alegro de tenerlo a mi lado. —Volvió a centrar la atención en el plano—. Venga, sigamos con esto...

Ni Andreoli ni Daniel se despegaron de la mesa hasta que este se aprendió el castillo de Sant'Angelo de memoria.

Las horas previas al anochecer se le hicieron eternas.

# 71

Andreoli y Daniel comprobaron lo difícil que era seguir a Sanda por los tejados. Era como perseguir a un gato con el rabo ardiendo. Ataviada como el Susurro y con la ballesta de Leonor a la espalda, saltaba de edificio en edificio y aprovechaba el mínimo saliente o grieta para desplazarse por ellos como un saltamontes.

Sanda miró atrás y vio a sus compañeros buscar la distancia más corta para saltar de una azotea a un tejado que quedaba un poco más abajo. Lo que para ella era un paseo para ellos era un reto. Los vio coger carrerilla y saltar a la vez, con las purificadoras montadas y sujetas a la espalda por una correa de cuero. Ambos llevaban las cuerdas con los garfios cruzadas alrededor del pecho.

—Ánimo —los alentó antes de echar a correr de nuevo—, estamos casi al lado.

Daniel y Andreoli apoyaron las manos en las rodillas, jadeantes y agradecidos por no haber acabado estampados contra el suelo de la calle. El español miró de reojo al suizo, y este contestó a una pregunta que nadie había formulado.

—Sí, en la cama es igual.

Veinte minutos después alcanzaron el edificio que Sanda había elegido para saltar al Passetto di Borgo. El garfio se enganchó a la primera en el almenaje. Había alrededor de metro y medio desde el tejado en el que se encontraban a la muralla del pasaje, y más de diez del tejado al suelo. Cualquier error podía terminar en tragedia. Sanda le pasó a Andreoli el extremo de la cuerda.

—No la sueltes —advirtió—. Dejadme las vuestras.

Daniel y Andreoli le prestaron sus cuerdas, y ella enganchó los garfios al almenaje del Passetto con precisión prodigiosa. Ahora cada uno tenía su propio apero de escalada.

—Esto es lo más delicado —advirtió. Sujetó fuerte la cuerda y saltó hacia delante, amortiguando el choque contra el muro con las piernas flexionadas—. ¿Habéis visto? Ahora a escalar, no es difícil.

Andreoli y Daniel dieron dos vueltas a la cuerda alrededor de las muñecas, más para infundirse confianza que para evitar caerse. El teniente fue el primero en cruzar el abismo. El balanceo del tejado al muro fue breve y el impacto, más suave de lo que había imaginado. Sin perder el apoyo de los pies en la pared, escaló por la cuerda hacia la almena. El suizo animó a su amigo mientras lo hacía.

—Es sencillo: pon las piernas por delante y no mires abajo.

—Como si fuera tan fácil —gruñó Daniel, que saltó con bastante más gracia de la que pensaba que tenía. De pequeño había trepado infinidad de veces por cuerdas atadas a ramas de árboles y se alegró al ver que los años no le habían restado habilidad. Cuando se dio cuenta, estaba en cuclillas sobre el Passetto junto a sus compañeros, que ya se enrollaban las cuerdas al cuerpo.

—Aquí nos separamos —anunció Sanda—. Yo iré a las terrazas superiores a buscar a Dino y Leonor. Vosotros, traed a Frei y Schweitzer sanos y salvos. Si todo va bien, nos reuniremos en el bastión.

Andreoli la agarró un momento por el brazo.

—Por favor, intenta no matar a nadie.

Los ojos pintados de kohl le devolvieron la mirada. Era la única parte visible de su rostro.

—Tenemos una misión —le recordó ella—, y no la echaré a perder por perdonar una vida. Intentemos no matar a nadie, pero no dudemos en hacerlo si es necesario.

El teniente evaluó el consejo unos segundos para luego asentir a regañadientes y dejarla marchar. Sanda se alejó por el Passetto di Borgo a la carrera. Sus pisadas eran ligeras como el aire. Andreoli sintió que la admiración que sentía hacia ella le robaba el aliento. Daniel descolgó la purificadora de la espalda y la empuñó. Él hizo lo mismo.

Recorrieron el pasaje medio agachados. El teniente recordó la última vez que lo cruzó: a la carrera, heridos y agotados después de la batalla de la escalinata de San Pedro. Delante de ellos, Clemente, asustado y tembloroso. Se acordó de Brunner, que miraba hacia atrás con la *katzbalger* en la mano mientras los animaba a seguir, investido de un halo invisible —y a la vez deslumbrante— de valentía.

Daniel y Andreoli se toparon con un regalo de Sanda a mitad de camino. El joven guardia estaba sentado en el suelo, desarmado y despatarrado, con la espalda apoyada en la pared y la barbilla contra el pecho. Parecía dormido. Andreoli le tomó el pulso. Estaba vivo. El Susurro lo había neutralizado con un estrangulamiento, y puede que con una dosis de los mismos polvos mágicos que usó con él hacía una eternidad.

Para su sorpresa encontraron la puerta del bastión abierta. Andreoli le dedicó un gesto de triunfo a Daniel. Sin mediar palabra, ambos desmontaron la purificadora para blandir la cabeza de armas en la derecha y la espada en la izquierda. En pasillos estrechos era mejor usarla así que en su forma de alabarda.

Uno a uno, muy despacio, bajaron los escalones que llevaban al nivel inferior del bastión.

Charlène desobedeció.

Quedarse en Villa Susurro la habría matado de ansiedad. Llegar a Sant'Angelo siguiendo el Tíber era fácil. Lo más peliagudo fue esquivar a los maleantes y borrachos que abundaban a esas horas nocturnas, pero las semanas que había sobrevivido en la calle en el Piamonte la habían convertido en una experta en evadir conflictos. De todos modos llevaba el cuchillo encajado en la falda, por si las cosas se torcían.

Llegó al puente. Ciento treinta y cinco metros de largo por once de ancho, a siete sobre las aguas heladas del Tíber. La fortaleza, iluminada por faroles y antorchas, se recortaba al fondo. Charlène se ocultó detrás de una pila de cajas abandonadas que encontró a mitad del puente. Un poco más adelante divisó lo que parecía un montón de sacos. Una rata enorme se puso a dos patas para saludarla, y la muchacha la ignoró. Había dormido tantas noches entre ellas que las consideraba de la familia.

Charlène solo pensaba en Dino. Saber que estaba en peligro le estrangulaba el alma. Nadie se había portado con ella como aquel actor fracasado, malhablado, borrachín y descarado. Corrió hasta agazaparse entre los sacos medio vacíos. Apestaban a pescado.

Fin del viaje. Si avanzaba unos metros más, los centinelas del castillo la descubrirían. No sabía qué hacer, ni siquiera por qué diablos había ido al puente. Seguramente por pura impaciencia, por no quedarse en casa sin hacer nada.

No tenía ni idea, pero estaba allí.

Daniel y Andreoli recorrieron el adarve hasta alcanzar el bastión delantero, que también encontraron abierto. Allí se deslizaron junto a un joven que dormía sentado a una mesa, con la cabeza apoyada en la palma de la mano, a la luz de una vela. De la boca, abierta, colgaba una baba. Los dos se agacharon debajo del arco que daba paso al siguiente tramo del adarve, el que correspondía al frontal del castillo. El teniente formó una uve con los dedos.

Dos soldados.

El primero estaba a unos cinco metros; el segundo, a unos quince. Acercarse sin que los vieran era complicado. Sanda lo habría conseguido sin esfuerzo, pero su habilidad para pasar desapercibida era casi mágica. Andreoli dudaba si avanzar o no cuando el centinela más próximo a él clavó sus ojos en el puente de Sant'Angelo.

—¡Jinetes! —gritó—. ¡Se acerca una compañía!

De los barracones anejos al muro surgieron soldados que corrían hacia la puerta, ajustándose morriones y empuñando armas. Los vigilantes del adarve tenían la vista fija al frente. Andreoli le hizo una seña a Daniel. Había que aprovechar la distracción.

Bajaron los peldaños que los separaban del adarve y se agazaparon en el rincón más alejado de los vigías. El más próximo a ellos caminó en dirección a la puerta principal, y Andreoli, agachado, se escurrió hasta la escalera que bajaba al patio de armas. Daniel lo siguió de cerca. Una vez abajo, se metieron en la primera estancia que encontraron abierta, que resultó ser un almacén con estantes repletos de provisiones. La estancia estaba a oscuras, por lo que cualquier descuido podría resultar en un estropicio que los delatara. El soldado que dormitaba en el bastión bajó al patio poco después de que Andreoli cerrara la puerta; si hubieran dudado cinco segundos más, los habría pillado sin remedio.

Una campana comenzó a sonar.

—Parece que nuestro amigo Sorrento acaba de llegar —comentó Andreoli, que asomaba un ojo por la rendija de la puerta entornada—. Aquí hay más tropas de las que yo creía —refunfuñó al ver salir más guardias de los barracones cercanos—. Clemente ha debido de reclutar voluntarios —supuso.

—¿Ya han abierto las puertas del castillo? —preguntó Daniel.

—Todavía no. Por ahora nos toca tener paciencia y esperar.

Esperaron.

Sanda escaló el travertino del antiguo mausoleo de Adriano hasta un respiradero abierto en el muro. Entró a través de él y se descolgó hasta la rampa helicoidal interior que ascendía desde el patio de armas hasta el patio del Ángel. Allí encontró a cuatro soldados ociosos que charlaban alrededor de un banco de piedra, muy cerca de la estatua de san Miguel. Para llegar a la galería de los miradores, donde se encontraban las celdas de los sacerdotes y las estancias de invitados, tenía que alcanzar la escalera que había al fondo de la terraza y pasar por delante de aquella tropa. De repente una campana comenzó a tañer y los soldados corrieron directos hacia donde Sanda se ocultaba.

El Susurro cruzó el descansillo adornado con estatuas de santos y bajó los peldaños de tres en tres sin hacer ruido. Descubrió una pasarela suspendida por encima de un piso inferior que conectaba el tramo superior de la escalera con las que continuaban hasta la rampa helicoidal. Aquel puentecillo parecía un parche añadido siglos después de que los romanos construyeran el mausoleo. Sin pensarlo dos veces brincó por encima de la barandilla y se colgó del borde de la pasarela.

Los soldados la cruzaron a paso ligero, acudiendo a la llamada de la misteriosa campana. Una vez que Sanda estuvo segura de que habían pasado de largo, trepó de vuelta a la pasarela, recorrió el camino hacia el patio del Ángel en sentido inverso y subió las escaleras que llevaban a la terraza semicircular que remataba la fortaleza.

La construcción de tres plantas que coronaba el castillo, donde se encontraban las estancias papales, quedó a su izquierda. A la derecha encontró un corredor circular al aire libre, con habitaciones en su parte interior y miradores que dominaban el Tíber hasta la basílica de San Pedro en su parte externa. Sanda avanzó por él. Por encima de su cabeza, un tramado de enredaderas proporcionaba un toque de color y frescura a la terraza. Una puerta se abrió de golpe a su lado. Sobresaltada, pegó un brinco hacia atrás y desenfundó la cimitarra. Por suerte reconoció a Leonor a tiempo. La ingeniera reprimió un grito con la mano en el pecho.

—¿Cómo has sabido que estábamos aquí? —preguntó en cuanto se repuso del susto—. ¿Has oído la campana?

—No hay tiempo para preguntas —la cortó Sanda—. ¿Y D'Angelis?

—No te lo vas a creer —comenzó a explicar Leonor—. Clemente nos visitó hace un par de horas. Se enfrascó en una conversación con Dino, temas intrascendentes, ya sabes... hasta que empezó a contarle al papa anécdotas de juventud de Michele Sorrento. A Clemente le pareció tan divertido que acabó llevándoselo con él a sus aposentos, en contra de las protestas de su secretario, que echaba humo.

—¿Sabes adónde han ido?

—Los vi entrar por una puerta que hay detrás del ángel.

Sanda se descolgó la ballesta y el carcaj.

—Esto es tuyo. Úsalo solo como último recurso.

—Ahora me siento mejor —agradeció Leonor.

Antes de bajar Sanda se asomó a un mirador para espiar el frontal del castillo. Vio jinetes iluminados por antorchas frente a la entrada. Muchos.

—Sorrento —adivinó—. Eso es lo que anunciaba la campana.

Bajaron las escaleras hacia la plaza del Ángel.

Había algo que tenían muy claro.

Escapar de Sant'Angelo sin luchar sería un auténtico milagro.

Charlène se escondió debajo de los sacos malolientes en cuanto divisó la columna de jinetes al principio del puente. Solo dejó un hueco entre ellos para poder espiarlos. Sofocó las arcadas a base de fuerza de voluntad. Si vomitaba, la descubrirían.

Los soldados portaban antorchas que bañaban los alrededores con un resplandor anaranjado. Charlène sintió un leve repelús al ver a Michele Sorrento ataviado con sus mejores galas clericales, escoltado por jinetes encapuchados. Pero ese repelús se elevó a escalofrío al ver a Zephir de Monfort cerrando la columna, como un oscuro presagio de muerte.

La muchacha se sintió al borde del pánico. En cuanto el ejército pasó de largo para desplegarse delante de las puertas de Sant'Angelo, corrió con todas sus fuerzas por el puente en dirección opuesta a ellos. Se detuvo al llegar a la otra orilla del Tíber. A pesar de haber corrido una distancia corta, jadeaba.

Dino estaba perdido. Dino y el resto de sus amigos. Iban a morir todos. Volvería a quedarse sola, sin familia, en la calle.

Charlène no conocía a nadie a quien pedir ayuda en Roma. No podía hacer otra cosa que rezar por sus amigos. Decidió hacerlo, pero no rezaría en cualquier sitio. Lo haría donde Dios pudiera escucharla mejor. Divisó la torre de la basílica de San Pedro que sobresalía por encima de los edificios. Tomó aire, se encomendó a todos los santos y echó a correr por las calles mal iluminadas.

Iría a rezarle a Dios en su propia casa.

Una de las hojas de la puerta de Sant'Angelo se abrió lo justo para dejar salir al teniente Levin Bogel, que se plantó delante de los Sorrento para dispensarles un desganado saludo militar. Se dirigió a Michele obviando la presencia de su padre.

—Os doy la bienvenida, ilustrísima, en nombre de su santidad, el papa Clemente. El cardenal Franco Bertucci os espera. Solo a vos —especificó al ver que los jinetes se disponían a desmontar—, los demás deberán esperar aquí hasta que su santidad dé su consentimiento para que entren.

Dante se sintió ofendido. El caballo tuvo que contagiarse de su estado de ánimo, porque bailó unos pasos sobre el sitio, nervioso.

—¿Qué afrenta es esta? —exclamó al borde de la furia—. Soy Dante Sorrento, y hemos hecho un largo viaje desde Turín para poner esta compañía al servicio del santo padre. Estos hombres están cansados, no merecen quedarse aquí fuera, a la intemperie.

Bogel lo miró con rostro inexpresivo.

—Cumplo órdenes, señor, y mis órdenes son dejar pasar al arzobispo Michele Sorrento y a nadie más.

Dante iba a seguir protestando, pero su hijo se lo impidió con un gesto. En asuntos clericales, él era la autoridad.

—Esperad aquí, padre —rogó a la vez que desmontaba—. Y estad atentos —añadió en voz muy baja, de forma que solo él pudiera oírlo.

—Descabalgad —ordenó Zurcher. La puerta del castillo engulló al arzobispo—. ¡Descanso!

Los discípulos y los ballesteros obedecieron. Gerasimo Mantovani, que se había unido a la compañía en la puerta Flaminia, también desmontó, al igual que Vidal Firenzze, que tenía las piernas doloridas por el viaje. Zephir fue el único que siguió a lomos de Resurrecto, detrás de ellos, inmóvil e impasible.

La puerta de Sant'Angelo se cerró detrás de Michele. El cardenal lo recibió en el patio de armas con una sonrisa. El papa Clemente le había dado instrucciones precisas para entrevistarse con su amigo. Entre ellas, una muy especial.

No debía mencionar, bajo ningún concepto, que Dino D'Angelis y Leonor Ferrari se encontraban en el castillo.

Al menos de momento.

El teniente Bogel ordenó a una parte de la guarnición desplegarse en el adarve con arcabuces y ballestas. Las armas no debían exhibirse de forma intimidatoria, por orden expresa del cardenal. Si no se veían en absoluto, mejor; no había que incomodar, en la medida de lo posible, a quienes podían acabar siendo aliados.

En el patio, cerca del almacén donde se ocultaban Andreoli y Daniel, Eliah Muller daba instrucciones a un segundo contingente de tropas para distribuirlos por diferentes zonas de la fortaleza. Arthur lo espiaba desde su escondite. Muller despachó al último ballestero y se quedó solo en el patio. Elevó la cabeza a las alturas, como si buscara algo en los pisos superiores. Andreoli lo llamó.

—Eh, Eliah. No busques por arriba, estamos aquí.

Muller comprobó que el patio seguía vacío antes de entrar en el almacén. Ni siquiera preguntó a Andreoli y a Daniel cómo habían entrado en la fortaleza.

—Quedaos aquí —propuso—. Ahora mismo no hay nadie en el patio de armas. Yo mismo liberaré a Frei y Schweitzer y los traeré. Luego iré a por sus alabardas.

—No sé cómo agradecerte esto, Eliah —dijo Andreoli.

Muller rio.

—Con más vino del que puedas pagar.

Schweitzer fue el primero en oír cómo se levantaba el pestillo de su celda. Muller se puso un dedo en los labios y señaló hacia el almacén. El prisionero obedeció sin rechistar y caminó agachado, pegado al muro. Andreoli le hizo una seña para que entrase.

—¡Habéis venido! —agradeció Schweitzer, feliz de verlos.

—Ya habrá tiempo de hacer una fiesta cuando salgamos de aquí —dijo el teniente, que siguió vigilando a través de la rendija.

Yani Frei apareció en su campo de visión unos segundos después. Los cuatro celebraron el reencuentro en silencio, rodeados por la oscuridad de la despensa. En cuanto Muller llegó con las purificadoras, salieron al patio.

—A partir de aquí estáis solos —advirtió el teniente—. Evitad el Passetto y la puerta principal. En estos momentos, ambos accesos están vigilados.

—Pues era por donde pretendíamos salir —protestó Andreoli.

—Usad esto —dijo Muller, golpeando la cuerda del teniente con el dorso de los dedos—. Descolgaos por la muralla trasera.

—En cuanto encontremos a nuestros amigos —puntualizó Andreoli.

Muller cabeceó, como si no aprobara el plan.

—Yo no me quedaría aquí más tiempo del estrictamente necesario —aconsejó—. Andaos con ojo, y mucha suerte.

El teniente se marchó hacia la puerta principal.

—Tendremos que dar un rodeo —avisó Andreoli, señalando el lado izquierdo del patio semicircular—. Por allí.

Frei agarró la purificadora bien fuerte.

—Por Yannick.

—Por Yannick —respondieron a la vez Andreoli y Schweitzer.

Daniel tardó un segundo más que ellos, pero al final se unió al juramento.

—Por Yannick.

# 72

Sanda se asomó a la puerta adornada con vidrieras que daba acceso a las dependencias personales de Clemente VII. Leonor se apostó detrás, con la ballesta cargada. Por encima de ellas, la estatua de san Miguel parecía reprobar la intrusión con mirada pétrea.

Había dos soldados sentados frente a una enorme chimenea encendida, charlando despreocupados al calor del fuego. Sanda indicó a Leonor que esperara, enfundó la cimitarra y agarró un puñado de polvo de una bolsa colgada en su arnés. Se acercó a ellos sin esforzarse demasiado en pasar desapercibida. Hasta Leonor podía oír el crujir del suelo de madera. La expresión desenfadada de los guardias se torció al descubrir al Susurro justo detrás de ellos. Sanda les lanzó un puñado de polvo a la cara antes de dejar sin conocimiento al primero con un par de puñetazos. El otro guardia, cegado por el somnífero, no paraba de toser y manotear con violencia. En uno de los manotazos, la bolsa del somnífero se soltó del correaje del Susurro y voló hasta la chimenea. El saquito se incendió con un fatídico chisporroteo.

Sanda aceleró el efecto de la droga estrangulando al soldado por detrás. Leonor entró con la ballesta apuntando a la puerta que se abría al lado opuesto de la chimenea.

—¿Están muertos? —preguntó.

—Despertarán en unas horas —respondió Sanda—, aunque acabo de perder el arma menos letal de mi arsenal. Será difícil cumplir lo que me pidió Arthur —suspiró.

Se acercaron con cautela a la puerta, frente a la chimenea. El sonido de una conversación distante les llegó nada más cruzarla. Leonor adivinó quién era el que hablaba.

—Es Dino, por ahí.

Entraron en una sala que parecía destinada a la guardia para luego atravesar un pequeño corredor que conducía a un salón grande decorado con frescos sobre estuco. El marfil y el oro predominaban sobre los demás colores. Justo a la izquierda descubrieron otra estancia con una salida a un patio trasero y una puerta que daba a lo que parecía ser un vestidor, con perchas de las que colgaban sotanas, casullas, gorros y demás vestimentas clericales cuyo significado o relevancia desconocían. Las voces se oían a través de una puerta cerrada al final de un corredor que no tenía más de cinco pasos de longitud. Leonor y Sanda se colocaron detrás, con la oreja pegada a la madera. Era evidente que D'Angelis y el papa estaban en la habitación adyacente.

Lo que más les extrañó fue el tono de la conversación.

El papa y D'Angelis discutían a gritos.

Franco Bertucci recibió a Michele Sorrento en su despacho, en la parte central del patio de armas, al lado opuesto de la entrada principal. Muy por encima de ellos, estaban las dependencias papales. Al arzobispo le disgustó el talante del cardenal: más que escucharlo, parecía oírlo, como si ya hubiera decidido no hacerle caso, dijera lo que dijera. Desde detrás de la enorme mesa del escritorio, Bertucci guardaba silencio mientras Michele trataba de convencerlo de que le permitiera hablar en persona con «su muy estimado amigo».

—Debéis entender, Michele, que hemos de ser cautos. Desde el saqueo de Roma, el santo padre ha estado en un brete. Puede que se equivocara en sus decisiones anteriores, como su alianza con el rey Francisco I de Francia o al formar la Liga de Cognac. —Bertucci le dedicó una mirada sincera—. Entre vos y yo: Clemente se equivocó al enfrentarse a los Habsburgo, pero parece que todavía estamos a tiempo de reparar el error. El santo padre ha conseguido llegar a un acuerdo con el emperador del Sacro Imperio Romano Germánico. Clemente recuperará la libertad, se le permitirá regresar al palacio del Vaticano y continuar su papado desde allí.

Michele se mostró escéptico y enfadado a la vez.

—¿Y se fía de Carlos, después de lo que pasó en mayo?

—El emperador le envió una carta lamentando el saqueo, asegurándole que no fue él quien lo ordenó. Carlos desea reconciliarse con los Estados Pontificios, y a Clemente le interesa, aunque haya tenido que pagar un precio muy alto: hemos cedido al imperio Parma, Piacenza, Civitavecchia y Módena, además de pagar más de trescientos mil ducados. —Una pausa—. Michele, agradecemos mucho vuestro gesto, pero preferiríamos aplazar vuestro encuentro con Clemente cuando se materialice el pacto con el imperio.

—¿Y cuánto tendré que esperar? Os recuerdo que el papa sigue en peligro.

—Uno o dos días, a lo sumo. La nueva guarnición asignada al pontífice está al llegar.

Michele luchó para que el impacto causado por la información que acababa de recibir no se le notase en la cara. Tragó saliva.

—No entiendo cómo habéis aceptado ese trato. El papa rodeado de soldados del imperio, enviados por quien ha sido su enemigo hasta hace nada...

Bertucci se inclinó sobre la mesa y clavó una mirada gélida en Michele. Estaba harto de discutir.

—¿Acaso cuestionáis las decisiones del santo padre, Michele?

El arzobispo se removió en la silla mientras su mente empezaba a pergeñar un plan alternativo a toda prisa. A Carlos le importaba una mierda Clemente, había sido su enemigo hasta que consiguió acorralarlo; lo que de verdad le interesaba al emperador era tener al papa —no necesariamente a Clemente— de su parte. Por otro lado, Carlos de Habsburgo era un aliado potentísimo, el más poderoso que alguien pudiera imaginar. Si Clemente desaparecía del mapa antes de que llegaran los soldados imperiales, Michele podría negociar con el emperador el inicio de un nuevo papado. Se inventó lo que les contaría a las autoridades imperiales en poco más de un segundo: «Gracias a información requisada a los apóstoles en Turín, Michele averigua que los guardias suizos pretenden asesinar al papa antes de firmar la paz con el imperio. Los Sorrento viajan a Roma con un pequeño ejército para detenerlos, y aunque llegan a tiempo para acabar con los traidores, no pueden evitar el asesinato de Clemente VII a manos de sus propios hombres». Fin de la historia.

Michele se dijo que al emperador no le costaría demasiado tragarse aquel cuento. En el fondo le convenía. A Carlos de Habsburgo le interesaría tener un aliado en el Piamonte; uno que convirtiera la región en una frontera contra el luteranismo, con un ejército y una fortuna a su disposición.

El cuadro que acababa de imaginar Michele Sorrento le precipitó a tomar una decisión. Se levantó de la silla y fue hasta un secreter cercano sobre el que reposaban dos candelabros de plata. Cogió uno de ellos y se abalanzó contra el secretario, que apenas tuvo tiempo de exclamar el nombre del arzobispo antes de que su cabeza se abriera en dos al primer golpe. Al tercero estaba muerto, pero recibió unos cuantos más. El cardenal quedó de bruces sobre la mesa, encima de un charco de sangre que empapó carpetas, pliegos y legajos. Michele dejó el candelabro en su sitio y respiró hondo varias veces. Jadeaba. Era la primera vez en su vida que mataba, pero no se sintió culpable.

Tenía que reconocer que le gustó.

Se dirigió a la puerta que daba al patio y se topó con el rostro alargado de un oficial cuya boca parecía a punto de lanzarle un beso.

—Sois Levin Bogel. —Más que preguntar, Michele lo afirmó.

—Así es, ilustrísima.

Sorrento le entregó una bolsa de monedas que el teniente aceptó sin mover un músculo de la cara.

—Bienvenido a los discípulos. Dejad pasar a los míos y cerrad la puerta en cuanto entren. Importante, repetidle a Zurcher esta palabra: Pentecostés. A propósito, ¿tenéis un cuchillo?

Bogel le tendió su puñal al arzobispo, y este lo ocultó entre las mangas de su hábito.

—Encontraréis al papa en sus dependencias —explicó el teniente—. Subid la rampa helicoidal y luego las escaleras hasta un patio con una estatua de san Miguel. Entrad por cualquiera de las puertas que hay detrás del ángel.

—¿Tengo que preocuparme de los soldados?

—Les di instrucciones de dejaros pasar si su excelencia el cardenal os daba permiso. —Bogel se fijó en las gotas de sangre en la manga de Sorrento—. Ya veo que os lo ha dado. —Inclinó la cabeza—. Es un honor servir al nuevo papa de Roma.

Michele sonrió de medio lado, le dio una palmada amistosa a Bogel en el hombro y se dirigió a la rampa. El teniente se cercioró de que tomaba el camino correcto y ordenó a sus soldados abrir las puertas.

—Su excelencia el cardenal ordena que dejemos pasar a los invitados —dijo a la guardia.

Las puertas del castillo de Sant'Angelo se abrieron de par en par. Muller presenció, alarmado, cómo los jinetes de Sorrento las cruzaban con los caballos sujetos por las riendas. Los propios guardias del castillo condujeron a los recién llegados a los postes donde los amarrarían. Aquello escamó a Muller, que rodeó el patio de armas por el lado opuesto hasta llegar al despacho del secretario. Llamó dos veces, sin obtener respuesta.

Decidió entrar.

Al otro lado de la fortaleza, las puertas se cerraron. Bogel fingió dar la bienvenida a los invitados. Al llegar a Zurcher, le obsequió con un abrazo y le susurró una palabra al oído.

Pentecostés.

El comandante caminó hacia Dante Sorrento, que se encontraba cerca de las celdas, escoltado por Zephir y Mantovani. Resurrecto fue el único caballo que no entró en Sant'Angelo; el inquisidor ordenó a Vidal Firenzze llevarlo al otro lado del río y ocultarlo en un callejón próximo. Le había dejado las ballestas de mano que formaban parte de su arsenal para defender al caballo y a la sagrada biblia que portaba. Desde que Zarza disparó a Muerte, Zephir había puesto en peligro a su montura lo indispensable. En un combate como el que se avecinaba, dentro de una fortaleza, Resurrecto no sería necesario.

Zurcher sacó una máscara de los discípulos de debajo de la capa y se la pasó a Bogel con disimulo. Hizo una seña discreta a sus alabarderos, y estos empezaron a formar frente a la entrada, con movimientos desenfadados. Mael Rohrer localizó tiradores en el adarve. Los ballesteros de Sorrento, con las armas a la espalda, se colocaron frente a ellos. Todo parecía demasiado casual y a la vez demasiado inquietante.

Pentecostés.

Como un solo hombre, los discípulos bajaron las máscaras ocultas bajo las capuchas. Bogel se puso la suya ante la estupefacción de sus propios hombres, que aún no entendían nada. Las purificadoras bailaron sobre las cabezas de los discípulos en un movimiento que sorprendió a los soldados del castillo, que dudaban si aquello era una exhibición amistosa o el comienzo de un ataque. Fue cuando los ballesteros de Sorrento descolgaron sus armas y empezaron a cargarlas cuando los tiradores del adarve reaccionaron. Los virotes y las balas volaron en ambas direcciones. Cinco de los tiradores invasores cayeron abatidos por los proyectiles, a cambio de dos de las almenas.

Muller gritó traición con la espada en la mano y vio, a unos veinte metros de él, cómo la formación de enmascarados atacaba a los soldados que los rodeaban en una suerte de danza mortal. Un nuevo intercambio de proyectiles entre los defensores del castillo y los asaltantes se zanjó con otros tres ballesteros muertos y dos discípulos abatidos. A Sorrento solo le quedaban dos tiradores, que ahora se encovaban en el inicio de la rampa del mausoleo. Muller replegó sus tropas.

—¡Retirada! ¡Al bastión!

Dante y Mantovani se ocultaron en la primera celda que encontraron abierta. No es que Sorrento le temiera al combate, pero se consideraba demasiado valioso para arriesgar su vida, y más si tenía soldados a los que pagaba para protegerlo. Zephir también se mantenía al margen del combate y dejaba a los alabarderos de Zurcher hacer su trabajo. Solo mató a un soldado que lo tomó de objetivo y cargó contra él con una espada. Zephir le aplastó los dedos sin molestarse en apartar la mirada de la batalla que se desarrollaba en el patio de armas; lo alzó en el aire y le rompió el cuello con la otra mano, para luego arrojarlo lejos como a un muñeco de trapo.

Los defensores obedecieron la orden de Muller y escaparon de las purificadoras. Un grupo de ellos subió al adarve y se reunió con los tiradores que retrocedían hacia el bastión izquierdo. Muller se unió a ellos y atrancó la puerta cuando el último entró. Era evidente que no conseguirían nada luchando en campo abierto. Los discípulos se quedaron solos en el patio, con las purificadoras manchadas de sangre. Además de los dos abatidos por las balas, otro había sido apuñalado en el cuello por una alabarda enemiga. Sorrento salió de la celda y observó el suelo lleno de cadáveres. Zurcher hizo un rápido recuento de bajas.

—Hemos perdido siete tiradores y tres discípulos —enumeró.

—Y ellos, alrededor de veinte hombres —comentó Dante, satisfecho—. No creo que queden muchos más.

—Hay más de los que en un principio creíamos —replicó Zurcher, que había detectado presencia de soldados en las plantas superiores del castillo—, pero no os preocupéis: morirán igual.

Zephir preguntó a Zurcher.

—¿Por dónde irán los discípulos?

—Subiremos al castillo por la rampa.

El inquisidor señaló el bastión de la izquierda con la maza.

—Entonces yo iré a por los que se han encerrado ahí dentro.

Rohrer salió de la formación para hablar con Zurcher.

—Será mejor que acompañe al inquisidor con tres discípulos. Conozco hasta el último rincón del castillo, podría guiarlo y evitar emboscadas.

A Zurcher le pareció buena idea. Se dirigió a la última fila de la formación.

—Vosotros tres, acompañad al sargento —ordenó—. Y tened cuidado con los tiradores.

El visor cruciforme del yelmo de Zephir se clavó en Rohrer.

—Limitaos a guiarme —siseó—. No necesito vuestra ayuda.

Rohrer le cedió el paso con un irónico gesto cortés, y Zephir se encaminó hacia la escalera del adarve. Dante se dirigió a Zurcher.

—Iré detrás de vosotros por la rampa —dijo—. Solo necesito un par de hombres que me cubran las espaldas.

Mantovani se aseguró de que Dante viera el índice que alzaba. Este lo interrogó con los ojos.

—¿Qué hago mientras tanto, señor? —quiso saber Mantovani.

Dante lo espantó con un ademán.

—Escóndete donde quieras y búscame cuando esto acabe.

El consejero respiró, aliviado. Por un momento, temió tener que participar en la batalla. Ya no tenía edad para eso. Decidió encerrarse en la misma celda de la que acababa de salir. El estruendo de unos golpes demoledores le hicieron desviar la mirada hacia la izquierda.

Zephir intentaba abrir la puerta del bastión a su manera.

—¡Yani! ¡Arthur! ¡Soy Eliah! ¿Estáis ahí?

Los gritos del teniente llegaron hasta la habitación en la que los apóstoles se ocultaron en cuanto oyeron el fragor de la batalla, al otro lado del baluarte. Andreoli salió al patio y encontró a Muller a varios metros por encima de él, sobre el adarve trasero, acompañado de varios ballesteros y arcabuceros.

—¿Qué cojones está pasando? —preguntó Arthur.

—Zurcher ha atacado a la guarnición —informó—. Hemos atrancado las puertas de los bastiones, pero desde aquí oigo cómo intentan derribarlas; seguro que creen que nos escondemos dentro. —Muller señaló un punto, detrás de Andreoli—. Si entráis por esa puerta del centro, encontraréis una escalera que va a los pisos superiores. Es un laberinto, pero podréis llegar al patio del Ángel, y de allí a las dependencias del papa.

—Conozco el camino, más o menos... pero nuestro problema es que la guardia nos matará nada más vernos.

—Avisaré a los que me encuentre de que sois amigos —prometió Muller—. Hasta entonces, tendréis que convencerlos de que no estáis con los invasores... y rezar para que os crean.

—¿Y por qué no venís con nosotros? —propuso Arthur.

El teniente negó con la cabeza.

—Vamos a quedarnos aquí. Cuando ese animal descubra que no estamos dentro del bastión, bajará de nuevo al patio y lo estaremos esperando con las armas cargadas. Vosotros subid y buscad al papa. Y ojalá encontréis a los vuestros —añadió.

Andreoli reunió a los suyos con un ademán.

—Zurcher la ha liado —informó, a la vez que abría la puerta que Muller le había indicado—. Tenemos que llegar al Ángel, pero el camino desde aquí es un infierno de pasillos y escaleras. Espero no perderme mucho.

Daniel desvió la mirada hacia los golpes que se oían al otro lado de la fortaleza.

—Zephir —adivinó.

—Pues será mejor que nos mantengamos lejos de él —decidió Andreoli mientras comenzaba a subir por la escalera interior—. Tenemos cosas más importantes que hacer. Como, por ejemplo, encontrar a nuestras mujeres.

Llegaron a un pasillo ancho con aparadores, cómodas y vitrinas a ambos lados. Andreoli trató de recordar el camino. Más allá encontrarían un par de salas y otra escalera que subía a unas habitaciones desde las que podrían llegar al patio opuesto al del Ángel. Un rodeo demasiado largo para su gusto, pero era eso o darse de morros contra el enemigo.

Justo pensaba en eso cuando dos cañones de arcabuz aparecieron al final del corredor. Andreoli y Daniel, los primeros en verlos, se arrojaron detrás de un aparador un instante antes de que dispararan. Frei y Schweitzer se agacharon medio segundo después y se pegaron a la pared todo lo que pudieron, al abrigo de los muebles.

—¡Somos amigos! —gritó Andreoli sin atreverse a asomar la cabeza—. ¡Teniente Arthur Andreoli y sargento Yani Frei, de la Guardia Suiza!

La única respuesta que obtuvieron fue la aparición de dos nuevos cañones que reemplazaron a los que acababan de disparar mientras los anteriores recargaban. Frei gruñó desde detrás de la vitrina de madera en la que se había refugiado.

—¿Pasa algo, Yani? —preguntó Andreoli, alarmado.

Frei retiró la mano del pecho. Andreoli vio sangre en la palma y los dedos de su amigo.

—Lo siento mucho, teniente —se excusó Frei, con una sonrisa triste.

Y se apoyó en la pared, con los ojos mirando al techo.

Andreoli soltó una maldición. Frei se había quedado inmóvil.

—¡Somos amigos, maldita sea! ¡Estamos con Muller!

—¡Jamás llegaréis hasta su santidad! —aulló una voz al final del pasillo—. ¡Ya nos advirtieron de vosotros, traidores! ¡Un paso más y moriréis!

Y otros dos arcabuces, recién cargados, apuntaron al corredor.

Charlène llegó a las inmediaciones de la basílica de San Pedro exhausta y empapada en lágrimas. El camino hasta el templo se torció en un sinfín de rodeos necesarios para evitar encuentros indeseados con la fauna nocturna de la noche romana, una de las más peligrosas del mundo desde tiempos de los césares.

La niña se plantó frente a la escalinata. Las obras del edificio, que habían comenzado en 1505, seguían sin terminar veintitrés años después. La cúpula que lo caracterizaría en el futuro aún no existía. Charlène subió los mismos escalones en los que sus amigos defendieron al papa en mayo del pasado año. Encontró abiertas las puertas que daban al patio y vio luz en su interior. También distinguió soldados en la puerta. Se acercó a ellos con pasos cansados y vacilantes. Uno de ellos le habló en un idioma ininteligible. Ella respondió en francés.

—*Je suis désolé, monsieur, mais je ne comprends pas.*

El soldado que estaba al lado del primero le habló en francés.

—¿Quién eres? ¿Qué haces aquí?

—Vengo a rezar —respondió Charlène sin dar más explicaciones.

—No son horas, vete.

Charlène se desplomó sobre sus rodillas, sin importarle desollárselas. No podía más. Estaba agotada en cuerpo y alma.

—Por favor, os lo ruego —sollozó—, he pasado mucho miedo hasta llegar aquí... mis amigos están en peligro.

Un oficial se asomó a la puerta y observó a la chiquilla llorando. Dio unos pasos hacia ella y la puso de pie.

—¿Cómo te llamas? —le preguntó en francés, con un acento extranjero recio que la joven no supo identificar.

—Charlène Dubois —hipó ella.

—¿Eres francesa?

—De Chambéry.

—¿Por qué tanta insistencia en entrar?

—Mis amigos... Mis únicos amigos tienen problemas, y yo no puedo hacer más que rezar por ellos. No tengo a nadie más...

Un cuarto hombre apareció por la puerta. No llegaba a los treinta años, no era ni alto ni bajo y vestía de luto riguroso. Su nariz era larga y su mentón, aún más. El desconocido se dirigió a Charlène en perfecto francés, a pesar de que hablaba de forma un poco extraña, como si balbuceara.

—Así que quieres entrar a rezar...

Charlène asintió en silencio. El desconocido se dirigió al oficial y a los soldados.

—Tranquilos, yo me ocupo.

Posó la mano en el hombro de Charlène y la condujo al interior del patio frontal de la basílica, donde habían instalado un campamento en el que había decenas de caballos y hombres armados alrededor de la fuente que presidía la plaza. Habían encendido hogueras por toda la explanada, y algunos soldados descansaban al abrigo de los soportales que la rodeaban. El desconocido acompañó a la muchacha hasta la puerta del templo. El oficial que había hablado con ella en francés los seguía unos pasos por detrás, sin entrometerse en la conversación.

—Debes de ser muy buena cristiana para arriesgarte a venir de noche a rezar a este lugar —comentó.

—No puedo ayudar a mis amigos de otra forma —se lamentó Charlène, demasiado cansada para mentir o negarse a responder; por otra parte, aquel hombre era amable con ella—. Mis amigos intentaron advertir al papa de que está en peligro, pero él no los creyó y los encerró... y ahora, ahora han llegado unos soldados que quieren matarlo...

—Matar a quién, ¿al papa?

Charlène asintió con energía.

—Cuéntame eso desde el principio, y hazlo despacio.

El oficial que los había seguido hasta el interior de la basílica llamó a otros compañeros, que formaron un corro alrededor de Charlène. Esta decidió no dejarse nada en el tintero.

Y lo contó todo desde el principio.

## 73

La maza de Zephir terminó reventando la puerta del bastión.

El inquisidor esperaba encontrar soldados atrincherados, no una estancia vacía, con velas encendidas y una partida de naipes a medio jugar. Rohrer y los tres discípulos treparon por la escalera que daba a la plataforma y se asomaron por la trampilla con mucho cuidado, por si estuvieran esperándolos con los arcabuces cargados.

Vacía.

Rohrer oteó por encima de las almenas en dirección al bastión trasero, el que conectaba con el Passetto di Borgo. La iluminación era escasa, pero adivinó siluetas apostadas en el adarve, al otro lado de la fortaleza. Era evidente que los habían entretenido, haciéndoles creer que se acuartelaban en el bastión para ganar tiempo y encontrar una posición favorable desde la que acribillarlos. En el piso inferior, el sargento descubrió que Zephir estaba a punto de abrir la puerta que daba al siguiente tramo de almenaje.

—Inquisidor, no —lo frenó—. Los tiradores están apostados en el adarve del patio trasero. Si cruzamos esa puerta seremos un blanco fácil, y seguro que también habrán atrancado la puerta del otro bastión.

Zephir se volvió hacia él.

—¿Podemos llegar hasta ellos por el patio?

—Sí, pero nos matarán antes de que podamos acercarnos —objetó.

A pesar de no verle la cara, Rohrer adivinó que la mirada que Zephir fijó en él era de absoluto desprecio. El caballero oscuro soltó el pomo de la puerta y atravesó los restos de la que acababa de echar abajo.

—Escondeos donde queráis —dijo.

Y bajó los escalones del adarve, con esa lentitud espectral que hacía que cada paso sonase a muerte.

Los discípulos consiguieron acabar con dos defensores mientras subían por la rampa helicoidal, pero el fuego de arcabuz y un par de ballestas los frenaron más allá de la entrada al último tramo de escaleras. El techo abovedado transformaba cada disparo en un trueno ensordecedor. Los hombres de Zurcher se quedaron detrás de la puerta, fuera de la línea de tiro, después de que dos discípulos cayeran bajo los proyectiles enemigos.

El comandante hizo un rápido recuento: le quedaban quince hombres, además de la escuadra de Rohrer. Con Bogel ni siquiera contaba. A este lo conocía de sus tiempos en la Guardia Suiza, y sabía que como luchador era mediocre. Los dos ballesteros que le quedaban se asomaban de vez en cuando a la escalera e intercambiaban algún que otro disparo con los defensores, pero la altura desde la que los tiradores del papa disparaban les facilitaba la defensa y les otorgaba una ventaja decisiva. Dante se deslizó por el ala de la formación y se plantó junto a Zurcher. Su bandolera se enganchó con la purificadora de un discípulo, y Sorrento la liberó de un tirón furioso.

—No me iréis a decir que un puñado de tiradores nos va a parar —desdeñó a la vez que recolocaba la bolsa de cuero en su costado.

—No contaba con que hubiera tantos guardias ni que se apoyaran tanto en el combate a distancia —protestó el suizo, tras la máscara—. Esta unidad no está diseñada para combatir en un lugar tan estrecho como este.

—Desde luego que no —exclamó Dante, sardónico—. Está claro que esta unidad solo sirve para hacer malabares con alabardas estúpidas y masacrar civiles indefensos.

Zurcher hizo un esfuerzo sobrehumano para no asesinar a su patrón. Lo peor era que Dante tenía razón. Sin el apoyo de unidades a distancia, y sin una caballería que arrasara a los tiradores enemigos antes de permitirles recargar, los discípulos caían como moscas. Sorrento y Zurcher parecieron jugar a ver quién parpadeaba primero. Levin Bogel se subió la máscara y se acercó a ellos.

—Si se me permite hablar... —Zurcher y Dante le perdonaron la vida con la mirada—. He de deciros que el arzobispo ha ido a encargarse personalmente del papa; si consigue su objetivo, esos soldados dejarán de tener un motivo para seguir luchando.

Dante frunció el ceño.

—Queréis decir que el cardenal Bertucci lo ha autorizado a hablar con el papa...

Dos disparos de arcabuz retumbaron en la galería como una tormenta de juicio final. Los ballesteros seguían asomándose ocasionalmente a la puerta, más para hacer gastar munición al enemigo que para causar alguna baja.

—Digamos que vuestro hijo ha acelerado las negociaciones —insinuó Bogel, a la vez que le mostraba la funda vacía de la daga que llevaba en el cinturón—. Me pidió esto prestado.

—Imposible, mi hijo no ha matado nunca a nadie.

Dante estuvo a punto de añadir: «al menos, con sus propias manos», pero se reprimió.

—Pues hoy ha recibido su bautismo de sangre con el cardenal Bertucci —apuntó Bogel, inexpresivo.

Sorrento tardó unos segundos en asimilar lo que el oficial acababa de decirle. Pentecostés era la señal para atacar si la negociación de Michele con el cardenal se enquistaba. Dante creía que su hijo seguiría a salvo en el despacho del secretario, pero jamás habría imaginado que tomaría la decisión de asesinar al papa. Esa era la última opción.

—Zurcher. —Sorrento parecía estar al borde de un ataque de nervios—. No podemos quedarnos aquí siempre. Mi hijo está ahí arriba, tenemos que encontrar otro modo de subir.

—Si retrocedemos, los tiradores nos fulminarán por retaguardia —advirtió—. Aconsejo aguantar un poco más, señor.

—Podemos dividir la unidad y atacarlos por detrás —sugirió Bogel—. Sé cómo llegar hasta el patio del Ángel y pillarlos por sorpresa.

Los ojos de Zurcher centellearon de rabia tras la máscara. Lo que le faltaba era que el inútil de Bogel le saboteara el mando. Iba a ponerlo en su sitio cuando Dante elevó los puños en señal de triunfo.

—¡Eso! —exclamó—. Zurcher, que los discípulos entretengan a los tiradores mientras nosotros los rodeamos. —Sorrento había pasado de la furia al entusiasmo—. ¿Cuántos hombres necesitamos?

—Señor, dividir la unidad en este momento es una locura

—protestó Zurcher, que cerraba la mano enguantada alrededor del asta de la purificadora como si quisiera pulverizarla—. Mael Rohrer y Zephir no tardarán en llegar al patio del Ángel. Ellos se encargarán de atacar a los tiradores por retaguardia...

Dante lo interrumpió.

—No voy a esperar. Sois el comandante de mi ejército —dijo, enfatizando el «mi»— y haréis lo que os ordene.

Zurcher señaló a la última fila de los discípulos sin disimular ni una pizca su enojo.

—Vosotros tres, id con el señor Sorrento.

Las máscaras intercambiaron una mirada dubitativa mientras Bogel se bajaba la suya y desenfundaba la espada. Sorrento también desnudó su hoja. Zurcher los vio correr rampa abajo.

En su fuero interno, deseó que no lo consiguieran.

Michele Sorrento llegó al patio del Ángel al poco de comenzar la batalla en la puerta de la fortaleza. El ruido de unos pasos que bajaban por una escalera situada a su izquierda lo impulsó a esconderse detrás de la estatua de san Miguel. Varios guardias, armados con arcabuces y ballestas, desaparecieron por el arco que conducía a la rampa helicoidal. Comenzaron a oírse disparos. Michele siguió a los soldados hasta que los perdió de vista. Más disparos. El arzobispo se quedó allí un buen rato, escuchando los ecos del combate y tratando de adivinar su resultado, hasta que recordó que tenía una misión mucho más importante que cumplir.

Al regresar al patio, vislumbró una figura que abandonaba el edificio por una puerta justo detrás de la estatua. No había mucha luz, pero pudo ver que caminaba hacia la escalera que ascendía hasta la terraza de los miradores. Michele se dijo que Dios lo ayudaba desde el cielo: por la forma de andar y por su vestimenta, adivinó que aquel hombre era el papa.

Y estaba solo.

Michele tenía el cuchillo de Bogel oculto en la manga. Era ligero, de hoja corta y fácil de manejar, aunque él jamás había apuñalado a nadie. Se preguntó qué sentiría cuando lo clavara hasta la guarda, cuáles serían las últimas palabras de su amigo Clemente, si es que le daba tiempo a pronunciar alguna, e imaginó la expresión de su rostro al encontrarse cara a cara con la muerte.

Subió la escalera con cuidado detrás de él. Se prometió no hablarle, ni permitirle pronunciar palabra alguna; la compasión podría jugarle una mala pasada y hacerlo dudar. Si lo apuñalaba por la espalda, mejor. Michele alcanzó la terraza circular, techada de arcos y enredaderas, y divisó la silueta caminando a una veintena de pasos por delante de él. Le pareció ver que se paraba un momento y echaba la vista atrás. A pesar de la escasa iluminación, el arzobispo apreció que iba vestido con alba, casulla y camauro en la cabeza. Clemente siguió andando y entró en uno de los miradores abovedados que de día regalaban una vista inmejorable de Roma. Sorrento sacó el cuchillo. Dudó si empuñarlo con la hoja hacia arriba o hacia abajo. Decidió que lo apuñalaría con un movimiento descendente, para imprimir más fuerza al golpe.

Llegó al linde del mirador y espió detrás de la columna.

Allí estaba el papa, recortado contra la noche romana mientras los gritos y los disparos resonaban por todo Sant'Angelo. Michele levantó el puñal y se le acercó por detrás.

Clemente se dio la vuelta y se enfrentó a su asesino sin darle ocasión de bajar el arma. Michele se quedó paralizado al ver el rostro que lo miraba fijamente desde debajo del camauro.

—No me jodas que quieres matarme, Michele...

El arzobispo se quedó con la boca abierta y el arma en alto.

—¡Tú! ¿¡Tú!?

—Anda, dame el cuchillo, Michele, no vayas a hacerte daño.

—¿Qué haces aquí?

—Impedir que metas la pata más de lo que ya la has metido —respondió D'Angelis con la mano extendida, como si esperara que Sorrento le entregara el arma de forma voluntaria; que el disfraz de papa hubiera funcionado, además de haber sabido imitar sus andares, le hizo sentirse orgulloso como actor—. Michele, estás a tiempo de largarte de aquí y desaparecer. Hazte un favor a ti mismo y escapa de esta locura.

Los ojos del arzobispo tenían un brillo acuoso, líquido.

—Me has traicionado —se decepcionó—. Eras mi amigo, confiaba en ti...

La respuesta de D'Angelis fue un golpe bajo.

—Lo mismo que Clemente en ti. He hablado con él durante horas, Michele, y es un buen hombre. Me ha sido imposible convencerlo de tus malas intenciones: te quiere, se resiste a pensar que podrías traicionarlo, y mírate. No se merece lo que le quieres hacer.

—¿Dónde está?

—A salvo. —D'Angelis no estaba demasiado seguro de ese punto, pero todo lo que dijera para disuadir a su amigo de su propósito le parecía adecuado—. Me ha costado hacerle entrar en razón, pero al final se ha dejado ayudar.

El arzobispo no estaba de humor para escucharlo. Se sentía frustrado, traicionado. Las lágrimas resbalaban por sus mejillas encendidas por el dolor y por la furia.

—Dime dónde está —exigió.

—Lejos —mintió D'Angelis—. Por favor, Michele, tira el cuchillo. Puedo ayudarte a salir de aquí, deja que tu padre cargue con todas las culpas. Hay algo que ignoras: mañana por la mañana llegará el ejército que reemplazará a los antiguos guardias suizos, cuatro compañías... ¿qué crees que harán con los discípulos, con tu padre y contigo?

—Sé lo de esas compañías —repuso Michele—, y tenía un plan para negociar con el emperador; pero tú lo has estropeado, fracasado de mierda, muerto de hambre...

El cuchillo bajó más rápido de lo que D'Angelis esperaba. La hoja le produjo un corte en el brazo, más doloroso que profundo. El espía retrocedió para ponerse fuera del alcance de Michele hasta que chocó con una de las columnas del mirador. La manga del alba blanca se había teñido de sangre. Dino le dedicó una súplica a su amigo con la mirada, después de que este elevara el arma de nuevo, dispuesto a descargar un segundo golpe.

—Michele, estoy desarmado...

—¡Calla!

D'Angelis esquivó la segunda puñalada de milagro.

—¡Michele, para!

—¡Eres un hijo de puta! —aulló mientras lanzaba otra cuchillada que D'Angelis detuvo con las manos—. ¡Mi padre tenía razón, eres un traidor hijo de puta!

Forcejearon en el mirador. D'Angelis sujetaba la muñeca de Michele, pero este proyectó la cabeza hacia delante y le mordió la herida del brazo con todas sus fuerzas. El grito que profirió el espía lo dejó sin aire en los pulmones. El arzobispo se liberó, y Dino no fue lo bastante rápido para impedir que el puñal le atravesara el abdomen.

Michele se abrazó a D'Angelis y clavó más el cuchillo. Dino apoyó el rostro desencajado en el hombro del arzobispo, que trataba de recuperar el arma a toda costa. Al espía no le quedaban fuerzas para luchar. La puñalada había penetrado muy cerca de la que recibió durante el saqueo de Valdera. La hoja dolió todavía más al salir que al entrar.

Las manos ensangrentadas de D'Angelis resbalaron por el cuerpo de Michele antes de caer de rodillas, frente a él. El arzobispo lo miró desde arriba, con los ojos anegados en lágrimas y una expresión que recordaba a la de una máscara de tragedia griega. El cuchillo le temblaba en la mano. Los ojos de D'Angelis se elevaron para enfrentarse por última vez a quien una vez fue su amigo y hoy era su verdugo. Los ecos de risas pasadas resonaron en su mente, así como el olor del vino viejo, las huidas a medio vestir de casas de maridos soliviantados, las peleas inofensivas con borrachos ofendidos y los encantos de mujeres mal pagados o dejados a deber.

Y así concluía aquella historia, con Michele a punto de degollarlo con un cuchillo.

Al menos, sería rápido.

—Tú eras mi amigo —sollozó Michele.

D'Angelis iba a cerrar los ojos cuando un asta puntiaguda brotó del pecho de Michele Sorrento. El arzobispo pareció convertirse en una estatua de sal durante un par de segundos. Su rostro se volvió hacia la bóveda del mirador, como si buscara alguna señal de un Dios que parecía darle la espalda en el último momento. Sus ojos giraron en las cuencas hasta ponerse casi blancos. El cuchillo se escurrió entre sus dedos y él se desplomó, revelando una silueta detrás de él que D'Angelis reconoció al instante.

—Esto es por Adrián, hijo de puta —dijo Leonor antes de bajar la ballesta.

La joven dejó el arma en el suelo y se agachó junto a D'Angelis, que seguía de rodillas, con la mano tapando la herida, soltando algo parecido a un gracias por la boca abierta. Ella no sabía qué hacer.

—Dino —tartamudeó Leonor, asustada por la aparente gravedad de la herida—. Hijo de puta, Sorrento...

—¿Has visto? Al final me ha matado el mismo idiota al que tenía que defender en las tabernas. Le pegaban hasta las putas viejas...

Leonor no estaba para bromas.

—Vamos, tenemos que irnos de aquí...

—Ve tú —se rindió él—, yo ya estoy listo. ¿Y el papa?

—Con Sanda. Se dirigían al Passetto di Borgo, el papa tiene llaves.

—Estás a tiempo de alcanzarlos...

—De eso nada. —Leonor se agachó y pasó el brazo de D'Angelis por encima de su hombro—. Saldremos de aquí juntos.

Dino gritó de dolor cuando ella lo obligó a levantarse.

—Me muero —mascculló—. Esto duele horrores.

—No pienso dejarte aquí para que te desangres solo.

¡Por favor, para! ¡Para! —Leonor no tuvo más remedio que detenerse—. Solo conseguiré retrasarte, y no quiero que mueras por mi culpa. Déjame aquí.

Leonor iba a responderle que no, que se lo llevaría aunque fuera a rastras, cuando una puerta se abrió a su izquierda. Varios sacerdotes asustados se asomaron a ella. Los asistentes del papa se habían refugiado juntos para rezar en cuanto empezaron los disturbios. Uno de ellos, un cura de unos treinta años y cara redonda, fue el primero en hablar.

—Lo hemos oído todo —manifestó, como si no hiciera falta explicar nada más—. Acostadlo en el jergón. Iré a buscar al padre Maldini: fue barbero sangrador antes de tomar los hábitos, algo podrá hacer.

Leonor dudó, pero D'Angelis la presionó para que lo dejara al cuidado de los curas.

—Para que luego digas que Dios no existe —rezongó mientras los sacerdotes lo acomodaban en el lecho—. Venga, muchacha, márchate ya.

—Volveré a por ti —prometió.

D'Angelis se esforzó por dedicarle una última sonrisa y oyó cómo ella tensaba de nuevo la ballesta antes de seguir su camino. En cuanto se quedó a solas con los clérigos, torció el rostro en un gesto de dolor.

La puñalada era grave.

Se moría.

Unas voces procedentes del final del pasillo cambiaron las tornas para los apóstoles supervivientes.

Por desgracia, demasiado tarde para Yani Frei. El sargento se fue con una sonrisa en los labios que perduraría para siempre en la memoria de Arthur Andreoli. El teniente se dijo que Frei murió como quería: luchando por el papa, a quien en su día juró proteger.

Pero no era momento de llorar a los muertos.

Era momento de seguir vivos.

—¡Salid! —gritó uno de los arcabuceros—. ¡No os dispararemos!

—¿Creéis que somos idiotas? —gritó Andreoli.

Una voz, que el teniente reconoció a la primera, lo llamó por su nombre.

—¡Teniente Andreoli! ¡Puedes salir sin miedo!

Arthur les hizo una seña a sus amigos. Los arcabuceros ya no les apuntaban. Según avanzaban por el pasillo, los soldados se abrieron para revelar dos figuras que hicieron que el teniente soltara un suspiro de alivio, a pesar de la pesadumbre que sentía por la pérdida de Frei. Andreoli se arrodilló al final del corredor, y Daniel y Schweitzer lo imitaron. Clemente VII estaba junto al Susurro, vestido con el abrigo y el sombrero de Dino y flanqueado por los cuatro arcabuceros, que no dejaban de mirar al asesino con desconfianza. A Andreoli le costó reprimir las ganas de abrazar a Sanda, pero le tocó disimular.

—Levantaos, no hay tiempo para esto —dijo Clemente; los tres obedecieron, aunque mantuvieron la cabeza gacha unos segundos más—. Teniente Andreoli, nos estamos muy felices de volver a verte.

—Han pasado muchas cosas, su santidad...

—Habrá tiempo de hablar cuando salgamos de aquí —lo cortó—. Estas son todas las copias que existen de las llaves del Passetto. —El papa le mostró un aro con cuatro; dos eran de la puerta que daba al pasadizo de la basílica y otras dos, del bastión del castillo—. Esa puerta es infranqueable: una vez que estemos al otro lado, nadie podrá derribarla.

A pesar de la consternación que sentía al estar delante del mismísimo papa de Roma, Daniel no pudo evitar preguntar:

—¿Y Leonor?

—Ha ido a buscar a D'Angelis —contestó Sanda, impostando su voz sepulcral—. Se vistió como el papa para despistar al arzobispo. Estaba seguro de que Michele Sorrento acabaría subiendo hasta sus dependencias.

—¿Y lo ha hecho? ¿Ha conseguido despistarlo?

—No lo sabemos —respondió Clemente—. Tenemos que irnos.

Sanda tomó la iniciativa y se dirigió a Andreoli.

—Escoltadnos hasta la puerta del pasaje. Si lo encontramos despejado, volved a buscar a Dino y Leonor.

—Vamos —concedió Daniel, impaciente—. Cuanto antes vayamos, antes volveremos.

Corrieron por los pasillos, rumbo al bastión trasero.

Andreoli le dedicó un último adiós a Frei al pasar.

Había muerto como muere un guardia suizo.

Los tiradores de Eliah Muller notaron cómo su incredulidad se transformaba en terror cuanto más se acercaba Zephir al adarve trasero.

—¿De qué coño está hecha esa armadura? —gritó uno de los arcabuceros, que recargaba su arma a toda prisa.

Mael Rohrer, agachado con su escuadra detrás de un abrevadero, se preguntaba lo mismo.

—¿Avanzamos detrás de él, teniente? —preguntó un discípulo, impaciente por entrar en combate.

—Espera, a ver si lo matan... Ese tipo me cae fatal.

Zephir marchaba con los brazos cruzados sobre el pecho y la cabeza agachada, como un toro que embistiera con una lentitud sobrenatural. Entre los proyectiles que erraban y los que rebotaban en su armadura, su caminar era implacable. Ni bolas de plomo ni virotes le hacían el menor daño. Cuando elevó la vista al almenaje, descubrió que unos recién llegados acababan de aparecer por una puerta, en un extremo del adarve.

Para su desconcierto, vio pasar a un guerrero enmascarado con un tipo engalanado con un sombrero al que seguían varios soldados. Enseguida reconoció al más alto de todos, un hombre rubio y barbudo, armado con una alabarda idéntica a la de las tropas de Sorrento.

Daniel Zarza.

Ambos se pararon en seco al verse. Los ojos de uno y de otro brillaron con ira, al igual que lo hicieron los de Andreoli, pero este se anticipó al instinto de Daniel y lo agarró fuerte por el brazo.

—Ahora no —silabeó.

Muller y los demás se sorprendieron al ver al papa disfrazado y en compañía del Susurro, pero no había tiempo para hacer preguntas. Después de haber visto a Zephir, se sintieron reconfortados al contar con un espectro terrorífico en su bando. Sanda echó un vistazo a Zephir de Monfort, que seguía avanzando hacia las escaleras del adarve. Le pareció un adversario aterrador, incluso para ella.

—No malgastéis munición —aconsejó Andreoli—. Y no os enfrentéis a él bajo ningún concepto. Corred todo lo que podáis y no os confiéis. Es muy lento, pero no se cansa...

Andreoli iba a añadir: «el hijo de puta», pero se acordó de que Clemente VII estaba a dos palmos de él.

Los cuatro arcabuceros que escoltaban al papa se adelantaron para abrir la puerta del bastión mientras Sanda rebuscaba en una bolsa de cuero de la parte trasera de su arnés. Zephir se descolgó la maza del cinturón sin parar de caminar hacia el adarve. Daniel, Andreoli y Muller vieron cómo Sanda se colocaba en la cima de la escalera y le quitaba el tapón a un frasco.

—Ya podéis ir a por Leonor y a por Dino —le dijo a Daniel y a Andreoli mientras vertía un líquido misterioso por los cinco últimos peldaños de piedra. Se dirigió a Schweitzer—. Tú ven con nosotros: necesitamos a alguien que sepa manejarse cuerpo a cuerpo, por si encontráramos discípulos en el pasaje.

Andreoli le dio permiso a Milo con un gesto y empujó a Daniel hacia la misma puerta por la que acababan de salir al adarve.

—¿Qué hacemos nosotros? —preguntó Muller, indeciso.

—Venid conmigo —respondió Sanda, que dejó el frasco vacío en el adarve.

El Susurro esperó a que el último tirador de Muller entrara en el bastión para cerrar la puerta por dentro. Unos metros más abajo, en el patio, Zephir inició el ascenso a las escaleras con la mirada fija en la torre. Avanzaba tan ciego de furia que ni siquiera había visto a Sanda verter el misterioso líquido, que en realidad no tenía nada de especial.

Aceite.

Zephir resbaló cuando apenas le quedaba un metro para alcanzar el adarve. Trató de mantener el equilibrio, pero terminó rodando escaleras abajo hasta aterrizar de costado en el empedrado del patio. La maza rompió una baldosa al caer. El ruido que produjo la armadura a cada golpe contra los peldaños fue estremecedor.

Las piernas enfermas protestaron al quedar aplastadas por el propio peso de Zephir, que reprimió un alarido de dolor conjurando toda su fuerza de voluntad. Mael Rohrer y los discípulos corrieron hacia el inquisidor para asistirle. Casi se tropiezan con el yelmo coronado por el dragón rojo, que había salido despedido de la cabeza de Zephir hasta rodar a varios pasos de donde se encontraba. El caballero oscuro se esforzaba en levantarse, a pesar del intenso dolor que sentía en sus extremidades maltrechas.

Pero fue al levantar la vista y ver a los alabarderos frente a él cuando estalló en aullidos de cólera.

—¡FUERA! —Los bramidos eran ensordecedores, muy distintos de su siseo habitual—. ¡FUERA!

Mael y sus hombres se quedaron paralizados al descubrir el aspecto del inquisidor sin el casco. Su tez parecía esculpida en lava, rematada por unos ojos que eran dos ascuas ardientes. La nariz no existía, apenas dos orificios informes sobre una boca sin labios, con una dentadura irregular que rechinaba a cada grito. Ni un solo pelo en la cabeza o cejas, y las orejas no eran más que un par de bulbos de carne informe.

Por eso nadie podía ver su rostro.

Un rostro con rictus de cadáver, incapaz de comer o beber sin derramar los alimentos o producir un vomitivo sonido al masticar; una boca de la que solo podían brotar siseos, incapaz de articular bien las sílabas. Unas piernas que lo hacían sufrir a cada paso.

—Inquisidor...

Zephir se arrodilló para intentar ponerse de pie de nuevo, pero volvió a resbalar. Gritó de frustración y lanzó una mirada de odio a los discípulos. Si aquel demonio conseguía levantarse, iría a por ellos. Rohrer ordenó a sus hombres dar media vuelta y correr hacia la puerta principal para reunirse con Zurcher. Mael decidió no perseguir al Susurro ni a los arcabuceros, y mucho menos a Andreoli. Lo último que deseaba era manchar sus manos de sangre amiga.

## 74

Leonor no sabía qué hacer ni adónde dirigirse.

Ahora que el papa estaba bajo la protección de Sanda y la vida de D'Angelis en manos de los clérigos, el único objetivo de la ingeniera era reunirse con Daniel y los apóstoles. Su situación era complicada: eran enemigos de los defensores y de los atacantes.

Había que salir del castillo cuanto antes.

Oyó disparos procedentes de la rampa helicoidal, así que Leonor decidió mantenerse lejos de ese acceso y buscar algún lugar desde el que poder vigilar al mismo tiempo el patio del Ángel, las puertas de las dependencias papales y la terraza de los miradores. Antes de irse con el papa, Sanda le había dicho que Andreoli y Daniel tenían previsto buscarla después de liberar a Frei y Schweitzer, por lo que sería mejor que no se alejara mucho de la zona en la que se encontraba. A falta de un refugio mejor, decidió agacharse detrás de la balaustrada de la escalera exterior que conducía a una entrada al segundo piso del edificio principal.

No llevaba allí ni cinco minutos cuando la puerta se abrió. El susto de muerte que se llevó se tornó en alegría al descubrir que eran Daniel y Andreoli quienes la habían abierto.

—¡Daniel!

Se abrazaron en la cima de la escalera. Él le dio varios besos rápidos y sonoros antes de examinarla de la cabeza a los pies para comprobar que estaba entera.

—¿Estás bien? —le preguntó Andreoli, más por cortesía que por preocupación; era evidente que estaba ilesa—. ¿Y Dino?

—Dino está malherido —informó Leonor, sin mencionar que se había disfrazado de papa para despistar al arzobispo; ya habría tiempo para contarles los detalles—. Lo he dejado con unos sacerdotes, parece que hay uno que puede ayudarlo. Nosotros no podemos hacer nada por él —concluyó.

—¿Quién lo hirió? —quiso saber Andreoli.

—Michele Sorrento, pero ese bastardo ya no hará más daño a nadie. Lo he matado —confesó, impasible.

Daniel recibió aquella noticia con estupor, pero no dejó que se reflejara en su rostro. Aunque ella parecía no haberse dado cuenta, acababa de desmantelar el plan de Dante Sorrento de un maldito virotazo. Sin Michele para usurpar el papado, aquella trama artera carecía de sentido. Tanto dinero, tantas mentiras, tantos muertos, tanto dolor... y una joven bajita y menuda lo había frustrado todo al apretar un disparador. Andreoli le dedicó una mirada de sincera admiración antes de dar su parte de bajas.

—Perdimos a Yani. —El teniente consideró innecesario revelar que fueron sus antiguos compañeros los que le dispararon—. Al menos fue rápido, no sufrió.

Leonor limitó su pésame a una mirada triste.

—¿Habéis visto a Sanda y al papa? —preguntó—. A Dino le faltó abofetear a Clemente para convencerlo de que Sorrento era un traidor, pero al final lo convenció para que se fuera con ella.

—Los hemos visto y están bien —confirmó Andreoli—. Muller, Schweitzer y varios guardias van con ellos. Van a huir por el Passetto.

—También hemos visto a Zephir —comentó Daniel, ajeno a que el inquisidor ardía de furia en el patio mientras se limpiaba el aceite de las suelas con un trapo mugroso—. Debemos tener cuidado, podríamos tropezárnoslo en cualquier momento.

—Tengo una buena noticia —anunció Leonor—. En unas horas llegará el relevo de los guardias suizos: cuatro compañías de soldados imperiales, nada más y nada menos.

—Muller me habló de eso —dijo Andreoli—, pero no esperaba que llegaran tan pronto.

—Creo que hemos hecho todo lo que podíamos —consideró Leonor—. Dejemos que otros luchen esta guerra y no nos arriesguemos más. Yo veo dos opciones: o nos escondemos hasta que llegue ese ejército o nos marchamos de aquí.

Andreoli fue el primero en dar su opinión.

—Lo más sensato sería esperar a que lleguen esas tropas y contarle a su comandante todo lo que sabemos. El papa corroborará nuestro testimonio y la justicia caerá sobre Dante, Zephir y los discípulos. Creo que es lo mejor que podemos hacer.

—Y no abandonaríamos a Dino —apuntó Leonor—. Seguro que entre los imperiales hay un médico que pueda atenderlo.

—Entonces, decidido, nos quedamos —sentenció Daniel, que señaló la salida por la que acababan de abandonar el edificio—. Podemos escondernos ahí arriba y vigilar el patio desde detrás de la puerta.

—Y atrancar la del pasillo para que no nos sorprendan por la retaguardia —sugirió Andreoli—. Me parece un buen plan, vamos.

Justo abrían la puerta cuando Daniel vio movimiento en el patio del Ángel con el rabillo del ojo. Este empujó a sus compañeros al interior y entornó la hoja de madera.

—¿Qué pasa? —preguntaron a la vez Andreoli y Leonor.

—Dante Sorrento —siseó mientras espiaba por la rendija—. Y viene con una escolta de discípulos.

Leonor soltó un soplido mudo.

Sabía lo que Dante estaba a punto de encontrarse en el mirador.

Zephir comprobó que las botas habían quedado lo bastante limpias para no resbalar con ellas. Se encajó el yelmo y empuñó la maza con furia.

Volvía a ver el mundo a través de una cruz.

Y todo estaba teñido de rojo.

Caminó decidido hacia la entrada principal del castillo, con pasos más rápidos que nunca. La ira actuaba de anestésico para el dolor que sentía en las piernas. Mantovani lo vio entrar en la tumba de Adriano a través del ventano de la celda, rumbo a la rampa helicoidal.

El inquisidor enfiló la pendiente hasta llegar donde estaban apostados los discípulos con las purificadoras preparadas. Mael Rohrer, que se había mezclado con el resto de sus hombres, rezó para que no lo reconociera tras la máscara. Zurcher le salió al paso.

—Inquisidor, la escalera está tomada por tiradores...

Zephir se plantó frente a él y señaló con la maza el marco de la puerta donde los dos ballesteros de Sorrento mantenían la posición, tan desmoralizados como sus compañeros.

—¿Veis esa puerta? Todo lo que hay detrás es mío. Si uno solo de vuestros payasos la cruza, lo aplastaré, ¿queda claro?

Zurcher tardó unos instantes en asimilar la amenaza. Lejos de ofenderse, supo que aquella era la única oportunidad que tenían de culminar el asalto. El comandante lo invitó a pasar con una gentileza cargada de ironía que Zephir no captó. Los discípulos y los ballesteros se echaron a un lado cuando el monstruo subió el último tramo de la rampa.

El estampido de los arcabuces fue atronador. Fue tal el susto que se llevaron los tiradores al ver a Zephir aparecer por las escaleras que la mayor parte de los proyectiles erró el blanco. Los defensores, aterrados, comenzaron a retroceder por la pasarela, cegando el ángulo de tiro a los que estaban en retaguardia. Cuando el inquisidor alcanzó la pasarela, el terror reinó entre los soldados. Los arcabuceros desistieron de recargar y giraron sus armas para empuñarlas como mazas, tratando de dominar el pánico en un desesperado intento de mantener la posición. Los ballesteros, en la vanguardia, trataban de colocar los virotes con manos temblorosas mientras trastabillaban caminando de espaldas.

La maza describió un arco mortal.

Uno de los ballesteros murió en el acto cuando la cabeza claveteada del arma golpeó el morrión de acero, que se hundió como si fuera de cuero blando. La violencia del ataque fue tal que el soldado que estaba al lado del que recibió el mazazo se desequilibró por encima de la barandilla hasta caer al piso inferior.

En un arranque de valor, los defensores desenfundaron las espadas e intentaron parar al gigante, hasta que el segundo mazazo derribó a tres de ellos. Zephir siguió avanzando entre estocadas torpes y culatazos inofensivos, y los soldados se dieron cuenta de que solo tenían una salida posible.

La retirada.

Dante Sorrento no podía borrar de la mente la imagen del cardenal Bertucci con el cráneo abierto y la cara aplastada sobre el escritorio encharcado de sangre. La violencia no lo escandalizaba, pero se resistía a creer que aquel ensañamiento fuera propio de su hijo. Si Michele dispensaba el mismo tratamiento al papa, habría que buscar a algún incauto al que culpar de un crimen tan atroz. Marcó a Bogel como el candidato perfecto, teniendo en cuenta que el cuchillo que llevaba su hijo era suyo.

Bogel, despojado de la máscara, caminaba varios pasos por delante de ellos como el anfitrión solícito de una visita guiada. Desde el patio del Ángel llegaba el ruido de una batalla que se había reanudado después de unos minutos de tregua. No tenían forma de saberlo, pero en ese momento, Zephir de Monfort causaba el pánico en el último trecho de la rampa a golpe de maza.

—No os apartéis de mí, espantaré a cualquiera que intente detenernos —le recordó Bogel a Dante por tercera vez, en un afán por parecer imprescindible que rozaba lo ridículo; cuando volvió a mirar al frente, detuvo a su nuevo patrón con una mano protectora sobre el pecho—. Cuidado, señor... me parece haber visto algo ahí delante.

Los tres discípulos rodearon a Sorrento con las armas apuntando al frente mientras el oficial se alejaba hacia uno de los miradores con andares cautelosos. Dante distinguió cómo la silueta de Bogel se paraba en seco a la luz de los faroles, bajaba la espada y clavaba la vista en el suelo como si acabara de convertirse en una estatua. Sorrento, intrigado, empezó a caminar hacia él. El ruido de pasos a la carrera, a la espalda del grupo, hizo que los discípulos se volvieran a toda velocidad. Los tres tiradores aterrados que huían de Zephir se toparon con las purificadoras sin tiempo a reaccionar. Las alabardas los despedazaron en menos de tres segundos.

Dante dedicó a los discípulos una mirada de franca admiración. Si se dejaba aparte su vulnerabilidad ante los ataques a distancia, el entrenamiento de Zurcher era impecable. Sorrento volvió a mirar al frente y descubrió que el rostro de Bogel se había transformado en la cenicienta alegoría de un pésame. Las piernas del oficial le impedían ver qué era lo que tanto parecía haberlo impresionado.

—Lo siento, señor —logró balbucear Bogel.

Dante lo apartó sin miramiento alguno, alarmado.

Michele yacía de espaldas, con los ojos en blanco y la boca en un rictus triste, empalado por un virote que le brotaba del pecho como si se enorgulleciera de haberlo matado. El cuchillo de Bogel, teñido de rojo, descansaba a su lado. Había mucha sangre en el mirador. Dante dejó caer la espada que empuñaba y se tambaleó unos segundos, hasta el extremo de que el teniente creyó que acabaría desplomándose al lado de su hijo. Los discípulos retrocedieron un paso, puede que por respeto, o tal vez por miedo a la reacción imprevisible de Sorrento. Bogel hizo lo mismo, creando un círculo invisible alrededor de Dante y el arzobispo muerto.

Dante se hincó de rodillas junto al cadáver de Michele. No era solo su hijo quien yacía en el suelo de aquella terraza. También era su proyecto, el de Niccolò, el de su esposa; un futuro atravesado por un simple trozo de madera que marcaba el punto final de la derrota. Un epitafio de fracaso, para los vivos y para los muertos.

Y fue por todo eso por lo que Dante rugió al cielo, para luego abrazarse a Michele mientras le reprochaba sin palabras su último error. Uno tan grande que había reducido las llamas de sus sueños a cenizas.

El sonido de unos pasos lentos y pesados hizo que los tres discípulos se dieran la vuelta con las purificadoras en ristre. En cuanto reconocieron la enorme figura de Zephir de Monfort pasando por encima de los arcabuceros muertos, bajaron las armas y se apartaron. Dante seguía llorando sin consuelo, abrazado al arzobispo, cuyos ojos vacíos contemplaban el techo abovedado del mirador. Bogel, incómodo con la presencia del inquisidor, retrocedió para alejarse lo más que pudiera de él.

Zephir contempló la escena desde arriba. Ahí estaba el futuro papa, convertido en un muerto más de los muchos que alfombraban los empedrados de Sant'Angelo. Y su padre, el poderoso Dante Sorrento, abrazado a su fracaso, como un náufrago que se aferra a una tabla en mitad de la tempestad con la certeza de que solo retrasará su inevitable destino. Dante elevó sus ojos empapados en lágrimas y se encontró con la mirada vacía del visor cruciforme.

—¡Tenéis que vengar a mi hijo! —gritó Sorrento. Zephir apreció una desagradable burbuja que parecía respirar en una de las fosas nasales, sobre los labios brillantes de babas. Le pareció patético y repugnante—. ¡Vengad a mi hijo, os lo ordeno!

El inquisidor habló muy despacio, como un inerte oráculo de acero.

—Me embarqué en esta empresa para servir al futuro papa —aclaró—, no para cumplir las órdenes de un fracasado.

El dolor dio paso a la indignación cuando Zephir dio media vuelta y empezó a alejarse por la terraza circular. Dante recogió la espada del suelo y se abalanzó sobre la espalda del inquisidor, aullando. Las placas que protegían la parte superior del hombro absorbieron el golpe. Los discípulos adelantaron las purificadoras, pero el miedo los hizo retroceder. Bogel siguió caminando hacia atrás, a la espera de la reacción del caballero negro, que no se hizo esperar.

Zephir giró sobre sus talones y recibió un segundo espadazo en el pectoral de acero. No hubo lugar para un tercero. El inquisidor le retorció la muñeca a Dante, obligándolo a soltar la espada, y lo alzó en el aire como si fuera un niño. Para horror de Bogel y los discípulos, Zephir caminó hacia la baranda del mirador, sin importarle aplastar con la bota los huesos de la mano crispada de Michele.

Dante se aferró al guantelete tachonado de clavos al darse cuenta de que podía ver las luces del patio de armas veinte metros por debajo de sus pies. Sin soltar la maza, Zephir le aplastó los nudillos a Sorrento de un puñetazo, obligándolo a soltarse.

El impacto que produjo Dante al chocar con el empedrado sobresaltó a Mantovani, que se asomó al patio de armas para averiguar qué demonios había provocado aquel ruido tan desagradable. Estuvo a un tris del mareo al ver los sesos de su amo esparcidos delante de la puerta principal; de su cuerpo partía un salpicón de sangre que recordaba a una estrella de infinitas puntas. Mantovani ni siquiera se atrevió a acercarse. Levantó la vista a las alturas con las tripas revueltas. Estaba indeciso. Su primer impulso habría sido correr lejos de allí, sin mirar atrás; pero después de pensarlo con más calma, decidió subir por la rampa helicoidal para averiguar qué había sido del papa y del arzobispo.

Zurcher ordenó avanzar a sus tropas cuando se cercioró de que Zephir había puesto en fuga a los defensores de la escalera. Los discípulos tuvieron que pasar por encima de muchos muertos en su ascenso al patio del Ángel. La terraza presidida por la estatua de san Miguel estaba tranquila; solo tres cadáveres consecutivos marcaban la ruta seguida por el inquisidor. El comandante se dirigió a Mael Rohrer.

—Voy a registrar las habitaciones del papa —informó—. Te dejo a seis hombres y a los ballesteros, yo me llevo a los otros diez, ¿te bastan?

—Me bastan —confirmó Rohrer—. No creo que quede nadie con ganas de pelea en el castillo.

Lo primero que llamó la atención a Zurcher nada más entrar al salón fue la pareja de soldados a los que Sanda había drogado. Los discípulos los rodearon, apuntándoles con las purificadoras. Uno se agachó junto a ellos y trató de despertarlos.

—Están inconscientes —anunció.

—Atadlos —ordenó Zurcher—. Registremos este lugar.

Mientras Zurcher revisaba las estancias, Rohrer vigilaba el patio apoyado en el quicio de la puerta. Cuál fue su sorpresa al divisar, al otro lado del patio, a Zephir de Monfort bajando la escalera con su caminar impasible. Llevaba la maza al cinto, como si su trabajo allí hubiera concluido. Rohrer vio a tres discípulos que lo seguían de lejos, acompañados de Levin Bogel. Se podía oler el miedo de los alabarderos a distancia. El inquisidor pasó por delante de Mael como si no existiera y desapareció por el arco que conducía a la rampa helicoidal. Bogel y los discípulos se acercaron a Rohrer en cuanto Zephir se perdió de vista.

—El arzobispo y su padre están muertos —informó uno de ellos; Bogel, el único con la cara descubierta, era la viva estampa del agobio. Tenía la boca tan fruncida que parecía la puñalada de un estilete—. El monstruo ha tirado al señor Sorrento al patio.

—Tenemos que irnos de aquí —dijo Bogel, que había perdido su habitual arrogancia y se atropellaba al hablar—. No quiero estar en el castillo cuando lleguen las compañías del emperador.

A Rohrer se le atragantaba la situación.

—¿Sabéis dónde está el papa? —preguntó.

Bogel iba a contestar que a quién le importaba eso ahora, pero el estampido simultáneo de varios arcabuces lo silenció antes de que pudiera hablar. Rohrer vio el círculo negro y ribeteado de rojo encima de la ceja izquierda del oficial, que permaneció en pie unos segundos sin darse cuenta de que había muerto. El ballestero a su derecha también se dobló en dos sobre el vientre, y los tres discípulos que habían acompañado al teniente se desplomaron sin vida. Rohrer solo se salvó por estar en el marco de la puerta, fuera de la línea de tiro de los arcabuceros de Muller que acababan de aparecer por la escalera opuesta a la que daba a la terraza en la que se enfriaba el cadáver de Michele Sorrento.

Rohrer se refugió en el salón y cerró por dentro. Varios virotes de ballesta rebotaron en el quicio.

Zurcher oyó los gritos de alarma desde el vestidor de su santidad.

Estaban bajo ataque.

Diez minutos antes, en el Passetto di Borgo, Muller se había dirigido al papa con toda la humildad y respeto que era capaz de presentar.

—Santo padre, hemos recorrido más de la mitad del pasaje y no hemos encontrado a nadie, excepto al soldado inconsciente que hemos visto antes. Vuestra guardia nos necesita en el castillo...

—Id —concedió Clemente, que se sentía seguro en compañía del fantasma enmascarado.

—Yo también me quedaré con su santidad —anunció Schweitzer.

Clemente le entregó una llave del bastión a Muller, que se despidió del grupo y corrió con sus arcabuceros de vuelta al castillo. Sanda y Schweitzer prosiguieron su camino hacia la basílica de San Pedro con el papa.

En el bastión, Muller se encontró con los soldados que habían conseguido escapar del ataque de Zephir en la rampa. Ambos grupos se unieron, y el teniente los organizó.

Ahora que estaban todos juntos no era hora de esconderse.

Era hora de reconquistar el castillo de Sant'Angelo.

Mantovani se cruzó con Zephir de Monfort en la rampa helicoidal. Este pasó a su lado como si fuera invisible. A pesar del respeto que le infundía, Mantovani dio media vuelta y caminó a su lado.

—Inquisidor, ¿habéis visto al arzobispo?

—Está tan muerto como el padre —siseó, sin detenerse—, obrad en consecuencia.

Mantovani se paró en seco. De repente se sintió huérfano de padre y madre. Todos aquellos sueños de grandeza se habían disipado como el humo de una vela recién soplada. El eco de los disparos procedentes del patio del Ángel le recordó que era mortal y lo ayudó a decidirse. Se dijo que le haría caso a Zephir y obraría en consecuencia.

El inquisidor lo vio correr rampa abajo como si lo persiguiera un ejército de ánimas. El consejero desató su caballo del poste en el que lo habían amarrado y abrió las puertas de Sant'Angelo de par en par, manteniendo en todo momento la mirada apartada del cadáver de su patrón. Mantovani abandonó el castillo sin echar la vista atrás.

Zephir ni siquiera se paró para dedicarle un último vistazo a Dante Sorrento. Con su caminar lento y doliente, el inquisidor lo esquivó y enfiló el puente que atravesaba el Tíber de orilla a orilla.

## 75

Desde su escondite en lo alto de la escalera, Andreoli, Daniel y Leonor vieron cómo Zephir despachaba a tres de los soldados que habían salido del arco que llevaba a la rampa helicoidal mientras se dirigía a la terraza de los miradores. Un poco más tarde oyeron el llanto y los gritos de Dante, para luego ver cómo el inquisidor desandaba sus pasos, seguido a distancia por Bogel y tres discípulos titubeantes.

—¿Y Sorrento? —se preguntó Daniel, en voz alta.

—Lo he oído gritar —comentó Andreoli.

—Si se ha quedado solo, es momento de cazarlo —propuso Leonor, con la ballesta preparada.

Andreoli le dedicó una mirada divertida a Daniel.

—Nos hemos lucido eligiendo a nuestras prometidas, ¿eh?

—A ver quién tiene huevos de llegar borracho a casa —rio el español—. No quedemos mal delante de la dama, Arthur. Echemos un vistazo.

El trío avanzó por la terraza de los miradores con las armas por delante. Encontraron a los tres tiradores abatidos por los discípulos y a Michele panza arriba, pero ni rastro de Dante.

—Un disparo impecable, Leonor —la felicitó Andreoli, con la mirada fija en el virote que sobresalía del pecho del arzobispo muerto.

Daniel intentó no pisar la sangre que encharcaba el mirador y se asomó a la baranda. Al mirar abajo descubrió el funesto destino de Dante iluminado por las antorchas y los braseros del patio de armas. Leonor y Andreoli se asomaron junto a él.

—Y así termina la historia de los Sorrento —murmuró ella—. Pensé que me sentiría mejor al ver a los dos muertos.

—La venganza es un festín indigesto —sentenció Andreoli.
—Hay alguien más ahí abajo —comentó Leonor.
Un hombre salió de una celda para contemplar el cadáver de Sorrento. Segundos después entraba al mausoleo de Adriano, rumbo a la rampa. Desde esa altura, fueron incapaces de identificarlo.
El ruido de una puerta al abrirse en algún lugar fuera de su línea de visión los apartó del mirador. Dos sacerdotes aparecieron por la galería caminando con pasos rápidos. Uno de ellos era el cura que se ofreció a cuidar de D'Angelis. El otro tenía más pinta de desenterrar trufas con el morro que de celebrar eucaristías. Leonor dedujo que era el padre Maldini, el barbero sangrador.
—¿Cómo está Dino? —se interesó Daniel.
—Las pocas fuerzas que le quedan las usa para blasfemar como un endemoniado —informó el cura joven a la vez que daba siete toques rítmicos en la puerta de la celda; esta se abrió en el acto—. Pasad. —Frenó a Leonor con un gesto—. Antes os dejamos porque no había más remedio, pero las mujeres no pueden entrar en la clausura —explicó algo azorado.
Leonor se resignó, reacia a discutir, y se quedó en la terraza a regañadientes.
D'Angelis tenía un aspecto deplorable. Estaba desnudo de medio cuerpo para arriba, pálido y con ojeras de aparecido. La puñalada era profunda y la herida, ancha y fea.
—Habrá cosas bonitas que contemplar antes de morir, y tener que conformarme con ver a este par de idiotas. —A pesar de la chanza, los ojos de D'Angelis revelaban una alegría inmensa al ver a sus amigos vivos—. ¿Cómo estáis?
—Un poco mejor que tú —respondió Andreoli, que se volvió al padre Maldini—. ¿Cómo lo veis, padre?
—La herida no me gusta —masculló—. Habría que coserla por dentro y por fuera, y yo no sé hacerlo. Si lo intento, podría infectarse una vez cerrada y sería peor. Le pondré una venda limpia para detener algo la hemorragia, pero necesita que lo vea alguien que sepa más de esto que yo.
—Buscaremos un médico —prometió Daniel.
Andreoli le apretó la mano a D'Angelis, que agradeció el gesto cerrando los ojos.
—Te voy a dar una alegría antes de irnos —anunció el tenien-

te—. El Alighieri ha muerto. O se ha caído o lo han tirado al patio. Está ahí abajo, hecho una mierda.

La presión de la mano de D'Angelis aumentó. Incluso se permitió una sonrisa que pagó con dolor.

—Ya tengo una buena razón para vivir: celebrarlo.

La puerta de la celda se abrió de repente. Los religiosos protestaron al ver entrar a Leonor como una tromba, pasándose el veto de los clérigos por lo más prohibido de su anatomía.

—¡Venid a ver esto!

Los tres volvieron a asomarse al mirador para ver cómo Zephir abandonaba el castillo con su caminar implacable. Las puertas estaban abiertas y un jinete parecía perseguir a otro por el puente de Sant'Angelo. Era evidente que el tiempo de las deserciones había llegado.

—Zephir se larga —comentó Andreoli.

—Se ha quedado sin patrón que le pague su salario —adivinó Daniel—. Y sin hombres.

Se oyeron nuevos disparos en el patio del Ángel. Los sacerdotes cerraron la puerta, asustados, dejando a los visitantes solos en el mirador.

—La fiesta continúa —rezongó Andreoli.

—Echemos un vistazo —propuso Leonor.

Una vez más recorrieron el camino de vuelta hacia las escaleras que descendían hasta el patio del Ángel. Mientras lo hacían, Daniel reflexionó en voz alta.

—Me pregunto qué sucederá con los discípulos ahora que no están los Sorrento.

—Que sepamos, Zurcher sigue vivo —le recordó Leonor.

—Dejadme que yo me ocupe de él —rogó Andreoli—. Todavía estamos a tiempo de que el desastre no sea total.

Leonor se paró en seco al llegar a la escalera del patio.

—Ya lo es —apreció—, pero parece que las tornas han cambiado.

Bajo la mirada gris de San Miguel, los arcabuceros y ballesteros del papa, capitaneados por Eliah Muller, asediaban a los discípulos, que habían cerrado las puertas, incapaces de devolver el fuego.

—Puede que Rohrer esté ahí dentro —aventuró Daniel—. Le debo la vida. Y en cierto modo, a Zurcher también.

Andreoli le dio la razón. Tanto Rohrer como Zurcher habían

hecho cosas buenas y malas, y la balanza se mantenía en un equilibrio incierto. Antes de tomar una decisión sobre qué hacer con ellos, Arthur quiso prevenir que los defensores del castillo no los acribillaran nada más verlos.

—¡Muller! —gritó a pleno pulmón—. ¡Aquí! ¡Andreoli!

El teniente volvió la cabeza. En cuanto reconoció a su amigo y a sus dos acompañantes en la cima de la escalera, advirtió a sus hombres.

—¡Atención! ¡Son aliados! ¡Que nadie les dispare!

Los tiradores que rodeaban el edificio se dieron por enterados. Las armas apuntaban a las ventanas en silencio. El único ballestero vivo de Sorrento no se atrevía a devolver los disparos, agachado detrás de la puerta cerrada. Solo le quedaban tres virotes y una gota de moral. En la escalera, Andreoli se dirigió a la ingeniera.

—Leonor, no creo que queden discípulos en la rampa. Coge un caballo y ve a buscar un médico para Dino.

—Voy con ella —se apresuró Daniel, reacio a que fuera sola.

Andreoli lo detuvo.

—Leonor sabe cuidarse, y a ti te necesito.

—¿Para qué?

El teniente se encaminó hacia la misma puerta tras la que se habían escondido un rato antes.

—Te lo contaré antes de saltar.

Daniel se paró un segundo, detrás de él.

—¿De saltar?

—Has oído bien: de saltar.

La mayoría de los tramos aéreos del Passetto di Borgo eran tan estrechos que solo permitían caminar en fila de a uno. Sanda abría la marcha cimitarra en mano, seguida de Schweitzer y Clemente.

Faltaban pocos metros para llegar al área abovedada del pasaje, la que conectaba con la puerta cerrada en la basílica de San Pedro, cuando encontraron una figura solitaria apoyada en la pared, como si esperara una cita a la luz furtiva de las estrellas. Sanda se paró en seco al verla. El sombrero de ala ancha se volvió en su dirección.

Schweitzer trató de situarse al lado de Sanda, pero apenas cabían en el pasaje amurallado. Ella lo echó atrás con un leve codazo. Aquel pasaje era tan estrecho que casi no podían moverse. El apóstol giró la muñeca y dividió la purificadora en dos. Imposible manejarla como alabarda.

El hombre envuelto en sombras comenzó a caminar hacia ellos con una tranquilidad escalofriante. El Passetto estaba débilmente iluminado por los faroles de los balcones próximos. Si no fuera porque los ojos se habían acostumbrado a la oscuridad, les habría sido imposible detectarlo. El extraño agitó el sombrero en mitad de una histriónica reverencia.

—Ave María purísima, o como coño sea que se salude al papa de Roma —canturreó Jonás Gor a la vez que volvía a recolocarse el sombrero sobre su rostro cadavérico; Clemente retrocedió unos pasos, ofendido y asustado—. Porque seguro que el tipo del sombrero que está detrás de vosotros es su santidad y tiene la llave de las puertas de este pasaje del demonio, porque si vierais lo que he tenido que escalar para llegar hasta aquí...

El Susurro intentó adoptar una postura defensiva y los pies chocaron con el almenaje del Passetto. Maniobrar en un espacio tan reducido era un infierno. Schweitzer tuvo que retroceder para no herir a Sanda con sus armas.

—Pero, bueno —prosiguió Gor en tono alegre—, estoy aquí para negociar, no para que nos matemos. Si me entregáis al papa, os dejaré marchar y la vergüenza de vuestro fracaso quedará entre nosotros. Es un buen trato, ¿no?

Sanda se dirigió a Schweitzer en voz muy baja, sin apartar el ojo del espadachín.

—Lleva al papa de vuelta al castillo, yo me encargo.

Clemente la oyó.

—Jamás —replicó iracundo—. Ningún hombre nos va a cerrar el paso en nuestro propio pasaje —retó, usando, como de costumbre, la primera persona del plural—. Bastante afrenta es que nos hayan echado de nuestro castillo, pero lo que hay más allá de esa puerta es nuestra casa, y vamos a regresar a ella.

Jonás Gor recibió la bravata de Clemente con una carcajada. Sanda se puso de lado y echó la cimitarra hacia atrás, a la espera de un primer ataque. Se maldijo por no haber traído el arco. Sopesó agacharse y lanzarle una de las dagas de la bota, pero intuía que Gor era rápido y lo tenía peligrosamente cerca. Schweitzer le rogó al papa que retrocediera, pero la determinación de su mirada al oponerse fue férrea.

—Está bien, está bien —rezongó el espadachín, que trazaba dibujos en el aire con la tizona—. ¿Y si os compro a vuestro papa? Tengo una bolsa de oro: si me lo entregáis, es vuestra.

Clemente se santiguó, se hincó de rodillas y juntó las manos frente a los labios, que empezaron a moverse con rapidez. Schweitzer no dio crédito a lo que veía con el rabillo del ojo. Gor se encogió de hombros.

—Pensaba que a los moros os gustaba negociar —desistió—. Comencemos el baile... aunque esto es condenadamente estrecho, ¿no?

La primera estocada fue vertiginosa, pero Sanda la desvió con la cimitarra a la vez que cambiaba la posición de los pies a duras penas. Gor disparó tres aguijonazos con la punta de la tizona, adelantándose y retrocediendo lo justo para esquivar los envites del Susurro. Sanda maldecía en silencio: mientras que su estilo de lucha era acrobático y se componía de piruetas, ruedos y saltos, el de Gor era académico, veloz y muy preciso. Apenas se movía del sitio.

El muy cabrón había elegido el lugar perfecto para la emboscada. De hecho, se lo había propuesto a Dante Sorrento antes de entrar en el castillo de Sant'Angelo. El español se olió que intentarían sacar al papa por el Passetto, y en ese lugar tan estrecho, él era el rey y no necesitaba a nadie más.

Sanda intentaba adaptar su esgrima a la de Gor, que seguía amagando estocadas con una sonrisa impertinente en la cara. La cimitarra describió dos arcos que habrían decapitado a la Muerte Española en caso de encontrar su cuello, cosa que no ocurrió. Los desvíos del español eran perfectos: no paraba en seco los golpes, sino que los acompañaba en su trayectoria hasta apartarlos de él, aprovechando la propia fuerza de su atacante. En uno de los intercambios de golpes, el filo del arma de Gor se deslizó por el de la cimitarra hasta ensartar el brazo derecho de Sanda por encima de la muñequera de cuero.

La asesina apretó los dientes tras la máscara y retrocedió de forma instintiva, cosa que aprovechó Milo Schweitzer para apartarla y ponerse delante de ella. Sanda necesitaba un respiro, y él se lo iba a dar.

Jonás retrocedió para evitar un hachazo que podría haberlo partido en dos. La cabeza de armas de la purificadora chocó con la piedra del muro haciendo saltar chispas. También evitó, de milagro, la estocada que el suizo le lanzó con la hoja de doble filo. Gor se permitió obsequiarlo con un cabeceo de felicitación mientras recobraba la postura, con la tizona por delante y la mano izquierda atrás.

Schweitzer atacó de nuevo. Echó de menos estar en un lugar más amplio: manejaba mejor la purificadora como alabarda que como espada y hacha, pero hacerlo en el pasaje era inviable. Gor seguía retrocediendo y avanzando a la vez que desviaba los golpes. Sanda, detrás del suizo, no se atrevía a apartarlo de su camino, ya que el espadachín podría aprovechar el momento para darle la estocada definitiva.

Detrás de ellos, Clemente seguía sumido en una especie de éxtasis, como si estuviera en una capilla en lugar de en un corredor donde se bailaba con la muerte. Sanda se dio cuenta de que la herida del brazo le sangraba con profusión. O se hacía un torniquete, o no tardaría en sentirse débil. Delante de ella, Schweitzer y Jonás intercambiaban ataques, hasta que el suizo se lo jugó todo a un golpe doble de tijera que Gor esquivó agachándose y lanzando una estocada a fondo que atravesó al apóstol de lado a lado. Schweitzer soltó las armas y cayó hacia delante. Gor soltó una risita de satisfacción y retrocedió unos pasos.

—Descanse en paz —recitó—. Y ahora, tú.

Sanda saltó por encima de Schweitzer y avanzó con la cimitarra por delante. Gor la recibió sin apenas moverse. La falta de espacio reducía la esgrima del Susurro a una ínfima parte de sus posibilidades. El español lo sabía y aprovechaba su técnica para ponerla cada vez en más apuros. Detrás de ellos, Clemente seguía rezando.

Gor desvió una estocada al vientre, que contraatacó hiriendo de nuevo el brazo de Sanda. Esta vez la herida no fue tan profunda, pero el dolor casi le hizo soltar la cimitarra. En un intento desesperado, sacó la daga del cinto y lanzó una serie de ataques a dos manos. El espadachín los evitó, para luego atravesarle el muslo derecho con la tizona.

Sanda tropezó con el cuerpo de Schweitzer al retroceder y cayó de espaldas, a cinco pasos del papa. Gor avanzó hacia ella dispuesto a rematarla. Su rostro de calavera exhibía una sonrisa siniestra.

En ese momento todo estalló detrás de él.

De la bóveda que daba paso al último tramo del Passetto di Borgo surgió un huracán de astillas de madera y trozos de piedra que hizo que el sombrero del espadachín saliera volando y este hundiera la cabeza entre los hombros. De la tremenda humareda producida por la explosión aparecieron siluetas tocadas con las alas dobles de los morriones del ejército imperial. Gor echó un rápido vistazo atrás y luego otro a Sanda, que se incorporaba después del sobresalto, dispuesta a pelear hasta el final.

—¡Alto, en nombre de su sacra católica majestad! —gritó alguien.

Gor le guiñó un ojo al Susurro.

—Hora de irse —anunció, a la vez que colocaba el pie en una almena y saltaba al vacío sin mirar.

El papa levantó las manos y llamó la atención de los soldados.

—Somos el santo padre, Clemente de Médici, y este es un aliado. No disparéis.

El arcabucero que abría la marcha apuntaba a Sanda, que dejó la cimitarra y el cuchillo en el suelo en señal de rendición. Los soldados que iban detrás se asomaron al almenaje para ver qué había sido del espadachín, pero a este parecía habérselo tragado la tierra.

—Somos el santo padre —repitió Clemente quitándose el sombrero de D'Angelis, como si así los soldados pudieran reconocerlo mejor; señaló a Sanda—. Él nos ha ayudado a escapar.

—Descubríos el rostro —ordenó el soldado que le apuntaba.

El Susurro echó la capucha atrás y se quitó la máscara. La cara del papa y de los arcabuceros imperiales al ver la melena negra al viento fue digna de ilustrar un cuadro.

—Sois una mujer —balbuceó Clemente, incrédulo.

—Soy Sanda Dragan, santidad —dijo bajando las manos—, y también Hamsa, el Susurro.

A Zephir solo le quedaba un asunto por resolver en Roma.

Daniel Zarza.

El inquisidor llegó al callejón sin salida donde había quedado con Vidal Firenzze para recoger a Resurrecto cuando todo terminara. Su rostro deforme y churruscado se descompuso aún más al comprobar que ninguno de los dos se encontraba donde deberían estar.

Echó un vistazo y descubrió una de sus ballestas de mano en el suelo, cerca de la biblia que Resurrecto llevaba colgada en el pectoral. Era evidente que allí había pasado algo. Cogió el libro y lo abrazó contra su pecho. Así estuvo un par de minutos hasta que oyó ruido de cascos de caballo.

Muchos caballos.

El inquisidor pegó la espalda a la pared y vio pasar una columna interminable de jinetes ataviados con el uniforme de las tropas de Carlos V. La compañía tardó casi un minuto en hacerlo. Zephir calculó más de trescientos soldados. Cuando el último de ellos pasó de largo, salió a la calle principal y caminó hasta el principio del puente de Sant'Angelo. Desde allí contempló de lejos la mole del castillo.

Ardía en deseos de averiguar qué había pasado con Resurrecto y Firenzze, pero tenía algo más importante que hacer. Pronto amanecería y su aspecto atraería a los curiosos. Necesitaba un lugar desde donde controlar la puerta de la fortaleza. Se dio la vuelta y encontró una casa de dos plantas con buenas vistas al puente.

Se dirigió hacia ella y trató de abrirla. Cerrada.

La descerrajó de un puñetazo.

La pareja de ancianos que bajó por las escaleras, alertados por el ruido, se quedaron paralizados al ver al gigante acorazado que subía a la planta de arriba. Si Zephir lo hubiera ordenado, se habrían marchado sin protestar, intimidados por su presencia y agradecidos de seguir vivos. Pero Zephir no tenía tiempo, ni ganas, de hablar.

Tardó tres segundos en acabar con el matrimonio, y diez veces más en escalar los peldaños hasta llegar al segundo piso y sentarse detrás de la ventana desde la que dominaba el paisaje.

Nadie cruzaría las puertas de Sant'Angelo sin que él lo viera.

Pero el inquisidor ignoraba que alguien lo había visto entrar en la casa, y que ese alguien tenía la misma paciencia que él.

Un impulso morboso hizo que Leonor se detuviera frente al cadáver de Dante. La cabeza semejaba una sandía reventada y los trozos teñidos de sangre que salpicaban los alrededores daban escalofríos. Fue durante ese tétrico examen cuando la ingeniera reparó en la bolsa que reposaba sobre la espalda del muerto. Movida por la curiosidad, la abrió para ver qué contenía. Dentro encontró un manuscrito que fue incapaz de leer con la poca luz que había en el patio de armas.

Leonor levantó la mirada del libro al percibir el estruendo de una cabalgada en la lejanía. No tardó en divisar la cabeza de la columna al otro lado del Tíber, encarando al trote el puente de Sant'Angelo, con la silueta de estandartes y banderas recortados sobre las luces y las sombras de un amanecer ya cercano. Guardó el manuscrito en su propia bolsa, destensó la ballesta, la dejó en el suelo y alzó las manos.

Y así, frente a las puertas abiertas del castillo de Sant'Angelo, recibió a las tropas de su sacra cesárea católica real majestad, el emperador Carlos I de España y V de Alemania.

# 76

Oliver Zurcher contempló el patio del Ángel desde una ventana del primer piso. Más de una veintena de tiradores controlaban las puertas.

No había nada que hacer.

Zurcher regresó al salón de la chimenea, donde la pareja de soldados drogados seguía inconsciente en un rincón. Los discípulos se apoyaban en las purificadoras, con las máscaras amortajando su derrota. Los orificios de los ojos dejaban entrever miradas de desolación y miedo. Mael Rohrer se levantó la suya y se acercó a su amigo, que observaba a sus hombres desde la puerta como quien asiste en secreto a un velatorio al que no ha sido invitado.

Rohrer se lo llevó por un corredor hasta una de las estancias que daban al patio interior. Todavía estaban a tiempo de salvar algunas vidas.

—Oliver, hemos perdido —declaró, resignado—. Estamos rodeados y nuestros patrones muertos: es hora de rendirse.

Los ojos tristes del comandante lo miraron a través de la máscara.

—¿Y qué crees que pasará cuando entreguemos las armas? Hemos atacado al papa y asesinado a antiguos compañeros de armas. Yo mismo di la orden de masacrar civiles indefensos y he formado parte de una conspiración... ¿Qué me espera?

A Rohrer le habría gustado mentirle, decirle que tendría una oportunidad, pero no era cierto. Puede que a los discípulos —y a él mismo—, los condenaran a prisión o a galeras; pero para su amigo Oliver no habría otro destino que la horca.

En ese preciso instante detectaron movimiento en el patio trasero. Ambos se volvieron con las purificadoras en posición de combate. Cuál fue su sorpresa al ver a Andreoli detrás de la cristalera, haciéndoles señas para que le abrieran. Mostró las manos vacías para indicar que venía en son de paz. Un segundo después Daniel Zarza aterrizaba a su lado, procedente del balcón del piso superior. Ambos llevaban las armas en la espalda y el torso rodeado por cuerdas.

—¿Qué demonios hacen aquí estos dos? —gruñó Rohrer.

Zurcher se quitó la máscara, la tiró al suelo con desdén y fue a abrir. Andreoli intentó entrar, pero el comandante se lo impidió con una mano en el pecho.

—Será mejor que hablemos aquí fuera, Arthur. Mis discípulos se sienten acorralados y no respondo por ellos. —Zurcher desvió una mirada resentida hacia Daniel—. A propósito, tú deberías estar con ellos.

—No me hables de traición, Zurcher —contestó Daniel, desafiante.

Andreoli trató de poner calma.

—Arthur, no hemos venido a pelear.

—Es la única salida que me queda.

—El ejército imperial se dirige hacia aquí —reveló Andreoli—. Llegarán pronto. Di a tus hombres que se rindan; ellos son soldados, cumplen órdenes, no serán excesivamente duros con ellos.

—Eso estaba diciéndole yo ahora —comentó Rohrer.

Andreoli puso una mano amistosa en el hombro de Zurcher.

—Has hecho cosas horribles, Oliver —comenzó a decir—, pero también trataste de ayudar a los apóstoles a escapar de la cárcel, y enviaste a Mael a salvarnos del inquisidor. Has cometido errores muy graves que has intentado reparar de algún modo. —Andreoli le dedicó una mirada de apenada ternura—. No me gustaría estar dentro de tu cabeza, Oliver. Te conozco y sé que la ambición que te perdió te devora desde dentro. Mereces un castigo, sí... pero si acabas colgando de una soga, el mundo habrá perdido la ocasión de dar una segunda oportunidad a un buen hombre.

Zurcher agachó la cabeza, pensativo.

—Estás a tiempo de escapar de aquí —propuso Andreoli, a la vez que se desenrollaba la cuerda con el gancho—. Tú también, Mael. Con esto podréis descolgaros por el muro y huir de Roma...

El comandante le agarró la muñeca para impedir que siguiera desenrollando la cuerda.

—No pienso escapar como un ladrón. Mael, si quieres irte tú, hazlo.

Rohrer le dedicó una mirada de agradecimiento a Zurcher, pero declinó la oferta.

—Soy soldado desde niño, como tú —argumentó—. Y un soldado solo tiene tres salidas dignas: vencer, morir o rendirse. Si me das a elegir, prefiero rendirme junto a esos hombres que esperan tus órdenes en el salón, antes de obligarlos a perecer por un amo muerto al que nunca debieron servir.

Zurcher le dedicó una última sonrisa a su amigo. Cuántas batallas, cuántos fuegos de campamento, cuántas risas y cuántos llantos...

Mael Rohrer prodigó un saludo militar a Oliver Zurcher, y este se lo devolvió con solemnidad. El sargento se encaminó al salón para anunciar la rendición a los discípulos. Zurcher salió al patio trasero.

—No pienso acabar en la plaza pública, sufriendo el escarnio y la vergüenza antes de que me cuelguen —manifestó—. Arthur, voy a pedirte un último favor.

Andreoli volvió a tenderle el garfio.

—Pocos favores puedo hacerte, aparte de este.

Zurcher ignoró la oferta.

—Quiero morir como un soldado —dijo—. Mátame.

Daniel frunció el ceño, aterrado por la idea de que Andreoli asesinara a su amigo a sangre fría. Por suerte, el teniente retrocedió mientras negaba con la cabeza.

—Estás loco si piensas que voy a hacer lo que me pides.

—¿Por qué no te matas tú? —lo desafió Daniel.

Zurcher desvió la mirada un segundo hacia él.

—Suicidarse es de cobardes, y yo no lo soy. Arthur, hazlo —insistió.

—No.

Zurcher respiró hondo dos veces y empuñó la purificadora.

—Entonces, defiéndete.

—¿Te has vuelto loco?

El comandante amagó un ataque.

—Defiéndete, o muere.

Andreoli retrocedió mientras se descolgaba la purificadora de la espalda. Daniel lo imitó y rodeó a Zurcher, que trató de enganchar el talón de Aquiles de Arthur con el peto de punza. Andreoli esquivó de un salto el doloroso ataque que tantas veces habían entrenado. Zurcher giró sobre sí mismo y desvió el hachazo descendente de Daniel con el extremo de acero del astil, en un movimiento que casi le hace perder el equilibrio.

—Detente, Oliver —rogó Andreoli, apuntando el arma hacia él.

El comandante retrocedió unos pasos. Su expresión ya no era la de un hombre que quiere morir, sino la de alguien embriagado de sangre e impulsado por un arrollador instinto de supervivencia.

—Oliver, ya está bien —suplicó Andreoli—. Estás siendo injusto con nosotros.

—¿Injusto? —Zurcher expelió algo parecido a una risa a través de una boca torcida por el desprecio—. Yannick fue injusto conmigo. Clemente fue injusto conmigo. Yo tendría que haber capitaneado a los apóstoles. Era el mejor luchador, el mejor estratega, el más capacitado... Pero no, ahí estaba Brunner, el santurrón, el sucesor de Caspar Röist, el hombre de familia al que todo el mundo respetaba. El maldito favorito del papa. Y tú, Arthur, un payaso, con tus bromas y tus líos de faldas que a todo el mundo hacen gracia, siempre por encima de mí.

Andreoli afrontó el resentimiento de Zurcher sin bajar la guardia. Un poco más allá, Daniel apuntaba a su antiguo comandante con la purificadora. El rostro del suizo era el de alguien que ha cruzado la línea de la vergüenza sin que ya le importe nada.

Daniel lanzó una estocada que Zurcher detuvo con un ímpetu asombroso. Andreoli se abalanzó sobre él, pero tampoco pudo romper su defensa. El intercambio de golpes era rápido y preciso, una danza mortífera de movimientos letales que culminaban en madera y hierro chocando con fuerza entre sí. Los tres se movían por el patio a una velocidad endemoniada, como si hubieran ensayado aquella coreografía imposible durante toda la vida.

Andreoli y Daniel atacaron a la vez con hachazos descendentes que Zurcher no solo esquivó, sino que aprovechó para golpear al español en la cabeza con la punta blindada del asta. Zarza cayó al suelo, medio inconsciente. Andreoli intentó una estocada desesperada con la lanza de la cabeza de armas, más para impedir que Zurcher rematara a Daniel que para hacer daño.

El peto de punza de Zurcher enganchó la purificadora de Andreoli. El comandante empleó la fuerza del ataque para dar un tirón tan fuerte que desequilibró al teniente y lo hizo caer. Andreoli vio cómo la alabarda se le escapaba y resbalaba por el patio hasta quedar fuera de su alcance.

—¡Ja! —exclamó Zurcher, que los tenía a su merced y los apuntaba por turnos con la purificadora, como si jugara a ver a quién mataba primero. Andreoli se apoyaba sobre los codos, indefenso, mientras que Daniel había conseguido ponerse a cuatro patas después de mucho esfuerzo—. He aquí a mis mejores alumnos, derrotados por el maestro. Mi teniente, al que he tenido que obedecer durante años...

Andreoli le dedicó una mirada triste.

—Todos sabemos que nadie te supera con las armas, Oliver. Pero se necesita algo más que pericia con una alabarda para ser un auténtico líder.

La expresión del rostro de Zurcher era de puro rencor. Daniel intentó incorporarse, pero un golpe en la espalda con el astil de la purificadora lo envió de vuelta al suelo. Zurcher separó su arma en dos y apuntó a Daniel con la cabeza de armas y a Andreoli con la espada.

—No solo tengo habilidad con las armas, Arthur —replicó el comandante—. También he creado unidades militares de guerreros de élite, y tú perteneces a una de ellas. En otros tiempos, habría revolucionado el arte de la guerra.

Daniel tenía la cara pegada al pavimento. Le dolía cada vez que respiraba, como cuando le rompieron las costillas en la plaza de Saboya, pero no se resistió a contestarle a su antiguo comandante.

—Tú lo has dicho —corroboró Daniel—, en otros tiempos. Tus unidades de élite solo sirven para desfilar y asesinar civiles. Las dos veces que han entrado en combate contra otros soldados han sido derrotadas ¿y aún te sientes orgulloso de ellas? Eres un fraude, Oliver Zurcher. Aquí me tienes, indefenso como uno de los ciudadanos de la arena del fuerte... mátame y apláudete después, porque nadie más te aplaudirá en tu puta vida.

Zurcher apretó los dientes y echó el brazo hacia atrás, como si fuera a atravesarlo con la lanza de la cabeza de armas. Andreoli se preparó para ver morir a su amigo.

Pero Zurcher no lo hizo.

Se quedó en esa posición. El arma le temblaba en la mano.

—¡Oliver!

Andreoli y Zurcher volvieron la cabeza hacia la voz. Daniel seguía tumbado y con los ojos cerrados, a la espera del golpe de gracia que no terminaba de llegar. Mael Rohrer estaba en la puerta, con la ballesta que había recogido del suelo después de ordenar salir a los discípulos con las manos en alto. Zurcher bajó las armas y se volvió hacia él con una mirada de súplica.

—Mael... —murmuró, con una sonrisa triste.

—Que encuentres paz en la otra vida, amigo mío —dijo Rohrer.

Y disparó.

El virote lo mató en el acto. Zurcher se desplomó en el patio, con las dos piezas de la purificadora aún en las manos. Andreoli lanzó una mirada confundida a Rohrer, que tiró la ballesta y ayudó a Daniel a ponerse de pie. Este hizo una mueca de dolor al levantarse.

—Ojalá pudiera haber hecho algo por él —se lamentó Rohrer tras comprobar que Daniel estaba bien.

Andreoli recogió la purificadora y trató de consolar a Rohrer.

—Ha sido un acto de piedad.

—Un acto de piedad que me atormentará hasta el fin de mis días.

Daniel señaló el rollo de cuerda que había en el suelo.

—Estás a tiempo —propuso—. Nadie te lo reprochará.

Rohrer negó con la cabeza.

—Gracias, pero no. Saldré ahí fuera, como un soldado más.

—Haremos todo lo que podamos por ti —prometió Andreoli.

Rohrer le devolvió una mirada agradecida. Caminaron los tres juntos hasta el patio del Ángel, y allí se llevaron una sorpresa. Además de los discípulos maniatados y los defensores del castillo, había decenas de soldados uniformados que portaban armas de fuego y enarbolaban estandartes. Andreoli y Daniel vieron cómo Eliah Muller los señalaba con el dedo. Dos soldados fueron directos hacia Rohrer y lo sujetaron por los brazos.

—Creo que ahora soy propiedad del Sacro Imperio —bromeó mientras lo ataban.

—Tratad bien a este hombre —pidió Andreoli a los que lo arrestaban—. Ha salvado muchas más vidas de las que ha quitado.

Rohrer le hizo un guiño cómplice antes de que lo condujeran hacia la rampa con los demás discípulos. Un minuto después una comitiva compuesta por oficiales engalanados con armaduras lujosas tomó el patio del Ángel. Los soldados imperiales se cuadraron y los estandartes y banderas se enarbolaron. Un hombre joven, vestido de negro, avanzó entre los oficiales mirándolo todo con sumo interés.

Andreoli acercó la boca al oído de Daniel.

—¿Quién es ese tipo? —le preguntó—. Es feo de cojones...

—Me huele que el emperador —respondió Daniel, casi sin mover los labios—, así que, por lo que más quieras, cállate.

Andreoli y Daniel se cuadraron, como si formaran parte del ejército. Carlos admiró unos segundos el patio del Ángel sin pronunciar palabra. Andreoli y Daniel no dieron crédito al ver aparecer a Leonor y Charlène escoltadas por varios oficiales. Y la sorpresa se elevó al nivel de estupefacción cuando el emperador apartó la mirada de la estatua y se dirigió a la niña por su nombre.

—Mi médico llegará enseguida, Charlène —dijo, en francés.

—No hay tiempo, majestad. Tengo que verlo.

Carlos la premió con una mirada de sincera admiración.

—Ojalá todo el mundo tuviera tu determinación. —Se dirigió a un grupo de soldados—. Acompañadlas. Yo iré en un momento.

—No me jodas... —susurró Andreoli.

Daniel y Arthur las vieron subir la escalera que conducía a la terraza de los miradores. A Zarza le habría gustado correr al lado de la ingeniera, pero se quedó con su amigo en posición de firmes.

En un mismo día habían estado en presencia de un papa y de un emperador.

Leonor repitió el toque rítmico que hizo el cura para que le dejaran entrar a la celda donde estaba D'Angelis. Fue ese mismo sacerdote quien la abrió. Fue verlas y empezar a recitar:

—No se permite a las mujeres...

—¡Callaos! —gritaron Leonor y Charlène a la vez.

Apartaron al sacerdote de un empujón y se plantaron al lado del jergón sobre el que se moría D'Angelis. El padre Maldini se abrió paso entre los sacerdotes, que no paraban de persignarse como si estuvieran delante de dos súcubos. Dino abrió los ojos un momento y descubrió a Charlène rebuscando en la bandolera que le cruzaba el torso. Sonrió. Su voz era apenas un susurro.

—Mi niña...

—No hables —le pidió, a la vez que examinaba la herida con el entrecejo fruncido—. Esto te va a doler.

—Me pienso desmayar al primer pinchazo —prometió D'Angelis—, pero dormiré tranquilo sabiendo que estoy en manos de la mejor costurera del mundo.

El padre Maldini se acercó a Charlène con una palangana de agua limpia.

—No será fácil —le advirtió el cura una vez que ella se lavó las manos—. Hay que coser por dentro y por fuera, la herida es profunda.

—Lo sé —respondió ella mientras enhebraba la aguja—. Se lo vi hacer a don Piero en el hospital.

—¿Y tú? —preguntó Maldini—. ¿Lo has hecho antes?

—Siempre tiene que haber una primera vez —respondió Charlène.

Leonor juntó las manos y cerró los ojos.

No es que creyera demasiado en Dios.

Pero se dio cuenta de que, de alguna manera, estaba rezando.

El sol comenzó a brillar sobre el castillo de Sant'Angelo, tímido, como si acabara de darse cuenta de que se había perdido una verbena de dolor y sangre. El emperador en persona condujo a Klaus Weber, su médico, hasta la celda donde Charlène acababa de suturar a D'Angelis, casi a la vez que un mensajero procedente de la basílica de San Pedro le informaba, entre jadeos, que el papa Clemente VII estaba sano y salvo en sus dependencias del palacio del Vaticano.

Todos, excepto Charlène, abandonaron la celda donde D'Angelis había cumplido su promesa de desmayarse al primer punto. Leonor esperó apoyada en la baranda del mirador mientras hojeaba el manuscrito rescatado del morral de Dante Sorrento. Weber, un alemán de sesenta años de mirada bondadosa, examinó el trabajo de la jovencita con la boca abierta. A continuación, le bajó el párpado inferior al espía dormido para luego desviar la mirada hacia el rostro adusto y alargado de Carlos. La expresión de su cara denotaba incredulidad.

—¿Has sido tú quien ha cosido esta herida? —preguntó a Charlène.

Ella asintió con movimientos rápidos de cabeza, algo azorada.

Leonor cerró el manuscrito, lo devolvió a la bolsa y se asomó a la celda donde el emperador, Charlène y el médico formaban un trío de lo más variopinto. La ingeniera carraspeó, y los tres se volvieron hacia ella.

—¿Vivirá? —preguntó con timidez.

—Las próximas horas son decisivas —dictaminó el médico—, pero esta jovencita ha hecho exactamente lo mismo que habría hecho yo en su lugar... y he vivido cinco veces los años que tiene.

Charlène agachó la cabeza avergonzada.

—Tenemos trabajo que hacer —dijo el emperador—, pero luego quiero hablar contigo, Charlène: tengo una proposición que hacerte.

Ella amagó una reverencia y miró al emperador a los ojos.

—¿Puedo quedarme con él, majestad? —preguntó—. A los curas no les gusta que haya mujeres aquí...

—Los asistentes de su santidad regresarán hoy mismo al palacio del Vaticano, y esta fortaleza quedará como acuartelamiento para la nueva guardia del papa, así que considera el castillo de tu propiedad. —Carlos se dirigió a Leonor—. Me dijo Charlène que sois ingeniera...

—Mi padre lo fue, majestad. Yo heredé sus planos y aprendí su conocimiento.

—Interesante —murmuró el emperador, acariciando su interminable mentón—. Una ingeniera... Habrá tiempo para hablar después.

Y abandonó la terraza.

Esa mañana sucedieron muchas cosas.

Una cohorte de juristas del emperador interrogaron a Andreoli y Daniel durante horas para que les aclararan lo sucedido desde la llegada de los apóstoles a Turín, hasta la batalla que tuvo lugar esa madrugada en Sant'Angelo. Ambos respondieron a todas las preguntas con absoluta sinceridad. Solo hubo algo que quedaron en ocultar por petición expresa de Daniel: su relación con el santo sudario, aunque este ni siquiera se mencionó durante el interrogatorio.

Charlène no se separó de D'Angelis, que durmió casi todo el día. Apenas tuvo fiebre y Klaus Weber opinó que aquello era buena señal.

Sanda fue atendida de sus heridas en el palacio del Vaticano. Ninguna de ellas era demasiado grave. Decidió esperar allí a Arthur. Sabía, por los emisarios de Carlos, que se encontraba bien, declarando con Daniel sobre la «conspiración sorrentina», como empezaban a llamarla los imperiales. Sanda dedicó el día a admirar las esculturas y pinturas que poblaban la residencia papal. Permaneció horas dentro de la Capilla Sixtina, embelesada por el trabajo de Miguel Ángel.

También soñó despierta con la apertura de su futura tienda junto a Arthur. Después de una vida de guerra, ansiaba con fervor la paz.

Los rumores sobre ella corrieron como la pólvora entre los soldados, que habían oído hablar de su valentía al propio Clemente VII, que la había puesto, según sus palabras, bajo su protección.

Como si el Susurro la necesitara.

Llegó el atardecer.

Los juristas dieron por bueno el testimonio de Andreoli y Daniel, por lo que se les permitió abandonar el castillo con el eterno agradecimiento de su sacra majestad. Lo primero que hicieron al salir de la estancia donde los interrogaron fue ir a ver a D'Angelis. Encontraron a Leonor en un mirador cercano, aprovechando los últimos rayos de sol para leer el manuscrito de Sorrento.

—El emperador nos ha invitado a un banquete que se celebrará esta noche con el papa, con él y con sus oficiales en el palacio del Vaticano —dijo Daniel—. Vendrás, ¿verdad?

—Me encantaría, pero me quedaré aquí —respondió Leonor, con un dedo entre las páginas para no perder el punto de lectura—. El médico está en el castillo y asegura que Dino se recuperará, pero no hay forma de separar a Charlène de su lado y no quiero dejarla sola.

—Lo entiendo —aceptó Daniel.

—¿Se sabe algo de Sanda? —preguntó Leonor.

—Está en el palacio del papa —respondió Andreoli—. Uno de los guardaespaldas de Dante, un tal Jonás Gor, la hirió, pero me han dicho que se encuentra bien. También mató a Milo Schweitzer, una pena...

—¿Jonás Gor? —preguntó Leonor, que no recordaba haber oído hablar nunca de aquel tipo.

Una voz sepulcral brotó de la puerta entreabierta de la celda.

—Un español cabrón, hijo de mil putas... —trató de gritar D'Angelis, medio dormido—. ¿Ha muerto?

—El médico tiene razón —afirmó Andreoli—, se recupera.

—Gor saltó desde lo alto del Passetto para escapar de las tropas imperiales —explicó Daniel—. No han encontrado su cuerpo por ninguna parte, por lo que suponen que sobrevivió a la caída. Lo siguen buscando.

—Ojalá lo encuentren y le metan un palo por el culo...

—¡Dino, duérmete de una puta vez! —oyeron regañar a Charlène.

Todos rieron. A la niña se le estaba pegando la forma de hablar de su nuevo padre.

—Nos marchamos —dijo Daniel—. No queremos hacer esperar al emperador.

—¿Por qué no cortáis camino por el pasaje? —sugirió Leonor—. Los soldados lo mantienen abierto para ir y venir.

—Estoy harto de murallas —rezongó Daniel—. Prefiero dar un paseo.

Daniel y Andreoli bajaron al patio por la rampa helicoidal. Dos soldados les abrieron la puerta del castillo, que volvió a cerrarse detrás de ellos en cuanto salieron. No había centinelas fuera ni un alma por los alrededores. Andreoli palmeó la purificadora que colgaba de su espalda mientras se dirigían al puente de Sant'Angelo.

—Ha sido un detalle que nos dejaran conservar las nuestras —comentó.

—¿Qué harán con las otras? —preguntó Daniel.

—Me dijo un oficial que el emperador las ha considerado armas prohibidas. Las destruirán.

—Me apena por el capitán Brunner —se lamentó Daniel—, en cierto modo eran su legado. ¿Y qué sucederá con las que hay en el fuerte? Allí aún quedan discípulos y soldados de Sorrento —recordó.

—Se lo comentaremos al emperador durante la cena —decidió Andreoli—. Cuanto antes los disuelvan, mejor.

No habían llegado a la mitad del puente cuando una silueta inconfundible emergió de detrás de un montón de cajas, cerrándoles el paso.

Andreoli y Daniel se pararon en seco.

No cruzaron ni una palabra entre ellos. Descolgaron las purificadoras a la vez y apuntaron al frente.

Zephir de Monfort descolgó la maza del cinto y empezó a caminar hacia ellos.

Como siempre, con la lentitud de una muerte implacable.

# 77

Daniel y Andreoli se quedaban sin fuerzas.

Después de descargar más de veinte estocadas capaces de partir a un hombre en dos, las purificadoras apenas habían arañado la armadura de Zephir de Monfort. La maza del inquisidor estuvo a punto de alcanzarles en más de una ocasión. De no haber esquivado los golpes en el último segundo, los habría matado sin remedio.

Ambos danzaban alrededor de Zephir, que resistía los ataques con la paciencia de quien se sabe ganador. Los esfuerzos de Daniel y Andreoli estaban ya más enfocados en mantenerse alejados de la maza que en atacar. Andreoli dibujó con los labios la palabra «vámonos», pero su amigo dijo que no con la cabeza.

Se negaba a vivir bajo la eterna amenaza de Zephir, incapaz de criar a unos hijos sin soñar cada noche con que el monstruo vendría a aplastar sus cabezas en las cunas; Daniel daría un respingo cada vez que oyera los cascos de un caballo debajo de su ventana, y se le encogería el corazón cuando Leonor saliera sola de casa.

Para vivir así, prefería morir en ese puente.

Zephir respondió a una estocada de Andreoli con un mazazo que impactó de lleno en la cabeza de armas de la purificadora, que salió despedida de las manos del teniente. Cuando este corrió para recogerla, sus ojos se encontraron con una silueta inconfundible al final del puente.

Resurrecto.

Pero, por supuesto, no era Zephir de Monfort quien lo montaba.

Ruy Valencia llevaba más de veinticuatro horas sin dormir.

La noche anterior vio pasar a la compañía de Sorrento rumbo al castillo de Sant'Angelo, con Zephir cabalgando en la retaguardia de la comitiva. Cojeó detrás de ellos intentando que no lo descubrieran, ni perder el pie de madera en su esfuerzo por correr, pero consiguió llegar al puente a tiempo para ver cómo la compañía se aglomeraba frente a la puerta, a modo de asedio silencioso. Una jovencita apareció de la nada, corriendo en dirección opuesta a la fortaleza. Se paró en seco al ver a Ruy, le lanzó una mirada temerosa y se esfumó a toda prisa, como si huyera de algo. El español se preguntó qué haría una chiquilla sola por esos barrios a esas horas. Por un momento, pensó que la conocía, pero tenía cosas más importantes en las que ocuparse. Ruy avanzó un trecho sobre el puente y se ocultó detrás de una de las muchas pilas de cajas abandonadas. Al rato, las puertas del recinto se abrieron de par en par para dejar paso al ejército de Sorrento. Los únicos que no entraron en Sant'Angelo fueron un hombre y un caballo inconfundible: Resurrecto.

Valencia se agazapó en su escondite y los vio pasar de largo. Reconoció a Vidal Firenzze a la primera, con una de las ballestas de su patrón apuntada hacia delante como si un centenar de enemigos invisibles lo esperara en la orilla opuesta del Tíber. El arma, fabricada a medida para el inquisidor, parecía enorme en su mano. A Ruy no le extrañó que Zephir mantuviera a Resurrecto lejos de la batalla. El inquisidor se había vuelto muy maniático con su montura desde que tuvo que sacrificar a Muerte a orillas del río Adaja. La idea mefistofélica de hacerle daño al animal para fastidiar a Zephir se le pasó por la mente, pero Ruy la descartó enseguida: aquel noble bruto no tenía que cargar con las culpas de su amo.

Sin embargo, se le ocurrió otra idea igual de dolorosa para Zephir y más piadosa para la bestia. Ruy abandonó la protección de las cajas y siguió a Firenzze hasta el callejón sin salida en el que había quedado en reunirse con su amo. A Ruy no le costó sorprenderlo. Firenzze disparó en cuanto su sombra lo asustó. Por suerte su puntería era un asco. Valencia le arrebató el arma sin esfuerzo y la tiró al suelo. Firenzze se cubrió con ambas manos, aterrorizado, esperando el golpe de gracia.

—Tranquilo, Vidal, soy yo, Ruy.

Firenzze bajó las manos muy despacio, sorprendido de verlo en Roma.

—¿Qué haces aquí? Zephir dijo que te habías marchado.

—Vengo a llevarme a Resurrecto.

Firenzze se sintió como si acabaran de condenarlo a muerte.

—Ruy —suplicó—, Zephir me ha confiado el caballo, si no lo encuentra cuando vuelva, me matará.

Valencia decidió acelerar las negociaciones. No tenía tiempo que perder. Desenfundó la espada y le apuntó al estómago con ella.

—También puedo matarte yo, aquí y ahora —replicó Ruy, presionando la espada lo justo para no herirlo. No quería hacerle daño. Firenzze era otro desgraciado, como todos los que alguna vez sirvieron a Zephir—. Lárgate, Vidal. Ninguno de nosotros ha escapado bien después de trabajar para ese monstruo.

Firenzze se encontró sin opciones, así que dio un paso atrás, levantó las manos y permitió que Ruy sujetara a Resurrecto por las riendas. Cuando Valencia se volvió para despedirse de él, lo vio huir como si corriera cuesta abajo por la ladera de un volcán en erupción.

Ruy acarició al caballo por debajo de la armadura, y este lo agradeció con un cabeceo. El español contempló la biblia que colgaba de su pectoral, la misma que Zephir se llevaba consigo cada noche y que tendría que saberse de memoria, de tanto leerla. Obedeciendo a un impulso, cortó la estola que la sujetaba a Resurrecto. El tomo cayó al suelo. Por muy sagrada que fuera, aquella biblia le parecía maldita.

Subió a la silla de Resurrecto y se sintió como alguien que se acuesta con la esposa de un conocido. Ahora podía moverse con la misma velocidad y soltura que cualquier otro con dos piernas. Sobre él, no era un lisiado. Cabalgó al paso hasta el puente de Sant'Angelo y contempló el castillo a lo lejos. Le pareció oír disparos. Si se producía una batalla en su interior, cabía la remota posibilidad de que Zephir resultara muerto o herido. La idea le ilusionó. Se acercó un poco más a la fortaleza. Los ruidos procedentes del interior no dejaban lugar a dudas.

Dentro se libraba una batalla.

Ruy cabalgó al paso por las inmediaciones del castillo. Por suerte para él nadie prestaba atención al exterior de las murallas. Pasados unos minutos, el silencio volvió a reinar en el recinto, interrumpido por algún que otro disparo aislado.

No supo cuánto tiempo había pasado cuando le llegaron aullidos que le parecieron de dolor o rabia. Elevó la vista a lo alto del castillo. Oyó llorar a alguien con desconsuelo durante un rato, y luego un grito a pleno pulmón.

«¡Tenéis que vengar a mi hijo! ¡Vengad a mi hijo, os lo ordeno!».

Dedujo que el arzobispo estaba muerto.

A Ruy le pareció ver a Sorrento levitar por encima de la barandilla del mirador. Era evidente que alguien lo había alzado del suelo y lo suspendía en el aire. Ruy solo conocía a alguien lo bastante fuerte para una hazaña así: Zephir. Segundos después Dante se estrellaba contra el suelo, en algún lugar del patio interior.

Estaba claro que la alianza de los Sorrento con el inquisidor había llegado a su fin. Ruy decidió quedarse un poco más por los alrededores de la fortaleza, picado por la curiosidad. De repente las puertas del castillo comenzaron a abrirse. Ruy trotó de vuelta al puente de Sant'Angelo antes de que lo pillaran. Cuando consideró que había sacado cierta ventaja, echó la vista atrás y descubrió que el jinete que acababa de salir del castillo era el consejero de Dante. Ruy detuvo al caballo. Mantovani pasó de largo, dedicándole solo una mirada estupefacta al verlo a lomos de Resurrecto. Aquello tenía la pinta de una huida en toda regla.

Dedujo que la batalla no iba bien para los aliados de Sorrento. Un ejército sin líderes es una manada a punto de estampida. Se disponía a acercarse de nuevo al castillo cuando distinguió a Zephir al otro extremo del puente. Se largaba, como una rata que abandona un barco en llamas. Durante un segundo de locura Ruy se imaginó cargando contra él, pero una espada y una ballesta de mano apenas le harían cosquillas.

Ruy retrocedió antes de que Zephir pudiera verlo. Estaba convencido de que se dirigía al callejón donde esperaba encontrar a su caballo y a Firenzze, así que entró por una calle opuesta desde la que poder espiarlo. El corazón le martilleaba en el pecho. A pesar de que le sería fácil huir en caso de que le descubriera, el mero hecho de estar tan cerca del inquisidor le hacía temblar.

Zephir entró en la callejuela y Ruy aguzó el oído a la espera de un grito de rabia que no llegó a producirse. En lugar de eso, captó el ruido de cascos de caballo. Ruy se escondió al fondo de la calle, desde donde vio pasar al ejército. El estruendo despertó a los vecinos, que comenzaron a asomarse para averiguar el origen del ruido. A Ruy lo confundieron con un soldado al verlo sobre un caballo de guerra. Después de que el último jinete pasara de largo, regresó a la calle principal y descubrió al inquisidor de espaldas, con la mirada fija en el castillo de Sant'Angelo a punto de ser tomado por los imperiales.

Zephir casi pilló a Ruy cuando giró sobre sus talones, para, inmediatamente, salir de su línea de visión. El caballo dio unos pasos en el mismo sitio, nervioso. Ruy oyó ruido de madera al romperse. Luego, dos gritos sordos y un portazo. Decidió acercarse a investigar. Encontró la puerta de una casa que daba al Tíber medio desencajada. Casi se cae del caballo al ver a Zephir asomado a la ventana de la planta superior. Por suerte, la mirada del visor cruciforme estaba fija en el castillo. Si el inquisidor hubiera bajado la vista, lo habría cazado a lomos de Resurrecto.

Con las pulsaciones desbocadas, Ruy regresó al callejón. No podía quedarse el día entero allí con el caballo: tenía que buscar un abrevadero y darle de comer.

En cuanto lo hiciera, se juró regresar para vigilar los movimientos de Zephir de Monfort.

Horas después, Ruy averiguó que era Daniel Zarza a quien Zephir esperaba.

No le pilló por sorpresa.

El inquisidor se paró en seco al ver a Ruy Valencia montado en Resurrecto a menos de cien pasos de distancia. En ese momento se olvidó de Daniel, de Andreoli, de todos y de todo.

La rabia lo poseyó. El velo rojo le volvió a nublar la vista.

Ignoró el golpe que Andreoli le descargó con las pocas fuerzas que le quedaban. La hoja de la purificadora resbaló por el brazal. Zephir ni se molestó en contraatacar. Caminó directo a Valencia, que parecía esperarlo con el corcel acorazado moviéndose en el sitio.

A Daniel se le ocurrió una locura al ver a Zephir de espaldas. Soltó la purificadora y comenzó a desenrollar la cuerda de su torso a toda prisa.

—¡Arthur! ¡ARTHUR!

Andreoli volvió la cabeza hacia su amigo. Al verlo desenrollar la cuerda, creyó entender el plan a la primera. El teniente también soltó el arma para desliar su soga. Zephir seguía caminando, implacable, hacia Ruy, que aguantaba la posición a pesar de estar muerto de miedo. Daniel corrió hacia el inquisidor con el garfio en la mano. Cuando solo le separaban unos pocos pasos de él, se lo lanzó.

El gancho no acertó donde quería Daniel, sino que se atascó en la hombrera metálica de Zephir y este lo notó, frenándose. El inquisidor tiró de la cuerda y obligó a Daniel a correr hacia él. Este tuvo que soltarla para que la maza no lo descabezara.

Andreoli hizo girar su garfio por encima de la cabeza y se acercó al monstruo blindado. La soga le dio dos vueltas alrededor del cuello justo cuando se desenganchaba de la de Daniel.

El lazo estaba hecho.

Andreoli tiró con todas sus fuerzas para estrangularlo. Cuando Zephir dejó caer la maza para agarrar la cuerda con ambas manos, el teniente se permitió un grito de triunfo.

Pero la alegría duró poco.

El inquisidor tiró de la cuerda para arrastrar a Andreoli, que empezó a resbalar por el puente. Ruy, a lomos de Resurrecto, no sabía de qué manera atacar a Zephir ahora que, por primera vez, lo veía en un aprieto.

Daniel recuperó su soga e intentó repetir la maniobra. Se acercó de nuevo a Zephir por la espalda mientras este seguía tirando de Andreoli con ambas manos.

Una vuelta, dos... y una de las púas del garfio se enganchó en la cota de malla que cubría el cuello de Zephir, debajo de la armadura. El inquisidor expelió un gorjeo que sonó a música en los oídos de sus adversarios. Daniel tiró con todas sus fuerzas y, por primera vez, el monstruo estuvo a punto de perder el equilibrio y caer al suelo. Andreoli aprovechó el respiro para recuperar agarre con las botas y tirar en dirección opuesta a la de Daniel.

Zephir abrió las piernas para estabilizarse y tiró de ambas cuerdas a la vez. Lo hizo con tal fuerza que la distancia que lo separaba de sus enemigos se acortó más de metro y medio. Enrollaba las sogas alrededor de sus guanteletes, como un pescador que recoge sedal. Si Andreoli y Daniel no se soltaban, aquella bestia acabaría por agarrarlos.

Mientras luchaba con todas sus fuerzas contra Zephir, Daniel no podía apartar de su mente la tortura y muerte de su hermano. La derrota no era una opción. Ya había perdido demasiadas cosas: a sus padres, a su esposa, a su hija, a su hermano, a muchos amigos... eso sin contar su dignidad y su alma. Si también tenía que perder la vida para que Zephir muriera, la perdería con gusto.

Daniel dio dos vueltas a la cuerda alrededor de su brazo, cogió carrerilla, pegó un brinco y saltó por encima de la barandilla del puente de Sant'Angelo. Andreoli se quedó boquiabierto al ver cómo Zephir perdía el equilibrio hasta retroceder y quedar apoyado de espaldas en la baranda. Su brazo derecho aguantaba el peso de Daniel, que se balanceaba sobre el Tíber. El teniente pudo haber soltado la cuerda, pero era un soldado. Siempre había luchado hasta el final con sus compañeros de armas, y eso no iba a cambiar nunca.

Rodeó su brazo con la cuerda, la aferró con todas sus fuerzas y también saltó por encima de la baranda del puente.

La caída estuvo a punto de hacerle chocar con Daniel, que se balanceaba en el extremo de la soga con los ojos espantados por el vértigo. Los brazos de Andreoli protestaron por el tirón que sufrieron al quedar colgando del puente. Los dos miraron hacia arriba, confiando en que Zephir bascularía hacia atrás y se precipitaría hacia las aguas del río. Con aquella armadura se ahogaría sin remedio. O, con un poco de suerte, la cuerda se le escaparía de las manos y el peso de ambos lo ahorcaría.

Pero no.

El inquisidor mantenía las cuerdas agarradas a pesar de estar en una posición forzada y dolorosa, con la espalda arqueada hacia atrás sobre la baranda. Con un aullido de rabia, se incorporó un poco, apoyó el faldón de la armadura contra los balaustres, y tiró de las sogas.

Daniel y Andreoli notaron cómo comenzaban a subir.

—¡Suéltate! —le gritó Daniel a Andreoli.

El teniente daba tirones a su cuerda, con la esperanza de que Zephir volviera a desequilibrarse, pero no obtenía resultado.

—¡Tira fuerte! —le gritó a Daniel.

Este imitó los movimientos de Andreoli, pero la única respuesta que obtuvo fue otro tirón hacia arriba.

Zephir se inclinó hacia delante para poder hacer más fuerza e intentar cruzar el puente para izar a aquellos dos bastardos y ponerlos de nuevo a su alcance. El inquisidor dio el primer paso acompañado de un gruñido, y Daniel y Andreoli subieron otro palmo. Fue justo en ese momento cuando Zephir vislumbró, por la zona izquierda del visor, una mole negra que se le echaba encima a una velocidad endemoniada.

El sonido del metal contra metal fue estrepitoso.

Resurrecto frenó en seco justo después de embestir a Zephir, pero la fuerza del choque sobró para que los pies del inquisidor abandonaran el suelo a la vez que Ruy Valencia se agarraba a su cuello en un movimiento desesperado. El peso de los tres hombres hizo bascular al gigante por encima de la barandilla. Zephir vio el mundo girar mientras se precipitaba al río. Los cuatro entraron en las gélidas aguas del Tíber casi a la vez, y este protestó alzando una columna de espuma cargada de rabia. Ruy trató de separarse del inquisidor, pero unos brazos forrados de metal se cerraron alrededor de su torso mientras se hundía sin remedio.

Ruy sabía que no podría soltarse.

Y Zephir se hundía como una roca.

Mientras encaraba su destino final con dignidad, Ruy Valencia recordó las palabras de aquella niña extraña que se plantó delante de ellos cuando salían de Gotarrendura, hacía una eternidad: «Lo contrario de lo que más temes es lo que te matará».

Unas burbujas alegres abandonaron los pulmones de Ruy a través de su última sonrisa. Iba a morir, sí.

Pero lo hacía feliz y en paz.

La lúgubre profecía de la niña también retumbaba en la mente de Zephir, que ya no podía aguantar más la respiración. La sensación de ahogo era aún mayor por el peso de la armadura, y la furia que sentía por la derrota era inenarrable. Al final, no era invencible. Debajo del yelmo, medio enterrado en el fango, Zephir expulsó el poco aire que le quedaba en un último bramido de rabia que al extinguirse impulsó un torrente de agua a su interior. Los ojos se le desorbitaron por la asfixia y profirió maldiciones que nadie pudo oír mientras el Tíber le robaba el último aliento.

Poco a poco, la agonía dio paso a la negrura.

Y ese fue el final de Zephir de Monfort.

Al menos, murió acompañado de un buen hombre.

Daniel y Andreoli buscaron a Ruy en el agua hasta que el agotamiento los venció. Gastaron sus últimas fuerzas en escapar del Tíber por las primeras escaleras que encontraron en la ribera del río, hasta llegar de nuevo al puente, donde se toparon con tres soldados imperiales con cara de desconcierto. Uno de ellos había recogido las purificadoras del suelo, y otro sujetaba las riendas de Resurrecto. Este último, un español con un acento andaluz que arrancó una sonrisa de nostalgia a Daniel, los reconoció.

—Sois los que habéis testificado delante de los magistrados. —Los miró de arriba abajo, con incredulidad—. ¿Qué os ha pasado?

Andreoli iba a dar una explicación, pero Daniel se adelantó.

—Nos hemos dado un baño —respondió sin más—. El emperador nos espera... ¿nos devolvéis las armas?

El andaluz dudó un segundo, se encogió de hombros, y le dijo a su compañero que se las devolviera, no sin antes echarles una reprimenda.

—¿Cómo dejáis aquí unas alabardas como estas y un caballo tan cojonudo? Os lo podrían haber robado.

—Tienes toda la razón del mundo —admitió Daniel agarrando las riendas de Resurrecto—. Gracias por guardarlos.

—De nada, paisano —dijo el soldado despidiéndose—. Que lo paséis bien con el emperador... ¡Volvemos! —ordenó en alemán.

Se quedaron solos en el puente. Daniel comenzó a desenganchar la armadura de Resurrecto y a tirar las piezas al río, una detrás de otra. Andreoli lo vio hacer sin abrir la boca.

—Una vez tuve un caballo —comenzó a narrar Daniel—. Bueno, he tenido varios, pero uno era especial, y eso que estuvimos juntos poco tiempo. Se llamaba Avutardo. —Otra pieza de armadura voló por encima de la baranda—. A él también lo decepcioné —murmuró—, pero espero que esté bien. —La ballesta y las fundas se reunieron con su dueño en el fondo cenagoso del Tíber—. Este muchachote se ha quedado huérfano y merece una vida mejor. En el fondo, nos ha salvado. Me lo quedaré —decidió.

—A mí me sigue dando escalofríos —rezongó Andreoli.

La última pieza de la armadura cayó al agua, con un chapoteo.

—Míralo —dijo Daniel acariciándolo—. Despojarle de esa maldita armadura ha sido como un exorcismo. —Palmeó el cuello del caballo—. Prometo cuidarte hasta el fin de tus días, Resurrecto.

—No me jodas que no le vas a cambiar el nombre.

—Este caballo acaba de resucitar. No podía tener un nombre más apropiado. Anda, sube, el emperador nos espera.

Andreoli montó en la grupa, y Daniel puso en movimiento a Resurrecto. El suizo le dio una palmada a su amigo en la espalda cuando no habían recorrido más que unos pasos a través del puente.

—Para —exclamó—, me parece haber visto algo.

Andreoli saltó del caballo y se agachó detrás de la pila de cajas tras la que se había ocultado Zephir. Daniel reconoció enseguida el libro que su amigo acababa de recoger del suelo.

—Mira lo que acabo de encontrar.

—La biblia de Zephir —dijo Daniel—. No se separaba de ella nunca. Déjamela un momento.

Andreoli se la entregó, y Daniel la abrió mientras su amigo volvía a trepar a la grupa. No era un ejemplar impreso, sino una copia manuscrita e ilustrada. Pasó varias páginas al azar y descubrió que algunas habían sido sustituidas por otras en una caligrafía que él apenas podía entender, pero que daba escalofríos.

Daniel frunció el ceño.

Aquellas páginas no pertenecían a la biblia.

Eran el diario de Zephir de Monfort.

Cerró el libro, embargado por una extraña sensación de miedo. Su primer impulso fue tirarlo al río para que se pudriera con su dueño, pero pensó que tal vez a Leonor le interesara leerlo. Quizá incluyera alguna información valiosa que él no sería capaz de entender y su prometida sí.

Guardó el volumen en una de las alforjas de Resurrecto y volvió a cabalgar al paso con rumbo a San Pedro.

—Es una biblia, ¿no? —se interesó Andreoli.

—En efecto —mintió Daniel, que no quería hablar de lo que había encontrado dentro del libro—. Espero que nos dejen secarnos antes de la recepción...

—Me muero de ganas de ver la cara del emperador cuando nos vea aparecer así, tan mojados.

—¿Es respetuoso decir que nos mirará con la cara larga?

—¿Más?

Rompieron a reír sin poder parar. A partir de esa noche, las vidas de todos los que formaron aquella extraña compañía, y que dieron un golpe de timón, sin saberlo, a la historia de Italia, cambiaron para siempre.

En particular Daniel consiguió, por fin, algo de lo que careció desde niño.

Un poco de paz.

Pero aún le quedaban cosas por hacer para ser feliz del todo.

Y se juró que, tarde o temprano, las resolvería.

# 78

*Milán, marzo de 1532*
*Cuatro años después de la batalla de Sant'Angelo*

—¡Ya va!

Lavinio Visconti acudió a la puerta de su imprenta, a pesar de que aún faltaban horas para abrir. Quien había golpeado la puerta parecía querer echarla abajo. Para su sorpresa, lo único que encontró en el escalón fue un bulto envuelto en tela. Miró a ambos lados de la calle y no vio más que a un par de gatos callejeros que lo juzgaban desde el alféizar de una ventana vecina. Entró en el establecimiento y echó el cerrojo, intrigado. Deshizo el atadijo.

Dentro había un manuscrito y dos cartas.

Empezó por las misivas.

La primera le robó la respiración: era un permiso papal de publicación, firmado por el mismísimo Clemente VII.

La segunda era una nota manuscrita.

> Egregio señor Visconti:
>
> Tengo el convencimiento de que este manuscrito será de su interés. Su santidad, el papa, ha autorizado su publicación en el documento que os adjunto. Os preguntaréis por qué no os lo he entregado en persona, y espero que aceptéis mi respuesta: porque no es de mi autoría y porque no me pertenece. Alguien escribió estas páginas con buenas intenciones, y alguien malvado las malinterpretó.
>
> Confiando en su publicación,
>
> L.

Visconti leyó el título del misterioso manuscrito: *El príncipe, de Niccolò Macchiavello a Lorenzo el Magnífico.* Al hojear el libro, encontró una frase escrita al margen por una caligrafía distinta a la del autor. La frase era breve, pero daba que pensar.

«El fin justifica los medios».

Decidió leer el manuscrito de inmediato.

Ese mismo año, lo publicó.

*Roma, octubre de 1532*
*Cuatro años y medio después*

La tienda rezumaba buen gusto, por fuera y por dentro. El cartel, tallado en madera, rezaba: CURIOSIDADES Y TESOROS DRAGAN. Sanda había reformado la fachada alternando mármol y frescos, además de unas vitrinas móviles que exhibían algunas piezas selectas a pie de calle. Dos hombres armados con porras evitaban robos y asaltos. Aunque si alguien hubiera intentado robar a Sanda Dragan, no habría vivido para contarlo. De todos modos, aquellos matones malcarados eran disuasorios, y ella podía permitírselos.

El visitante los saludó con cortesía y entró en la tienda. Allí había de todo y expuesto con un gusto exquisito: jarrones, cuadros, piedras de colores y formas extrañas, armas antiguas, vajillas ribeteadas en oro, cálices, candelabros, joyas y cualquier cosa imaginable, procedente de las zonas más recónditas de los cuatro puntos cardinales. Tres empleados atendían el negocio, dos de ellos inmersos en la tarea de limpiar piezas con plumeros y trapos. Con la cantidad que había, era un trabajo sin principio ni fin.

—Buen día, señor —saludó el que parecía el encargado—, ¿qué os place?

—Buen día. Vengo a ver a la dueña.

—La señora Dragan está ocupada —se excusó el dependiente—, si puedo ayudaros...

—No vengo por negocios, soy un viejo amigo. Esperaré.

Sanda apareció media hora después, precedida por un cliente que bajaba la escalera con sumo cuidado y que sostenía un pequeño cofre con cara de satisfacción. Ella descendía los peldaños detrás de él, ataviada con un elegante vestido de terciopelo rojo y la melena recogida en una redecilla. Al descubrir a su visitante, su sonrisa destelló más que todo el oro y las joyas del local. En cuanto Sanda despachó al cliente, corrió hacia él para fundirse en un abrazo que casi le rompe las costillas.

—¡Dino! ¡Qué alegría! —Se separó un poco para examinarlo de arriba abajo—. No has cambiado nada, estás igual.

—Hace años que me es imposible empeorar —bromeó.

Sanda se volvió a su empleado.

—Alphonse, quédate al mando. Si me necesitas, estaré en casa.

Salieron del establecimiento. D'Angelis se plantó delante de la réplica de la *domus*. Había pasado poco tiempo en ella, apenas unos días antes de la batalla de Sant'Angelo y unos días después, lo justo para terminar de recuperarse de su herida, recoger sus trastos y empezar una nueva vida, lejos de allí.

—Villa Susurro —evocó D'Angelis mientras cruzaba la entrada de la casa—. La has convertido en un palacio.

—Villa Susurro —rio Sanda a la vez que invitaba a Dino a sentarse a una mesa instalada en el atrio, al aire libre—, había olvidado que la llamábamos así. ¿Quieres vino, o has perdido las buenas costumbres?

D'Angelis fingió ofenderse.

—¡Por favor! Y espero que sea...

Sanda agitó la frasca que acababa de sacar de una alacena cercana.

—San Gimignano, por supuesto.

—Qué asco dais los ricos. ¿Y esas copas?

—Cristal de Bohemia —respondió, colocando dos sobre la mesa de mosaico.

Brindaron. D'Angelis olfateó el vino, puso los ojos en blanco y dio un sorbo.

—Maravilloso —rezongó, con cara de éxtasis—. ¿Y Arthur? ¿Por dónde anda ese cabronazo?

Una sombra de tristeza oscureció la sonrisa de Sanda, como una brisa que borra un nombre escrito en el polvo.

—No lo sé —confesó—. Hace dos años que se marchó, y no he vuelto a saber de él. No terminamos de encajar. He llegado a creer que me tenía miedo; nunca consiguió separar a Sanda del Susurro.

D'Angelis no supo qué decir. Nunca había sabido gestionar esas situaciones, por lo que no pudo hacer otra cosa que musitar un «lo siento» y juguetear con la copa de cristal tallado, a la espera de que Sanda cambiara de tema. Ella le leyó la mente y forzó una sonrisa.

—¿Y qué hay de ti? —se interesó—. ¿Sigues a las órdenes del emperador?

—A él no he vuelto a verlo desde que nos despedimos en el castillo de Sant'Angelo, días después de la batalla. Pero sí, estoy a las órdenes del secretario del consejo de Estado, Francisco de los Cobos y Molina. Él me manda meter las narices donde las suyas no llegan, y luego se lleva los méritos y la mejor tajada. O sea, que sigo haciendo lo de siempre, pero ahora viajo más y conozco más tabernas y burdeles para seguir arruinado.

—¿Y Charlène?

—En Toledo, en la corte. Klaus Weber se ha convertido en su mentor, pero sobre todo se encarga de los hijos del emperador: Felipe y María. La última vez que la vi fue hace siete meses, ya es toda una mujer.

—¿Volvió a coserte alguna vez? —se burló Sanda.

—A mí no, pero al príncipe Felipe sí. Ese diablillo anda siempre jugando con soldados de juguete de plata, afilados como navajas. En una ocasión me tiró uno, el muy cabrón. Lo esquivé de milagro. El día que ese mande, entraremos en guerra con medio mundo.

Sanda y Dino se echaron a reír. La mano de D'Angelis se cerró sobre la de ella. Los ojos del espía le dedicaron una sonrisa.

—No sabes cuánto me alegro de verte, Sanda.

—Y yo. Pasamos por mucho hace cuatro años.

—Y que lo digas. Dejamos muchos muertos en el camino.

Sanda decidió que no quería recordar anécdotas tristes.

—¿Sabes algo de Daniel y Leonor? No pude asistir a su boda.

—Yo tampoco pude —dijo D'Angelis—, me pilló en Holanda, en una misión, pero pasé unos días en su casa, el año pasado. Leonor hizo un par de proyectos para el emperador, pero regresó a Milán al poco tiempo de nacer el pequeño Adrián, y al año siguiente Fiorella vino al mundo. No creo que se mueva de allí. Le va bien trabajando en sus artilugios raros, ya sabes cómo es.

—¿Y Daniel?

D'Angelis torció el gesto en una mueca de desagrado.

—Él me preocupa más —confesó—. No ha superado lo de su hermano, ni en cierto modo lo de su primera mujer y su hija. Vive obsesionado con lo que él llama «cerrar el círculo», y en que sigue maldito. Algo de un judío, me lo contó un día que estábamos los dos borrachos y no recuerdo bien los detalles. Ese hombre arrastra demasiado sufrimiento.

—Si cerrar ese círculo le otorga la paz, que haga lo que tenga que hacer —sentenció Sanda a la vez que rellenaba las copas—. ¿Y tú? ¿A qué has venido a Roma?

—A lo mismo que hago desde que el emperador Carlos regresó a Alemania hace dos años: cazar protestantes. Tengo que hacerme pasar por un representante de la Liga de Esmalcalda para entrevistarme con un tal Rudolf Buchholz. Sospechan que intenta organizar a los luteranos de Roma, y me han enviado para que lo tiente con la promesa de una financiación que no existe. Si consigo tirarle de la lengua, enviarán a alguien a... ya sabes.

Dino se pasó el pulgar por la garganta.

—¿Cuándo te entrevistarás con él?

—Esta noche, a las diez, en el vomitorio veintitrés del Coliseo.

—¿No será peligroso?

D'Angelis compuso una expresión de autosuficiencia, como si estuviera harto de hacer lo mismo.

—Estas misiones son de hablar poco, mentir mucho, prometer más y luego ir a contarle el cuento al patrón. Un trabajo tranquilo —concluyó.

Sanda alzó la copa.

—Pues que todo vaya bien.

—Eso espero —respondió D'Angelis, elevando la suya. Dieron un sorbo a la vez, y el espía se inclinó un poco para preguntarle algo que le picaba en la lengua desde que llegó—. Sanda, ¿y el Susurro?

Ella se recostó en el respaldo y tardó unos segundos en contestar.

—En esta época de mi vida, no lo necesito —respondió, con una mirada evocadora—. El Susurro duerme en un baúl, junto a sus armas, y espero que siga así hasta que me muera.

—Todos tenemos derecho a la paz.

—Sobre todo si hemos vivido una vida de guerra.

D'Angelis se había vestido completamente de negro, con gola blanca y boina parda, para su cita con Rudolf Buchholz. El Coliseo se alzaba sobre un montículo sin empedrar, rodeado de hierba e invadido por la vegetación. Mucho del travertino que lo recubría se había arrancado para construir otros edificios, o para quemarlo y convertirlo en cal, por lo que su estado era penoso.

El reloj de mano estaba a punto de dar las diez. Dino espantó a unos niños pordioseros que se acercaron a pedirle —o a robarle si se descuidaba—. Los críos desaparecieron por los vomitorios como ratas asustadas. Solo faltó que los ojillos les brillaran en la oscuridad. El espía se colocó justo debajo del veintitrés, como había acordado. Poco después, vislumbró a lo lejos a tres individuos que caminaban hacia él envueltos en un resplandor amarillento. Uno de ellos se adelantó a los otros dos, que portaban sendos faroles.

—¿Señor Modugno? —preguntó el recién llegado.

—Herr Buchholz, supongo.

—Suponéis bien.

Antes de que Dino empezara a hablar, uno de los hombres que se había quedado detrás de Buchholz se acercó cojeando. D'Angelis lo reconoció nada más verlo. El tipo soltó una carcajada preñada de cinismo.

—Ni una palabra a este farsante, Buchholz —rio el cojo—, lo conozco y no es quien dice ser.

Buchholz retrocedió alarmado. La espada de Jonás se posó en la garganta de D'Angelis, que no pudo hacer más que tragar saliva. Un caudal de niños y jóvenes asustados brotó de los vomitorios vecinos y desapareció en la oscuridad de la noche, huyendo de la nube de tragedia que se cernía sobre las ruinas del Coliseo.

—¿Quién es este idiota? —quiso saber Buchholz, nervioso.

—Dino D'Angelis, el peor espía del mundo —recitó Jonás, que dejó el farol en el suelo—. Te juro que me alegro de ver tu cara de palo después de tanto tiempo.

—¿Por qué no apartas ese pincho oxidado y nos damos un abrazo como Dios manda, Jonasito? —propuso D'Angelis, sin achantarse—. Luego podemos irnos juntos de putas a casa de tu madre, así me cuentas qué le gusta.

Jonás soltó otra carcajada. Buchholz y su compañero también sacaron las espadas. Ahora eran tres las que le apuntaban al pescuezo.

—¿Para quién trabajas? —le preguntó Buchholz.

—Fabrico zapatos para los carmelitas —respondió—, así me va.

Buchholz le pinchó en el antebrazo, y D'Angelis frunció el rostro en una fugaz mueca de dolor que disimuló al segundo siguiente con una sonrisa sardónica con la que trató de ocultar su miedo. Jonás parecía divertirse de verdad.

—Dino, Dino... —meneó la cabeza sin dejar de sonreír—. Déjame adivinar: trabajas para el papa.

—No das ni una, Jonasito. Ya tuve suficiente con aguantar al arzobispo para tener que soportar también al jefe.

Gor compuso una falsa cara de derrota, mezclada con decepción, e hizo retroceder a D'Angelis al interior del vomitorio. Los otros dos se quedaron atrás. El espía mantenía las manos arriba de forma instintiva, aunque sabía que Jonás no mostraría piedad llegado el momento.

—Me contaron que te cagaste encima cuando aparecieron las tropas imperiales en el Passetto di Borgo —dijo D'Angelis para ganar tiempo, aunque no sabía para qué: iba a morir seguro—. Dijeron que te tiraste desde lo alto, con el rabo entre las piernas, y que abajo encontraron un salpicón de mierda.

—Uno sabe cuándo retirarse a tiempo —rezongó Gor—, pero de no haber sido por ellos, me habría cargado al moro de la capucha y me habría llevado al papa debajo del brazo.

—¿Cómo sobreviviste a la caída? ¿Te salieron alas, como a los murciélagos?

—Soy duro de pelar, Dino, ya lo sabes... y también sé caer.

—Pues he visto que cojeas como si acabaran de follarte el culo —observó D'Angelis—, pero, bueno: las lagartijas pierden la cola cuando se acojonan. Lástima que a ti te quede la tara de por vida.

Jonás se encogió de hombros.

—Dino, me encantaría quedarme aquí toda la noche, dedicándonos lindezas, pero por desgracia el tiempo del señor Buchholz es oro. Así que contaré hasta tres: o me dices para quién trabajas, o tendremos que despedirnos para siempre.

—¿Puedo pronunciar unas últimas palabras antes de morir?

—Uno.

—¿Un último chiste? Anda, por favor, Jonasito, no seas así...

Justo cuando Jonás iba a pronunciar «dos», una sombra cayó detrás de Buchholz y del hombre que lo acompañaba. Las dagas brillaron a la luz del farol, antes de que este se rompiera contra el suelo y el aceite formara un charco en llamas. Jonás se volvió, sobresaltado, para encontrarse con un pie que voló directo a su cara.

Dino retrocedió al interior del vomitorio, tan sobresaltado como él. Gor rodó por el suelo y se levantó a una velocidad vertiginosa. D'Angelis comprobó que tenía razón: la cojera no le resultaba demasiado molesta. Buchholz y el desconocido daban sus últimos espasmos sobre la hierba ardiendo con sendos cuchillos enterrados en la base del cuello. Gor se levantó a la vez que el Susurro desenfundaba la cimitarra.

El espadachín adoptó una posición de combate.

—Precisamente hablábamos de ti, fantoche —dijo, apuntando al Susurro con la ropera—. ¿Te parece que terminemos lo que empezamos hace cuatro años?

Sanda no se movió, a la espera del ataque. Gor estudió a su oponente. Lanzó dos envites, pero ella se quedó quieta. Lo siguiente fue una estocada a fondo en el vientre.

Pero el Susurro ya no estaba allí.

Gor notó un dolor que le recorrió la espalda en diagonal. Al volverse, vio la cimitarra apuntada hacia él, de nuevo inmóvil. Adelantó el pie derecho y lanzó otros dos ataques dirigidos a la cara del Susurro. Este los desvió y se agachó tan rápido que pareció que la tierra se lo tragara.

La hoja curva hirió las piernas de Gor por debajo de las rodillas. Cuando este contraatacó, el Susurro lo esquivó con una voltereta lateral que culminó en otro barrido de acero que acertó al español en el brazo.

El baile continuó, pero esta vez no había muros a ambos lados para inmovilizar al Susurro. En esta ocasión, tenía espacio para esquivar y atacar, saltar y atacar, rodar y atacar. Cada estocada de Gor era desviada, evitada y respondida por un corte superficial que no tenía otro propósito que causar dolor y desgastarlo.

La tizona temblaba en la mano de la Muerte Española. Tenía más de una docena de cortes entre el tronco, los brazos y las piernas. Su sonrisa sempiterna se había ido. Miró fijamente al Susurro e hizo algo que este no esperaba.

Corrió hacia D'Angelis con la espada por delante, dispuesto a ensartarlo.

Con lo que no contaba Jonás era con que Dino sí lo esperaba.

El espía se apartó como un torero que evita una embestida en el último momento, metió la daga por debajo del cuerpo de Gor y acompañó la inercia del ataque con un empujón de la mano libre. El impulso hizo que la hoja entrara por la boca del estómago y se llevara por delante piel, músculos y órganos hasta el bajo vientre.

Jonás cayó de bruces, destripado como un cerdo, con una expresión incrédula en el rostro. La sangre empezó a formar un charco a su alrededor y a resbalarle por la boca. D'Angelis se acuclilló a su lado y señaló al Susurro de forma despreocupada con la daga.

—Por favor, ¿puedes quitarte la máscara?

Sanda echó atrás la capucha y se la quitó. La melena negra cayó sobre sus hombros. D'Angelis agarró a Gor del pelo y lo forzó a mirar al Susurro.

—Qué vergüenza, Jonás —le silabeó al oído—. Al final te han matado una mujer y un actor fracasado. Igual es que no eras para tanto.

Gor intentó hablar, pero la sangre se lo impidió.

—De hecho, siempre has sido una puta mierda.

D'Angelis rubricó la frase rebanándole el cuello. Limpió la hoja en el trasero del espadachín muerto, se incorporó y se enfrentó a Sanda.

—Pues para dormir en un baúl, el Susurro está en plena forma.

Sanda le guiñó un ojo.

—Eso no significa que haya dejado de entrenar. —Se miró el uniforme, plagado de correajes y bolsillos—. Lo cierto es que echaba de menos estar en su piel.

D'Angelis se echó a reír.

—Espero que Francisco de los Cobos me pague... te has cargado a mi sospechoso.

—Míralo por el lado bueno: estás fuera de servicio, queda mucha noche por delante y mucho vino en mi casa. ¿Seguimos contando batallitas?

—Me parece un buen plan. Una cosa...

—¿Sí?

—¿Follaremos?

—No.

—De acuerdo, era por probar. Nunca me he follado a un moro.

Sanda agitó la cabeza y volvió a ponerse la máscara.

—Te espero en casa —dijo.

—En Villa Susurro —la corrigió Dino.

—En Villa Susurro —aceptó ella.

Dino D'Angelis y Sanda Dragan bebieron hasta el amanecer.

Recordaron tiempos pasados y fantasearon con los que estaban por venir.

Ambos ignoraban que, en el norte, dos personas estaban a punto de reencontrarse después de mucho tiempo.

Había un círculo que cerrar.

# 79

*Turín, última semana de noviembre de 1532*

Daniel sintió náuseas al recorrer de nuevo las calles de Turín. El sonido de cada paso de Resurrecto rebotaba en los edificios, transformado en un mal recuerdo.

Se fijó en los comercios y tabernas, ahora menos concurridos que antes. El esplendor que produjo la exhibición «de su hermano Adrián» —como él llamaba al santo sudario— terminó cuando el duque de Saboya se lo llevó de la catedral de San Juan Bautista por las bravas, después de la caída de los Sorrento. El duque amordazó al nuevo arzobispo con un buen donativo y mandó la reliquia de vuelta a Chambéry.

Daniel encontró las puertas y ventanas del cuartel de los Sorrento claveteadas. Ni un solo vano se salvaba de la condena. Lo que un día fue un hervidero de hombres armados y ataúdes rodantes, era ahora un edificio enfermo, destinado a desmoronarse con el tiempo.

El recorrido por la ciudad lo condujo a la plaza de Saboya, donde encontró algo más de actividad, con los habituales tenderetes y ciudadanos yendo y viniendo y formando corrillos donde compartían penas, alegrías y negocios. Para su sorpresa, descubrió que el arzobispado había sufrido una suerte aún peor que la del cuartel. Una cuadrilla de obreros, encaramados en andamios y operando grúas, lo desmontaba piedra a piedra en una suerte de lenta tortura. Daniel le preguntó al que parecía ser el capataz, y la respuesta no le sorprendió.

—El duque no quiere el menor recuerdo de los Sorrento en Turín —manifestó el albañil, a la vez que escupía en el suelo un gargajo que habría podido fijar dos adoquines—, pero es una lástima desaprovechar estas piedras. Si busca al arzobispo, la sede se ha trasladado a la catedral —añadió.

Daniel dedicó un último pésame a los restos del edificio y dejó a Resurrecto en la primera cuadra pública que encontró, no sin antes descolgar del arnés la funda de cuero con la purificadora y su morral de viaje. Tuvo que preguntar dos veces antes de encontrar la casa que buscaba. Se plantó frente a la puerta y llamó con los nudillos. El hombre que le abrió se fundió con él en un abrazo.

—Daniel. —Lo apretó un poco más fuerte—. No te puedes ni imaginar las ganas que tenía de verte.

—Y yo, Arthur. Cuánto tiempo...

—Pasa, por favor.

Daniel soltó el equipaje antes de seguir a Andreoli escaleras arriba. Ambos se sentaron a la mesa donde Sanda simulaba echar las cartas del tarot. El teniente sacó una botella de vino y dos jarras. No era San Gimignano, pero no estaba mal.

—¿No me contaste en tu carta que ya no estabas con Sanda?

—No sabe que uso esta casa —confesó Andreoli mientras llenaba las copas—. La cerró cuando nos fuimos, pero yo guardaba una llave. Al menos se la cuido —se excusó, encogiéndose de hombros.

Los amigos hablaron de temas triviales hasta que tocaron el motivo real de su visita, al tercer vino.

—He localizado a Margherita —informó Andreoli—. Vendió todas las propiedades de Dante, excepto una villa que se encuentra a mitad de camino de Chambéry. Apenas conserva tres o cuatro criados a los que trata tan mal como les paga... Y no imaginas con quién convive en concubinato: con Gerasimo Mantovani.

—¿El consejero?

—Ese mismo.

—¿Y qué fue de Château Tarasque?

—También lo vendió, por cuatro florines. ¿Quién necesita un castillo perdido en una montaña nevada en mitad de la nada?

El rostro de Daniel se ensombreció.

—Alguien que necesite un lugar para cometer atrocidades lejos de cualquier testigo. Hablando de atrocidades, ¿y el fuerte?

Andreoli le guiñó un ojo a su amigo.

—Ven, quiero que veas algo.

Bajaron las escaleras hasta el sótano de Sanda. Aún quedaban armas en los estantes y las vitrinas, pero no era eso lo que Andreoli quería enseñarle a Daniel. El teniente agarró la esquina de una manta que cubría un bulto informe y la apartó de un tirón.

Daniel se quedó asombrado al ver sesenta o setenta purificadoras amontonadas de cualquier manera.

—¿De dónde has sacado esto?

—Yo también necesitaba cerrar mi círculo, Daniel —dijo Andreoli—. Hace una semana me acerqué al fuerte. Lo habían quemado hasta los cimientos, y no en un incendio reciente. Puede que lo hicieran los mismos discípulos, o la guardia de Sorrento, no lo sé. Imagino que llevaban meses sin cobrar, así que decidieron saquearlo y pegarle fuego. Encontré todas estas purificadoras apiladas en lo que quedaba de la herrería, en el subterráneo, cubiertas con esta misma manta y con un rosario encima. Se me ocurre que, una vez libres de la influencia de Michele Sorrento y Oliver Zurcher, los remordimientos asaltaron a quienes perpetraron la masacre y las condenaron, como armas poseídas por el demonio. Puede que hasta tuvieran miedo de destruirlas, por si les caía una maldición o algo por el estilo. Regresé al día siguiente con un par de mulas y las traje aquí.

—¿Qué piensas hacer con ellas? Esto podría valer una fortuna.

—Estas armas nunca debieron forjarse —sentenció Andreoli—. Cuando cerremos tu círculo iremos a la costa, alquilaremos una barca y las arrojaremos al fondo del mar. Es lo que Yannick habría querido.

—Entonces solo quedarán las nuestras.

—Creo que también deberían descansar con sus hermanas. Es lo único que te pido a cambio de hacer lo que vamos a hacer.

Daniel dedicó a su amigo una mirada grave, puede que triste. Después de unos segundos, asintió.

—Pues bebamos esta noche —propuso—. Echo de menos viajar de resaca.

*En algún lugar entre Turín y Chambéry,*
*primeros de diciembre de 1532*

Villa Margherita estaba cerca de la vía que unía Turín con Chambéry. Era un edificio destartalado, de una sola planta y aspecto cochambroso. La casa idónea para aparentar miseria y guardar dentro una fortuna.

Según la criada informante de Andreoli, el juez Beccuti había ordenado confiscar las cuentas de los Sorrento para pagar a los inversores de su ejército fallido y resarcir a la ciudad de los daños causados, después de que sus verdaderos planes salieran a la luz. Según la sirvienta, Margherita ocultaba el dinero de las ventas de sus propiedades en algún lugar de la finca.

Daniel se preparó a las afueras de la villa al atardecer. Los consejos de D'Angelis sobre el arte del disfraz le fueron de utilidad. De hecho, la idea de lo que estaba a punto de hacer surgió de la imaginación del espía. Si los Sorrento habían maravillado al mundo con su farsa, él aterrorizaría a lo que quedaba de ellos con la suya. Andreoli se retiró unos pasos para admirarlo.

—¿Qué tal estoy? —preguntó a la vez que daba una vuelta completa con los brazos abiertos.

—Deberíamos haber traído un espejo —se lamentó Andreoli; el teniente dejó un cubo de sangre de cerdo en el suelo—. Voy a estar semanas sin dormir por tu culpa.

Se echaron a reír y esperaron a que se hiciera de noche.

Gerasimo Mantovani oyó ruido en la puerta principal. A su lado, Margherita dormía como un tronco.

Se levantó despacio para no alarmarla. Supuso que algún ciervo o un jabalí se habría acercado más de la cuenta. Agarró la hoz que colgaba cerca de la entrada y abrió la puerta con cuidado. Asomó la cabeza lo justo para ver qué había causado el ruido.

De repente, un fantasma pálido, barbudo y ensangrentado se materializó a dos palmos de él. Sintió un dolor penetrante en el pecho, justo donde había entrado la espada de la purificadora de Daniel.

—Esto es por Adrián —susurró.

Mantovani cayó al suelo, muerto. Daniel volvió a montar la purificadora y la dejó encima de una mesa cercana.

No la necesitaba.

Mientras tanto Andreoli entraba en la casucha destinada a los criados. Había solo cuatro y el más joven rondaría los sesenta. Una anciana se le acercó.

—Buenas noches, Gina —la saludó Andreoli, al tiempo que sacaba una bolsa llena de monedas y se la entregaba—. Lo que acordamos.

Gina cogió la bolsa y habló a los demás en piamontés. Un segundo después corrían por el prado con lo puesto.

En Villa Margherita, Daniel entró en el dormitorio donde la viuda dormía a pierna suelta. Tomó un palito de un montón y lo prendió en la única vela que alumbraba la habitación. Con esa llama encendió todas las que encontró en la estancia hasta crear la atmósfera adecuada. Se quitó la túnica que lo cubría y se quedó completamente desnudo, a excepción del taparrabos que había confeccionado un par de horas antes con unas telas viejas. Contempló su reflejo en el espejo de pie que había en la esquina del cuarto.

Andreoli tenía razón: daba miedo.

Bendito Dino D'Angelis.

Se acercó al lecho sobre el que Margherita dormía con la boca abierta con la expresión de alguien que está a medio morir. Había oído que era una mujer atractiva y poseedora de un magnetismo especial, pero tal y como la veía ahora le costó mucho creerlo.

Daniel fijó la mirada en Margherita e invocó sobre ella la magia del despertar. Cuando la viuda abrió los ojos y lo vio, se sentó en la cama de un brinco, con el cobertor agarrado contra el pecho y el rostro crispado en una mueca de horror. Ni siquiera fue capaz de gritar.

El fantasma de Adrián Orante estaba frente a ella, pálido y cubierto de sangre; la versión en carne y hueso de lo que ella vio en el lienzo de Jesús. Las marcas de los azotes, el rostro barbado surcado por regueros rojos, la lanzada en el costado. El espectro le mostró las llagas en las muñecas sin dejar de mirarla con los ojos espantados y rodeados de un halo violáceo. Margherita temblaba mientras estrujaba la manta.

Daniel no dijo nada. Simplemente avanzó un paso.

Margherita se atragantaba al respirar. Intentó pedir perdón, pero lo único que brotó de su garganta fue un hilo de voz apenas audible.

—Yo no fui... fue el inquisidor...

Otro paso lento hacia la cama.

Margherita saltó de ella vestida con un simple camisón y atravesó la estancia principal hacia la puerta. Esta vez sí gritó. Encontró a Gerasimo de pie, cerrándole el paso, con cara de pasmarote. Ella creyó que estaba vivo, hasta que Andreoli tiró de la cuerda que le había atado al cuello después de pasarla por encima de una viga próxima a la puerta. El cadáver de Mantovani saltó al ritmo de los tirones de Andreoli. Con un grito espeluznante, Margherita abandonó la casa al borde de la locura.

Daniel observó el macabro espectáculo que había improvisado Andreoli. Este soltó la cuerda, y Mantovani se desmadejó en una postura ridícula junto a la puerta.

—Ya veo que estás inspirado —rezongó Daniel.

—El Señor ha querido que encuentre una cuerda y me fije en esa viga —manifestó Andreoli—. Este hijo de puta no se merece el menor respeto: participó en la muerte de tu hermano, como esa zorra vieja que has dejado marchar. Deberíamos haberla matado.

—La muerte es un descanso —dijo Daniel—, y yo no quiero que Margherita descanse. Quiero que las pesadillas la acompañen cada noche, como me han atormentado a mí. Que lo pierda todo, como yo lo perdí.

—Hablando de perder. —Andreoli mostró una llave—. Mantovani llevaba esto colgado alrededor del cuello. ¿Vamos a ver qué abre?

Después de un rato de búsqueda, encontraron un orificio en la pared de la despensa en el que encajaba la llave. La giraron y descubrieron un compartimento secreto detrás de una capa de pintura.

Dentro había un cofre.

Lo abrieron.

Daniel y Andreoli alzaron las cejas al ver lo que contenía.

—¿Cuánto calculas que hay? —preguntó Daniel.

—Demasiado para contarlo aquí —contestó Andreoli.

*Chambéry, 4 de diciembre de 1532*

—¡FUEGO! ¡FUEGO!

—¡Traed agua! ¡Rápido!

Philippe Lambert, el consejero ducal, estaba rodeado por las llamas que devoraban la sillería del coro y se propagaban hacia el retablo de la capilla de Chambéry. Detrás del altar, estaba la verja que protegía el nicho donde reposaba el santo sudario, dentro de su estuche repujado de plata.

Dos franciscanos corrían del pozo a la capilla y de la capilla al pozo, cargados con cubos de agua. Lambert tiró de la verja que protegía la reliquia. Por desgracia, estaba cerrada con llave y el metal comenzaba a calentarse.

—¿Quién tiene la llave?

—¡El duque! —se lamentó uno de los franciscanos—. ¡Pero Guillaume Pussod, el cerrajero, viene de camino!

—¡Que se dé prisa! —bramó Lambert, cada vez más cercado por las llamas.

En el exterior, más frailes y algunas monjas se sumaban a la cadena humana. La sillería ardía cada vez con más furia.

—¡Viene Pussod! —anunció una religiosa a gritos.

Un hombre de unos cincuenta años entró corriendo en la capilla, justo en el momento en que las vidrieras estallaron por el calor.

—¡Mantened fresco el nicho! —gritó Pussod bajo la lluvia de cristales; llevaba una palanca en la mano derecha y varios aros con ganzúas en la izquierda—. ¡Que alguien me ayude a forzar la reja!

—¡Dejad el coro! —ordenó Lambert—. ¡Necesitamos agua aquí!

Lambert, Pussod y dos franciscanos recibieron el contenido de varios cubos hasta quedar empapados. El cerrajero fue el primero en meterse en el infierno en que se había convertido el altar. No había tiempo para probar ganzúas, ni la temperatura de la verja era propicia para agarrarla. Pussod introdujo la palanca y tiró de ella con todas sus fuerzas.

—¡Ayudadme!

Los franciscanos se protegieron las manos con los hábitos y tiraron de los barrotes. Quemaban como ascuas, pero acabaron separándolos un poco. Lambert consiguió meter las manos en el nicho, no sin sufrir quemaduras.

—¡Lo tengo! ¡Lo tengo!

Todos los que formaban la cadena de extinción, vieron cómo Lambert, Pussod y los dos franciscanos abandonaban la capilla en llamas con el relicario humeante. Alguien lanzó un balde de agua al estuche que contenía el santo sudario para enfriarlo. El consejero ducal examinó la caja empapada y descubrió que estaba dañada por el fuego.

—Una de las esquinas se ha derretido —observó, desolado, mientras se alejaba del incendio—, y ese último cubo de agua no ha ayudado en nada.

—¿El sudario se ha estropeado? —preguntó una de las monjas, santiguándose.

—Sería un milagro que no —opinó el cerrajero, que se había sentado en el suelo confiando en que no le diera un ataque al corazón.

—Dios hace milagros —exclamó otro fraile, ufano, mientras el fuego seguía rugiendo en el interior de la capilla.

A lo lejos, dos figuras encapuchadas contemplaban el incendio montados en sendos caballos.

—¿Con esto consideras el círculo cerrado?

Daniel Zarza no respondió la pregunta.

—Larguémonos de aquí.

Los jinetes dieron media vuelta y desaparecieron rumbo al sur.

El único vestigio de su visita furtiva a la capilla desapareció con el incendio.

Los restos de cerámica de la granada incendiaria que rescataron del sótano de Sanda Dragan.

*Costas de Savona, mediados de diciembre de 1532*

—Ahí va la última —exclamó Daniel a la vez que arrojaba la purificadora al mar.

—Quedan dos más —le recordó Andreoli.

—Es verdad.

El teniente se descolgó de la espalda la funda que contenía la purificadora y la contempló unos instantes. Daniel hizo lo mismo con la suya. Intercambiaron una mirada triste y las tiraron a la vez por la borda. Se quedaron mirando el agua en silencio, como si acabaran de enterrar su pasado. Un funeral marítimo para unas armas malditas.

Remaron hacia la costa.

—¿Qué harás ahora, Arthur?

—Por ahora, quedarme en Turín —dijo—. No me apetece volver a Roma, ya sabes... por Sanda.

Emprendieron el viaje de vuelta a la mañana siguiente. Daniel hizo una breve parada en casa de Sanda, en Turín. Andreoli y él se repartieron lo que llamaban la herencia de Sorrento, y prometieron verse pronto.

Era una fortuna.

Daniel partió al amanecer sin despedirse. Tenía prisa por reencontrarse con su familia. Echaba de menos a Leonor y a los niños.

Lo que nunca supo, gracias a Dios, fue que el retrato de su hermano Adrián se exhibiría durante siglos para deleite de cristianos y burla de ateos.

Aunque, tal vez, le habría gustado saber que la imagen de su gemelo inspiraría la fe en millones de personas a lo largo del tiempo.

## 80

*Milán, mayo de 1538*

Habían pasado diez años desde la boda de Daniel y Leonor, una década en la que la prosperidad bendijo al matrimonio.

Adrián tenía nueve años —a punto de cumplir diez— y Fiorella, ocho. Para «deshonra» de Daniel, su primogénito era un Ferrari de pies a cabeza, con una nariz que prometía ser contundente en unos años e inquietudes tempranas por todo lo que oliera a ciencia. Su padre lo llamaba, en broma, «el Hereje». Para alegría de Leonor, Fiorella había heredado el color del cabello de su progenitor y el hoyuelo en la barbilla. El carácter, por desgracia, era una mezcla de lo peor de cada uno, por lo que todos los que conocían a la niña se compadecían de su futuro esposo.

Los negocios crecieron, y Leonor fue dejando a un lado los inventos caprichosos que solo compraban los ricos para especializarse en sistemas de grúas e instalaciones fluviales orientadas al riego de cultivos. En tres años contaba con veinte empleados en el taller de Milán —donde Daniel dirigía la fabricación de piezas— y cuatro cuadrillas itinerantes especializadas en instalarlas por toda Italia. En 1537 construyeron su propio palacete y dejaron la casa familiar de los Ferrari a Paolo y Donia, que, en esos años, además de Vicenzo y Lina, tuvieron a Giancarlo, Lorena, Favio y Donatella. Un ejército de alborotadores de élite, que lo mismo andaban a la gresca con los primos o se aliaban con ellos para inventar alguna travesura más sofisticada que la anterior.

El día que estrenaron su nueva residencia en Porta Venecia, Daniel y Leonor cruzaron una mirada y suspiraron aliviados al reencontrarse con la tranquilidad. Solo Adrián y Fiorella protestaron por la mudanza.

Echaban de menos enredar con los primos.

Fue en este traslado que apareció, olvidada en un baúl, la biblia de Zephir de Monfort. A pesar de que Daniel había mejorado mucho en lectura y escritura a lo largo de los años, ni siquiera quiso tocarla, como si el libro estuviera maldito.

Leonor sí lo hizo. Pero no perdió el tiempo en leer las sagradas escrituras, sino las palabras que Zephir agregó de su siniestro puño y letra.

Las memorias del inquisidor resultaron ser un retrato espantoso de una vida marcada por la tragedia, la cólera y la violencia. Un tratado de odio, crueldad y religión mal entendida, escrito con trazos que recordaban cicatrices mal curadas. Y al final, adosados a sus memorias, unos documentos que hicieron que los ojos de Leonor se abrieran en un gesto de sorpresa.

A la mañana siguiente, se reunió con su esposo en el despacho y desplegó los documentos en la mesa donde dibujaba sus planos. Daniel los leyó a regañadientes.

—Tenemos que volver a España —dijo Leonor.

—El viaje nos llevará meses —objetó Daniel—. ¿Y los niños? ¿Y los proyectos pendientes?

—Tenemos cuatro ingenieros que pueden supervisarlos, y decenas de artesanos tan capacitados como tú. Y si los niños te preocupan... ¡Adrián! ¡Fiorella!

Oyeron ruido de pies corriendo hasta la puerta.

—Vuestros padres tienen que irse de viaje durante varias semanas. ¿Queréis iros con los primos?

El sí que gritaron al unísono se oyó a una milla a la redonda.

Planearon el viaje esa misma tarde, a pesar de que Daniel temía enfrentarse de nuevo a ciertos recuerdos que lo atormentaban. Leonor lo enfocó como unas vacaciones: ya que iban a cruzar el mar, aprovecharían para visitar lugares cargados de recuerdos.

Algunos malos.

Pero también muchos buenos.

*Ávila, junio de 1538*

Daniel y Leonor intercambiaron un saludo de buenos días con la monja que se asomó al ventanuco de la puerta del convento de la Encarnación.

—Buscamos a una novicia —dijo Leonor—. Teresa de Ahumada.

—Ya no es novicia —la corrigió la hermana.

Leonor enarcó las cejas.

—¿Ha dejado el convento?

—Ojalá. Fue ordenada el pasado noviembre. ¿A quién anuncio?

—Daniel Zarza y Leonor Ferrari.

La religiosa cerró el ventanuco. No pasaron dos minutos cuando oyeron una voz familiar (aunque algo cambiada por los años) gritando como una loca detrás de las puertas.

—¡Pero abre ya! ¡Date prisa!

—¡Ya voy, ya voy! —protestaba la monja mientras daba dos vueltas a la llave.

En cuanto se abrió la puerta, una versión de veintitrés años de la Teresita que conocían, vestida de hermana de Monte Carmelo, se abalanzó sobre Leonor. Las dos empezaron a saltar sobre el sitio, en una actitud muy diferente de la que se esperaría de una religiosa. La monja que había abierto la puerta le lanzó una mirada de resignada complicidad a Daniel, y silabeó de forma muda mientras se encogía de hombros:

—Siempre es así...

Leonor y Teresa pararon de saltar y se estudiaron, como si les costara reconocerse después de tanto tiempo. La ingeniera iba a cumplir treinta años y lucía más de un mechón blanco en su melena. A Leonor, lo que más le impresionó fue ver a su pequeña amiga no solo convertida en una mujer, sino vestida con el hábito.

—Cuando leí la carta en la que me contabas que habías decidido iniciar una vida religiosa con tu hermano Juan, casi me caigo de espaldas —confesó Leonor.

Teresa soltó una carcajada.

—Mi padre se presentó en el convento de los dominicos al que ingresó y lo sacó de allí a pescozones. Yo tuve más suerte. —Desvió la mirada hacia Daniel y lo saludó con cariño—. Leonor me contó lo de tu hermano hace años —dijo—. Yo lo quería muchísimo. Para tu consuelo, sé que es uno de los preferidos del Señor.

Daniel sintió que Teresa había pronunciado esas palabras no como un consuelo, sino con el conocimiento de que eran ciertas.

—Pero no os quedéis ahí, pasad.

Daniel la miró con timidez.

—¿Yo también puedo? Se supone que esto es un monasterio de monjas...

Teresa le dedicó una sonrisa burlona.

—No paro de recibir visitas. Mi padre, mis hermanos, amigos... Y también entro y salgo cuando quiero. La superiora está harta de mí. Algún día ocuparé su puesto y le daré un cambio a todo esto —prometió.

Entraron en el claustro y se sentaron en un banco, frente a una fuente que a Leonor le recordó la que presidía el patio de su villa de Gotarrendura. Charlaron durante horas, en las que compartieron anécdotas y respondieron las preguntas de Teresa, muy interesada en las aventuras que corrieron de finales de 1527 a principios de 1528. La primera vez que Daniel mencionó a Zephir, Teresa lo interrumpió, poniéndole la mano en el brazo.

—Soñé con ese demonio, y luego me lo encontré en la salida de Gotarrendura. —Sus ojos adquirieron un brillo enigmático—. ¿Murió ahogado?

Daniel se quedó boquiabierto. Faltaba mucho para llegar a esa parte del relato.

—¿Te lo contó Leonor por carta? —preguntó, escamado.

—No recuerdo haberle contado nada de eso —aseguró la ingeniera.

—Ese Zephir le temía al fuego —dijo Teresa con una mirada medio perdida que incomodó a Daniel—. Vi su rostro en sueños y estaba devastado por las llamas del infierno. La noche antes de cruzármelo en el pueblo tuve una visión: lo vi gritar bajo el agua.

Daniel intercambió una mirada inquieta con Leonor. A él las profecías, visiones y milagros le infundían mucho respeto. La ingeniera se acercó un poco más a su amiga.

—Teresa, ¿has tenido más visiones?

—Casi a diario —reconoció ella con la mayor naturalidad del mundo—, pero ya no me asustan. Es Dios, que me habla, me aconseja y me advierte. Y no creáis que es un ser severo y justiciero. Es un amigo fiel, compasivo y lleno de amor.

Leonor le dedicó una sonrisa llena de ternura.

—Teresita... ya sabes que yo no soy muy creyente.

—Llegado el momento, creerás.

Daniel tragó saliva. Aquello también sonaba a vaticinio.

—Casi se me olvida —exclamó Leonor—. Te he traído un regalo.

—¡Aún conservo el libro que me diste! Está en casa de mi padre.

—¿Y se lo enseñaste? —preguntó Leonor, espantada; aquel libro tuvo gran parte de culpa de que tuvieran que huir de España.

—Años después de que me lo regalaras. Ese libro me ayudó mucho. ¿Qué me has traído?

—Otro libro, toma.

Teresa leyó el título.

—*El príncipe*... ¿es de caballerías?

—Ni por asomo —rio Leonor—. Es una especie de manual de política, pero creo que su contenido se entenderá mejor en el futuro. Que no te lo quiten: aparte del imprimátur, también cuenta con la autorización personal del papa.

Teresa cerró el libro y miró a Daniel.

—Perdona que te interrumpiera antes —dijo—, sigue con eso que estabas contando de los discípulos... ¡Estaba muy interesante!

Hablaron durante horas y horas los cuatro días que Daniel y Leonor estuvieron en Ávila, antes de dirigirse a Gotarrendura.

Por suerte, aquella no fue la última vez que visitaron a la que luego adoptaría el nombre de Teresa de Jesús.

*Gotarrendura, junio de 1538*

Antes de llegar al pueblo, Leonor y Daniel decidieron visitar la antigua hacienda Ferrari. Más que por la nostalgia, lo hicieron impulsados por un malsano afán de revancha.

Deseaban enfrentarse al rostro avejentado por los años de Felipe Orante y restregarle que, a pesar de todo, había perdido.

Las cosas tenían que irle bien al tío de Daniel, porque los olivos parecían más sanos y robustos que nunca. Algunos hombres revisaban los sembrados y dedicaban miradas furtivas a los visitantes a caballo.

La torre que imitaba a la de los Sforza seguía dominando los campos. Era como si los años no hubieran pasado para el edificio. El muro que lo rodeaba parecía de nueva construcción, y lo que podía verse del patio delantero era un vergel de arriates. El sonido de las gallinas, al otro lado de la cerca, hacía intuir un corral de lo más poblado.

Una mujer vestida de riguroso luto se asomó a la cancela de hierro con una horca en la mano. Cuando vio a los jinetes al otro lado de la puerta, soltó la herramienta y se santiguó.

—¡Santa María, madre de Dios! —exclamó—. ¡Jeremías! ¡Jeremías!

Leonor se quedó boquiabierta al reconocerla. Era la última persona que esperaba ver en su antigua residencia. La ingeniera descabalgó de su yegua ante la mirada estupefacta de Daniel, que no entendía nada. La mujer de luto abrió la cancela y corrió a abrazarse a Leonor.

—¡Mi niña! ¡Ay, mi niña! ¡Jeremías!

Un anciano apareció con un hacha en la mano, alertado por los gritos. Al ver a Leonor tiró el hacha cerca de donde cayó la horca de su esposa y también corrió hacia ella.

—¡Jeremías! —lo saludó Leonor, con los ojos llenos de lágrimas; también se abrazó a su antiguo capataz—. ¡No esperaba veros aquí! —lo separó un poco para contemplarlo mejor; los años le habían pasado factura, pero tenía aspecto de que le quedaba mucha guerra que dar—. ¿Qué tal os trata el miserable de Felipe Orante?

Jeremías puso cara de sorpresa.

—¿Felipe Orante? Ese hijo de Satanás lleva criando malvas desde hace cuatro años. Se murió de la noche a la mañana. —Escupió en el suelo—. Espero que pateta lo cueza para siempre en su caldero más caliente.

—Entonces, trabajáis para la viuda...

—Doña Leonor, creo que no sabéis lo que pasó aquí...

Elisa intervino.

—Pero ¿cómo se iba a enterar, si ha estado desaparecida?

—Don Felipe nunca pudo tomar posesión de la finca —explicó Jeremías—. Jamás recibió la propiedad, ni existen papeles distintos a las escrituras firmadas por vuestro padre. La hacienda estuvo meses abandonada, pero yo no podía dejar pudrirse los olivos. Traje a mi hija Lucía y a mi yerno aquí, nos hicimos cargo de todo y hasta hoy. Todos me conocen en el pueblo como el capataz de los Ferrari, y nadie ha intentado nunca echarnos de vuestra casa. Porque esta sigue siendo vuestra casa —recalcó.

Leonor sintió que las lágrimas le empañaban los ojos. Volvió a abrazarse a aquellos criados, más familia que sirvientes. Daniel descabalgó y se mantuvo alejado unos pasos para respetar su intimidad.

—¿Y Tomás? —preguntó Leonor—. ¿Está aquí?

Elisa negó con la cabeza, compungida.

—Mi hijo se colgó de un fresno dos días después de que os marcharais —dijo Elisa, avergonzada. Leonor se tapó la boca con la mano. A pesar de su traición, ella y Tomás se habían criado juntos y lo apreciaba—. Pasé meses llorando de pena y de vergüenza.

—Lo siento muchísimo —fue lo único que pudo decir Leonor.

—Tomás no se merece el luto que aún lleva su madre por él —sentenció Jeremías, implacable—. Como el buen Judas que fue, siguió su ejemplo hasta el final. Mejor que hablemos de cosas más alegres, doña Leonor. —Jeremías cambió de tema y de tono—. ¿Tenéis hijos?

Antes de que pudiera responder, Elisa soltó una exclamación con las manos cruzadas sobre el pecho.

—¡No me había fijado antes! —exclamó—. ¡Os casasteis con el carpintero!

Daniel miró a Elisa muy serio e intercambió una mirada entre tímida y divertida con Leonor.

—No —balbuceó Leonor—. No, exactamente... ¿Os parece que entremos dentro para que os lo contemos todo?

—Por supuesto, doña Leonor —dijo Jeremías, invitándola a entrar—. No olvidéis que esta es vuestra casa.

*Las Berlanas, finales de junio de 1538*

Daniel y Leonor pasaron unos días inolvidables en la hacienda Ferrari. Ella firmó una fe de vida en la iglesia de Gotarrendura y se presentó al nuevo alcalde (al que no conocía) para garantizar a Jeremías y su familia la legalidad de su estancia en la finca, en calidad de apoderados.

Aunque lo que realmente sorprendió a sus antiguos criados fue que Leonor les transfiriera la propiedad de los viñedos.

Aquella no fue la última vez que visitaron la hacienda. Cada dos años regresarían, acompañados de Adrián y Fiorella, a los que les encantaba recorrer los mismos escenarios que sus padres recorrieron de niños.

La siguiente escala en el viaje fue la carpintería de Adrián, en Las Berlanas. Llegaron a la plazoleta poco después del amanecer. Para su sorpresa, descubrieron que la carpintería estaba en funcionamiento. Había útiles de labranza y algunos muebles expuestos en el exterior, y las puertas y ventanas las habían sustituido por otras de mejor calidad. El tejado también era nuevo, además de un pequeño establo adosado al edificio.

Pero esos no fueron los únicos cambios que Daniel notó en la plaza. La vieja casa donde vivía doña Pura no existía. En su lugar había una construcción de dos plantas y reciente construcción. A Daniel no le extrañó demasiado. Después de diez años, habría sido un milagro que la anciana siguiera viva.

Leonor descabalgó y caminó hacia la carpintería. Daniel, que no se había bajado de Resurrecto, le preguntó lo obvio.

—¿Qué haces?

—Tengo curiosidad por ver quién la regenta —respondió ella, a la vez que golpeaba tres veces la aldaba.

De manera irracional, Leonor imaginó que se produciría un milagro: que Adrián le abriría la puerta para asegurarle que todo había sido un mal sueño y que nunca había muerto a manos de los hombres de Zephir. En lugar de eso, la puerta que se abrió fue la del edificio que había reemplazado la choza de doña Pura en la plazoleta.

—Está cerrado —informó la joven que acababa de abrir la puerta; llevaba un niño pequeño en brazos, que se entretenía babeando un trozo de pan—. Mi esposo abrirá cuando las campanas den las ocho. ¿Necesitáis algo urgente?

—Disculpad —se excusó Leonor—. No, no venimos a comprar nada, solo era curiosidad: esta carpintería era de un amigo mío que murió.

—Adrián Orante —respondió la joven—. No sabía que había muerto. Doña Pura le dijo a mi marido que abandonó la carpintería y se fue lejos porque le habían acusado de un crimen que no había cometido, o algo así. Nunca le hice mucho caso, la verdad... Ya sabéis cómo son las personas mayores.

Daniel descabalgó.

—Yo soy su hermano —se presentó Daniel—. No os asustéis, no vengo a reclamar nada. Estoy feliz de saber que la carpintería de mi hermano sigue abierta. Es como si una parte de él siguiera viva.

La joven se lo quedó mirando y esbozó una sonrisa que a Daniel y Leonor le pareció peculiar.

—Avisaré a mi esposo —decidió, sin quitarle la vista de encima a Daniel—. Esperad aquí, os lo ruego.

La joven se dejó la puerta abierta. Daniel y Leonor la oyeron hablar con alguien que supusieron que sería su esposo, pero eran incapaces de entender lo que decían. Les extrañó que intercambiaran tantas frases entre ellos, y el tono de la voz masculina era de sorpresa y excitación. Por fin un joven apareció por la puerta con los ojos fijos en Daniel mientras terminaba de abrocharse el cinturón, como si acabara de vestirse a toda prisa.

Daniel se quedó paralizado. A pesar de los años que habían pasado, se había acordado muchas veces de él, y siempre que lo hacía se sentía avergonzado. Intentó decirle algo, pero las palabras no terminaron de brotar de la garganta. Se envaró, con gallardía. Era un hombre y tenía que saber soportar reproches, sobre todo si eran bien merecidos.

—Tú —balbuceó el joven, incrédulo.

Después de mucho esfuerzo, Daniel fue medio capaz de articular el principio de una excusa.

—Luis, lo siento... yo, te juro que nunca fue mi intención...

Para su estupefacción, Luis corrió hacia él y a punto estuvo de partirle el cuello de un abrazo. Aquel hombre de veintidós años era fuerte como un roble.

—¡Daniel! ¡Estás vivo! —Se separó de él, como si comprobara que no era un fantasma—. Doña Pura me contó que el inquisidor te perseguía y que ella te ayudó a escapar... joder, qué miedo daba el cabrón —recordó con una risa—. Al final, no te atrapó.

—Luis, te ruego que me perdones por...

—Cállate de una vez —rio—. Sé que te comportaste así conmigo para protegerme. Mira, esta es Mariana, mi esposa, y este es Josué. —Luisito no sabía qué preguntarle a su amigo, estaba nervioso; señaló a Resurrecto—. Ese no es Avutardo.

—No —respondió Daniel—. Tuve que venderlo, es una larga historia.

—Una pena —dijo Luis—. Pero este caballo es mejor aún. ¿Te costó muy caro?

—En realidad, nada: era de Zephir de Monfort.

—¡De Zephir! ¿Dónde está el inquisidor?

Daniel se echó a reír. Era como hablar con el Luisito de hacía diez años.

—Lo matamos entre un par de amigos y yo... en Roma.

—¿¡En Roma!?

—Sí, después de salvar al papa...

Luis se echó las manos a la cabeza.

—Pasad, pasad dentro —los invitó, hecho un manojo de nervios—. Tienes que contármelo todo. Mariana, cuelga el cartel de HOY NO SE ABRE. ¡Al papa! ¡En Roma!

Los dos días que pasaron en casa de Luis (a Daniel se le escapaba llamarlo Luisito de vez en cuando, pero a él no parecía importarle) fueron maravillosos. Luis le contó que doña Pura lo invitó a mudarse a su casa el mismo día que Daniel huyó del pueblo. Fue por sugerencia de la anciana que empezó a aprender el oficio, ya que ella conservaba las llaves de la carpintería que Daniel le encomendó antes de abandonar Las Berlanas.

Fue doña Pura quien convenció a otro ebanista de Gotarrendura para que lo tomara de aprendiz. Entre lo que aprendía de su maestro y lo que practicaba en la carpintería de Adrián por su cuenta, Luis se independizó a los diecisiete años. El joven utilizó parte del dinero que le dejó Daniel para adquirir las mejores herramientas, arreglar la carpintería y construirse su propia casa en el solar que compró a los herederos de la anciana.

Y a Luis no le fue mal.

Daniel y Leonor se despidieron de él con la promesa de visitarlos la próxima vez que regresaran a Castilla.

Promesa que, esta vez, Daniel sí cumplió.

*Sevilla, mediados de julio de 1538*

El viaje a caballo duró cerca de una semana.

Daniel contempló la fachada del castillo de San Jorge como

el que se enfrenta con miedo a una casa maldita. La biblia de Zephir de Monfort le temblaba en las manos. Aunque las memorias del monstruo eran lo menos importante de aquel libro. Lo verdaderamente interesante eran los documentos al final del manuscrito.

—Puede que no haya sido una buena idea —dudó Leonor, que sujetaba a Resurrecto y a su yegua por las riendas—, y eso que se me ocurrió a mí. ¿Y si nos quedamos con lo bueno que hemos vivido y regresamos a Milán cargados de maravillosos recuerdos? Yo he recuperado mi hacienda; tú, a un amigo y ambos contamos con la amistad de la monja más excéntrica del mundo.

Daniel se mordió el labio.

—Sigo en deuda con los fantasmas de los inocentes que condené en vida —suspiró—. Si me echo atrás ahora, no me lo perdonaré jamás.

—Y si entras, es posible que no salgas.

—En caso de que eso suceda, márchate y no mires atrás.

—En caso de que eso suceda, regresaré con Dino, Arthur y el Susurro y convertiremos ese castillo en un descampado.

A pesar de los nervios, Daniel se echó a reír.

—Deséame suerte.

—No la necesitas.

Daniel volvió después de dos horas que a Leonor le parecieron eternas.

—¿Ya?

—Ya —dijo él a la vez que montaba en Resurrecto.

Cabalgaron directos a la salida norte de Sevilla. Ni siquiera se quedaron a descansar en la ciudad.

Esa misma tarde don Alonso Manrique, inquisidor general del Santo Oficio, irrumpía en el despacho de Antonio de Andújar acompañado del fiscal y de una escuadra de guardias. El secretario los recibió con una de sus sonrisas campechanas, sin estar demasiado seguro del motivo de aquella extraña visita.

Alonso Manrique desplegó, delante de las narices de fray Antonio de Andújar, los documentos que lo implicaban en más de una treintena de crímenes, demasiado horribles hasta para la Inquisición.

La sonrisa de fray Antonio se esfumó en cuanto reconoció los documentos.

—Yo... esto es cosa de Zephir de Monfort. ¡Es cosa de Zephir de Monfort!

Fray Antonio no paró de gritar mientras lo arrastraban a las mismas mazmorras en las que había torturado a tantos inocentes con la única intención de despojarlos de sus bienes.

El Santo Oficio no tuvo piedad con él.

Esa noche las pesadillas que atormentaron a Daniel durante años regresaron con más intensidad que nunca.

—Tengo que ir a Carmona —le dijo a Leonor mientras su mirada se perdía a través de la ventana de la posada en la que pernoctaron.

Leonor no preguntó. Solo respondió a su esposo con un sí.

A pesar de haber transcurrido doce años, Daniel recorrió el camino que conducía a la casa de campo sin perderse ni una sola vez. Oteó el cielo en busca de nubes o de una columna de humo, pero no encontró nada de eso. Le extrañó que brillara el sol y que los pájaros volaran veloces, rubricando la paz de la campiña. El cuadro enmarcado en el museo de su memoria era muy distinto a aquel paraje hermoso, y mucho más parecido al bosque ardiente, escenario de sus pesadillas.

Atravesaron los sembrados hasta el albero que marcaba el camino. Donde esperaba ver ruinas ennegrecidas, Daniel descubrió una casa grande y nueva, con un amplio jardín habitado por un par de niños muy pequeños que jugaban entre las flores.

—Quédate aquí —le pidió a Leonor.

Ella obedeció sin protestar. Intuía que existía algún vínculo desconocido e invisible entre su marido y esa finca, algo relacionado con sus terrores nocturnos y que él nunca quiso compartir con ella. Cada vez que le preguntaba a Daniel por sus pesadillas, él respondía con evasivas, por lo que hacía tiempo que Leonor había decidido dejar de hacerlo.

Los chiquillos no interrumpieron sus juegos al ver a Daniel plantado frente a la cancela abierta. Descabalgó y avanzó unos pasos hacia la casa. Una verja abierta era señal de paz y tranquilidad, algo muy distinto a lo que vivieron los Masso doce años atrás.

Calculó que los niños, ambos varones, tendrían, como mucho, dos años. La cabeza de una muchacha surgió de detrás de los setos. Parecía sorprendida por la visita, pero no asustada.

—¡Madre! —llamó.

Una mujer que no llegaría a los cincuenta apareció por la puerta y cruzó el patio con pasos prestos. La joven que se había asomado al seto la acompañó. Daniel las saludó.

—Buenos días —dijo—. No se asusten vuesas mercedes, esa que ven ahí atrás es mi esposa, no hemos venido a hacerles ningún mal. Solo estaba contemplando la villa, es... preciosa. Ya nos vamos.

La joven se acercó a Daniel y lo miró con los ojos entrecerrados.

—Yo os conozco —aseguró.

La mujer, que era su madre, la miró con extrañeza.

—¿Conoces a este señor?

—Sí. Recuerdo su rostro perfectamente.

—Pero ¿de qué conoces a este señor, Julia?

Daniel notó los nervios en el estómago.

—Del día del incendio. —Julia parecía en trance, como si los recuerdos comenzaran a despertar después de un letargo de más de una década—. Vos... vos me devolvisteis la muñeca.

La mujer retrocedió dos pasos y examinó a Daniel como si pretendiera desnudarle el alma. Este sentía que los ojos empezaban a picarle como si le hubieran arrojado un puñado de pimienta en plena cara, pero aguantó la compostura.

—Vos nos salvasteis a mí, a mis hijos y a mi criado —declaró Sara; su mirada, a pesar de estar empañada, mostró entereza—. No sé cómo agradecéroslo. Si supierais cuántas veces he rezado por vos.

—Y vos no sabéis la alegría que me produce comprobar que los milagros existen —logró decir Daniel—. Yo era otro hombre en esa época. Un siervo equivocado de Dios, a la sombra de un impostor que afirmaba ser su emisario. Cuando la villa se derrumbó sobre vos y vuestros hijos, mi alma se quebrantó en mil pedazos. He vivido doce años pensando que no había podido salvaros...

Sara señaló a los dos pequeños, inmersos en su juego sin interesarse lo más mínimo por lo que sucedía en el aburrido mundo de los adultos.

—Esos mellizos son de Luis, mi hijo mayor, que no está en casa.

Lucas, el pequeño, está en el colegio; pronto cumplirá trece. Y Conrado, mi capataz, andará por los huertos: tiene tres niños preciosos. Y todos estamos aquí gracias a vos. Así que no lo penéis más por nosotros: vos nos salvasteis ese día.

Una lágrima solitaria rodó por la mejilla de Daniel. Le habría gustado contarles que Zephir estaba muerto y que fray Antonio de Andújar estaba acabado; disculparse por no haber podido hacer nada por su marido, preguntarles cómo escaparon del sótano, quién les ayudó a reconstruir la villa, de qué manera habían conseguido evitar a la Inquisición e interesarse por si los seguían molestando...

Pero decidió que no hacía falta. Parecían felices y no quería despertar malos recuerdos. Inclinó la cabeza con una sonrisa y dio media vuelta, tirando de Resurrecto. Antes de irse, se dirigió a las mujeres una última vez.

—Que Dios os bendiga, no importa al que recéis.

—*Shalom aleijem* —los bendijo Sara—. Y Dios hay solo uno, únicamente cambia el nombre.

Leonor y Daniel se alejaron por la pista de albero.

—¿Me explicarás lo que sucedió aquí?

—Por supuesto que sí —prometió Daniel—. Ahora me siento capaz de hacerlo. ¿Te acuerdas hace seis años, cuando me marché con Arthur a «cerrar el círculo»?

—Claro que me acuerdo.

—Pues hasta hoy no he terminado de cerrarlo. Y no solo eso: también me he quitado de encima una maldición —añadió.

—Sabes lo que opino de las maldiciones, ¿verdad?

—Sí —respondió Daniel—, que solo afectan a los idiotas.

Leonor se echó a reír.

Cabalgaron rumbo al este, de vuelta a casa.

Esa noche, Daniel Zarza durmió de un tirón.

Las maldiciones serían una estupidez, pero a partir de ese día, las pesadillas no volvieron a atormentarlo.

Jamás.

# Epílogo

*Turín, 1538*

Arthur Andreoli disfrutaba de la segunda copa de vino de la tarde en el patio de La Prímula cuando en la puerta reconoció una cara que llevaba años sin ver.

—Menuda aparición —exclamó, separando una silla de la mesa con el pie, a modo de invitación—. ¿De qué sarcófago has salido?

—Vengo de Niza, y me he dicho: «¿Y el hijo de puta de Andreoli? ¿Seguirá por Turín?». He cabalgado hasta aquí, he recorrido treinta lupanares y en todos me han dicho lo mismo: «Ah, Andreoli, ese vejestorio que se cree guapo y al que ya no se le pone tiesa ni con almidón. Estará emborrachándose en La Prímula». Y aquí me tienes.

—No has perdido facultades. ¿Desde cuándo no nos vemos, Dino?

—Diez años. —D'Angelis fingió cara de pena—. Te echaba de menos. ¿A qué te dedicas ahora?

—A beber y aburrirme —dijo—. Bueno, también doy clases de esgrima. No da para mucho, pero me mantiene en forma. —Bajó la voz—. Entre tú y yo, me embarqué en una pequeña aventura con Daniel, hace seis años... y digamos que ganamos algo de oro.

—Vaya —exclamó D'Angelis—. Precisamente hace seis años que vi a Sanda. Me contó lo que pasó entre vosotros. Qué vergüenza, Arthur, te dejan hasta los moros.

—A mí, al menos, me dejan. A ti ni se te acercan.

—¿Ves? Esa ha sido buena.

Se echaron a reír.

—¿Y se puede saber qué demonios se te perdió en Niza? —se interesó Andreoli.

—El emperador ha firmado la paz con Francisco I de Francia. Se acabó la guerra en Italia.

—Eso son buenas noticias —celebró Andreoli.

—No para mí —se lamentó Dino—. Ha sido firmar la paz en Niza y el hijo de puta de mi patrón, el secretario de su sacra majestad, me ha dicho que ya me buscaría si volvía a necesitarme. Esto es como cuando una mujer te dice que no vuelvas a su alcoba, que ya te buscará ella...

—O sea, que te has quedado sin trabajo —concluyó Andreoli.

—Bueno, tengo un plan alternativo.

—Volver al teatro —aventuró Andreoli—. Siempre puedes hacer papeles alegóricos, como de la muerte, o la peste...

—Eso es para pobres —desechó Dino—. Te hablo de algo grande, muy lucrativo, y me gustaría que trabajáramos juntos.

Andreoli echó la cabeza hacia atrás, como si quisiera que lo degollaran.

—Joder... preferiría que resucitara el Alighieri y asociarme con él.

—Te hablo en serio —dijo D'Angelis—. Lo que voy a proponerte podría hacernos ricos. Pero ricos de tener nuestro propio palacio, con un ejército de sirvientes y decenas de guardias, una flota de barcos atracados en el puerto y capitanes a nuestras órdenes para que nos lleven adonde queramos viajar. Y para colmo, será un trabajo divertido.

—No existen los trabajos divertidos —sentenció Andreoli—. ¿Y de qué se trata, exactamente?

—Vamos a buscar un tesoro.

Andreoli lo miró con cara de incredulidad unos segundos para luego echarse a reír a carcajadas.

—¿Buscar un tesoro? —Andreoli soltó otra risotada—. No me jodas, Dino. ¿Acaso has encontrado un mapa? —Paró de reír de inmediato, al ver que D'Angelis lo miraba con expresión grave—. Estás de broma...

—Nunca he hablado más en serio —afirmó—. Te propongo viajar a lugares exóticos, atravesar selvas desconocidas y quedarnos con todo lo que encontremos por el camino...

—Dino, tú no sabrías diferenciar un ánfora sumeria de un orinal napolitano.

—Yo no, pero ella, sí.

—¿Quién es ella?

—Yo —dijo una voz a su espalda.

Andreoli pegó un respingo en su asiento. Sanda cogió una silla de una mesa cercana y se sentó con ellos. Iba vestida con un hermoso vestido de terciopelo azul, con uno de sus cuellos de piel y la melena suelta.

Estaba más hermosa que nunca.

—¿Por dónde coño has entrado?

Ella lo obsequió con una mirada elocuente y señaló al tejado de La Prímula. Andreoli se sintió estúpido. Por un momento, había olvidado quién era Sanda en realidad.

—Me alegro de verte, Arthur —dijo ella con una media sonrisa.

Andreoli se sintió incómodo.

—Menuda sorpresa, Sanda. Y menuda encerrona, Dino.

—No es una encerrona —lo cortó ella—. Mi interés por ti es estrictamente profesional. Dino y yo lo hemos hablado y nos gustaría contar contigo.

—Eres un mamarracho, Arthur —dijo D'Angelis—, pero también un guerrero formidable y alguien digno de confianza.

Andreoli se volvió a Sanda.

—¿Buscar tesoros? Pensaba que el negocio te iba bien.

—Y me va bien —replicó ella—, pero tengo gente de confianza que lo lleva y mi vida empezaba a ser demasiado aburrida. Iré al grano: en el Nuevo Mundo se habla de una ciudad perdida en la selva. Una ciudad que nadie ha sido capaz de encontrar hasta ahora, pero que aseguran que está llena de oro.

Andreoli enarcó las cejas, escéptico.

—Si nadie ha sido capaz de encontrarla, ¿qué te hace pensar que nosotros sí podríamos hacerlo?

D'Angelis le respondió con otra pregunta.

—¿Quién, aparte de nosotros, tiene los cojones de detener a un ejército, salvar a un papa y codearse con el emperador?

Andreoli se rascó la barbilla.

Visto así, tenía razón.

—No os prometo nada —advirtió, señalándolos con el dedo—, pero habladme más de esa ciudad.

Sanda y D'Angelis intercambiaron guiños cómplices. Ella levantó la mano y llamó a la hija de Parodi. Los años la habían cambiado poco.

—Una botella de San Gimignano —pidió.

Aquella botella no fue lo último que compartieron a lo largo de sus vidas.

Pero esa... esa es otra historia.

*Madrid, 1 de junio de 2022*

# Agradecimientos

Queridos lectores:

Espero que esta historia os haya entretenido, porque ese fue mi único propósito desde que empezó a rondar mi cabeza en 2018. Lo que comenzó siendo un thriller sobre una hipotética falsificación de la sábana santa (¡Oh, no! ¡Otro más, no!) se transformó en esta ópera de conspiraciones maquiavélicas —nunca mejor dicho—, traiciones y guerras secretas. Cuidado, no os creáis todo lo que habéis leído en este libro; si bien hay cosas basadas en hechos reales, otras son producto de la imaginación del que suscribe.

Si alguno de vosotros habéis visitado el castillo de Sant'Angelo, os habréis dado cuenta de que me he tomado algunas licencias para facilitar en lo posible la orientación dentro de la fortaleza. Por ejemplo, las habitaciones de los sacerdotes donde alojan a Dino y Leonor no deberían estar en lo que llamo en el libro «la terraza de los miradores». Tampoco estaría la estatua que hoy día da nombre al patio del Ángel (esa llegaría unos años después), pero me pareció que podría ayudar al lector a situarse dentro de la acción.

Al igual que en todas las canciones de rock tiene que haber siempre un solo de guitarra, en todo libro que se precie tiene que haber una ronda de agradecimientos, así que un enorme gracias [insertar redoble de tambores]:

A Carmen Romero, directora literaria de Ediciones B, que apostó por este proyecto después de decirle: «Mira, Carmen, tengo una cosa muy loca que es que no sé si...». En diez segundos —diez segundos de reloj— me dijo: ¿por qué no metes esto, esto y esto, y adelante? Como siempre, le hice caso... y adelante.

A Clara Rasero, mi editora, por no censurarme ni una línea —y eso que a veces escribo escenas que hasta yo mismo me mareo; pero luego os las compenso con otras que os arrancan una sonrisilla, para que no os enfadéis conmigo—, por su constante apoyo y por los ánimos que me da cuando los necesito.

Al jurado de los premios Hislibris, a quienes no tengo el placer de conocer, por considerar mi anterior obra, «El puño del emperador» (Ediciones B), mejor novela histórica 2021, y a vuestro humilde servidor como mejor autor de ese mismo año. Estar nominado al lado de tanta bestia literaria como había en esa lista fue mareante. Cuando me notificaron el doblete casi me da una lipotimia.

A mis lectores cero: César Pita, Isabel de Torre, Susana Tocón, Vane Gómez y Arantxa Galiano, que forman un *dream team* (y un *drink team*) impresionante. No os hacéis una idea de lo importantísimos que son. Sin ellos, y sin los ánimos que me dan casi a diario, construir una historia de este calibre sería mil veces más difícil.

A los grupos de lectura de Facebook, con los que tanto me divierto y de los que tanto aprendo. Al final, acaban convirtiéndose en una gran familia con la que me encanta interactuar.

A Juan Gómez-Jurado y Bárbara Montes, porque no los puedo querer más. Para mí, son parte de mi familia, pero eso ellos ya lo saben.

A María, mi hija, que también empieza a cumplir sus sueños, y eso me llena más de satisfacción que ver cumplirse los míos. Ojalá llegue a lo más alto.

A Marta, mi compañera y amiga, que es la que me ve levantarme del ordenador como un zombi y me insufla vida y alegría con su eterna sonrisa.

Y el último GRACIAS con mayúsculas es para ti, que lees estas líneas. Me encantaría que compartieras conmigo qué te ha parecido este libro, te haya gustado o no, a través de cualquiera de mis redes sociales. Tu opinión es muy valiosa para mí.

¡Muchas gracias y hasta la próxima!

Facebook: https://www.facebook.com/amartinezcaliani
Twitter: @AlbertoMCaliani
Instagram: @alberto_m_caliani

## Lisboa 1564

Juana de Habsburgo se encontraba bordando cerca de una ventana de su palacio cuando oyó a su único hijo gritar de alegría.

—¡Madre! ¡Madre!

La reina dejó la labor en una mesa cercana.

—¿Qué sucede, Sebastián? ¿A qué viene tanto jaleo?

Un hombre de aspecto recio apareció detrás del niño de diez años, que corría hacia su madre con una espada de madera en la mano. Él llevaba otra en el cinto, del mismo material. El instructor de esgrima de Sebastián de Avis le hizo un gesto de complicidad a la madre.

—He tocado por primera vez a Belmiro con la espada —explicó el pequeño, entusiasmado; se atropellaba al hablar—. Le he lanzado una estocada que no ha sido capaz de parar.

La princesa consorte de Portugal —e infanta de España— interrogó al instructor de esgrima con la mirada. Este certificó las palabras de Sebastián con un leve cabeceo de asentimiento.

—¿Seguro que no os habéis dejado ganar, Belmiro? —inquirió Juana, dedicándole una mirada pícara al instructor.

—El príncipe mejora cada día —afirmó—. Y más que mejorará, cuanto más entrene.

La princesa le despeinó el cabello rubio a su hijo.

—Pronto tendré que ir a Castilla por asuntos de la corte —le recordó a Sebastián—, y no sé cuánto tiempo pasará hasta que volvamos a vernos. Voy a regalarte algo antes de irme, pero prométeme que no lo usarás hasta que Belmiro decida que eres lo bastante responsable para hacerlo.

—Os lo prometo, madre.

Juana se ausentó unos minutos y regresó al salón con un estuche de madera con cantoneras doradas. Se sentó de nuevo junto a la ventana y le entregó el regalo a su hijo. Sebastián lo abrió, alterado por los nervios. Cuando vio lo que había en el estuche, se quedó boquiabierto.

—Tu abuelo Carlos decía que era mágica —recordó su madre—. Es muy antigua, muchísimo más de lo que parece.

Sebastián admiró la daga. Su hoja, de doble filo, tenía unos veinticinco centímetros de largo, y tanto la empuñadura como la funda eran de oro, con piedras preciosas engarzadas. Aquella arma era una joya excepcional.

—¿Es para mí? —preguntó, con los ojos muy abiertos.

—Tu abuelo me la dio para ti, antes incluso de que nacieras —reveló Juana—. Cuídala, y ella te cuidará a ti. Nunca la pierdas. ¿Me lo prometes?

—Claro, madre, os lo prometo.

Sebastián la perdió catorce años después, en Alcazarquivir.

Eso sí, cayó en buenas manos.

Pero esa... esa también es otra historia.